L'amant du bout du monde

*

Sous l'emprise du désir

*

Nuits troublantes

SARAH MAYBERRY

# L'amant du bout du monde

*Traduction française de*
AURE BOUCHARD

*Sexy*

HARLEQUIN

*Collection :* SEXY

*Titre original :*
HOT ISLAND NIGHTS

*Ce roman a déjà été publié en 2011*



**HARPERCOLLINS FRANCE**
83-85, boulevard Vincent-Auriol, 75646 PARIS CEDEX 13
Service Lectrices — Tél. : 01 45 82 47 47

www.harlequin.fr

ISBN 978-2-2804-3728-8 — ISSN 2426-7945

# Chapitre 1

Elizabeth Mason contemplait la luxueuse feuille de papier toilé rehaussée du logo vert et or de chez Harrods. Les marques les plus prestigieuses se bousculaient sur sa liste de mariage : Villeroy & Boch, Lalique, Le Creuset… Elle avait sélectionné deux services de vaisselle complets : le premier pour les repas de tous les jours, et le second réservé aux grandes occasions.

Dans l'hypothèse — peu probable — où les invités au mariage ne leur offriraient qu'une partie des articles présents sur la liste, Martin et Elizabeth auraient de toute façon largement assez d'objets de caractère pour meubler leur foyer de jeunes mariés. Leur maison allait être un véritable temple de confort et de bon goût.

Le cœur d'Elizabeth se serra brusquement. Encore cette sensation tenace. Presque suffocante. Baissant la tête, elle se concentra sur sa respiration et tenta de retrouver un peu d'air.

*Inspire, expire… Inspire, expire…*

Une élégante sonate pour piano émanait des haut-parleurs du magasin. Un vendeur qui accompagnait un client au rayon des porcelaines anglaises la frôla furtivement, et Elizabeth sentit une perle de sueur glisser le long de sa nuque.

Ces crises d'angoisse allaient devoir cesser. N'était-elle pas censée vivre la période la plus heureuse de sa vie ? Dans huit semaines, elle épouserait l'homme qui partageait son existence depuis six ans. Ensemble, ils s'apprêtaient à écrire un nouveau chapitre de leur histoire. Et elle n'avait aucune raison d'éprouver la moindre angoisse à ce sujet.

— Regarde, Elizabeth, ce modèle est ravissant !

Elizabeth leva les yeux et vit sa grand-mère brandir une flûte en cristal de la toute dernière collection Lalique. Elle cligna des yeux, éblouie par le rebord scintillant et finement poli du verre, qui n'était autre qu'une réédition quasi à l'identique du service à champagne de ses grands-parents.

— C'est vrai, dit-elle, conciliante, mais Martin préférerait quelque chose de plus moderne. Il aime beaucoup la collection Royal.

Aussitôt, elle sentit ses joues s'enflammer. Elle n'avait jamais su mentir. A vrai dire, c'était elle qui préférait la vaisselle moderne. Martin n'avait que faire des arts de la table. Pourtant, Elizabeth était incapable d'affirmer ses goûts à visage découvert.

— Viens voir de plus près, dit sa grand-mère en lui faisant signe d'approcher. Fais-toi une idée par toi-même !

Elizabeth s'apprêtait à réitérer son objection, mais elle se ravisa. Elle ne savait que trop ce qui arriverait quand sa grand-mère comprendrait qu'elle ne partageait pas ses goûts. Oh ! Elle se garderait bien de toute réflexion désobligeante, bien sûr ; mais elle afficherait une petite moue réprobatrice et prendrait une mine renfrognée pour le reste de la journée. Peut-être annulerait-elle le dîner, ou se plaindrait-elle des désagréments de son traitement pour le cœur.

Il s'agissait d'un simple chantage affectif, mais sa grand-mère était très douée en la matière. Au fil des années, elle avait su peser sur tous les choix, toutes les actions d'Elizabeth, simplement en mentionnant une migraine soudaine, une consultation chez le médecin. Elizabeth avait beau ne pas être dupe de ces petites manipulations, elle avait pris l'habitude de céder. Par facilité, sans doute. Et, au final, peu lui importait si Martin et elle trinquaient avec des verres Lalique ou des Waterford.

Ainsi, plutôt que de défendre son point de vue, elle rejoignit sa grand-mère, prit la flûte entre ses mains et abonda dans son sens : ce modèle serait parfait pour les grandes occasions. Sa grand-mère héla alors une vendeuse, et se renseigna sur les procédés de fabrication. Elle s'assura aussi que des verres de remplacement pouvaient facilement être commandés si d'aventure certains étaient brisés.

Elizabeth écoutait poliment, observant d'un œil les étalages qui regorgeaient d'articles tous plus somptueux et hors de prix les uns que les autres. Elle s'attarda sur un guéridon sur lequel trônaient plusieurs carafes à whisky de verre taillé, et s'imagina soudain tout renverser dans un épouvantable fracas. La vision était si réaliste que ses mains se mirent à trembler. Elle pouvait presque entendre le verre éclater à ses pieds, et les cris abasourdis des vendeurs et des clients autour d'elle.

Reculant d'un pas, elle entrelaça ses doigts. Non pas qu'elle craignît de passer à l'acte en retournant la tablette. Jamais elle n'oserait s'illustrer de la sorte.

Lentement, elle fit un nouveau pas en arrière.

C'est normal d'avoir le trac à l'approche du mariage… Rien d'inquiétant. Toutes les mariées passent par là…

Sauf que dernièrement, elle avait souvent eu à refréner des impulsions tout à fait irrationnelles. La semaine précédente, au Cercle des Amis de la Royal Academy, elle avait eu la plus grande peine à ne pas hurler son indignation lorsque le vieux M. Lewisham s'était plaint de la qualité des serviettes en papier du café de l'Academy. Selon lui, elle était : « très révélatrice du déclin de nos sociétés actuelles ». Pas plus tard que la veille, elle s'était arrêtée devant une boutique de tatouage près de la gare de King's Cross, et s'était surprise à admirer le motif tribal qui s'enroulait autour du bras de la jeune vendeuse derrière le comptoir. Elle avait même franchi la porte de la boutique, mais avait aussitôt recouvré ses esprits et fait demi-tour.

— Elizabeth, tu m'écoutes ? fit soudain sa grand-mère.

Elizabeth cligna des yeux et se ressaisit.

— Désolée, grand-mère, j'étais ailleurs, avoua-t-elle.

La vieille dame lui donna une petite tape affectueuse sur le bras.

— Allons donc jeter un œil à la porcelaine anglaise !

Retrouvant son sourire diplomatique, Elizabeth lui emboîta le pas et se laissa entraîner.

De retour à Mayfair en fin d'après-midi, Elizabeth regagna le domicile de ses grands-parents, une splendide maison de ville dans le plus pur style géorgien. Sa grand-mère était rentrée juste après le déjeuner pour sa sieste quotidienne, la laissant rencontrer seule la fleuriste du mariage. Sur le chemin du retour, elle avait rendu visite à son amie Violet dans sa boutique de Notting Hill et, lorsqu'elle franchit le seuil de la demeure, l'horloge de l'entrée sonnait 6 heures.

Se débarrassant de son sac à main, elle commença à dénouer son écharpe, puis elle attrapa le courrier que la gouvernante avait soigneusement empilé sur la console du hall d'entrée, et elle s'engagea dans l'escalier, songeuse. Comme tous les mardis, Martin rentrerait tôt pour le rituel dîner hebdomadaire chez les Mason. Le mercredi, il jouait au squash, et le vendredi, il l'emmenait au restaurant. Immuablement…

Allons, songea-t-elle en passant distraitement en revue les missives qu'elle tenait à la main, si elle se dépêchait un peu, elle aurait le temps de se refaire une beauté avant son arrivée. Une enveloppe officielle attira soudain son attention. Martin lui avait demandé de se faire expédier une copie de son acte de naissance afin qu'il puisse boucler le dossier du mariage. Sans hésiter, elle déchira l'enveloppe pour vérifier le document et pouvoir ainsi cocher un élément sur la liste interminable de détails à régler en vue du mariage.

Elle déplia le document et le parcourut du regard.

Elizabeth Jane Mason. Née le 24 août 1980. Nom de la mère : Eleanor Mary Whittaker. Nom du père…

Son écharpe et ses gants lui échappèrent des mains et

tombèrent à terre alors qu'elle relisait, dubitative, les deux mots inscrits dans la colonne.

Sam Blackwell.

Qui était ce Sam Blackwell ?

Le père d'Elizabeth s'appelait John Alexander Mason. Né le 16 janvier 1942, il avait trouvé la mort dans le même avion de tourisme que sa mère, vingt-trois ans auparavant.

Ce Sam Blackwell ne pouvait être qu'une erreur.

L'estomac de plus en plus noué, Elizabeth se tourna vers la porte fermée au bout du long couloir. Certificat en main, elle s'élança au pas de course et, approchant du bureau de son grand-père, elle distingua deux voix d'hommes derrière la porte. Pour la première fois de sa vie, elle ne prit pas la peine de frapper avant d'entrer.

— Il y a un malentendu ! s'exclama-t-elle en pénétrant en trombe dans la pièce.

— Elizabeth ! Je me demandais justement quand tu rentrerais, dit Martin en se levant, le visage soudain animé.

Il s'avança vers elle pour l'embrasser, vêtu comme toujours d'un costume trois pièces sur mesure et d'une très classique cravate de soie. Une raie rectiligne partageait ses cheveux bruns en deux parties très nettes.

Mais, au lieu de le saluer par un baiser, Elizabeth brandit le certificat de naissance.

— Regarde ça ! Il y a une erreur sur le nom de mon père sur mon certificat de naissance !

A ces mots, Martin se figea. Il se tourna brièvement vers le grand-père d'Elizabeth, et lui adressa un regard indéchiffrable. Puis il examina de plus près le document qu'elle lui présentait, et annonça d'une voix douce mais légèrement tendue :

— Je croyais que tu le ferais adresser à mon bureau : c'est moi qui effectue les démarches pour le mariage.

C'était tout ce qu'il trouvait à dire ? se demanda-t-elle, interloquée, en le dévisageant attentivement. Puis elle se

tourna vers son grand-père, et remarqua son teint devenu tout à coup livide.

Et soudain elle comprit.

Il n'y avait pas d'erreur.

— Expliquez-moi ce qui se passe ! dit-elle d'une voix haut perchée et tremblotante, mais d'un ton ferme.

— Assieds-toi un instant, Elizabeth, dit son grand-père.

Elle se laissa conduire jusqu'à l'un des fauteuils en cuir capitonné face à l'imposant bureau en acajou. Son grand-père attendit que Martin ait pris place sur le siège à côté d'elle pour reprendre la parole.

— Je crains qu'il n'y ait pas d'erreur, Elizabeth. L'homme que tu considères comme ton père, John Mason, était en réalité ton beau-père. Il a épousé ta mère quand tu avais deux ans.

Le souffle coupé, Elizabeth n'entendait plus que le tic-tac de l'horloge. Elle entrouvrit les lèvres, mais, ne sachant que dire, elle resta bouche bée.

La mort de ses parents, alors qu'elle n'avait que sept ans, avait été un immense traumatisme. Les premiers mois, après avoir été recueillie par ses grands-parents, elle pleurait chaque soir des torrents de larmes avant de s'endormir. Et elle avait précieusement gardé les souvenirs de sa petite enfance : l'ours en peluche offert par ses parents pour son quatrième anniversaire, les fossiles ramassés lors de vacances avec eux, la bouteille de parfum vide qui avait appartenu à sa mère…

Or, voilà qu'aujourd'hui, son grand-père lui annonçait qu'elle n'était peut-être pas orpheline de père. C'était son beau-père qui était décédé. Ce qui signifiait que son véritable père, Sam Blackwell, était peut-être encore en vie, quelque part.

— Pourquoi personne ne m'a jamais rien dit ?

— C'était inutile, dit son grand-père. Je ne m'étendrai pas sur la question, mais nous ne souhaitions pas voir Sam Blackwell être impliqué dans ta vie. John Mason a été le seul à endosser le rôle de père auprès de toi et, à sa mort, nous avons estimé qu'il n'était pas nécessaire d'exhumer les fantômes du passé.

Elle eut aussitôt envie de hurler. Ce discours empestait les idées préconçues et les jugements à l'emporte-pièce. Surtout, il ne tenait en aucun cas compte de ce qu'elle pouvait penser ou ressentir à ce sujet.

— Mon vrai père… est-il encore en vie ? demanda-t-elle en serrant les poings.

— J'imagine que oui.

Elle se pencha vers le bureau.

— Où habite-t-il ? Que fait-il dans la vie ? Est-il à Londres ? Comment puis-je le contacter ?

— Elizabeth, je comprends que tu sois sous le choc, dit Martin, mais quand tu auras eu le temps de t'habituer à la nouvelle tu te rendras compte que, au final, cela ne change rien de fondamental à ta vie.

Ce fut comme si elle recevait une deuxième douche froide. Elle se tourna vers lui au ralenti.

— Tu étais au courant, dit-elle froidement, articulant chaque syllabe.

— Ton grand-père m'a tout dit peu après nos fiançailles.

— Cela fait *six mois* que tu sais, et tu ne m'as rien dit ?

— Tu n'as pas à en vouloir à Martin, intervint son grand-père. J'ai exigé qu'il garde le secret. Je ne vois aucune raison de te mettre dans une telle colère.

Aucune raison ? *Aucune raison ?*

— J'ai trente ans et j'en ai assez d'être couvée en permanence ! dit-elle, haussant le ton. J'ai le droit à la vérité ! Et le fait que mon vrai père soit encore en vie est une raison *valable* pour me parler !

Martin commençait à s'agiter dans son fauteuil.

Son grand-père posa ses mains bien à plat sur le sous-main en cuir du bureau, et la regarda droit dans les yeux.

— Nous avons agi en fonction de ce que nous pensions être le mieux pour toi.

Dès qu'elle se disputait avec ses grands-parents, ceux-ci n'avaient de cesse de brandir cet argument imparable. D'ailleurs, chaque fois, Elizabeth battait en retraite. Depuis la mort de ses parents, c'était eux qui l'avaient élevée, et ils s'étaient attachés à lui offrir une enfance heureuse. Ils l'avaient inscrite dans les meilleures écoles, avaient assisté à tous ses spectacles scolaires, l'avaient emmenée en France et en Italie — tout cela en dépit de la santé fragile de sa grand-mère.

Elizabeth avait donc grandi avec le sentiment de leur être redevable de tout. Elle avait fait en sorte de ne jamais devenir un poids pour eux. Elève, puis étudiante brillante, jamais elle n'était rentrée trop tard le soir, jamais elle ne s'était soûlée avec ses amies, jamais elle n'avait eu d'aventure d'un soir... Même dans le choix de son futur mari, elle avait cherché leur approbation, puisque Martin travaillait au cabinet d'avocats de son grand-père.

En somme, elle leur devait tout.

Pourtant, leur façon d'agir était très contestable.

— C'était à moi d'en décider ! Vous n'aviez aucun droit de me cacher la vérité.

Refusant de prononcer les mots irréfléchis qui lui venaient à l'esprit, elle se leva subitement et quitta la pièce en trombe. Arrivée à mi-couloir, elle entendit Martin derrière elle.

— Elizabeth, attends !

Il lui saisit le coude, mais elle se dégagea violemment.

— Ne t'avise pas de me dire de me calmer, ni que je n'ai pas de raison d'être furieuse ! Je te l'interdis !

Sous l'effet de la colère, elle bombait le torse, et Martin recula d'un pas, visiblement surpris par sa véhémence.

— Si j'avais pu tout te dire sans trahir la confiance de ton grand-père, je l'aurais fait, lui dit-il, le regard inquiet.

— Tu es mon fiancé, Martin ! Tu n'as pas l'impression que ta loyauté envers moi doit primer sur celle que tu accordes à mon grand-père ?

Il se passa une main dans les cheveux.

— En d'autres circonstances, bien sûr. Mais tu sais bien que ton grand-père et moi, en plus de nos liens personnels très forts, avons une relation professionnelle dont je dois tenir compte.

— Je vois, dit-elle entre ses dents, écœurée.

Martin espérait devenir associé du cabinet dans l'année. Il n'avait en effet aucun intérêt à se saborder.

Il lui prit la main et lui caressa délicatement le poignet.

— Elizabeth, si nous prenions le temps d'éclaircir les choses, je suis sûr que tu finirais par comprendre que dans cette histoire tout le monde n'a pensé qu'à ton bien…

Elle éclata d'un rire incrédule qui résonna dans le couloir.

— Mon bien ? Comment peux-tu prétendre avoir la moindre idée de ce qui est bien pour moi, Martin ? Au fond, tu ignores tout de moi et de mes aspirations. C'est comme ces satanées flûtes à champagne Waterford. Tout le monde se moque de ce que je peux penser ; et moi, je suis si lâche que je préfère avaler des couleuvres à longueur de temps plutôt que risquer de contrarier les uns ou les autres !

— Des flûtes à champagne ? répéta Martin en fronçant les sourcils. Je ne sais pas de quoi tu parles.

Elle s'en doutait, mais dans son esprit tout était lié : sa colère envers ses grands-parents et Martin pour cette odieuse trahison, son appréhension à l'approche du mariage, la sensation d'étouffer chaque fois que ses grands-parents prenaient une décision à sa place. Sans parler du ton mielleux que Martin employait avec elle, comme s'il s'adressait à une poupée de porcelaine.

— Je ne peux pas continuer ainsi, dit-elle, plus pour elle-même que pour Martin. C'est une erreur.

Et, tout à coup, les choses lui apparurent avec une clarté radicale. Evidente.

Martin tenta de l'attirer doucement contre lui.

— Elizabeth, tu es très en colère.

Le contact de son bras l'enlaçant de façon si précautionneuse fut la goutte qui fit déborder le vase.

— J'annule le mariage, dit-elle en se dégageant.

Visiblement éberlué, Martin cligna des yeux, puis essaya de la rattraper.

— Tu ne penses pas ce que tu dis. Tu es en colère.

Elle le maintint hors d'atteinte.

— Ça fait des mois que Violet me conseille d'y réfléchir à deux fois, et elle avait raison. Je ne veux pas de ce mariage, Martin. J'ai la sensation de suffoquer.

— J'aurais dû me douter que Violet y était pour quelque chose. Elle t'a encore farci la tête d'idées saugrenues. Te vanter les joies d'arpenter les quartiers chic de Londres en célibataire dégagée des contraintes du mariage ? Et pourquoi pas devenir une alcoolique mondaine ?

Martin n'avait jamais aimé Violet. Et cette aversion, virulente, était réciproque depuis leur première rencontre.

— Pas du tout. Elle m'a juste fait observer qu'à presque trente ans je continue à mener bien sagement la vie que mes grands-parents ont gentiment choisie pour moi.

— C'est absolument n'importe quoi ! dit-il, indigné.

Malgré son costume sur mesure et le blanc éclatant de sa chemise aux plis impeccables, Martin ne comprenait rien à rien. Il ne comprenait rien à qui elle était ni rien à sa vie.

Elle savait que Martin avait souffert de la pauvreté étant enfant. Sa mère, ouvrière, l'avait élevé seule, se contraignant à de lourds sacrifices pour lui permettre d'aller à l'université. A cet égard, la vie d'Elizabeth — ou plutôt celle qu'ils devaient mener une fois mariés — incarnait tous les rêves de Martin. Il deviendrait associé d'un célèbre cabinet d'avocats, vivrait au côté d'une épouse cultivée, s'assurerait des vacances sur la Côte d'Azur et l'accès aux clubs les plus fermés du pays.

— Je ne peux pas t'épouser, Martin, reprit-elle à voix basse. Tu ne sais même pas qui je suis. D'ailleurs, je ne sais pas, moi-même, qui je suis…

A ces mots, elle pivota sur ses talons et remonta le couloir.

— Elizabeth, peut-on au moins en discuter ?

Elle continua d'avancer sans se retourner. Ses grands-parents allaient être bouleversés par l'annulation du mariage.

Sa grand-mère allait une fois de plus mentionner sa santé chancelante. Ils allaient sans doute user de tous les moyens pour la faire revenir à la raison. Comme toujours, l'air de rien, ils allaient la culpabiliser, l'infantiliser… Et elle n'était même pas certaine de posséder les ressources pour leur faire face. Mais le pire serait de céder, de se réveiller mariée à Martin, et de se retrouver à déballer les cadeaux de chez Harrods dans leur nouveau domicile conjugal.

Elle prit une longue inspiration. Pour l'heure, elle avait besoin de se retrouver. Pour réfléchir. Faire le point. Elle aspirait à un peu de calme et de solitude. Rapidement, elle écarta l'idée de se réfugier chez Violet, au-dessus de sa boutique : la vie de son amie était bien trop mouvementée. Et puis, ce serait le premier lieu où ses grands-parents viendraient la chercher.

*Je ne sais pas, moi-même, qui je suis…* Une évidence s'imposa à elle.

Elle allait partir à la recherche de son père. Où qu'il se trouve. En le rencontrant, peut-être arriverait-elle à définir enfin qui était vraiment Elizabeth Jane Mason. Et à déterminer ainsi ce qu'elle attendait de la vie.

Elizabeth baissa la vitre de sa voiture de location et inspira une grande bouffée d'air frais. Dire que quatre jours plus tôt, elle pensait encore se marier avec Martin, comme tout le monde attendait qu'elle le fasse, et voilà qu'à présent, elle était en Australie ! Ses yeux la picotaient sous l'effet de la fatigue, mais elle se concentra sur la route. Il lui avait fallu près de trente heures de vol pour rejoindre les antipodes, mais, à présent, le paysage aride de l'Australie défilait devant elle. Elle avait prévu de rallier Phillip Island en voiture depuis Melbourne — l'île minuscule se nichait à l'embouchure de Westernport Bay.

Avant cela, elle s'était terrée pendant deux nuits dans un hôtel de Soho, tandis que Violet avait demandé à un de ses cousins policier de faire jouer ses relations pour localiser le père d'Elizabeth. Dès qu'elle avait appris que la dernière résidence connue de Sam Blackwell se trouvait à Phillip Island, en Australie, elle avait sauté dans le premier avion.

Elle n'avait parlé à ses grands-parents que pour les assurer qu'elle allait bien, qu'elle avait toute sa tête et qu'elle était décidée à ne pas revenir sur sa décision d'annuler le mariage. Au téléphone, son grand-père avait évidemment tenté de la faire changer d'avis, mais elle avait coupé court à la conversation.

Dorénavant, sa vie et ses décisions lui appartiendraient, à elle et elle seule.

Elle traversa le pont de San Remo et rejoignit l'île sans peine. La seule idée de rencontrer son père, de découvrir son visage et d'y trouver, peut-être, une ressemblance avec son propre nez, ses yeux ou ses pommettes, lui fit oublier la lourde fatigue de son périple.

Elle n'avait pas la moindre idée de ce qu'elle pouvait raisonnablement attendre de cette rencontre. Une ébauche de relation ? Rattraper le temps perdu, rétablir l'histoire de ses origines ? Ou encore remplacer les parents qu'elle avait perdus quand elle n'avait que sept ans ?

En vérité, elle se souvenait à peine de sa mère et de l'homme qu'elle avait cru être son père. Seuls le rire de sa mère et l'odeur du tabac de la pipe de son beau-père étaient restés gravés dans sa mémoire. Il lui semblait aussi que sa mère avait souvent un petit sourire triste, et que son beau-père demeurait assez distant. En tout cas, ses grands-parents avaient eu beau se montrer aimants et généreux, à leur façon, leur affection n'avait jamais comblé le vide que la mort de ses parents avait creusé au fond de son cœur.

Un vide dont elle était seulement en train de prendre la mesure. A présent qu'elle s'apprêtait à rencontrer son père biologique, elle se rendait compte à quel point ce lien instinctif entre parents et enfants lui avait manqué…

Serrant les mains sur le volant, elle essaya de s'imaginer

la rencontre tant attendue. Elle arrivait sur l'artère principale à trois voies de Cowes, la commune la plus peuplée de l'île. Son père ignorait très probablement son existence. Se présenter à sa porte le cœur chargé d'espoir et d'attentes démesurées était sans doute la meilleure façon d'engager cette relation du mauvais pied. Elizabeth allait devoir faire preuve de réalisme, et de patience. Ils n'étaient que deux étrangers ; pour l'instant ils ne partageaient rien en dehors de leur ADN.

Pourtant, son estomac se noua dès qu'elle s'engagea dans la rue où vivait son père. Elle se gara devant un pavillon sans charme à la façade beige, au toit plat, et au porche en béton. La pelouse du jardin était inégale et brûlée par le soleil.

Rien à voir avec les élégantes demeures de Mayfair classées monuments historiques, pensa-t-elle en essuyant ses paumes soudain moites sur son pantalon.

Quel genre d'homme pouvait bien être son père ? Elle n'en avait pas la moindre idée. Quelle serait sa réaction quand il découvrirait sa fille, dont il ignorait l'existence, sur le seuil de sa porte ?

Elle avait eu bien assez de temps pour imaginer ce qui avait pu se passer entre sa mère et Sam Blackwell, des années plus tôt. Tout en évitant soigneusement de répondre aux appels de Martin et de ses grands-parents, elle avait fait quelques recherches. Et avait découvert que sa mère avait épousé John Mason en janvier 1982 — alors qu'elle-même avait dix-sept mois. Preuve, si besoin était, que John n'était pas son vrai père.

Or, le certificat de mariage ne stipulait ni quand ni comment son beau-père et sa mère s'étaient connus. Etait-ce avant ou après que Sam et Eleanor l'avaient conçue, elle ?

En tout cas, son grand-père méprisait Sam Blackwell, cela ne faisait aucun doute. Qu'avait donc pu faire ce dernier pour s'attirer une telle réprobation ? Elizabeth avait été tentée d'aller trouver son grand-père avant son départ, afin de le contraindre à lui raconter tout ce qu'il savait, mais elle s'était finalement ravisée, après moult tergiversations. Elle préférait rencontrer son père, écouter sa version de l'histoire, et se forger elle-même sa propre opinion à son sujet.

Mais pour cela, elle allait devoir sortir de cette voiture et traverser cette pelouse jusqu'à la porte de son père.

Impossible de bouger.

*Allons, Elizabeth ! Tu n'as quand même pas fait tout ce voyage pour rester assise dans une voiture devant la maison de ton père, comme un rôdeur dérangé !*

Pourtant, sa main restait figée sur la poignée de la portière.

Les choses avaient pris trop d'ampleur à ses yeux. Elle tenait pourtant là une occasion unique de nouer une relation avec son véritable père.

*Vas-y, Elizabeth ! Fais-le !*

Elle s'apprêtait à actionner la poignée quand la sonnerie de son téléphone résonna dans l'habitacle.

— Violet ! s'exclama-t-elle en décrochant.

— Liz ! Tu as fait bon voyage ? Alors, tu as pu lui parler ?

— Non, je ne l'ai pas encore vu. Je me trouve en ce moment juste devant chez lui, et je cherche le courage de frapper à sa porte.

— Tu es stressée !

— A peine…

— Détends-toi. Dès qu'il apprendra à te connaître, il sera ravi que tu l'aies traqué jusqu'au bout du monde !

Elizabeth se mordit la lèvre. Les encouragements de Violet lui allaient droit au cœur, mais dans le cas — très hypothétique — où son père aurait eu connaissance de son existence, il ne s'était jamais manifesté depuis trente ans…

Soudain, elle fut saisie d'un doute affreux.

— Je n'en sais rien. Peut-être ai-je tout faux, dit-elle d'un ton renfrogné en observant la maison défraîchie. J'aurais peut-être dû commencer par lui envoyer une lettre, ou un e-mail. Juste histoire de prévenir…

— Pas du tout ! Tu as fait ce qu'il fallait ! Et de toute

façon, tu ne peux plus reculer à présent. Tout ce qu'il te reste à faire, c'est frapper à cette porte !

— A t'écouter, tout semble si facile ! dit Elizabeth, sur un ton qu'elle voulait léger.

— Allons, Liz. Tu t'es assigné une mission, souviens-toi. Tu reprends possession de ta vie ! Et virer ce tocard de Martin n'était que la première étape de ton programme.

Froissée par la véhémence de son amie à l'égard de son ancien fiancé, elle rétorqua :

— Arrête de l'insulter, Violet. Ce n'est pas parce que j'ai décidé de ne pas l'épouser que Martin est un tocard.

— Admettons. Mais ce type a failli hypothéquer ta vie !

— Violet !

— Bon, j'arrête… C'est juste que je ne connais aucun autre homme de trente-deux ans qui oserait porter des gilets avec des protège-coudes en cuir !

— Martin s'habille peut-être de façon très classique, mais il n'a rien d'un vieillard. C'est juste un garçon… disons *conventionnel*, plaida-t-elle sans réelle conviction.

— Conventionnel ? Navrée, Liz, mais pour moi, un homme qui refuse de faire l'amour autrement qu'en position du missionnaire n'est pas conventionnel : il est *coincé*…

Elizabeth se massa le front du bout des doigts, excédée.

— Jusqu'à mon dernier souffle, je regretterai de t'avoir parlé de cela, Violet.

Si Martin apprenait qu'elle avait confié des détails sur leur vie sexuelle à quelqu'un, et *a fortiori* à Violet, il en ferait une jaunisse.

Tout cela à cause d'un rendez-vous chez le dentiste : s'il n'avait pas été en retard, elle n'aurait pas lu ce stupide article dans ce maudit magazine féminin, et elle n'aurait jamais eu l'idée de parler ouvertement à Martin de ses « envies de femme », au lieu « d'attendre en vain qu'il les devine ». Et elle n'aurait jamais eu à demander l'avis de Violet sur les conséquences embarrassantes qui avaient suivi cette demande.

— Ne compte pas sur moi pour m'excuser de t'avoir

poussée à mettre le sujet sur la table avec lui ! dit Violet en s'emportant. Les hommes normaux — je dis bien *normaux*, et pas *pathologiquement coincés* — parlent naturellement de sexe avec leur partenaire ; ils ne craignent pas d'explorer les méandres de leur sensualité pour se donner mutuellement du plaisir. Ils n'éconduisent pas leur partenaire sous prétexte qu'ils la respectent trop pour en faire un objet sexuel. Tout cela en la laissant croire que c'est *elle* qui a des désirs « hors normes ».

— Je refuse de parler de cela avec toi, Violet…

Mais Violet était lancée dans une de ses ritournelles favorites.

— Bon sang ! Liz, ce n'est quand même pas comme si tu lui avais réclamé des pratiques SM ! Tu avais juste envie qu'il te prenne par-derrière, la belle affaire !

— Je te rappelle que j'ai annulé le mariage… Ne revenons pas sur le passé, s'il te plaît. Ne parlons plus de Martin.

Il y eut un bref silence à l'autre bout de la ligne.

— Excuse-moi. C'est juste qu'il me tape sur le système.

— Rassure-toi. Je pense qu'avec ce que je lui ai fait subir, il ne voudra plus jamais me revoir. Tu n'auras plus à le côtoyer, Violet.

A cette idée, elle frémit d'appréhension. Elle venait de chambouler le cours de sa vie en refusant de se marier, mais elle n'avait pas la moindre idée de la direction à emprunter à présent. Et cette incertitude était vertigineuse. Pourtant, elle ne regrettait rien. En fait, elle n'avait jamais aimé Martin, du moins pas assez pour passer le restant de ses jours auprès de lui. Certes, elle avait eu de l'affection pour lui ; c'était quelqu'un de bien, un homme rassurant… Mais il avait aussi ce côté exaspérant, qui l'avait poussée à aspirer à *autre chose*.

— Liz, je dois te laisser, un client vient d'entrer dans la boutique. N'oublie pas que tu peux y arriver, d'accord ? Tu n'as qu'à sortir de ta voiture, sonner à la porte et te présenter. Quoi qu'il advienne ensuite, tu sauras comment réagir.

— Merci, coach ! Et merci pour tout ce que tu as fait pour moi depuis quelques jours.

— Pff ! il n'y a pas de quoi, dit Violet avant de raccrocher.

Elizabeth rangea le téléphone dans son sac à main et prit une profonde inspiration. Il était temps de cesser de tourner autour du pot, il fallait affronter la réalité en face.

Le cœur serré, elle ouvrit la portière et entra dans la fournaise australienne.

# Chapitre 2

A son réveil, Nathan Jones fut pour un court instant épargné par les sensations douloureuses et les souvenirs désagréables.

Il s'agissait à coup sûr du meilleur moment de sa journée.

Peu à peu, il revint à lui, et tout se remit en place dans son esprit : les souvenirs tenaces, l'angoisse, la culpabilité, la honte et la peur. Ses pires démons reprenaient tranquillement leur inlassable assaut.

Il fixa longuement le plafond au-dessus de lui, et s'étonna lui-même de continuer, jour après jour, à donner le change malgré la douleur, malgré le désespoir. Puis il se força à se redresser et s'assit sur le bord du lit. De toute façon, il n'avait pas le choix. Il n'était pas du genre à baisser les bras face à l'adversité. Même si, parfois, ce n'était pas l'envie qui lui manquait.

A peine eut-il mis les pieds à terre qu'il fut saisi d'un violent mal de tête. Il inspira profondément. La sensation allait passer. Il avait connu suffisamment de réveils embrumés ces quatre derniers mois pour en être convaincu.

Détail étonnant, il avait pour une fois dormi d'une seule traite. S'il devait, pour passer une nuit tranquille, s'adonner aux vertiges de l'alcool et avoir un réveil difficile, alors il était prêt à payer ce prix.

Cherchant son équilibre, il saisit la serviette de toilette qui traînait au pied du lit et l'enroula autour de sa taille.

La bouche pâteuse, il se dirigea vers la porte. Il n'avait pas faim pour l'instant.

Lorsqu'il foula la pelouse à l'extérieur du studio, la luminosité du soleil de ce milieu de matinée l'aveugla. Il grogna et porta une main à ses yeux pour se protéger des rayons. Encore une journée qui commençait mal.

Il rejoignit la maison principale et gagna la cuisine. Le sable qu'il avait sous les pieds crissa contre le carrelage et il se surprit à sourire. Sam en aurait fait une crise cardiaque, s'il avait été là. Nate n'avait jamais rencontré d'homme aussi à cheval sur les questions de propreté et de rangement.

Il trouva une bouteille de lait dans le réfrigérateur, et but avidement au goulot. Après l'avoir quasiment vidée, il la posa sur le bar. Puis il se dirigea vers la salle de bains, mais on frappa soudain à la porte d'entrée.

Nate fronça les sourcils. Il n'attendait pas de visite, et n'était pas d'humeur à recevoir. C'était d'ailleurs tout l'avantage de vivre sur cette île : elle protégeait son intimité, sa tranquillité. Et lui profitait du silence et des grands espaces.

Il traversa le salon pour rejoindre le hall d'entrée, et distingua une silhouette derrière la porte vitrée. Il hésitait à ouvrir, mais la silhouette frappa trois nouveaux coups.

— Je viens, je viens, dit-il de mauvaise grâce, d'une voix mal assurée.

La porte s'ouvrit sur une jeune femme grande et élancée au visage finement dessiné et au regard bleu profond. Ses cheveux blond pâle étaient coiffés à la façon d'une Grace Kelly ou d'une actrice de cinéma des années trente.

— Je peux vous aider ? demanda-t-il sur un ton bourru, pris au dépourvu par une si jolie visiteuse.

La jeune femme ouvrit la bouche, mais aucun son n'en sortit. Visiblement surprise, elle le détaillait de la tête aux pieds, s'attardant longuement sur son torse nu. Le silence entre eux s'alourdit encore alors qu'elle fixait ses pectoraux saillants. Finalement, son regard se perdit au-dessus de l'épaule de Nate, et elle s'éclaircit la gorge.

— Je… euh… suis sincèrement désolée. Je cherchais un certain Sam Blackwell… On m'avait dit qu'il vivait ici.

Elle parlait de façon saccadée et articulait chaque mot avec un accent qu'il associa aussitôt à la famille royale d'Angleterre, ou à ces grandes familles adeptes de bridge et de polo.

— Vous êtes bien à la bonne adresse, répondit-il, mais Sam est absent en ce moment.

— Je vois… Savez-vous quand il reviendra ? demanda-t-elle en lorgnant nerveusement sur son torse.

Six mois plus tôt, ce regard ingénu l'aurait amusé, voire intrigué — c'était une belle femme, après tout.

Mais six mois auparavant, sa vie n'avait pas encore basculé.

— Sam ne sera pas de retour avant le nouvel an, dit-il. Repassez le voir d'ici le cinq ou six janvier.

— Le nouvel an ? Mais c'est dans presque un mois ! s'exclama-t-elle en écarquillant les yeux, l'air contrarié.

Leurs yeux se croisèrent pour la première fois. Nate sentit quelque chose au fond de lui lui conseiller de refermer la porte au plus vite et de laisser sa jolie visiteuse du matin se débrouiller seule avec ses soucis. Il avait déjà bien assez de son propre fardeau sans avoir à se mêler des affaires des autres.

— Je n'y peux rien, désolé…

Elle rejeta une mèche de cheveux en arrière, et il aperçut au passage la bretelle en dentelle couleur chair de son soutien-gorge à travers son chemisier en lin blanc.

— Pouvez-vous me dire où je pourrais le joindre ?

— Ne le prenez pas mal, mais je ne donne pas les coordonnées de Sam à n'importe qui.

— Oh ! mais je ne suis pas n'importe qui, croyez-moi ! dit-elle en battant des cils.

— Si vous y tenez, laissez-moi vos coordonnées et un message, et je lui transmettrai.

Elle se renfrogna.

— C'est que… Ce n'est pas le genre d'affaire que l'on traite par message interposé.

Nate haussa les épaules. Si elle ne voulait pas de son aide, alors il ne pouvait rien pour elle.

— Dans ce cas, vous allez devoir attendre son retour…

— Ecoutez, j'ai fait des milliers de kilomètres pour venir le voir, monsieur… ?

— Nate. Nathan Jones.

— Enchantée, je suis Elizabeth Mason.

Elle lui tendit la main et, après une seconde d'hésitation, il la serra. Ses doigts étaient fins et sa peau très douce.

— Je dois absolument rencontrer Sam Blackwell, insista-t-elle en lui décochant un sourire désarmant.

— Comme je vous l'ai dit, laissez-moi vos coordonnées, et je les lui transmettrai.

Elle plissa le front et ses sourcils fins se rejoignirent.

— Peut-être accepteriez-vous au moins de me dire où il se trouve, à défaut de me communiquer son numéro ?

— Ecoutez, mademoiselle Mason, quelle que soit la raison de votre visite, si Sam vous doit de l'argent ou quoi que ce soit d'autre, tout ce que je peux faire pour vous, c'est lui transmettre votre numéro. Un point c'est tout.

— Je ne suis pas un agent de recouvrement ! dit-elle, visiblement choquée à l'idée qu'il ait pu se méprendre.

— Qu'importe. Soit vous acceptez mon offre, soit vous la refusez, conclut-il alors qu'elle le scrutait, pétrifiée.

Cette fois, il commença à refermer la porte.

— C'est mon père. Sam Blackwell est mon père ! s'écria-t-elle soudain.

Décontenancé, Nate laissa la porte entrouverte.

Sam n'avait jamais mentionné devant lui l'existence d'un enfant, ni même d'une éventuelle famille. Cela dit, cela n'était guère étonnant car Sam était plutôt du genre taiseux.

Cependant, Nate était perplexe. Pourquoi Sam aurait-il invité sa fille chez lui alors qu'il se trouvait sur le continent ?

— Sam ignorait que vous lui rendriez visite, n'est-ce pas ?

— En effet, admit-elle avec un petit rire nerveux. En fait, je le soupçonne même d'ignorer mon existence. Ce qui fait de moi une incorrigible idiote d'avoir sauté dans le premier avion pour venir me présenter à lui de cette façon. Car je n'avais même pas pensé qu'il pouvait être absent…

Sa voix se brisa et ses yeux s'emplirent de larmes.

Instinctivement, Nate eut un mouvement de recul.

*Tu aurais dû fermer cette porte tant qu'il en était encore temps, mon vieux.*

Elle rejeta la tête en arrière et plissa les yeux. Nate réfléchit, puis finit par rouvrir la porte en grand.

— Vous feriez mieux d'entrer, s'entendit-il articuler.

Elle le gratifia d'un regard reconnaissant et passa devant lui pour entrer. Il la conduisit dans la cuisine.

— Vous voulez un verre d'eau ?

— S'il vous plaît, oui…

Il lui désigna une des chaises en vinyle usé qui se trouvaient autour de la table, prit un verre dans un placard et le remplit au robinet.

— Je vous remercie, dit-elle alors qu'il lui offrait le verre. Je vous promets que je ne suis pas comme cela, d'habitude ; c'est juste que je viens de passer plus de vingt-quatre heures dans un avion, et que ma vie est très mouvementée depuis quelques jours. J'aurais vraiment dû réfléchir avant de venir ici et… et… Excusez-moi, je bafouille encore…

Sa main se mit à trembler autour de son verre, et elle lui offrit un sourire vacillant. Elle avait soudain l'air très vulnérable, assise à cette table, perdue et confuse…

Nate sentit chaque cellule de son corps lui intimer l'ordre de battre en retraite. Il devait impérativement se prémunir de ce qui était peut-être en train d'arriver, là, dans cette cuisine.

— Ecoutez, je n'ai pas envie de me retrouver pris au milieu d'une querelle familiale…

— Je ne me souviens pas vous avoir demandé de vous impliquer de quelque façon que ce soit, monsieur Jones, répondit-elle en rougissant de colère. Je n'ai fait que vous exposer ma situation de façon strictement factuelle.

— Dans ce cas, dites-vous que je préfère ne rien savoir.

Elle se leva d'un bond, faisant crisser les pieds de sa chaise contre le carrelage.

— Qu'à cela ne tienne ! Donnez-moi juste le numéro de mon père, et je ne vous importunerai pas un instant de plus.

Nate attrapa le bloc-notes et le stylo près du téléphone, et les déposa sur le comptoir face à elle.

— Notez votre numéro, répéta-t-il. Je le lui transmettrai.

Elle avait beau être ravissante, et posséder une paire de fesses qu'il devinait affriolantes sous son luxueux tailleur en lin, il n'allait tout de même pas la laisser mettre le grappin sur son vieil ami sans prendre la peine de le prévenir.

— Vous refusez toujours de me révéler ses coordonnées ? dit-elle d'un air blasé. Malgré ce que je viens de vous dire ?

— Sam est mon ami.

Sa poitrine se bomba, comme si elle cherchait à contenir un cri. Puis elle pinça les lèvres et releva le menton.

— Très bien… Merci pour le verre d'eau, dit-elle avec difficulté en se tournant vers la porte.

— Vous oubliez quelque chose, dit-il en tapotant le stylo sur le bloc-notes.

Il vit ses narines s'élargir sous l'effet de la colère. Sans un mot, elle redressa les épaules, rejoignit le bar et lui arracha le stylo des mains. Elle inscrivit son numéro d'une écriture cursive, élégante et quelque peu surannée, puis lâcha le stylo au-dessus du comptoir.

— Inutile de me raccompagner, je connais le chemin, dit-elle, manifestement furieuse, avec une dignité remarquable.

— Où êtes-vous hébergée ? s'entendit-il alors demander.

— Je ne vois pas en quoi cela vous concerne.

— C'est juste au cas où Sam n'arriverait pas à vous joindre par téléphone : je saurais au moins où vous trouver pour vous laisser un message, expliqua-t-il patiemment.

Tout en parlant, il eut envie de se donner des gifles. Depuis quand s'inquiétait-il des soucis des autres ? Et surtout, depuis quand proposait-il son aide de la sorte ?

— Je suis certaine qu'il parviendra à me contacter.

Elle lui décocha un regard si hautain que Nate se dit qu'il en avait terminé avec sa bonne action de la journée. On ne l'y reprendrait pas.

— Comme vous voudrez… Mais ne venez pas m'accuser si je n'arrive pas à vous retrouver en cas de nécessité.

Il eut soudain l'impression qu'elle serrait les dents.

— Je loge à l'Isle of Wight, déclara-t-elle enfin.

— C'est noté.

Elle sembla hésiter un instant, puis regagna la porte d'entrée. Au moment de sortir, elle se tourna une dernière fois vers lui.

— Vous savez, monsieur Jones, là d'où je viens, on s'habille avant d'ouvrir sa porte à des visiteurs.

Elle était si prétentieuse, si raide, qu'il ne put s'empêcher d'éclater d'un rire tonitruant. Quand elle eut disparu, il se rendit compte qu'il n'avait pas ri ainsi depuis longtemps. Très longtemps. Et, sans trop savoir pourquoi, il se précipita dans le salon pour ouvrir en grand le rideau. Malgré son côté raffiné et un brin guindé, cette femme avait un déhanché diablement sexy… Il ne quitta pas ses fesses rebondies des yeux tandis qu'elle rejoignait sa voiture d'un pas décidé.

Il la vit s'installer sur le siège conducteur, mais elle ne démarra pas aussitôt. Au lieu de cela, il la vit baisser la tête, sans pouvoir toutefois déchiffrer l'expression de son visage.

Sans doute réfléchissait-elle à une façon d'occuper son temps dans l'attente du retour de Sam.

Nate avait beau se convaincre qu'il n'avait pas à s'en faire pour cette femme, qu'il avait déjà largement assez de soucis à démêler dans sa propre vie, il était incapable de détourner les yeux. Impossible d'oublier sa main fine tremblant autour de son verre et, surtout, l'angoisse qu'il avait devinée derrière ses bonnes manières et son côté hautain.

— Bon sang ! ce n'est pas vrai !

Il attrapa un short de bain dans la buanderie et l'enfila avant de se précipiter dehors, remontant le sentier en béton brûlant jusqu'à la voiture. Elle ne l'avait pas vu approcher et sursauta lorsqu'il frappa à la vitre du passager. Après une brève hésitation, elle la baissa.

— Ecoutez, Sam est à Sydney. Il attend le départ de la grande course, et il ne ralliera pas Hobart avant le jour de l'an, au plus tôt, dit-il. Mais quand il apprendra votre venue, je suis sûr qu'il rentrera immédiatement.

— La course ? Quelle course ?

— La course de voiliers entre Sydney et Hobart.

Elle se mordit la lèvre.

— Je vois… N'est-elle pas dangereuse ?

— Sam est un marin expérimenté. Un des meilleurs.

— C'est son métier ? Il est marin ?

— Il loue ses services à différents équipages ; parfois, il est engagé pour piloter des yachts.

A ces mots, il recula d'un pas comme pour lui signifier que la séance de questions-réponses était terminée. Ce n'était pas à lui de donner ce genre de précisions. Cela relevait plutôt de la responsabilité de Sam.

— Je vous tiendrai au courant dès que j'aurais parlé à Sam, promit-il.

Elle hocha la tête d'un air méfiant. Sans un mot de plus, elle releva la vitre et démarra. Nate regarda la voiture disparaître à l'angle de la rue, pétri de culpabilité. Il ne lui avait pas été d'une grande aide. Il aurait dû la réconforter. Cette femme avait fait des milliers de kilomètres pour rencontrer un homme dont elle ne savait rien. Il aurait pu téléphoner à Sam immédiatement, et lui dire…

Quoi au juste ? Depuis quand était-il devenu le chevalier servant de Mlle Elizabeth Mason ?

Il sentit un rictus douloureux se dessiner sur ses lèvres. Secourir les demoiselles en détresse n'avait jamais été son fort. Il suffisait de se souvenir de ce qu'était devenue la dernière jeune femme dont il avait eu la responsabilité…

La tension lui enserra soudain de nouveau les épaules et la poitrine. Son cœur s'accéléra et il se mit à transpirer.

*Olivia… Bon sang !*

Les yeux perdus dans le gazon rêche sous ses pieds, il fut de nouveau en proie à une suffocante bouffée de culpabilité. Il regagna la maison et grimpa les marches du porche au pas de course. D'habitude, il s'efforçait de ne pas consommer d'alcool avant seize heures. Or, la vie et son lot d'épreuves lui avaient appris qu'il n'existait qu'un seul moyen de contenir ses angoisses : il se dirigea donc droit vers la cuisine, et sortit une canette de bière du frigo. Il la vida rapidement, fermant les yeux en attendant la sensation chaude de l'alcool au creux de son estomac. Bien sûr, la vodka ou tout autre alcool fort aurait été d'un effet bien plus immédiat, mais il avait pris l'habitude de s'en tenir à la bière… Peut-être pour se donner l'illusion qu'il lui restait encore un semblant de self-control.

Quoi qu'il en soit, la tension qui lui broyait la poitrine se relâcha un peu, et il entama sa deuxième bière avec moins de fébrilité. Après cela, il passerait quelques coups de fils à ses camarades de surf pour s'enquérir de l'état de la mer à Summerlands, ou sur les autres plages susceptibles d'offrir de belles vagues. Histoire de tuer le temps en attendant une heure plus raisonnable pour rejoindre le pub, et noyer une fois encore son chagrin dans l'alcool.

Puis la journée finirait bien par toucher à sa fin. Et il pourrait se féliciter de l'avoir affrontée jusqu'au bout. Non sans un certain soulagement.

Elizabeth contempla la peinture qui s'écaillait au plafond de sa chambre d'hôtel. Elle entendait des éclats de rire réguliers par la fenêtre ouverte. Voilà près de trois heures qu'elle tentait de trouver le sommeil, mais l'Isle of Wight n'équipait ses chambres que de modestes ventilateurs à pales pour lutter contre la canicule. Elle avait eu beau s'allonger sur les draps en petite tenue, elle avait l'impression d'être dans un sauna. Un sauna d'autant plus bruyant qu'il donnait sur la terrasse du bar de l'hôtel.

Elle était épuisée, et une foule de questions lui torturaient inlassablement l'esprit. Etait-elle censée rester sur place en attendant le retour de son père ? Se rendre à Sydney pour tenter de le retrouver ? Ou, pis encore, rentrer en Angleterre ?

Elle détestait l'idée d'avoir effectué un si long voyage pour rien, et l'éventualité de s'en remettre à Nathan Jones en attendant le retour de son père la démoralisait.

Elle poussa un soupir d'impatience et se tourna sur le dos. Dès qu'elle repensait à ce Nathan Jones, elle éprouvait un vif agacement. Elle n'avait pas apprécié sa façon abrupte et désinvolte de lui faire comprendre qu'il ne lui faisait pas confiance, et qu'il ne désirait pas se mêler de la vie de Sam.

— Maudits surfeurs, dit-elle entre ses dents.

Car, d'après ce qu'elle avait pu voir, cet homme était un de ces fainéants de passionnés de surf. Manifestement, et en dépit du fait qu'il était presque midi quand elle avait frappé à sa porte, il venait à peine de se lever. Cheveux en désordre, yeux encore pleins de sommeil… En passant devant lui pour entrer dans la maison, elle avait noté son haleine empestant la bière. Pas difficile de deviner à quoi il avait passé sa soirée de la veille…

Sans parler de cette insupportable façon qu'il avait de se pavaner torse nu, vêtu d'une simple serviette enroulée autour des hanches. Un peu comme s'il se plaisait à exhiber ses muscles bodybuildés.

Elle s'étira sur son lit, tourmentée par les nombreuses images de ce corps solide et imposant qui se bousculaient dans son esprit. Ses épaules larges et bronzées… La toison brune et rectiligne qui s'étendait de son nombril jusqu'au bas de ses abdominaux admirablement sculptés. Et, bien sûr, ces biceps saillants qui se contractaient dès qu'il croisait les bras…

Et puis, il avait eu ce rire étrange quand elle lui avait fait remarquer qu'il était venu lui ouvrir dans une tenue indécente.

Brusquement, elle se redressa et se rassit sur le bord du lit.

Inutile de chercher plus longtemps le sommeil.

Elle foula la moquette usée jusqu'aux sacs de shopping

qu'elle avait rapportés de sa brève excursion sur Main Street dans l'après-midi. Car elle n'avait jeté dans sa valise que des vêtements adaptés à un été anglais, et non à cette canicule australienne. Alors, afin de survivre encore quelques jours à cette atmosphère torride, elle avait acheté une robe de plage jaune et rouge, ainsi que deux débardeurs pastel. Ces tenues tranchaient singulièrement avec son style habituel, sobre et distingué, mais au moins elles étaient légères et confortables.

Sans attendre, elle revêtit la robe de plage et se regarda dans le miroir piqué accroché à la porte de la salle d'eau. Le tombé de la robe était vraiment très court — juste au-dessus du genou — et sa forme dos-nu l'empêchait de porter un soutien-gorge en dessous. En tout cas, elle perçut la sensation du coton frais contre sa peau comme une véritable bénédiction.

Puis elle releva ses cheveux en chignon et consulta sa montre. 18 heures. La soirée s'annonçait longue et ennuyeuse. Peut-être pourrait-elle retourner flâner sur Main Street tant qu'il faisait encore jour ? A moins qu'elle n'aille marcher le long de la jetée, ou sur la plage.

Elle referma la fenêtre avant de partir et son regard fut attiré par l'agitation qui provenait de la terrasse en contrebas. Plusieurs dizaines de vacanciers s'éparpillaient autour des tables, vêtus de simples shorts, de maillots de bain et de vêtements de plage très colorés. La bière et le vin coulaient à flots, dans une ambiance jeune et décontractée.

Chaque fois qu'elle était partie en vacances au soleil, soit avec ses grands-parents, soit avec Martin, elle avait séjourné dans des hôtels discrets et élégants — aux antipodes de l'ambiance de débauche qui émanait du bar au-dessous de sa fenêtre.

*Si Violet était là, elle se précipiterait pour rejoindre ces gens et faire la fête avec eux...*

Elizabeth ne put réprimer un sourire à cette idée. Mais elle se ravisa en verrouillant sa fenêtre.

Elle n'était pas Violet.

Elle était en effet incapable de descendre se mêler à ce joyeux tumulte pour s'offrir une bière.

Ce n'était tout simplement pas son genre.

*Mais qui sait ? N'es-tu pas venue ici avec pour objectif de découvrir ta véritable identité ? Et si rejoindre ces gens un moment faisait partie intégrante de cet objectif ?*

La petite voix qui lui soufflait cette audacieuse idée ressemblait à s'y méprendre à celle de sa meilleure amie.

Or, Elizabeth savait qu'il y avait là un fond de vérité. Elle avait décidé de changer de vie car elle s'était rendu compte qu'elle n'était plus elle-même. Et si elle désirait vraiment partir à la rencontre d'elle-même, elle allait sans doute devoir lutter contre ses vieux réflexes de gentille fille sage.

D'un geste impulsif, elle saisit son sac à main et quitta sa chambre sur-le-champ pour ne pas risquer de changer d'avis. L'estomac noué, elle descendit l'escalier pour rejoindre le vacarme du pub de l'hôtel. Il était bondé. Elle s'arrêta un instant pour prendre ses marques parmi la foule bruyante en tenue de plage. Une odeur tenace de bière, de friture et de crème solaire flottait dans l'air.

*Ce n'est qu'un pub, Elizabeth. Et ces gens ne font que prendre du bon temps. Tu n'as rien à craindre.*

Elle inspira profondément et se jeta dans l'antre, marchant d'un pas mesuré vers le comptoir.

— Qu'est-ce que je te sers, ma belle ? demanda la barmaid.

— Je prendrai un brandy limonade, s'il vous plaît.

La serveuse fronça les sourcils.

— Un *brandy* ? Ma parole, voilà des années que je n'en ai pas servi ! s'amusa-t-elle en se tournant vers son collègue à l'autre bout du bar. Dis donc, Trev, on a du brandy ici ?

— Du brandy ? J'sais pas, faut que je regarde dans l'arrière-boutique, répondit-il en lançant un regard intrigué du côté d'Elizabeth.

— Ce n'est pas grave, ne vous donnez pas cette peine, bafouilla-t-elle, un peu gênée.

Evidemment qu'ils ne servaient pas de brandy. Ce n'était

pas le genre de ce pub branché. D'un geste hésitant, elle désigna le verre embué par la glace que la barmaid venait de déposer devant son voisin de comptoir.

— Servez-moi plutôt un verre de *cela*…

— Une bière australienne ? Pas de problème !

Un instant plus tard, Elizabeth reçut à son tour une grande chope de bière glacée. Elle en goûta une première gorgée et fut saisie par son froid glacial. Cela dit, après une journée aussi caniculaire, ce vif rafraîchissement était le bienvenu, et elle but une deuxième gorgée tout en repérant une table inoccupée. Ouf ! elle allait pouvoir s'installer un peu à l'écart.

Elle se faufila entre deux torses à la musculature imposante, mais, au moment d'atteindre la table, une jeune femme brune s'y installa, un verre à la main. Leurs regards se croisèrent, et la jeune femme éclata de rire.

— On dirait qu'on a eu la même idée ! dit-elle d'une voix enjouée.

Elizabeth reconnut aussitôt les voyelles traînantes d'un accent de l'Est londonien.

— Ce n'est rien, vous étiez là en premier, répondit poliment Elizabeth.

De toute façon, elle n'aurait pas dû descendre au bar. Tout ce bruit, toute cette agitation… En plus, elle était déphasée par le décalage horaire. Il ne lui restait qu'à finir son verre au plus vite, avant de remonter dans sa chambre.

— Tu es anglaise, toi aussi ! s'exclama la jeune femme en levant son verre avec un sourire avenant. A ta santé ! Tu es en Australie depuis longtemps ? Mon copain et moi, on est là depuis six mois, au cas où tu n'aurais pas remarqué mon super bronzage… Tant pis pour mon futur cancer de la peau !

Elle gloussa en exhibant ses avant-bras hâlés, puis se présenta plus formellement. Elle s'appelait Lexie, et invita Elizabeth à partager sa table en attendant son petit ami. En réalité, elle ignorait à quelle heure il comptait la rejoindre.

— Comme ça, tu m'aideras à repousser ces chauds lapins d'australiens ! dit Lexie avec un petit rire entendu. Je préfère te prévenir : ce sont de vrais obsédés, qui continuent à te draguer même s'ils savent que tu es déjà prise !

Un peu plus tard, Lexie offrit une deuxième bière à Elizabeth. Tandis que le soleil déclinait, elle fut à son tour bien obligée de payer sa propre tournée… Après cette troisième bière, elle était passablement ivre. Il faisait à présent nuit noire. Entre-temps, Ross, le petit ami de Lexie était arrivé avec le reste de leurs amis, et Elizabeth s'était naturellement intégrée à la joyeuse bande. Et quand les premières notes de musique retentirent sur la terrasse, ils s'y rendirent tous ensemble.

Se déhanchant machinalement au rythme de la musique, Elizabeth se tourna vers le bar, sa bière en main et le sourire aux lèvres. Malgré ses réserves initiales, elle passait un bon moment avec Lexie, Ross et leurs amis aussi exubérants que chaleureux. Un excellent moment, même. Pour la première fois de sa vie, elle n'avait pas à s'inquiéter de l'opinion de Martin, ni de faire plaisir à ses grands-parents.

Ce soir, elle était seule avec elle-même. Libre.

Contemplant le jardin autour d'elle, elle croisa soudain le regard de… Nathan Jones ! Adossé contre le mur du fond, bière en main, il l'observait avec un petit sourire mutin.

# Chapitre 3

A travers la foule, Nate scrutait la jeune femme en robe légère et colorée. En quelques heures, et sans doute à l'aide de quelques bières, elle s'était métamorphosée. La princesse un peu guindée qu'il avait rencontrée en début de journée avait cédé la place à une ravissante blonde aux joues rosées, au sourire gourmand et au déhanché félin. Pour un peu, il ne l'aurait même pas reconnue… C'était sans compter sur ce port altier, et ce petit menton toujours relevé.

Il détailla de nouveau sa silhouette longiligne. Sa robe dos-nu rouge et jaune lui arrivait au-dessus des genoux, et son décolleté était relativement sage comparé à ceux des habituées du pub : la plupart arrivaient directement de la plage en simples Bikini ou débardeurs très échancrés. Cela dit, la robe d'Elizabeth Mason était suffisamment moulante pour laisser deviner une poitrine superbe.

Sans la quitter des yeux, il porta sa chope à ses lèvres. Il vit son sourire se figer dès qu'elle l'aperçut. Cependant, elle soutint son regard alors qu'il pensait qu'elle l'aurait plutôt fui. A vrai dire, il était très partagé au sujet de cette femme. Certes, le matin il n'avait pas manqué de remarquer la courbe de ses fesses, la bretelle de son soutien-gorge dépassant de son chemisier et la ligne allongée de sa nuque. Mais elle ne ressemblait en rien au genre de femmes qu'il fréquentait ces derniers mois — il s'était contenté de filles faciles et d'aventures d'un soir. Elizabeth Mason semblait en tout cas se situer dans une tout autre catégorie. Sans parler du fait qu'elle était peut-être la fille de Sam…

Malgré tout, pour une raison qui lui échappait encore, Nate gardait les yeux rivés à elle. A l'autre bout de la terrasse, elle finit par détourner le regard et lui tourner le dos.

Alors, défiant une intuition profonde, il se décida soudain à la rejoindre… A chaque pas qui la rapprochait d'elle, il se disait pourtant qu'il aurait très bien pu se choisir une autre compagne de soirée, une femme avec qui il aurait dansé, avec qui il aurait trinqué, avant de peut-être finir la nuit. Or, il n'avait d'yeux que pour Elizabeth. Et lorsqu'il se planta juste derrière elle, elle dut sentir sa présence car il vit les muscles de sa nuque se crisper.

— Je me suis douté que vous étiez dans le coin quand Tania m'a raconté qu'une cliente lui avait commandé un brandy, lui glissa-t-il à l'oreille.

Elle ne broncha pas.

Il sourit. La dernière fois qu'une fille lui avait joué le coup du mépris, il devait être en CE2. Et cela s'était avéré très inefficace : il n'avait jamais su résister à un défi.

Doucement, il s'approcha et murmura à son oreille :

— Tu ne veux pas me voir, Betty ?

— A votre avis ? rétorqua-t-elle sans se tourner vers lui.

Il se tenait si près d'elle à présent qu'il aperçut le délicat duvet blond qui couvrait sa nuque.

— Je pense que le long regard que tu viens de m'adresser, quand j'étais à l'autre bout de la terrasse, m'a beaucoup plu.

Cette fois, elle se retourna brusquement, prête à protester. Mais, en découvrant qu'il se trouvait presque contre elle, elle recula d'un pas et croisa les bras d'un air circonspect.

— Je te fais peur, Betty ? dit-il, à voix basse, amusé par son humeur changeante.

— Bien sûr que non. Et permettez-moi de vous rappeler que je me prénomme Elizabeth.

Etait-ce son imagination, ou bien son accent était-il encore plus pédant ce soir ?

— Elizabeth, c'est un peu guindé, tu ne crois pas ? Ça me fait penser à une vieille monarque un peu coincée…

— C'est un prénom très ancien, ancré dans la tradition, et il se trouve que c'est celui que mes parents m'ont attribué.

— Comme je le disais : c'est très guindé.

Il la vit frémir de colère et ne put réprimer un sourire. Elle avait ce côté très pincé, très premier degré, vraiment facile à asticoter. Voilà bien longtemps qu'il ne s'était pas autant amusé.

— Que voulez-vous exactement, monsieur Jones ?

Il but une longue gorgée de bière avant de lorgner ostensiblement sur son décolleté. Son parfum léger et citronné vint lui titiller les narines.

— Juste m'assurer que tu es bien installée à Phillip Island. En tout bien tout honneur.

— Soyez gentil, ôtez-moi d'un doute : vous me faites un numéro de charme ? dit-elle en le foudroyant du regard. C'est à ça que servent vos sourires insistants, vos remarques pleines d'allusions ? C'est pour cela que vous insistez pour vous coller à moi ?

— A ton avis ?

— Il vaut mieux pour vous que je ne vous réponde pas.

— Je suis prêt à endurer la vérité, Betty, crois-moi.

Elle lui lança un regard assassin avant de répliquer :

— Ma grand-mère m'a toujours appris que si l'on ne trouve rien d'agréable à dire au sujet de quelqu'un, alors il vaut mieux s'abstenir de tout commentaire.

— Ta grand-mère… Cela explique beaucoup de choses…

Les pupilles d'Elizabeth se rétrécirent encore.

— Puisque vous insistez tant, eh bien, je vais vous dire ce que je pense : vous vous imaginez que vos allures de beau gosse et votre physique de dieu de la plage vous autorisent une attitude désinvolte et arrogante auprès des femmes.

A ces mots, il ne put s'en empêcher : il éclata de rire.

— Un physique de dieu de la plage, moi ? A quelles parties de mon corps fais-tu référence ?

Fasciné, il la regarda rougir une nouvelle fois.

— En tout cas, reprit-il d'une voix moins provocante, tu as la peau la plus claire que j'aie jamais vue…

C'était la vérité. Autour d'eux, ce soir, tout le monde arborait l'inévitable hâle brun australien, mais Elizabeth, elle, avait un teint pur, laiteux, telle une fleur de printemps. Obéissant à une étrange impulsion, il porta doucement sa main sur une de ses joues. Comme il s'en était douté, sa peau était douce et incroyablement soyeuse.

— Et alors ? fit-elle les pupilles soudain dilatées.

— Alors… ça me fait quelque chose, Betty, s'entendit-il répondre d'une voix douce en cessant de la caresser.

Il était venu la rejoindre pour la taquiner, pour se distraire un peu du vide menaçant dans lequel sa vie était plongée. Or, cette femme n'avait rien d'une simple distraction. Avec son accent crispé et prétentieux, son menton relevé et son regard hésitant, cette femme était… troublante.

Pendant quelques secondes, ils se scrutèrent en silence.

— Vous ne me mettrez pas dans votre lit, monsieur Jones.

— Qui a parlé d'un lit ? rétorqua-t-il avec un petit rire.

Puis, vaguement déconcerté, il leva son verre avec défiance.

— A ta santé ! dit-il alors avant de tourner les talons sans lui laisser le temps de répondre quoi que ce soit.

Cet homme était tout simplement incroyable. En début de journée, elle l'avait trouvé revêche, mal élevé et peu coopératif, mais à présent Elizabeth pouvait ajouter « odieusement vaniteux » et « arrogant » à la liste des défauts de Nathan Jones. Franchement, elle ignorait ce qui lui avait pris de lui caresser ainsi la joue, et de se coller à elle au point qu'elle avait perçu l'odeur salée et ensoleillée de sa peau.

Sans parler de cette façon qu'il avait de lui rire au nez et de la déshabiller du regard.

Jamais elle n'avait eu affaire à un homme de cette trempe. Impudent, arrogant, et tellement… *physique* que dès qu'elle posait les yeux sur lui elle l'imaginait allongé sur elle, pesant de tout son poids et la plaquant contre…

Non !

Tremblant, elle avala une longue gorgée de bière. Où diable allait-elle chercher toutes ces pensées ?

Elle balaya du regard la foule autour d'elle, afin de s'assurer qu'il avait bel et bien disparu. Puis elle finit par se détendre un peu. Avec un peu de chance, elle n'aurait plus à le croiser de nouveau.

Malheureusement, moins d'une demi-heure plus tard, un petit groupe de gens ayant poussé quelques tables sur le côté pour improviser une piste de danse, Elizabeth aperçut Nathan en train de se déhancher, au bras d'une petite rouquine. La jeune femme portait une minijupe fendue qui laissait clairement entrevoir son maillot de bain.

Dans les rues de Londres, elle se serait sans doute fait arrêter pour attentat à la pudeur. Enfin, selon elle…

La jeune femme se tortillait en riant devant lui, une main posée sur le torse bombé de Nathan qui lui murmurait quelque chose à l'oreille tout en regardant Elizabeth à l'autre bout de la terrasse. Elizabeth croisa son regard bleu pâle et retint son souffle. Bon sang, pourquoi soutenait-elle ainsi son regard ? Il était encore temps pour elle de détourner les yeux.

*Tout de suite.* Avant qu'il ne se fasse des idées.

Nathan haussa un sourcil surpris et esquissa un demi-sourire… *Le mufle !*

Cette fois, elle s'efforça de regarder ailleurs.

Oh ! Elle s'imaginait très bien ce qu'il pouvait penser à cet instant : que la petite Anglaise *coincée* en pinçait pour lui.

Comme si elle était assez idiote pour s'acoquiner avec un homme de son genre ; un homme qui ne pensait qu'au sexe. Un homme qui n'aspirait qu'à prendre son plaisir avec elle. Un homme dont les connaissances en matière de séduction semblaient très étendues…

A cette idée, Elizabeth fut saisie d'une bouffée de chaleur. *Sois au moins honnête avec toi-même, Elizabeth Jane.*

*Cet homme te fascine. Quand tu le regardes, il incarne tous tes fantasmes, toutes les envies coquines dont tu n'as jamais osé parler à personne, pas même à Martin...*

Et, en effet, malgré le trouble qu'il suscitait en elle, elle trouvait Nathan Jones attirant. Sexuellement attirant.

Seigneur, mais que lui arrivait-il ?

Une perle de sueur roula le long de sa nuque, et elle saisit le premier pichet de bière à sa portée pour remplir de nouveau sa chope. Comment Nathan avait-il pu se montrer si sûr de lui en venant l'aborder, tout à l'heure ? Pourtant, elle l'avait éconduit sans équivoque. Or, c'était comme s'il avait su *avant elle* l'effet qu'il lui faisait. Cela, elle l'avait compris avec le regard qu'ils venaient d'échanger.

Il savait à quel point elle avait été troublée par son torse nu lors de leur première entrevue. Il savait que les images de son corps à demi dénudé l'avaient perturbée pour le reste de la journée, bien malgré elle. Il savait à quel point son sang bouillonnait en elle dès qu'elle imaginait poser ses mains sur sa peau hâlée et musclée.

— Bon sang ! dit-elle entre ses dents, maugréant.

Quelque chose en elle s'était embrasé, et elle sentait l'écho des battements affolés de son cœur juste là, entre ses jambes. Portant sa chope glacée contre sa joue, elle chercha à éteindre l'incendie qui couvait en elle.

Tout cela devenait complètement fou. Jamais elle ne s'était sentie à ce point sur les nerfs. Etait-ce à cause de toute cette bière qu'elle avait bue ?

Soudain, une main se glissa sous son bras et l'entraîna vers la piste de danse.

— Allons, Betty, détache ton chignon et viens danser avec moi, murmura une voix à son oreille.

Elle leva les yeux et aperçut le regard mi-clos de Nathan. Seigneur, comme il était beau avec ses pommettes saillantes, son nez bien droit et ses lèvres bien dessinées et charnues...

Pourtant, elle s'arrêta net et secoua la tête.

— Non, je ne veux pas danser. Pas avec vous.

C'était à la fois vrai et faux. Cet homme la terrifiait. A son côté, elle ne se maîtrisait plus. Elle avait peur d'elle-même.

Elle tenta de se dégager de son bras, mais il ne la laissa pas faire.

— Tu es mariée ?

— Non.

Elle avait bien failli, mais non.

— Tu as quelqu'un dans ta vie ?

— Non.

— Dans ce cas, où est le problème ?

A l'écouter, les choses étaient très simples : rien ne comptait sinon ce qu'elle voulait et ce qu'il voulait en ce seul instant. Nul besoin de songer à demain, ni de s'inquiéter d'éventuelles conséquences.

Comme elle ne répondait pas, il finit par relâcher son bras.

— C'est à toi de voir, Betty…

Elle aurait dû être agacée par son tutoiement insistant, et ce diminutif idiot qu'il lui attribuait. Mais non.

Et quand il lui offrit un sourire déçu avant de lui tourner le dos, elle eut l'impression, saisie de panique, qu'elle venait de laisser échapper une opportunité unique. Quand allait-elle rencontrer à nouveau un homme aussi surprenant que Nathan ? Un homme léger, impudent, et prodigieusement sexy n'ayant qu'une idée en tête : se faire plaisir… Quand se retrouverait-elle dans une situation comparable à celle de ce soir : loin, très loin de chez elle, anonyme et libre ?

Ignorant les réponses à ces questions, elle préféra se dire qu'elle venait sans doute d'éviter une décision impulsive, irréfléchie. Et elle s'efforça d'afficher un sourire gai, pour maintenir l'illusion qu'elle passait toujours une bonne soirée.

Elle regarda Nathan rire et danser avec une autre femme, puis une autre encore. Tout en vidant sa chope de bière, elle laissa son regard se promener sur sa silhouette souple et tout en muscles qui se balançait en cadence sur la piste. Puis il rejoignit un groupe de surfeurs en pleine conversation. Il rit et bavarda longuement avec ses amis, et elle se souvint de la lueur provocante au fond de ses yeux, et de cette caresse qu'il lui avait faite, sur la joue. Elle repensa alors au mensonge de ses grands-parents — lesquels, certes, avaient cru agir dans son intérêt — et à Martin, qui lui donnait l'impression d'être une poupée de porcelaine quand il la touchait. Elle repensa à toutes ces fois où elle avait serré les dents pour leur faire plaisir, et rester une gentille fille sage.

Comme ce jour, chez Harrods, où elle avait pour la première fois éprouvé l'envie de faire voler en éclats cette image trop lisse, trop parfaite d'elle-même.

*Tu as envie de cet homme*, lui souffla une voix intérieure. *Pourquoi te priver ?*

Comme au ralenti, elle reposa son verre. N'en avait-elle pas assez d'être une femme raisonnable, posée et prudente ? Elle aspirait soudain à une expérience aventureuse. Juste une fois dans sa vie. Personne n'en saurait jamais rien. Ce serait son petit secret, sa petite folie. Un moment rien que pour elle, et que personne ne pourrait juger, ni même commenter.

D'un geste machinal, elle vérifia que son chignon était toujours bien en place et, pour la première fois de sa vie, elle s'apprêta à faire des avances à un homme…

Prenant une longue inspiration, elle s'élança à travers la foule pour rejoindre Nathan. Elle n'avait pas fait deux pas qu'il quitta son groupe d'amis pour se faufiler vers la sortie.

Elle éprouva immédiatement le plus vif des désarrois : il partait ! Juste au moment où elle se décidait enfin à assumer — et à demander — ce qu'elle voulait. Elle s'arrêta un instant, incrédule, avant de repartir de plus belle, n'hésitant plus à pousser les gens sur son passage.

Si les choses en restaient là ce soir, elle risquait bien de ne plus jamais trouver le courage de dépasser ses inhibitions.

Les yeux rivés sur la chevelure brune de Nathan, elle le vit disparaître dans le couloir menant à l'entrée principale, et accéléra le pas. Si bien qu'en arrivant dans le hall, elle courait presque.

Mais la pièce était déserte. Nathan était déjà sorti.

De nouveau, elle hésita. Elle pouvait encore le suivre dans la rue. Mais, après tout, elle n'avait pas su saisir sa chance lorsqu'il la lui avait proposée. Il était trop tard à présent.

Déçue, frustrée, elle poussa néanmoins la porte à double battant et sortit dans la nuit chaude avant d'avoir le temps de changer d'avis. Aucune trace de Nathan dans la rue, ni d'un côté ni de l'autre. Puis elle regarda de l'autre côté du trottoir, sur la plage en contrebas, et aperçut une silhouette brune qui empruntait le sentier en direction du rivage.

Elle traversa aussitôt et rejoignit le sentier au pas de course. La lune était masquée par un banc de brume et se reflétait à peine sur les flots noirs. Il faisait très sombre sur la plage. Elle foula le sable avant de s'arrêter net.

Mais que diable faisait-elle là, à courir après un inconnu sous prétexte qu'il l'avait regardée d'une certaine façon, et lui avait dit des choses troublantes ? Manifestement, Nathan rentrait tout simplement se coucher. Il avait oublié depuis longtemps les avances qu'il lui avait faites, tout à l'heure.

Elle n'avait plus qu'à rentrer chez elle. Cela valait mieux que se ridiculiser. D'un geste lent, elle pivota sur ses talons quand…

— Betty ?

Le souffle court, elle regarda par-dessus son épaule. Et reconnut la silhouette robuste et élancée de Nathan, au bas du sentier. Aussitôt, son cœur se mit à tambouriner contre sa poitrine. Elle essuya ses paumes moites sur sa robe, puis s'engagea sur le sentier, dans la pénombre.

Arrivée devant lui, elle le dévisagea en silence.

— Vous rentriez chez vous ? demanda-t-elle alors que le silence entre eux devenait pesant.

— Je suis sorti prendre l'air. Il faisait trop chaud au bar.

Et dire qu'elle lui avait effectivement couru après, comme une adolescente désespérée.

— Je me disais… Si votre invitation à danser tient encore… Enfin, si tu remontes au pub, on pourra peut-être…

Les yeux de Nathan se mirent à pétiller dans la nuit noire.

— Tu as envie de danser, Betty ?

Elle se sentit idiote, et transparente. Tout cela était même humiliant. Voilà sans doute pourquoi sa première intuition avait été de fuir cet homme. Jamais elle ne s'était comportée ainsi de toute sa vie, et elle n'avait pas la moindre idée de la façon dont elle était censée gérer la situation à présent. N'avait-elle pas largement surinterprété l'invitation à danser de Nathan ?

— Euh… peu importe, en fait, bredouilla-t-elle.

Elle fit demi-tour, mais il l'empoigna d'une main ferme.

— Viens ici, murmura-t-il alors.

Et il l'attira doucement contre lui. Elle tenta de résister, mais il prit son visage entre ses mains… Le cœur battant la chamade, elle leva les yeux vers lui et rencontra ses lèvres.

Elle fut très étonnée de la chaleur suave de ce baiser. Du bout de la langue, Nathan s'empara de ses lèvres, et elle se surprit à s'ouvrir à lui de la façon la plus naturelle qui soit. Il l'embrassait avec une ardeur non contenue, attisant brusquement l'incendie qui couvait en elle. Les seins plaqués contre son torse, elle laissa ses bras robustes l'enlacer avec ferveur tandis que ses lèvres gourmandes dévoraient les siennes avec avidité. Puis, il se décala lentement pour lui embrasser le menton et descendre au creux de son cou, de plus en plus pressant, de plus en plus fougueux.

Bientôt, il laissa sa main glisser le long de sa nuque, traça l'arrondi de son épaule et rejoignit son décolleté. Elle sentit une puissante onde de chaleur monter en elle, et se concentrer entre ses cuisses. Excitée à un point proche de la douleur, elle tenait à peine sur ses jambes. Agrippant les épaules musclées de Nathan pour se maintenir en équilibre, elle lui rendit son baiser.

A travers le tissu de sa robe, il referma sa main sur son sein, avant de se faufiler sous le vêtement. Et lorsqu'il pinça son téton entre ses doigts, elle étouffa un petit cri de plaisir.

Jamais elle n'avait ressenti une telle excitation. Jamais

elle n'avait éprouvé un tel désir. Brûlant. Terrassant. Jamais elle n'avait eu à ce point envie d'un homme.

Nathan pressa ses hanches contre les siennes, plaquant son sexe dur contre son ventre. Le souffle court, elle palpa alors le tissu tendu de son jean. Il était si dense, si chaud…

Il prononça quelques paroles inaudibles contre ses lèvres, avant de déposer une pluie de baisers incendiaires le long de son cou, puis de son décolleté. Très vite, il prit un de ses seins entre ses lèvres, à travers sa robe, tout en lui empoignant les fesses. Il la serra plus fort encore contre lui, prenant un évident plaisir à se caresser contre elle.

Puis il enfouit une main provocante dans la chaleur moite de ses cuisses. Elle frémit et poussa un soupir.

— Je t'en prie, implora-t-elle en rejetant brutalement la tête en arrière. Je t'en prie…

— Oh ! oui ! Betty, murmura-t-il dans un souffle rauque tout en lui prenant la main.

Il l'entraîna à l'écart sur la plage, loin des lumières de Main Street. Les sandales d'Elizabeth s'enfonçaient dans le sable tiède, et elle peinait à suivre son pas urgent et résolu.

Une fois dans le noir, Nathan s'arrêta net, avant de l'enlacer de nouveau.

— Oh ! Betty ! dit-il en l'embrassant.

Elle le sentit sourire contre ses lèvres. Sans doute aurait-elle dû lui rappeler que son véritable prénom était Elizabeth. Mais peu lui importait, au final. A cet instant, seuls comptaient ce désir impérieux, irrépressible, et la vibration désespérée au creux de ses cuisses.

Le cœur tambourinant contre sa poitrine, elle descendit une main le long de son ventre incroyablement musclé, jusqu'à la braguette de son jean. Il ne portait pas de ceinture et, quand les boutons eurent cédé un à un, elle faufila sa main dans son pantalon et referma ses doigts autour de son sexe brûlant et dur comme un roc.

Il enfouit son visage au creux de son cou tout en défaisant la bretelle de sa robe. Aussitôt, le haut de son vêtement tomba sur sa taille et elle sentit une brise fraîche lui effleurer le buste. Nathan contempla ses seins dans la pénombre, et émit un petit soupir de satisfaction avant de les saisir à pleines mains.

D'un geste sûr, audacieux et presque irréel, elle fit rouler le jean de Nathan le long de ses cuisses.

— Doucement Betty, dit-il, pantelant, contre sa peau. Doucement ma belle.

— J'ai envie de toi, s'entendit-elle articuler. Maintenant !

Jamais elle n'avait osé parler aussi crûment à un homme.

— Tout ce que tu voudras, ma belle, dit-il d'une voix profonde en lui pinçant délicatement les seins.

Ils se laissèrent alors tomber sur le sable, et elle se retrouva allongée sur le dos, Nathan au-dessus d'elle. Elle l'accueillit en enroulant ses jambes autour de ses hanches, tandis qu'il suçait tour à tour la pointe de ses seins. Follement excitée, elle se cambra et poussa un petit cri de volupté. Déjà, elle était aux portes de l'extase. Il ne lui avait pas encore ôté sa culotte qu'elle vivait déjà l'expérience sexuelle la plus palpitante, la plus époustouflante de sa vie…

D'une main experte, il s'insinua entre ses cuisses brûlantes. Etouffant un nouveau soupir, elle ferma les yeux alors qu'il remontait sous la soie trempée de sa culotte, gagnant lentement, inexorablement, le centre de son désir.

— Hmm, grogna-t-il entre ses seins.

Manifestement, il était ravi de constater combien elle était excitée. Resserrant ses doigts fébriles autour de son sexe enflé et palpitant, elle continua à le caresser en cadence de bas en haut, de bas en haut…

Et lorsqu'il enfouit un doigt en elle, elle se mordit la lèvre et souleva brusquement les hanches. Elle eut envie de crier : « Encore ! », mais très vite il insinua un deuxième doigt. Une nouvelle fois, elle donna un coup de hanches pour accentuer cette divine caresse.

Hmm… C'était si bon… Tellement bon…

Il se dégagea brièvement, et elle sentit qu'il farfouillait dans son jean abandonné sur le sable. D'un geste hâtif, elle se débarrassa de sa culotte qu'elle jeta sur le côté. Elle entendit un bruit d'emballage plastique, et eut à peine le temps de comprendre que Nathan était en train d'enfiler un préservatif qu'il s'allongeait de nouveau sur elle. Le souffle court, elle se cambra pour mieux l'accueillir en elle.

Sans plus attendre, il la pénétra d'un seul coup de reins, vif et déterminé. Le souffle coupé, elle planta ses ongles dans ses épaules, alors qu'il commençait à aller et venir en elle, si puissant, si dur qu'elle arrivait à peine à croire ce qui lui arrivait. Confuse, elle promena ses mains autour de ses muscles saillants et s'accrocha à lui comme si le sort du monde en dépendait.

Oh ! Comme elle avait attendu ce moment : ce plaisir brut et sauvage, qui montait en elle ; cette chaleur, cette impudeur… Elle se savait sur le point de jouir, là, bientôt, mais redoutait soudain ce moment inexorable. Elle refusait d'envisager la fin de ces instants magiques. Elle était en train d'assouvir son plus ancien fantasme, celui qu'elle ressassait depuis des années, dans le secret de sa chambre, lorsqu'elle se donnait elle-même du plaisir. Sus aux mots tendres et aux caresses timorées, convenues et pétries de respect ! Soudain, il n'y avait plus que ce corps, viril, massif, qui se plantait vigoureusement dans le sien, cette bouche avide qui prenait possession de ses seins, et ses mains pressantes qui s'agrippaient à cet homme comme pour mieux le guider en elle… Oh ! seigneur ! Elle était en train de vivre tout ce dont elle avait toujours rêvé… Enfin, presque.

— Pourrait-on… Enfin… Et si je me mettais à genoux… Et toi, derrière moi ? s'entendit-elle demander.

Nathan se figea et elle craignit d'avoir tout gâché. La première fois où elle avait formulé cette même requête à Martin, celui-ci s'était montré horrifié. Elle n'avait jamais compris ce qu'il y avait de si outrancier dans cette demande, mais manifestement ce ne devait pas être une position digne d'une gentille fille sage. Il lui restait tant de choses à apprendre à cet égard. Il lui restait tant à découvrir…

Sans un mot, Nathan se retira. Il lui prit les hanches et la fit pivoter devant lui. Une nouvelle onde de chaleur s'empara d'elle alors qu'elle s'offrait à lui, à quatre pattes, impudique comme jamais… Il releva sa robe sur ses hanches et marmonna quelque chose entre ses dents avant de la pénétrer. Elle le sentit s'enfoncer en elle, la comblant comme jamais elle n'avait été comblée.

— Oh, oui ! *Oui !* cria-t-elle à bout de souffle.

C'était encore meilleur que dans ses fantasmes. Elle sentait Nathan pleinement, au plus profond d'elle.

Il reprit son langoureux va-et-vient, et elle entendit le claquement vigoureux de ses cuisses contre les siennes, le frottement de leur peau… A chaque coup de reins de Nathan, elle sentait toutes les cellules de son corps s'embraser ; à chaque coup de reins, elle se cambrait pour mieux le recevoir ; à chaque coup de reins, elle se contractait pour retenir en elle cet homme et sa fougue inouïe.

Peu à peu, elle sentit monter en elle le plaisir ultime.

Là, bientôt, il allait la faire jouir.

Ce fut alors qu'il glissa de nouveau une main entre ses cuisses ruisselantes, accentuant son exquise torture. Aussitôt, elle sut qu'elle allait rendre les armes sans délai.

Un orgasme fulgurant la submergea corps et âme. Tendue comme un arc, elle se cambra en un dernier spasme et cria le prénom de Nathan en desserrant à peine les dents. Pantelante, elle le sentit frémir à son tour et s'enfouir en elle avec une force inouïe. Son corps était dur comme le roc et convulsa à son tour sous l'effet d'un orgasme retentissant.

Il y eut un bref moment de silence, de calme absolu, puis il se retira. Elizabeth laissa tomber son visage entre ses poings encore serrés.

Son ventre, ses jambes tremblaient encore, et elle éprouva un étrange vertige. Comme si son cerveau n'avait plus été oxygéné pendant un certain temps et qu'il manquait d'air.

— Moi qui croyais que les Anglaises étaient des filles coincées…, chuchota Nathan d'une voix amusée.

— Je le croyais aussi, répondit-elle en riant.

Jamais elle ne s'était sentie aussi détendue. Soulagée. Comme révélée à elle-même.

A cet instant précis, plus rien n'avait d'importance. Même si elle connaissait à peine cet homme ; même si elle se trouvait à des milliers de kilomètres de chez elle ; même si elle n'avait pas la moindre idée de ce qu'elle était censée faire après ce qui venait de se passer entre eux, seul comptait l'instant présent. Et cet instant était tout simplement exquis.

# Chapitre 4

Nathan ouvrit les yeux doucement et cligna des paupières, aveuglé par le soleil matinal. Pour la première fois depuis très longtemps, sa première pensée ne fut pas pour Olivia. Et la raison de ce changement inattendu se trouvait là, pelotonnée contre lui, dans son lit, lovée contre son torse. Il avait gardé un bras autour d'elle, ainsi qu'une main possessive sur un de ses seins.

Elizabeth Mason. La fille de Sam. La petite princesse anglaise, nettement moins inhibée qu'elle n'en avait l'air.

Il sentit son sexe se raidir alors que les images de leurs ébats de la nuit lui revenaient à l'esprit. La main d'Elizabeth contre son jean, sur la plage… La chaleur moite de son sexe se contractant entre ses doigts… La façon impudique dont elle l'avait imploré de la prendre en levrette… Elle s'était offerte à lui et avait répondu avec fièvre et appétit à la moindre de ses caresses, à chacun de ses baisers. Ils avaient de nouveau fait l'amour en rentrant chez lui. Cette fois, elle s'était empalée sur lui, à califourchon, et il l'avait fait crier de plaisir jusqu'au bout de la nuit.

Vraiment très désinhibée, pour une petite Anglaise…

Elle s'étira soudain contre lui, frottant ses reins contre son sexe déjà dur comme le roc. Il déposa un baiser au creux de sa nuque, avant de la mordiller doucement. Elle se raidit aussitôt entre ses bras, tout à fait réveillée à présent.

Exactement ce dont il avait envie…

Il agaça la pointe d'un de ses seins entre ses doigts, tout en léchant la peau de son cou. Son téton se durcit et elle s'étira encore tout contre lui. Poursuivant ses caresses d'une main, il atteignit de l'autre la table de chevet à côté de lui. Quelques secondes plus tard, il enfilait un préservatif, avant de s'enfouir entre les cuisses brûlantes d'Elizabeth.

Elle poussa un voluptueux soupir puis se contracta autour de lui. Cette femme était décidément volcanique. A la fois douce et suave, elle savait aussi faire preuve d'une fougue étonnante, très libérée. Après leurs étreintes effrénées de cette nuit, il avait imaginé lui faire l'amour de façon plus langoureuse, à moitié endormie, en ce début de matinée… Au lieu de cela, voilà qu'elle se plaquait vigoureusement contre lui, embrasant chaque cellule de son corps. D'un geste hâtif, il plaqua ses mains autour de ses hanches, et l'installa à plat ventre, puis à quatre pattes.

Elle ne résista pas et, à la voir aussi avide, aussi offerte, il sentit son excitation s'amplifier encore. Très vite, elle se cambra pour accompagner son étreinte et, très vite, elle serra les draps dans ses poings, criant son plaisir. Ces petits gémissements le propulsèrent à son tour aux portes de la jouissance. Comblé, il s'affaissa légèrement contre les épaules d'Elizabeth. L'espace de quelques précieuses secondes, il oublia tout. Qui il était… D'où il venait…

Si seulement ce sentiment avait pu perdurer un peu…

Reprenant son souffle, il roula sur le côté et ils restèrent longuement ainsi, allongés l'un contre l'autre, sans rien dire. Seules leurs respirations encore saccadées et le bruit du vent dans le vieil arbre devant le studio fendaient le silence. Une odeur de débauche et de transpiration, mêlée au parfum d'Elizabeth, flottait dans la pièce. Inlassablement, il promenait son regard sur sa superbe chute de reins et sur ses fesses laiteuses et délicieusement rebondies.

— Quelle heure est-il ? demanda-t-elle d'une voix enrouée et quelque peu hésitante.

— Bientôt 7 heures.

Elle s'accouda sur le lit, puis se tourna lentement vers lui. Ils échangèrent un regard, et il sentit chez elle un certain embarras.

— Bonjour, reprit-elle d'une voix quelque peu hésitante.

Il eut l'impression qu'elle avait répété ce petit mot pendant des heures avant de le prononcer.

— Bonjour à toi, répondit-il avec ferveur.

Elle roula sur le côté, relevant soigneusement le drap au-dessus de sa poitrine. Cette pudeur soudaine amusa Nate : ne venaient-ils pas tout juste de faire l'amour ?

Elle regarda alors en direction de la porte et fronça les sourcils. Suivant son regard, il aperçut sa robe, abandonnée à terre près de ses sandales. Très vite, il comprit ce qui la tracassait. Sans un mot, elle s'empara du T-shirt qui traînait au bord du lit et le passa en vitesse avant de se lever pour aller récupérer son vêtement. Elle lui tourna le dos, ôta le T-shirt et passa sa robe en tout hâte. Puis elle enroula ses cheveux en chignon. Ses mains et ses bras étaient fins et gracieux, tels ceux d'une danseuse. Il adorait la regarder, même si cette inattendue pruderie le surprenait.

Ce ne fut qu'une fois qu'elle commença à lacer ses sandales qu'il comprit qu'elle était sur le point de partir.

Durant ces derniers mois, en dépit de son profond désarroi, il avait eu son lot d'aventures d'un soir, lesquelles étaient presque toujours suivies d'adieux maladroits et de sous-entendus quant à l'éventualité de se revoir.

Manifestement, il n'aurait pas ce genre de soucis avec sa maîtresse anglaise.

— Tu m'as l'air vraiment très pressée.

Curieusement, au lieu de se sentir reconnaissant envers Elizabeth de lever ainsi toute ambiguïté, il était piqué au vif par son empressement à disparaître de sa vie. Certes, il n'avait aucune envie de la voir pendue à son cou, l'implorant de s'engager à vie avec elle. Mais il aurait aimé la voir manifester un peu plus de réticence à clôturer le chapitre de ce qui était pour lui — et de loin — la plus belle expérience sexuelle de toute sa vie.

— Je te demande pardon ?

Il répondit par un simple haussement d'épaules. Si elle tenait tant à s'en aller, eh bien, qu'elle s'en aille. Il n'allait tout de même pas la supplier de rester encore un peu.

Repoussant le drap, il se leva à son tour. Elle lorgna allègrement son corps dénudé, et son regard embué de désir contribua à redorer instantanément l'ego de Nate : s'il le voulait, il pourrait la remettre dans son lit en quelques secondes à peine.

— Je dois y aller, dit-elle soudain en ouvrant la porte.

Il n'eut pas le temps de dire un mot qu'elle avait déjà disparu.

Il n'en revenait pas. Jamais il n'avait connu de femme aussi prompte à prendre la poudre d'escampette — sans même l'ombre d'un remerciement — après une nuit aussi torride.

S'efforçant d'oublier son agacement, il enfila un pantalon propre. Pour une fois, les choses étaient simples : ils avaient fait sauvagement l'amour, cela avait été fantastique, puis Elizabeth avait mis les voiles. La belle affaire. D'ici la fin de la semaine, il aurait sans doute oublié jusqu'à son prénom. C'était une histoire sans lendemain, et c'était tant mieux : pas de méprise sentimentale, ni engagement ni culpabilité.

Aucun risque pour lui de laisser de nouveau tomber quelqu'un qui avait besoin de lui.

Pour regagner la plage, Elizabeth reprit en sens inverse le sentier qu'elle avait emprunté la veille au soir pour aller chez Nate. De là, elle rejoignit facilement Main Street, même si chacun de ses pas lui rappelait cruellement qu'elle ne portait pas de culotte… Et qu'elle venait de passer une folle nuit dans les bras de l'homme le plus viril, le plus entreprenant et le plus endurant qu'elle ait jamais rencontré.

Comment avait-elle pu s'adonner à ce point à la débauche ?

Comment avait-elle osé lui courir après, hier soir ? Et s'offrir à lui comme elle l'avait fait ? Surtout — elle enfouit son visage entre ses mains à cette idée — comment avait-elle pu lui demander de la prendre par-derrière ?

Jamais elle ne s'était montrée aussi impudente de toute sa vie. Le pire, c'était qu'elle n'éprouvait aucun regret ! Cela avait été une expérience merveilleuse pour elle… Jamais elle ne s'était sentie aussi libre, aussi vivante.

Et puis Nathan s'était montré incroyablement généreux, passionné et intuitif. A aucun moment il n'avait remis en question ses envies ; à aucun moment il ne lui avait donné l'impression d'être déviante ou immorale. Au contraire, il avait spontanément su saisir la douce folie du moment qui s'était offert à eux. Rien qu'à y repenser, elle frémit.

A cet instant, un coup de vent venu du large s'engouffra entre ses jambes et souleva sa robe. Des deux mains, elle rabattit aussitôt le tissu contre ses cuisses, et aperçut une vieille dame qui promenait son chien près du rivage, ainsi que deux joggeurs qui couraient sur le sable. Honteuse, elle eut l'impression qu'ils avaient tous remarqué le maquillage qui avait coulé sur son visage, et ses cheveux ébouriffés. Sans doute avaient-ils deviné qu'elle sortait à peine du lit.

Heureusement, personne ne pouvait se douter qu'elle ne portait pas de sous-vêtements sous sa robe. Elle n'avait pas la moindre idée de ce qu'était devenue sa culotte. A vrai dire, elle ne se rappelait même pas si elle l'avait remise lorsque Nathan l'avait entraînée chez lui la veille, après leur première étreinte sur la plage. Elle avait agi sous l'emprise de ses hormones, dans un état second, et était à présent incapable de se rappeler les circonstances exactes dans lesquelles elle l'avait perdue.

Elle espérait seulement ne pas l'avoir oubliée sur la plage. L'idée qu'un vacancier pourrait mettre la main dessus la mit soudain terriblement mal à l'aise. Si sa grand-mère la voyait en cet instant…

Elle s'efforça de chasser cette idée de son esprit. Pas question de culpabiliser pour la nuit qu'elle venait de passer. Oui, elle avait fait l'amour avec un quasi-inconnu… La première aventure d'un soir de sa vie. Cela avait été une expérience extraordinairement sensuelle, irréfléchie, et il était *hors de question* pour elle de se laisser gagner par les regrets. Personne n'avait besoin de savoir ce qu'elle avait fait ici, sur Phillip Island. Cela ne regardait qu'elle.

Pourtant, tout en marchant vers Main Street, elle ne put s'empêcher de parcourir des yeux l'étendue de sable, à la recherche de sa culotte. En vain. Il ne lui restait plus qu'à espérer que la marée l'avait emportée et que personne ne la retrouverait jamais.

Arrivée à son hôtel, elle fut soulagée de ne croiser personne à l'accueil — elle n'était pas d'humeur à affronter les regards pleins de sous-entendus quant au fait qu'elle avait découché. Elle prit une douche, puis s'endormit pendant deux petites heures. Réveillée par la chaleur étouffante qui régnait de nouveau dans sa chambre, elle se rassit brusquement sur le lit, et passa une main fébrile dans ses cheveux. Le moment était venu de prendre des décisions.

Nate avait proposé de la mettre en contact avec son père, même si ce n'était pas de la façon qu'elle aurait souhaité. Elle attendrait d'avoir de ses nouvelles avant de décider de rentrer, ou non, en Angleterre. Après tout, elle avait tout son temps : grâce aux vacances scolaires de Noël, elle pouvait repousser son retour à son poste de professeur remplaçante jusqu'à la mi-janvier au plus tard, et prolonger d'autant son séjour en Australie si besoin.

D'autant que, même si c'était un peu lâche de sa part, il valait sans doute mieux laisser passer un peu de temps avant de se confronter de nouveau à ses grands-parents. Histoire de permettre à l'amertume et aux rancœurs de s'apaiser de part et d'autre.

Entre-temps, elle pourrait voler de ses propres ailes. Explorer un peu mieux Cowes et les plages alentour, s'intégrer aux habitants de Phillip Island… Et définir enfin ce qu'Elizabeth

Mason attendait de la vie, à défaut d'un mariage sûr et rangé avec un parfait gentleman anglais.

Tout cela suffirait amplement à occuper ses journées. Quant à ses nuits…

Une série d'images on ne peut plus compromettantes lui revinrent soudain à l'esprit. Mieux valait ne plus songer aux nuits qui l'attendaient. Car elle avait beau avoir eu peu d'amants dans sa vie, elle savait pertinemment qu'attendre quoi que ce fût de plus qu'une seule nuit de la part d'un homme comme Nate équivalait à une partie de roulette russe émotionnelle.

Elle avait peut-être eu un moment de témérité, la veille, mais au fond Elizabeth n'avait rien d'une téméraire.

Nate arriva au pub peu après 18 heures. Après une bonne séance de surf à Kitty Miller Bay dans la matinée avec son ami Tommy, il avait tondu la pelouse jusqu'en début d'après-midi. Après cela, il s'était étendu dans le vieux hamac à l'ombre de l'arbre devant le studio, sirotant quelques bières histoire de laisser passer les heures les plus chaudes.

Malheureusement, dès qu'il passait plus de cinq minutes sans occupation, Olivia était là, à le hanter, à lui torturer l'esprit et à lui donner envie de tout casser autour de lui.

Comme la bière seule n'avait pas suffi à chasser ses vieux démons, il s'était douché, changé, et avait fini par se rendre au pub. Avec un peu de chance, il y retrouverait Elizabeth Mason… Sa peau de porcelaine, et ses fesses fermes et rebondies. En tout cas, depuis qu'il s'était retiré sur l'île, elle avait été la première personne capable de lui faire oublier, même brièvement, ses tourments. Quelque chose en elle le fascinait. Etait-ce la contradiction apparente entre ses manières un peu guindées et les petits miaulements impudiques qu'il avait su lui arracher ? Son tenace accent anglais ? Cette lueur fragile et hésitante qu'il avait cru déceler au fond de ses yeux ?

Cette femme était un mystère pour lui. Tout simplement.

Une étrangère cultivée, au teint pâle, et à l'allure frêle au milieu de tous ces corps bodybuildés et bronzés à outrance… En tout cas, lorsqu'elle se trouvait près de lui, il ne pensait plus à rien d'autre qu'à elle.

Dès qu'il pénétra dans le bar, il l'aperçut, attablée avec ses amis de la veille. Elle arborait de nouveau un petit chignon très strict et se tenait bien droite. Il commanda une bière, le sourire aux lèvres. Il était prêt à parier qu'Elizabeth ne traînait jamais les pieds, ne disait jamais de gros mots, ne mangeait jamais son dessert avant d'avoir fini son plat de résistance, et ne trichait jamais sur sa déclaration d'impôts.

Comme si elle avait senti son regard posé sur elle, elle leva les yeux et l'aperçut. Alors, il sortit de la poche de son jean quelques centimètres de la petite culotte de soie bleue et blanche qu'elle avait oubliée chez lui en partant.

— C'est à toi ? articula-t-il silencieusement en haussant un sourcil interrogateur.

Sa réaction fut immédiate. Elle se leva d'un bond, le visage écarlate, et se dirigea droit sur lui au pas de charge. Il ne put s'empêcher de couver du regard ses seins qui tressautaient à chacun de ses pas.

— Tu es dégoûtant ! Comment oses-tu ? s'écria-t-elle en lui arrachant le sous-vêtement qu'elle roula maladroitement en boule au creux de sa main.

Il avait juste voulu la taquiner un peu. Or, elle était manifestement très en colère.

— Hé ! là, Betty ! Doucement, dit-il en saisissant son bras.

Elle le rejeta vigoureusement et le fusilla du regard.

— Quelle idiote j'ai été de te faire confiance ! Je pensais que ce qui s'était passé hier soir ne regardait que toi et moi. J'ai vraiment été naïve et stupide !

— Je suis désolé, d'accord ? Inutile de monter sur tes grands chevaux : ce n'était qu'une blague.

— Ah oui ? A présent, tous les gens du pub vont savoir que nous avons couché ensemble. Je préfère ne même pas imaginer ce qu'ils vont penser de moi…

Nate fronça les sourcils. A aucun moment il n'avait songé qu'elle réagirait aussi mal. Cette femme était manifestement très soucieuse des apparences, et de sa réputation. Il était même prêt à parier qu'elle avait défait les draps de son lit en arrivant à l'hôtel au petit matin, juste pour laisser penser au personnel qu'elle n'avait pas découché. Pis, elle avait dû passer sa journée à chercher sa culotte, et voilà qu'il lui infligeait son petit numéro stupide de don juan…

— Allons, personne n'a rien vu… Ils sont tous bien trop occupés à se soûler en espérant trouver quelqu'un avec qui passer la nuit pour se préoccuper de ce qui a pu se passer entre nous…

Elle le dévisagea d'un air tendu.

— Qu'est-ce qui a bien pu me prendre ? J'ai perdu la tête.

Elle prononça ces mots d'une voix à peine audible. Puis, elle rebroussa chemin, fendit la foule et rejoignit l'escalier à l'autre bout de la pièce. Nate la regarda monter les marches deux à deux, conservant toujours son port altier.

— Bon sang ! dit-il, de mauvaise humeur, avant d'avaler une nouvelle gorgée de bière.

Jamais il n'avait voulu se montrer blessant avec elle. Il avait simplement cherché à la taquiner. Ennuyé, il s'accouda au bar et se promit de lui présenter ses excuses la prochaine fois qu'il la verrait. Dès qu'elle se serait calmée un peu, elle serait sans doute plus compréhensive.

Il s'efforça de ne plus y penser, mais, quelques minutes plus tard, il vit une serveuse apporter des plats à la table des amis d'Elizabeth ; ceux-ci se mirent à la chercher partout alors que la serveuse ne savait quoi faire de son plat du jour.

Bravo ! A cause de lui, elle avait renoncé à dîner.

Repoussant sa bière sur le comptoir, il traversa la salle à la hâte.

— Elizabeth ne se sentait pas très bien, expliqua-t-il à ses amis visiblement inquiets en prenant l'assiette des mains de la serveuse. Merci, Sally, je vais lui apporter son repas directement dans sa chambre.

— Entendu, merci, Nate, dit la serveuse avec un sourire reconnaissant avant de repartir vers la cuisine.

Il quitta la table sans laisser le temps aux amis d'Elizabeth de lui poser la moindre question, et se dirigea vers le bar où le barman lui donna le numéro de la chambre d'Elizabeth. Sans perdre un instant, il monta à l'étage et frappa à sa porte.

— Qui est-ce ? entendit-il après un bref silence.

— Le room service.

Après une nouvelle pause, la porte s'entrouvrit.

— Je n'ai pourtant rien commandé… Oh ! C'est toi ?

Elle rougit de nouveau. Quelques mèches s'échappaient désormais de son chignon.

— Tu as oublié ton hamburger, dit-il. Et je me suis dit que tu avais peut-être soif…

Elle aperçut le verre de Brandy dans son autre main.

— Je n'ai ni faim ni soif.

Il se faufila entre elle et la porte et déposa l'assiette et le verre sur sa table de chevet.

— Mange avant que ça ne refroidisse.

— Je n'ai pas faim, répéta-t-elle. Et j'apprécierais que tu sortes de ma chambre.

Il l'observa un instant en se demandant comment passer outre son courroux de princesse blessée.

— Elizabeth, je te demande pardon, d'accord ? C'était idiot de ma part. Vraiment idiot. J'essayais juste d'être drôle, et évidemment pas de t'humilier, tu comprends ?

— *Drôle* ? Manifestement, nous n'avons pas le même sens de l'humour, répondit-elle sur un ton glacial.

— Ecoute, si je pouvais revenir en arrière, je le ferais, je t'assure. Mais c'est impossible. Et ton hamburger est en train de refroidir. Je ne veux pas, en plus de cette blague de mauvais goût, avoir un repas gâché sur la conscience.

Elle croisa les bras.

— Je ne vais tout de même pas me forcer à avaler un repas dont je n'ai pas envie juste parce que tu viens subitement de te découvrir une conscience ! D'autant que…

Il lui coupa la parole en lui fourrant quelques frites dans la bouche. Elle manqua de les recracher, mais ne le fit pas, trop bien élevée pour s'abaisser à un geste aussi inélégant, et il la regarda mâcher sa bouchée avec fureur.

— Tu es vraiment dégoûtant ! dit-elle une fois la bouche vide.

— Possible… Je te ressers des frites ?

— Certainement pas ! s'exclama-t-elle en léchant quelques grains de sel au coin de sa lèvre inférieure.

Il rit et elle lui décocha une moue affligée.

— Allons, reprit-il en lui tendant une nouvelle fois l'assiette. Ne cherche pas à me punir en t'affamant…

— Tu te crois sans doute malin et séduisant, n'est-ce pas ? dit-elle en lui arrachant presque l'assiette des mains.

Elle s'assit sur le lit, et posa son repas sur ses genoux.

— Pas du tout, répondit-il en s'installant à califourchon sur la chaise près de la fenêtre.

— Oh ! que si ! Tu te crois irrésistible, à tort… Tu n'as pas réussi à me séduire, ni maintenant ni hier soir d'ailleurs. Si j'ai couché avec toi, c'est que j'avais mes propres raisons ; cela n'a rien à voir avec quoi que ce soit que tu aies pu dire ou faire. Et sache que la seule raison pour laquelle je vais manger mon dîner, c'est parce que je l'ai payé et que j'ai faim.

A ces mots, elle mordit goulûment dans son hamburger.

— S'il n'y a que ça pour te faire plaisir, Betty…

Elle déglutit péniblement et lui adressa un regard assassin.

— Je t'en prie, cesse de m'appeler ainsi ! Je m'appelle Elizabeth.

— Tu as raison, tu n'as pas grand-chose d'une Betty en fait.

— Merci !

— Tu ressemblerais plus à une *Lizzy*…

Elle poussa un lourd soupir, leva les yeux au plafond, puis mordit une nouvelle fois dans son sandwich.

— Tu m'offres une frite ? reprit-il sans vergogne.

Sans attendre sa réponse, il s'en servit une poignée entière.

— Vraiment, tu as des manières de sauvage !

— Tu marques un point, Lizzy, s'esclaffa-t-il avant de se servir une nouvelle poignée de frites. Ton hamburger est bon, j'espère.

Elle tenta de réprimer un sourire, en vain.

— Délicieux, merci, dit-elle entre deux bouchées.

— Je voulais te dire… J'ai laissé un message à Sam ce matin. J'espère qu'il me rappellera bientôt.

— Je vois… Puis-je te demander ce que tu lui as dit précisément ? demanda-t-elle, l'air soudain inquiet.

— Si tu veux savoir si j'ai évoqué dans mon message la fille cachée dont il ignore probablement l'existence, la réponse est non. Je lui ai juste demandé de me rappeler.

— Parfait… Je te remercie.

— Il n'y a pas de quoi… Sinon, est-ce que tu comptes terminer ton hamburger ?

— Je suppose que je dois t'être reconnaissante de n'être pas venu le manger dans ma main, dit-elle en lui offrant son assiette.

Elle but son brandy tandis qu'il finissait le sandwich.

— Et je suppose aussi que tu aimerais finir mon verre, ajouta-t-elle en haussant un sourcil interrogateur.

— Je te le laisse avec plaisir, Lizzy… Franchement, quelle boisson horrible !

— As-tu déjà goûté au moins ?

— Une seule fois. Mais cela m'aura suffi !

— C'est très désaltérant.

— Sans doute, dit-il en se levant et en essuyant ses mains sur son jean.

Elle avala une dernière gorgée de brandy, puis se leva à son tour.

— On fait la paix ? murmura-t-il.

Elle acquiesça d'un bref signe de tête, toujours aussi gracieuse. Il ne put dissimuler le sourire qu'elle lui inspirait.

— Attends au moins d'être sorti de la pièce avant de te moquer de moi, dit-elle d'une voix pincée.

— Je ne me moquais pas de toi, Lizzy.

Elle passa devant lui et alla ouvrir la porte.

— Merci pour le dîner. Et pour tes excuses.

Il s'arrêta devant elle au moment de sortir.

— Je n'ai pas droit à un petit baiser d'adieux ? dit-il d'une voix sourde, convoitant ses lèvres charnues.

— Je ne crois pas que ce soit une bonne idée. Pour tout un tas de raisons, d'ailleurs.

— Vraiment ? Ce serait pourtant drôle, insista-t-il en se penchant vers elle.

D'un geste vif, elle posa ses mains sur son torse.

— Drôle ? Tu n'as que ce mot-là à la bouche ?

Sans crier gare, l'image d'Olivia lui revint subitement à l'esprit. Son visage ensanglanté… Les larmes dans ses yeux.

— Non, murmura-t-il avant de franchir les quelques centimètres qui le séparaient de son visage pour l'embrasser.

Elle avait un léger arrière-goût de brandy. Il l'enlaça puis glissa ses mains autour de ses fesses… Ses fesses bien rebondies. Elle émit un petit cri de protestation, mais il l'étouffa en s'emparant de sa langue brûlante. Plaquant ses hanches contre les siennes, il rechercha instinctivement la chaleur douce de son corps. Il voulait lui montrer combien elle l'excitait, et frissonna d'impatience à l'idée de ce qui pourrait suivre.

Promenant une main le long de ses reins, il passa sur son ventre et remonta jusqu'à sa poitrine. Ses tétons pointaient déjà sous sa robe de plage. Sans perdre une seconde, il fit glisser une bretelle vers le bas, puis l'autre… En un clin d'œil, Elizabeth se retrouva torse nu, et il pétrit ses seins avec délectation.

Oh ! comme il avait envie de goûter le sel de sa peau, comme hier soir… Déposant une pluie de baisers brûlants sur son visage, il s'attarda derrière une de ses oreilles, avant de diriger ses lèvres vers sa poitrine. Il prit un de ses petits tétons rose pâle dans sa bouche, puis s'occupa de l'autre. Elizabeth plongea une main dans ses cheveux, pressant un peu plus son visage entre ses seins.

Oh ! comme il était bien, juste là…

Très vite, il faufila sa main entre ses cuisses tièdes et remonta sous sa robe, afin de retrouver sa chaleur moite et vibrante. Son sexe se raidit encore au souvenir de leurs ébats de la veille, et de la façon dont Elizabeth s'était cambrée pour mieux le recevoir.

Il la caressa à travers sa culotte de soie et, n'en pouvant plus d'attendre, il dégagea son visage d'entre ses seins, et la plaqua contre le mur. Les yeux mi-clos, elle le regarda défaire sa braguette, sortir un préservatif d'une de ses poches et l'enfiler d'un geste rapide. Trop impatient pour lui laisser le temps d'ôter sa culotte, il la repoussa simplement sur le côté, souleva une jambe d'Elizabeth pour l'enrouler autour de sa hanche et, enfin, la pénétra.

Elle gémit et ferma les yeux. Seigneur ! comme il aimait ses petites plaintes et ses soupirs…

Le souffle court, il planta ses mains sur ses hanches et se mit à aller et venir en elle. Elizabeth se tendit comme un arc. Sa peau était si chaude, si excitante… Ivre de désir, il enroula son autre jambe autour de lui alors qu'elle ondulait des hanches pour venir à sa rencontre.

Il sentait le plaisir monter en elle, une tension presque palpable qui agitait son corps. Accentuant la cadence, il suçotait longuement, impitoyablement, la pointe de ses seins jusqu'à lui faire crier son nom. Retenant son souffle, elle planta ses ongles dans son dos, et se cambra encore, au bord de l'orgasme… Enfin, il la sentit se tendre une dernière fois et vibrer autour de son sexe dur comme jamais.

Il l'embrassa sur la bouche, avalant son cri de plaisir. Fermant les yeux, il se concentra sur la chaleur qui l'envahissait, le frottement tiède de ses seins contre son torse, et la cadence qu'elle s'efforçait de maintenir pour accompagner son mouvement.

Soudain, le monde se suspendit autour d'eux… Il n'y avait plus qu'elle et lui. Et leurs deux corps, unis en une même ivresse. La paix absolue. L'oubli total.

Trop vite, il sentit l'orgasme monter en lui. Enfouissant son visage au creux du cou d'Elizabeth, il s'abandonna une nouvelle fois, submergé par un frisson torride.

Il resta ainsi un long moment, sans bouger, regrettant ce bref instant d'inconscience et nÌfid'oubli. Redoutant l'inéluctable retour à la réalité, il s'écarta doucement du mur et, tout en restant imbriqué à elle, il la porta jusqu'au lit.

Là, il la couvrit inlassablement de baisers, cherchant désespérément à recréer cet incroyable moment de paix.

# Chapitre 5

Elizabeth s'éveilla au son d'un petit claquement de porte. Désorientée par la pénombre, elle se redressa sur le lit et ouvrit grands les yeux. Pendant un moment, elle ne sut plus très bien où elle se trouvait : dans sa chambre à Mayfair, dans l'appartement de Martin ? Très vite, la chaleur languide entre ses cuisses et ses seins douloureux lui rappelèrent brusquement les derniers événements : la visite de Nathan, leur étreinte torride contre le mur de sa chambre d'hôtel…

Elle était toujours en Australie. Et venait de passer sa deuxième nuit dans les bras de l'homme le plus sexy qu'elle ait jamais rencontré.

Elle repensa alors à Martin, et à toutes ces fois où il lui avait gentiment, sagement, fait l'amour. Elle avait toujours su que quelque chose manquait à leur vie sexuelle. Ce quelque chose, elle l'avait trouvé sur la plage, l'autre soir, puis contre le mur de sa chambre hier : il s'agissait de cette fièvre brute, primitive, de ce désir quasi animal. Durant toutes ces années, elle avait espéré ces étreintes pressantes, renversantes…

Elle se tourna sur un côté et aperçut un rayon de soleil à travers le store de sa fenêtre.

Quelques jours plus tôt, elle n'avait encore jamais fait l'amour ailleurs que dans un lit, et toujours dans la position du missionnaire. Elle ne s'était jamais retrouvée plaquée contre un mur par un amant impatient au point de ne même pas prendre le temps de lui ôter sa culotte.

Bien sûr, ce qui s'était passé entre elle et Nathan demeurait purement sexuel. Ils n'avaient fait qu'obéir à une impulsion physique, organique. Et dire que si elle n'avait pas reçu son certificat de naissance, si elle ne s'était pas mesurée à son grand-père, et rendu compte — presque trop tard — que sa relation avec Martin satisfaisait tout le monde sauf elle, alors Elizabeth l'aurait sans doute épousé ! Se condamnant ainsi à une vie vécue seulement à moitié. Ainsi qu'à un avenir morne et convenu. Elle aurait continué à s'interdire d'exprimer ses désirs les plus intimes. Et n'aurait ainsi jamais connu la jubilation, la liberté de les assouvir…

Cela dit, même si cette aventure demeurait purement charnelle, elle ne s'en sentait pas moins chamboulée. Car en partant ainsi en quête d'elle-même, elle s'était découvert une sexualité débridée. Enfin assumée.

Les images de la nuit se succédaient dans son esprit. Le corps de Nathan, si raide, si fort entre ses mains. Ses coups de reins vifs et déterminés. Cette façon exquise qu'il avait de lui laisser à peine reprendre son souffle avant de l'assaillir encore de ses baisers, de ses caresses… C'était un amant insatiable. Fougueux. Endurant. Elle avait même eu l'impression, à plusieurs reprises au cours de cette nuit magique, qu'il s'était agrippé à elle comme si sa vie en dépendait, comme pour ne pas sombrer dans un mystérieux abîme. La lueur qu'elle avait lue dans ses yeux et la ferveur de ses caresses l'avaient intriguée.

Elle réprima un rire désabusé. Non, elle devait se faire des idées. Nathan n'était qu'un surfeur fougueux, avec un corps d'athlète et un certain talent pour l'érotisme. Inutile de chercher à analyser le moindre geste qu'il avait eu pour elle lors de leurs ébats, certes époustouflants, mais gratuits. Sans lendemain.

Deux petits coups frappés à sa porte la tirèrent brusquement de ses pensées. Vu qu'elle ne connaissait presque personne en Australie et que seul Nathan savait quel était le numéro de sa chambre, elle supposa que c'était encore lui.

Un petit sourire se dessina sur ses lèvres. Elle le croyait rentré chez lui, mais peut-être était-il seulement sorti acheter un peu d'eau, ou le journal… Peut-être revenait-il pour le bouquet final ?

Au souvenir de leur étreinte de la veille au réveil, elle frissonna de désir. Enroulant une serviette autour de son buste, elle se leva et se dirigea vers la porte.

Et manqua de tomber à la renverse en ouvrant.

Là, devant elle, dans un costume trois pièces inhabituellement froissé se tenait… Martin ! Un sac de voyage dans une main, un attaché-case dans l'autre.

— Martin ? Seigneur, mais que fais-tu ici ?

Certes, il aurait mérité un accueil plus chaleureux… Mais elle n'avait absolument jamais imaginé qu'il puisse venir la rejoindre.

— Je suis venu pour te parler, Elizabeth. Puisque tu n'as pas daigné répondre à mes appels depuis…

— Mais enfin, Martin… Tu as traversé la Terre entière ! s'exclama-t-elle en se demandant si elle ne rêvait pas.

— En effet. Et après vingt-quatre heures de vol, je suppose que tu accepteras de me laisser entrer.

Cette requête aurait eu toute sa légitimité… si seulement ils avaient encore été fiancés. Or, ce n'était plus le cas. Et elle venait de passer la nuit avec un autre homme, dans les draps encore tièdes qui se trouvaient derrière elle. N'était-il pas très déplacé d'inviter Martin juste après Nathan ? D'autant qu'elle était encore en tenue légère.

— Laisse-moi juste le temps de m'habiller, dit-elle en refermant la porte avant qu'il ne puisse répondre.

Soudain, elle se sentit à la fois coupable, mais aussi piégée et en colère. Une seule personne avait pu révéler à Martin où elle se trouvait : Violet. Et Elizabeth fut saisie d'une brusque envie d'appeler son amie pour lui dire tout le mal qu'elle pensait de ce qui s'apparentait à une véritable trahison.

Elle s'assit sur la seule chaise de la chambre et ferma les yeux. En fait, outre sa colère envers son amie et son ex-fiancé, elle était subitement la proie d'un sentiment étouffant de culpabilité. Une semaine plus tôt, l'homme qui se tenait de l'autre côté de sa porte avait eu toutes les raisons de croire qu'il passerait le restant de ses jours à son côté. Elle lui avait offert sa virginité à l'âge de vingt-trois ans, et ce après quatre mois de relation. Il y a six mois, il l'avait demandée en mariage et elle avait accepté. Ils avaient donné une fête pour leurs fiançailles, réservé St. Stephen's pour la cérémonie, le Savoy pour la réception, et Paris pour leur voyage de noces. Or, voilà que, du jour au lendemain, elle avait fait voler en éclats ce programme idyllique avant de s'enfuir à l'autre bout du monde…

Elle lui devait bien une explication. Même si Martin avait fait passer la loyauté qu'il devait à son grand-père avant celle qu'il lui devait à elle. Cela l'avait terriblement blessée. Mais elle n'était même pas certaine que la cible de son ressentiment soit vraiment Martin. En tout cas, après quelques jours de recul, son courroux s'était un peu apaisé, et elle se sentait prête à crever l'abcès avec Martin.

Elle revêtit à la hâte une de ses nouvelles robes de plage, et attacha ses cheveux en queue-de-cheval. Elle aurait volontiers pris une douche, mais ne pouvait décemment pas continuer à laisser Martin en rade devant sa porte.

Après avoir arrangé le lit à la hâte, elle le laissa entrer.

— Tu as fait un long voyage... Tu veux peut-être te doucher, dit-elle en désignant le cabinet de toilette.

— Merci, cela me permettra de me rafraîchir, dit-il avec un sourire ombrageux. Cela ne prendra que peu de temps.

Elle lui tendit une serviette propre et s'assit de nouveau alors qu'il disparaissait dans la salle d'eau.

La tâche s'annonçait ardue. Martin n'avait pas traversé la Terre entière pour se contenter de demi-réponses. Il était venu pour la persuader de rentrer à Londres et de l'épouser. Et elle allait devoir refuser fermement, et le blesser de nouveau.

Pourtant elle n'avait guère le choix. Elle ne pouvait épouser cet homme juste pour éviter de le faire souffrir.

Durant trop longtemps, elle avait occulté ses propres désirs, ses aspirations, simplement pour répondre aux attentes de ses grands-parents, puis à celles de Martin.

Or, cette époque était révolue désormais.

Elle alla brancher la bouilloire sur le petit comptoir au coin de la pièce. Quand Martin sortit du cabinet de toilette, il avait passé une chemise blanche et un pantalon légèrement froissé. Elizabeth avait laissé le thé infuser longtemps, comme il l'aimait, et elle lui servit une tasse sans un mot.

Il s'installa sur la chaise, elle au bord du lit. Le regard de Martin s'attarda sur la moquette usée, puis sur l'ameublement spartiate. Enfin, il dévisagea Elizabeth, qui soutint son regard et prit une grande inspiration.

— Martin, je n'ai jamais eu l'intention de te faire souffrir, mais je ne rentrerai pas à Londres avec toi.

— Je comprends ton désir de retrouver ton père et…

— Tu n'y es pas, Martin. C'est vrai, je suis venue ici pour le rencontrer. Mais ce n'est pas à cause de lui que j'ai rompu avec toi. Je suis navrée qu'il ait fallu toute cette histoire pour m'ouvrir les yeux, mais je ne peux pas t'épouser.

Martin baissa les yeux vers le mug entre ses mains.

— Est-ce que… Est-ce qu'il y a un autre homme ?

— Non ! s'écria-t-elle.

C'était la vérité. Sa décision d'annuler le mariage était bien antérieure à sa rencontre avec Nathan Jones.

Martin s'apprêtait à poser une autre question, mais elle s'empressa de reprendre la parole pour l'en empêcher.

— Je comprends que tu sois déconcerté. Ma décision doit te sembler irréfléchie… Mais cela fait des années que toutes ces choses couvaient en moi…

— Des années ? répéta-t-il en secouant la tête d'un air incrédule. Mais de quelles choses parles-tu exactement ?

Elle reprit sa respiration et poursuivit :

— Depuis toujours, mes choix sont guidés par l'opinion que mes grands-parents ont de moi. Par exemple, j'ai laissé tomber mes études de littérature anglaise pour faire plaisir à ma grand-mère, qui préférait me voir aux Beaux-Arts. Quand j'ai obtenu mon diplôme, j'ai refusé un poste d'enseignante à plein temps car elle souhaitait que je reprenne son siège au Comité de bienfaisance de la Royal Academy, ainsi qu'aux nombreuses associations qu'elle présidait. Je n'ai jamais coupé mes cheveux parce que mon grand-père les préfère longs. Je ne suis pas partie faire le tour de l'Europe sac au dos avec Violet, car ils trouvaient cela trop dangereux…

— Tu veux dire que tu te sens obligée de ne pas les décevoir ?

— Exactement. Je les aime profondément, mais je les ai laissés dicter de trop nombreuses décisions dans ma vie. A tel point que je ne sais plus ce que je veux…

— Je comprends, mais tout cela changera dès que nous serons mariés. Tu vivras dans ta propre maison, et tes décisions n'appartiendront qu'à toi. Je n'ai jamais eu l'intention de t'imposer mes choix, Elizabeth.

Soudain, elle sentit une immense tristesse l'envahir.

— Martin… Tu ne comprends donc pas ? Toi *aussi*, tu faisais partie de ces choix qu'ils ont effectués à ma place. Souviens-toi comme ils nous avaient assis ensemble lors de ce dîner de Noël au cabinet… C'est ma grand-mère elle-même qui t'a suggéré de m'inviter à danser ! Mon grand-père, lui, n'avait de cesse de te demander de lui apporter ses dossiers à la maison quand il les « oubliait » au bureau, pour faire en sorte que toi et moi nous croisions de nouveau ! Ils nous ont poussés dans les bras l'un de l'autre…

— Elizabeth, je peux te jurer que je ne me suis jamais intéressé à toi pour autre chose que toi-même !

A voir la dévotion au fond de ses yeux, elle pensa qu'elle ne méritait pas son amour. Non pas qu'elle ne soit pas digne de lui, mais Martin s'était fait d'elle une idée fausse, une idée trop éloignée de ce qu'était la vraie Elizabeth.

— Martin, tu te souviens de ce jour où j'ai voulu parler avec toi de notre vie sexuelle ? Je t'avais demandé de… Enfin, disons un peu de fantaisie, et tu avais refusé.

— Je me souviens que c'est Violet qui t'avait mis tout un tas de drôles d'idées en tête.

— Non, Martin, ces idées n'appartenaient qu'à moi. J'avais envie d'essayer toutes ces choses avec toi… Mais tu m'as répondu que tu me respectais trop.

— Tu aurais préféré que je te fasse l'amour égoïstement, à l'arrière de ma voiture, sans prendre le temps de m'assurer de ton confort et de ton plaisir ? demanda-t-il sèchement.

— Très franchement… oui. As-tu déjà seulement envisagé d'essayer de genre de choses ?

Il détourna le regard, abandonna son mug sur la table de chevet et posa les mains à plat sur ses cuisses. Il semblait gêné.

— Bien sûr que j'y ai pensé. Mais ça ne signifie pas que je suis prêt à tout compromettre pour essayer. Dans la vie, on ne peut pas seulement penser à soi, à son plaisir, Elizabeth.

A son tour, elle posa sa tasse de thé.

— Je suppose que quand tu dis « tout compromettre », tu veux parler de ta relation avec mes grands-parents.

— Encore tes grands-parents ! s'exclama-t-il en agitant ses mains en l'air. Pourrais-tu un instant cesser de m'assimiler à eux ? Je les respecte profondément, c'est vrai. Ton grand-père est un avocat d'exception ; c'est un peu mon mentor. Je lui dois tout. Mais je crois posséder suffisamment de caractère pour être capable de prendre mes propres décisions.

Frustrée, elle le dévisagea longuement. Elle allait devoir se montrer plus explicite.

— Regarde-moi dans les yeux et jure-moi que quand je t'ai demandé de me faire l'amour par-derrière, tu n'as pas songé à mon grand-père et à ce qu'il risquait de penser, martela-t-elle sur un ton de défiance.

— Bon sang, Elizabeth, quelle question !

— Dans ce cas, réponds au moins à celle-ci : as-tu déjà fait l'amour de cette façon avec tes anciennes petites amies ?

Il rougit et eut beau détourner les yeux, elle comprit.

— Martin, cessons de nous voiler la face, reprit-elle d'une voix claire. Pour le meilleur et pour le pire, je serais restée à tes yeux la petite-fille de l'homme que tu respectes le plus au monde. Tu l'as dit toi-même : tu lui dois tout !

— Elizabeth, je t'aime, dit-il d'une voix hachée en lui prenant la main.

— Martin, la femme que tu crois vouloir épouser n'existe pas. Elle est une construction, née de mon sens exacerbé du devoir et de ton désir d'être lié à un homme qui, par bien des aspects, a joué le rôle d'un père dans ta vie. Je ferais une très mauvaise épouse pour toi, crois-moi.

— Non, je ne te crois pas, Elizabeth. Pas un seul instant.

— C'est pourtant la vérité. Tu n'en es peut-être pas convaincu aujourd'hui, mais un jour tu comprendras.

Il la scruta un long moment, et elle comprit qu'il était en train d'admettre le fait qu'il allait rentrer seul à Londres.

— Je suis sincèrement désolée, Martin. Sincèrement. Tu es un homme bon. Et, un jour, tu trouveras la femme auprès de qui tu feras un merveilleux mari, un mari aimant. Mais cette femme, ce ne sera pas moi…

Le regard brillant, il se leva brusquement et sortit son téléphone de sa poche. Elle crut d'abord qu'il allait téléphoner à ses grands-parents, mais comprit assez vite qu'il était en ligne avec la compagnie aérienne. Il cherchait une place pour le prochain vol à destination de Londres. Mal à l'aise, elle lui saisit le bras et murmura :

— Pourquoi ne pas rester quelques jours ? Tu n'es quand même pas obligé de rentrer immédiatement ?

— Je ne suis pas venu ici en vacances, répondit-il en couvrant le micro avec sa main. Je suis venu pour toi.

Pétrie de culpabilité, elle se rassit et l'écouta réserver un billet pour la fin de journée. Inlassablement, elle se répétait qu'elle avait pris la bonne décision, autant pour elle que pour Martin. Elle préférait le voir souffrir maintenant, plutôt que l'entraîner vers un divorce certain et autrement plus douloureux en laissant les malentendus s'envenimer.

Enfin, Martin raccrocha et reprit son sac.

— Où comptes-tu aller ? demanda-t-elle.

— Je dois retourner à Melbourne.

— Tu as au moins le temps de prendre un petit déjeuner…

Il hésita longuement avant de répondre :

— Je ne veux pas de ta pitié, Elizabeth.

— Mais je n'éprouve aucune pitié pour toi ! Tu es l'un des hommes les plus intelligents et intègres que je connaisse. Je m'en veux de la façon dont les choses se terminent entre nous. Je regrette de ne pas avoir su exprimer mes sentiments avant cette histoire de certificat de naissance. Mais je ne m'apitoierai jamais sur ton sort : il existe forcément quelque part une femme que tu n'hésiteras pas à bousculer quand il s'agira de lui faire l'amour. Et j'ai hâte que tu me la présentes quand tu l'auras rencontrée.

Il fixa longuement ses pieds, puis reposa son sac à terre.

— Alors, où est-ce que tu m'emmènes le prendre, ce petit déjeuner ?

Dans la matinée, Nate se rendit à Woolamai en auto-stop. Il y avait une forte houle, et les surfeurs s'en donnaient à cœur joie. Il passa une bonne heure dans l'eau et parvint à saisir quelques belles vagues, avant de se retrouver malmené à plusieurs reprises dans les rouleaux. Ces sensations fortes lui permirent de se vider un peu l'esprit et, lorsqu'il regagna la plage, il était affamé.

Un couple de surfeurs néo-zélandais rentrait justement en ville, et proposa de le ramener. Assis à l'arrière de leur pick-up, il repensa à Elizabeth. A sa peau soyeuse. A son goût suave. A l'odeur de ses cheveux.

Il lui avait fait l'amour trois fois la nuit précédente. Pourtant, il avait encore envie d'elle. Il n'était pas sûr de comprendre ce qui se passait vraiment entre cette femme et lui, mais décida de ne pas se poser de questions. Pour l'heure, il se contenta de faire défiler dans son esprit les images de sa peau laiteuse, de ses cheveux blonds et de ses jolis seins roses pointés vers lui. Au moins, pendant ce temps, il ne ressassait pas les horreurs qui le hantaient depuis plusieurs mois.

Allait-il la revoir, ce soir ? Il se surprit à sourire à cette idée. En tout cas, il ferait tout pour la croiser de nouveau.

Tout en déchargeant sa planche de surf du véhicule des Néo-Zélandais, il aperçut une épaisse enveloppe blanche qui dépassait de sa boîte aux lettres. Aussitôt, sa relative bonne humeur s'évapora. Car ce courrier allait cruellement lui rappeler tout ce qu'il s'efforçait d'oublier depuis des mois.

Il saisit l'enveloppe en s'engageant sur l'allée, ignorant délibérément le logo rouge et noir en haut à gauche. Abandonnant sa planche à l'arrière de la maison, il entra par la cuisine et jeta négligemment le courrier dans un coin. Il atterrit sur la pile d'enveloppes qui s'accumulaient depuis des semaines sans jamais être ouvertes. D'ailleurs, il n'allait sans doute pas tarder à tout jeter à la poubelle.

Il prit une douche rapide, se changea, puis erra un moment dans la maison, un peu perturbé par cette satanée enveloppe. Vraiment, il devenait pathétique.

D'autant que, de nouveau, il repensait à Elizabeth. Il ne pouvait tout de même pas retourner la voir si peu de temps après avoir quitté son lit. Il devait être particulièrement vigilant avec elle. Ne surtout pas lui donner de fausses idées.

De plus en plus anxieux, il s'interdit d'ouvrir une bière. Il était encore trop tôt pour boire. Finalement, il prit son portefeuille et décida d'aller manger un morceau en ville, et de peut-être faire quelques provisions pour les jours à venir. Histoire de tuer une heure ou deux.

Or, à peine arriva-t-il sur Main Street qu'il aperçut Elizabeth, attablée à la terrasse de l'Euphoria Café. Aussitôt, toutes ses bonnes résolutions au sujet de cette femme volèrent en éclats. Elle paraissait si douce, si détendue qu'il sentait presque déjà sa peau contre la sienne. Il s'apprêtait à la rejoindre à sa table, quand un grand brun sortit du café et vint s'asseoir à son côté. Et la façon dont cet homme la regardait hérissa instantanément Nate. Son malaise s'amplifia lorsque l'homme prit la main d'Elizabeth pour la serrer entre les siennes. Pis encore, elle le laissa faire et rit même alors qu'il lui murmurait quelque chose à l'oreille.

Elizabeth lui avait pourtant dit être célibataire. Elle s'était donnée à lui sans retenue et, il y a de cela quelques heures seulement, elle le prenait dans sa bouche au point de lui faire perdre la tête. Qui diable était donc ce petit blanc-bec coincé, aux vêtements de comptable et à la coiffure de banquier ?

Alors qu'il se dirigeait à grandes enjambées vers leur table, Nate se rendit compte que sa réaction était hors de proportion. Elizabeth ne lui devait aucune explication. Ils avaient été amants deux nuits de suite. Sans se faire la moindre promesse, ni tacite ni explicite. Mais alors, que faisait-il donc à sa table, en train de la foudroyer du regard ?

— Lizzy ! s'entendit-il s'exclamer. Ça fait un bail, hein ?

Interloquée, elle écarquilla les yeux.

— Nathan… Bonjour. Euh, oui, ça fait quelque temps.

Nate sentit le regard inquisiteur de l'autre homme, et il se redressa pour se tenir le plus droit possible au-dessus d'eux. Il était prêt à parier que l'autre était plus petit que lui d'au moins une tête. Croisant son regard, il lui tendit la main.

— Nathan Jones, enchanté.

— Martin St. Clair, répondit l'autre, avec le même accent guindé qu'Elizabeth.

— Nathan partage une maison avec mon père. Il m'aide à le contacter, expliqua Elizabeth en tripotant nerveusement sa cuillère à café.

— Je vois. C'est un plaisir de voir qu'Elizabeth peut compter sur des amis alors qu'elle est loin de chez elle.

St. Clair parlait d'un air si pompeux, si coincé, que Nate ne put réprimer un sourire. L'homme n'avait pourtant pas l'air plus âgé que lui — il devait avoir la trentaine — mais se comportait vraiment comme un vieillard coincé.

— Je suis ravi de pouvoir lui être utile, répondit Nate. D'ailleurs, *tout le plaisir est pour moi.*

Elizabeth plissa les yeux et ses joues s'empourprèrent.

St. Clair les dévisagea tous les deux, l'air préoccupé.

— Cela fait longtemps que vous connaissez Sam Blackwell ? demanda-t-il d'un ton suspicieux.

— Une dizaine d'années, répondit Nate, préférant ne pas donner trop de détails.

Il se tourna vers Elizabeth qui lui jetait des regards noirs.

— D'ailleurs, Elizabeth, je suis libre ce soir si tu veux que nous parlions de Sam, reprit-il. Quelle heure préfères-tu ?

— Je te rappellerai, dit-elle sur un ton encore plus cinglant que d'habitude.

Il haussa les épaules et, ulcéré par la présence de ce maudit St. Clair — lequel était sans doute l'amant d'Elizabeth, chez elle en Angleterre —, Nate passa sa main derrière la nuque d'Elizabeth. Puis il se pencha pour l'embrasser à pleine bouche, mais elle se dégagea très vite.

— Ravi de vous avoir rencontré, Martin, dit-il alors en se redressant sans trembler.

Il les salua d'un bref signe de la main, puis leur tourna le dos et traversa la rue pour rejoindre la boulangerie. Vraiment, il n'aurait pas pu rêver meilleure distraction pour tuer le temps aujourd'hui.

Très mal à l'aise, Elizabeth chercha à se redresser sur son siège. Martin n'avait pu que saisir les signaux on ne pouvait moins subtils que Nathan s'était appliqué à émettre devant eux. A vrai dire, il s'était comporté comme un animal marquant son territoire face à un intrus.

Elle osait à peine imaginer ce que Martin pensait. Retenant son souffle, elle l'observa du coin de l'œil. Il était en train de tripoter nerveusement un sachet de sucre, mais il ne fit aucun commentaire au sujet de Nathan.

D'instinct, elle éprouva le besoin de lui demander pardon. Même si cela revenait à admettre avoir couché avec un autre homme quelques jours seulement après avoir rompu leurs fiançailles. Pourtant quelque chose en elle l'empêchait de prononcer son *mea culpa*. Elle se souvint alors de l'étrange euphorie qu'elle avait ressentie au matin de sa première nuit avec Nathan. Un sentiment de liberté. De *libération*, même.

C'est ainsi qu'elle comprit qu'elle ne devait rien à Martin. Leur relation avait cessé dès l'instant où elle lui avait annoncé qu'elle renonçait à leur mariage. Et Elizabeth se refusait à jouer un rôle qui l'éloignait d'elle-même, seulement pour conserver son amitié. Tant pis si Martin la jugeait sévèrement. C'était son droit. Mais, au final, seule l'opinion qu'elle avait d'elle-même importait désormais.

Cette prise de conscience soudaine lui procura une étrange sensation de légèreté. Elle s'était trop longtemps souciée de l'image que les gens pouvaient avoir d'elle — largement encouragée en ce sens par l'emprise de ses grands-parents et d'un milieu social aussi réservé que fermé. Pas plus tard que la veille au soir, elle s'était encore sentie pétrifiée quand Nathan avait exposé une infime partie de sa culotte, au bar. Réfugiée dans sa chambre, elle s'était torturée à l'idée de ce que les gens allaient penser d'elle, n'envisageant à aucun moment que sa relation avec Nate puisse n'intéresser personne.

Car, à mieux y réfléchir, les clients du pub se moquaient bien de savoir si elle avait fait de Nathan Jones son amant. Non seulement elle ne les reverrait jamais, mais surtout elle ne pouvait pas maîtriser ce que les gens pensaient d'elle — ce qu'elle avait pourtant cru depuis toujours.

— Merci pour ce bon petit déjeuner, Martin, murmura-t-elle en croisant son regard. Je sais que tu comptes rejoindre Melbourne rapidement, mais tu devrais au moins venir marcher sur la plage avant de repartir.

Il lâcha le sachet de sucre et posa ses paumes sur la table.

— Merci, mais non… Il est temps pour moi de rentrer.

Le cœur serré, elle hocha la tête, regrettant sincèrement la peine qu'elle lui infligeait. Pourtant elle n'avait aucune excuse à lui présenter. Elle n'était plus cette femme-là.

Ils se levèrent en même temps et retournèrent à l'hôtel pour récupérer les bagages de Martin. Puis elle le raccompagna jusqu'à sa voiture de location. Il mit son sac dans le coffre, avant de se tourner vers elle. Il la dévisagea longuement, en silence, puis murmura :

— Prends soin de toi, Elizabeth.

— Merci. Toi aussi, d'accord ?

Après une brève hésitation, elle se hissa sur la pointe des pieds et déposa un baiser furtif sur sa joue. Elle le vit fermer les yeux et, alors qu'elle allait se dégager, il la serra très fort contre lui. Elle repensa à tous les moments qu'ils avaient passés ensemble, et à tous les gestes tendres et affectueux que Martin avait eus pour elle. Elle l'aimait, sincèrement, mais comme un ami. Martin était un homme adorable. Simplement, ce n'était pas un homme pour elle.

Elle finit par reculer d'un pas et il toussota brièvement.

— Au revoir, Elizabeth…

Elle regarda sa voiture disparaître au bout de la rue, puis se dirigea à pied vers la plage. Quelle mouche avait donc piqué Nathan pour qu'il se donne en spectacle comme il venait de le faire ? S'agissait-il là d'un sombre combat de mâle dominant ? Ou d'une blague dans la même veine que celle d'hier soir au bar, avec sa culotte ?

Quoi qu'il en soit, son attitude était inacceptable.

Le soleil avait atteint son zénith, et Elizabeth longea le rivage en direction de la maison de son père. Le sable était brûlant. En arrivant à l'angle du pavillon, elle aperçut Nathan, allongé dans un hamac à l'ombre du jardin. Les yeux fermés, il tenait une bouteille de bière sur son torse nu.

Bien malgré elle, Elizabeth ne put s'empêcher de contempler ce corps sculptural, athlétique. Puis elle se ressaisit et s'approcha pour secouer énergiquement le hamac.

Nathan bascula aussitôt et se retrouva à terre. Il proféra un juron, puis se redressa en fusillant Elizabeth du regard. Son torse ruisselait de bière.

— Mais qu'est-ce qui te prend ?

— Devine…

Il se releva et elle s'efforça de ne pas attarder son regard sur ses abdominaux parfaitement dessinés.

— Ton attitude de tout à l'heure était totalement déplacée, reprit-elle. Et terriblement embarrassante.

— Bah, j'ai embrassé une amie au moment de prendre congé. Je ne vois pas où est le mal.

— Ce baiser n'avait rien d'amical, Nathan. Tu cherchais simplement à marquer ton territoire.

— Là, tu te flattes, ma chérie.

Elle croisa les bras avec détermination.

— Pourquoi m'as-tu embrassée ainsi devant Martin ?

Il haussa une épaule puis ramassa sa bouteille de bière.

— Je n'en sais rien. J'ai juste obéi à une pulsion. Contrairement à certaines personnes, je ne passe pas ma vie à disséquer chacun des faits et gestes des gens qui m'entourent.

— Eh bien, tu devrais ! Cela t'éviterait de te comporter la plupart du temps comme un ado de quinze ans.

A sa grande déception, il éclata de rire.

— Et toi, tu devrais faire un effort en matière d'insultes !

— Cesse de chercher à me déstabiliser, dit-elle en le pointant d'un index accusateur. La vérité, c'est que tu as voulu me mettre dans l'embarras tout à l'heure.

— Tu es beaucoup trop coincée, tu sais ça ? demanda-t-il en cherchant à l'attirer à lui.

— C'est faux, plus maintenant ! dit-elle en se dégageant. Et ce n'est pas parce que nous sommes en harmonie sur le plan sexuel que cela t'autorise à me malmener ainsi. Figure-toi que j'ai encore mon amour-propre… Au revoir, Nathan !

Elle fit demi-tour et s'engagea dans l'allée quand…

— Lizzy !

Pas question de se retourner. Quelle que soit la nature de cette relation entre elle et Nathan, il valait probablement mieux tirer un trait dessus. Elle n'était pas venue en Australie pour chercher un amour de vacances. Elle était venue à la recherche de son père. Rien de plus.

— Elizabeth ! insista-t-il en posant une main sur son épaule alors qu'elle atteignait la route.

Il se planta devant elle dans la chaude lumière de la mi-journée.

— Je te demande pardon… Mais quand je t'ai vue avec ce type… La façon dont il te regardait… Tu m'avais dit qu'il n'y avait personne dans ta vie. Alors… Alors, je ne sais pas pourquoi, mais ça m'a rendu dingue.

Elle le regarda fixement. Se faisait-elle des idées, ou était-il en train de lui avouer être *jaloux* de Martin ? Elle n'avait aucune expérience des aventures sans promesses ni lendemain, mais elle était quasi certaine que possessivité et jalousie n'y avaient pas le premier rôle. Surtout de la part d'un homme comme Nathan, qui vivait seul dans un studio à l'arrière de la maison d'un ami. Un homme qui passait ses journées à surfer et à boire des bières, et ses soirées à écumer les bars pour séduire les femmes.

— Tu es l'homme le plus perturbant que je connaisse…

Il leva la main vers elle, et replaça une mèche folle derrière son oreille.

— Votre Majesté n'est pas de tout repos non plus, dit-il à voix basse en s'approchant pour l'enlacer.

Elle ne tenta même pas de résister, et Nathan l'embrassa langoureusement. Ses lèvres avaient un petit goût de bière. Elle passa ses bras autour de lui et s'aperçut que sa peau était brûlante. En quelques secondes, ils se pressaient l'un contre l'autre, tels deux adolescents explorant pour la première fois le bouillonnement fervent de leurs corps impatients.

Soudain, il lui prit la main et murmura :

— Viens prendre une douche avec moi…

Au lieu de lui emboîter le pas, elle se figea sur place et secoua vigoureusement la tête. Elle se sentait soudain dépassée par les événements. De toute sa vie, elle avait en tout et pour tout connu deux hommes. Nathan y compris. Autrement dit, même si elle ne se considérait pas comme une ingénue, elle souffrait d'une réelle inexpérience en matière de relations entre hommes et femmes, et *a fortiori* pour tout ce qui avait trait au sexe.

Elle n'avait pas la moindre idée de ce qui se passait vraiment entre eux. Qu'attendait-il exactement d'elle ? Et elle, qu'attendait-elle de lui ? Encore une nuit, une semaine, un mois de complicité charnelle débridée, sans engagement ?

— A quoi joue-t-on exactement, Nathan ? demanda-t-elle simplement en craignant d'enfreindre là une sorte de loi tacite dans les relations entre amants.

Elle éprouvait soudain un besoin concret de repères, car elle pressentait avec quelle facilité elle aurait pu se laisser étourdir par le corps si désirable de Nathan, son charme juvénile et son irrésistible magnétisme.

— On joue à prendre du bon temps, Lizzy. Sous le soleil, aussi longtemps que le plaisir sera au rendez-vous…

Elle brûlait d'envie de l'interroger sur sa jalousie à l'égard de Martin. N'était-elle pas en pleine contradiction avec le tableau qu'il lui dépeignait là ?

Doucement, il l'entraîna vers l'intérieur de la maison, et elle le suivit. Sans doute parce qu'il faisait très chaud et qu'elle était incapable de refuser la perspective d'une douche avec lui, et de renoncer à une telle alchimie charnelle.

# Chapitre 6

Après une douche d'une sensualité torride, Elizabeth et Nathan traversèrent le jardin pour rejoindre le studio. Ils passèrent le reste de l'après-midi au lit. Elizabeth ne s'était jamais laissée aller à une telle débauche, à une telle déferlante de plaisirs. Dès qu'elle était avec lui, peau contre peau, le monde autour d'elle s'évaporait. Il n'y avait plus que les lèvres brûlantes de Nathan sur sa peau, le glissement de ses mains sur son corps, son torse robuste et massif contre ses seins… La puissance exquise de ses cuisses lorsqu'il allait et venait en elle.

A la nuit tombée, ils reprirent une douche. Nathan passa un jean et alluma le barbecue dans le jardin. Elizabeth fouilla dans le réfrigérateur et improvisa une salade composée tandis qu'il faisait griller des steaks. Ils pique-niquèrent sur une couverture à même le sol, puis s'allongèrent pour contempler le ciel étoilé, en sirotant chacun une bière.

L'atmosphère caniculaire de la journée s'adoucissait petit à petit, et ils parlèrent de leurs films et de leurs livres préférés. Quand elle évoqua son métier d'enseignante, il manifesta un grand intérêt et lui posa de nombreuses questions. A sa surprise, Nathan se révéla très cultivé. Il avait aussi une façon très convaincante d'argumenter ses idées. Peu à peu, Elizabeth comprit que derrière ce corps d'athlète, ces jeans usés et ce visage enjôleur se cachait un esprit vif et instruit.

Rien à voir avec le surfeur bronzé et superficiel auquel elle avait cru avoir affaire dans un premier temps.

Il lui demanda pourquoi elle avait choisi d'enseigner dans le système public plutôt que dans le privé, et elle lui parla du cours de remise à niveau en littérature qu'elle avait mis en place l'année précédente. De fil en aiguille, ils parlèrent de leurs différents voyages. Elle apprit ainsi que Nathan était allé surfer en Amérique du Sud, en Afrique, et qu'il avait passé deux mois à Rome pendant ses études.

Au fil de la soirée, Elizabeth se laissa gagner par un sentiment de plus en plus troublant. D'un côté, Nathan lui apparaissait comme un dilettante qui passait ses journées à surfer ou à paresser dans un hamac. De l'autre, elle sentait bien que, au-delà de ses journées oisives sur cette île et dans ce pavillon modeste, cet homme possédait une autre facette…

Allongée près de lui, sous les étoiles, elle fut de nouveau assaillie par les mêmes impressions que le matin. Se faisait-elle vraiment des idées quand elle repensait à la façon passionnée, presque désespérée dont il lui faisait l'amour, dont il la serrait contre lui ? De plus en plus, il lui semblait que, au-delà des apparences, cet homme avait en lui quelque chose de profond, quelque chose de singulier. Très singulier.

Elle se tourna vers lui, mais ne se sentit pas la légitimité de poser ne serait-ce qu'une des multiples questions qui lui torturaient l'esprit. Après tout, lui-même ne cherchait pas vraiment à en savoir plus sur elle. Il n'avait rien demandé au sujet de Martin, et lorsque, au cours du dîner, elle avait évoqué la mort de ses parents, il n'avait même pas manifesté le moindre regret d'usage. D'ailleurs, lui-même ne s'était pas véritablement livré. En somme, hormis son nom et son lieu de résidence, Elizabeth ne savait rien de cet homme.

— Tu as de nouveau cet air étrange, Lizzy, murmura-t-il soudain. Et ça ne me dit rien qui vaille…

— Tu crois ? répondit-elle en s'efforçant de garder comme lui un ton détaché. Et de quoi ai-je l'air exactement ?

— Tu as l'air songeur… Est-ce que je me trompe ?

— Il est difficile de s'arrêter de penser, non ?

— Tu te trompes ! Il suffit d'une bonne distraction.

Il posa sa bouteille de bière à côté de la couverture, roula vers Elizabeth et lui prit sa bouteille des mains.

— Une distraction, répéta-t-elle. Et tu as des suggestions ?

Malgré l'obscurité, elle vit Nathan la dévorer ouvertement des yeux. Aussitôt, chaque cellule de son corps s'embrasa.

— Hum… Voyons voir ce que je peux faire…

Il se pencha doucement vers elle, entrelaça ses jambes aux siennes et promena ses mains autour de ses seins. Leurs lèvres se rencontrèrent et il agaça ses tétons à travers sa robe. Le souffle court, Elizabeth se tortilla sous ses caresses, anticipant déjà le poids de son corps massif sur elle, en elle…

Nathan descendit une main le long de son buste, puis de son ventre, s'arrêtant quelques langoureuses secondes sur son pubis. Elizabeth sentit la chaleur de sa paume irradier son corps tout entier. Elle souleva légèrement ses hanches en une invitation silencieuse, et le sentit sourire contre ses lèvres. Lentement, il releva sa robe, découvrant peu à peu ses cuisses, son ventre et ses hanches, avant de déposer une pluie de baisers enfiévrés sur sa peau frémissante. Puis, il traça du bout des lèvres une ligne incendiaire autour de son nombril, descendant de plus en plus bas le long de son ventre. S'il se dirigeait vers l'endroit auquel elle pensait, alors elle allait défaillir. Certes, depuis longtemps elle s'était demandé quelle pouvait être la sensation de lèvres chaudes contre son sexe, au creux de son sexe. Mais jamais elle n'avait trouvé le courage de demander à Martin de la prendre ainsi dans sa bouche. D'ailleurs, jamais il ne le lui avait proposé.

La langue de Nathan s'immisça soudain sous l'élastique de sa culotte et elle étouffa un petit cri. Il leva les yeux vers elle en souriant. Elle savait qu'il la sentait frémir sous ses caresses. Et lui savait à quel point il l'excitait.

— Tu aimes ça, Lizzy ? chuchota-t-il. Si j'avais su, je serais venu te caresser ici bien plus tôt…

— Je ne sais pas, bredouilla-t-elle entre deux soupirs saccadés. Je n'ai jamais fait *ça* avant…

Elle sentit sa main se raidir contre sa hanche.

— Tu plaisantes ?

Elle le regarda fixement, regrettant aussitôt de lui avoir fait cette confidence. Cet homme avait déjà suffisamment d'emprise sur elle, inutile de se livrer davantage à lui.

— Pauvre Lizzy, dit-il en posant sa joue contre son ventre. Nous allons devoir rattraper le temps perdu.

A travers la soie de sa culotte, il déposa un baiser sur son pubis, puis continua à la torturer du bout des doigts en dessinant le contour de son sous-vêtement. Puis ses baisers de plus en plus ardents se décalèrent vers l'intérieur de ses cuisses. Toutefois, il évita soigneusement l'endroit précis où elle brûlait justement de sentir ses lèvres.

Serrant les poings, elle se retint de relever les hanches pour se jeter à son visage. Nathan avait décidé de la faire languir, et elle était bien décidée à tenir le choc. Quitte à en mourir d'impatience.

— Tu tiens le coup ? demanda-t-il avec un petit rire cruel.

— Très bien, espèce de vicieux ! répondit-elle, le souffle court.

Il gloussa et lui ôta enfin sa culotte. Puis il s'installa entre ses cuisses, et Elizabeth sentit chaque fibre de son être se contracter par anticipation. Là encore, il prit son temps pour la contempler d'un air triomphant, au clair de lune. Elle était à sa merci, et éprouva soudain une certaine pudeur.

— Tu es si jolie, Lizzy. Je vais te savourer comme il se doit.

Elle s'agrippa à la couverture alors qu'il approchait son visage de ses cuisses. Bientôt, elle sentit son souffle tiède contre ses chairs les plus intimes, et émit une longue plainte lorsque enfin il posa la pointe de sa langue entre les replis brûlants de son sexe. Elle retint son souffle alors qu'il commençait à la lécher sans retenue.

Oh ! Seigneur… Tout cela était *indescriptible*. Continuant à la tourmenter avec ses mains, Nathan fit usage de sa langue au point qu'elle crut en perdre la tête. Elle se cambra en gémissant et, vibrante, elle plongea une main dans l'épaisse chevelure de Nathan, aux portes de l'extase. Il glissa alors un doigt en elle et elle s'abandonna, criant son nom, en proie à de voluptueuses convulsions.

Elle perdit toute notion du temps jusqu'à ce qu'il dépose un baiser d'une tendresse infinie à l'intérieur de sa cuisse. Aussitôt après, elle le regarda défaire d'un geste fébrile la braguette de son jean. Il la pénétra alors qu'elle était encore agitée de soubresauts de plaisir. Abasourdie, Elizabeth sentit aussitôt une nouvelle onde de désir monter en elle alors que le corps ferme et musclé de Nathan la remplissait tout entière. Et, comme s'il se nourrissait de son plaisir, il ne tarda pas à jouir à son tour, plantant vigoureusement ses mains sur ses hanches.

Ce n'est que quelques minutes plus tard, alors qu'elle reprenait son souffle, allongée face aux étoiles, qu'Elizabeth s'aperçut que n'importe qui aurait pu les surprendre en regardant par-dessus la clôture du jardin. Elle rabattit brusquement sa robe le long de ses cuisses, et se redressa d'un bond, jetant un regard alarmé autour d'eux.

Nathan la dévisagea, amusé, et se mit à rire.

— N'importe qui a pu nous voir, ce n'est pas drôle ! s'affola-t-elle. Seigneur ! j'espère que tes voisins n'ont pas d'enfants ! Nous venons peut-être de les traumatiser à vie…

— Ils ne viennent que le week-end, Lizzy. Ils ne seront pas de retour avant les prochaines vacances scolaires.

Elle secoua la tête, effrayée par la facilité avec laquelle elle s'abandonnait à lui, oubliant toute autre considération.

Il roula vers elle et enfouit son visage au creux de son cou.

— En tout cas, moi, je m'inquiéterais surtout de ce qu'ils ont pu *entendre*… Car tu fais beaucoup de bruit, Lizzy !

Elle manqua de s'étrangler et lui donna une tape sur l'épaule en guise de protestation.

— Tu exagères, c'est faux ! dit-elle alors qu'elle avait crié à en perdre haleine quelques minutes plus tôt.

Il continua de déposer quelques baisers derrière son oreille, s'amusant à la titiller du bout de la langue.

— Ça ne me dérange pas, tu sais, dit-il dans un murmure contre sa peau. Au contraire, ça me plaît beaucoup…

A ces mots, elle fut de nouveau submergée par une soudaine onde de chaleur. Elle se tourna vers Nathan et l'embrassa à pleine bouche. Une fois encore, elle s'abandonna corps et âme à la magie du moment. Et oublia tout — son père, son avenir, ses interrogations au sujet de Nathan. Plus rien ne comptait. Hormis elle et lui.

Nathan s'éveilla en sursaut. Il manquait d'air et son corps était trempé de sueur. Les images de son rêve demeuraient vives à son esprit : le sang, Olivia qui implorait son aide, l'obscurité qui l'empêchait de voir, la sensation d'être pris au piège… Son cœur tambourinait contre sa poitrine alors qu'il s'efforçait, en vain, de remettre de l'ordre dans ses idées.

Elizabeth remua à côté de lui et il s'écarta d'elle. La dernière chose dont il avait besoin en cet instant, c'était de subir un interrogatoire. Elle marmonna quelque chose dans son sommeil, mais se rendormit aussitôt.

Il s'assit au bord du lit, hébété. Au moins, cette fois il n'avait pas hurlé dans son sommeil. Mais la surcharge d'adrénaline accumulée durant sa journée avec Elizabeth ne l'avait pas dispensé de retrouver ses vieux démons une fois la nuit venue. Et encore, il s'était endormi sans problème, épuisé par leurs fougueuses étreintes. Pourtant l'angoisse avait toujours le dernier mot. A tel point que sa peur d'avoir peur était à présent plus forte que tout le reste…

Il se leva d'un bond. Il avait besoin d'une bonne douche.

Arrivé devant la porte, son portable sonna. Il fourragea près du lit et trouva le téléphone dans une poche de son jean. Elizabeth ouvrit les yeux alors qu'il vérifiait l'identité de son correspondant sur l'écran de l'appareil.

— Bonjour, Sam, dit-il après avoir décroché.

Elizabeth se crispa en entendant le prénom de son père.

— Salut, Nate. Ecoute, je suis un peu pressé. On s'apprête à partir en repérage, au large. Que se passe-t-il ?

— Il fallait que je te parle, répondit Nate.

— Je t'écoute !

Elizabeth s'assit sur le lit et tira le drap jusqu'à ses seins. Elle scruta Nate d'un air anxieux, et il se sentit soudain une immense responsabilité vis-à-vis d'elle. Il était tout de même en train de jouer l'intermédiaire entre un père et sa fille.

— Ecoute, mon vieux, il y a une personne ici qui est venue te voir. Elle s'appelle Elizabeth Mason et…

Elizabeth lui saisit le bras en secouant la tête.

— Ma mère s'appelait Eleanor Whittaker, chuchota-t-elle. Le nom de Mason ne lui rappellera rien.

— Enfin, sa mère s'appelait Eleanor Whittaker, précisa Nate dans le téléphone.

Il laissa le silence s'installer, ignorant totalement si Sam savait qu'il avait eu un enfant. Après tout, Nate n'était même pas certain qu'Elizabeth disait la vérité…

— Comment m'a-t-elle trouvé ? demanda Sam à l'autre bout du fil.

La voix de Sam semblait peu surprise. Sans doute était-il au courant. Et pourtant il n'avait jamais cherché à contacter sa propre fille.

— Je ne sais pas exactement, dit Nate en fronçant les sourcils. Tu devrais peut-être le lui demander toi-même. Elle est justement à côté de moi.

— Non, ne me la passe pas ! s'écria brusquement Sam.

Conscient qu'Elizabeth était suspendue à ses lèvres, Nate se leva, passa une serviette de toilette autour de sa taille et lui adressa un sourire rassurant.

— Je reviens dans une minute, murmura-t-il en sortant.

Il attendit d'être à l'autre bout du jardin, et d'être sûr qu'elle ne l'entendrait pas, avant de reprendre la parole.

— Qu'est-ce que c'est que cette histoire, Sam ?

— Ecoute, le moment est mal choisi… Le grand départ

a lieu dans moins de quinze jours ; je dois absolument rester concentré sur cette course, dit Sam d'une voix paniquée.

— Cette fille a traversé la Terre entière pour te rejoindre.

— Je ne lui ai rien demandé.

— Sam, il s'agit quand même de ta fille !

Il connaissait Sam depuis près de dix ans. Ils s'étaient rencontrés sur un bateau affrété par un ami commun. Ils avaient beaucoup navigué et fait la fête ensemble, et depuis quatre mois ils habitaient ensemble. Nate avait toujours considéré son ami comme un homme honnête — certes, complètement absorbé par sa passion pour la mer, mais foncièrement honnête. Or, voilà qu'il se montrait soudain prêt à éconduire sa propre fille sans même lui avoir parlé !

— Rien ne doit m'éloigner de mon objectif, Nate. Cette course est importante. Cette année, nous avons une vraie chance de gagner, et de concourir ensuite pour les courses les plus prestigieuses de la saison.

— Bon sang ! Sam, est-ce que tu t'entends parler ? Je t'annonce que ta fille est là, qu'elle est venue pour te rencontrer, et tout ce que tu trouves à répondre, c'est que tu dois te préparer pour ta satanée course ?

Il y eut un bref silence à l'autre bout de la ligne, puis Sam proféra un juron.

— C'est bon, tu as gagné… Passe-la-moi.

— C'est trop gentil à toi…

— Epargne-moi tes sarcasmes ! Je suis sous le choc.

— Je vois…

Nate scruta la porte entrouverte du studio. Avait-il envie d'apporter ce téléphone à Elizabeth ? Il avait vu l'espoir traverser son regard quand elle avait compris que Sam était au bout du fil. Elle ne pourrait qu'être déçue du manque d'empressement de son père à lier contact avec elle. Lui-même était dépité par la réaction désinvolte de son ami. Certes, Sam avait toujours été un grand solitaire, peu porté sur les marques d'affection ou la bienséance. Mais, tout de même, il s'agissait de sa propre fille…

Nate finit par hausser les épaules et se répéta que tout cela ne le regardait pas. Il n'avait aucune raison de s'indigner pour le compte d'Elizabeth. Encore moins d'éprouver le moindre élan protecteur envers elle. Ce n'était pas parce qu'ils avaient couché ensemble qu'il devait se sentir une quelconque responsabilité à son égard. Lui-même peinait à finir une nuit sans se réveiller en sueur, tremblant comme un bébé. Il avait suffisamment de soucis pour ne pas avoir à s'inquiéter de ceux des autres.

Il finit par reprendre le téléphone contre son oreille.

— Attends un instant, je vais la chercher.

— Au fait, comment se fait-il qu'elle se trouve chez toi à 8 heures du matin ? demanda Sam sur un ton suspicieux.

Nate ne prit pas la peine de répondre.

Un homme qui rechignait à parler à sa fille n'avait pas de légitimité pour poser ce genre de question.

Elizabeth était en train de s'habiller quand il rentra.

— Il veut te parler, dit-il en lui tendant le téléphone.

Elle hésita un instant et lui lança un regard interrogateur. Finalement, elle se redressa et prit une profonde inspiration.

— Allô ! ici Elizabeth.

Pour être poli, Nate aurait dû s'éclipser, mais il voulait avant tout s'assurer que Sam se comportait de façon correcte envers Elizabeth. Il garda les yeux rivés à son visage tandis qu'elle écoutait Sam parler à l'autre bout du fil.

— Nathan m'a dit que vous vous prépariez à une grande course. Je serais ravie de vous rejoindre à Sydney et…

Visiblement, Sam lui coupa la parole, et Elizabeth fronça les sourcils.

— Je vois, murmura-t-elle d'une voix étranglée en se frottant le front.

Ces deux mots contenaient à eux seuls un océan de déception. Nate vit en quelques secondes tous ses espoirs s'effacer de son visage. S'il n'en avait pas ouvertement parlé avec elle, il avait cependant compris qu'Elizabeth attendait beaucoup de ce premier contact avec son père. Elle avait sans doute imaginé faire sa connaissance, peut-être se trouver des affinités avec lui… Etablir peu à peu une relation.

— Bien sûr, je comprends, dit-elle encore dans un souffle.

Nate pivota sur ses talons. Il ne tenait pas à être témoin d'une telle désillusion. Il ne voulait pas éprouver de la compassion pour Elizabeth. En fait, il ne voulait rien ressentir du tout, lui qui avait passé ces derniers mois à tout faire pour atteindre un état proche de l'indifférence.

D'un pas décidé, il rejoignit le pavillon et prépara du café. Après tout, Elizabeth était une adulte. Elle n'avait pas besoin de lui pour gérer ses affaires. Il s'habilla, servit le café et entendit soudain le cliquetis du rideau de perles de la porte derrière lui. Il se retourna et aperçut Elizabeth, livide, qui avait attaché ses cheveux en queue-de-cheval.

— Je te remercie de ton aide, dit-elle en lui rendant le téléphone.

— Je te sers un café ?

A vrai dire, il était incapable de lui demander comment elle allait, ou comment s'était passée sa conversation avec Sam. Plus question pour lui de se mêler de cette histoire.

— Non merci. En fait, je crois que je vais rentrer à l'hôtel. Encore merci pour le dîner d'hier et… pour tout le reste, bredouilla-t-elle en se tournant vers la porte.

Elle lui offrit un furtif sourire poli avant de sortir. Il écouta le cliquetis du rideau de perles à son passage, puis alla s'asseoir à la table de la cuisine avec son café.

Elizabeth semblait bouleversée. Dieu seul savait ce que Sam avait pu lui raconter. Il avait sans doute tenté de lui expliquer combien cette course était importante, ou trouvé tout autre prétexte minable pour justifier son désintérêt.

Il ouvrit le journal du matin et chercha la page de dessins humoristiques, avant de s'attaquer aux mots croisés.

En dépit de tous ses efforts, il fut incapable de ne plus penser à Elizabeth. Vraiment, elle ne méritait pas d'être éconduite de la sorte par Sam. Par *son propre père…*

Sans réfléchir, il se leva d'un bond et quitta la cuisine.

Il devait retrouver Elizabeth. Sortant dans la rue au pas de charge, il gagna le sentier qui menait à la plage. Il l'aperçut dès ses premières foulées sur le sable. Une silhouette solitaire marchant vers Main Street, sandales à la main.

— Elizabeth ! appela-t-il.

Elle s'arrêta net et se tourna vers lui.

— Tu as prévu quelque chose aujourd'hui ? demanda-t-il à bout de souffle en arrivant à sa hauteur.

Visiblement indécise, elle fronça les sourcils.

— Je… Je vais chercher un cybercafé pour consulter mes mails. Mais en dehors de ça… rien de précis, répondit-elle avec un haussement d'épaules.

Il détestait ce regard fermé qu'elle affichait à présent. Tout cela à cause de ce maudit Sam. Il ne manquerait pas de dire à son ami sa façon de penser dès qu'il le reverrait.

— Les prévisions météo annoncent un vent de nord est. C'est idéal pour une sortie en catamaran, si ça te tente.

— Une sortie en catamaran ? répéta-t-elle, surprise.

— Oui. C'est un magnifique modèle baptisé le *Ducky*. Tu n'as jamais fait de voile, Lizzy ?

— Non… Jamais.

Il passa un bras autour de ses épaules.

— Encore une première ! s'exclama-t-il. Qu'en dis-tu ?

Elle parut confuse, puis embarrassée.

— J'aurais dû me douter que te confier ce genre de chose me condamnerait à d'innombrables allusions scabreuses, dit-elle en cherchant à se dégager de son étreinte.

— Tes secrets ne craignent rien avec moi, Lizzy, dit-il. Fais-moi confiance.

Elle cessa de se débattre et il resserra sa queue-de-cheval.

— Allons, ça va être drôle, on va bien s'amuser !

— Tu ne penses qu'à t'amuser, décidément, remarqua-t-elle d'une voix insondable tout en fixant le sable à ses pieds.

— Alors, tu es partante ? insista-t-il en jouant encore avec ses cheveux.

Elle réfléchit un instant, avant de lever les yeux vers lui.

— C'est d'accord, finit-elle par murmurer. Allons-y !

— Baisse la tête ! hurla subitement Nate.

Elizabeth retint d'une main le ridicule chapeau à bord tombant que Nate avait insisté pour lui prêter, et elle se plaqua contre la toile du bateau alors que la bôme passait brusquement au-dessus de sa tête. Son gilet de sauvetage remonta aussitôt sous ses aisselles et l'encombra un peu plus. Elle était en train de le rajuster quand elle entendit le sifflement des cordes glissant à travers les poulies pendant que Nate s'attelait à attacher la bôme dans sa nouvelle position.

— Tu peux remonter à présent, Lizzy.

Il avait passé la matinée à ricaner devant sa totale inexpérience en matière de sports de voile. D'autant que la crème solaire blanc métallisé qu'elle s'était appliquée sur le nez pour l'occasion devait lui donner des airs de clown.

Pourtant, elle ne put s'empêcher de sourire. Le plaisir de glisser sur les flots à bord de l'élégant catamaran de Sam était plus fort que sa frustration. A vrai dire, c'était même une expérience grisante : les dégradés de bleu de l'océan se confondaient à l'horizon avec le ciel azuré et éblouissant. Et puis, il y avait ce soleil radieux, le rire de Nate…

Elle n'aurait pu rêver meilleur antidote pour oublier sa conversation téléphonique avec son père.

Plutôt que se rasseoir, elle roula jusqu'à l'avant du bateau. La toile noire lui brûlait presque les jambes, et elle se pencha au-dessus de l'eau pour contempler les vagues qui défilaient sous la coque.

Dire que son père avait fait montre de peu d'enthousiasme devant son apparition dans sa vie relevait de l'euphémisme. Elle avait nettement eu l'impression de le déranger, de le charger d'une responsabilité non désirée à un moment des plus inopportuns. Et il n'avait rien fait pour atténuer son sentiment. Oh ! il n'avait pas été désobligeant, certes ! Mais elle savait lire entre les lignes. Elle lui avait proposé de le rejoindre à Sydney, mais il avait argué être en pleins préparatifs pour la course. Elle avait accepté de l'attendre à Melbourne, tout en se demandant à présent si cet homme en valait vraiment la peine.

Il était au courant de son existence. Depuis toujours. Il savait qu'il avait une fille, mais il n'avait jamais cherché à la contacter. Et cette révélation avait fait à Elizabeth l'effet d'une gifle. Car elle avait eu beau se persuader ne rien attendre de lui, elle avait secrètement espéré trouver une explication rationnelle à son absence de sa vie. Jusqu'au bout, elle avait espéré une preuve qu'en « ne souhaitant pas voir Sam Blackwell entrer dans sa vie », son grand-père avait eu tort. Or, manifestement, son père n'avait que faire de cet enfant qui avait grandi loin de lui, à l'autre bout du monde.

Doucement, elle plongea une main dans l'eau glacée.

Finalement, ce voyage se révélait être une grosse erreur. Il était encore temps pour elle de rentrer chez elle et de limiter les dégâts, d'éviter de se faire éconduire une seconde fois.

— Reviens te mettre de ce côté, Lizzy, dit soudain Nathan. Je vais nous replacer dans le sens du vent et j'ai besoin que tu fasses contrepoids.

— Très flatteur, dit-elle en grommelant.

Elle se déplaça sur les genoux et gagna l'arrière de la toile. Nathan tenait la barre d'une main, et la bôme de l'autre. Elle se sentait terriblement inélégante dans l'accoutrement que Nathan lui avait prêté à l'occasion de cette sortie nautique. Le short de Nathan était bien trop large pour elle, et le gilet de sauvetage orange fluorescent lui donnait l'impression d'avoir gonflé de cinquante kilos.

Nate s'amusa soudain à enfoncer son chapeau sur son nez.

— Attention aux coups de soleil, Lizzy. D'autant que dès que nous serons dans le sens du vent, nous allons devoir garder la proue à la surface de l'eau pour éviter de tanguer. C'est pourquoi j'ai besoin que tu restes à l'arrière avec moi.

— Qu'est-ce qui provoque le tangage ?

— Le catamaran se met à tanguer si la proue s'abaisse sous la force du vent jusqu'à atteindre le niveau de l'eau.

— Tu es en train de me dire que le bateau pourrait chavirer ? s'alarma-t-elle.

— Ne t'inquiète pas. Cela fait des années que je n'ai pas fait chavirer le *Ducky*.

— Doux Jésus ! s'exclama-t-elle en regardant subitement l'embarcation d'un œil autrement plus anxieux.

— Tiens, dit alors Nathan en lui tendant la barre.

Puis il se pencha vers l'avant pour manœuvrer la voile.

— Tu te rends bien compte que ce que tu me demandes là équivaut à demander à un passager de prendre les commandes d'un avion ? cria-t-elle, de plus en plus nerveuse.

D'autant qu'elle sentait la barre vibrer sous ses paumes au gré de leur avancée sur l'eau.

— C'est la seule façon d'apprendre à naviguer, répondit-il tranquillement.

— Apprendre à naviguer ? s'étrangla-t-elle en levant les yeux vers le mât et ses immenses voiles tendues. Tu plaisantes, je suppose !

Jamais elle ne saurait acquérir la confiance nécessaire à la manœuvre d'un engin aussi complexe.

— Qu'est-ce que tu t'imaginais ? Que je t'offrais une croisière gratuite ? s'amusa-t-il en revenant près d'elle. Voilà, nous sommes presque dans le sens du vent, à présent.

Il lui montra comment positionner le *Ducky* en fonction du vent pour naviguer à travers la baie. Puis il lui expliqua comment louvoyer, n'hésitant pas à la pousser vers l'avant lorsqu'elle oubliait de se baisser pour laisser passer la bôme.

— J'ai réussi ! s'exclama-t-elle alors que la voile se renflait au-dessus de sa tête et que le *Ducky* avançait de nouveau.

— Bravo, capitaine ! dit Nate d'un ton flatteur, inclinant le buste.

Encore deux manœuvres, en louvoiement, et ils regagnèrent la côte. Fascinée, Elizabeth regarda Nathan soulever les safrans et ramener le bateau jusque sur le sable.

— Waouh, c'est épatant ! dit-elle, réjouie, alors qu'il l'aidait à s'extraire de l'embarcation.

Elle n'était pas mécontente de retrouver la terre ferme. Elle sourit béatement, alors que son short trop large dégoulinait d'eau de mer le long de ses jambes.

— J'ai passé un fabuleux moment, reprit-elle. J'ignore d'ailleurs pourquoi je n'avais jamais pratiqué la voile.

— C'est peut-être parce que tu vis sur une île minuscule où il pleut toute l'année…

Elle fronça le nez et sentit sa crème solaire aux reflets argentés lui chatouiller la peau. Nate s'approcha d'elle en souriant. Elle crut qu'il allait l'embrasser, mais il se contenta de desserrer l'attache de son gilet de sauvetage.

— Oh ! merci, Nathan ! bredouilla-t-elle en s'en extirpant. Je me sens soudain… beaucoup plus légère !

Elle jeta le vêtement de sécurité sur la toile du catamaran, puis admira le T-shirt mouillé qui moulait le torse de Nathan, après qu'il eut enlevé son propre gilet de sauvetage.

— A présent, nous abordons la partie la moins agréable : tout ranger, dit-il sobrement.

Elle l'aida à rabaisser la voile, à la ramener au club house du centre nautique où ils la rincèrent à l'eau claire pour enlever le sel de mer. Après l'avoir séchée, il la roulèrent et la plièrent dans un long sac en toile. Puis elle copia tant bien que mal ses gestes experts pour enrouler les cordes avec lui.

— La voile peut très vite devenir une véritable drogue, tu devrais te méfier, dit Nate en jetant une pile de cordes sur la toile du catamaran. Sam, par exemple, n'est jamais aussi heureux qu'en mer, sur un bateau.

Il n'avait encore jamais évoqué son père devant elle, et elle se tourna brusquement vers lui. Son visage demeurait neutre alors qu'il vérifiait que les écoutilles étaient correctement fermées. Un peu comme s'ils parlaient d'un sujet aussi banal que la pluie et le beau temps.

— Ce qu'il préfère, dit Nate toujours aussi impassible, c'est amener les yachts de riches clients d'un port à l'autre.

Il adore partir plusieurs jours en mer, seul. En somme, il est d'un caractère taciturne et égoïste…

Il lui fallut quelques instants pour saisir ce que Nate essayait de faire : lui faire comprendre que Sam était un grand solitaire par nature, et que, s'il l'avait rejetée, elle ne devait pas le prendre personnellement. Enroulant la corde sur elle-même, elle repensa à sa conversation avec son père sous une tout autre perspective.

Si son père était un homme timide, solitaire, peu à l'aise… cela expliquait peut-être que sa première réaction à la découverte de son enfant perdu de vue ait été si… réservée.

— Merci, dit-elle à voix basse.

Nate s'épongea le front avec le bas de son T-shirt.

— Allons voir si quelqu'un au club house peut nous aider à ramener le catamaran. A moins que tu ne disposes d'une masse musculaire insoupçonnée, Lizzy.

— Je crains bien que non…

Elle le regarda avancer devant elle sur le sable. Il s'était mis en quatre pour lui être agréable aujourd'hui, pour lui faire oublier sa déception suite à ce premier contact avec son père. Il lui en avait révélé quelques traits de caractère afin de lui permettre de relativiser cet échec. Elle savait pourtant qu'il n'avait aucune envie de se retrouver mêlé à cette histoire de famille peu banale. Il avait été très clair à ce sujet, dès leur première rencontre. Même s'il s'était proposé ensuite de jouer les intermédiaires entre Sam et elle.

Elle s'aperçut alors qu'elle le couvait d'un regard d'adolescente enamourée, et se força à détourner les yeux pour terminer d'enrouler sa dernière corde. Elle devait absolument rester sur ses gardes avec cet homme. D'autant qu'elle le trouvait très, très différent de tous ceux qu'elle avait rencontrés jusque-là. Il l'avait initiée à un monde de plaisirs sensuels qu'elle n'avait jusqu'alors qu'*imaginé*, et voilà qu'il devenait à présent prévenant et attentif à ses besoins… Sans parler de la conversation intense et intrigante qu'ils avaient eue la nuit précédente.

Elle savait pertinemment que tout cela formait peu à peu une situation dangereuse, explosive. Et ce, même si elle passait son temps à se convaincre que Nathan ne représentait pour elle qu'une aventure charnelle, un amour de vacances.

Nathan réapparut accompagné de trois hommes qui riaient de bon cœur avec lui. Ils étaient aussi bronzés et musclés que lui, et vêtus du même genre de T-shirts et de shorts de plage.

— Lizzy, je te présente David, Gary et Steve.

— Bonjour, dit Elizabeth avec un signe de main, tout en tirant machinalement sur son T-shirt trempé et trop large.

Comme s'il avait deviné son léger malaise, Nate passa son bras autour de ses épaules et déposa un baiser sur la pointe de son nez. Puis il l'entraîna de côté.

— Femme, reste donc ici en attendant que nous, les hommes, nous chargions de cette tâche virile, dit-il d'une voix ouvertement graveleuse.

— Vous avez besoin d'encouragements ? Je sais très bien faire la pom-pom girl, tu sais, rétorqua-t-elle sèchement.

Pour toute réponse, il se mit torse nu et lui lança son T-shirt.

— Inutile... Je compte bien te voir te tortiller, mais un peu plus tard, en tête à tête, dit-il avec un clin d'œil entendu.

David, Gary et Steve se mirent à rire, puis ils soulevèrent le bateau pour le déplacer. Hypnotisée par les muscles saillants de Nate, Elizabeth oublia de répliquer.

Elle le suivit alors qu'ils remontaient le catamaran vers le haut de la plage. Impossible de détourner son regard de Nate.

Et pas seulement à cause de ce corps d'apollon.

*Fais très attention, Elizabeth...*

Or, comment garder la raison alors que le soleil brillait si fort sur sa peau et que, pour la première fois de sa vie, elle empruntait des chemins sinueux et indomptés ?

# Chapitre 7

Nate s'éveilla une nouvelle fois à côté d'Elizabeth. Elle était lovée contre lui, et déjà il sentait poindre en lui une irrépressible excitation. Pourtant, très vite, ses épaules se crispèrent. Il n'aurait pas dû l'inviter à dîner la veille au soir. L'initier aux joies du catamaran était une chose, mais lui cuisiner un repas en tête à tête en était une autre… Et il n'aurait jamais dû l'entraîner au studio après le dîner, ni lui faire de nouveau sauvagement l'amour, ni encore moins s'endormir contre elle, le visage enfoui au creux de sa nuque.

Il aurait mieux fait de la renvoyer gentiment chez elle, et de cesser de lui donner de faux espoirs. Elizabeth était une chic fille. Il ne voulait pas la faire souffrir. Or, cela deviendrait inévitable s'ils continuaient à se voir de la sorte.

Problème : cette femme lui plaisait vraiment. D'une part, ils étaient au diapason sexuellement, mais en plus Elizabeth était intelligente, drôle, et n'avait rien d'une intrigante.

De son côté, Nate était hanté chaque nuit par ses cauchemars. Il avait mis sa vie entre parenthèses dans l'espoir de ne pas sombrer dans la folie — il n'était d'ailleurs pas certain d'y être parvenu. Il ne pouvait décemment pas commencer une histoire avec Elizabeth alors qu'il n'avait rien à lui offrir en dehors du sexe. Même s'il se rendait compte que, déjà, il lui avait offert bien plus.

Il dut se rendre à l'évidence : il était temps de mettre un terme à cette histoire. Elizabeth allait sans doute le haïr au début, mais sur le long terme elle finirait par comprendre, et peut-être même par le remercier.

Or, plutôt que de s'éloigner d'elle en quittant le lit, il caressa l'épaule douce et soyeuse d'Elizabeth. Il respira l'odeur tiède et sucrée de sa peau, et reconnut les accents discrètement citronnés de son parfum.

Elle allait lui manquer. Aussi étrange que cela puisse paraître, il avait trouvé une véritable paix, une quiétude entre les bras de cette femme qu'il connaissait à peine. Avec elle, il avait échappé furtivement aux idées noires qui le tourmentaient depuis des mois.

*Sors de ce lit, Nate... Sors de ce lit... SORS DE CE LIT !*

Impossible d'écouter la voix de la raison. Au lieu de cela, il attendit qu'elle se réveille, et le couve de son regard à la fois chaleureux et provocant.

— Bonjour, murmura-t-elle, clignant des yeux.

— Bonjour, dit-il, incapable de dissimuler son érection.

Avec un sourire mutin, elle laissa glisser une main le long de son ventre, mais il l'intercepta juste avant qu'elle ne se referme autour de son sexe dur comme un roc.

— Ecoute, commença-t-il d'une voix hésitante, je dois quitter l'île pour quelques jours.

A ces mots, Elizabeth retira sa main.

— Tu pars aujourd'hui ? demanda-t-elle prudemment.

— Probablement cet après-midi, dit-il en espérant que son mensonge ne s'entendait pas.

— Je vois, dit-elle avec un hochement de tête. Dans ce cas... Bon voyage...

— Merci, marmonna-t-il, de plus en plus mal à l'aise, alors qu'ils demeuraient allongés, nus l'un contre l'autre.

D'un geste brusque, Nate souleva le drap et se leva. La robe et les dessous d'Elizabeth étaient impeccablement pliés sur la chaise près du lit, et il les lui donna. Elle le remercia avec un demi-sourire poli.

Puis il lui tourna le dos et enfila un treillis.

— Je ferais bien de préparer le café, dit-il entre ses dents.

Il la laissa s'habiller et traversa le jardin mal entretenu pour gagner la maison. A chaque pas, il se maudissait d'avoir été aussi peu subtil. Mais il lui suffisait de repenser à la lueur blessée qu'il avait lue dans ses yeux pour se convaincre qu'il avait pris la bonne décision.

Il allait pousser la porte de la cuisine quand une voix retentit derrière lui :

— Bonjour, Nate.

Il se tourna aussitôt. Jarvie se tenait à l'angle de la maison et le dévisageait d'un air las. Son associé semblait avoir vieilli depuis leur dernière rencontre.

— Que fais-tu ici ? demanda Nate, toussotant pour dissimuler son malaise.

Jarvie agita une enveloppe en l'air.

— Je t'apporte ton courrier.

Nate le rejoignit sur la pelouse.

— Il me semblait que les facteurs étaient payés pour cela…

— Et moi, je croyais que les gens *ouvraient* leur courrier.

— Tu as ma procuration. Fais ce que tu veux de la société.

— Cette entreprise t'appartient aussi, Nate. Je ne peux prendre toutes les décisions seul.

Bon sang ! Ils avaient eu cette discussion des dizaines de fois déjà. Nate serra les dents et fixa ses pieds. Pas question de replonger dans ce bain-là. Il n'en avait pas la force. Cette entreprise appartenait à une autre vie à ses yeux. Jarvie le savait bien. Pourtant, il s'acharnait à lui envoyer son courrier professionnel, attendant de Nate des choses qu'il n'était plus capable de lui apporter.

— On ne peut pas continuer comme ça. La société tourne à plein régime quand tu es là. On a besoin de toi, insista Jarvie.

— Crois-moi, tu te trompes. Je t'ai donné procuration sur tout. Contente-toi de faire ce que tu as à faire.

— Ce n'est pas aussi simple et tu le sais bien. C'est toi qui a élaboré le logiciel. Personne ne le maîtrise mieux que toi. Nous recevons des demandes de mises à jour, de modifications selon les systèmes d'exploitation.

— Engage de nouveaux programmeurs.

— Ils ne te remplaceront pas. Personne ne connaît Smartsell aussi bien que toi, Nate !

— Ils finiront par y arriver ; ce n'est tout de même pas sorcier, rétorqua Nate en sentant une colère sourde monter en lui.

Pourquoi Jarvie ne lui fichait-il pas la paix ? Il savait très bien pourquoi il s'était retiré sur cette île. Il connaissait toute l'histoire. Alors pourquoi le harcelait-il ?

— Nate, écoute…

— Tu crois que ça me fait plaisir ? Tu crois que cette vie me plaît, peut-être ? As-tu seulement idée de…

Il s'interrompit, le souffle court, et serra les poings.

— Ecoute, mon vieux, je sais que c'est dur. Mais tu ne peux pas t'enterrer ici, reprit Jarvie. Tu dois revenir en ville, et recommencer à consulter ce médecin qui t'avait, je crois, beaucoup aidé après l'accident. Peut-être qu'en passant au bureau une ou deux fois par semaine, les choses finiraient par reprendre un cours normal.

Reprendre un cours *normal* ? Vraiment, il ne comprenait rien.

Jarvie n'avait donc pas la moindre idée de ce qu'il vivait au quotidien ? Il n'imaginait pas qu'après quatre mois, Nate devait encore s'anesthésier à la bière et à la vodka pour pouvoir s'endormir le soir. Il ne se doutait pas qu'au premier crissement de pneus ou bruit de Klaxon, Nate était en proie à de violents flash-backs qui le ramenaient inéluctablement vers ces heures interminables d'angoisse et d'horreur qu'il avait passées coincé dans la voiture. Jarvie n'était pas hanté par la voix de sa petite sœur qui l'implorait de l'aider, de la soulager, de la sauver.

Jarvie n'avait pas à se réveiller chaque matin en se disant qu'il avait ôté la vie à la seule personne au monde pour qui il éprouvait un amour sincère, désintéressé.

Tremblant de fureur, Nate leva les yeux vers son ami. L'espace d'un instant, il crut qu'il allait frapper quelque chose, n'importe quoi du moment qu'il laisserait échapper sa colère, cette haine de lui-même et cette angoisse. Puis il se souvint que Jarvie était son plus vieil ami, son associé, et que, même s'il pouvait difficilement comprendre ce qu'il traversait, il n'était pas venu jusqu'ici par malveillance.

— Tu es venu pour rien, dit Nate en lui tournant le dos.

— Je ne partirai pas tant que tu ne m'auras pas écouté.

— Je te demande de partir ! dit Nate en détachant chaque syllabe, desserrant à peine la mâchoire.

Ulcéré, il serra de nouveau les poings. Si Jarvie était venu se battre, alors il avait frappé à la bonne porte.

— Nathan, non ! s'écria soudain Elizabeth qui avait surgi entre eux et intercepta son poing levé.

Elle était pieds nus, ses cheveux étaient en désordre.

Il ignorait depuis combien de temps elle assistait à la scène. Qu'avait-elle entendu de leur conversation ?

Finalement, Nate recula d'un pas et s'éloigna de son ami.

— Ne reviens plus jamais ici, lui lança-t-il.

Puis, il leur tourna le dos à tous les deux et disparut.

Elizabeth regarda Nate s'éclipser à l'angle du pavillon. Elle n'arrivait pas à croire que, sans son intervention, il se serait battu avec son visiteur.

— Bon sang, c'est pas vrai ! s'exclama alors le nouveau venu d'une voix teintée de frustration et de regrets.

Encore un peu sonnée, Elizabeth se tourna vers lui. Il devait avoir le même âge que Nate, et portait un jean griffé d'un célèbre créateur, ainsi qu'une chemise rayée Paul Smith. Il la détailla avec insistance de la tête aux pieds, l'œil interrogateur.

— Elizabeth Mason, dit-elle en lui tendant poliment la main, même si elle ignorait ses intentions.

Il sembla hésiter, mais finit par lui donner une poignée de main chaleureuse.

— Jarvie Roberts.

— Je suis sûre que Nate va bientôt revenir, dit-elle, persuadée qu'il n'abandonnerait pas un ami devant sa porte.

— Ça m'étonnerait, répondit Jarvie avec un sourire sarcastique. Il ne reviendra qu'une fois qu'il sera sûr que j'ai déguerpi.

— Vraiment ? fit-elle, mal à l'aise.

Jarvie la dévisagea de nouveau, puis se pencha pour ramasser l'enveloppe au sol.

— Vous voudrez bien lui transmettre ce courrier ? demanda-t-il en la lui tendant.

— Certainement.

— Merci beaucoup, dit-il avec un signe de la main avant de redescendre l'allée jusqu'à sa voiture.

Elizabeth soupira et se recoiffa d'un geste machinal. A quel genre d'histoire se retrouvait-elle soudain mêlée ?

Elle examina l'enveloppe entre ses mains. Du peu qu'elle avait entendu de la conversation houleuse entre Nate et Jarvie, elle avait compris que Nate renonçait à gérer ses parts dans l'entreprise qu'il avait créée avec lui.

Elle étudia attentivement le logo sur l'enveloppe. Smartsell. Ce nom ne lui évoquait rien. Nate ne l'avait jamais prononcé devant elle.

Nathan ne lui paraissait pourtant pas du genre à abandonner une entreprise sur un simple coup de tête. Même si, au début, elle l'avait pris pour un surfeur indolent. En tout cas, elle le connaissait un peu mieux à présent, et toute cette histoire lui paraissait très étrange.

Elle entra dans la cuisine et déposa l'enveloppe sur la table, entre la salière et la poivrière afin d'être sûre que Nate la trouve à son retour. Juste avant de sortir, son regard fut attiré par un porte-magazines au fond de la pièce, où s'empilaient de nombreuses enveloppes similaires. Piquée par la curiosité, elle s'approcha et reconnut le logo Smartsell sur chacune d'elles.

Désarçonnée, elle se rendit sans attendre sur la plage, espérant y trouver Nate.

Elle allait sans doute se ridiculiser ; Nate n'apprécierait guère qu'elle le poursuive ainsi. D'autant que, ce matin, il lui avait fait comprendre sans ambiguïté que les choses entre eux devaient en rester là. Elle avait beau avoir peu d'expérience avec les hommes, elle avait compris son message sans équivoque.

Malgré cela, elle remonta le long du rivage, portant la main à ses yeux pour se protéger du soleil aveuglant. Tout en marchant, elle se souvint de la main tremblante de Nate qu'elle avait interceptée juste avant qu'il ne frappe Jarvie. Sans parler de la lueur qui brûlait dans son regard.

Son intuition lui disait que quelque chose ne tournait pas rond, et elle s'inquiéta pour lui. Tant pis si elle passait pour une imbécile, mais elle tenait à s'assurer que Nate allait bien.

Elle arpenta la plage dans les deux sens pendant une quinzaine de minutes, puis se rendit au pub, où elle le chercha sur la terrasse et à l'intérieur du bar. Aucune trace de Nate. Trevor, le barman, affirma ne pas l'avoir vu de la journée.

Ce qui plongea Elizabeth dans un embarras profond. A vrai dire, elle ne connaissait pas assez bien Nate pour savoir où le chercher à présent. Ce qui, en soi, résumait assez bien la nature superficielle et frivole de leur relation.

*Laisse tomber, Elizabeth. Tu n'es pas responsable de cet homme. Vous avez eu une aventure purement sexuelle, il a décidé d'y mettre un terme, point final. Laisse tomber.*

Mais, plutôt que d'écouter la voix de la raison, elle retourna au bar, tôt dans la soirée, dans l'espoir de l'y retrouver. Elle passa la soirée à cran, à attendre qu'il fasse une éventuelle apparition. En vain. A 23 heures, elle comprit qu'il ne viendrait plus et regagna sa chambre à l'étage. Après tout, il en valait sans doute mieux ainsi.

Son aventure torride sur une île paradisiaque était bel et bien terminée.

Nate finit sa bouteille de bière et l'abandonna auprès des nombreuses autres qui gisaient dans l'herbe au pied du hamac. Depuis son retour à la maison, en fin d'après-midi, il tentait désespérément d'oublier le trouble et l'agitation qui l'étreignaient depuis la visite de Jarvie.

Il en voulait terriblement à ce dernier d'être venu jusque chez lui troubler sa retraite. Nate lui avait pourtant donné carte blanche au sujet de la société. Pourquoi Jarvie insistait-il pour s'ingérer de la sorte dans le semblant de vie qui lui restait ? Pourquoi s'acharnait-il à lui rappeler sa vie d'avant ?

Il lui avait fallu des mois pour s'aménager une routine lui permettant de tenir le coup, de faire face aux journées et aux nuits qui s'enchaînaient inlassablement. A force, il avait réussi à estimer précisément la quantité d'alcool nécessaire pour lui assurer une bonne nuit de sommeil, sans être malade le lendemain. Entre la bière, le surf et une occasionnelle aventure avec une femme croisée en ville ou sur la plage, il avait tant bien que mal survécu à ces quatre derniers mois.

Pourquoi Jarvie avait-il débarqué ainsi, ce matin, en lui rappelant cruellement qu'il avait eu une vie avant Phillip Island ? Nate ferma les yeux et repensa à l'enveloppe que Jarvie avait laissée sur la table de la cuisine.

*Pourquoi refuse-t-il de comprendre ? Je ne veux plus de cette vie-là, désormais. Cette vie appartient au passé.*

Pourtant, il avait travaillé très dur pour la réussite de Smartsell. Belle maison, grosses cylindrées, carnet d'adresses à faire pâlir n'importe quel chef d'entreprise : tout cela n'avait plus aucun sens à ses yeux aujourd'hui.

D'autant qu'il avait fait son possible pour retrouver une vie normale après l'accident. Il était retourné au bureau. Il avait même essayé de reprendre le volant une fois que son neurologue lui avait assuré qu'il n'avait aucune séquelle de son traumatisme crânien.

Au souvenir de cet après-midi pathétique au cours duquel il avait tenté de conduire, Nate fut saisi d'une violente nausée. Il repensa à l'odeur du cuir, au volant, à la boîte de vitesses… A peine s'était-il assis sur le siège du conducteur que les images de la nuit de l'accident l'avaient assailli. Il avait entendu de nouveau le crissement des pneus, le bruit insoutenable de tôle froissée et de verre brisé, l'explosion des airbags… Et senti le goût du sang sur ses lèvres, la douleur, l'impossibilité de se dégager.

Brusquement, il s'assit sur le rebord du hamac, les jambes balançant dans le vide. Tétanisé, il regarda fixement l'herbe à ses pieds et tenta de retrouver une respiration normale, accablé par ses souvenirs d'angoisse et de panique.

Il avait beau fermer les yeux, impossible de chasser les hurlements d'Olivia. Elle était toujours là, quelque part au fin fond de son esprit. Mourante. Comme si elle n'en finissait pas de mourir sous ses yeux. Et lui, il n'en finissait pas de ne pas arriver à la sauver, à la soulager, ni même à la rassurer.

Une colère teintée de désespoir bouillonnait en lui. Tout cela à cause de la visite de Jarvie. Pourquoi diable ne le laissait-il pas tranquille une fois pour toutes ?

Il lui fallut cinq bonnes minutes avant de parvenir à maîtriser sa nausée. Puis il se leva et rejoignit la maison, où il se dirigea droit sur le réfrigérateur. Il avait encore besoin de bière pour effacer le visage d'Olivia de son esprit. Pour oublier jusqu'à qui il était…

Or, une fois devant les clayettes vides du réfrigérateur, il comprit qu'il avait bu toutes les bières. Etouffant un juron, il ouvrit le freezer pour saisir la bouteille de vodka. Et proféra un nouveau juron en s'apercevant qu'elle était pratiquement vide.

Claquant la porte, il appuya le front contre le métal froid de l'appareil. A force de minauder avec Elizabeth, il avait tout simplement oublié de renouveler son stock habituel. Comme si fantasmer à l'idée de goûter une nouvelle fois à ses baisers brûlants pouvait remplacer l'effet lénifiant de plusieurs litres d'alcool…

Quel idiot il était ! Franchement.

Il allait être obligé de retourner en ville pour se ravitailler et tenir jusqu'au lendemain matin. Or, en passant devant l'horloge de la cuisine, il s'aperçut qu'il était déjà minuit passé. Ce qui signifiait que le pub avait déjà fermé.

Saisi de panique, il se figea au milieu de la pièce. Il avait besoin de bière. Comment parviendrait-il à affronter ses démons de la nuit s'il ne pouvait s'engourdir dans l'alcool ?

Il passa dans le salon et s'écroula sur le canapé. En essayant de trouver le sommeil dès maintenant, avant que l'effet des quelques bières qu'il venait de boire ne se dissipe, il parviendrait peut-être à surmonter le désarroi que ce maudit Jarvie avait fait naître en lui. Dès demain, il reprendrait sa routine habituelle et renouvellerait son stock de bière.

Il se pelotonna sur le canapé, tel un enfant déboussolé. Vraiment, il devait avoir l'air pathétique.

Il se mit à trembler, et passa ses bras autour de son corps. Il entendait de nouveau les hurlements d'Olivia. De toutes ses forces, il ferma les yeux et pria auprès de qui voudrait bien l'entendre pour survivre à la nuit qui s'annonçait.

Elizabeth fut tirée de son profond sommeil par une salve de coups tambourinés à la porte de sa chambre d'hôtel. Elle se redressa en sursaut et saisit le peignoir à côté d'elle. Le réveil sur la table de chevet indiquait 3 heures du matin. Elle se dirigea vers la porte sur la pointe des pieds, et regarda par le judas. Elle reconnut le visage de Nate, tourné vers le sol alors que son bras s'appuyait contre la porte.

Elle déverrouilla et ouvrit.

— Salut, murmura Nate en se redressant.

— Qu'est-ce qui se passe ?

Elle reconnut aussitôt une odeur de bière. Il lui sourit avec un regard embrumé, et elle remarqua qu'il transpirait.

— Je peux entrer ? demanda-t-il à voix basse.

Sans un mot, elle s'écarta pour lui céder le passage. Visiblement, il avait bu. Mais, au-delà de ça, Elizabeth pressentit que quelque chose n'allait pas.

— Tu veux un café ? proposa-t-elle en lui tournant le dos pour rejoindre le petit comptoir dans le coin de sa chambre.

Nathan surgit alors derrière elle et l'enlaça en lui empoignant les seins à travers son peignoir de soie. Il se pressait contre elle, enfouissant son nez au creux de son cou.

Incapable de lui résister, elle ressentit cependant quelque chose de désespéré dans sa façon de la serrer contre lui. Très vite, il lui enleva son peignoir d'un geste impatient.

— Nate, il s'est passé quelque chose ?

Elle chercha à se dégager de son étreinte pour le regarder dans les yeux, mais il s'empressa de l'embrasser pour étouffer toute autre question embarrassante. Il la serra si fort contre lui qu'il se mit à en trembler.

Elle sentit alors une vive émotion lui nouer la gorge. Il n'avait pas prononcé le moindre mot, mais elle ressentait pleinement cette étrange douleur qui l'accablait. Le cœur serré, elle passa ses bras autour de lui et lui caressa doucement le dos, cherchant à le calmer, à le rassurer.

— Ça va aller, Nate, murmura-t-elle contre ses lèvres. Quoi qu'il se soit passé, ça va aller, tu verras.

Il semblait manquer d'air, et enfouit de nouveau son visage au creux de son cou, tout en la serrant de toutes ses forces. Ses tremblements s'amplifièrent et il étouffa un sanglot. N'ayant pas la moindre idée de ce qu'elle était censée dire ou faire, elle suivit son instinct et continua à le caresser tendrement, à lui offrir tout le réconfort dont il semblait avoir besoin.

— Ça va aller, Nate, répéta-t-elle dans un souffle. Tu ne risques rien ici.

Elle répondit à son étreinte en l'enlaçant de toutes ses forces. Elle était là pour lui. Et n'avait aucune intention de l'abandonner.

Petit à petit, les spasmes de Nate s'estompèrent. Elle le sentit progressivement revenir à lui, et son corps se crispa contre elle. Sans doute se sentait-il un peu embarrassé à présent que le pic de la crise était passé. Il chercha à se dégager, mais elle l'en empêcha en l'entraînant vers le lit.

— Viens t'asseoir, lui dit-elle à voix basse.

Il hésita un instant. Elizabeth comprit qu'il cherchait une excuse pour fuir, et elle le poussa littéralement sur le rebord du lit.

Une fois assis, il la fixa d'un regard vitreux, et elle s'agenouilla pour le déchausser.

— Allonge-toi, dit-elle d'une voix ferme après lui avoir défait sa braguette.

Cette fois, Nate obéit aussi docilement qu'un enfant. Il souleva les hanches tandis qu'elle lui ôtait son jean. Puis il se poussa sur le côté pour lui faire une place. Elizabeth s'allongea à côté de lui et l'attira tout contre elle, l'enveloppant de sa chaleur, le serrant aussi fort que possible. Au début, il demeura comme pétrifié contre elle. Puis il finit par se décontracter, et se lova contre son buste.

Elle sentit alors son souffle tiède et saccadé entre ses seins. Bientôt, quelque chose d'humide s'écoula contre sa peau et elle comprit qu'il pleurait. Ravalant ses propres larmes, elle se concentra sur Nate, continuant à dessiner tendrement des petits cercles le long de son dos.

Après un long moment, il se détendit complètement entre ses bras. Sa respiration se calma, devint plus régulière. Elle caressa les mèches qui retombaient sur son front et le haut de son visage, toujours marqué par la détresse en dépit du sommeil dans lequel il était maintenant plongé.

Elizabeth avait beau ignorer ce qui avait pu précipiter Nate dans un tel état, elle était profondément touchée qu'il soit venu à elle. Même s'il avait tenté de maquiller son désespoir derrière une hypothétique pulsion charnelle.

Et dire qu'ils ne se connaissaient que depuis quelques jours…

A cette idée, une petite alarme se mit à résonner dans son esprit. Mais elle choisit de l'ignorer. Pour l'heure, Nathan avait besoin d'elle. Et c'était la seule chose qui comptait.

La réalité pouvait bien attendre jusqu'au matin.

# Chapitre 8

Nate s'éveilla dans le noir, bercé par la respiration régulière d'Elizabeth. Il avait le visage calé entre ses seins rebondis, et il lui fallut quelques instants avant de recouvrer la mémoire. Une brûlante onde de chaleur parcourut son corps lorsqu'il se rappela avoir violemment tambouriné à la porte d'Elizabeth, puis s'être jeté sur elle avec une ardeur désespérée. Seigneur, qu'allait-elle penser de lui après un tel tapage ? En tout cas, il pouvait s'estimer heureux qu'elle n'ait pas appelé le vigile de l'hôtel pour le faire évacuer.

Il se redressa un peu, et s'aperçut que la peau de son visage était tirée à force d'avoir pleuré. Furieux de s'être à ce point humilié, il serra les dents. Il avait complètement perdu les pédales cette nuit. Il ne s'était pas trouvé dans un tel état de désarroi depuis les jours qui avaient suivi l'accident.

Il réprima à peine un sourire ironique : si Jarvie avait pu le voir en pleine crise d'angoisse, tout à l'heure, il n'aurait sans doute pas autant insisté pour lui redonner sa place au sein de leur entreprise. Son vieil ami aurait ainsi pris toute la mesure du mal insidieux qui rongeait Nate.

— Comment te sens-tu ?

Au son de la voix douce résonnant dans la pénombre, il se figea. Il avait prévu de s'éclipser avant qu'Elizabeth ne se réveille. Histoire de leur épargner la gêne de devoir se regarder de nouveau en face après qu'il se fut donné en spectacle.

— Tu veux un peu d'eau ? Une aspirine, peut-être ?

— Ça va, je te remercie, dit-il dans un souffle.

Elle laissa passer un bref silence.

— Tu as envie d'en parler ?

Il sourit tristement. Cette question, tous ceux qui l'avaient entouré à la suite de l'accident la lui avaient posée, tôt ou tard. Alors que lui, au contraire, n'aspirait qu'à une chose depuis les premiers jours : oublier.

Or, dans le cas présent, il ne pouvait se contenter de se rhabiller et de prendre la poudre d'escampette. Pas après s'être effondré comme un bébé dans les bras d'Elizabeth. Il lui devait bien ne serait-ce qu'une ébauche d'explication.

— Désolé d'avoir débarqué à l'improviste, hier soir. Cela ne se reproduira plus, promit-il.

— Je ne t'ai pas demandé de t'excuser, Nathan. Mais si tu n'as pas envie de parler, je peux le comprendre.

Elle glissa une main le long de son bras, jusqu'à sa main, puis entrelaça en silence ses doigts avec les siens.

Nate sentit alors une vive émotion lui nouer la gorge. Bon sang ! il allait vraiment finir par perdre la tête.

— J'ai vu hier que certains catamarans fonctionnaient avec deux voiles. C'est normal ou s'agit-il de modèles différents du *Ducky* ? demanda-t-elle soudain.

Il fut d'abord déconcerté par cet abrupt changement de sujet. Puis il comprit qu'Elizabeth lui offrait simplement une voie de sortie susceptible de préserver sa dignité. Reconnaissant, il pressa doucement sa main contre la sienne.

— Ce que tu as vu était probablement un foc, répondit-il après s'être éclairci la voix. Un foc facilite la manœuvre du catamaran, mais comme nous avions une bonne brise de secteur nord la fois dernière, je n'ai pas jugé utile de l'installer.

— Je vois. Mais d'ailleurs, comment fait-on pour manœuvrer un catamaran quand on est seul à bord ?

Il lui expliqua alors les quelques principes de base de la pratique du catamaran et, bientôt, les premières lueurs du jour vinrent percer à travers les stores. Peu à peu, Nate sentit la tension qui lui enserrait la poitrine s'apaiser. Il contemplait le profil d'Elizabeth dans la semi-pénombre. Son petit nez, sa bouche bien dessinée, ses pommettes hautes…

Soudain, une sorte de déclic se produisit en lui.

— J'ai eu un accident de voiture, dit-il de but en blanc d'une voix hachée en fixant le plafond. C'était il y a quatre mois. Je roulais entre Melbourne et Phillip Island avec ma petite sœur, Olivia. Il y avait eu un accident, plus tôt, sur la route. Il restait une flaque d'huile sur la chaussée… Ma voiture a dérapé…

La main d'Elizabeth se serra dans la sienne.

— Nous avons heurté un arbre, côté passager, poursuivit-il, le souffle court. La voiture… Elle s'est complètement disloquée dans le choc. J'ai pris un coup sur la tête et je me suis évanoui. Et Olivia…

Sa gorge se noua au souvenir des cris de sa petite sœur.

— Tu n'es pas obligé de tout me raconter, tu sais…

— Je le veux, dit-il en cherchant l'air qui lui manquait.

Il inspira profondément, et s'agrippa à la main d'Elizabeth comme si sa vie en dépendait. D'une voix lente et posée, il lui raconta comment, en revenant à lui, il avait découvert Olivia coincée dans un monstrueux amas de tôle froissée. Comment son visage était noirci par le sang, à quel point sa main lui avait paru glacée lorsqu'il l'avait enfin trouvée dans l'obscurité. Et puis il y avait eu ses gémissements, ses pleurs, et la façon atroce dont elle l'avait supplié de la sauver… Il n'avait pu que constater, impuissant, l'ampleur du drame, lui-même piégé entre le volant et le tableau de bord enfoncé.

Approchant de la fin du récit, il ne trouva plus ses mots. Comment expliquer les longues suppliques d'Olivia qui l'avait imploré de faire quelque chose pour calmer sa douleur ? Comment raconter ses dernières respirations, pénibles et désespérées, puis l'effroyable, l'insoutenable silence qui avait suivi ? Comment dire qu'il lui avait tenu la main jusqu'à l'arrivée des secours, lesquels avaient dû l'arracher à elle par la force, afin de le désincarcérer ?

Elizabeth roula sur le côté et passa ses bras autour de lui. Ils gardèrent le silence un long moment. Puis elle se redressa pour déposer un baiser sur le menton de Nate.

— Je suis navrée, Nate. Je sais que ces mots sont vains, que ça ne changera rien, mais je suis sincèrement désolée que tu aies eu à subir une telle tragédie. Je suis désolée que tu aies perdu ta petite sœur. Je ne peux qu'imaginer à quel point il doit être douloureux pour toi de vivre avec ce souvenir.

Nate ne lui avait pas raconté l'histoire pour s'attirer sa pitié ou sa compassion. Simplement, Elizabeth méritait de savoir pourquoi un homme *a priori* sain d'esprit était venu tambouriner à sa porte et s'effondrer dans ses bras. Pourtant, d'une certaine façon, le calme et la simplicité de ses paroles le réconfortèrent.

Apaisé, il lui embrassa le front, puis le bout du nez. Elle releva doucement le visage et leurs lèvres s'unirent.

Peu à peu, son baiser, empreint de gratitude, se fit plus fébrile. Elizabeth pressa ses hanches contre ses cuisses. Lentement, langoureusement, il glissa sa langue au creux de sa bouche dont il prit possession avec ferveur. Elizabeth faufila alors une main sous son T-shirt et remonta le long de ses pectoraux, pinçant doucement ses tétons qui pointaient.

Ivre de désir, Nate se plaqua contre elle et arracha son peignoir de soie. Elle se cambra aussitôt et planta ses doigts brûlants entre ses omoplates, alors qu'il refermait sa bouche autour de la pointe de son sein. Comme possédée par un désir brut, urgent, Elizabeth libéra son sexe raide et enflé de son caleçon. Sans plus attendre, elle s'installa à cheval sur lui et le guida entre ses cuisses ruisselantes de désir.

Nate serra les dents tout en pénétrant dans sa chaleur moite. Elizabeth était si douce, si chaude autour de lui. Il ondula doucement des hanches, et elle ondula à son tour pour accompagner son mouvement. Puis il lui empoigna les seins, et l'embrassa à pleine bouche, encore et encore. Les paumes brûlantes d'Elizabeth allaient et venaient le long de son dos au rythme fluide et langoureux de leur étreinte.

Très vite, il sentit ses petits muscles se resserrer autour de lui. Juste avant de jouir elle étouffa une longue plainte contre sa bouche, et Nate fut à son tour submergé par une volupté impérieuse, irrésistible, indicible.

Il se figea en elle quelques instants, savourant cette sensation de ne former qu'un avec elle. Ses paupières s'alourdirent, et il les ferma brièvement.

Voilà. Elizabeth savait tout à présent. Elle connaissait toute son histoire. Déposant un dernier baiser sur sa joue, il se laissa finalement happer par le sommeil.

Elizabeth attendit que sa respiration devienne régulière pour s'écarter de lui. Il fronça les sourcils, mais elle caressa son torse d'une main rassurante et il se rendormit. Elle rejoignit alors la salle de bains et ferma la porte le plus doucement possible. S'asseyant sur le couvercle des toilettes, elle prit son visage entre ses mains.

Nathan avait vécu l'horreur absolue. Il s'était retrouvé piégé à côté de sa petite sœur, assistant impuissant à son inexorable agonie… Une épreuve inhumaine, dont personne ne pouvait sortir indemne. Un véritable cauchemar éveillé.

Elizabeth était au bord des larmes. Le deuil et la douleur que devait endurer Nate la bouleversaient. Mais, petit à petit, elle se ressaisit et parvint à dominer son émotion.

Le traumatisme de Nathan était récent. Il se débattait au quotidien avec son chagrin, sa colère et, sans doute, un fort sentiment de culpabilité. Ce dont il avait besoin, c'était d'un peu de soutien, de patience et de réconfort. Et non des larmes de compassion d'Elizabeth, stériles et vaines.

Elle finit par se lever, et aspergea son visage d'eau au-dessus du lavabo. Avec un peu de chance, Nathan dormait encore, et elle pourrait le rejoindre au lit.

Mais, lorsqu'elle retourna dans la chambre plongée dans une demi-pénombre, elle constata ce que son instinct avait pressenti : son lit était vide.

Nate était reparti.

Ce ne fut malheureusement qu'une demi-surprise pour elle. Nate était un homme avant tout ; il avait sa fierté. Elle avait nettement entendu les accents de honte et de culpabilité lorsqu'il lui avait relaté l'accident. Et elle était prête à parier qu'il se considérait comme seul et unique responsable de la mort de sa petite sœur.

Elle réfléchit un instant. Une fois encore, son intuition lui dictait de partir à la poursuite de Nate. Mais, avant cela, elle avait quelque chose d'important à faire. Pour elle et pour lui.

Elle se doucha et s'habilla, avant de se rendre au cybercafé qu'elle avait repéré près de l'auberge de jeunesse, sur les hauteurs de la ville. Installée sur un vieux siège, devant un écran d'ordinateur préhistorique, elle pianota sur le clavier usé pour consulter sa messagerie électronique. Elle trouva un courriel de Violet, qui s'excusait platement d'avoir « vendu la mèche » à Martin, au sujet du voyage d'Elizabeth.

Elle répondit aussitôt à son amie en expliquant qu'elle avait au contraire bien fait, que Martin et elle avaient pu s'expliquer et se quitter en bons termes. Puis elle se perdit dans une digression sur la beauté pittoresque de l'île, son climat ensoleillé, avant de se rendre compte qu'elle ne faisait là que mettre de côté l'essentiel. Elle effaça ce dernier paragraphe, et conclut en promettant à Violet de lui écrire bientôt pour lui raconter les détails de son séjour. Sans plus attendre, elle envoya son message.

Puis elle alla sur Google, et entra « stress posttraumatique »dans le moteur de recherche. Aussitôt, elle fut aiguillée vers d'innombrables sites traitant de ce sujet, et passa près de trois heures à se documenter sur les symptômes et les traitements liés à ce genre de troubles. Or, au bout du compte, elle quitta le cybercafé avec une foule de nouvelles questions. Notamment quant à la propension de Nate à se tourner vers l'alcool pour oublier ; son besoin de s'étourdir par le biais du surf, des sensations fortes ; son refus de revoir son associé, et le trait qu'il semblait avoir tiré sur sa vie d'avant l'accident. Sans être médecin, elle était toutefois convaincue qu'il souffrait de nombreux symptômes liés au syndrome de stress posttraumatique. Il semblait revivre régulièrement le drame sous forme de flash-backs, évitait tous les endroits susceptibles de lui rappeler l'accident, subissait des insomnies et de brutales sautes d'humeurs… Bref, il était en permanence à fleur de peau.

Elle avait noté les références de plusieurs livres traitant du sujet, et se rendit dans la librairie d'à côté, où elle put se procurer quelques titres intéressants. De sorte qu'à la fin de la journée, elle se sentait relativement bien documentée.

Ou, du moins, suffisamment pour mesurer dans quoi elle s'engageait, si d'aventure elle décidait de poursuivre cette ébauche de relation qui semblait naître entre Nathan et elle. Car il était évident que Nate ne pourrait se rétablir qu'au terme d'un long et pénible processus. Certaines personnes ne se remettaient jamais totalement de ce genre de traumatisme. Au mieux, elles n'étaient plus que l'ombre d'elles-mêmes ; au pire, elles sombraient dans l'alcool ou la drogue.

En tout cas, elle détenait à présent toutes les informations nécessaires pour prendre une décision. Une grande décision.

Car elle ne connaissait Nathan Jones que depuis six jours. Elle ignorait quelles études il avait faites, le nom de ses parents, et même quelle était sa couleur préférée… Or, ce dont elle ne doutait plus un instant, c'était que cet homme avait besoin d'elle. De plus, dès qu'il posait une main sur elle, elle se sentait belle, sexy et pleine d'audace. Cet homme était incroyablement doux et généreux, et ce en dépit du drame qui avait bouleversé sa vie.

Elle savait aussi que depuis qu'elle l'avait laissé sangloter contre elle, elle était habitée d'une envie féroce et viscérale de le libérer de ses démons. Même si cela semblait heurter toute logique ; même si cela défiait le bon sens.

D'ailleurs, à bien y réfléchir, cette décision n'en était même pas une : elle s'imposait d'elle-même.

Il était sans doute insensé de raisonner ainsi après seulement six jours. Mais, après tout, des choses plus étranges ne se produisaient-elles pas chaque jour de par le monde ? Au final, Elizabeth ne pouvait que constater une réalité qui la dépassait : elle était en train de s'attacher à Nate.

Alors, armée de cette inéluctable certitude, elle rassembla son courage, et partit… à la recherche de Nate.

Les jours suivants, Nate évita Main Street. Après s'être effondré en larmes comme un gamin dans les bras d'Elizabeth, sans rien lui épargner de ce que son histoire comportait de plus tragique, il s'en voulait terriblement. De même qu'il en voulait au destin, à la Terre entière.

Non seulement il avait perdu sa sœur, son entreprise et une vie autrefois heureuse et réussie, mais, comme si cela ne lui suffisait pas, il s'était défait du semblant d'amour-propre qui lui restait encore, en échange de quelques maigres instants de réconfort.

Jamais il ne s'était humilié de la sorte. Pis, il sentait bien qu'il n'était pas à l'abri de recommencer. En se confiant à Lizzy, en se laissant étreindre par son silence compréhensif, il avait vécu l'expérience à la fois la plus difficile et la plus apaisante de ces derniers mois. La tension qui lui enserrait la poitrine depuis l'accident s'était même brièvement estompée.

Voilà pourquoi il s'efforçait depuis de ne pas se montrer sur Main Street, ni du côté de l'Isle of Wight. Il se devait d'éviter Lizzy coûte que coûte. Certes, ils avaient partagé une exceptionnelle complicité charnelle ; il l'avait aidée à établir le contact avec son père, initiée à la pratique du catamaran, et au cunnilingus. Mais rien de tout cela ne l'autorisait à se décharger de son chagrin sur elle comme il l'avait fait. Il était allé trop loin. Beaucoup trop loin. Elle s'était montrée incroyablement généreuse, à l'écouter, à le réconforter. Mais en aucun cas il n'abuserait de nouveau de sa gentillesse naturelle. En aucun cas.

Bien sûr, cela ne l'empêchait pas de penser constamment

à elle. De se souvenir du timbre doux et fluide de sa voix, de son regard chaleureux et parfois hésitant.

Il n'aurait jamais cru qu'une femme qui venait à peine d'entrer dans sa vie lui manquerait autant, et pourtant…

Quoi qu'il en soit, il ne reverrait plus jamais Elizabeth.

Il tuait le temps en partageant ses journées entre la bière, le surf et la voile, et en passant ses nuits à marcher sur la plage au bord de l'eau, au rythme des marées. Au troisième jour de sa retraite loin d'Elizabeth, il était en train d'installer la voile principale du *Ducky* quand il l'aperçut qui marchait sur le sable dans sa direction. Elle portait un bermuda de toile rose, et une combinaison à manches longues en Lycra. Son nez et ses joues étaient badigeonnés de crème solaire blanc argenté, et un large chapeau protégeait son visage du soleil.

Elle aurait pu avoir l'air ridicule dans cet accoutrement, mais, loin de la voir ainsi, Nate fut immédiatement saisi d'un violent désir pour elle. Ce qui le fit enrager. Le regard rivé sur la chaîne qu'il était en train de resserrer, il espéra seulement que son trouble n'était pas trop visible.

— Tu es un homme difficile à trouver, dit simplement Elizabeth en arrivant à la hauteur du catamaran.

Il commença à tirer sur le cordage qui hissait la voile.

— J'ai été pas mal occupé ces derniers jours.

— Je vois ça…

Il resta concentré sur la voile, s'assurant qu'elle était bien tendue avant d'enrouler le cordage autour du taquet du mât.

Peut-être que s'il l'ignorait, Elizabeth finirait par repartir. Ainsi, il ne serait plus obligé de la regarder, ni d'avoir envie d'elle. Ni encore de se rappeler les raisons pour lesquelles leur relation n'avait aucun avenir.

Evidemment, ce n'était pas une solution. Elizabeth méritait au moins une explication pour la façon dont il était parti en douce de sa chambre, l'autre matin.

Le cœur serré, il finit par toussoter et se tourna vers elle.

— Ecoute… A propos de l'autre soir… Je regrette d'avoir

débarqué dans ta chambre comme je l'ai fait. Je suis allé trop loin ; j'avais bu et je ne savais plus ce que je faisais…

Il attendit sa réponse, mais elle se contenta de le dévisager, avant de saisir une corde sur la toile du catamaran.

— C'est bien cette corde que l'on déplie le long des poulies ? demanda-t-elle alors.

Confus, il se demanda ce qu'Elizabeth était vraiment venue faire. Qu'attendait-elle exactement de lui ? Soudain, il comprit ce qui l'avait ramenée jusqu'à lui : elle avait pitié !

Il s'approcha et lui prit la corde des mains.

— Tu ferais mieux de partir, dit-il sèchement.

— Tu crois vraiment ? demanda-t-elle en s'emparant de nouveau de la corde.

— Je viens de te présenter mes excuses, il me semble, dit-il, agacé, en fronçant les sourcils. Il n'y a rien à ajouter, Elizabeth. Je n'ai pas besoin d'une assistante sociale.

— Si j'étais ton assistante sociale, Nathan Jones, je me ferais *illico* radier pour manquement grave à la déontologie… A présent, dis-moi où va cette corde !

Comme il ne réagissait pas, elle commença à la dérouler.

— Tant pis, dit-elle comme pour elle-même en accrochant la corde à la partie droite de la coque. Je ferai à ma manière, et tu viendras rectifier si besoin.

Une mèche de cheveux s'échappa de son chapeau et lui effleura la joue, avant de retomber entre ses seins. Nate faillit lui suggérer de nouveau de partir. Il ne savait pas exactement ce qu'il attendait d'elle, mais ce dont il était certain, c'était qu'il ne voulait pas de sa pitié.

Elle releva soudain les yeux et le fixa sans ciller.

— Tu me dois bien une nouvelle leçon de voile, non ? dit-elle d'un air très emprunté.

Il n'eut pas le courage de la repousser une troisième fois. Et tant pis si cela faisait de lui un lâche.

Nate fut très économe en paroles alors qu'ils préparaient le *Ducky* pour une nouvelle sortie en mer. Il se borna à donner à Elizabeth les instructions nécessaires, évitant soigneusement tout contact, physique comme visuel, avec elle. Elle se contenta d'obtempérer à ses consignes, jusqu'à ce que le bateau soit prêt à prendre la mer. Ils firent alors appel à quelques membres du club pour les aider à porter l'embarcation jusqu'à l'eau.

Quand ils eurent de l'eau jusqu'à la poitrine, Nate lui donna le feu vert pour monter à bord, puis la rejoignit quelques secondes plus tard. Ils se concentrèrent alors sur les manœuvres : Elizabeth passait d'un côté à l'autre de la toile afin d'équilibrer le catamaran au gré du vent. Elle prit la barre tandis que Nate dressait le foc, et le dirigea au gré de ses instructions.

Petit à petit, après au moins deux heures de navigation, le visage crispé de Nate se détendit. Alors, Elizabeth s'autorisa enfin à s'allonger de tout son long sur la toile du bateau, et reposa sa tête sur la cuisse de Nate, qui tenait la barre. Elle ferma les yeux et sentit aussitôt son regard sur elle. Au bout de quelques minutes, la cuisse de Nathan finit par se décontracter. Alors, elle se tourna doucement et déposa un baiser sur sa peau salée.

— Lizzy…, dit-il dans un souffle à peine audible.

— Oui ?

— Toi et moi… Ce n'est pas possible, tu sais.

— Pourquoi pas ?

— Tu sais très bien pourquoi, dit-il avec dépit.

— Non, Nathan. Je l'ignore, dit-elle en se redressant.

Il se renfrogna et son visage se crispa de nouveau.

— Je ne veux pas de ta pitié, Elizabeth.

Il avait prononcé son prénom d'une voix pleine de ressentiment, très éloignée de celle, coquine et suave, avec laquelle il l'avait jusque-là surnommée Lizzy.

— Tu n'as rien à craindre, Nathan. Certes, je compatis avec toi, à ton chagrin, mais en aucun cas je n'éprouve une quelconque pitié à ton égard. Et si tu ne parviens pas à faire la différence, alors je te suggère de diminuer ta consommation de bière…

— Je ne veux pas non plus de ta compassion ! s'exclama-t-il comme un enfant dont l'orgueil aurait été blessé.

Elizabeth comprit que, après s'être montré aussi vulnérable auprès d'elle, son narcissisme en avait pris un coup.

— Ah ! non ? dit-elle, perdant patience. Et qu'est-ce que tu veux exactement ? Mes seins ? Ma bouche ? Mon sexe ?

Il la dévisagea, incrédule.

— Euh, je te rappelle que *tu* es venue me chercher…

— Et toi, tu es venu dans ma chambre, l'autre soir, contre-attaqua-t-elle.

— C'était une erreur, dit-il en détournant les yeux.

— Nathan…

A court d'arguments, elle empoigna ses cheveux et l'attira à elle pour l'embrasser. Il lui résista mollement avant de l'embrasser à son tour à pleine bouche. Puis, lorsqu'il se dégagea enfin, Elizabeth lut un tel désespoir et un tel appétit de vivre au fond de lui qu'elle sentit son cœur se serrer.

— Tu ne comprends pas, reprit-il alors. Ce qui s'est passé l'autre soir… Ce n'est que la partie visible de l'iceberg.

— Laisse-moi deviner, dit-elle en hochant lentement la tête. Flash-backs, cauchemars, crises d'angoisse, insomnie, sautes d'humeur… Est-ce que j'oublie d'autres symptômes ?

La mâchoire de Nate se crispa.

— Je ne peux plus conduire.

A ces mots, Elizabeth se rendit compte qu'il ne l'avait effectivement jamais conduite nulle part.

— Je suppose que tu as réessayé, demanda-t-elle après un bref silence.

— En effet.

— Est-ce que tu es de nouveau monté en voiture avec quelqu'un d'autre au volant ?

Il passa une main dans ses cheveux et son regard se perdit sur l'horizon. Il était évident qu'il détestait aborder ce sujet.

— Oui… J'y suis à peu près arrivé… A condition de ne pas prendre la route de nuit.

— Je vois, murmura-t-elle en opinant du chef.

— Ce sera tout pour aujourd'hui ? dit-il en lui décochant un regard agacé.

Elle haussa les épaules.

— Il est important de lister tous ces détails.

— Lizzy…

— J'aime quand tu m'appelles comme ça, dit-elle en se rapprochant pour coller sa joue à la sienne. Tu me plais, Nathan Jones. Tu me fais rire, tu sais me mettre au défi, et tu es très, très, doué au lit. J'ai envie de continuer à passer du temps avec toi. Qu'y a-t-il de mal à cela ?

— Je suis un cas désespéré, Lizzy.

— Je ne suis pas forcément un cadeau, moi non plus. J'ai passé ma vie à faire plaisir aux autres. Je viens à peine de rompre des fiançailles que je n'aurais jamais acceptées si seulement je m'étais écoutée… Et avant de te rencontrer, je n'avais jamais fait l'amour autrement qu'en position du missionnaire.

Il chercha son regard et elle ne flancha pas. Puis il prit doucement son visage entre ses mains.

— Oh ! Lizzy…, murmura-t-il d'un air songeur.

Ils étaient en train de vivre un moment fort, un moment très privilégié, et Elizabeth vit le visage de Nate se charger d'une intense émotion. Une émotion si vive que, chassant les larmes qu'elle sentait monter à ses yeux, elle n'eut d'autre choix que se pencher vers lui pour l'embrasser.

Ce soir-là, après avoir rincé les plats du dîner dans l'évier, Nate se tourna pour trouver Elizabeth absorbée par la lecture du journal local, assise à la table de la cuisine. Il contempla les reflets de la lumière dans sa chevelure blonde et dut résister à une irrépressible envie de lui faire l'amour pour la troisième fois de la journée.

Elle était si belle, si drôle, si généreuse et si sophistiquée qu'il se demandait de plus en plus ce que cette femme faisait là, avec lui. Il avait encore peine à croire que, après le triste spectacle qu'il lui avait offert l'autre soir, elle n'ait pas pris ses jambes à son cou. Ni même après qu'il lui avait révélé son accident, et le fait qu'il était devenu incapable d'accomplir un geste aussi anodin que conduire une voiture.

Or, à aucun moment lors de ses confessions elle n'avait montré le moindre signe d'hésitation. Et lorsqu'ils étaient rentrés de leur petite escapade en catamaran, elle l'avait poussé sur le lit en ne laissant pas la moindre ambiguïté quant à son désir pour lui, et ce en dépit de tous ses aveux.

Allongé dans son lit avec cette femme dans ses bras, il avait soudain entrevu un avenir qui promettait de s'éloigner de l'atroce purgatoire auquel il s'était résigné depuis des mois.

Il rejoignit Elizabeth derrière sa chaise.

— Tu savais que des jumeaux wombats viennent de naître dans la réserve naturelle ? demanda-t-elle d'une voix détendue en se retournant vers lui. Regarde comme ils sont mignons, il y a une photo, là. Mais le public ne pourra pas les voir tant qu'ils ne seront pas sevrés.

— Ravissants, dit-il plus par politesse que par intérêt.

— Nous n'avons pas de wombats en Angleterre, tu sais.

Il se pencha vers elle et lui vola un baiser.

— Que dirais-tu de faire griller des marshmallows sur les restes de braises de notre barbecue ?

— Ah ! cher monsieur, j'ai bien cru que vous ne me le proposeriez jamais ! répondit-elle, enthousiaste.

Ils sortirent s'allonger sur la couverture de pique-nique, et s'empiffrèrent joyeusement de guimauves gluantes.

— Hmm, je suis incapable de m'arrêter ! s'amusa Elizabeth en se frottant l'estomac. Ma mère disait toujours que j'avais les yeux plus grands que le ventre…

— Elle te manque, n'est-ce pas ?

— C'est un peu idiot, hein ? Ça fait plus de vingt ans qu'elle n'est plus là, dit-elle avec une petite moue.

— Non, cela n'a rien d'idiot, reprit-il sans pouvoir s'empêcher de repenser à Olivia.

Sa petite sœur lui manquait cruellement. Sa petite voix qui sonnait faux quand elle dansait avec son iPod en main ; ses chaussures qui encombraient l'entrée de la maison ; sa manie d'envoyer à Nate des SMS tout au long de la journée pour le tenir informé des petits riens qui formaient sa vie de jeune fille…

— Tu ne parles jamais de tes parents, dit Elizabeth.

Nate eut besoin de quelques secondes avant de parvenir à chasser Olivia de son esprit.

— Ils sont morts, tous les deux. Papa a eu un accident de voiture quand j'avais dix ans. Et maman a succombé à un cancer, il y a quelques années.

— Oh ! Nathan, je suis navrée…

— On ne peut pas dire que la famille Jones soit particulièrement chanceuse, hein ?

Elle roula sur le côté et se rapprocha de lui sur la couverture.

— J'imagine que perdre Olivia a dû être d'autant plus dur pour toi, murmura-t-elle. J'ai l'impression que tu t'occupais d'elle comme un père ces dernières années.

Depuis la maladie de leur mère en réalité. La malheureuse avait lutté deux longues années avant de mourir. Olivia n'avait que douze ans lorsqu'elle avait emménagé chez Nate. Et en tant que grand frère et père de substitution, il l'avait choyée cinq années durant. Jusqu'au jour tragique de sa mort.

Comme il ne répondait pas, Elizabeth posa une main douce et chaleureuse sur son torse.

— Tu n'as pas envie d'en parler ? chuchota-t-elle.

— Il n'y a pas grand-chose à dire, je crois.

— Je comprends, dit-elle en se pressant contre lui avant de l'embrasser tendrement.

Puis elle cala de nouveau son visage contre son épaule, gardant un bras fermement arrimé autour de lui. Ils restèrent ainsi, en silence, à contempler le ciel étoilé.

Nate lui fit l'amour dès qu'ils rentrèrent à l'intérieur, se délectant une fois encore de ses petits gémissements de plaisir alors qu'il prenait possession de son corps. Elle s'était tendue comme un arc au moment de jouir entre ses bras, et il s'était efforcé de faire durer le plaisir au maximum, avant de succomber à son tour. Comblé, il s'était alors écroulé contre elle et l'avait serrée très fort, avant de sombrer dans un sommeil réparateur, un sommeil apaisé.

# Chapitre 9

Le lendemain matin, Nate se réveilla avec une idée fixe. Il tenait à remercier Elizabeth. A lui offrir quelque chose en échange de ses silences pleins de tact, de son corps de déesse et de son regard bienveillant. Il avait envie de la faire sourire.

Il sortit du lit pour chercher son téléphone, puis sortit en douce pour passer quelques appels. A son retour, Elizabeth était assise sur le lit, les yeux encore pleins de sommeil.

— Oublions le catamaran aujourd'hui, annonça-t-il. J'ai une surprise pour toi !

— Qu'est-ce que tu manigançais dehors ? demanda-t-elle d'une voix suspicieuse.

— Allez, debout ! Il est temps de prendre une douche ! Nous avons des choses à faire, nous sommes attendus !

— Nathan ? Que se passe-t-il ?

— C'est une surprise…

— Quel genre de surprise ? insista-t-elle avec un froncement de sourcils aussi altier que ravissant, malgré ses cheveux en désordre et son air assoupi.

Il l'embrassa avant de répondre :

— Le genre de surprise qui reste une surprise.

Elle le harcela de questions alors qu'ils allaient au bourg à pied, pour récupérer la voiture de location d'Elizabeth.

Et lorsqu'il boucla sa ceinture de sécurité, il sentit son regard posé sur lui. Ils n'étaient jamais montés ensemble en voiture, et elle se demandait sûrement s'il tiendrait le coup.

— Ça va aller, ne t'en fais pas, dit-il pour la rassurer.

Or, sur les hauteurs de la ville, une voiture occupée par un groupe de jeunes les klaxonna aux abords d'une intersection. Elizabeth pila, et ils furent tous deux brusquement projetés vers l'avant. La ceinture de sécurité lui écrasa le torse et Nate leva instinctivement les mains pour se protéger le visage.

— Bon sang ! Je suis désolée, Nate, mais ils ont surgi de nulle part, bredouilla Elizabeth qui était devenue livide.

Il voulut la rassurer, lui dire que ce n'était pas grave, mais une boule s'était nouée dans sa gorge, et il éprouvait soudain toutes les peines à respirer.

*Pas ça… Pas maintenant. Non ! Surtout pas maintenant !*

Pourtant, son maudit inconscient était en train de prendre le dessus. Pour la énième fois, et en une fraction de seconde, le film atroce de la nuit de l'accident se déroula dans son esprit dans toute sa cruauté. Suffoquant sous l'effet de la bouffée d'adrénaline, il vit Elizabeth garer la voiture sur un trottoir. Il entendit ensuite une portière s'ouvrir, puis se refermer. L'instant d'après, Elizabeth débouclait sa ceinture de sécurité pour l'extirper du véhicule.

— Assieds-toi… Cale ta tête entre tes jambes, murmura-t-elle en le poussant sur la pelouse qui bordait la chaussée.

Il n'eut d'autre choix qu'obtempérer tout en essayant de se concentrer sur sa respiration. *Inspire, expire. Inspire, expire.* Finalement, après un temps qu'il était bien incapable de définir, les tremblements s'espacèrent. Nate rouvrit les yeux et fixa l'herbe qui s'étalait à ses pieds.

Bon sang ! Zut, zut, zut et re-zut !

Il s'était donné la peine d'organiser quelque chose pour Elizabeth, et voilà qu'il venait de tout gâcher en se donnant une nouvelle fois en spectacle, telle une bête de foire.

Soudain, la futilité de ses efforts lui parut évidente : Lizzy et lui, cela ne marcherait jamais. Il faisait preuve d'un égoïsme imbécile à tenter de garder cette femme à ses côtés.

Il sentit soudain une paume chaude au milieu de son dos.

— Comment te sens-tu ?

Il était si frustré, si furieux après lui qu'il eut du mal à supporter le contact d'Elizabeth. Il n'imaginait que trop de quoi il avait l'air, recroquevillé comme il l'était sur le bord de la route.

— Ça va, dit-il entre ses dents, agressif.

— Je n'ai malheureusement pas eu le temps de relever leur plaque d'immatriculation. Sales gamins ! Je me serais fait un plaisir d'envoyer un petit mot à leurs parents.

Lentement, il risqua un regard de son côté. Elle l'observait d'un œil interrogateur. Un regard au fond duquel il ne décela pas la moindre trace de pitié. Ni même de dédain, de regret ou d'embarras.

Vraiment, il avait eu une chance inouïe d'ouvrir la porte à Elizabeth Mason, la semaine précédente.

— Je ne suis pas sûr qu'un petit message griffonné sur un papier à en-tête de l'hôtel des surfeurs du coin serait de nature à convaincre les parents, dit-il d'un ton léger.

Elle sourit et lui donna une tape affectueuse sur l'épaule. Cette femme était décidément si belle, si douce, si drôle…

Finalement, elle se releva et épousseta son pantalon.

— Allons, nous n'avons qu'à rentrer et tu me donneras une nouvelle leçon de voile.

L'idée de rentrer s'adonner de nouveau aux plaisirs qu'Elizabeth, le soleil, les silences et la bière pourraient lui procurer était tentante. Mais il passait son temps à fuir la réalité. Et, malgré la crise d'angoisse qu'il venait tout juste d'éviter, il avait toujours très envie de lui faire sa surprise.

— Je préfère ne pas rentrer maintenant, dit-il en se levant.

Elizabeth soutint son regard.

— Tu sais, tu pourras me faire cette surprise un autre jour.

— Retournons à la voiture, répondit-il avec conviction.

Elle hésita un instant, puis rejoignit la portière du conducteur. Nathan regagna celle du passager. Les yeux rivés au siège devant lui, il était incapable d'enrayer la tension qui enserrait sa poitrine et lui nouait la gorge.

Il savait pourtant qu'il pouvait remonter en voiture. Cela

lui était déjà arrivé depuis l'accident. Il s'était fait conduire chez les médecins, au bureau… Bien sûr, il avait dû faire de gros efforts, mais il y était arrivé. Et puis, petit à petit, il avait fini par s'y habituer.

Il inspira une longue bouffée d'air, puis se glissa sur le siège. A peine fut-il assis qu'il se trouva en proie à un réflexe défensif qui le sommait de ressortir sur-le-champ. Il se sentait à l'étroit dans l'habitacle, il suffoquait. Et, dès qu'Elizabeth allait démarrer, il allait devoir subir la vitesse et les à-coups…

Le souffle court, il boucla sa ceinture, mais garda sa main accrochée à la boucle. Ainsi, il pouvait se détacher à tout moment si le besoin s'en faisait sentir.

Elizabeth s'attacha à son tour et démarra la voiture. Puis elle enclencha le clignotant, mais laissa la voiture à l'arrêt.

— Nous ne sommes pas obligés, tu sais, murmura-t-elle.

— Il n'y a pas de problème, assura-t-il dans un soupir.

Elle n'ajouta rien, déverrouilla le frein à main et s'engagea sur la route. Une bouffée d'angoisse s'empara aussitôt de Nate, qui luttait désespérément contre l'horrible sensation d'être de nouveau pris au piège. Il pratiqua longuement la respiration abdominale, comme son thérapeute le lui avait appris et, petit à petit, le rythme de son cœur ralentit, et les images d'épouvante qui hantaient son esprit s'estompèrent.

Il relâcha doucement ses doigts autour de la boucle de la ceinture, fit un effort pour détendre les muscles de ses épaules, et finit par se concentrer sur la route devant lui.

— Il faudra tourner à droite, un peu plus loin, dit-il en retrouvant son souffle.

— D'accord, répondit Elizabeth en lui adressant un petit regard de côté. Ça t'aiderait si je chante ?

— J'ignorais que tu savais chanter…

— A vrai dire, je chante faux comme une casserole…

Il sourit.

— Super ! Alors, c'est d'accord, je t'écoute.

Elle sembla réfléchir un instant, puis entonna *God Save*

*the Queen.* Elle avait dit vrai : elle chantait terriblement faux. Après l'hymne national anglais, elle s'attaqua à ABBA.

Lorsque le moment de tourner arriva, il s'aperçut que ses mains étaient posées à plat sur ses genoux, et que toutes ses tensions avaient presque disparu.

— Tourne à droite, dit-il d'une voix presque neutre.

Elizabeth hocha la tête et obtempéra. Il continua de la guider et, quelque temps plus tard, ils se garaient sur le parking de la Réserve naturelle de Phillip Island.

— Mais… C'est le parc où les jumeaux wombats sont nés ! dit Elizabeth, euphorique, en éteignant le moteur.

Nate afficha une mine faussement étonnée.

— Tu crois ?

— Nate…

— La patience est une vertu indispensable. Je suis certain que ta grand-mère a dû te l'apprendre.

Piquée au vif, elle lui adressa une petite moue avant de le suivre vers le bâtiment administratif. Lorsque Nate déclina son identité au guichetier, le garde en chef, un certain Henry, vint leur serrer la main. Puis il les guida vers un sentier de sable qui faisait le tour de la réserve.

— J'ai l'impression que nous n'empruntons pas le circuit habituel, dit Elizabeth après quelques minutes de marche.

— Je ne sais pas…, répondit Nate, mentant effrontément.

Elle lui donna un petit coup de coude.

— Est-ce qu'il nous emmène voir les bébés wombats, oui ou non ? s'impatienta-t-elle d'une voix très excitée.

— Toi, tu devais être le genre d'enfant à soupeser tes cadeaux au pied du sapin pour deviner de quoi il s'agissait !

— Exactement !

Elle paraissait si enjouée qu'il ne put réprimer un sourire en passant un bras autour de son épaule.

— Ne t'en fais pas, Lizzy. Tu sauras tout en temps voulu.

Cinq minutes plus tard, ils atteignirent l'enclos des wombats. Henry s'arrêta pour les laisser entrer.

— Ces charmants bambins sont âgés de six mois et sont

toujours dans la poche ventrale de leur mère. Ils ne la quitteront définitivement que d'ici deux à quatre mois, mais il leur arrive fréquemment d'en sortir pour faire un petit tour. En tout cas, soyez prévenus : ce sont peut-être des bébés, mais leurs griffes sont déjà longues et acérées !

Elizabeth opina du chef avant de le suivre à l'intérieur de l'enclos. Nate se tint à côté d'elle et contempla son visage alors que Henry déposait délicatement une petite boule de poils entre ses mains.

Un sourire incrédule se dessina sur ses lèvres, et ses yeux se mirent à pétiller de joie.

— Oh ! il est magnifique ! Nate, regarde-le : n'est-il pas ravissant ? Henry, est-ce un mâle ou une femelle ?

— Ce sont tous les deux des garçons, répondit Henry.

— Il est si doux ! dit-elle en caressant doucement sa fourrure.

Puis elle leva les yeux vers Nate, comme pour l'inviter à partager son ravissement. Leurs regards se croisèrent et, pendant quelques secondes, Nate oublia tout ce qui se trouvait autour d'eux. Mais Henry apporta alors le deuxième wombat, et le charme fut rompu. Ils passèrent tout de même une quinzaine de minutes dans l'enclos, durant lesquelles Elizabeth eut le bonheur de câliner les deux bébés, et même de caresser un peu leur mère.

Lorsqu'ils quittèrent la réserve, elle saisit Nate par la main, le forçant à s'arrêter net devant la voiture.

— Merci, Nate. J'ignore comment tu as fait en sorte que nous puissions vivre un tel moment, mais, du fond du cœur, je te remercie. C'était… absolument merveilleux.

Il haussa une épaule, un peu gêné par tant de gratitude.

— Smartsell a fait une donation à la clinique vétérinaire de la réserve, l'année dernière. Je n'ai eu qu'à passer quelques coups de fil, c'est tout.

— Ça signifie beaucoup pour moi, murmura-t-elle en se hissant sur la pointe des pieds pour l'embrasser.

Il sourit bêtement. Il avait souhaité lui faire une belle surprise, et il avait réussi.

Plus tard, ce soir-là, il lui fit l'amour en l'installant à quatre pattes devant lui, comme elle aimait. Elizabeth se cambra comme jamais et cria son nom au moment de jouir. Nate serra les dents pour faire durer le plaisir, parvenant même à lui procurer un second orgasme avant de la rejoindre dans l'extase. Puis, alors qu'ils reprenaient leur souffle, allongés l'un près de l'autre, il lui caressa les cheveux et tenta de se souvenir comment était sa vie avant Elizabeth.

Impossible. Sans doute cela était-il inutile. Elizabeth avait illuminé son chemin. Il repensait à son sourire, à son rire… Oh ! comme il aimait la faire rire… Et cette façon dont elle frissonnait entre ses mains… Sans parler de sa présence, simple, chaleureuse et évidente lorsqu'il était la proie de ses maudites crises de panique. Elle avait su trouver les mots et les silences, sans jamais porter de jugement sur lui.

Elizabeth était à la fois intelligente, pragmatique, généreuse, et aussi très courageuse. Et elle était là, dans ses bras. Dans sa vie. C'était presque trop beau pour être vrai.

— Tu devrais quitter ta chambre d'hôtel pour t'installer ici, déclara-t-il soudain, sans être sûr de bien mesurer la portée de ses paroles.

Il sentit son corps se raidir entre ses bras. Puis elle releva le visage et ils se regardèrent longuement.

— C'est d'accord, murmura-t-elle, puis elle reposa son visage contre son torse.

Il attendit la suite, mais elle n'ajouta rien.

— On peut s'installer dans la grande maison, si tu la préfères au studio, suggéra-t-il.

Elle leva la tête une nouvelle fois.

— Que fais-tu de mon père ? Il a quand même son mot à dire, je suppose…

— Il y a deux chambres, dit-il avec un haussement d'épaules. Il m'avait proposé de s'installer dans le studio quand je suis arrivé sur l'île, mais je me moquais bien de l'endroit où j'allais dormir à l'époque.

Visiblement déconcertée, Elizabeth fronça les sourcils.

— Cette maison t'appartient, c'est cela ? Bon sang ! pendant tout ce temps je croyais que tu louais le studio à mon père, mais c'est le contraire, n'est-ce pas ?

— J'avais acheté cette maison pour la rénover. J'avais envie d'en faire un pavillon moderne et confortable, précisa-t-il en souriant devant la moue embarrassée d'Elizabeth.

— Je me contenterai très bien de ces quatre murs, du moment que je suis avec toi, Nate.

Il garda le silence, puis :

— Je crois donc comprendre que déménager dans la maison principale ne t'intéresse pas.

— Tu as bien compris.

Il caressa longuement ses cheveux, croyant à peine à ce qui était en train de lui arriver.

Elizabeth allait venir s'installer ici. Bien sûr, cela ne serait que temporaire, en attendant le retour de Sam, après la course Sydney-Hobart. Bien sûr, elle n'avait encore aucun projet précis de ce qu'elle ferait une fois qu'elle aurait rencontré son père. Sa vie réelle était ailleurs, en Angleterre. Loin, très loin de cette île minuscule où il s'était réfugié.

Mais, pour l'heure, elle restait avec lui. Et cela relevait presque du miracle pour un homme comme lui. Un homme qui avait frôlé la folie, le chaos, la mort…

Le lendemain, Elizabeth mit à peine vingt minutes pour déménager ses affaires depuis sa chambre d'hôtel au-dessus du pub jusqu'à la maison de Nate. Tout en garant sa voiture de location dans l'allée menant au pavillon, elle se dit qu'elle avait certainement pris la bonne décision. Quelle que soit la nature exacte de sa relation avec Nate, elle lui faisait du bien. Et cela constituait une raison suffisante pour s'installer chez lui.

Elle déchargea sa valise du coffre de la voiture et, alors qu'elle entrait dans le studio, elle découvrit Nate en train de pousser une immense armoire dans un coin de la pièce.

— D'où vient ce meuble ? demanda-t-elle, étonnée.

— De la chambre d'amis. Je me suis dit que tu en aurais sans doute besoin pour ranger tes affaires.

Elle jeta un regard circulaire dans la pièce, et s'aperçut qu'il avait rangé et fait le ménage.

— Ma parole, mais tu t'es donné beaucoup de mal ! Attention, je risque d'y prendre goût, reprit-elle, très émue de constater toute la peine qu'il s'était donnée pour l'accueillir.

Il l'aida à déballer ses affaires, puis ils se rendirent à pied jusqu'au club de voile. Ils passèrent l'après-midi à bord du *Ducky*, à glisser sur les flots azurés de l'océan. Le nez au vent, ils goûtèrent allègrement aux légers embruns salés.

D'ailleurs, durant toute la semaine suivante, ils prirent l'habitude de sortir en mer chaque après-midi. Soit ils prenaient le catamaran, soit Nate montait sur sa planche de surf pendant qu'Elizabeth le regardait défier les lois de la gravité depuis le rivage.

A deux reprises, le facteur livra d'épaisses enveloppes à l'en-tête de Smartsell. Nate les regarda à peine et les déposa sur la pile dans un petit coin. Elizabeth se garda bien d'émettre le moindre commentaire. Manifestement, il n'était pas prêt à renouer avec les contraintes et les obligations de sa vie d'avant. Et elle aurait été mal placée pour le pousser en ce sens.

Après mûre réflexion, elle se décida cependant à contacter ses grands-parents pour la première fois depuis son arrivée en Australie. Elle échangea quelques politesses avec son grand-père, s'enquit de la santé de sa grand-mère, puis lui expliqua qu'elle ne rentrerait pas en Angleterre pour Noël, car elle attendait sur l'île le retour de Sam. Il y eut un silence au bout de la ligne, et elle imagina aisément la moue de son grand-père. Il brûlait sans doute d'envie de lui dire qu'elle commettait une grosse erreur, une erreur qui s'ajoutait à celle d'avoir annulé son mariage avec Martin.

— Bon. Eh bien, tu nous manqueras, bien sûr. Mais si tu sens que tu prends là la bonne décision…

— J'en suis convaincue, grand-père.

— Dans ce cas, ta grand-mère et moi te souhaitons bonne chance, Elizabeth.

A entendre la tristesse qui dénaturait sa voix, il était difficile de rester en colère après lui. Ils échangèrent encore quelques banalités avant de raccrocher. Après cela, Elizabeth alla marcher longuement sur la plage pour s'éclaircir les idées.

Dès son retour à Londres, elle devrait insister pour avoir une discussion d'adulte à adultes avec ses grands-parents. Peut-être finiraient-ils par mieux la comprendre, après tout.

Une semaine après le déménagement d'Elizabeth, au retour d'une sortie en mer, ils trouvèrent un vieux 4x4 garé dans l'allée, derrière la voiture d'Elizabeth.

— On dirait que tu as de la visite, dit-elle.

Nate fronça les sourcils.

— Qui est-ce ? demanda-t-elle avec insistance.

Il lui adressa un regard indéchiffrable.

— C'est la voiture de Sam.

A ces mots, elle se figea. Sam Blackwell. Son *père*…

— Je croyais qu'il ne reviendrait pas avant le nouvel an, dit-elle en bredouillant. Nous ne sommes que le 15 décembre…

Elle ne s'était en aucun cas préparée à un face-à-face prématuré avec lui. D'ailleurs, elle n'avait même pas commencé à réfléchir à ce qu'elle pourrait lui dire, aux questions qu'elle allait lui poser.

— C'est ce qui était initialement prévu, en effet, répondit Nate en lui prenant la main. Ça va aller ?

Elle réfléchit un instant puis hocha la tête.

— Oui… De toute façon, j'allais le rencontrer tôt ou tard.

Ils firent le tour de la maison pour entrer par la cuisine. La radio était allumée, et Elizabeth aperçut une silhouette.

Son *père*.

Nate continua d'avancer vers la porte, mais elle ralentit le pas. Aussitôt, Nate s'arrêta et se tourna vers elle.

— Tu veux attendre un peu ?

Elle lui était reconnaissante de la compréhension dont il faisait preuve, et elle opina du chef. Nate garda le silence et lui serra la main une dernière fois avant de monter les marches du perron.

Retenant son souffle, elle porta sa main sur son estomac noué et le regarda disparaître à l'intérieur.

Elle était sur le point de rencontrer son père. Et plus tôt que prévu, même. Seigneur ! elle attendait cette rencontre depuis si longtemps… Elle espérait tant nouer une relation avec lui. Connaître la véritable histoire de sa naissance.

Sans doute allait-elle devoir être patiente, et ne pas trop espérer de ce premier contact.

La voix de Nate se mêla à celle de son père dans la cuisine. Inspirant à pleins poumons, elle s'engagea sur les marches. Elle franchit le rideau de perles dont le cliquetis annonça son arrivée. Et s'arrêta juste devant la porte. Un sourire un peu crispé aux lèvres, elle fixa l'homme très bronzé et d'allure sportive qui bavardait avec Nate. Ses cheveux poivre et sel était coupés court, et il était vêtu d'un pantalon bleu marine et d'un polo. Le bleu clair de ses yeux contrastait avec son teint hâlé ; son regard et sa bouche étaient soulignés de profondes rides d'expression. Elle ne put s'empêcher de rechercher une ressemblance entre Sam et elle. Peut-être dans la couleur des yeux — quoique sa mère eût aussi les yeux bleus. Ou encore la forme de son menton. Ce front un peu large ?

Le cœur affolé, elle fit toutefois un timide pas en avant.

— Bonjour… Euh, je suis Elizabeth.

Il hocha la tête.

— Sam…

Il l'avait lui aussi longuement dévisagée, et elle attendit

qu'il engage la conversation. Au lieu de cela, il se tourna vers Nate et reprit la discussion qu'elle avait interrompue.

— En tout cas, ils pensent qu'il faudra plusieurs semaines avant que l'œdème ne se résorbe. Ensuite seulement, ils décideront ou non d'opérer. Maudits médecins…

Effondrée, elle garda les yeux rivés sur le profil de Sam. Certes, elle ne s'était pas attendue que son père lui saute au cou, ni à aucune effusion de ce genre, mais tout de même elle avait pensé qu'il se passerait *quelque chose* entre eux. Au lieu de cela, il se contentait de la traiter comme une inconnue dans un bar.

Face à elle, Nate sembla se rembrunir. Son regard allait et venait fébrilement entre Sam et elle.

— Sam était en train de m'expliquer qu'il s'était tordu un ligament du genou, expliqua Nate d'une voix un peu tendue. Voilà pourquoi il est rentré plus tôt que prévu.

Pour la première fois, Elizabeth remarqua alors les béquilles posées à côté de Sam, ainsi que la protubérance au niveau de son genou, visible à travers son pantalon.

— Vous devez être très déçu, dit-elle. J'ai cru comprendre que cette course était importante à vos yeux.

Sam se tourna furtivement vers elle, avant de détourner de nouveau le regard.

— « Déçu » est un faible mot. Je vais manquer toutes les courses majeures de la saison, et je suis condamné à marcher avec ces machins pendant plusieurs mois, dit-il en désignant les béquilles.

Elle chercha quelque chose à ajouter, mais son cerveau semblait fonctionner au ralenti.

— Vous devez être très déçu, répéta-t-elle piteusement.

Son père eut un haussement d'épaules impatient, puis s'empara de ses béquilles.

Estomaquée, elle le regarda quitter la pièce. Puis elle sortit, dévala les marches et traversa le jardin au pas de course, jusqu'au studio.

Une fois au calme, elle s'efforça de remettre de l'ordre

dans ses idées. Elle venait de vivre sa première rencontre avec son père. Et celui-ci, après des présentations convenues et à peine polies, l'avait copieusement ignorée.

— Est-ce que ça va ?

Elle n'avait pas entendu Nate rentrer. Il lui enveloppa les épaules de ses mains chaudes et rassurantes.

— Je croyais… Je croyais juste…

Incapable d'articuler la moindre parole, elle secoua vigoureusement la tête. Comment formuler la blessure, l'outrage et la déception qu'elle venait de subir ?

Nate l'enlaça tendrement et embrassa ses cheveux. Son silence et son soutien lui firent chaud au cœur, et lui permirent d'y voir plus clair, d'affronter la cruelle vérité.

— Ça ne va pas se passer comme je l'avais imaginé, n'est-ce pas ? bredouilla-t-elle dans un murmure.

Nate la serra plus fort contre lui.

— Laisse faire le temps.

— Nate, cet homme ne s'intéresse pas à moi ! Je ne l'ai d'ailleurs *jamais* intéressé.

— Ne le prends pas personnellement, Lizzy. Sam ne te connaît pas encore. Tu sais, ça a toujours été un grand solitaire. C'est d'ailleurs la raison pour laquelle il a accepté d'entretenir cette maison pour mon compte, en basse saison, lorsque l'île ne compte plus que sept mille habitants.

Elle comprenait ce qu'il voulait dire, mais ne put s'empêcher de relever l'ironie de la situation : elle avait par miracle retrouvé son père, seulement pour découvrir qu'il n'aspirait pas à nouer la moindre relation avec elle.

— Et si nous allions faire un tour en ville pour ramener du poisson frais pour le dîner ? suggéra-t-il.

La gorge serrée par l'émotion, elle répondit par un hochement de tête, incapable de prononcer la moindre parole.

Nate la fit pivoter vers lui et lui releva le menton.

— C'est Sam qui a tout à perdre dans cette histoire, crois-moi, dit-il d'une voix chaleureuse.

Son regard bienveillant apaisa un peu son chagrin. Elle

lui caressa les joues. Cet homme était si généreux. Malgré le drame et le traumatisme qui avaient bouleversé sa vie, il trouvait la force de compatir avec elle.

Elle hésita longuement à lui avouer ce qu'elle éprouvait. Mais quelque chose en elle lui souffla qu'il était encore trop tôt. Encore quelque temps et elle pourrait enfin délier sa langue. Bientôt, elle révélerait à cet homme écorché vif mais généreux ce qu'elle ressentait pour lui.

— Allons-y, Nate, dit-elle d'une voix faible en se redressant.

Tout au long de l'après-midi, et une bonne partie de la soirée, Nate se retint de prononcer les mots qui lui brûlaient la langue. Au lieu de cela, il observa Sam manger en silence son assiette de crevettes grillées, sans jamais poser à Elizabeth la moindre question au sujet de sa vie, de son métier d'enseignante, de ses rêves… Au fil de la soirée, Nate se persuada qu'il n'avait pas à interférer dans la vie de son ami. Jamais il ne s'était permis ainsi la moindre ingérence dans les affaires des autres. Et, depuis son accident, il avait suffisamment de soucis à combattre ses propres démons ; il laissait le soin aux autres de se débattre avec les leurs.

Or, à force de voir Elizabeth s'efforcer d'entretenir tout au long du dîner une conversation polie avec son père ; à force de la voir subir de plein fouet l'indifférence de Sam, lequel répondait à ses questions par de simples monosyllabes, des regards fuyants ou des haussements d'épaules, Nate finit par avoir envie de cogner quelque chose. Sam en l'occurrence.

A peine le dîner terminé, Sam prétexta plusieurs nuits de sommeil à rattraper, et disparut dans sa chambre. Après un bref silence, Elizabeth se tourna vers Nate.

— Marshmallows grillés ?

Son sourire radieux et forcé lui fendit le cœur.

— Avec plaisir ! Je te laisse le soin de faire griller les premiers, et je te rejoins dans cinq minutes, d'accord ?

— D'accord ! Mais attention : le premier qui s'endort devant le feu a perdu !

— Pas de souci ! Je te rejoins dans un instant.

Ce qu'il avait en tête ne lui prendrait guère plus de cinq minutes : empoigner Sam par le col et le secouer jusqu'à lui faire entendre raison au sujet d'Elizabeth, sa propre fille.

Il attendit à peine la réponse de son ami derrière la porte de sa chambre et l'ouvrit avec fracas. Sam était assis sur le bord de son lit, sa jambe blessée étendue devant lui. Il ne portait plus qu'un boxer et son polo et, pour la première fois depuis qu'il le connaissait, Nate trouva qu'il paraissait plus âgé que ses cinquante-deux ans.

— Bon sang, mais c'est quoi ton problème ? lui dit Nate, explosant.

— Laisse tomber, mon vieux.

— Certainement pas ! C'est ta propre fille, quand même ! Accorde-lui au moins une conversation. Tu n'as même pas envie de faire sa connaissance !

— Ce n'est pas si simple, tu sais.

— Oh ! que si ! Il n'y a rien de plus simple, Sam !

— Ecoute, je sais que tu souhaites son bien, mais c'est mieux ainsi. Je viens de téléphoner à un ami de Melbourne, qui propose de m'héberger quelques semaines.

— Comment ? Tu veux dire que tu repars demain matin ? Elizabeth a traversé la Terre entière pour venir à ta rencontre, et toi, tu ne lui accordes qu'une misérable petite soirée ?

Sam ne trouva rien à répondre à cela.

— Tu n'es qu'un salaud, Sam, ajouta Nate d'une voix outrée. Un salaud, et un égoïste.

Les lèvres pincées, Sam se leva péniblement du lit.

— Ça y est ? Tu as fini de déverser ton venin ?

Il boitilla en sa direction, le repoussant vers la porte.

— Si vraiment tu fais ça, Sam, si vraiment tu pars demain, alors tu es l'homme le plus lâche que j'aurai jamais connu ! martela Nate en tremblant de colère.

— Si ces paroles ne venaient pas d'un homme qui s'est

réfugié au fin fond d'une île paumée avec ses bouteilles de bière pour seules compagnes, je me sentirais peut-être affecté, rétorqua Sam.

Nate tressaillit.

— Qu'y a-t-il, Nate ? reprit Sam. Tu n'as pas le courage d'assumer tes choix ? Alors je t'en prie, ne monte pas sur tes grands chevaux pour m'infliger tes leçons de morale, quand tu n'as même pas le cran d'ouvrir ton propre courrier !

Sam était devenu écarlate. Une grosse veine bleue palpitait au creux de son cou.

— Si tu pars, ce n'est plus la peine de revenir, Sam.

A ces mots, Nate rebroussa chemin et quitta la chambre en claquant la porte. Il se dirigea vers la cuisine en marmonnant une salve de jurons. Vraiment, il avait besoin de se défouler sur quelque chose. Le poing serré, il était prêt à frapper aveuglément sur un des placards de la cuisine. Mais il se souvint qu'Elizabeth était là, dehors, à l'attendre.

Surtout, elle ne devait pas deviner la raison de sa colère. En aucun cas elle ne devait apprendre qu'il avait été obligé de menacer son père dans l'espoir de le faire rester.

Prenant une profonde inspiration, il s'accouda au bar et s'efforça de maîtriser la colère qui couvait en lui. Si Sam décidait réellement de laisser tomber Elizabeth en repartant demain… il ne répondrait plus de rien.

Lentement, il se redressa et s'efforça de se concentrer sur le moment présent. Pour l'heure, Elizabeth l'attendait.

Il se tourna vers la porte, mais son regard accrocha la pile d'enveloppes qui débordait du porte-magazines au coin de la pièce. Il se crispa et passa une main nerveuse dans ses cheveux. Maudit Sam ! Il allait vraiment réussir à lui gâcher sa soirée.

Agacé comme jamais, Nate prit deux bières dans le réfrigérateur et sortit rejoindre Elizabeth. Elle était en train de faire griller une brochette de marshmallows.

— Tout va bien ? demanda-t-elle d'une voix douce.

— Bien sûr, assura-t-il d'un air faussement désinvolte.

— Pourquoi sembles-tu si énervé alors ?

Comme il ne répondait pas, elle inclina la tête et insista :

— Tu comptes jouer longtemps aux devinettes ?

Il s'assit près d'elle sur la couverture, et elle lui tendit la brochette.

— Dans ce cas, il va falloir prendre des forces avec des marshmallows, ajouta-t-elle sur un ton jovial.

C'était une des choses qu'il préférait chez elle : ce calme qu'elle gardait en toutes circonstances. Jamais elle ne se montrait trop pressante, jamais elle ne se permettait de lui dispenser des conseils qu'il n'avait pas réclamés…

Il porta un bonbon à sa bouche et fit une grimace. Il avait un petit goût de caramel brûlé.

— Ce n'est pas ma meilleure fournée, admit-elle.

Il lui prit la main et l'allongea doucement sur la couverture.

— Comment te sens-tu ? demanda-t-il.

Son petit sourire triste s'estompa.

— Je survivrai…

A cet instant, il la regarda dans le blanc des yeux et hésita à la mettre en garde. Si Sam partait vraiment le lendemain matin, Elizabeth allait être effondrée. Mais s'il la prévenait de ses intentions, et que Sam décidait finalement de rester, alors Nate l'aurait contrariée pour rien.

— Ça y est, tu fronces encore les sourcils, dit-elle en lui caressant délicatement le front.

— Sam envisage de retourner à Melbourne demain.

Aussitôt, elle baissa les yeux. Nate lui prit la main et la serra très fort dans la sienne. Comme elle ne disait rien, il l'attira vers lui et la prit sur ses genoux. Puis il l'enveloppa avec ses bras, et attira son visage au creux de son cou.

Ils restèrent un long moment ainsi, assis dans le noir, sans un mot, auprès des braises qui se consumaient petit à petit.

# Chapitre 10

Le lendemain matin, le père d'Elizabeth chargea ses affaires dans le coffre de son 4x4, et quitta la maison. Un de ses amis avait fait appel à lui pour un conseil dans l'achat d'un bateau. Elizabeth avait écouté poliment sa pitoyable excuse, puis avait tourné les talons sans le moindre commentaire. Il y avait quelques semaines de cela seulement, elle aurait sans doute agité poliment sa main en guise d'adieu, pour être sûre de faire bonne figure et de préserver les apparences. Mais elle n'était plus cette gentille fille sage à présent. Plus question de faire semblant, de se renier. Son père avait pris la décision de partir, et il en avait tout à fait le droit. Tout comme elle-même avait le droit de ressentir ce qu'elle ressentait en cet instant.

Pour canaliser sa profonde déception, elle entreprit de faire un peu de ménage dans la maison. Nate la regarda quelques instants s'activer avec l'aspirateur, avant de s'éloigner pour la laisser à sa colère. Dans la cuisine elle nettoya de fond en comble le réfrigérateur, la table de cuisson et l'évier. Petit à petit, le sentiment de tristesse et d'humiliation qui la faisait suffoquer se dissipa.

Son père l'avait clairement rejetée. Point final. Elle devait l'admettre une fois pour toutes. Ce n'était pas seulement un manque d'intérêt envers elle. Il lui avait fait comprendre sans ambiguïté qu'il ne désirait pas la connaître.

Inutile de prétendre qu'elle n'était pas affectée. Au moins,

Nate l'avait mise en garde, et elle avait pu se préparer un tant soit peu à cette issue. Même si cela ne l'avait pas empêchée de passer la nuit, lovée contre Nate, à espérer malgré tout que Sam choisirait de rester.

En vain.

Tout en rangeant le désordre sur la table de la cuisine, elle aperçut la pile de courriers grossièrement entassés dans un recoin de la pièce. Nate n'avait pas ouvert une seule enveloppe.

Elle les rassemblait pour en faire deux piles distinctes, bien alignées, quand il entra dans la cuisine.

— Où veux-tu que je range ton courrier ? demanda-t-elle en rejetant ses cheveux en arrière.

Il commençait à faire chaud dehors et, à force de s'activer dans la maison, Elizabeth souffrait quelque peu de la chaleur.

Nate posa les yeux sur les enveloppes.

— Elles sont très bien où elles sont.

— Je peux t'aider à les classer, si tu veux. Juste au cas où l'un de ces courriers se révélerait urgent…

— Ce n'est pas le cas, répondit-il avec une moue obstinée.

Elle hésita un moment, puis hocha la tête.

— Comme tu voudras, dit-elle en ramassant la première pile avant de s'agenouiller à côté du porte-magazines.

— Attends, donne-les moi plutôt. Je vais les jeter, reprit subitement Nate.

Surprise, elle leva les yeux vers lui, mais il était déjà en train de prendre la pile posée sur la table. Sans un mot, elle lui tendit la seconde, et le regarda sortir par le rideau de perles.

Mal à l'aise, elle garda les yeux rivés au porte-magazines désormais vide. Peut-être n'aurait-elle pas dû se mêler de cette histoire de courrier abandonné. Elle comprenait bien que Nate avait élaboré une forme de stratégie pour supporter le poids du quotidien depuis son accident. Il avait tiré un trait sur un certain nombre de choses. Et qui était-elle pour le pousser — ou non — dans telle ou telle direction ? Vu les démons qui le hantaient depuis la mort de sa sœur, elle ne pouvait lui en vouloir de chercher à s'épargner certains soucis, certaines responsabilités.

Mais elle était aussi consciente que ce genre d'attitude ne fonctionnerait pour lui qu'à très court terme. Et cet homme méritait mieux, tellement mieux, qu'une vie de reclus.

Elle poussa un lourd soupir et se releva doucement. Si Nate décidait de jeter ses papiers concernant Smartsell, elle ne pouvait l'en empêcher. Il ne lui restait plus qu'à espérer qu'un jour une de ces lettres arriverait dans sa boîte et qu'il éprouverait enfin l'envie, la curiosité, de l'ouvrir…

Nate fit le tour de la maison et jeta les piles d'enveloppes dans le bac de recyclage. Il aurait dû le faire dès le début, à mesure que le courrier arrivait chez lui. D'ailleurs, il ne comprenait toujours pas pourquoi Jarvie s'obstinait à le maintenir informé des affaires courantes de Smartsell.

Ou plutôt, si, il avait compris : Jarvie espérait lui donner envie de revenir à Melbourne et de retrouver son bureau. Or, cela ne pourrait plus fonctionner. Jarvie allait devoir se faire une raison. Nate se contentait de conserver des fonctions non opérationnelles au sein de l'entreprise, et cela était sans doute mieux pour tout le monde.

En tout cas, il était navré pour Elizabeth et la terrible désillusion qu'elle venait de subir. Du coup, il téléphona à ses amis anglais, Lexie et Ross, et ils sortirent dîner tous les quatre. Au cours du repas, il la regarda parler, rire, et admira la lumière sur son visage lorsqu'elle écoutait les autres.

Sam était vraiment un lâche. Il ne savait pas ce qu'il perdait en rejetant une fille comme Elizabeth.

Ce ne fut qu'au moment du dessert que Nate se rendit compte que, depuis sa déconvenue avec Sam, plus rien ne retenait Elizabeth en Australie. A quelques jours de Noël, elle allait vraisemblablement décider de passer les fêtes auprès de ses amis et de ses grands-parents.

Il reposa sans ménagement son verre de vin sur la table.

Non, Elizabeth ne pouvait pas partir.

Il refusait d'imaginer ce que serait sa vie sans elle. Or, qui était-il pour lui demander de rester ? S'il avait délibérément choisi de vivre en reclus sur cette île, Elizabeth, elle, avait une vie à Londres : un métier, ses grands-parents, ses amis…

Malgré tout, il se mit à envisager leur vie ensemble, si elle restait. Ils pourraient s'installer dans le pavillon principal. Ils le rénoveraient intégralement, selon les goûts et les désirs d'Elizabeth. L'argent ne serait pas un problème ; elle ne serait même pas obligée de travailler. Nate serait en mesure de subvenir à ses besoins, et de lui apporter tout, absolument tout, ce qu'elle désirait.

Il but sa dernière gorgée de vin.

Non, il n'avait pas le droit d'agir ainsi. Il ne pouvait pas se montrer aussi égoïste. Il aimait trop cette femme pour l'enfermer dans une vie qu'elle n'aurait pas choisie.

Une onde de chaleur parcourut soudain chaque fibre de son corps. Mais oui, bien sûr qu'il aimait Lizzy… Elle était si brillante, douce et généreuse. Sans compter qu'au lit elle lui faisait littéralement perdre la tête. Elle l'avait rendu insatiable. Si seulement il avait pu remonter le temps… Il y avait à peine six mois, il se serait sans doute battu pour la conquérir. Il se serait dédié corps et âme à son bonheur, à son bien-être.

Il était un autre homme aujourd'hui. Il ne pouvait plus conduire. Jusqu'à récemment, il se réveillait toutes les nuits, en sueur, avec les hurlements d'Olivia qui résonnaient dans sa tête. A présent, il n'avait plus rien à offrir à une femme. Hormis un amour de vacances, il était désormais incapable de s'engager dans une relation sur le long terme.

Cette idée lui noua la gorge pour le reste de la soirée.

— Tu sais, je crois que j'ignorais totalement ce que pouvait être l'été avant de venir ici, dit Elizabeth alors qu'ils longeaient la plage pour rentrer chez lui. Et dire qu'il est sans doute en train de neiger à Londres…

Le vent ramena ses cheveux sur son visage, et elle les repoussa derrière son oreille.

Ils bifurquèrent sur le sentier en direction de la rue de Nate, et il la laissa rechausser ses sandales. Puis ils marchèrent en silence jusqu'au pavillon.

— Et si on s'allongeait sur la couverture pour contempler les étoiles ? suggéra-t-elle à voix basse.

Au clair de lune, un bref sourire se dessina sur les lèvres de Nate.

— Disons que j'avais autre chose en tête, répondit-il.

Il l'entraîna vers le studio où il la déshabilla en douceur. Il embrassa les marques de bronzage sur ses épaules et ses seins. Puis, la repoussant vers le lit, il prit ses tétons brûlants et durcis de plaisir entre ses lèvres. Lizzy émit quelques soupirs voluptueux et s'ouvrit langoureusement à lui. Ivre de désir, il descendit la pointe de sa langue le long de son ventre, et sourit lorsqu'il la sentit retenir son souffle. Elle avait compris où il comptait en venir.

Très réceptive à ses caresses, elle ne manifestait aucune pudeur, aucune retenue. En dépit de son accent guindé et de ses bonnes manières, Lizzy se révélait être une maîtresse audacieuse et désinhibée. Et il adorait cela.

Il glissa ses doigts sous sa culotte pour la lui ôter. Elle plongea ses mains dans ses cheveux et souleva légèrement les hanches, comme pour l'inviter à lui prodiguer la plus intime des caresses. Il ne se fit pas prier. Du bout de sa langue, il explora son sexe chaud et humide jusqu'à trouver le centre de son désir. Pantelante, elle se cambra brusquement, sans doute au bord de l'orgasme. Sans plus attendre, il enleva son T-shirt et son bermuda, et la pénétra enfin.

Les yeux fermés, il s'appliqua à fixer cet instant, cette sensation unique dans sa mémoire. A force de ressasser le drame qu'il avait vécu, il avait fini par oublier que la vie pouvait aussi être vibrante, exaltante et belle. Quand Elizabeth serait retournée à l'autre bout du monde, peut-être se réveillerait-il certaines nuits en rêvant à cet instant précieux. Et non plus à ces moments de cauchemar, piégé dans la voiture.

Elle se mit à onduler des hanches pour accentuer son langoureux va-et-vient. Sentant monter l'orgasme en elle, il l'embrassa, et s'amusa à parcourir chaque centimètre de son corps de voluptueuses caresses. Soudain, elle planta ses mains dans son dos, cria son nom et bascula la tête en arrière. Elle était en train de jouir et Nate, donnant un dernier coup de reins, la rejoignit aux portes de l'extase.

Il s'apprêtait à rouler sur le côté, mais elle le retint.

— Reste encore…

— Mais je vais t'écraser, chuchota-t-il.

— Ne t'inquiète pas.

Elle l'entoura de ses bras, et il resta ainsi, au-dessus d'elle, respirant à son rythme, sentant son cœur battre contre sa propre poitrine. Après un long moment, elle pressa son visage contre son cou et inspira profondément. Il se dégagea alors en douceur, mais elle poussa un petit soupir de dépit.

— On peut recommencer, si tu en as envie, déclara-t-il avec un sourire furtif. A condition que tu m'accordes vingt petites minutes pour reprendre des forces…

— D'accord. Mais le compte à rebours a commencé, monsieur Jones !

Il firent une nouvelle fois l'amour, et Elizabeth finit par s'endormir. Il resta contre elle, l'écoutant longuement respirer, avant de trouver le sommeil à son tour.

Nate s'éveilla dès l'aube, et resta un moment à fixer le plafond dans la pénombre du studio, s'efforçant d'ignorer la petite voix qui le titillait au fond de lui-même. Au bout d'une demi-heure, il s'écarta d'Elizabeth et se leva. Vêtu de son seul boxer, il sortit dans le jardin et se rendit devant le bac de recyclage.

Les enveloppes se trouvaient toujours là où il les avait déposées, empilées sur un tas de vieux journaux. D'un geste déterminé, il saisit son courrier et gagna la cuisine. Là, il prit un couteau puis s'assit à la table.

Alors que le soleil s'élevait tranquillement dans un ciel orangé, il éplucha l'équivalent de quatre mois de rapports financiers, de stratégie marketing et de profils de clientèle. Il constata que l'entreprise se portait bien. Ce n'était pas fantastique, mais, au vu du contexte de crise, Smartsell montrait une résistance certaine aux aléas du marché. En moins de quatre ans, l'entreprise avait réussi à ravir de nombreux clients à ses concurrents directs, en faisant preuve d'innovation, d'efficacité dans le suivi de clientèle, ainsi que d'un rapport qualité-prix très compétitif.

A y regarder de plus près, il s'aperçut que Jarvie avait opéré des coupes claires dans les budgets de communication et de promotion. Deux domaines habituellement réservés à Nate. En son absence, Jarvie avait manifestement pris le parti de travailler en priorité sur les opérations courantes, au détriment de la prospection de nouveaux marchés et du marketing.

Ce qui n'avait rien d'alarmant à vrai dire. Smartsell bénéficiait d'une solide avance de trésorerie. Mais sur le long terme ce choix risquait d'avoir des conséquences néfastes.

Nate était en train de prendre quelques notes quand le rideau de perles bougea derrière lui.

— Tu t'es levé très tôt, dit Elizabeth en entrant dans la cuisine avant d'apercevoir la pile d'enveloppes ouvertes.

— Je n'arrivais plus à dormir, dit-il en levant les yeux vers elle. Que dirais-tu d'aller faire une virée en ville aujourd'hui ?

Un peu plus tard dans la matinée, Elizabeth eut toutes les peines à dissimuler son excitation tandis qu'elle conduisait Nate à Melbourne. Il avait finalement ouvert ses nombreuses enveloppes. Il avait étudié chaque courrier à la loupe, et souhaitait à présent retrouver une partie de sa vie d'avant l'accident. Elle avait beau ne pas être psychologue, elle considérait cela comme un signe très encourageant. D'autant qu'il buvait moins ces derniers jours. Et, même s'il ne lui en avait pas explicitement parlé, elle savait que son sommeil était nettement moins agité en ce moment.

Et si…

Et si le temps finissait par œuvrer ? Peut-être Nate parvenait-il progressivement à surmonter la nuit d'horreur au cours de laquelle sa petite sœur avait perdu la vie…

Elle atteignit une des rocades périphériques de la ville, et suivit les indications que lui donnait Nate. Bientôt, elle se gara devant un grand immeuble qui bordait un boulevard à trois voies que Nate lui expliqua être St. Kilda Road.

Elle supposa que les locaux de Smartsell se trouvaient à l'intérieur de l'imposant immeuble. De toute évidence, Nate et son associé étaient à la tête d'une entreprise florissante.

— Je risque d'en avoir pour un certain temps, prévint-il en rassemblant ses papiers et sa veste. Tu trouveras des boutiques intéressantes dans le centre-ville. Il y a aussi deux galeries d'art.

— Ne t'en fais pas, dit-elle en souriant. Un seul magasin de chaussures suffira à m'occuper pendant des heures !

Il proposa de l'appeler sur son téléphone portable quand il en aurait terminé. Ainsi elle pourrait venir le chercher.

Juste avant qu'il ne descende de la voiture, elle posa une main sur son bras.

— Bonne chance, murmura-t-elle.

Il répondit par un petit sourire nerveux et sortit. A presque 11 heures, la circulation était dense sur le boulevard. Elle constata que de nombreuses personnes entraient et sortaient de l'immeuble. Approchant de l'entrée, Nate regarda autour de lui et parut assez mal à l'aise. Elle-même trouvait le tumulte de la ville quelque peu suffocant après ces quelques semaines passées sur l'île, au bord de l'océan. Et elle n'avait aucune peine à imaginer le dépaysement que Nate pouvait ressentir à replonger ainsi dans le bain des affaires.

Il se retourna vers elle et ils échangèrent un regard. Il lui adressa un sourire un peu forcé, puis tourna les talons et entra dans l'immeuble. Elle le regarda disparaître et s'interrogea : la transition entre sa vie de reclus et son retour dans le monde du travail ne risquait-elle pas d'être trop brutale ? En tout cas, il ne lui avait pas demandé d'aide particulière, sinon pour le conduire en voiture jusqu'à ses bureaux.

Elizabeth trouva aisément une place de parking dans le centre-ville, puis entra dans un grand magasin égayé par les innombrables décorations de Noël. Depuis sa rencontre avec Nate, le temps s'était comme suspendu et elle n'avait guère pensé aux fêtes qui approchaient. Elle passa donc une bonne heure à dénicher des cadeaux pour sa famille. Une paire de gants en cuir pour son grand-père, un châle en cachemire pour sa grand-mère, et même un pyjama fantaisie qui irait à merveille à Violet.

En revanche, elle n'avait pas la moindre idée de ce qu'elle allait offrir à Nate. Cet homme n'attendait finalement qu'une chose de la vie : se réconcilier avec lui-même. Or, ce cadeau-là, elle n'était pas en mesure de le lui apporter. Vu sous cet angle, tous les articles du magasin lui parurent terriblement frivoles. Elle se décida finalement pour un portefeuille — elle avait remarqué que le sien était légèrement écorné — ainsi qu'un flacon d'après-rasage d'une marque qu'il appréciait.

Une fois passée à la caisse, elle trouva un bureau de poste où elle put expédier ses paquets pour Londres, en espérant qu'ils arriveraient à destination avant Noël. Après cela, elle s'accorda une petite pause touristique et alla flâner dans l'imposant *Parliament House*. Elle s'arrêta net en apercevant une pancarte indiquant que le ministère de l'Education avait son siège dans le bâtiment.

A peine vingt minutes plus tard, elle étudiait attentivement le dossier d'inscription qu'on lui avait remis au guichet, lorsqu'elle avait demandé les formalités à accomplir pour postuler à un emploi d'enseignante en Australie. Les démarches semblaient relativement simples, d'autant qu'à présent elle pouvait se targuer d'avoir un père australien. A cette idée, elle ne put s'empêcher de sourire. Finalement, Sam Blackwell lui serait peut-être d'une certaine utilité…

Elle sirotait un café à la *State Library* quand Nate appela.

— Tu es prêt à rentrer ? demanda-t-elle en consultant sa montre.

Elle cligna des yeux en s'apercevant qu'il était près de 16 heures. Elle n'avait pas vu le temps passer, mais si Nate était resté près de cinq heures d'affilée chez Smartsell, alors les nouvelles devaient être bonnes. Toutefois, elle se garda bien de lui demander comment les choses s'étaient passées.

— Oui, j'ai terminé. Tu veux passer me chercher ?

— Je suis dans le centre, mais je te rejoins sur-le-champ ! répondit-elle en rassemblant les formulaires de candidature qu'elle fourra dans son sac à main.

Elle regagna sa voiture au pas de course, mais il lui fallut près d'une demi-heure pour regagner St. Kilda Road à cause des encombrements. Il l'attendait devant l'immeuble, un épais dossier entre les mains.

— Désolée, je ne pensais pas mettre autant de temps…

— Aucun souci, je me doutais qu'il y aurait de la circulation à cette heure-ci. Comment se sont passées tes emplettes ?

— J'ai presque dû faire une prise de karaté à une cliente pour dégotter un châle en cachemire pour ma grand-mère !

Nate paraissait plus détendu que le matin, mais, au vu de l'heure tardive et de la circulation très dense, une question émergea soudain à l'esprit d'Elizabeth.

— Nate, dit-elle un peu anxieuse, il se fait tard et, en prenant la route à une heure pareille, je crains que…

Elle vit son visage se crisper aussitôt, et attendit en silence qu'il prenne une décision.

— Que dirais-tu de passer la nuit en ville ? suggéra-t-il enfin en la fuyant du regard.

Sa voix faussement détachée dissimulait mal sa gêne. Il avait probablement honte de ne pas être en mesure de dominer ses angoisses.

— Excellente idée, dit-elle en acquiesçant. Nous rentrerons demain matin à la première heure.

— On peut aller à l'hôtel, ou… chez moi.

Evidemment, elle était très curieuse de découvrir l'endroit où il vivait à Melbourne. Mais elle sentit le peu d'enthousiasme de sa voix, et en déduisit qu'il était peut-être encore un peu trop tôt.

— Et toi, que préférerais-tu ?

— Bon sang, Lizzy, je ne suis pas un gamin ! Tu n'as qu'à dire ce que tu veux une fois pour toutes ! Je n'ai pas besoin que tu me tiennes la main chaque fois que nous devons prendre une décision ! dit-il d'une voix crispée, avec un agacement manifeste.

Elle serra les dents, et un silence pesant s'installa dans l'habitacle. Finalement, il poussa un long soupir.

— Désolé, dit-il en lui prenant la main.

Elle baissa les yeux et regarda la peau mate des poignets de Nate qui contrastait avec la pâleur de la sienne.

— Je me suis procuré des formulaires du ministère australien de l'Education, dit-elle alors en vitesse. La personne de l'accueil m'a expliqué que je n'aurais aucun mal à obtenir une équivalence de mon diplôme, ni à trouver un poste d'enseignante si je voulais travailler en Australie…

Elle scruta le visage de Nate, suspendue à sa réaction, mais celui-ci demeura impassible.

— Que fais-tu de tes grands-parents, de ta vie à Londres ?

— Oh ! ils me manqueront, c'est certain… Mais à Londres il n'y a pas de Nate, murmura-t-elle en retenant son souffle.

Le cœur battant la chamade, elle attendit sa réponse.

— Bon sang, Lizzy !

L'instant d'après, elle était dans ses bras. Il la serra si fort contre lui qu'elle en perdit le souffle. Bientôt, elle sentit un sourire béat se dessiner sur ses lèvres.

Nate était d'accord pour qu'elle reste. Il était content à l'idée qu'elle ne retourne pas à Londres.

— Je crois que j'ai la réponse à ma question ! dit-elle alors qu'il s'écartait légèrement pour la regarder dans les yeux.

— Lizzy, chuchota-t-il en lui caressant le visage.

Puis il l'embrassa à en perdre haleine.

— Alors, chez moi ou à l'hôtel ? demanda-t-il, essoufflé.

Elle lorgna vers la bosse à son entrejambe.

— Quel est l'endroit le plus proche d'ici ? demanda-t-elle, haletante.

— Ce sera chez moi…

Elle démarra aussitôt, et se tourna vers lui.

— Prends la première à gauche, dit-il.

Elle ne se fit pas prier et ne perdit pas une seconde.

# Chapitre 11

Moins de dix minutes plus tard, Elizabeth se garait devant la maison d'Albert Park. Nate n'y avait pas mis les pieds depuis près de quatre mois. Cette demeure contenait trop de souvenirs d'Olivia, et il se demanda soudain s'il n'était pas indécent d'y inviter Elizabeth.

— Waouh, cela me fait penser aux maisons de ville qui bordent les grands espaces verts londoniens, dit Elizabeth en coupant le contact.

Ils descendirent de voiture, et elle contempla la maison depuis le trottoir.

— Très belle façade, commenta-t-elle sur un ton aussi espiègle qu'approbateur. C'est toi qui as choisi les couleurs ?

Il secoua la tête en silence, et Elizabeth parut deviner qu'il s'était agi à l'origine du choix d'Olivia.

— Eh bien, je trouve que ta petite sœur avait très bon goût, dit Elizabeth d'une voix presque légère.

Nate choisit soigneusement ses mots :

— Olivia était très douée pour tout un tas de choses. Elle dessinait des vêtements, elle faisait de la musique. Elle avait toujours des tas d'idées, des tas de projets en cours.

D'un geste incertain, il déverrouilla le portail et traversa la petite allée jusqu'au porche décoré de mosaïque. L'estomac noué, il glissa la clé dans la serrure de l'entrée. Poussant la porte, il fut saisi par une odeur de cire et de… rouge à lèvres ! Le gloss à la framboise, le préféré d'Olivia.

Elizabeth le suivit à l'intérieur de la maison. Ses talons claquaient contre le parquet.

— C'est adorable ! Tu me fais visiter ? demanda-t-elle en balayant le vaste hall du regard.

Elle lui avait soumis sa requête sur un ton prudent, avec beaucoup de tact. Comme toujours, sa façon très calme d'aborder les sujets délicats permettait à Nate de ne pas se sentir acculé et de prendre son temps pour se décider. Il se sentait tout à fait libre d'accepter ou de refuser.

— Ce n'est pas tout à fait un palais, mais je vais faire de mon mieux pour que tu puisses t'y repérer, répondit-il.

Il lui montra le séjour spacieux et l'écouta s'extasier devant la décoration dans les tons taupe et crème. De même, elle admira la cuisine de style rustique avec ses placards de bois massif et son évier à l'ancienne. Elle fit courir une de ses mains le long de la table de bois français de la salle à manger — Olivia l'avait dénichée chez un antiquaire du quartier. Puis il l'entraîna vers la salle de télévision, de facture plus moderne avec sa bibliothèque modulable et son immense écran plat.

— Ta sœur avait un véritable don pour la décoration, dit Elizabeth en s'attardant devant les portes-fenêtres qui donnaient sur le jardin.

Il vint se placer à côté d'elle. Il avait continué à payer une femme de ménage une fois par semaine pour aérer et entretenir la maison, mais le jardin, lui, était à l'abandon. Les massifs de fleurs étaient envahis de mauvaises herbes. Au fond, il aperçut la Mini rouge qu'il avait offerte à Olivia pour ses dix-sept ans, afin qu'elle puisse apprendre à conduire. La malheureuse n'avait jamais eu l'occasion de la conduire seule, sans accompagnateur.

Lorsqu'il se retourna, Elizabeth saisissait une photo encadrée posée sur une étagère. Olivia et lui à la plage. Elle n'avait que quatorze ans à l'époque, mais sa beauté promettait de s'épanouir encore, telle une fleur printanière.

Elizabeth contempla longuement la photo, puis la reposa sans un mot sur l'étagère. Il l'entraîna alors à l'étage.

— Voici la chambre d'amis, la salle de bains, le bureau, et ma chambre, décrivit-il en passant devant chaque porte.

Il prit soin de ne pas mentionner la porte restée fermée au bout du couloir. Elizabeth entra dans sa chambre et parcourut d'un regard distrait le grand lit ainsi que la série de clichés en noir et blanc accroché aux murs. Soudain, elle défit les boutons de son chemisier, et commença à se dévêtir.

— Arrête-moi si je me trompe, mais si je me souviens bien, nous sommes venus ici pour un petit interlude coquin, dit-elle tranquillement comme il la fixait bouche bée.

Une fois débarrassée de son chemisier, elle traversa la pièce et vint l'enlacer tendrement. Puis elle dénoua sa ceinture et défit la braguette de son jean.

Malgré le poids des souvenirs qui l'assaillaient depuis son retour dans cette maison, il sentait une irrépressible excitation monter en lui. Surpris par l'initiative d'Elizabeth, il prit toutefois les commandes en la repoussant vigoureusement sur le lit.

Il ôta son jean sous son regard incandescent, et lui arracha sa culotte d'une main fébrile. Enfin, il glissa un doigt entre les replis brûlants de son sexe. Sans la quitter des yeux. Les paupières à demi closes, elle se cambra en se mordant la lèvre. Ravi de son effet, Nate retint son souffle et continua à la caresser en prenant tout son temps, jusqu'à lui arracher un long soupir de volupté.

Elle était prête à le recevoir. Il s'amusa à la faire languir en caressant l'orée de son sexe avec son propre sexe, raide et enflé. Lentement. Langoureusement.

— Oh ! oui, Nate… Encore, dit-elle, en agrippant le couvre-lit entre ses doigts.

Il la pénétra tout en douceur, et se délecta de son long soupir de contentement lorsque enfin il l'emplit tout entière.

La suite ne fut qu'un enchevêtrement de corps, peau contre peau, souffle contre souffle… Elle s'offrit à lui sans retenue, et il la posséda comme jamais il n'avait possédé une femme. Ils jouirent à l'unisson, partageant leur plaisir comme une offrande, s'abandonnant l'un à l'autre de la plus naturelle, de la plus évidente des façons. Nate reprit lentement son souffle, et embrassa de nouveau Elizabeth.

— Merci, lui dit-il à voix basse.

Elle ne répondit rien, mais il savait qu'elle avait compris. Elle comprenait toujours.

Un peu plus tard, ils se firent livrer un repas par le traiteur thaï du quartier. Elle insista pour prendre un bain avec lui après le dîner, et il ne lui laissa même pas le temps de se sécher avant de lui refaire l'amour.

Elle s'assoupit assez vite après leurs ébats, et il attendit qu'elle soit profondément endormie pour se lever. Dans le noir, il marcha à tâtons jusqu'à la chambre d'Olivia.

Sous ses doigts, le loquet de la porte était glacial, et Nate hésita un instant. Avait-il réellement envie d'entrer ? Retenant son souffle, il poussa la porte. Aussitôt, il alluma la lumière et cligna des yeux, ébloui par la soudaine luminosité.

Tout était exactement comme Olivia l'avait laissé. Pour un peu, il aurait presque cru que sa petite sœur était sortie pour la soirée, et qu'elle ne tarderait pas à rentrer. Son iPod était abandonné sur sa table de chevet. Un jean traînait au bord du lit. Comme souvent, un joyeux désordre régnait sur sa coiffeuse : trousse à maquillage, bijoux et livres empilés, blocs-notes… Nate essaya une de ses bagues, et ouvrit un livre à la page qu'Olivia avait cornée.

Puis il alla s'asseoir sur le lit. Il était temps pour lui de vider cette pièce. Laisser les affaires d'Olivia telles quelles n'était pas sain. Et pourtant sa petite sœur était tellement présente dans cette chambre : il y avait les photos qu'elle avait accrochées au mur, et le couvre-lit assorti aux rideaux qu'elle avait elle-même cousus… Nate ne se sentait pas la force de tout déménager. Il n'était pas prêt.

La gorge nouée, il s'empara de l'iPod. La batterie était déchargée. Il ouvrit le tiroir de la table de chevet, et trouva l'agenda d'Olivia et quelques stylos. Il saisit l'agenda, mais un petit sachet de plastique glissa d'entre les pages.

Un préservatif.

Six mois plus tôt, une telle découverte l'aurait probablement mis hors de lui. Comme tout grand frère, il avait toujours nourri un instinct très protecteur à l'égard d'Olivia. Il aurait sans doute craint que sa petite sœur ne fasse de mauvaises rencontres, ou ne perde son innocence dans les bras d'un homme qui ne la méritait pas.

Mais aujourd'hui il se surprit à espérer qu'Olivia avait eu au moins une fois le bonheur de connaître le plaisir physique, la symbiose charnelle, avec un homme qui lui plaisait.

Il baissa les yeux, froissant le sachet de plastique entre ses doigts. Puis, la mâchoire crispée, il se leva, éteignit la lumière et retourna se coucher.

Toute la matinée, Nate fit preuve d'un certain mutisme et Elizabeth fit de son mieux pour ne pas le froisser. Elle insista pour qu'il l'emmène prendre le petit déjeuner dans son bistrot préféré, puis suggéra une balade au marché du quartier. De retour à la maison, Nate prit quelques tenues de rechange dans ses placards et, une fois l'après-midi bien entamé, il se montra d'humeur plus légère.

Elizabeth se demanda si cette amélioration était liée à ses efforts pour égayer Nate, ou au simple fait qu'ils allaient quitter cette maison hantée par le souvenir d'Olivia. Après avoir repris le volant, elle s'efforça de faire la conversation jusqu'à Phillip Island, et raconta à Nate ce qu'elle avait envoyé à ses grands-parents pour Noël. Ensuite, elle le mit au défi de deviner ce qu'elle avait acheté pour lui, espérant qu'il lui parlerait peut-être de sa visite de la veille chez Smartsell. En vain. Après tout, il venait à peine de sortir de la longue période d'isolement qu'il s'était infligée. Dès qu'il se sentirait prêt à lui parler de ses affaires, Nate le ferait.

Il passèrent le pont de San Remo vers 17 heures, achetèrent quelques provisions en ville, et arrivèrent chez Nate à 18 heures. Un coupé noir était garé dans l'allée.

— C'est la voiture de Jarvie, n'est-ce pas ? demanda-t-elle.

— Mouais…

La portière du coupé s'ouvrit dès qu'Elizabeth immobilisa sa voiture sur le trottoir. Jarvie sortit et scruta Nate à travers le pare-brise d'un air grave.

— Nate, que se passe-t-il ? s'inquiéta Elizabeth.

Mais il était déjà dehors.

Que diable faisait Jarvie ici ? Pourquoi paraissait-il aussi furieux ? Nate et lui avaient passé pratiquement toute la journée de la veille ensemble et, même si Nate n'avait rien raconté à Elizabeth, il lui avait paru très satisfait de sa journée de travail.

Elle sortit à son tour du véhicule et vit Jarvie lancer un épais dossier au visage de Nate. La chemise tomba à terre en s'ouvrant, éparpillant au passage plusieurs dizaines de feuilles dactylographiées sur la pelouse.

— C'est hors de question, Nate ! Tu m'as bien compris ? s'écria Jarvie.

— Si ça ne t'intéresse pas, rétorqua Nate en haussant les épaules, eh bien, je proposerai cette offre à quelqu'un d'autre.

— Tu n'as pas le droit ! s'enflamma Jarvie.

— Ce n'est pas l'avis de mon avocat. Si tu refuses de racheter mes parts de Smartsell, je suis libre de les céder à une tierce personne, à condition que celle-ci te convienne.

Elizabeth restait un peu en retrait, essayant de comprendre ce à quoi elle assistait.

— Jamais de la vie ! s'emporta Jarvie. Nate, nous avons fondé cette entreprise *tous les deux*. Toi et moi !

— Si tu prends la peine d'étudier l'offre, tu verras qu'elle est tout à fait équitable. Je sais que tu es en mesure de lever ces fonds. Dans deux ans, tu peux t'être acquitté de tes dettes, et Smartsell t'appartiendra entièrement.

Nate parlait d'une voix très calme, pondérée, et Elizabeth

comprit qu'il s'était attendu à cette visite de Jarvie. Voilà pourquoi il n'avait pas semblé surpris en l'apercevant.

— Tu n'es pas allé chez Smartsell, hier ? demanda-t-elle à mi-voix. Tu étais chez ton avocat, n'est-ce pas ?

Nate n'eut pas besoin de répondre. Le regard qu'il lui adressa était suffisamment éloquent.

— Bon Dieu, Nate, pourquoi fais-tu cela ? s'exclama Jarvie. Je t'ai peut-être un peu harcelé ces derniers temps, mais je te promets de cesser de te mettre la pression. Je t'assure que vendre est une erreur. Prends encore un peu de temps, et quand tu te sentiras prêt à reprendre les affaires…

— Cela n'arrivera jamais !

— Nate ! Je sais bien que cet accident t'a meurtri, que le décès d'Olivia est une épreuve terrible. Mais je suis prêt à t'attendre et, dès que tu seras remis, nous…

— Ça suffit ! Tu vas m'écouter une fois pour toutes. C'est terminé, Jarvie. Smartsell n'a plus besoin de moi. Tu dois tourner la page ; moi, je suis devenu un poids pour l'entreprise. Accepte mon offre !

— Pas question.

— Dans ce cas, je céderai mes parts à quelqu'un d'autre.

A ces mots, Jarvie se crispa. Il s'avança vers Nate et Elizabeth craignit qu'ils n'en viennent aux mains. Jarvie était profondément ébranlé, et Nate si obstiné…

— Ne fais pas ça, Nate, dit Jarvie d'une voix suppliante. Smartsell a les moyens de t'attendre. Aussi longtemps qu'il le faudra.

— Crois-moi. Dans quelques jours, tu auras compris que c'est la meilleure solution pour tout le monde.

Nate tourna les talons, mais Jarvie se précipita vers lui et l'empoigna par le col de sa chemise.

— Tu ne peux pas fuir comme ça, Nate ! Pas cette fois. Je ne le permettrai pas. C'était notre rêve, mon vieux ! Toi et moi, on s'est donnés corps et âme pour fonder Smartsell ; on est partis de rien ! Tu ne peux pas balayer tout ça d'un simple revers de la main ! insista Jarvie d'une voix chevrotante. Je ne veux pas continuer l'aventure sans toi. S'il te plaît, réfléchis encore…

De plus en plus affectée, Elizabeth se mordit les doigts. Le visage de Jarvie était ravagé par la colère et l'émotion.

— Lâche-moi, dit Nate.

— Tu ne peux pas continuer à gâcher ta vie à cause de ce maudit accident, répondit Jarvie en continuant de s'agripper à son col. Toi, tu as eu la vie sauve… Et crois-moi, elle mérite d'être vécue.

La voix de Jarvie se brisa. Il baissa les yeux, tout en resserrant encore ses doigts autour du col de Nate. Celui-ci ne bronchait pas, et continuait de regarder droit devant lui.

A voir son visage froid et impassible, Elizabeth sentit son sang se figer. Et dire qu'elle l'avait cru sur le chemin de la guérison. Elle avait cru qu'il avait fait un grand pas en avant la veille, en se rendant à Melbourne. Mais, à présent, elle ne lisait plus sur son visage que noirceur et résignation.

Après un long moment chargé de tension, Jarvie desserra ses doigts. Comme possédé, Nate lui tourna le dos, traversa la route, et se dirigea doucement vers le sentier de la plage.

# Chapitre 12

Le visage de Jarvie était déformé par la peine, et Elizabeth ne put soutenir son regard. D'un geste lent, elle se pencha pour ramasser les papiers éparpillés au sol. Assez vite, Jarvie vint l'aider et ils terminèrent en silence.

— Voulez-vous entrer prendre un café ? proposa-t-elle après s'être relevée.

— Non, merci, dit-il en secouant la tête. Je dois rentrer.

Il regagna sa voiture. Elle avait envie de lui dire quelque chose, de l'assurer que Nate allait changer d'avis, qu'il avait pris sa décision de céder ses parts de Smartsell sur un coup de tête. Or, elle savait qu'il n'en était rien. Elle l'avait vu examiner tous les dossiers estampillés Smartsell. Puis il lui avait demandé de le conduire à Melbourne. Et avait fait en sorte d'organiser son retrait de l'entreprise avec l'aide d'un avocat.

Jarvie démarra sa voiture en trombe, et quitta l'allée dans un crissement de pneus.

Elizabeth remonta lentement vers le pavillon. A chaque foulée, une colère sourde montait en elle. Nate avait pris de grandes décisions, lourdes de sens et de conséquences, sans lui en toucher le moindre mot. Pourtant, elle lui avait fait part de sa candidature à un poste d'enseignante à Melbourne. Et dire qu'elle avait envisagé de quitter son pays ! Tandis que lui, de son côté, avait pris une décision apparemment irrévocable.

Elle déverrouilla la maison, et resta un moment dans la cuisine, interdite. Nate allait commettre une immense erreur en vendant ses parts de Smartsell. La vie qu'il s'était aménagée ici, faite de soleil, de surf, de bière et de sexe, n'était qu'un palliatif à la douleur d'avoir perdu Olivia. Cette vie-là ne pouvait pas durer indéfiniment. Certes, il était peut-être trop occupé à survivre en dépit des démons qui le hantaient pour prendre conscience de tout cela. Mais Elizabeth était persuadée qu'un jour il regretterait de s'être désinvesti de cette entreprise qui semblait avoir eu une importance majeure dans sa vie d'autrefois.

Combien de fois depuis leur rencontre s'était-elle mordu la lèvre pour ne pas s'immiscer dans la vie et les décisions de Nate ? Peut-être avait-elle eu tort ? Peut-être aurait-elle dû le pousser à consulter un thérapeute compétent pour lui permettre de vaincre ses angoisses, sa culpabilité. Certes, elle l'avait modestement encouragé à diminuer sa consommation d'alcool, à s'ouvrir à elle. Mais peut-être aurait-elle mieux fait de l'obliger à lui faire des confessions dès qu'il se renfermait sur lui-même. Au lieu de cela, elle avait sincèrement cru qu'il finirait bien par lui parler, quand il s'en sentirait prêt.

Poussant un long soupir, elle passa une main dans ses cheveux. Jamais elle ne s'était sentie aussi perdue…

Elle consulta l'horloge de la cuisine. Nate était parti depuis une demi-heure déjà. S'il se comportait comme à son habitude, il ne reviendrait pas avant plusieurs heures.

La nuit était presque entièrement tombée à présent. Cela faisait un long moment qu'Elizabeth faisait les cent pas, et si cela continuait, elle allait devenir folle ! Avec un soupir, elle se dirigea vers la salle de bains. Une douche l'aiderait peut-être à évacuer le stress accumulé depuis quelques heures. Et puis, avec un peu de chance, Nate finirait par se montrer, et ils pourraient enfin avoir l'explication à cœur ouvert dont ils avaient cruellement besoin tous les deux.

Elle tourna le robinet de la douche avant de commencer à se déshabiller. L'eau éclaboussa le carrelage et elle tira sur la porte de la cabine pour la fermer. Mais celle-ci dérailla avant de s'ouvrir de nouveau. Agacée, Elizabeth serra les dents.

*Comme si je n'étais pas déjà assez énervée...*

Elle tira une nouvelle fois sur la porte vitrée, mais sans effet. Ulcérée, elle s'agrippa au panneau coincé et tenta de le forcer. Vraiment, elle n'avait aucune envie de voir sa journée gâchée par une cabine de douche récalcitrante.

— Saleté de porte ! maugréa-t-elle en essayant par tous les moyens de la débloquer.

Elle était sur le point d'abandonner quand la porte finit par céder dans un fracas étourdissant. Elle perdit l'équilibre et glissa sur le carrelage mouillé. Dans une tentative pour retrouver l'équilibre, elle envoya sa main cogner de plein fouet contre la vitre qui se fendit dans un craquement sinistre. Elle ressentit alors une douleur très vive, et ne comprit qu'un morceau de verre brisé lui avait entaillé le bras qu'à l'instant où elle sentit le sang s'écouler jusqu'à ses doigts.

Abondamment.

Hébétée, elle resta un instant tétanisée par l'horreur. Il y avait du sang partout : sur son bras, sur la vitre, sur le pommeau de la douche, sur le carrelage de la salle de bains...

Quelque part au fond d'elle, une voix lui intima d'arrêter l'hémorragie — et sans tarder. Elle se pencha pour ramasser sa serviette de bain, mais son champ de vision se rétrécit brusquement. Elle tomba à genoux et cligna des yeux pour chasser le vertige. Surtout, ne pas s'évanouir. Pas maintenant. Pas tant que son bras saignait...

Mais le sang continuait à couler le long de son poignet ; et de sa main gauche elle parvint péniblement à enrouler la serviette autour de son bras droit. Au passage, elle risqua un regard en direction de sa blessure, et le regretta aussitôt. Une plaie profonde et béante traversait son avant-bras. Si profonde qu'elle aperçut son muscle rouge, à vif.

Son vertige s'amplifia, et elle pressa vigoureusement la

serviette sur l'entaille. Malgré son état de confusion, une évidence lui vint alors à l'esprit : elle avait besoin d'une ambulance.

Comment n'y avait-elle pas pensé plus tôt ? Gardant sa serviette sur la plaie, elle s'appuya de l'épaule contre le mur de la salle de bains et tenta de se lever pour aller téléphoner dans la cuisine. Mais ses jambes refusèrent de la porter et son champ de vision se rétrécit encore. Le souffle court, elle se laissa tomber sur le carrelage froid.

Il ne lui restait plus qu'à ramper jusqu'au téléphone.

Mais ses membres flageolants refusèrent d'obtempérer. Elle baissa les yeux et s'aperçut avec effroi que la serviette était détrempée de sang. Ce n'est qu'à cet instant qu'elle comprit qu'elle était en danger. Gravement en danger.

Elle ferma les yeux, et ne put penser à autre chose qu'à Nate. Si elle n'arrivait pas à atteindre le téléphone, elle risquait de ne plus jamais le revoir. Ces dernières semaines passées auprès de lui seraient les dernières de sa vie. Elle ne le verrait jamais surmonter le deuil de sa sœur. Elle n'aurait jamais l'occasion de lui déclarer son amour. Quand il rentrerait chez lui, il la trouverait, gisant dans une mare de sang… Oh ! seigneur ! non, elle ne pouvait pas lui faire ça… Elle devait ramper… De toutes ses forces.

Au prix d'un effort surhumain, elle parvint à se traîner jusqu'au couloir en fixant l'encadrement lointain de la porte de la cuisine. Il lui paraissait si loin… Mais elle se devait d'essayer.

*Si tu ne bouges plus, c'est la mort, Lizzy.*

La voix de Nate résonnait à son esprit, sur le ton qu'il utilisait quand il la dirigeait sur le *Ducky*.

Elle cala son menton contre sa poitrine, et parvint à avancer de quelques centimètres.

*Allons, Lizzy, debout ! Le premier qui s'endort a perdu !*

Serrant les dents, elle lutta de toutes ses forces contre l'horrible torpeur qui gagnait à présent tous ses membres.

*Plus que quelques mètres, Lizzy… Quatre tout au plus.*

Elle pouvait encore ramper jusqu'au téléphone. Bien sûr qu'elle le pouvait…

Nate resta assis sur la plage jusqu'à la tombée de la nuit. Il pensa se rendre au pub, mais se doutait qu'Elizabeth l'attendait à la maison. Avec un certain nombre de questions.

Quoi qu'il en soit, il avait pris la bonne décision. Pour Smartsell, pour Jarvie et pour lui-même.

Pourtant, une petite part de doute subsistait en lui. Jarvie et lui s'étaient investis sans compter leurs heures dans le petit appartement qu'il louait à l'époque où ils mettaient au point la première version de Smartsell. Ils avaient ensuite déployé des trésors de diplomatie pour convaincre un nombre suffisant de détaillants de distribuer le logiciel, allant jusqu'à leur offrir gratuitement la première version. Ils n'avaient pas hésité à hypothéquer leurs biens pour obtenir un prêt finançant leur start-up. Nathan était alors entièrement dévoué à la réussite de leur entreprise. Sa mère était déjà malade à l'époque, et il savait qu'à terme il deviendrait le tuteur légal d'Olivia. Or, l'idée de ne pas pouvoir subvenir aux besoins de sa petite sœur le terrifiait. Alors il avait travaillé sans relâche, jour et nuit, afin d'assurer un avenir à Smartsell. Et il en avait retiré beaucoup de satisfaction et de fierté. D'ailleurs, devant le succès fulgurant rencontré dès les premiers mois de l'aventure, il s'était laissé aller à quelques excès : puissante voiture de sport, grande maison, dîners dans des restaurants chic… Mais, peu à peu, Jarvie et lui avaient appris à s'assagir, à consolider les bases de la société.

Et puis, il y avait eu l'accident. Le monde avait basculé pour Nathan, et la donne avait brutalement changé.

A la mort d'Olivia, tous les efforts auxquels Nate avait consentis pour la réussite de Smartsell lui avaient paru terriblement vains. Il aurait tout rendu — l'argent, la maison, la réussite — si cela avait pu lui ramener sa petite sœur…

Il laissa ainsi ses pensées dériver en regardant la marée

monter, puis finit par se lever. Chaussures en mains, il arpenta la plage en sens inverse, jusqu'au sentier qui menait à sa rue. Arrivé dans l'allée, il vit la fenêtre de la cuisine allumée. Il laissa ses chaussures devant la porte, et entra par la porte arrière.

Croyant qu'Elizabeth préparait le dîner, il fut étonné de ne pas la trouver dans la cuisine. Il s'apprêtait à aller la chercher dans le studio quand un détail accrocha son regard. Une ombre, recroquevillée sur la moquette du couloir. Son sang se glaça. Il se ressaisit néanmoins très vite et se précipita vers elle.

Elizabeth était inconsciente, le visage blême. Surtout, il y avait du sang partout : sur sa poitrine, sur son jean, sur la moquette… Une serviette était enroulée autour de son bras, maculée d'une immense tache noirâtre.

— Oh ! mon Dieu, Lizzy !

Il s'agenouilla près d'elle, et porta une main tremblante au creux de son cou. Il sentit son pouls, très faible, sous ses doigts et poussa un bref soupir de soulagement.

Dieu merci, elle était vivante.

En un éclair, il se souvint des cours de secourisme que Jarvie et lui avaient fait donner à leurs employés. Tout d'abord, juguler l'hémorragie en confectionnant un garrot. Ensuite, surélever le bras pour favoriser le retour veineux. Enfin, appeler de toute urgence les secours. Car Elizabeth avait manifestement perdu beaucoup de sang.

Les souvenirs d'une autre nuit sanglante se firent de plus en plus pressants à son esprit, mais Nate parvint à les tenir à distance et se redressa sans perdre une seconde. Il ouvrit le placard du couloir et en tira plusieurs serviettes propres. Puis il s'accroupit de nouveau auprès d'Elizabeth pour dégager la serviette imprégnée de sang. Il eut un haut-le-cœur en découvrant la profondeur de sa plaie. D'un geste rapide, il enroula un linge propre autour de son bras et le serra de toutes ses forces. De son autre main, il défit sa ceinture et la posa en garrot autour de la serviette. Enfin, il souleva la main d'Elizabeth et la maintint en hauteur, tout en extirpant son téléphone de la poche de son jean avec son autre main.

Il s'aperçut alors qu'il tremblait, et composa le numéro des urgences du bout de ses doigts maculés de sang. Sans quitter un instant Elizabeth des yeux. Elle était si pâle… Et sa main dans la sienne lui paraissait si froide…

— Ici les urgences, quel est le motif de votre appel ?

— J'ai besoin d'une ambulance… Mon amie s'est coupée, je ne sais pas comment elle a fait. Elle a perdu beaucoup de sang… Elle est inconsciente !

— Monsieur, vous appelez depuis un mobile et je ne peux vous localiser. Voulez-vous me donner votre adresse ?

— 14 Radcliffe Street, à Cowes.

— Vous appelez de Phillip Island ?

— Oui. Dans combien de temps arrivera l'ambulance ? Mon amie continue à perdre du sang, s'écria-t-il en proie à une panique de plus en plus pesante.

— Monsieur, je suis en train de vérifier sur l'ordinateur, mais je m'aperçois qu'il y a eu un grave accident de la route : les trois ambulances de l'île sont actuellement mobilisées. Le temps d'attente est estimé à trente minutes.

— Trente minutes ? cria-t-il dans le combiné. Mais c'est pas possible !

— Monsieur, restez calme s'il vous plaît. Etes-vous en mesure de conduire vous-même la victime à l'hôpital ? L'établissement le plus proche de votre résidence se trouve à Wonthaggi ; je peux vous indiquer comment vous y rendre.

Le souffle coupé, Nate ferma brièvement les yeux. L'hôpital de Wonthaggi était celui-là même où il avait été amené après son accident.

— Je sais où il se trouve… Prévenez-les juste de notre arrivée, s'entendit-il articuler d'une voix blanche.

Il raccrocha et rangea le téléphone dans sa poche. Et aussitôt il souleva Elizabeth dans ses bras puis, tel un robot, il se dirigea vers la porte de la cuisine en s'efforçant de ne pas penser à ce qu'il s'apprêtait à faire.

Au passage, il saisit les clés de voiture qu'Elizabeth avait laissées sur le bar. Puis il dévala l'allée jusqu'à la voiture et, sans perdre une seconde, il la déposa sur le siège passager. Il l'inclina au maximum avant de boucler la ceinture de sécurité, puis claqua la portière et rejoignit le siège du conducteur.

Toujours aussi mécaniquement, il s'installa au volant. Il tremblait déjà de tout son corps, et respirait de plus en plus mal. En proie à une violente nausée, il ferma néanmoins la portière et glissa la clé dans le contact.

*Ne pense pas, Nate. Ne pense plus et contente-toi d'agir.*

Il se mit à claquer des dents alors qu'il appuyait sur la pédale pour passer la marche arrière. Très vite, la voiture quitta l'allée et se retrouva dans la rue.

Il prit brutalement conscience du volant entre ses doigts, du plafond de l'habitacle juste au-dessus de sa tête. Et, surtout, de la nuit autour de lui, profonde et menaçante…

En proie à d'incontrôlables spasmes, la poitrine comprimée, il parvint néanmoins à passer la première vitesse.

*Ne pense pas, Nate. N'y pense plus…*

Les suppliques épouvantées d'Olivia se bousculaient dans son esprit. Il était en sueur et haletait de façon bruyante et saccadée.

Par chance, il n'y avait aucune circulation et il put accélérer jusqu'à l'intersection avec Main Street. Mettant son clignotant, il vérifia les deux côtés de la chaussée, puis tourna. Soudain, les phares d'une voiture baignèrent l'habitacle d'une lumière aveuglante, et il donna un violent coup de volant pour se ranger sur le trottoir. Il s'aperçut alors que l'autre voiture se trouvait face à lui et qu'à aucun moment elle n'avait risqué de le percuter.

*Je n'y arriverai pas… Je n'y arriverai pas…*

Soudain, son incapacité à aller plus loin lui apparut comme une évidence. Il était tétanisé. Totalement impuissant face à l'angoisse qui l'étreignait. Fermant les yeux, il se pencha et appuya son front sur le volant.

*Elle va mourir, espèce de salaud ! Lizzy va mourir si tu ne te ressaisis pas pour redémarrer cette voiture et conduire !*

Serrant les dents, il se tapa la tête contre le volant. Une fois. Deux fois. Trois fois. Jusqu'à ce que la douleur le tire de sa torpeur, l'obligeant à reprendre pied dans la réalité.

*Respire ! Respire, imbécile !... Si tu appuies sur l'accélérateur, tu peux encore la sauver !*

Il inspira profondément, puis se redressa sur son siège. Après avoir contrôlé le rétroviseur, il appuya enfin sur la pédale et quitta le trottoir.

La voiture fendit la nuit, et il s'efforça de respirer par le ventre. Il luttait contre son angoisse avec chaque fibre de son corps. Ses mains s'agrippaient si fort au volant que ses poignets en devenaient douloureux.

Lentement, progressivement, le sentiment de panique finit par s'estomper. Encore tremblotant, Nate éprouva alors un immense soulagement d'avoir su surmonter sa peur. Au point qu'il sentit bientôt les larmes lui monter aux yeux.

— Ça va aller, Lizzy… On va s'en sortir, murmura-t-il.

Elle ne répondit pas, et il se tourna brièvement vers elle. Elle était toujours aussi immobile. Il détacha une main du volant pour prendre une nouvelle fois son pouls. Ses pulsations étaient toujours très erratiques, mais il les sentit distinctement. Elle était en vie. Elle avait encore une chance de s'en sortir. Le pied au plancher, il accéléra alors qu'une vigoureuse détermination s'emparait de nouveau de lui.

Le temps sembla se contracter autour de lui, tandis que le paysage nocturne défilait autour de la voiture, comme dans un rêve. Il mit une éternité avant d'atteindre le pont de San Remo. Enfin, il aperçut un panneau annonçant Dalyston, et Nate sut qu'il n'était plus qu'à huit kilomètres de Wonthaggi.

Il extirpa alors son téléphone de sa poche et appela l'hôpital pour signaler son arrivée imminente.

Au moment où il entrait dans la banlieue de Wonthaggi, une faible plainte détourna son attention de la route. Elizabeth avait les yeux grands ouverts.

— Lizzy… Ça va aller, nous arrivons à l'hôpital. Ne bouge pas, ma chérie. Nous y sommes presque, murmura-t-il en posant une main rassurante sur son épaule.

Seigneur ! comme sa peau était froide…

— Nate, dit-elle, bredouillant, dans un souffle à peine audible.

— Je suis là, ma chérie. Tout va bien se passer, tu verras.

Les yeux mi-clos, elle fronça les sourcils et se tourna péniblement vers lui.

— Mais… tu conduis ?

— Ne t'en fais pas, Lizzy.

Elle souleva faiblement sa main encore valide, et chercha celle de Nate.

— Je suis si fière de toi, dit-elle dans un soupir avant de fermer de nouveau les yeux.

Nate prit le dernier virage à toute vitesse. Enfin, il aperçut le panneau clignotant bleu et blanc de l'hôpital au bout de la rue. Il s'engagea dans l'allée réservée aux urgences et pila devant l'entrée en klaxonnant longuement. L'instant d'après, il se précipita pour ouvrir la portière côté passager, alors que les infirmiers se hâtaient dans sa direction avec un brancard.

— Nous nous occupons d'elle, monsieur, déclara une infirmière en écartant Nate.

— Connaissez-vous son groupe sanguin ? demanda aussitôt son collègue.

— Non, mais elle a perdu beaucoup de sang. J'ai essayé de lui surélever le bras…

Ils installèrent Elizabeth sur le brancard d'un geste prompt et efficace. Puis ils la poussèrent sans attendre vers la porte vitrée, où le médecin attendait en leur criant ses instructions.

De son côté, Nate resta devant l'entrée, les bras ballants.

Il avait réussi.

Lui qui était convaincu qu'il ne pourrait plus jamais reprendre le volant avait surmonté ses craintes et offert à Lizzy l'aide dont elle avait besoin. Une fois au pied du mur, il avait trouvé la force de vaincre ses démons.

Et pourtant, il ne se sentait guère d'humeur triomphante. A vrai dire, il ne ressentait rien du tout.

Elizabeth fut réveillée par une forte odeur d'antiseptique, et un brouhaha. Elle voulut se tourner sur le côté, mais quelque chose la retenait. Groggy, elle émit un soupir de protestation et se força à ouvrir les yeux. Quelle ne fut pas sa surprise de découvrir les murs blancs d'une chambre d'hôpital.

Que diable faisait-elle là ?

Soudain, tout lui revint à l'esprit : le retour de Melbourne, la confrontation entre Nate et Jarvie, la porte de la cabine de douche, sa tentative désespérée d'atteindre le téléphone…

Et Nate, qui l'avait conduite à l'hôpital.

N'avait-elle pas rêvé cette dernière partie ? Pourtant, l'image qu'elle gardait à la mémoire était on ne peut plus nette : Nathan, derrière le volant, lui murmurait de ne pas bouger, et l'assurait que tout irait bien.

Elle souleva péniblement la tête, mais la chaise à côté de son lit était vide.

Où était-il ? Seigneur, elle était si fière de lui… Il l'avait conduite jusqu'à l'hôpital ; il lui avait sauvé la vie. Oh ! comme elle avait envie de le voir, de le remercier, de lui dire toutes ces choses qu'elle avait jusqu'alors gardées pour elle !

Elle voulut appuyer sur le bipeur à côté de son oreiller, se servant machinalement de sa main droite, mais elle poussa un petit cri de douleur. A vrai dire, elle se sentait terrassée par la fatigue. Epuisée. Elle laissa alors sa tête reposer contre l'oreiller. Ce ne fut qu'à cet instant qu'elle remarqua la poche de perfusion reliée à son bras. Ses paupières s'alourdirent, et elle les laissa se refermer sans résistance. Juste pour quelques minutes. Ensuite, elle appellerait l'infirmière pour se faire expliquer la situation.

Quand elle revint à elle, les couloirs de l'hôpital étaient moins bruyants, et les lumières tamisées. Il faisait nuit.

Depuis combien de temps se trouvait-elle dans cette

chambre ? Elle se tourna de nouveau vers la chaise à côté du lit, mais Nate n'était toujours pas là. Elle s'effondra de nouveau sur l'oreiller. Où était-il donc ? Elle avait tellement envie, tellement *besoin* de le voir…

Soudain, elle se sentit très seule, et des larmes lui embuèrent les yeux. Ce fut alors qu'elle aperçut une ombre près de la porte. Elizabeth se tourna vers elle, mais la silhouette se retira aussitôt.

— Nate ? appela-t-elle.

Aucune réponse.

— Nate, c'est toi ?

Toujours aucune réponse. Elle se redressa tant bien que mal contre l'oreiller, saisie d'un doute. La silhouette qu'elle avait cru voir était trop petite pour être celle de Nate. Nate était bien plus grand et robuste.

Avait-elle fait un rêve ?

L'instant d'après, une infirmière pénétra dans la chambre avec un plateau.

— Ah ! vous êtes réveillée ! Parfait. Je m'appelle Jodie et je vais m'occuper de vous ce soir. Comment vous sentez-vous ? demanda-t-elle en posant le plateau sur la table au pied du lit d'Elizabeth.

— Euh… Pas trop mal… Un peu sonnée, mais ça va finir par passer… En revanche, pourriez-vous me dire… Il y avait bien un homme près de ma porte il y a quelques instants ?

— Désolée, je n'ai vu personne, répondit Jodie. De toute façon, ce n'est plus l'heure des visites. Vous avez faim ?

— Je… Je n'en sais rien.

— Que diriez-vous d'une soupe ? Vous avez perdu beaucoup de sang, et même si on vous a administré une transfusion il vous faut reprendre des forces.

— Bon… Je vais essayer un peu de soupe, dit Elizabeth.

Jodie l'aida à s'asseoir et cala un oreiller dans son dos.

— Est-ce que… Savez-vous si quelqu'un est venu à mon chevet ? Un homme brun, grand, avec des yeux bleus.

*Sublimement sexy. L'homme de ma vie…*

— Désolée, ça ne me dit rien. Mais je vérifierai auprès du bureau des infirmières si on a laissé un message pour vous.

— Merci.

Jodie rapprocha la table du lit et enleva le film plastique au-dessus du bol de soupe.

— Potage au poulet et aux légumes. Et, pour une fois, ça a l'air appétissant ! dit-elle avec un clin d'œil complice.

Elizabeth s'efforça de sourire poliment, mais le cœur n'y était pas. Elle ne comprenait plus. Nate l'avait bien conduite jusqu'ici. Pourquoi n'était-il pas auprès d'elle ?

Elle avala sa soupe et un demi-yaourt, puis reçut la visite du médecin qui lui expliqua qu'elle s'était sectionné l'artère radiale. Et que, en dépit de la transfusion qu'elle avait reçue, elle allait devoir observer une longue période de repos.

— Vos points de suture se résorberont spontanément d'ici sept à dix jours, et notre nutritionniste va venir vous proposer un régime hyperprotéiné pour les six semaines qui viennent.

— Quand pourrai-je rentrer chez moi ? demanda Elizabeth.

— Vous allez passer quelques examens demain, et si tout va bien vous pourrez rentrer, à condition de vous ménager : cela signifie beaucoup de siestes, et aucun effort physique.

Elizabeth hocha sagement la tête pendant que le médecin s'entretenait à voix basse avec l'infirmière.

De nouveau seule, elle poussa un long soupir et se tourna vers la fenêtre. Soudain, elle fut saisie d'une irrépressible envie de téléphoner à ses grands-parents. Juste pour entendre le son de leur voix. Mais il n'en était évidemment pas question. Pas depuis l'hôpital. Si sa grand-mère apprenait qu'elle avait eu un accident, à l'autre bout du monde, elle ferait certainement un malaise. Et son grand-père insisterait pour prendre le premier vol pour venir la chercher…

Et pourquoi ne pas appeler Violet ?

Elizabeth s'apprêtait à décrocher le téléphone quand, de nouveau, elle aperçut un reflet dans la fenêtre : une silhouette d'homme perché sur deux béquilles. Elizabeth se retourna aussitôt, mais Sam Blackwell avait de nouveau disparu.

— Je sais que vous êtes là, Sam, dit-elle.

Il y eut un bref silence, puis Sam réapparut dans l'encadrement de la porte. Il semblait très embarrassé, et malgré tout ce qui s'était passé entre eux — son attitude désinvolte envers elle, son départ brutal — elle sentit les battements de son cœur s'accélérer.

— Que faites-vous ici ? demanda-t-elle d'une voix censée marquer une certaine distance entre eux.

— Nate m'a téléphoné, répondit-il sans bouger d'un iota.

Manifestement, il mettait un point d'honneur à ne pas pénétrer dans la chambre.

— Et vous vous êtes précipité à mon chevet ? poursuivit-elle avec un petit rire sarcastique.

Il rougit, et Elizabeth fut prise au dépourvu. Etait-il possible que Sam soit *réellement* venu veiller sur elle ?

— Pourquoi vous donner cette peine, alors que vous m'avez à peine accordé une seconde, quand nous nous sommes vus sur l'île ?

Il détourna les yeux et fixa la carafe sur la table de chevet.

— Je voulais m'assurer que vous étiez sortie d'affaire.

Elle se redressa dans le lit et le dévisagea attentivement.

— Si vous voulez vraiment que nous parlions, voulez-vous approcher, histoire de m'éviter de crier ? Mes voisins de chambre ont sans doute besoin de calme pour dormir.

Malgré une évidente réticence, Sam finit par entrer.

— Je croyais que je ne vous intéressais pas, continua-t-elle dans un murmure.

— Je n'ai jamais dit une chose pareille ! protesta-t-il. De grâce, ne me faites pas dire ce que je n'ai pas dit.

— Vous ne me laissez guère le choix, vous ne dites jamais rien, remarqua-t-elle avec un brin d'effronterie.

— J'ai fait de mon mieux jusqu'à présent. C'est tout ce que vous avez besoin de savoir.

Elizabeth tapa du poing sur le lit avec sa main valide.

— Bon sang, Sam, non ! Il y a au contraire beaucoup de choses que je devrais savoir ! Je suis votre fille ! Vous pourriez au moins me regarder dans les yeux et m'expliquer pourquoi vous refusez d'entretenir la moindre relation avec moi ! Toute ma vie, j'ai été entourée de gens qui décidaient à ma place ce qui était bien pour moi ou pas ! Il y a eu mes grands-parents, puis mon fiancé... A présent, c'est moi qui décide ce que je dois savoir ou non, pas vous !

Sam parut étonné.

— Votre fiancé ? Je croyais que Nate et vous... Enfin, vous voyez. Attendez, il ne vous a quand même pas demandée en mariage ?

— Je ne vous dirai rien tant que vous ne m'expliquerez pas pourquoi vous êtes parti l'autre jour, et pourquoi vous êtes à mon chevet aujourd'hui, dit-elle en secouant la tête.

Elle ponctua ses paroles d'un regard de défi, bien décidée à ne rien céder tant qu'il ne faisait pas un pas vers elle.

Sam scrutait le sol à ses pieds, tripotant nerveusement ses béquilles. Le front plissé, il semblait pris dans une profonde tourmente intérieure. Elizabeth retint son souffle. S'il lui tournait le dos aujourd'hui, elle savait en son for intérieur qu'elle ne le reverrait jamais. Tous ses espoirs seraient définitivement anéantis.

Finalement, il releva le menton et croisa son regard.

— D'accord, tu veux tout savoir, alors je vais tout te raconter, Elizabeth. Ensuite, tu pourras légitimement me suggérer d'aller au diable, et nous serons quittes.

Elle ne répondit pas, et se contenta d'attendre la suite.

— J'ai connu ta mère en Grèce. Elle venait de terminer ses études et voyageait avec des amis. Elle était drôle, belle, et aimait faire la fête. Elle et moi... Enfin, on s'est plu tout de suite. Ses amis ont décidé de rentrer chez eux, mais elle a voulu rester. Moi-même, j'étais censé rejoindre un équipage sur un bateau, mais je suis resté avec elle. Nous avons trouvé un petit logement sur une île, juste en bordure de plage.

Elizabeth fronça les sourcils. Comme il était étrange d'entendre parler de sa mère en ces termes. La jeune femme réservée et un peu triste qu'elle avait connue avait ainsi été une jeune fille insouciante, capable de décider sur un coup de tête de tout plaquer pour un aventurier qu'elle connaissait à peine.

— Est-ce que vous vous aimiez ?

Son père haussa les épaules et eut un regard fuyant.

— Nous avions tous les deux dix-neuf ans… Que connaissions-nous de l'amour ?

Elizabeth considéra cette réponse comme un aveu.

— Au bout d'un mois, elle m'a annoncé sa grossesse, poursuivit-il avant de passer une main sur son visage pour dissimuler son émotion. Je… Je n'ai pas su réagir. J'étais en colère. Elle était censée prendre la pilule, et je me suis senti piégé. J'ai pris le premier charter pour la Turquie. Et je l'ai abandonnée en Grèce. Elle s'est retrouvée seule. Sans rien.

— Sans rien ? demanda-t-elle en se mordant la lèvre.

— Sans rien, répéta Sam d'une voix cassante. Sans argent, ni nourriture, ni aucun moyen de rentrer chez elle ou de chercher de l'aide. Elle s'était brouillée avec ses parents à cause de sa décision de s'installer en Grèce, et ne pouvait se tourner vers eux. Quant à ses amis, ils étaient retournés en Angleterre. Et moi, je suis parti sans me préoccuper de tout cela.

Elizabeth sentit tout le poids de la culpabilité dans ses paroles. Elle imagina alors sa mère, à dix-neuf ans, enceinte, et abandonnée par son amant dans un pays étranger.

— Que s'est-il passé ensuite ? A l'évidence, elle a fini par rentrer en Angleterre.

— Je n'en sais rien… Je suis sorti de sa vie. J'ai toujours supposé qu'elle avait fini par appeler tes grands-parents.

Elizabeth baissa les yeux. Cette histoire n'avait rien d'une belle romance. Son père s'était comporté comme un jeune homme égoïste et immature, et sa mère avait payé le prix fort pour l'insouciance passionnée de sa jeunesse. Au final, c'était une histoire vieille comme le monde…

— Après quelque temps, j'ai réfléchi. Après plusieurs emplois saisonniers, on m'avait proposé un poste fixe de steward. J'ai commencé à me dire qu'avoir un enfant n'était peut-être pas une si mauvaise chose, et que je pourrais très bien veiller à son confort et à celui du bébé. Alors j'ai mis le cap sur l'Angleterre avec un ami, et je suis parti à la recherche de ta mère. Elle venait d'accoucher de toi à l'époque. J'ai fini par retrouver sa trace, et je suis allé la voir chez tes grands-parents. Ils ont d'abord refusé que je la rencontre, mais c'est elle qui a insisté. Elle est descendue avec toi dans les bras… Tu étais…

Il toussota avant de reprendre :

— Tu étais si minuscule. Toute blonde. Avec ces grands yeux bleus — les mêmes que ceux de ma mère. Elle m'a annoncé qu'elle avait rencontré un homme et qu'elle allait l'épouser. Son futur mari était d'accord pour t'adopter. Puis il vous a rejoint, et j'ai compris que j'étais arrivé trop tard. Je n'avais pas su saisir ma chance à temps.

Sam baissa les yeux et s'essuya les lèvres d'un revers de la manche.

Elle attendit la suite, mais il avait manifestement terminé.

Pour autant, son récit semblait quelque peu incomplet. Pourquoi Sam s'efforçait-il de la maintenir à distance ? Il avait pourtant cherché à la connaître autrefois. Certes, il s'y était pris un peu tard, mais il avait voulu assumer son rôle de père. Dans ce cas, pourquoi refusait-il aujourd'hui de la regarder dans le blanc des yeux ?

— Il y a autre chose, n'est-ce pas ? dit-elle.

Il se tourna vers la porte. Sa réticence devint palpable, mais il finit par pousser un soupir et hocher la tête.

— Je ne vais pas te raconter d'histoires : à peine était-elle remontée pour te coucher que ton grand-père est revenu. Avec son carnet de chèques.

Elizabeth le scruta, incrédule.

— Ils t'ont offert de l'argent pour rester éloigné de moi ?

— Et je l'ai accepté, répondit-il en soutenant enfin son regard malgré la honte évidente qu'il éprouvait.

— Combien ?

— Dix mille livres.

— Et qu'as-tu fait de cet argent ? demanda-t-elle, la voix brisée.

— J'en ai bu la majeure partie. Et pourtant, je comptais m'en servir pour acheter un bateau, ou le placer sur un compte pour te l'offrir à ta majorité… mais je n'ai rien fait de tel. J'étais complètement perdu à l'époque.

Un silence pesant s'installa entre eux. Elizabeth entendit les pas des infirmières dans le couloir, et le bruit d'un store que l'on abaissait dans une chambre près de la sienne. Elle ne savait que penser du récit de Sam. Qu'était-elle censée en dire ? Agé de vingt ans à peine, son père avait accepté dix mille livres pour disparaître de sa vie. Il s'était laissé acheter par son grand-père, renonçant ainsi à ses droits parentaux.

— Voilà, tu sais tout maintenant, reprit Sam d'une voix étranglée. Tu sais quel genre d'homme je suis, et tu comprendras mieux pourquoi j'ai préféré me tenir à l'écart de toi.

A ces mots, il se tourna lentement vers la porte. Un sentiment de colère bouillonnante s'empara d'Elizabeth, alors qu'elle regardait son père s'apprêter à sortir de sa vie pour la troisième fois depuis sa naissance.

— Si je comprends bien, tu as décidé que tu ne méritais pas de me connaître, et tu préfères prendre la fuite, n'est-ce pas ?

Sam se figea, et elle sut qu'elle avait frappé juste.

— Tu te prends sans doute pour un saint, continua-t-elle sur un ton acerbe. La première fois, tu m'as laissée tomber pour de l'argent, et aujourd'hui c'est soi-disant pour me protéger de toi… Quelle noblesse, quelle grandeur d'âme !

Il se retourna brusquement, le regard incrédule.

— Tu es en train de me dire que tu veux que je fasse partie de ta vie ? Moi, qui ai vendu mon propre bébé ?

— Je préfère cela plutôt que me dire qu'il existe quelque part un homme qui est mon père et dont je ne sais rien.

— La plupart des gens préféreraient ne rien savoir d'un homme comme moi…

— Eh bien, la plupart des gens n'ont pas grandi dans une

immense maison avec deux grands-parents qui n'ont jamais su combler le vide ressenti par une petite fille qui a pleuré ses parents tous les soirs pendant des mois !

Elle avait prononcé cette dernière phrase d'une voix haut perchée, et une infirmière apparut soudain devant la porte.

— Tout va bien ici ?

— Tout va bien ! dit Elizabeth, à l'unisson avec son père.

Ils se dévisagèrent mutuellement. L'infirmière finit par hausser les épaules et rebroussa chemin.

— Je veux connaître mon histoire, reprit Elizabeth à voix basse. Je veux connaître mon père…

De nouveau, les larmes lui montèrent aux yeux. Son père continua à la scruter en silence, puis vint s'asseoir dans le fauteuil à côté de son lit. Il paraissait incrédule, comme s'il n'arrivait pas à comprendre pourquoi elle tenait tant à lui accorder une seconde chance.

A présent, Elizabeth était incapable de prononcer le moindre mot. Sam était son père. Il avait beau ne pas être parfait, elle tenait à nouer une relation avec lui.

Après un bref moment de flottement entre eux, Sam lui adressa enfin un petit sourire timide.

# Chapitre 13

Ils bavardèrent jusqu'au petit matin, jusqu'à ce qu'Elizabeth soit rattrapée par son immense fatigue. Son père avait eu une vie trépidante, riche en aventures. Mais une vie solitaire. Il ne s'était jamais marié ; et elle était son unique enfant. A écouter attentivement le récit de la vie de Sam, elle comprit que les événements liés à sa naissance l'avaient hanté tout au long de son existence.

Sam se montra tout aussi intéressé par sa vie à elle. Il l'écouta religieusement lui raconter son propre parcours, posant de nombreuses questions, émettant çà et là quelques commentaires. Si bien que, quand il se releva pour prendre ses béquilles, Elizabeth eut la certitude que quelque chose de très fort était en train de naître entre eux. Elle espérait juste que le tempérament très solitaire de son père ne serait pas un obstacle à leur relation. Seul le temps pourrait le dire.

Juste avant le départ de Sam, Elizabeth lui demanda des nouvelles de Nate. Mais il n'en avait eu aucune depuis que ce dernier l'avait appelé pour l'avertir qu'elle était à l'hôpital.

Epuisée physiquement et émotionnellement, Elizabeth regarda par la fenêtre après avoir dit au revoir à Sam, et se perdit dans ses pensées.

Pourquoi Nate ne l'avait-il pas appelée ? Pourquoi ne lui rendait-il pas visite ?

Un nœud d'anxiété lui comprima l'estomac. Peut-être, une fois rentré sur l'île, n'avait-il trouvé personne pour le conduire de nouveau jusqu'à l'hôpital ? Après tout, le fait qu'il ait pu vaincre sa phobie de la conduite dans un moment d'urgence ne signifiait pas pour autant qu'il avait définitivement surmonté son stress posttraumatique.

Sauf qu'une telle hypothèse n'expliquait pas pourquoi il n'avait pas pris la peine de lui téléphoner.

Plus elle y pensait, et plus elle se disait que quelque chose n'allait pas.

En réussissant à prendre le volant pour la sauver, elle, Nate avait-il réactivé certaines angoisses liées à son accident de voiture ? Impossible de répondre à cette question tant qu'elle ne l'avait pas vu. Et toutes ces spéculations finirent par lui déclencher une migraine. Fermant les yeux, elle s'efforça de penser à autre chose et, après un temps qui lui parut une éternité, elle finit par s'endormir.

Son premier geste en se réveillant le lendemain fut de se tourner vers le fauteuil à côté du lit. Il était toujours vide.

Un sentiment de déception s'ajouta à son anxiété. Vraiment, elle n'y comprenait plus rien. Elle se redressa doucement sur son lit, et regarda du côté de la porte.

Il était là.

— Tu… Tu es là ? bredouilla-t-elle d'une voix niaise.

Elle s'attendait qu'il s'avance vers elle, qu'il l'embrasse, mais Nate ne bougea pas.

— Comment va ton bras ? demanda-t-il.

— Mieux. Ça tire encore un peu, mais c'est sans doute à cause des points de suture. Après tout, ils ne m'en ont posé qu'une petite dizaine, ajouta-t-elle avec un sourire maladroit.

Mais Nate ne répondit pas à son sourire. Et tous les doutes qui l'avaient assaillie avant qu'elle ne s'endorme resurgirent de plus belle. Il se tenait très droit devant elle, froid et distant… Très vite, elle fut saisie d'un mauvais pressentiment.

— Nate ? Que se passe-t-il ? demanda-t-elle d'une voix chevrotante.

Ce fut alors qu'elle aperçut sa valise posée à ses pieds.

— Je crois que je n'ai rien oublié, dit-il. S'il te manque des affaires, je te les enverrai par la poste.

— Je… Je ne comprends pas…

Oh ! que si, elle comprenait ! Elle avait tout compris.

— Tu ferais mieux de rentrer chez toi. Tes grands-parents doivent t'attendre pour Noël.

— Mais… Que fais-tu de *nous*, Nate ?

— Tu ferais mieux de rentrer chez toi, répéta-t-il.

Cette fois, un frisson d'angoisse la parcourut. Le regard de Nate était vide, impassible. Et sa voix résonnait d'une résolution glaciale. Il lui apparaissait aussi froid et détaché qu'il l'avait été avec Jarvie. Nate avait rayé son ami de sa vie avec une incroyable dureté ; et à présent il faisait de même avec elle.

— Que se passe-t-il, Nate ? Parle-moi ! J'ignore de quoi il s'agit, mais je suis sûre que l'on pourra trouver une solution.

— Il n'y a pas de solution. Toi et moi, ça n'aurait jamais dû arriver.

— Ah oui ? Et pourquoi ?

— Parce que ça ne pourra jamais marcher.

— Ce n'est pas vrai, Nate, et…

— Je suis un cas désespéré ! Ma vie est fichue, et je n'ai pas le droit de t'entraîner dans cet enfer.

— Ta vie n'est pas fichue, Nate ! Certes, tu te remets difficilement d'un terrible traumatisme, mais ça ne signifie pas pour autant que ta vie est finie… Tu vas chaque jour un peu mieux. Tes cauchemars s'espacent. Et tu as réussi à conduire, Nate ! Tu as pris le volant et tu m'as emmenée jusqu'ici ! Cela devrait te redonner confiance en toi !

— Allons, Elizabeth, toi et moi avons passé l'âge de croire au Père Noël. Les choses sont plus complexes que tu ne veux l'admettre. Crois-moi, je vis dans ce chaos depuis quatre mois, assena-t-il d'une voix aussi amère qu'énervée.

Elizabeth se mordit la lèvre. Peut-être n'entrevoyait-il pas encore la lumière au bout du tunnel, mais elle, elle pouvait déjà l'apercevoir. Et elle se sentait prête à le guider vers la sortie, si seulement il le lui permettait.

— Je sais que tu traverses des moments très difficiles. Mais tu vas t'en sortir, Nate. Je n'en doute pas un instant. Nous pouvons vivre ça à deux, petit à petit. Cela prendra le temps qu'il faudra, et ensemble nous finirons par…

— Tu ne sais pas de quoi tu parles, l'interrompit-il. Tu n'étais pas là pour entendre ses hurlements d'effroi… Tu ne les a pas vus l'enfermer dans un sac en plastique comme un vulgaire morceau de viande. Rien ne sera plus jamais comme avant, tu m'entends ? *Rien !*

La gorge nouée, elle se redressa contre ses oreillers. Elle avait largement eu le temps de mesurer les angoisses de Nate, sa phobie des voitures ; elle l'avait vu se réveiller en sueur la nuit, en proie à d'horribles cauchemars ; elle l'avait vu anesthésier sa souffrance avec l'alcool, se protéger du monde en s'isolant sur une île… En fait, il avait développé tous les mécanismes d'autodéfense propres à ce syndrome posttraumatique sur lequel elle s'était activement documentée.

Or, ce qu'elle n'avait pas encore vu, c'était cette culpabilité écrasante qui le rongeait de l'intérieur.

Nate se tenait pour responsable de la mort de sa sœur.

C'était une évidence, et pourtant elle l'avait totalement sous-estimée depuis le début.

Il s'en voulait horriblement. Et il cherchait à se punir.

Inconsciemment, il considérait les symptômes de son stress posttraumatique comme une juste pénitence pour le crime qu'il s'imputait. Toutes ses angoisses, son incapacité à conduire, le fait d'abandonner Smartsell, relevaient d'un seul et même châtiment : celui d'un homme qui avait ôté la vie à l'être qu'il chérissait le plus au monde. La petite sœur qu'il avait élevée comme son propre enfant. La jeune femme qu'il avait choyée, et pour qui il aurait donné sa vie s'il l'avait pu.

— Tu n'as pas envie d'aller mieux, n'est-ce pas ? demanda-t-elle. Tu considères que tu mérites de souffrir ?

— Epargne-moi ta psychologie de comptoir. Toi et moi

avons eu une aventure de vacances. Point final. Il ne nous reste qu'à tourner la page.

— Non, Nate, je refuse de parler de nous au passé ! La vérité, c'est que je t'aime, et que tu m'aimes. Même si la perspective d'accéder de nouveau au bonheur t'effraie. Car, depuis quelques semaines, tu commences à te sentir mieux. C'est pour cela que tu as sacrifié ton entreprise : il te fallait sacrifier quelque chose. Et puis, tu t'es retrouvé à prendre le volant pour m'emmener ici, brisant de nouveau une barrière que tu t'étais imposée. Alors cette fois, c'est à mon tour d'être sacrifiée sur l'autel de ton sentiment de culpabilité… Moi qui croyais que tu ne voyais pas la lumière au bout de ce long tunnel, je me suis trompée. Car, cette lumière, tu l'as entrevue, Nate. Seulement, tu considères que tu ne la mérites pas. Tu continues à faire pénitence pour la mort d'Olivia.

— Tu dis n'importe quoi ! dit-il en s'emportant. Si je vends Smartsell, c'est parce que je sais que c'est la bonne option. Et si je préfère mettre un terme à notre relation, c'est parce que je suis conscient qu'elle n'a aucun avenir !

— Dans ce cas, réponds juste à cette question, Nate. Comment es-tu venu ici, aujourd'hui ? As-tu conduit ?

Elle avait conscience de remuer le couteau dans la plaie, mais, connaissant Nate, c'était le seul moyen de le faire réagir. Et, à voir l'expression sur son visage, elle sut qu'elle ne s'était pas trompée.

— Tu te sens mieux, mais cela ne suffit pas à te rendre le bonheur, n'est-ce pas ? constata-t-elle avec un sourire triste.

Nate scruta un point imaginaire au-dessus d'elle.

— J'ai appelé l'agence de voyages de Main Street. Il y a un vol pour Londres demain soir, avec des places libres.

— Est-ce que tu roulais trop vite ?

Pris au dépourvu par cette question un peu abrupte, il baissa les yeux et finit par la regarder.

— Je te demande pardon, marmonna-t-il.

— La nuit de l'accident… Est-ce que tu roulais trop vite ?

— Pas du tout.

— Tu étais ivre ? Tu avais pris de la drogue ?

Il se borna à la regarder fixement. Mais elle connaissait la réponse : Nathan était un homme trop responsable pour avoir pris de tels risques.

— As-tu fait une embardée pour éviter la flaque d'huile ?

Nate se pinça les lèvres.

— As-tu fait une embardée pour éviter la flaque d'huile ? répéta-t-elle d'une voix implacable.

— Oui…

— Dans ce cas, dis-moi ce que tu aurais pu faire d'autre. Dis-moi ce que tu aurais pu faire pour éviter l'accident.

Elle vit sa mâchoire se crisper. Son visage était maintenant pétri de culpabilité et de chagrin.

— C'était un accident, Nate, reprit-elle avec conviction. Un horrible accident, gratuit et sans raison logique. Ce n'était pas ta faute. Je comprends que tu t'en veuilles d'avoir perdu ta petite sœur adorée, mais ce n'est pas en tournant le dos à la vie que tu vas ramener Olivia…

Nate baissa les yeux et prit son visage entre ses mains. L'espace d'un instant, elle crut qu'elle avait enfin touché le point sensible, mais, lorsqu'il releva la tête, il affichait de nouveau cet air distant et impassible.

— J'espère que ton bras guérira vite, dit-il simplement en lui tournant le dos.

— Nate ! Je t'interdis de partir comme ça ! s'écria-t-elle.

Mais il continua à avancer.

Elle rejeta les couvertures pour s'asseoir au bord du lit, mais s'emmêla les jambes dans le fil de la perfusion, et perdit de précieuses secondes à se dégager. Lorsque enfin elle posa les pieds à terre, elle fut saisie d'un violent vertige.

Bon sang ! elle n'arrivait pas à croire ce qui venait de se produire. Son chemin avait croisé celui de Nate par miracle, alors que rien ne les prédisposait à se rencontrer. Et elle était tombée amoureuse de lui. Tel qu'il était. Or, voilà que Nate condamnait leur amour sans même lui laisser une chance…

Etait-il meurtri à ce point ? Si oui, quel espoir avait-elle vraiment de le convaincre qu'il avait droit au bonheur ?

— Que dirait Olivia si elle te voyait vivre ainsi, Nate ? dit-elle alors qu'il disparaissait. Crois-tu qu'elle approuverait ?

Elle ignorait s'il pouvait encore l'entendre. Tout ce qu'elle savait, c'est qu'elle avait l'impression d'être en train de perdre la bataille la plus importante de sa vie.

Il avait forcément pris la bonne décision. Durant tout le trajet de retour en direction de l'île, il s'efforça de ne pas repenser aux paroles d'Elizabeth. Certes, aujourd'hui elle était déçue et en colère contre lui. Mais bientôt elle l'aurait oublié.

De toute façon, elle ne pouvait pas comprendre. Elle n'avait pas idée de ce qu'il subissait au quotidien. Il valait mieux laisser les choses ainsi entre eux. Avant de la connaître, il s'était organisé une existence presque supportable. Et dès qu'elle aurait disparu de sa vie, les choses reprendraient leur juste place.

Cela dit, comment avait-elle deviné qu'il avait emprunté la voiture de Trevor, s'efforçant de maîtriser son angoisse et les souvenirs morcelés qui se bousculaient à son esprit ? Malgré la suée qui s'était emparée de lui au moment de démarrer, malgré ses difficultés à respirer, il avait réussi à chasser les suppliques d'Olivia et s'était concentré sur le volant.

Instinctivement, Elizabeth avait compris. Elle avait compris qu'en vainquant sa phobie une fois, poussé par la nécessité, il allait être capable de la surmonter à toute occasion, du moment qu'il le désirait vraiment.

Arrivé à Cowes, il gara la voiture de Trevor sur le parking du pub et alla lui remettre les clés au bar. Puis il sortit sur la plage et remonta le sentier jusque chez lui.

Depuis quatre mois, il était passé maître en matière de déni de réalité et, pourtant, il ne parvenait pas à effacer les paroles qu'Elizabeth lui avait adressées, depuis son lit d'hôpital.

Il cherchait à faire pénitence.

Il se tenait pour responsable de la mort d'Olivia.

Il considérait qu'il ne méritait plus d'être heureux.

Il avait beau faire son possible pour balayer ces hypothèses, au fond de lui, elles trouvaient un écho inattendu. Car, après tout, la mort d'Olivia lui incombait directement. A lui, et lui seul. Il était au volant, elle était sous sa responsabilité. Il l'avait tuée.

Elizabeth avait beau parler d'accident et de malchance, la vérité était pourtant cruelle, immuable : à cause de lui, Olivia ne pourrait jamais voir Paris comme elle en rêvait. Elle ne saurait jamais si elle serait admise à l'Ecole supérieure de stylisme de l'université de Melbourne. Jamais elle ne se marierait, jamais elle ne fonderait une famille…

Jamais il ne reverrait son visage rieur. Sa petite sœur…

Alors que lui, il était toujours là. Sans la moindre égratignure. Il était indemne, et sa vie était intacte : son entreprise était florissante, il jouissait d'une santé insolente.

Ainsi, quoi de plus normal que d'éprouver un certain sentiment de justice face aux cauchemars qui le hantaient, face à ces flash-backs, et à sa phobie de remonter en voiture ? Après tout, il méritait bien ces quelques désagréments. Olivia, elle, avait perdu la vie.

Le soleil devenait brûlant alors que Nate arrivait devant le pavillon. Il savait que le réfrigérateur regorgeait de bière, et le freezer de vodka. Il allait pouvoir s'engourdir avec l'alcool pendant quelques jours après le départ d'Elizabeth. Et puis, peu à peu, il reprendrait ses vieilles habitudes. Ses journées plongées dans la torpeur, les soirées au bar, les longues nuits…

Il entra par la porte de la cuisine. Il avait nettoyé le sang d'Elizabeth dès qu'il était rentré, après l'avoir conduite à l'hôpital, mais une tache sombre subsistait sur la moquette du couloir, à l'endroit où elle s'était effondrée.

D'un geste mécanique, il ouvrit le frigo et se servit une bière. Puis il s'assit à la table de la cuisine, et la vida en regardant fixement le mur face à lui. Surtout, il devait éviter de penser.

*Que dirait Olivia si elle te voyait vivre ainsi, Nate ?*

Il n'aurait jamais dû laisser Elizabeth entrer dans sa vie. Il n'aurait pas dû l'aider dans sa quête de son père biologique. Ni encore chercher réconfort et apaisement dans ses bras.

*Que dirait Olivia si elle te voyait vivre ainsi ?*

Il reposa brutalement sa bouteille sur la table et proféra un juron. Manifestement, la bière ne suffirait pas à apaiser ses tourments. Il se leva et alla ouvrir le freezer. Il contempla un instant les pots de crème glacée et les sachets de légumes. Ce ne fut qu'après un certain temps qu'il se souvint que Lizzy avait relégué la bouteille de vodka dans un placard. Officiellement, c'était pour faire un peu de place aux légumes et aux plats cuisinés, mais il avait bien compris qu'elle cherchait à l'encourager à boire moins d'alcool.

Il traversa la cuisine et ouvrit le placard d'un geste déterminé. La bouteille de vodka trônait juste derrière un sachet de marshmallows sur lequel était collé un petit Post-it. Sur celui-ci, il put lire, dans l'écriture cursive et appliquée de Lizzy : *Ne compte pas finir le sachet sans moi !*

Ces quelques mots griffonnés lui firent l'effet d'une gifle. La gorge serrée, il se sentit soudain assailli d'une évidence aussi limpide qu'effrayante : il ne reverrait plus jamais Elizabeth. Il n'entendrait plus jamais son rire ; il n'aurait plus droit à ses regards perçants, à sa force de conviction ou à sa douceur. Il ne poserait plus ses mains sur sa peau soyeuse, ni ne goûterait à ses baisers passionnés. Il ne verrait plus cette petite lueur complice et chaleureuse dans son regard ; il ne sentirait plus son parfum… Finalement, ce serait un peu comme si elle était morte, l'autre soir, dans cette mare de sang dans le couloir. Dorénavant, Elizabeth ne serait plus qu'un souvenir pour lui.

Sauf qu'elle ne serait pas réellement morte. Elle retrouverait sa vie, à Londres. Nate l'imaginait faisant cours à ses jeunes élèves, à l'autre bout du monde. Son bronzage australien s'estomperait, et elle finirait par l'oublier. Puis elle rencontrerait un autre homme, et se marierait. Elle aurait des enfants avec lui. Et cet homme aurait la chance de partager son lit tous les soirs, de vieillir à ses côtés, de la réconforter quand elle serait triste, de la faire rire, de la mettre au défi, de l'aimer et de la chérir…

A cette idée, Nate réprima difficilement un sanglot.

Comme il avait envie d'être cet homme… De se réveiller chaque matin dans la douceur de ses bras. De lui faire l'amour tendrement, passionnément, à en perdre la tête. Il voulait la voir continuer à s'épanouir, après avoir passé tant d'années à reléguer ses envies au second plan par sens du devoir. Il voulait saisir le bonheur qu'elle irradiait si naturellement, avec tant de générosité.

Soudain, il envisageait un avenir, un vrai, rempli d'espoir et de possibilités. Il ne voulait plus de cette vie en demi-teinte, minée par les regrets, l'angoisse et la solitude.

Mais, à l'instant où la réalité profonde de son désir émergeait, il sentit ses vieux réflexes refaire surface, toujours aussi chargés de culpabilité. Avait-il vraiment droit au bonheur, alors que sa petite sœur était morte par sa faute ? Comment vivre pleinement sa vie et les opportunités qui allaient avec alors qu'Olivia hantait ses souvenirs ? S'il décidait de reprendre le cours normal de sa vie, en reprenant les rênes de Smartsell et en s'autorisant une relation avec Elizabeth, cela ne revenait-il pas à nier qu'Olivia ait jamais existé ? Cela ne revenait-il pas à considérer sa disparition tragique comme un simple détail ?

*Ce n'est pas en tournant le dos à la vie que tu vas ramener Olivia.*

Alors que ces paroles résonnaient à son esprit, il ferma les yeux. Il savait bien que Lizzy avait raison. Olivia était morte. Elle lui manquait terriblement, et continuerait vraisemblablement de lui manquer pour le restant de ses jours, mais toute la culpabilité, toute la souffrance et toute l'autoflagellation du monde ne la ramèneraient pas à la vie.

Olivia n'était plus là, mais Nate, lui, était bel et bien en vie. Et il ne voulait plus de ce semblant d'existence qu'il menait depuis des mois. Il ne voulait plus être la victime passive de ses souvenirs. Plus question de laisser ses angoisses prendre le contrôle de sa vie.

Surtout, il ne voulait plus laisser partir Lizzy. En quelques semaines, elle avait bouleversé sa vie. Et il avait besoin d'elle. Il avait envie de l'avoir à ses côtés. Il l'aimait. Ces sentiments faisaient peut-être de lui un mauvais frère, un égoïste, mais tant pis.

A présent, il faisait le choix de la vie. Il faisait le choix de Lizzy. Enfin, à supposer qu'elle veuille encore de lui…

Sans perdre une seconde, il quitta donc la maison pour retourner au pub et emprunter de nouveau à Trevor ses clés de voiture. Lizzy devait encore se trouver à l'hôpital. Et si elle était déjà sortie, alors il partirait à sa recherche, et il la retrouverait où qu'elle soit.

Or, à peine fut-il dans son jardin qu'il aperçut un 4x4 garé devant l'allée. Une silhouette féminine descendait prudemment du siège du passager, sous le regard protecteur d'un homme qui se tenait sur des béquilles.

— Lizzy ! s'écria Nate en s'arrêtant net.

Elle leva les yeux et lui adressa un regard de défi.

— Inutile de chercher à me convaincre de partir, Nate, je n'irai nulle part ! Il m'a fallu toute une vie pour arriver à définir ce que je veux et, à présent que je le sais, rien ne saura m'y faire renoncer. Je me moque de ce que tu diras. Je reste, un point c'est tout. Et je continuerai à t'aimer, que cela te plaise ou non.

Il s'approcha d'elle à grandes enjambées. Sans un mot, il la prit dans ses bras, cala sa joue contre son front et respira profondément son parfum suave et délicat. Elizabeth demeurait parfaitement immobile entre ses bras. Il déposa un tendre baiser sur son front, et elle se détendit peu à peu contre lui. Finalement, elle passa son bras valide autour de son épaule.

— J'espère que ce câlin signifie bien ce que je crois, dit-elle, la voix brisée, contre le tissu de sa chemise.

Il sourit et se dégagea doucement pour prendre le visage d'Elizabeth entre ses mains.

— Je t'aime, Lizzy.

Elle se mordit la lèvre, et il lui caressa la joue tendrement.

— Est-ce cela que tu voulais entendre ? reprit-il à voix basse comme elle ne disait rien.

— Oui, c'était parfait… J'ai bien cru que j'allais devoir te plaquer au sol pour t'arracher ces mots !

— Je veux être avec toi, Lizzy. Je veux tout faire pour que cela fonctionne. Je sais que je ne suis pas forcément un cadeau. Et je risque de ne pas être tous les jours de bonne compagnie. Mais je vais retourner voir ma thérapeute, je te le promets. Je vais faire tout mon possible, mais…

Elle posa un doigt sur ses lèvres pour le faire taire.

— Mon amour pour toi ne tolérera aucun « mais », chuchota-t-elle. Il est entier, et sans condition. Quoi qu'il advienne, nous affronterons les choses à deux, Nate.

Elle le regardait droit dans les yeux, sans ciller. Droite et sûre d'elle comme jamais.

— Oh ! Lizzy, murmura-t-il, en proie à une émotion de plus en plus vive, de plus en plus envahissante.

La fin de ses paroles resta coincée quelque part au fond de sa gorge, mais Elizabeth sourit et se hissa sur la pointe des pieds pour l'embrasser sur la bouche.

— Je sais, Nate, susurra-t-elle. Je sais…

# Epilogue

*Six mois plus tard*

Elizabeth consulta sa montre et se hissa une fois encore sur la pointe des pieds pour tenter de voir par-delà la foule qui se pressait sous le panneau « Arrivées » des vols internationaux. Nate passa un bras rassurant autour de ses épaules.

— Détends-toi, Lizzy. Les portes ne vont pas tarder à s'ouvrir. On va très vite la repérer. Tout va bien se passer.

Pour la deuxième fois de la semaine, ils arpentaient le hall de l'aéroport. Ses grands-parents étaient arrivés le lundi, après un voyage étalé sur plusieurs jours afin de ménager la santé de sa grand-mère. Personne n'avait été plus surpris qu'Elizabeth lorsqu'ils avaient annoncé leur intention de lui rendre visite. Nate et elle avaient pourtant prévu de célébrer leur mariage à Londres, mais l'arrivée de ses grands-parents avait déclenché une réorganisation totale des événements : dans moins de deux semaines, Nathan et elle se diraient oui devant l'autel d'une superbe chapelle gothique d'Albert Park, en présence de ses deux grands-parents et de son père.

Evidemment, Elizabeth éprouvait une petite appréhension à l'idée que Sam et ses grands-parents ne se retrouvent face à face après toutes ces années, toutes ces erreurs commises de part et d'autre. Mais Sam faisait désormais partie intégrante de sa vie, que cela plaise ou non à ses grands-parents.

— Rappelle-moi combien de temps nous allons loger tous nos invités sous notre toit, demanda Nate d'un air espiègle.

— Trois semaines pour mes grands-parents. Quatre pour Violet.

— C'est assez long, remarqua-t-il avec une petite moue.

Elle savait exactement à quoi il faisait allusion : le fait d'héberger ses grands-parents allait inéluctablement avoir une incidence sur leurs ébats passionnés.

— On pourra toujours s'échapper le temps d'un week-end. Et se retrouver en tête à tête sur l'île…

Les yeux de Nate se mirent à pétiller.

— Continue, dit-il avec un regard mutin.

— On s'enfermerait dans le studio pour n'en ressortir qu'à la fin du week-end…

Il se pencha pour murmurer à son oreille :

— Et ensuite ?

Elle se retourna vers lui et passa négligemment ses bras autour de son cou.

— Ensuite, tu m'aiderais à corriger les copies d'anglais de ma classe de troisième.

— Mouais… Ce n'est pas tout à fait ce que j'avais en tête.

Elle lui caressa les cheveux et il sourit.

— Je vais réfléchir encore, dit-elle. Avec un peu de chance, je finirai par trouver une autre idée.

— C'est d'accord : réfléchis donc !

Le téléphone de Nate sonna, et elle se dégagea pour lui permettre de répondre. A voir l'air sérieux sur son visage, il devait s'agir d'un appel professionnel. Nate avait repris ses fonctions chez Smartsell depuis quatre mois, d'abord à temps partiel, avant d'augmenter peu à peu ses heures, le temps de se remettre complètement dans le bain des affaires. Jarvie était on ne peut plus ravi d'avoir retrouvé son associé, et son ami.

Pourtant, les choses étaient encore un peu chaotiques pour Nate. Les cauchemars se manifestaient de nouveau depuis qu'il avait repris sa thérapie, laquelle avait réactivé un certain nombre de souvenirs douloureux. Les premiers temps, il avait eu des sautes d'humeurs, sans doute liées à la diminution de sa consommation d'alcool. Et puis, après avoir vécu aussi longtemps en vase clos, il réapprenait à vivre avec les autres. Mais Elizabeth et lui avaient su faire preuve de persévérance. Il avait toujours du mal à conduire la nuit — même s'il prenait souvent le volant, elle voyait bien qu'il se faisait violence pour faire comme si de rien n'était. Occasionnellement, il était encore sujet à des crises d'angoisse, mais celles-ci s'estompaient peu à peu.

Le mois précédent, ils avaient fini par vider la chambre d'Olivia. Cela avait été un moment bouleversant. Ils avaient trié et débarrassé les vestiges d'une vie qui avait à peine débuté. Nate en avait lui-même pris la décision, un beau matin. Elizabeth avait mis quelques affaires de côté — des peluches, des coussins qu'Olivia avait brodés elle-même, une pile de livres pour enfants un peu écornés. Un jour, quand Nate et elle auraient des enfants, Elizabeth tenait à ce qu'ils puissent avoir accès à quelques souvenirs de leur tante.

— Lizzy…

Elizabeth sursauta, tirée de sa rêverie par la voix de Nate.

— Est-ce que je rêve, ou bien s'agit-il de ce gugusse dont j'ai oublié le nom ? demanda-t-il en rangeant son téléphone.

Elle suivit son regard et cligna des paupières. Avait-elle des hallucinations ? Que faisait Martin ici ?

Très vite, une tignasse rousse apparut à son côté.

Martin et Violet ? *Ensemble ?*

L'idée lui parut si absurde qu'elle ne put réprimer un petit rire. Non, ce ne pouvait être qu'une coïncidence…

Violet croisa alors le regard d'Elizabeth. Un regard teinté de culpabilité, de défi et d'espoir qui ne laissait pas l'ombre d'un doute quant à la nature de sa relation avec Martin. En état de choc, Elizabeth porta ses mains à sa bouche.

— Laisse-moi deviner… C'est Violet ? lui demanda Nate à l'oreille.

— Exact. Mais ils sont censés se détester, tous les deux…

Violet l'a toujours surnommé « le tocard » ; quant à Martin, la simple mention de Violet lui donnait de l'urticaire !

— Des choses plus étranges encore se sont produites sur cette Terre, Lizzy, dit Nate avec un haussement d'épaules.

Ils échangèrent un regard espiègle. Il y avait une telle complicité entre eux qu'Elizabeth ne put réprimer un sourire.

— En effet, dit-elle à voix basse, entrelaçant ses doigts aux siens.

Quel bonheur de partager la vie de cet homme ! Et dire qu'il avait failli renoncer à leur relation…

— Allons-y, dit-il. J'ai comme l'impression qu'ils ont une belle histoire à nous raconter.

KATHY LYONS

# Sous l'emprise du désir

*Traduction française de*
DIANE HAMILTON

*Sexy*

HARLEQUIN

*Titre original :*
UNDER HIS SPELL

*Ce roman a déjà été publié en 2015*

# Chapitre 1

— N'oublie pas, petite sœur. Il faut absolument que tu sois à l'heure, pour une fois !

Nicky Taylor refréna un soupir, pour que sa sœur aînée, Susan, ne l'entende pas à l'autre bout du fil.

— Nicky ? insista Susan. Tu m'entends ?

— Meeeerde !

Nicky donna un coup de volant puis freina brusquement pour éviter un deux-roues qui se faufilait à toute allure dans la file en sens inverse. Derrière elle, trois autres véhicules durent piler aussi, et leurs conducteurs se mirent à la klaxonner avec fureur.

— Satanées motos !

A dire vrai, elle était en tort. Elle avait essayé de dépasser un bus beaucoup trop lent, or, elle se trouvait dans l'un des pires quartiers de Chicago pour les automobilistes : des files étroites, une circulation intense et un carrefour toujours embouteillé.

— Nicky ! Nicky, tout va bien ? s'inquiéta Susan.

— Oui. C'est juste que je dois aller retrouver Tammy dans un club et je suis en retard.

— De toute façon, tu es toujours en retard. Qu'est-ce qui s'est passé ?

— Rien, rien, juste un petit problème avec un scooter et un bus qui n'avance pas.

Elle jeta un coup d'œil à sa montre et sentit son cœur se serrer. Elle détestait être en retard.

— Tammy va piquer une crise. La première partie du spectacle a déjà dû commencer.

— Ne t'inquiète pas, va, dit sa sœur. On a l'habitude, tu es tout le temps en retard. Je vais envoyer un SMS à Tammy pour lui dire que tu es en route. Mais sois prudente, d'accord ?

Nicky esquissa une grimace. Certes, elle avait bien mérité cette remarque de sa sœur, mais elle avait une carrière à construire et un emploi du temps surchargé. Personne ne pouvait donc lui accorder un peu de répit ?

— Je ne suis pas toujours en retard, comme tu dis, et je suis une excellente conductrice.

Susan eut un petit rire moqueur.

— Tu conduis bien quand tu es concentrée sur ce que tu fais. Et peux-tu me dire depuis quand tu parviens à ne faire qu'une chose à la fois ?

Nicky ne se donna pas la peine de répondre. Elle était bien trop occupée à essayer de doubler ce fichu bus. Au moins, en conduisant aussi lentement elle pourrait vérifier ses mails sur son téléphone dès qu'elle aurait terminé sa conversation avec sa sœur. La compagnie pour laquelle elle travaillait fabriquait des récipients en plastique. Cela n'avait rien de bien sorcier, mais ils en fabriquaient vraiment beaucoup. Hélas, écologie oblige, le monde entier tentait de diminuer sa consommation de plastique, ce qui signifiait qu'en tant que directrice régionale de cinq unités de distribution elle devait trouver un moyen de limiter la production sans pour autant licencier des centaines d'employés.

Une part d'elle avait envie de donner sa démission. Expédier des récipients en plastique à travers tout le pays n'était pas exactement ce à quoi elle rêvait lorsqu'elle avait obtenu son MBA. Dire qu'elle avait imaginé fabriquer des produits écologiques ou gagner sa vie en sauvant la planète. Avec ses boîtes en plastique… elle en était loin ! Mais lors de son entretien d'embauche, on lui avait offert un salaire motivant, tout comme l'étaient les perspectives d'évolution de sa carrière. C'était sans compter les nombreuses heures supplémentaires qu'il lui faudrait accomplir et le fait que sa carrière stagnerait à cause de la récession économique…

Par chance, sa sœur cadette, Tammy, connaissait une personne spécialisée dans l'optimisation des expéditions. C'était ce fameux Pr Thomson qu'elle allait rencontrer au spectacle d'artistes amateurs, ce soir. Pourvu que cet homme puisse l'aider ! Enfin, il faudrait d'abord qu'il puisse consulter les rapports de chacune de ses divisions, et ensuite…

— Nicky ? Tu es toujours là ?

Nicky se força à se concentrer sur sa conversation avec Susan. Sa sœur n'allait pas la lâcher comme ça ! Et ce satané bus qui n'avançait pas ! Elle allait vraiment être en retard pour rencontrer le Pr Thomson à ce stupide spectacle, et n'aurait même pas le temps de consulter les colonnes de chiffres que devait lui envoyer par mail le responsable de l'usine de la côte Est. De nouveau, une douleur lui étreignit la poitrine, et elle dut se forcer à inspirer profondément. Elle n'allait tout de même pas avoir une crise de panique ici. Pas en conduisant. Non, non ! Elle avait juste besoin de se calmer un peu.

— Nicky ?

— Oui, je suis là. Toujours bloquée derrière ce maudit bus.

A l'arrière du bus, une affiche publicitaire vantait les charmes d'une île tropicale. Nicky la fixa un moment, laissant vagabonder ses pensées vers une plage de sable fin et un adonis qui lui étalerait de la crème solaire dans le dos.

Ah ! se retrouver dans un tel paradis, quel bonheur ce serait ! Elle fixa l'image durant un moment. Cela faisait des années qu'elle n'avait pas eu un homme dans sa vie. Elle avait été trop occupée, trop concentrée sur sa carrière, et, surtout, elle redoutait une nouvelle déception sentimentale. Dans ses fantasmes, en revanche, elle pouvait se laisser aller à tous ses désirs. Oui, elle pouvait s'imaginer sur une plage de sable blanc avec un homme séduisant qui la caresserait de la façon la plus intime possible. Ce serait si bon…

Elle se cramponna à cette idée, et sentit son souffle reprendre son rythme normal. Quelques instants plus tard, elle avait enfin retrouvé son calme. Plus de crise de panique en préparation. La vie pouvait parfois être belle.

Sauf que, pour le moment, son quotidien était loin d'être aussi agréable que celui évoqué par l'affiche publicitaire. Elle avait presque une heure de retard à son rendez-vous, et, de toute façon, il lui manquait certains dossiers. Et puis, quand aurait-elle le temps de prendre des vacances ? Pas avant que l'économie ne redémarre. Pas avant…

— Je t'ai envoyé les dates et les horaires par e-mail…

Nicky fronça les sourcils. Quelles dates ? Quels horaires ? Ah ! oui. Ceux du baptême de sa filleule, la petite Emily. Un rendez-vous était organisé avec le prêtre quelques jours avant la cérémonie, ensuite viendrait le baptême. Il était hors de question qu'elle oublie d'être à l'heure, sinon, elle n'avait pas fini d'entendre les remontrances de sa sœur.

— Merci, Susan.

— Rendez-vous jeudi à 17 heures avec le prêtre, d'accord ?

Nicky hocha la tête, ses pensées s'échappant toujours vers une île tropicale et un bel apollon. Puis le sens des paroles de sa sœur lui monta au cerveau.

17 heures ? Cela faisait une éternité qu'elle n'avait pas quitté le bureau aussi tôt.

— On ne pourrait pas faire ça un peu plus tard ?

— Mais tu m'as promis que tu pourrais être là à 17 heures !

— D'accord, d'accord. Jeudi, à 17 heures.

— Jure-moi que…

— Non, je n'oublierai pas ! C'est noté ! Inutile de t'inquiéter ainsi !

Une douleur la saisit au ventre. C'était encore et toujours le stress. De nouveau, son souffle se faisait court.

— Bon sang, Susan ! Je dirige cinq unités de production, je supervise environ deux mille employés et toute la famille me croit incapable de mémoriser le jour et l'heure d'un rendez-vous avec un prêtre !

Même si, en elle-même, elle savait bien que si elle voulait être certaine de ne pas oublier ce fichu rendez-vous, elle allait devoir l'enregistrer dans son PDA et ajouter une alarme trois jours plus tôt, par sécurité.

— Nicky, chérie, je ne dis pas que…

— Je sais, je sais. C'est ce bus qui me rend folle !

Elle raccrocha avant que sa sœur ne puisse argumenter. Poussant un soupir de frustration, elle passa la tête par la vitre, espérant que la circulation était enfin sur le point de s'améliorer. Hélas, il n'en était rien. Quelle barbe !

D'accord, elle réagissait peut-être trop vivement, mais elle avait encore une tonne de travail à accomplir. Quand donc aurait-elle le temps de s'y mettre ? Quelle idée d'organiser un spectacle d'artistes amateurs un jeudi soir ! Elle aurait dû refuser l'invitation de Tammy, mais elle avait besoin de l'avis du Pr Thomson. Oh ! mon Dieu ! Et dire qu'elle avait encore une montagne de linge à laver. Avait-elle au moins quelque chose de propre à se mettre pour demain ?

Son téléphone émit un bip, lui indiquant qu'elle avait reçu un SMS, juste au moment où elle pouvait enfin changer de file. Elle aurait voulu ignorer le message, mais aussitôt la nervosité la gagna de nouveau. Et si jamais c'était son patron qui tentait de la joindre ? Ou bien l'un de ses assistants qui voulait discuter d'un dossier ? Certes, il était déjà bien plus de 19 heures, mais au moins trois de ses plus proches collaborateurs travaillaient aussi tard qu'elle. Si l'appel provenait de l'un d'eux, il fallait qu'elle règle le problème sur-le-champ. Des postes étaient en jeu, le sien inclus.

Poussant un nouveau soupir, elle attrapa son téléphone. Certes, cela n'avait rien d'évident de lire en conduisant, mais elle avait appris à le faire depuis longtemps. Avec soulagement, elle vit que le SMS provenait de sa sœur, Tammy, et qu'il n'y avait donc aucune urgence professionnelle.

Où es-tu ?

Elle profita d'un arrêt à un feu rouge, et pianota une réponse.

Presque arrivée !

C'était un mensonge éhonté, mais si aucun autre bus ne lui barrait la route jusqu'au bar, elle réussirait à y parvenir avant la fin du second acte. A moins qu'un autre désastre ne surgisse. Aussitôt, elle chassa cette pensée de son esprit, tout comme elle tenta de ne pas rêver d'une île tropicale, même si son corps entier criait de frustration. Pour l'instant, sa priorité était d'arriver enfin à son rendez-vous, et de pouvoir discuter avec le Pr Thomson, en espérant qu'il aurait une solution à lui offrir. Pour le reste… elle verrait plus tard.

Mais, grands dieux, que n'aurait-elle donné pour se trouver dans un endroit paradisiaque…

Jimmy Ray écarta légèrement le rideau d'avant-scène pour examiner la foule, et écarquilla les yeux. Incroyable ! Cela ne pouvait pas être elle ! Non, il était impossible que Nicky Taylor, son fantasme d'ex-lycéen, soit la femme qui venait de pénétrer dans le bar. Nicky avait été la star de l'équipe de volley-ball, présidente de classe, une des filles les plus populaires du lycée, celle dont tout le monde s'accordait à dire que d'ici vingt ans elle dirigerait une grande compagnie… voire le pays. Il l'avait désirée si longtemps… Que faisait-elle ici, ce soir, à ce spectacle d'artistes amateurs ?

Il se pencha un peu en avant, pour mieux observer la jeune femme. Etait-ce bien elle ? Après tout, de nombreuses femmes d'affaires portaient des tailleurs similaires, et avaient tout à la fois de longues jambes sexy et l'air épuisé. Mais de toutes les femmes qu'il connaissait, seule Nicky avait cette façon d'avancer dans la foule, ses hanches sensuelles ondulant à chacun de ses pas, tout en affichant un air de conquérante.

Pourtant, il hésitait encore. Cette belle chevelure soyeuse

d'un blond angélique pouvait bien être la sienne, mais la femme avait un air crispé qui ne ressemblait en rien au visage toujours souriant de Nicky. Elle avançait dans le bar en tentant de lire ses messages sur son BlackBerry, tout en retirant son manteau et en scannant la foule d'un œil acéré. Ça, ça ressemblait bien à Nicky ! Dès l'âge de six ans, elle avait toujours fait maintes choses à la fois.

Il fronça les sourcils tout en observant la femme qui pouvait bien être Nicky arriver à une table où elle allait visiblement s'asseoir. Une autre femme était là, en train de siroter une margarita. Il la contempla et… oui ! C'était Tammy, la jeune sœur de Nicky. Ça, il en était certain ! Après tout, il avait vécu dans le même quartier que la famille Taylor durant des années. Que ce soit à Halloween ou durant les vacances enneigées de Noël, ils avaient tous eu l'occasion de se fréquenter durant leur adolescence. Donc, si la femme assise à la table était bien Tammy, cela signifiait que l'autre femme, la blonde à l'attaché-case, était à coup sûr Nicky Taylor. Ici ? Dans ce spectacle d'artistes amateurs où il jouait ? Ça, c'était un véritable coup de chance !

Soudain, son estomac se serra. Etait-ce de plaisir anticipé, ou de peur ? Il ferma les yeux un bref instant. Il avait appris à dompter le trac que lui causait sa timidité le jour où il avait reçu son premier gros chèque. D'ailleurs, s'il s'était obligé à venir jouer ici, sur la scène du bar de son frère, c'était pour s'assurer qu'il pouvait dépasser sa peur de parler en public. Hélas, un seul coup d'œil aux longues jambes sexy de Nicky venait de lui faire retrouver sa timidité d'adolescent. A l'époque, il rêvait d'être un magicien et de pouvoir hypnotiser les gens. Aujourd'hui, il était adulte et millionnaire. Il n'avait plus besoin de se projeter dans ses fantasmes pour s'adresser à une femme, même si cette femme était Nicky Taylor, la jeune fille qui lui avait ravi son cœur quand il avait douze ans.

Il devait trouver un moyen de lui parler ; avoir le courage de rattraper le temps perdu à l'époque du lycée. Mais comment ?

Une douzaine de scénarios lui vinrent à l'esprit, mais aucun n'était plus satisfaisant que l'autre. Au bout de quelques instants, il poussa un profond soupir. Inutile de continuer à vouloir mettre un plan en action. Cela avait déjà été son problème au lycée : il réfléchissait trop, mais n'agissait pas assez. A l'époque, le temps qu'il se décide à mettre au point le plan parfait pour séduire Nicky, ils avaient déjà terminé leurs études et chacun avait suivi son chemin dans une université différente.

Mais, ce soir, il irait droit au but, et elle ne pourrait que tomber dans ses bras.

# Chapitre 2

— Et maintenant, Mesdames et messieurs, mon plus beau tour…

Concentrée sur la lecture de ses mails sur son PDA, Nicky entendit à peine le bavardage de l'illusionniste. Le Pr Thomson n'était pas venu, ou, plus exactement, il était reparti en constatant qu'elle était fort en retard. Hélas, Tammy avait insisté pour qu'elles restent regarder le spectacle, et plutôt que de provoquer une scène, elle avait préféré s'asseoir, commander un verre de vin et se plonger dans ses mails. A cause de toutes les lumières de la scène qui ne cessaient de changer, il était difficile de voir quoi que ce soit dans ce bar, mais, en tenant l'écran de son téléphone tout près, elle parvenait quand même à lire ses messages.

— Je vais obliger cette femme à se séparer de son téléphone !

Une main surgit devant elle et lui retira son BlackBerry.

— Hé ! cria Nicky en clignant des yeux sous la lumière des spots maintenant dirigés sur elle.

Des rires éclatèrent autour d'elle, et Tammy leva son verre de margarita devant elle, en son honneur.

— C'est plutôt malpoli de lire ses mails pendant un spectacle, fit remarquer Tammy tout en faisant un clin d'œil au magicien.

Nicky acquiesça d'un haussement d'épaules.

— Désolée… monsieur… le magicien. Je suis navrée d'avoir tenté de sauver ma carrière durant votre tour de magie.

— Ce n'est pas grave, je pardonne toujours aux jolies femmes.

Le magicien lui décocha un sourire éblouissant. De près, elle remarqua qu'il était très beau. De grands yeux bruns veloutés, de fins cheveux châtains et une peau très claire. Certes, il n'avait rien de sombre ni de mystérieux comme l'aurait voulu le personnage, pourtant quelque chose en lui la fascinait.

L'image de l'île paradisiaque surgit à son esprit. Si jamais ce beau magicien enfilait un short de plage et des tongs, comme il serait bon de s'allonger dans le sable blanc et de se laisser bronzer à son côté. Cette vision la troublait tant qu'elle dut se retenir de glisser ses mains sous son smoking pour effleurer ses muscles…

Mais plutôt que de s'abandonner au charme que cet homme exerçait sur elle, elle lui retourna son sourire, bien décidée à gagner la partie.

— Merci, dit-elle en tendant la main pour récupérer son BlackBerry. Je vous promets de le couper.

— Mmm, le pardon est une chose, la propriété en est une autre, répondit le magicien en commençant à reculer tout en gardant son téléphone en otage. Accepteriez-vous de me rejoindre sur scène, mademoiselle ? Peut-être pourrions-nous faire en sorte que vous ayez le droit de récupérer votre téléphone.

Soudain, tout fantasme de moments paradisiaques sur une île tropicale l'abandonna, et Nicky se crispa. Elle avait besoin de son téléphone ! Si jamais cet homme le lui perdait…

— Non, je refuse de m'exhiber en public. Rendez-moi mon PDA !

— Allez, vas-y ! l'encouragea Tammy. Ça va être amusant.

Nicky lui jeta un regard meurtrier.

Pendant ce temps-là, l'illusionniste commençait à fouiner dans ses e-mails.

— Voyons un peu ce que nous avons là. Du travail. Encore du travail. Des chiffres de vente. Des données d'usine. Eh bien !

Il posa le téléphone dans un chapeau qui se trouvait sur une table au milieu de la scène.

— Une femme aussi belle que vous ne devrait pas avoir autant de soucis, déclara-t-il. Je comprends que vous n'ayez pas envie de récupérer ce maudit appareil.

Nicky s'était déjà levée, main tendue.

— Ce n'est pas drôle ! Si vous voulez vraiment quelqu'un sur scène, prenez ma sœur. Elle est beaucoup plus amusante que moi. Et, s'il vous plaît, rendez-moi mon téléphone !

— Trop tard ! s'exclama Tammy en léchant le sel sur le bord de son verre. On dirait que ton téléphone a disparu.

— Non ! cria Nicky.

Elle savait que ce n'était qu'un truc. Après tout, c'était un spectacle de magie, mais, hélas, son téléphone semblait avoir bel et bien disparu. La table du magicien était nue, et le chapeau, aussi, avait disparu. Une vague de terreur l'envahit. Sa vie entière était contenue dans ce téléphone. Et si jamais il était endommagé par une des explosions de lumière qui faisaient partie du spectacle ? Ou s'il tombait dans une fosse et se brisait ?

Quel cauchemar !

*Et si, par malheur, tu ne le récupérais pas ? Si tu étais dans l'impossibilité de travailler et obligée de te reposer jusqu'à la fin de la semaine, est-ce que ce serait vraiment un drame ?*

Elle esquissa une grimace. Certes, ce pourrait être séduisant de ralentir un peu la cadence et de se laisser aller. De nouveau l'image de l'île tropicale surgit à son esprit. Pourquoi le magicien avait-il soudain pris les traits de l'homme de ses fantasmes ?

De toute façon, elle ne pouvait rien changer à sa vie. Elle avait un poste important et des responsabilités.

— S'il vous plaît, j'ai vraiment besoin de mon téléphone, insista-t-elle. Cet objet est toute ma vie.

— Ma belle, j'espère que votre vie est un peu plus excitante que ce simple appareil, répondit le magicien.

*Laisse-lui ton téléphone. Laisse-toi aller.*

Exaspérée, elle s'approcha de la scène, cherchant trace de son BlackBerry.

— Rendez-moi ça ! insista-t-elle.

— Je vous propose un marché, annonça le magicien en s'adressant à elle autant qu'au public. Si je peux deviner votre prénom, vous devrez me rejoindre sur scène.

*Viens jouer avec moi.* Voilà ce qu'il lui demandait. Dieu, qu'elle en avait envie ! Un soleil brillant, du sable chaud et un homme sexy…

— J'ai du travail en retard, et de toute façon vous n'aurez aucun mal à deviner mon nom. Il se trouve sur mon téléphone.

Le magicien secoua la tête.

— Votre téléphone indiquait N. Taylor, et montrait une photo de votre chien…

— En fait, les interrompit Tammy, il s'agit de mon chien.

Le magicien fronça les sourcils et regarda Nicky d'un air courroucé.

— Il ne s'agit même pas de votre chien ? Comme c'est triste !

Nicky grimpa les quelques marches qui conduisaient à la scène et jeta un regard agacé à sa sœur.

— C'est toi qui as manigancé tout cela ?

Tammy secoua la tête.

— Non, je te jure ! Mais je l'aurais fait, si j'y avais pensé.

Furieuse, Nicky se dirigea vers le centre de la scène. Une partie d'elle ne pouvait s'empêcher de voir l'illusionniste comme l'homme de ses fantasmes avec lequel elle aimerait s'allonger sur le sable chaud. L'autre part faisait tout son possible pour chasser cette image, refusant de s'abandonner à ce rêve stupide. Redressant les épaules, elle se força à parler d'une voix neutre.

— Très bien, monsieur le prestidigitateur. Me voici donc. Devinez mon prénom, puis rendez-moi mon téléphone.

— Oh ! Un défi ! J'adore ça, déclara l'illusionniste d'une voix rauque.

Une voix si séduisante qu'elle ne put s'empêcher de l'imaginer en train de lui chuchoter des choses torrides à l'oreille. Puis le magicien lui effleura la joue, et ce simple geste lui coupa presque le souffle.

— Regardez-moi dans les yeux, ordonna-t-il.

Elle se mordit la lèvre, essayant de rester forte, de ne pas s'abandonner à son charme. Tout ce qu'elle voulait, c'était récupérer son PDA et partir de là.

— S'il vous plaît, murmura-t-elle, rendez-moi mon téléphone.

— Ne vous inquiétez pas, murmura-t-il, tout va bien se passer.

Elle avait beau savoir que le public entendait chacune de leurs paroles, elle avait l'impression qu'ils étaient seuls au monde. Elle était comme hypnotisée, transportée dans un autre univers, sur cette plage paradisiaque où cet homme si sexy l'enduirait d'huile solaire, la caressant avec langueur.

— Votre véritable prénom est Charlotte, mais vous ne l'aimez pas. Vous avez choisi de vous appeler Nicky, à cause de Stevie Nicks dont vous avez toujours envié la blondeur, affirma le magicien tout en enfouissant ses doigts dans ses cheveux, qu'il libéra de leur barrette.

— Comment pouvez-vous savoir cela ? murmura Nicky. C'est impossible !

Pourtant, à l'évidence il était au courant. Alors que ses cheveux libérés de leur attache tombaient sur ses épaules, son esprit commença à s'évader. Déjà, elle se trouvait sur cette île de rêve. Encore un pas, rien qu'un petit pas, et elle se retrouverait en train de courir nue sur le sable. Cela n'avait aucun sens, pourtant cela semblait si réel !

— Ecoutez ma voix, Nicky. Tant que vous pouvez

m'entendre, vous êtes en sécurité. Vous comprenez ? Vous ne risquez rien avec moi.

Oui, elle comprenait. Avec lui, elle se sentait en paix et en parfaite sécurité. Rien qu'avec sa voix, ses paroles, il l'emmenait dans un univers où tout était possible, où tout était apaisant.

— C'est incroyable, murmura-t-elle, tentant de revenir au monde réel.

Mais avait-elle vraiment envie de se retrouver au milieu de colonnes de chiffres sans fin, de commandes de récipients en plastique et de problèmes de licenciement ?

Sa voix virile flottait sur elle comme une douce brise, et déjà elle sentait ses mains enduites d'huile solaire caresser son corps nimbé de soleil.

— Au lycée, vous ne faisiez pas partie de la troupe des pom-pom girls, affirma le magicien. Vous étiez la star de l'équipe de volley-ball, mais vous avez toujours eu envie d'être choriste dans un groupe.

— Comme Stevie Nicks, chuchota-t-elle.

Décidément, cet homme connaissait tout sur elle !

Elle le regardait toujours au fond des yeux. Jamais elle n'aurait pu détourner le regard, même si sa vie en avait dépendu. Des yeux bruns, des cheveux châtains, rien que de très ordinaire, en fait. Pourtant, cet homme représentait tellement plus. Son visage était la bonté même, ses yeux avaient la profondeur veloutée d'un moka au chocolat, et sa voix chaude et troublante semblait avoir créé un univers rien que pour elle.

Il était tout proche, et avait les yeux baissés vers elle. Allait-il l'embrasser ? Elle en mourait d'envie ! D'un simple baiser, elle serait transportée sur cette île de rêve avec le dieu de ses fantasmes. Oh ! oui, si seulement il l'embrassait !

— Votre bal de fin d'année de classe de terminale a été un véritable désastre. Vous portiez une robe blanche de déesse grecque, mais votre cavalier s'est mal comporté, et vous avez quitté le bal pour rentrer seule chez vous.

Nicky cilla pour écarter les larmes qui affleuraient à ses paupières. Oui, cette soirée avait été un cauchemar.

— Souvenez-vous, Nicky, que vous êtes en sécurité. Ici, rien ne peut vous arriver.

Le magicien avait raison. Elle avait l'impression d'être dans un cocon et laissa son esprit vagabonder jusqu'à cette horrible nuit. Le bal… et ce qui était arrivé après. La rencontre avec Jimmy Ray, son voisin de quartier, qui fréquentait le même lycée qu'elle. Vu son état de nervosité, Jimmy l'avait invitée à manger une glace dans une cafétéria ouverte toute la nuit, et elle s'était consolée du bal en dégustant d'énormes crèmes glacées. Ils avaient discuté à bâtons rompus, avaient ri à maintes reprises, et même échangé un baiser. La soirée de cauchemar était finalement devenue divine, et, chaque fois qu'elle y songeait, elle se remémorait les coupes de crèmes glacées noyées de Chantilly et le tendre baiser de Jimmy.

— Cela a été la plus belle nuit de ma vie, dit-elle.

— Vraiment ? demanda le magicien

Il eut un instant l'air étonné, mais sa voix grave et chaude l'envoûta de nouveau.

— Continuez à vous détendre, Nicky. Laissez le monde réel s'évanouir. Vous ne vous êtes pas sentie aussi détendue depuis des années. Aucune pression professionnelle ne pèse sur vos épaules. Aucune responsabilité. Ne pensez à rien, juste au…

— Au plaisir, murmura-t-elle, avant de prendre une profonde inspiration et de s'abandonner de nouveau à son fantasme.

Comme c'était bon de laisser s'évanouir toute tension, toute peur. Cela faisait déjà quelque temps qu'elle n'avait plus aucun contrôle sur sa vie. Elle avait l'impression d'être une souris prisonnière d'une cage. Jusqu'à présent. Jusqu'à ce soir. Jusqu'à ce que son viril apollon lui tende la main pour l'entraîner dans son paradis.

— Tout va bien, Nicky. Rappelez-vous que vous êtes en sécurité tant que vous restez avec moi.

Comme il avait raison ! Sa voix, sa présence, tout contribuait à la libérer. Il pouvait faire d'elle ce qu'il voulait, la caresser où il le désirerait, elle adorerait cela. Elle ferma les yeux et sentit ses lèvres s'entrouvrir. Déjà, elle percevait le goût salé de l'océan sur sa langue, et le sable chaud sous ses pieds. Elle était libre, grâce à lui !

Elle avait envie de retirer tous ses vêtements, de danser nue sur le sable, de batifoler avec lui. Ses paroles étaient comme autant de caresses, et son souffle était l'air qui effleurait sa peau bronzée. Oui, elle se trouvait enfin dans ce petit paradis d'où elle n'avait aucune envie de revenir.

C'était si simple ! Il suffisait de se laisser aller et de tout oublier. La réalité s'évanouissait, et tous ses fantasmes pouvaient enfin prendre corps.

— Nicky ? Vous ressentez cette impression de liberté ? de joie ?

— Et de sécurité, chuchota-t-elle. Oui, je me sens enfin bien. J'arrive de nouveau à respirer sans être crispée !

Oui, une incroyable sensation de liberté l'avait bel et bien envahie. L'oxygène semblait courir dans chacune de ses cellules. C'était enivrant ! C'était si bon ! Tant que cet homme aux pouvoirs magiques était avec elle, tout allait bien. Tout allait même mieux que bien.

Tout était parfait !

— Nicky, est-ce que vous voulez récupérer votre téléphone portable ?

— Grands dieux, non !

— Chantez-nous un air, Nicky. Chantez « Jamais je ne reviendrai », le tube de Stevie Nicks.

Aucun problème. Là où elle était, elle pourrait accomplir des miracles, si on le lui demandait ! Elle prit le micro des mains du magicien et commença à chanter. Oui, elle se trouvait vraiment dans un monde merveilleux, et elle allait y rester pour toujours.

Lorsqu'elle eut terminé son air, le magicien s'adressa de nouveau à elle.

— Bravo ! Vous chantez divinement bien, Nicky. A présent, je veux que vous regardiez ce que j'ai dans la main.

Elle baissa les yeux.

— C'est mon téléphone portable.

— Voyez-vous ce qu'il y a là-bas ?

Elle fronça les sourcils.

— C'est un volcan. Vous le voyez, Nicky ?

Oui, elle le voyait ! Juste au milieu de la scène. C'était incroyable !

— Bien sûr que je le vois.

— Maintenant, je veux que vous preniez votre téléphone portable et que vous le jetiez dans le volcan. En êtes-vous capable ?

Un frisson de peur la parcourut. Elle n'était pas certaine de pouvoir faire ce qu'il lui demandait. C'était à cause de… quelque chose d'important, mais elle était incapable de se rappeler quoi. Si elle voulait s'en souvenir, il lui faudrait quitter cet endroit merveilleux, et le quitter, lui, cet homme sensationnel. Et ça, c'était la dernière chose qu'elle voulait.

— Rappelez-vous, Nicky, que rien de mal ne peut vous arriver tant que vous êtes avec moi. Vous pouvez abandonner votre téléphone et continuer à vous sentir en sécurité et heureuse.

Bien sûr qu'elle le pouvait. Elle était avec lui, et rien de négatif ne lui arriverait. Un grand sourire aux lèvres, elle lui prit son téléphone et se mit à danser au-dessus du volcan. C'était fantastique ! Puis, ouvrant la main, elle lâcha son téléphone. Pouf ! Il tomba au beau milieu du volcan. Jamais elle ne le reverrait !

— Comment vous sentez-vous, Nicky ?

— En vie. Heureuse, et en vie !

Ecartant les bras, elle se mit à tourner en rond sur elle-même. Elle pouvait enfin respirer, danser, et même chanter ! Tout cela, grâce à lui.

— Je veux rester ici à jamais !

Elle se mit à rire, et il fit de même.

— Je tiens à vous remercier de votre participation, Nicky, mais il est temps pour vous de regagner votre siège.

Elle hésita un instant avant d'acquiescer. De son siège, elle pourrait toujours le voir et entendre sa voix.

— D'accord, répondit-elle en commençant à se diriger vers la table où Tammy l'attendait.

— Pas si vite ! cria le magicien en l'attrapant par le poignet.

Sa paume était large et chaude, et, sans même avoir besoin de fermer les yeux, elle sut aussitôt ce qu'elle ressentirait s'il posait ses mains sur elle. Ses caresses seraient tendres, mais ses baisers enflammés. Envahie par le désir, elle se retourna vers lui. Elle brûlait d'envie qu'il l'embrasse, qu'il la caresse. Jamais elle n'avait rien désiré d'aussi fort de toute sa vie.

— Avant que vous ne partiez, dit-il en lui tenant toujours la main, je vais compter jusqu'à trois. Lorsque j'aurai atteint trois, vous serez complètement de retour parmi nous, mais vous vous rappellerez tout ce que vous avez fait, comme à travers une lueur ardente.

Elle se mit à rire. C'était ridicule ! Elle était déjà ici ! Jamais elle n'avait été plus présente dans sa vie que dans cet endroit de rêve qu'il avait créé pour elle.

— Vous êtes prête, Nicky ? Quand j'aurai fini de compter jusqu'à trois, vous retournerez à votre siège, un grand sourire aux lèvres.

Elle hocha la tête, mais ne dit rien, car elle avait un secret. Elle voulait bien lui obéir, mais pas complètement. Lorsqu'il aurait atteint trois, elle ne quitterait pas cet endroit merveilleux, où elle était en sécurité. Bien au contraire, elle allait se laisser submerger par sa nouvelle personnalité, par ces sensations de plénitude et de confiance qu'elle avait découvertes grâce à lui.

— Un, commença-t-il à compter. Deux.

— Trois ! cria-t-elle de concert avec lui en levant les bras de joie.

Elle ne put s'empêcher de remarquer son regard inquiet. Avait-il percé son secret ? Avait-il deviné qu'elle se trouvait toujours là-bas, dans cet endroit merveilleux qu'il avait créé rien que pour elle ?

— Alors, comment vous sentez-vous, Nicky ?

Elle lui sourit.

— Je crois que je vais aller m'asseoir.

Après tout, c'était ce qu'il lui avait ordonné.

— Parfait, répondit-il. Aucune sensation désagréable ?

Elle secoua la tête.

— Non, pas du tout !

— Magnifique ! Et si jamais vous voulez continuer cette petite expérience, plaisanta-t-il en faisant un grand clin d'œil au public, n'hésitez pas à venir me retrouver chez moi. Je suis dans l'annuaire, sous le nom de Monsieur le magicien.

Un claquement de cymbales annonça la fin du numéro, le public applaudit, et les spots lumineux clignotèrent de toutes parts lorsque Nicky retourna à sa table. Elle avait hâte de se retrouver dans la pénombre de la salle afin de pouvoir de nouveau se laisser aller à ces délicieuses sensations de bien-être.

— Je te jure que je n'ai rien organisé, chuchota Tammy, mais tu étais géniale !

Nicky ne répondit rien, se contentant de fermer les yeux et de s'abandonner. Jamais elle ne quitterait ce merveilleux paradis.

— Ah ! ne fais pas la tête, Nicky ! Tu aurais dû te voir sur scène, tu étais rayonnante ! J'ai adoré. D'ailleurs, on dirait que cela t'a réussi. Tu devrais faire ça plus souvent.

Nicky hocha la tête. Elle était bien d'accord. Le magicien lui avait indiqué exactement la marche à suivre. Elle allait le retrouver ce soir, chez lui.

— Nicky ?

La voix virile de l'illusionniste interrompit ses pensées.

Elle se tourna vers lui, et plongea son regard dans ses grands yeux veloutés.

— Je vous ai rapporté votre téléphone portable. Tout va bien, n'est-ce pas ?

— Tout à fait, répondit-elle en prenant son téléphone, puis en commençant à consulter les pages web de l'annuaire électronique.

Il y avait bien un « Monsieur le magicien », mentionné avec son numéro de téléphone et son adresse.

— Nicky, vous vous souvenez de moi, n'est-ce pas ?

Bien sûr qu'elle se souvenait. Il était son dieu tropical, et elle ne le quitterait jamais.

— Nicky ? insista-t-il.

— Oui, vous êtes le magicien, répondit-elle.

Elle le vit se troubler. Il esquissa même une grimace.

— Tout à fait. C'est exactement ce que je suis, un magicien, marmonna-t-il en se redressant et en se tournant vers le bar. Et j'aimerais donner vie à tous vos fantasmes.

Il avait baissé la voix, mais elle l'avait tout de même entendu.

Elle tendit la main vers lui, mais déjà il s'éloignait. Elle poussa un soupir. Elle aussi aimerait voir ses fantasmes devenir réalité. Par chance, elle savait comment s'y prendre. Saisissant son sac, elle y plongea la main et attrapa ses clés de voiture. Elle allait se rendre chez lui, et ils allaient pouvoir commencer dès ce soir à donner vie à ses fantasmes.

# Chapitre 3

Jimmy Ray, connu sous le nom de « Monsieur le magicien », avait l'impression que tous ses pouvoirs magiques l'avaient quitté lorsqu'il ouvrit la portière du véhicule. Il n'aurait pas dû boire autant après le spectacle. D'ailleurs, il y avait bien des choses qu'il n'aurait pas dû faire, mais revoir Nicky l'avait estomaqué. Il avait encore du mal à croire qu'elle se trouvait là, dans le public, comme n'importe quelle autre spectatrice.

Il avait éprouvé un véritable choc lorsqu'il s'était rendu compte qu'elle ne se souvenait pas de lui. Dire qu'il l'avait fait venir sur scène, avait évoqué certains détails de sa vie privée, sans qu'elle le reconnaisse ! Son visage n'était plus celui du petit elfe blond dont il se souvenait. Ses traits étaient désormais ceux d'une femme adulte, et Nicky avait une allure bien plus sophistiquée qu'au lycée, mais comment pouvait-elle l'avoir complètement oublié, alors que, pour sa part, il l'avait remarquée au beau milieu du public malgré les faibles lumières de la salle ?

— Ça va, frérot ?

Il jeta un coup d'œil à Rick, son frère, propriétaire du club. Lorsqu'il avait vu dans quel état il se trouvait, Rick lui avait aussitôt demandé ses clés de voiture. Il l'avait raccompagné et venait de se garer devant son pavillon de banlieue, et Jim se demandait comment il allait avoir la force de remonter l'allée et d'arriver jusqu'à sa porte d'entrée, tout seul.

— Super ! déclara-t-il d'une voix enjouée.

Fouillant dans sa poche, il en sortit le trousseau de clés de la maison et les agita devant lui.

— Me voici arrivé. Merci, frangin.

Il descendit du véhicule, appréciant de sentir l'air frais de la nuit sur son visage.

— Quelle importance si elle ne se souvient pas de toi ! s'exclama Rick, toujours au volant. Ça ne veut pas dire que vous ne pouvez pas apprendre à vous connaître maintenant. De toute façon, tu n'avais pas une personnalité très affirmée au lycée.

— Merci beaucoup ! marmonna Jim.

Comment avait-elle pu l'oublier ? Et pourquoi, au lieu d'aller discuter avec elle, avait-il choisi de descendre une bouteille de vodka ?

Rick esquissa un sourire.

— La mer est pleine de jolies sirènes, Jimmy. Ne l'oublie pas. Il y en a autant qu'on en veut.

Sur ces bonnes paroles, son frère agita la main en signe d'adieu, et s'éloigna.

« Pleine de jolies sirènes… » Mais il ne voulait que Nicky. Nicky et ses longues jambes sexy sous son tailleur gris. Nicky, qui, un jour, avait appliqué du gloss à la framboise sur ses lèvres juste avant qu'il ne l'embrasse. Presque dix ans plus tard, il pouvait encore sentir le goût fruité de ses lèvres sur les siennes. Et elle, elle ne se souvenait de rien !

Il se tourna vers son pavillon. Bon sang, on n'y voyait quasiment rien ! Il aurait dû laisser sa lumière extérieure allumée. Heureusement, la lune éclairait quelque peu son allée. Il fit deux pas, puis s'arrêta. Il y avait quelque chose, là-bas. Une silhouette, juste devant les marches de l'entrée. Une silhouette aux cheveux clairs, aux vêtements sombres, et au visage caché dans l'ombre. Il se frotta les yeux. C'était impossible ! Pourtant, lorsqu'il retira sa main, la silhouette était toujours là.

Il s'avança pour mieux voir. Et là, ô miracle, l'inconnue leva la tête, et il reconnut son visage.

— Nicky ?

Non, il devait être en train de rêver.

Elle lui sourit. Mon Dieu ! qu'elle était belle !

— J'ai trouvé ton adresse dans les Pages jaunes, dit-elle.

Elle se leva pour venir à sa rencontre, ses talons cliquetant sur le dallage de l'allée. Et alors qu'elle approchait, il remarqua quelque chose qui lui fit écarquiller les yeux.

Son chemisier était déboutonné. Oui, sa blouse de soie blanche était complètement ouverte, et il voyait nettement la dentelle de son soutien-gorge.

— Tu as dit que tu voulais m'aider à réaliser mes fantasmes, dit-elle. J'en ai un à te proposer.

Sans le quitter des yeux, elle passa une main dans son dos et détacha son soutien-gorge.

— Je rêve d'un homme qui embrassera mes seins jusqu'à me faire jouir.

Et soudain, là, juste sur son seuil, elle fit glisser le sous-vêtement, et il découvrit ses seins libérés de leur prison de dentelle. Sa peau d'ivoire scintillait sous la faible lumière argentée de la lune et les petites pointes sombres dressées réclamaient déjà ses caresses.

— J'ai toujours rêvé de cela, chuchota-t-elle. Et toi, tu peux…

— Je peux t'aider à réaliser ton fantasme, répondit-il d'une voix rauque, incapable de détacher son regard de sa poitrine.

— C'est vrai ?

Et elle commença à retirer son chemisier. Un nouveau frisson le parcourut. Ainsi, ce n'était pas un rêve. Elle avait l'intention de s'offrir à lui, ici même, sous son porche !

— Rentrons ! dit-il d'une voix précipitée en l'attrapant par le bras et en l'entraînant vers la porte.

Il dut s'y reprendre à deux fois pour insérer la clé dans la serrure tant ses mains tremblaient. Bon sang ! Pourquoi avait-il choisi de s'enivrer ce soir ?

Il parvint enfin à ouvrir la porte et entraîna Nicky à l'intérieur. Elle jeta son sac dans un coin, retira son chemisier et le lança sur la rampe d'escalier. Quelle impatience !

— Nicky ? Tu es sûre que c'est ce que tu veux ?

— Oh oui ! répondit-elle en saisissant ses seins à pleines mains, les lui présentant comme une offrande, et commençant à en agacer les pointes. Oui, je veux sentir tes lèvres sur moi.

Elle ferma un bref instant les yeux, s'abandonnant déjà au plaisir. Il n'aurait pu s'empêcher d'aller plus loin, même si sa vie en avait dépendu. Il fallait qu'il la caresse ! Elle s'offrait à lui, et il brûlait de répondre à son attente. Pourtant, une question le taraudait encore. Il reporta son attention sur son visage, cherchant à lire la vérité dans son regard.

— Tu te souviens de moi, Nicky ?

— Bien sûr !

— Est-ce que tu attends cela depuis aussi longtemps que moi ?

Elle esquissa un sourire et se cambra envers lui.

— Depuis toujours.

C'était tout ce qu'il avait besoin d'entendre. Nicky, son amour d'adolescent, s'offrait enfin à lui. Comment refuser ?

— Tu veux qu'on aille dans ma chambre ?

S'étirant, elle leva les deux bras au-dessus d'elle.

— En fait, dans mon fantasme, je suis attachée.

— Debout ?

— Oui.

C'était une bonne chose qu'il vive dans une maison à étage. Il fit reculer Nicky jusqu'au mur qui s'élevait sous l'escalier, puis, lui attrapant les mains, il lui fit refermer les doigts sur les barreaux de la rampe. Elle obéit sans aucune résistance. D'après ses petits gémissements, elle était aussi excitée que lui.

— Ne bouge pas ! ordonna-t-il.

Il la contempla un instant, abandonnée et offerte, admira son doux visage et ses lèvres sensuelles, puis, saisissant ses globes parfaits à pleines mains, posa ses lèvres sur l'une des petites pointes durcies qu'il commença à agacer du bout de la langue.

Nicky ferma les yeux et esquissa un sourire. Enfin, elle sentait les mains de l'inconnu sur sa peau. Enfin, elle allait éprouver la sensation de ses lèvres sur ses seins, comme elle en avait rêvé.

Il commença comme les hommes font toujours : trop vite et trop fort. C'était curieux, mais en fin de compte elle aimait bien cela. Il prit ses seins entre ses deux mains, et les caressa, puis ses doigts s'aventurèrent vers ses tétons. Le mur derrière elle l'empêchait de reculer et, bras levés, elle s'offrait à lui comme une prisonnière. A présent, ses caresses se faisaient plus douces, plus tendres, jusqu'à l'instant où il mordilla l'une des pointes de ses seins. Elle poussa un petit cri de surprise, et frémit de plaisir.

— Est-ce que cela fait partie de ton fantasme ? demanda-t-il.

— Oui, répondit-elle sans même réfléchir.

Parce que c'était exactement ce qu'elle désirait.

— Je veux que tu te concentres sur mes seins, que tu les caresses, que tu les lèches, que tu les suces, jusqu'à ce que je jouisse.

C'était ce dont elle avait toujours rêvé depuis qu'elle était devenue femme.

Il caressa ses globes gonflés de désir et ses doigts se concentrèrent sur ses tétons, les titillant. Puis il en prit un entre ses lèvres et se mit à le sucer avec avidité. Elle gémit, toujours prisonnière de ce délicieux supplice.

Ses lèvres abandonnèrent son sein, mais sa main prit le relais tandis que sa bouche glissait vers l'autre téton, le mordillant, l'agaçant à son tour. C'était si bon ! Une vague de plaisir monta en elle, de plus en plus forte.

Une part d'elle avait envie de mettre un terme à cette folie, mais elle se dépêcha de chasser cette pensée qui appartenait à la Nicky rationnelle, celle qui ployait chaque jour sous son fardeau quotidien. Non, elle ne voulait plus penser à tout cela.

Seul le plaisir lui importait. Son dieu vivant était en train de la rendre folle. Ses mains, sa bouche, ses lèvres l'excitaient au plus haut point, et cette fois, le plaisir déferla sur elle tandis qu'elle se cramponnait à la rampe, le souffle court. Ce n'était pas un orgasme, mais cela y ressemblait diablement !

Elle poussa un gémissement et plaqua son ventre contre le sien. Sous son pantalon, son sexe était dur. Pourquoi portait-il encore ses vêtements ? Tout ce qu'elle voulait désormais, c'était soulever sa jupe et nouer ses jambes autour de lui, nu, mais elle ne pouvait rien faire de tout cela sans lâcher les barreaux de la rampe. Sans désobéir. Elle garda donc la position qu'il lui avait indiquée, mais poussa un long gémissement.

Il redressa soudain la tête. Ses cheveux étaient emmêlés, ses lèvres brillantes, et ses yeux sombres reflétaient un désir intense.

— Tu veux aller plus loin ? demanda-t-il d'une voix rauque.

— Oui.

Il esquissa un sourire, et, sans lâcher son regard, lui remonta la jupe jusqu'à la taille.

Enfin ! D'instinct, elle écarta les jambes alors qu'il commençait à lui caresser les cuisses.

— Mmm ! Un porte-jarretelles, murmura-t-il d'un ton ravi.

Sa main remonta un peu plus haut sur sa cuisse.

— Et un string ! s'exclama-t-il.

Il lui sourit et glissa les doigts sous son string qu'il commença à baisser, puis il se mit à genoux devant elle et déposa une pluie de baisers sur son ventre.

— Je vais te retirer ce petit morceau de dentelle, dit-il en relevant la tête vers elle, mais je te laisse ton porte-jarretelles, et tes talons. C'est si excitant de te voir ainsi.

Il l'aida à enlever son string, effleurant ses chevilles au passage, puis, lui saisissant une jambe, il lui fit poser le genou sur son épaule, tout en continuant à caresser la soie de ses bas, ses mains et sa bouche remontant vers son sexe. A l'instant où ses lèvres s'y posèrent, elle frémit. Il voulut s'en écarter, mais elle l'en empêcha en resserrant sa jambe autour de lui. D'ailleurs, elle en profita même pour poser son autre jambe sur son épaule.

Elle était complètement offerte, et il commença à la lécher. Sa langue se faisait douce et taquine à la fois, si habile et vive que Nicky avait la sensation d'être presque déjà sur le point de jouir. Quand la pointe de sa langue se posa sur son clitoris, elle crut qu'elle allait devenir folle de plaisir. Une vague de feu l'embrasa, et elle se mit à gémir de plus belle, s'abandonnant à ses caresses enfiévrées.

Avant de crier sous l'effet de la jouissance.

Son plaisir fut si intense qu'elle dut se cramponner avec force aux barreaux de la rampe, puis, quelques instants plus tard, elle commença à se laisser glisser le long du mur. Il la retint, s'allongea sur le dos, lui offrant son torse comme oreiller, et l'enlaça. Elle aurait voulu ouvrir les yeux, dire quelque chose… Après tout, elle avait brisé les règles du jeu en lâchant prise, mais elle allait enfin pouvoir s'abandonner à son second fantasme.

S'endormir entre ses bras.

Elle blottit son visage contre son torse, huma sa senteur virile, puis, toute tension nerveuse évanouie, succomba au sommeil.

Jim baissa les yeux vers la femme endormie à côté de lui, étonné de ne pas se sentir plus frustré. Son doux parfum exacerbait ses sens et il avait encore le goût de ses baisers sur les lèvres. Un puissant désir le tenaillait. Comme il aurait aimé s'insinuer en elle et lui faire l'amour toute la nuit !

Pour l'instant, il se contentait de la tenir contre lui tandis qu'elle dormait. En étant aussi près, il ne pouvait s'empêcher de remarquer la fatigue sur son visage, les cernes sous ses yeux, à peine dissimulés par ses longs cils. La jeune fille de ses fantasmes d'adolescent était endormie entre ses bras, et son cœur en débordait de joie.

Il la tint un peu plus serrée contre lui, puis se redressa lentement. Grimper les marches de l'escalier ne fut pas une chose aisée, mais grâce aux nombreuses heures passées au gymnase il réussit à parvenir à l'étage sans réveiller sa belle endormie. Une fois dans sa chambre, il l'allongea dans son lit. Il était impossible de lui retirer sa jupe, entortillée autour de sa taille, mais au moins avait-elle laissé tomber ses escarpins durant leur torride épisode…

Nicky poussa un petit soupir de bien-être lorsqu'il rabattit le drap sur elle. Il la contempla de nouveau, et lui effleura la joue. Malgré le désir ardent qui le tenaillait, il se refusait à la réveiller. Alors, il se contenta de se déshabiller et de se blottir contre elle, passant le bras sur ses épaules. A dire vrai, c'était presque une torture de s'allonger ainsi contre elle. Ses fesses pulpeuses étaient plaquées contre son sexe dur, et il aurait pu se glisser en elle d'un simple mouvement.

D'un autre côté, il était en train de vivre son rêve le plus cher. Nicky, son amour d'adolescent, dormait dans son lit. Il ferma les yeux, savourant ce merveilleux moment, puis s'endormit à son tour.

# Chapitre 4

Nicky sourit dans son sommeil. Elle savait qu'elle était en train de dormir, parce que aucun endroit au monde n'était aussi beau que cette île paradisiaque. Enfin… Cette île et le dieu vivant qui l'avait créée. Oh oui ! Cet homme si séduisant ! Elle l'adorait !

Elle était si merveilleusement bien dans cet endroit de rêve qu'elle aurait voulu y rester à jamais. Hélas, elle devait aller aux toilettes. A regret, elle ouvrit les yeux. Où se trouvait-elle ?

Et, soudain, les souvenirs de la soirée surgirent à son esprit.

Oh, mon Dieu !

Qu'avait-elle fait ?

— Oh non ! Non !

Jimmy entrouvrit les yeux en entendant des cris féminins à côté de lui.

Des images lui revinrent à la mémoire. Nicky au milieu du public. Nicky dans son hall d'entrée. Ses baisers sur ses lèvres et ses jambes sur ses épaules pendant qu'il…

Soudain, Nicky bondit hors du lit. Ce n'était pas du tout ainsi qu'il avait imaginé leur réveil.

— Nicky ?

Une porte claqua, le réveillant tout à fait. Il se massa les tempes. Combien de verres de vodka avait-il bus ? Bah !

Peu importait. Ce qui comptait pour l'instant, c'était que Nicky semblait paniquée et qu'elle s'était enfermée dans sa salle de bains.

— Nicky, je sais que tout cela a l'air dingue, mais nous n'avons rien fait de mal.

Seul le bruit de l'eau lui répondit. Pourquoi refusait-elle de s'adresser à lui ? Il se leva, attrapa un jean dans son armoire, et l'enfila.

— Nicky, inutile d'en faire tout un plat, nous nous connaissons depuis si longtemps !

A dire vrai, avoir été amis à l'âge de douze ans ne rendait pas la situation moins surréaliste. D'ailleurs, on ne pouvait pas dire qu'ils avaient vraiment été amis. Non, plutôt des voisins de quartier du même âge. Pourtant, à cause de cette fabuleuse nuit du bal de fin d'année, Nicky avait tant d'importance à ses yeux !

Il se passa une main sur le visage, et se dirigea vers la salle de bains.

— Tu sais, il te faudra bien sortir d'ici un jour ou l'autre.

Quelques instants plus tard, il l'entendit enfin déverrouiller la porte.

— Est-ce que… tu sais où se trouvent mes vêtements ? demanda-t-elle d'une voix aiguë qui n'augurait rien de bon.

— Bien sûr. Je vais te les chercher.

Il ne put s'empêcher d'esquisser un sourire en voyant son chemisier abandonné sur la rampe d'escalier. Que n'avaient-ils pas fait contre ce mur ! Le moment torride qu'ils avaient partagé avait été au-delà de toutes ses attentes. Raison de plus pour s'assurer que Nicky ne sorte pas de nouveau de sa vie.

— Voilà, j'ai tes vêtements, dit-il en revenant dans la chambre. Est-ce que tu veux…

La porte de la salle de bains s'entrouvrit, mais Nicky se contenta de tendre la main pour attraper ses vêtements, et il se figea. Tout cela était ridicule. Ils devaient discuter un peu. Essayant de gagner du temps, il posa sa main sur la porte pour la tenir entrouverte.

— Tu veux du café… ou du thé ? Je crois que j'ai… des beignets… et des céréales.

Mmm. Vu la façon dont elle lui claqua la porte au nez, elle ne semblait pas avoir envie de prendre le petit déjeuner avec lui.

Il poussa un soupir. Décidément, il avait bien trop mal au crâne pour penser de façon rationnelle. Que faire pour inciter Nicky à passer un peu plus de temps avec lui ?

Enfin, la porte de la salle de bains s'ouvrit en grand.

Il esquissa un sourire timide

— Bonjour, Nicky.

Elle avait l'air si pâle dans son tailleur gris. Ses cheveux étaient détachés, et tombaient en adorables cascades autour de son visage, mais son regard semblait meurtri et elle faisait tout son possible pour ne pas le fixer dans les yeux.

— Nicky…

— Non, merci, l'interrompit-elle. Pas de café pour moi. Mais si tu… Est-ce que tu sais où sont mes escarpins ?

Il baissa les yeux et contempla ses pieds nus. Ses orteils n'étaient pas vernis, et il trouva cela adorable. Si seulement Nicky n'avait pas l'air de vouloir fuir à tout prix.

— Je crois que tu les as laissés au rez-de-chaussée.

Il ne précisa pas ce qu'ils étaient en train de faire lorsqu'elle les avait perdus, mais il la vit s'empourprer et comprit qu'elle s'en souvenait très bien.

— Veux-tu qu'on aille prendre le petit déjeuner dehors ? proposa-t-il. On pourra discuter.

— Heu… je dois aller travailler.

Si seulement il n'avait pas aussi mal à la tête, il trouverait quoi lui dire.

— Je tiens vraiment à ce que nous ayons une discussion, Nicky.

Elle se mordilla la lèvre un instant, et jeta un rapide coup d'œil à son lit.

— Ecoute, nous nous connaissons à peine, mais la nuit

passée… Je n'ai jamais… Enfin, je veux dire : ça ne me ressemble pas. Je ne fais pas ce genre de choses.

— Je le sais, Nicky.

Il s'approcha d'elle, mais elle bondit aussitôt en arrière. Mon Dieu ! Avait-elle peur de lui ? Un doute le saisit, et il plongea son regard dans le sien.

— Comment est-ce que je m'appelle, Nicky ?

Elle ne répondit rien, et, pire que tout, eut soudain l'air horrifiée.

Ainsi, elle ne se souvenait pas de lui ! Rick avait raison : au temps du lycée, il n'avait pas une personnalité très affirmée, mais quand même ! Il avait passé la plus belle nuit de sa vie avec elle, et par deux fois il avait eu l'impression d'établir une connexion magique avec elle. Hier soir, et des années plus tôt, lors de cette fameuse nuit du bal de fin d'année. Elle devait tout de même se souvenir de lui !

— Comment est-ce que je m'appelle, Nicky ? insista-t-il d'une voix un peu plus ferme.

— Le magicien ?

— Perdu. Regarde-moi bien, Nicky.

Dire qu'il était presque en train de la supplier, espérant qu'elle le reconnaisse enfin. Il se dirigea vers les rideaux qu'il ouvrit en grand.

La lumière du jour envahit la chambre, et Nicky plissa les yeux, mais, hélas, elle ne sembla pas mieux le reconnaître.

— Je vais te donner un indice. Nous étions au lycée ensemble.

Elle avait l'air toujours aussi confuse.

Ecœuré, il attrapa ses lunettes sur sa table de nuit et les mit sur son nez.

— Et maintenant ?

— Oh, mon Dieu ! Jimmy Ray ?

— C'est Jim, aujourd'hui.

Elle l'examina de la tête aux pieds, puis le regarda d'un air incrédule.

— Jimmy, murmura-t-elle. Tu es beaucoup plus… musclé.

— J'y ai travaillé.

Et il eut aussitôt envie de se donner des gifles. N'était-ce pas là une des conversations les plus stupides qu'ils puissent avoir ?

— Alors, comme ça… tu es magicien ? demanda-t-elle.

Il secoua la tête.

— Non, je suis un ingénieur qui joue les magiciens lors des soirées d'artistes amateurs. Mon frère, le propriétaire du club où nous nous sommes vus hier soir, m'appelle de temps en temps lorsqu'il est en manque d'artistes.

Par fierté, il voulut néanmoins préciser les choses.

— Je suis plutôt doué en tant qu'ingénieur, et j'ai gagné pas mal d'argent. En ce moment, je suis en congé sabbatique.

— Ah, très bien.

A l'évidence, elle ne savait que dire.

— Tu as toujours été doué dans tout ce que tu faisais, déclara-t-elle enfin.

C'était faux, puisque, à l'évidence, il n'avait pas réussi à l'impressionner.

— Toi aussi, tu as l'air de t'en être bien sortie, dit-il en désignant son élégant tailleur d'un geste de la main. Une véritable femme d'affaires.

Elle haussa les épaules.

— Je suis directrice de la distribution chez Korner Plastics.

— C'est très impressionnant.

— Pas vraiment. C'est un poste qui demande juste d'être très attentive aux détails et de s'infliger de nombreuses heures supplémentaires.

— Et toi, tu as toujours fait tes preuves en tout.

Elle ne répondit rien. Dans ses yeux, il remarqua quelque chose dont il se souvenait, une certaine vulnérabilité, ou peut-être était-ce de la peine. Il éprouva une curieuse sensation de déjà-vu, comme s'il revivait cette nuit du bal de fin d'année.

Soudain, au rez-de-chaussée, retentit une sonnerie électronique. Celle d'un téléphone. Ou d'un PDA.

Aussitôt, Nicky tourna la tête et jeta un coup d'œil au réveil qui trônait sur la table de nuit : 9h14.

— Oh, mon Dieu ! Mon Dieu ! Mon Dieu ! s'exclama-t-elle en se précipitant dans l'escalier.

Il la suivit, plus lentement, ne sachant que dire. Dans quelques secondes, Nicky serait dehors, sortant de nouveau de sa vie. Cette situation était vraiment trop bizarre.

Le temps qu'il arrive au rez-de-chaussée, elle avait attrapé son téléphone portable, et consultait ses messages.

— Nicky… je tiens vraiment à ce que nous discutions.

Il laissa ses paroles s'évanouir. Les yeux fixés sur l'écran de son téléphone, Nicky semblait ne même pas l'entendre. De nouveau, elle l'ignorait. Combien de fois n'avait-il pas éprouvé cette douloureuse sensation durant leur adolescence ?

Eh bien, aujourd'hui il n'était plus le pathétique adolescent qu'elle avait connu ! Non, il n'avait plus rien du garçon amoureux de la star de l'équipe de volley-ball qui semblait à peine se rendre compte de son existence. Ecœuré, il lui tourna le dos et se dirigea vers la salle de bains. C'était peut-être un peu puéril de claquer la porte comme il le fit, mais il en éprouva un vif soulagement.

Il s'observa dans le miroir. Non, il n'avait plus rien de l'adolescent niais qu'il était alors. A son âge il n'allait pas se laisser perturber par un stupide amour de jeunesse ! Tout à coup, il entendit la porte d'entrée s'ouvrir puis se refermer, et il poussa un soupir, acceptant l'indéniable vérité : il avait eu sa chance avec Nicky, mais il l'avait ratée.

Cette fois, tout était bel et bien terminé entre eux.

— Adieu, Nicky.

# Chapitre 5

— Et si on sortait, ce soir ?

Grâce aux miracles des connexions Bluetooth et des kit mains libres, Nicky n'eut pas besoin de lâcher son clavier pour répondre à sa sœur.

— Désolée, Tammy, j'ai du…

— Travail, je sais, mais on est vendredi.

Nicky ne se donna même pas la peine d'expliquer à sa sœur qu'elle se trouvait en pleine situation de crise. Son P.-D.G. lui avait fait clairement comprendre que si elle ne trouvait pas une solution sans supprimer de postes, c'est elle qui serait licenciée sur-le-champ. Ce qui n'avait fait qu'ajouter un peu plus de stress sur ses épaules. Elle pianota de nouveaux chiffres dans sa feuille de calcul et étudia les résultats.

— Nicky !

— Mmm ? Oh ! pardon. Non, désolée, je ne peux pas. Je dois travailler tard ce soir pour terminer ce rapport, et…

— Et, comme je viens de te le dire, on est vendredi ! Allez, Nicky ! Tu t'es bien amusée, hier soir, non ?

Nicky se crispa. Sa sœur avait finalement réussi à attirer son attention.

— Qu'est-ce que tu veux dire par là ?

— Comment ça, qu'est-ce que je veux dire ?

— Ecoute, Tammy, je ne suis pas d'humeur à jouer, répondit-elle d'une voix qu'elle s'efforça de garder détachée.

— Comme si tu prenais le temps de t'amuser, de toute

façon. Tu as pourtant réussi à te détendre, hier soir. A la fin du spectacle, tu étais presque sereine. Tu ne t'en souviens pas ? Tu as même failli oublier ton téléphone sur la table. C'est moi qui l'ai pris et l'ai mis dans ton sac. A quand remonte la dernière fois où tu as oublié ton téléphone portable quelque part, Nicky ?

— Ça n'est jamais arrivé, murmura Nicky.

Avait-elle vraiment failli laisser son téléphone dans ce club ? Son seul souvenir de la soirée était celui de cette île de rêve et du dieu qui l'avait créée pour elle. Cependant, le fait que ce « dieu » soit en fait Jimmy Ray, un ex-adolescent de son quartier et élève de son lycée, ne faisait qu'ajouter un peu plus de confusion à la situation. Jimmy s'était comporté en ami à un moment où elle en avait eu le plus besoin. C'était un garçon sympa qu'elle aimait bien, mais rien de plus.

Hélas, il allait désormais être difficile d'oublier Jimmy Ray. Toute la journée, elle s'était efforcée de ne pas penser à lui, mais elle n'avait pu s'empêcher de se remémorer ses mains sur elle, les caresses tendres et taquines de sa langue… Oh, cette langue ! et l'incroyable sensation de liberté qu'elle avait éprouvée avec lui. Ça, c'était le plus difficile à oublier. Elle se sentait tellement bien avec Jim, tellement en sécurité, qu'elle s'était laissée aller à toutes ses envies.

Ce qui ne lui était jamais arrivé.

Jamais.

Que ne donnerait-elle pas pour se retrouver dans cet endroit magique ? La question l'avait taraudée toute la journée. Hélas, la réalité avait repris ses droits. Elle devait encore terminer de payer son prêt étudiant, plus celui de son appartement. Non, elle n'avait pas de temps à perdre en divertissements,si séduisants fussent-ils ! Elle devait travailler. Des postes étaient en jeu, et pas seulement le sien. Elle fit pivoter son siège pour consulter les dizaines de documents qui s'étalaient sur son bureau, mais son esprit n'était guère à la tâche.

Aussi finit-elle par poser à sa sœur la question qui la taraudait :

— Au fait, tu te souviens de Jim, du lycée ?

Il y eut une longue pause à l'autre bout du fil.

— Quel Jim ?

— Jimmy, le garçon un peu timide.

— Ah ! Le dingue de maths ! Oui, d'ailleurs, c'est son frère, Rick, qui possède le club où nous sommes allées hier soir. Qu'est-il devenu, ce fameux Jim ?

— Eh bien, c'était lui le magicien sur scène.

— Non ! C'est impossible. Ce magicien était plutôt… plutôt…

— Mignon, oui, je sais.

— Je dirais plutôt hypersexy. Je suis sûre que sous son beau smoking il a des super muscles.

Oh, oui ! Jimmy était très musclé. Elle avait eu largement le temps d'admirer son anatomie.

— Je n'aurais jamais deviné ! poursuivit Tammy. Comment est-ce que tu l'as appris ?

— Eh bien… je m'en suis rendu compte ce matin.

Juste après avoir quitté son lit.

— Oh ! s'exclama Tammy, l'air déçue. Tu n'en es donc pas certaine. Si ça se trouve, ce n'est pas lui.

— Crois-moi, insista Nicky, c'est bien lui.

— Non, je ne crois pas.

— Bien sûr que si !

— Ecoute, sœurette, sans vouloir t'offenser, tu as une très mauvaise mémoire des visages. Tu es peut-être très forte pour tout ce qui concerne les chiffres, mais tu n'es guère physionomiste.

— Cette conversation est complètement absurde !

— Ce qui est absurde, c'est qu'une femme aussi belle que toi passe tout son temps enfermée à travailler. Qu'est-ce qui t'arrive, Nicky ? Bon sang, sors un peu de ton bureau ! Comporte-toi comme une personne normale, et apprends à te distraire. Viens au club avec moi, ce soir.

Nicky poussa un soupir. Tammy n'avait pas tort, mais il était hors de question qu'elle retourne avec elle dans ce club. Pas après la façon dont elle avait quitté Jim ce matin. Pour l'instant, tout ce qu'elle voulait, c'était s'enfermer chez elle, se glisser sous les couvertures et ne plus quitter son lit pendant un an au moins.

— Désolée, Tammy, mais j'ai vraiment trop de travail. Peut-être demain, ou la semaine prochaine, ça ira mieux.

— Oui, bien sûr ! Ou bien à la saint-glinglin ! ironisa Tammy.

— Ne m'en veux pas..., commença Nicky.

Mais Tammy l'interrompit.

— Tu sais, sœurette, un jour, il faudra bien que tu ouvres les yeux. Ce jour-là, tu te rendras compte que tu n'as fait que passer ta vie enfermée dans cette grotte que tu nommes un bureau.

— Tammy...

— Bon, je te laisse. C'est l'heure de ma manucure. Salut !

Tammy raccrocha, et Nicky contempla l'avalanche de documents qui s'amoncelaient sur son bureau. Puis ses yeux se posèrent sur l'écran de son ordinateur. Elle n'avait pas menti. Elle avait une montagne de travail à abattre, mais elle ne parvenait pas à se concentrer.

Et cela avait été comme ça toute la journée. Elle avait beau essayer de ne penser qu'aux chiffres qui s'alignaient sur son écran, les souvenirs de sa nuit avec Jim ne cessaient de surgir à son esprit. Jimmy en train de jouer les magiciens sur scène. Jimmy nu et excité devant elle, l'embrassant avec passion, lui permettant de vivre l'un de ses fantasmes. Puis son expression chagrine lorsqu'il s'était rendu compte qu'elle ne l'avait pas reconnu. Et pire que tout, le claquement de la porte de la salle de bains, lorsqu'elle avait refusé de discuter avec lui ce matin.

Ses mails n'avaient certes qu'une importance toute relative, et elle aurait très bien pu en différer la lecture, mais qu'aurait-elle pu dire à l'homme qui venait de faire chavirer son univers ? Jimmy Ray, l'ex-adolescent boutonneux, lui avait fait vivre l'orgasme le plus fantastique de sa vie, et, après cette torride tempête, elle ignorait comment réagir face à lui.

Tout ce qu'elle savait, c'était qu'elle voulait plus encore.

Jamais elle n'avait eu d'aventure d'une nuit. Alors, ce matin, ne sachant comment aborder Jim, elle avait préféré faire mine d'être absorbée par ses mails, faisant tout son possible pour ignorer l'homme si sexy et à demi nu qui se trouvait à quelques pas d'elle. Ecœuré par son comportement, ce dont elle ne pouvait le blâmer, Jim avait préféré tourner les talons et elle en avait profité pour fuir.

Durant toute la journée, elle avait été quasiment incapable de travailler, et ne parvenait pas à rayer Jim de son esprit. Il l'avait carrément hypnotisée. Dire qu'elle était même allée l'attendre devant sa porte, et qu'elle lui avait révélé un de ses fantasmes ! Comment avait-il pu l'influencer à ce point ?

Heureusement qu'elle ne lui avait avoué que le plus banal de ses fantasmes. S'il connaissait les autres ! Qu'est-ce qui avait pu la pousser à le traquer jusque chez lui ? à s'offrir ainsi à lui ?

Elle se cala dans son siège. Non, tout cela n'était pas normal. Jamais elle n'aurait un tel comportement. Suivre un inconnu jusque chez lui pour mettre ses fantasmes en pratique ?

Jamais !

Ce qui signifiait qu'on l'avait obligée à se comporter ainsi.

Jim !

Il l'avait bel et bien hypnotisée ! Elle devait être sous l'influence d'un message enraciné si profondément dans son cerveau qu'elle avait été capable de dépasser toutes ses inhibitions pour se rendre chez lui et s'abandonner à une nuit de débauche. Mon Dieu ! ce n'était pas possible !

Pourtant, comment expliquer son comportement ?

Elle attrapa son téléphone et le papier sur lequel elle avait noté le numéro de Jim, commença à le composer, mais s'interrompit soudain.

Qu'était-elle en train de faire ? S'il était vraiment parvenu à la mettre sous hypnose, mieux valait le fuir ! Pourtant, elle avait besoin de lui parler, de le revoir. Pourquoi ? Pour une humiliante répétition de ce qu'ils avaient vécu ce matin ? Jamais !

Alors, pourquoi cet irrépressible besoin de l'appeler ?

Etait-elle toujours sous hypnose ? sous l'influence de ses suggestions mentales ou un truc du même genre ? Non, impossible ! Personne ne pouvait l'influencer à ce point ! Peut-être avait-elle juste besoin de faire un véritable break. C'était tout de même plus logique que de songer qu'elle avait pu être hypnotisée. Mais dans ce cas, pourquoi avait-elle songé à Jim toute la journée ? Son rapport était bien plus important. Des milliers de postes étaient en jeu. Il fallait qu'elle boucle ce dossier et trouve les meilleures solutions dans les plus brefs délais.

Elle devait absolument cesser de penser à Jim.

Résolue à se remettre au travail, elle reposa son téléphone. Durant les heures à venir, elle allait se concentrer exclusivement sur son rapport. Hélas, à l'instant où elle allait ranger son téléphone portable, son souffle se fit plus court. Angoissée, elle remarqua que les paumes de ses mains devenaient moites. Puis elle sentit une douleur se répandre dans sa poitrine, et la migraine s'insinuer au creux de ses tempes.

Ça y est, elle était victime d'une nouvelle attaque de panique. Ses crises avaient commencé environ un an plus tôt. Ce n'était jamais très grave, et elles n'avaient eu lieu qu'à quelques reprises. Elle commençait par faire de l'hyperventilation, puis la crise diminuait. Il lui fallait juste rester calme et attendre. Non, elle n'allait pas mourir ou cesser de respirer. Un peu de patience, et la crise passerait, comme les précédentes. Oui, elle allait passer, elle allait passer… passer…

Elle se laissa aller dans son siège. Elle transpirait, son chemisier était plaqué sur sa poitrine, et elle haletait toujours. Mais, déjà, la douleur commençait à diminuer et, d'ici peu, elle allait se remettre à respirer normalement.

Elle jeta un coup d'œil à sa porte toujours fermée. Personne ne savait ce qui venait de se passer, et elle pourrait faire comme si cela n'était pas arrivé. D'ailleurs, c'était pour cette raison qu'elle fermait souvent son bureau. Ces attaques étaient beaucoup plus perturbantes pour les autres que pour elle.

Une fois la crise passée, elle pouvait continuer ses activités comme si de rien n'était.

Mais il restait une question qu'elle ne pouvait pas ignorer. Pourquoi cette attaque de panique était-elle survenue juste maintenant ? En fait la réponse était là, sous ses yeux. La crise s'était déclenchée lorsqu'elle avait décidé de ne pas contacter Jim. Décidément, cette situation était de plus en plus curieuse.

Elle esquissa une grimace et se massa la nuque. Qu'est-ce que Jim lui avait fait ? Sa vie était assez compliquée comme cela, sans qu'elle se mette à penser à lui toute la journée et aux délicieux moments torrides qu'ils pourraient partager.

Alors, résolue à en terminer avec ses fantasmes, elle reprit son téléphone et composa de nouveau le numéro de Jim.

# Chapitre 6

C'était une mauvaise idée, songea Jim en traversant la rue. Peut-être même la pire qu'il ait jamais eue. Cependant, lorsque Nicky lui avait téléphoné, à bout de nerfs, il avait été incapable de refuser ce qu'elle lui demandait. Elle avait eu un discours plutôt décousu, prétendant qu'elle était toujours sous hypnose et qu'à cause de lui elle ne cessait de penser au sexe. Elle n'avait pas semblé en colère, mais plutôt affolée, bien plus qu'elle n'aurait dû l'être après une simple aventure d'une nuit. C'était cela qui l'avait décidé. Il était incapable de résister à l'appel d'une demoiselle en détresse, surtout si cette demoiselle était Nicky.

Il poussa la porte du restaurant proche de chez lui. Seules quelques tables étaient occupées, et il remarqua aussitôt Nicky. De toute façon, il était difficile de ne pas la voir, tant elle était belle.

Il admira ses longues jambes sous la table, son tailleur élégant… A coup sûr, sous son sage chemisier blanc, elle devait porter un soutien-gorge en dentelle comme celui de la veille. Dire qu'il connaissait désormais chaque centimètre carré de sa peau… son odeur intime… les cris de plaisir qu'elle poussait lorsqu'elle était proche de l'orgasme. Oui, il avait réussi à découvrir la femme sensuelle qui se cachait sous ses dehors austères, et brûlait de la retrouver.

Il s'approcha d'elle.

— Bonjour, Nicky.

— Jim ! Merci d'être venu.

Il eut à peine le temps de s'asseoir, que la serveuse s'approcha, apportant un café pour Nicky, et lui demanda ce qu'il désirait boire. Il commanda un Coca et un plat sans même regarder le menu. Il savait que la viande était excellente ici, surtout servie avec une sauce barbecue. Nicky ne voulait rien manger, mais il insista et elle choisit une salade.

Dire qu'il avait passé toute son adolescence à se languir d'elle. La nuit dernière son fantasme avait enfin pris vie, mais la dure réalité du petit matin l'avait blessé. Nicky avait tant d'importance à ses yeux ! Le fait qu'elle ne se souvienne même pas de lui l'avait profondément déçu. Certes, il n'était plus un adolescent immature, mais il n'avait aucune envie de souffrir à cause d'elle. Cela dit, s'il avait la moindre chance de pouvoir entamer une véritable relation avec Nicky, il ne voulait pas la laisser passer.

Lorsque la serveuse se fut éloignée, il décida d'aller droit au but.

— Ecoute, Nicky, je ne t'ai mis aucune… suggestion, comme tu dis, dans le cerveau. Ce n'était qu'un numéro pour le public. Je t'ai fait jeter ton téléphone portable dans un volcan, et chanter. D'ailleurs, tu chantes très bien. Tu fais toujours partie d'une chorale ?

Nicky secoua la tête.

— Non, j'ai abandonné il y a des années. Je n'ai plus le temps.

— C'est dommage.

Plutôt que de répondre, elle enfouit son nez dans sa tasse de café.

— Ce n'est pas moi qui t'ai suggéré de venir chez moi, de te déshabiller sous mon porche ou quoi que ce soit du genre, dit-il.

— Si, tu l'as fait ! s'écria-t-elle d'une voix aiguë.

— Non, Nicky…

— Pourtant, tu as dit : « et j'aimerais donner vie à tous

vos fantasmes ». Je t'ai entendu et… et… je crois que j'étais toujours sous hypnose, alors…

Jim fronça les sourcils, se remémorant la scène. Il se souvenait parfaitement d'avoir prononcé ces mots, mais comment avait-elle pu les entendre ? Le bar était si bruyant ! Pourtant, à l'évidence…

Il se pencha en avant.

— Tu sais, même si tu as entendu ce que j'ai dit et que tu étais toujours sous hypnose à ce moment, comme tu le prétends, ce n'est pas ça qui a déclenché tout ce qui a suivi. L'hypnose ne fonctionne pas ainsi. Je ne peux pas t'obliger à faire des choses que tu ne désires pas.

— Je sais, j'ai regardé des sites sur internet, mais…

Elle secoua la tête.

— Il est impossible que je me sois comportée ainsi sans avoir été sous une quelconque influence.

Il l'observa. A dire vrai, il la croyait. Comment imaginer que la femme d'affaires à l'air si crispé qu'il avait en face de lui s'abandonne comme elle l'avait fait la veille ? Comment l'imaginer nue, gémissant de plaisir pendant qu'il lui faisait l'amour avec sa bouche ? Pourtant, c'était bien ce qui s'était passé.

Nicky s'agita sur son siège, l'air mal à l'aise, puis planta son regard dans le sien.

— Je… Je me souviens de chaque moment de cette nuit. Je me rappelle…

Elle déglutit.

— J'aime la façon dont les choses se sont passées, Jim. J'aurais voulu que cela ne s'arrête jamais. J'aurais voulu… rester sous hypnose.

Il la fixa. Que diable voulait-elle dire ? Bien sûr, il avait déjà entendu de nombreuses histoires de ce genre, concernant des personnes si réceptives à l'hypnose qu'elles restaient sous influence. Pourtant, il n'aurait jamais pensé que Nicky puisse en faire partie. Elle contrôlait toujours tout ! Mais peut-être était-ce là son point faible, après tout. Peut-être avait-elle besoin de l'hypnose pour laisser émerger une autre face d'elle-même. Sa face… de petite sorcière coquine. Et, une fois relâchée, cette sorcière mutine ne voulait plus se laisser enfermer. C'était certes un peu tiré par les cheveux, mais il avait lu de nombreuses histoires sur l'hypnose relatant de tels cas.

— Comme je viens de te le dire, Nicky, même sous hypnose, je ne peux pas t'obliger à faire ce que tu ne veux pas.

— Peut-être était-ce à cause de l'alcool ? Peut-être que cela m'a rendue plus réceptive ?

Il la contempla avec attention. A l'évidence, elle ne voulait pas admettre que c'était bien elle qui avait agi ainsi, et préférait se réfugier derrière l'hypnose.

— Pourquoi est-ce si difficile pour toi d'admettre que tu as juste voulu coucher avec moi ?

Elle s'empourpra, et se mit à jouer avec sa tasse.

— J'essaie simplement de comprendre ce qui m'est arrivé. Je ne me comporte jamais comme ça. Et aujourd'hui…

Elle secoua la tête.

— Je n'arrivais pas à travailler. J'étais incapable de me concentrer. Je n'ai cessé de penser à… cette nuit.

Dans ce cas, ils avaient été deux ! Lui aussi avait eu du mal à se concentrer aujourd'hui, mais il n'eut pas le temps de le lui avouer, car la serveuse revint avec leurs plats, interrompant leur conversation.

Ils mangèrent en silence durant un moment, puis Nicky reprit la parole.

— Cet après-midi… lorsque j'ai cru que nous ne nous reverrions pas… je veux dire, au moment où j'ai prévu de ne pas te revoir… j'ai eu une… une crise de panique.

Il leva la tête vers elle. Elle regardait ailleurs, mais sa nervosité était palpable.

— Jusqu'à présent, j'ai toujours refusé de reconnaître que j'avais ces… crises.

— Des crises de panique ?

Nicky fit la grimace.

— Oui, mais je sais à quoi elles sont dues. C'est à cause du stress professionnel, des rapports à remettre dans des délais toujours plus serrés, de la récession économique. C'est dur, tu sais. Et, parfois, j'ai l'impression que mon corps proteste.

— Peut-être que ton corps essaie de te dire quelque chose.

Nicky poussa un soupir.

— Je sais, et, comme je viens de te le dire, je connais l'origine de mes crises. Sauf pour la dernière. Celle que j'ai eue à cause de toi.

— Parce que tu pensais ne plus me revoir ?

Ça, c'était incroyable ! Nicky — Nicky, qui avait hanté ses nuits depuis des années —, avait eu une crise de panique en songeant qu'elle ne le reverrait jamais. Quelle satisfaction pour son ego ! Cependant, cela ne signifiait pas que son évidente détresse ne le touchait pas.

— Qu'est-ce qui t'est arrivé, Nicky ? Tu étais la star de l'équipe de volley-ball, la présidente de classe, une des filles les plus populaires du lycée, et aujourd'hui…

Comment exprimer cela ?

— Tu n'étais pas aussi crispée, aussi nerveuse à l'époque du lycée.

Elle esquissa un faible sourire.

— Il ne s'est rien passé de spécial. J'ai juste grandi. J'ai un crédit étudiant à rembourser, et une hypothèque sur mon appartement. Mon travail me rend dingue, mais vu le contexte économique je ne peux pas me permettre de le quitter. Pas avant d'avoir une autre proposition ferme.

Malgré son maquillage, il remarqua les cernes sous ses yeux. Nicky avait les épaules raides et le souffle court. Elle s'était arrêtée de manger, se contentant de jouer avec la nourriture du bout de sa fourchette. Elle avait l'air épuisée.

— Nicky, quel que soit le problème, il va au-delà de ce qui s'est passé hier soir.

Elle le regarda d'un air de défi.

— Il n'y a aucun problème ! J'ai seulement besoin de

comprendre ce qui m'est arrivé afin de pouvoir me replonger dans mon travail.

— Je ne sais pas quoi te répondre.

Nicky posa sa fourchette, et le regarda droit dans les yeux.

— Je veux que tu me refasses la même chose.

Pardon ? Elle voulait qu'il lui refasse quoi, exactement ? L'amour toute la nuit ? A cette idée, il sentit son sexe durcir.

— Qu'est-ce que tu veux dire ?

— Hypnotise-moi. Ou « déshypnotise-moi ». Enfin, fais ce que tu veux, mais remets-moi dans le même état et demande-moi de m'atteler à mon travail.

Il écarquilla les yeux, ne pouvant s'empêcher d'éprouver une pointe de déception. Ainsi, ce n'était pas au sexe qu'elle pensait.

— A dire vrai, c'est bien la dernière chose que je te recommanderais. Tu es épuisée, tu as des crises de panique, et tu es plus maigre qu'un mannequin. Je crois que tu as surtout besoin de vacances.

— Fais-moi plaisir, Jim. Remets-moi dans les mêmes conditions, et suggère-moi…

— De partager tes fantasmes avec moi ?

De nouveau elle rougit. Quelle barbe ! Pourquoi rougissait-elle toujours aussi vite ?

— Oui, chuchota-t-elle.

Il poussa un soupir, torturé entre le désir de l'aider et l'idée de ce qui se passerait si la face cachée de sa personnalité émergeait de nouveau.

— Si tu veux en arriver là, je pense qu'il vaudrait mieux que tu voies un professionnel. Je suis capable de mettre en scène un numéro d'hypnose pour un spectacle, mais il y a des médecins spécialisés en hypnose. Ce serait sûrement mieux pour toi d'en voir un.

— Non ! Il faut que ce soit toi !

— Pourquoi ?

— Je ne sais pas, répondit-elle en évitant son regard.

— Pour ma part, je ne crois pas que ce soit une bonne idée.

Pourtant, tout son corps lui criait le contraire.

— Il faut que ce soit toi, Jim ! insista-t-elle en levant une main pour l'interrompre avant qu'il ne réplique. Ne me demande pas pourquoi, mais je le sais.

— Après tout ce qui s'est passé entre nous, qu'est-ce qui te fait croire que cela fonctionnera une deuxième fois ? Il faut que tu aies confiance en ton hypnotiseur. Je ne pense pas…

— J'ai confiance en toi, dit-elle.

— Mais…

— Jim ! J'ai toujours eu confiance en toi.

Il étudia son visage. Pour la première fois, Nicky avait l'air détendue et ressemblait à l'adolescente qu'il avait aimée en secret. Peut-être avait-elle raison. Peut-être avait-elle besoin de revenir à cette nuit du bal de fin d'année lorsqu'il avait été son sauveur. A moins que tout cela ne soit beaucoup plus compliqué. Comment savoir ce qui se passait dans sa charmante tête ? Peu importait, de toute façon. Elle lui réclamait son aide, et il était incapable de la lui refuser.

— Très bien, dit-il en posant sa fourchette, mais nous devrons faire cela chez moi. Je ne peux pas t'hypnotiser ici.

— Oui, je m'en doute !

— Avant cela, tu vas me faire le plaisir de terminer ton assiette, puis nous irons chez moi et… nous verrons bien ce qui se passera.

— Tu vas m'hypnotiser ?

Il hocha la tête.

— Oui, puisque tu me le demandes, et… je ferai ce que je pourrai.

Elle lui sourit, et il remarqua qu'elle avait l'air soulagée.

— Je sais que je suis en sécurité avec toi, Jim.

Il ne répondit rien. Qu'allait-il se passer lorsqu'elle serait sous hypnose ? Allait-elle de nouveau vouloir partager un de ses fantasmes avec lui ?

La belle Nicky Taylor, idole de sa jeunesse, allait enfin passer du temps avec lui, et, cette fois, en ayant conscience d'être avec le Jim de son adolescence, et non un magicien inconnu.

Oui, il allait l'hypnotiser, tenter de mettre au jour sa véritable personnalité, et essayer de découvrir comment garder Nicky dans sa vie à jamais.

Et tout se passerait bien tant qu'il garderait le contrôle de sa libido.

# Chapitre 7

A l'instant où elle entra chez Jim, Nicky sentit l'anxiété la gagner. Un frisson la parcourut alors qu'elle se remémorait tout ce qu'elle avait fait ici la veille. D'abord, elle l'avait attendu sous son porche, puis, lorsqu'il était arrivé, elle avait commencé à retirer son chemisier avant qu'il ne l'entraîne à l'intérieur. A présent, elle se tenait près du mur contre lequel il l'avait plaquée, là où elle s'était agrippée à la rampe. Juste avant que…

Elle déglutit, et détourna les yeux des marques laissées sur le mur par ses chaussures. Jim la regardait sans rien dire. Mon Dieu ! Il était si sexy qu'elle avait déjà envie de lui !

— Peut-être que ce n'était pas une bonne idée, finalement, murmura-t-elle.

— C'est toi qui décides, Nicky. On fera comme tu voudras.

Elle hocha la tête et se tourna vers la porte. Elle était venue avec son propre véhicule afin de se sentir libre de partir quand elle le souhaiterait ; pourtant, elle n'esquissa pas un seul pas vers la sortie. Non, elle ne voulait pas s'en aller. Elle voulait rester ici, avec Jim.

C'était complètement dingue !

— Il faut que je découvre ce qui m'est arrivé. J'ai juste besoin de comprendre pourquoi je me suis comportée ainsi.

— Je te promets de t'aider autant que possible. Tu n'auras pas à me parler de tes fantasmes, pas plus que tu ne seras obligée de faire quoi que ce soit qui ne te conviendrait pas.

— Comme être plaquée contre ton mur et jouir sous les caresses de ta langue ?

Quelle idiote ! Pourquoi avait-elle dit cela ?

— Désolée, c'était une mauvaise plaisanterie. En fait, je suis un peu paniquée. J'ignore ce que je veux, et je ne comprends pas…

— Respire un bon coup, Nicky. Tu es en sécurité avec moi.

— Je sais.

Elle le contempla un instant. Jimmy Ray ! Quel homme sexy il était devenu ! Et quel amant doué ! Peut-être pourraient-ils sortir ensemble quand elle aurait un peu moins de pression au bureau. Ils pourraient réapprendre à se connaître. Oui, c'était une bonne idée… qu'elle ne pourrait, hélas, mettre en pratique avant plusieurs mois. Elle grimaça. Quand allait-elle pouvoir enfin s'accorder des vacances, voire prendre juste un peu de bon temps ? Pourquoi l'homme le plus sexy qu'elle ait jamais rencontré faisait-il irruption dans sa vie au pire moment ?

— A quoi penses-tu, Nicky ? Tu as l'air soucieuse.

— A rien… Je me disais juste que j'aurais dû être plus avisée au lycée.

— Tu n'es pas la seule à avoir de tels regrets. Mon frère ne cesse de me dire que je n'avais pas une personnalité très affirmée à l'époque.

— C'est faux. Je me souviens très bien de toi, tu sais. Cependant… je ne me serais jamais attendue à te voir sur scène en train de faire un numéro d'hypnose. Et certainement pas à ce que tu sois devenu aussi… heu… séduisant que tu l'es aujourd'hui.

Jim fronça les sourcils.

— Est-ce un compliment, mademoiselle Taylor ?

— Ça l'est, monsieur Ray. Aussi bien à l'adolescent que tu étais qu'à l'homme que tu es devenu.

Elle esquissa un timide sourire.

— D'ailleurs… j'adore l'homme que tu es devenu.

Ils se regardèrent en souriant.

— Allons par là, suggéra Jim en désignant son salon d'un geste de la main.

Elle le suivit et ils pénétrèrent dans une vaste pièce décorée dans un style très masculin. Un gigantesque écran plat dominait les lieux, et elle remarqua à côté plusieurs consoles de jeux. Une chaîne stéréo dernier cri trônait dans un coin. Mais ce qui attira le plus son attention fut le grand fauteuil à dossier inclinable de velours noir.

D'une pression du doigt sur une télécommande, Jim ferma les volets, et une douce lumière envahit la pièce.

Nicky alla s'installer dans le fauteuil, et se laissa aller contre les coussins.

— Bon, allons-y !

Debout à côté d'elle, bras croisés sur le torse, Jim éclata de rire.

— Tu as une curieuse conception de l'hypnose !

Il attrapa un siège et s'installa en face d'elle.

— Tout d'abord, tu dois te détendre.

Il lui avait juste effleuré la joue, mais déjà elle avait l'impression de s'embraser.

— C'est tellement difficile pour moi, confessa-t-elle.

— Je sais, tu es toujours si nerveuse.

Elle fronça les sourcils.

— C'est l'impression que je te donne ? C'est ce que tu pensais de moi lorsque nous étions au lycée ?

Il hocha la tête.

— A cette époque, j'avais l'impression d'être la reine du monde. Tout me réussissait.

Elle faillit mentionner sa cour de prétendants, mais y renonça. Au lycée, elle avait très mauvais goût en ce qui concernait les garçons. Après aussi, d'ailleurs.

— Oui, reprit-elle, à cette époque j'avais l'impression de tout contrôler. Enfin, c'est ce que je croyais.

— Et maintenant ?

— Maintenant, il suffirait d'un rien pour que je sois virée de mon travail.

— C'est impossible ! s'exclama-t-il en contemplant son tailleur ajusté, puis ses luxueux escarpins.

— Tout ceci n'est qu'un mirage, avoua-t-elle. Bien sûr, j'ai très vite gravi les échelons, mais plus tu fais tes preuves, plus on attend de toi.

— Et c'est comme ça qu'on se retrouve avec des crises de panique.

— Touché ! Mais que veux-tu, tout le monde n'a pas le cerveau d'un brillant ingénieur capable de trouver une idée géniale qui lui rapporte le gros lot.

Elle se pencha en avant.

— Je t'ai « googlé », et j'ai trouvé plein de choses sur toi sur internet. Tu as gagné une fortune en quelques années.

Jim avait mis au point un processeur informatique auquel elle ne comprenait pas grand-chose, mais qui était révolutionnaire. Il avait créé une société puis l'avait revendue huit mois plus tard et avait gagné des millions et des millions de dollars. A présent, il travaillait comme consultant et jouait les hypnotiseurs amateurs dans le bar de son frère.

— J'ai toujours su que tu étais plus intelligent que nous tous, Jim, ajouta-t-elle, mais, là, tu as frappé fort.

— Et je sais ce que signifie la pression au travail, Nicky, crois-moi. Il y a un an, j'étais en pleine crise de stress, moi aussi. C'est pourquoi j'ai vendu ma société. Je passais beaucoup trop de temps à la gestion, ce que je déteste, sans pouvoir me consacrer à la recherche.

Elle poussa un soupir.

— Si j'ai été aussi populaire, au lycée, c'est parce que j'étais plutôt mignonne et que tout était facile. Dans le monde réel, j'ai dû travailler dur. A dire vrai, je sais que malgré mes craintes je ne risque pas d'être renvoyée du jour au lendemain. De plus, j'ai assez d'argent à la banque pour couvrir une année entière de crédit, mais les choses peuvent changer si vite !

Jim secoua la tête.

— Je crois que tu te sous-évalues.

— Tu ignores tout de moi !

Jim resta silencieux un long moment. Assez longtemps, pour qu'elle reporte les yeux sur lui, puis les détourne, avant de le fixer de nouveau. Elle recommença plusieurs fois de suite, mais Jim ne cilla jamais. Au contraire, il l'observa en silence, et, finalement, elle se cala dans son siège et soutint son regard.

— Nous allons essayer d'en découvrir plus à ton sujet, Nicky.

— Tu as dit que tu allais m'hypnotiser.

— J'ai dit que j'allais t'aider à découvrir ce qui s'était passé, et pourquoi.

Elle déglutit.

— Mais nous savons bien que…

D'un geste de la main, il l'exhorta au silence.

— Chut ! C'est moi le praticien, et toi le sujet. As-tu confiance en moi ? Es-tu capable de te détendre assez pour baisser ta garde et répondre à mes questions ? Pour m'obéir ?

— Oui, oui, je crois.

— Très bien. A présent, choisis un mot que tu prononceras si tu as envie de mettre un terme à notre expérience.

— Un mot grâce auquel je me sentirais en sécurité ?

— Exactement. Alors ? Que choisis-tu ?

— Pistache.

— Pistache ?

— Oui, le parfum de la crème glacée. Comme celle que j'ai dégustée…

— … la nuit du bal de fin d'année. Nous sommes allés dans ce café, et tu as commandé une glace à la pistache. Je m'en souviens très bien.

— Je sais que cela a l'air idiot, mais ce parfum… ce goût est synonyme de sécurité pour moi.

— Cela n'a rien de stupide. Je suis content d'avoir pu t'aider à te sentir mieux, ce soir-là.

Elle rougit et détourna le regard. La situation était déjà embarrassante, et voilà qu'elle venait de lui avouer quelque chose qu'elle n'avait jamais dit à personne. Bon, de toute façon, cette fameuse nuit, elle avait confessé à Jim des choses qu'elle n'avait jamais confiées à quiconque. Le souvenir de cette soirée la rendit nostalgique. A cette époque, tout était si facile !

— Pouvons-nous continuer ? demanda-t-elle.

— Volontiers, mais tu dois d'abord me regarder.

Elle obtempéra et porta son regard sur son menton. Un menton ferme avec une ombre de barbe. Mmm. C'était si sexy !

Jim lui effleura la joue. Elle ne l'avait même pas vu approcher la main, mais cette simple caresse déclencha une myriade de sensations en elle, et aussitôt elle riva son regard au sien.

— Prononce ce mot, Nicky, et tu verras, tu te sentiras complètement en sécurité. Tu *seras* en sécurité.

— Pistache, murmura-t-elle.

C'était incroyable ! Jim avait raison. Le simple fait de prononcer ce mot la ramena à cette lointaine nuit, dans l'atmosphère intime du café, et tout lui revint à la mémoire. Le vinyle des sièges sous ses jambes, la délicieuse odeur de café et de hamburgers... Jim assis en face d'elle... Ils étaient comme seuls au monde, et l'instant était parfait. Et comme si tout cela n'était pas déjà suffisamment étrange, elle eut soudain l'impression que ce café se trouvait au beau milieu de son île paradisiaque. Elle était à deux doigts du paradis.

— Très bien, dit Jim, semblant comprendre dans quel état elle se trouvait. Nous allons commencer.

Il tendit le bras derrière elle et alluma une petite lampe. Avant qu'elle n'ait le temps de lui demander ce qu'il était en train de faire, il s'était déjà rassis, et brandissait une montre gousset devant elle.

Il jouait vraiment bien son rôle. Elle eut envie de le taquiner, surtout pour diminuer la tension qui s'était emparée d'elle, mais elle était incapable de prononcer un seul mot. Déjà son esprit semblait s'alléger.

Clic.

Voilà. Soudain, ce fut comme si Jim appuyait sur un interrupteur, et que tout s'évanouissait : ses peurs, ses tensions, toutes les pensées qui ne cessaient de tourbillonner en permanence dans son esprit. Enfin, enfin elle se trouvait dans son île de rêve, complètement libre !

— Tu souris, fit remarquer Jim. Dis-moi pourquoi.

— Parce que je ne pense plus à rien. C'est fantastique !

D'ailleurs, même sa voix semblait plus détendue.

— Bon, nous allons commencer par le plus facile. Prononce ton mot de sécurité, juste pour que nous nous assurions qu'il fonctionne.

— Non.

Jim fronça les sourcils.

— Pourquoi pas ?

— Je me sens déjà en sécurité. Je n'ai pas besoin de prononcer le mot magique.

— Parce que le prononcer romprait le charme ?

— Mmm.

Elle sentit ses jambes se détendre. Comme c'était curieux ! Elle ne faisait aucun geste, mais son corps semblait reprendre ses droits malgré elle.

— C'est fou ! J'arrive enfin à respirer profondément sans aucune gêne.

— Très bien. A présent, dis-moi pourquoi tu m'as suivi chez moi hier soir.

— Parce que tu me l'as suggéré.

— Tu prétends donc que c'est parce que tu étais sous hypnose ?

Elle se mit à rire.

— Non, parce que j'en avais envie.

— Tu as aimé ce que nous avons fait ?

— Bien sûr. Et…

— Et quoi, Nicky ? Il y a autre chose ?

Elle étendit les bras au-dessus de sa tête.

— Oui.

— Qu'est-ce qui t'a plu, Nicky ? Dis-moi précisément ce que tu as aimé.

— J'aime que l'on me dise ce que je dois faire. Par contre, je n'ai pas apprécié que tu échoues à me faire jouir.

Jim se redressa sur son siège.

— Là, je crois que tu te trompes. Je t'ai fait jouir…

— En te contentant de caresser mes seins.

— Ah ! là, tu marques un point. J'ai échoué. Je ne me suis pas contenté de tes seins… Je suis descendu un peu plus bas. Veux-tu que nous recommencions ?

Elle esquissa une moue.

— Décidément, tu étais plus doué hier soir.

— Pourquoi dis-tu cela ?

Elle le regarda avec un petit air de dédain.

— Tu ne me posais pas autant de questions !

Il se redressa, et fit tournoyer sa montre gousset devant elle. De nouveau, elle sentit toutes ses pensées s'évanouir. Plus rien n'existait que ce moment et la voix rauque de Jim.

— Nicky, dit-il d'un ton ferme, je t'ordonne de me dire pourquoi tu trouves que j'étais plus doué hier soir.

— Parce que, hier, tu me disais exactement quoi dire et quoi faire.

— Je t'ai demandé de m'avouer tes fantasmes.

— Oui.

— Et je t'ai aussi ordonné de t'accrocher à la rampe.

Elle eut un petit sourire.

— Et de ne pas la lâcher, ajouta-t-elle.

— Et tu aimes que l'on te commande ?

— Oh, oui !

— Pourquoi ?

Comme elle ne répondait rien, il se pencha vers elle.

— Nicky ! ordonna-t-il d'une voix forte. Dis-moi pourquoi !

— Je passe mes journées à diriger des gens. Des centaines d'employés sursautent dès que je dis un mot plus haut que l'autre. J'écris des dizaines et des dizaines de rapports pour dire à mes dirigeants que faire. Même à moi, je ne cesse de donner des ordres. Assieds-toi droite ! Travaille tard ! Termine ce que tu es en train de faire !

— Et maintenant ?

Son sourire se fit plus large, et elle s'abandonna contre le dossier.

— Maintenant, je ne donne aucun ordre, je n'ai plus à réfléchir ni à prendre de décisions. Tout ce que je dois faire, c'est t'obéir.

— Et cela te plaît, Nicky ? Etre dominée te plaît ?

— Oh, oui ! chuchota-t-elle.

— Mais si jamais je t'ordonnais de faire quelque chose d'immoral ? quelque chose de mal ?

Elle redressa la tête.

— Je sais très bien que tu ne le ferais pas. J'ai raison, n'est-ce pas ?

— N'oublie pas que tu as ton mot de sécurité. Tu crois qu'il fonctionnerait ?

Elle y songea un instant. Elle avait ce mot au bord des lèvres, mais refusait de l'utiliser. Elle était si bien là où elle se trouvait.

— Nicky ? Utiliserais-tu ce mot si ma demande te déplaisait ?

— Oui.

— Très bien. A présent, dis-moi la vérité : le fait d'être dominée fait-il partie de tes fantasmes ?

— Oui.

— Qu'est-ce que tu attends de moi exactement, Nicky ?

— Je veux… je veux que, question sexe, tu sois mon maître. Je veux que tu me dises tout ce que je dois faire, quand et comment. Je veux que tu décides de tout et que tu me fasses jouir encore et encore. Oh, oui ! Je veux que tu me donnes orgasme sur orgasme, jusqu'à ce que je n'en puisse plus de plaisir et que je ne cesse de crier ton nom en jouissant.

Eh bien ! S'il s'était attendu à ça ! Nicky avait des fantasmes plus que torrides !

— En fait, tu veux que je prenne le commandement, c'est ça ?

Peu convaincu, il la scruta.

— C'est vraiment ce que tu veux, Nicky ? Tu en es bien sûre ?

— Oh, oui !

Dans l'endroit paradisiaque où elle se trouvait, elle n'avait aucune honte à exprimer ses désirs. C'était bien ce qui lui plaisait le plus. Elle n'avait nul besoin de raisonner. Rien qu'à se laisser aller au plaisir.

— J'aimerais comprendre pourquoi, Nicky. Pourquoi m'as-tu choisi ?

Elle esquissa un sourire.

— Parce que c'est grâce à toi que je me sens aussi bien, aussi détendue. Tu as réussi à créer cet univers sensationnel où je me sens à la fois libre et en sécurité.

Elle écarta les jambes, comme une invite.

— Alors, Jim, penses-tu être capable de me procurer l'orgasme de mes rêves ?

# Chapitre 8

A l'instant où Nicky lui fit sa torride proposition, Jim eut l'impression que son cerveau se figeait. Pourquoi une telle demande ? Pourquoi Nicky ressentait-elle le besoin d'être hypnotisée pour laisser émerger sa sexualité ? Pourquoi ? Pourquoi ? Les questions se bousculaient à son esprit tandis qu'une autre s'y insinuait peu à peu : pourquoi pas ?

— N'as-tu pas peur de tout regretter demain matin, Nicky ?

Elle lui sourit et étira ses bras au-dessus de sa tête, mettant ainsi ses seins en valeur, en une sensuelle invitation qui l'excita terriblement.

— Je ne regretterai rien, dit-elle une lueur de défi dans les yeux, sauf si tu ne fais pas tout ce qu'il faut.

Il prit un air méchant.

— Je suppose que tu veux dire : si tu ne fais pas tout ce qu'il faut… maître.

— Tout ce qu'il faut, maître, s'il te plaît.

Que répondre à cela ? Il avait tenté de se montrer chevaleresque, mais Nicky avait été on ne peut plus claire et il voulait être l'homme qui l'aiderait à vivre ses fantasmes. Il se cala dans son siège, réfléchissant aux ordres qu'il allait lui donner.

— Retire ton string, Nicky, puis penche-toi par-dessus le fauteuil.

Elle se redressa pour obtempérer, mais il leva une main devant lui, signifiant par là qu'il avait autre chose à ajouter.

— Chaque fois que tu entendras un de mes ordres, je veux que tu répondes : « Oui, maître. » Ainsi, je saurai que tu es d'accord avec ma demande. Si jamais tu veux arrêter, tu pourras utiliser ton mot magique. Tu comprends ?

Elle acquiesça d'un hochement de tête.

— Oui, maître.

Puis, alors qu'il restait assis à l'observer, elle glissa les mains sous sa jupe et en retira son string. Il remarqua aussitôt que le petit morceau de tissu était déjà trempé, et cette vision attisa son désir. Nicky recula d'un pas vers le divan, y posa ses avant-bras, et leva les fesses en l'air.

Il s'approcha avec lenteur pour mieux apprécier ce moment. Tout ce qu'il avait à faire, c'était…

Bon sang ! Il lui fallait des préservatifs. En avait-il ?

— Ne bouge pas, je reviens tout de suite.

— Oui, maître.

Il s'arrêta dans son élan. C'était si bon d'entendre Nicky prononcer ces quelques mots sulfureux.

— Pendant que je vais là-haut, retire ton top et ton soutien-gorge. Et… heu… profites-en pour commencer à te caresser les seins.

— Oui, maître.

Il attendit pour la voir enlever sa veste, qu'elle jeta de côté avant de s'attaquer aux boutons de son chemisier. Il serait bien resté là à la regarder exécuter ce ravissant strip-tease, mais il lui fallait des préservatifs au plus vite. Il bondit à l'étage. Pourvu qu'il en reste quelques-uns dans le tiroir de sa table de nuit !

Gagné ! Il en trouva une boîte à demi pleine, s'en empara et retourna en courant au rez-de-chaussée. En arrivant dans la pièce, il s'arrêta pour apprécier la délicieuse vue qui s'offrait à lui.

Nicky, debout en talons hauts et jupe moulante, était nue à partir de la taille. Tête renversée en arrière, elle se caressait les seins, s'adonnant au plaisir, agaçant ses tétons durcis comme il le lui avait demandé.

Quelle vision érotique ! Certes, Nicky était une très belle femme, et n'importe quel homme serait devenu fou de désir à la voir se caresser ainsi. Mais le plus étonnant était la jouissance qu'elle semblait prendre à s'exhiber de la sorte. A l'évidence, Nicky ne pensait à rien d'autre qu'à cet instant de délices, ne se souciant même pas de ce qu'il risquait de penser d'elle. C'était bien ça le plus incroyable ! Nicky, d'habitude toujours sous contrôle, était complètement absorbée par les exquises sensations que ses caresses suscitaient. Son souffle se faisait de plus en plus court, et déjà il lisait sur son visage les prémices du plaisir. A ce rythme-là, elle allait se faire jouir toute seule, et lui, il allait jouir aussi, rien qu'en la regardant.

— Stop ! ordonna-t-il.

Nicky se figea.

— Penche-toi au-dessus du canapé et lève les fesses en l'air.

— Oui, maître, répondit-elle en obtempérant.

— Mieux que ça.

Elle souleva encore un peu plus les fesses, et cette vision acheva de l'exciter. Il s'approcha d'elle avec lenteur, puis, se penchant en avant, lui titilla un téton.

— Tu aimes ça, hein ?

— Oui, maître.

Il posa les mains sur ses cuisses qu'il caressa tout en retroussant sa jupe. Ses fesses étaient parfaites : deux magnifiques sphères d'ivoire fermes et satinées.

— Ecarte les jambes !

— Oui, maître.

Il glissa une main entre ses cuisses, faisant aller et venir ses doigts le long de sa fente, puis agaçant son clitoris. Son sexe était de plus en plus moite, et il introduisit un doigt en elle, puis deux, tandis qu'elle haletait de plus belle. A la fin, il n'y tint plus. Il fallait qu'il la pénètre. Depuis son adolescence, il avait rêvé de cet instant, et plus encore depuis la veille.

Il retira son pantalon et saisit un préservatif qu'il déroula sur son sexe. Enfin, Nicky allait être sienne. Mais combien de temps s'écoulerait-il avant qu'elle ne crie « pistache » ?

Pour l'instant, peu lui importait ! Il lui agrippa les hanches, et fit aller et venir son membre durci le long de ses lèvres intimes. Nicky poussa un gémissement et se cambra tandis qu'il la pénétrait. Mmm. C'était si bon !

— Ne jouis pas tout de suite ! ordonna-t-il.

C'était en fait à lui que ces paroles s'adressaient, mais Nicky y répondit comme s'il s'agissait d'un ordre.

— Oui, maître.

Se penchant sur elle, il saisit ses seins à pleines mains et les caressa avec ardeur. Nicky se mit à frémir de toutes parts. Elle était sur le point de jouir.

— Retiens-toi !

— Oui, maître.

Allait-elle tenir le coup ? Et lui, pourrait-il résister encore longtemps ? Non, à l'évidence, ils étaient tous deux sur le point de se laisser aller. Il lui saisit de nouveau les hanches, et ralentit la cadence de ses assauts, puis se retira avec une langueur extrême, avant de replonger en elle. Mmm ! c'était encore meilleur !

— Qu'est-ce que tu ressens ? demanda-t-il.

— Je... J'adore ça. Ton sexe est si gros, si dur.

Il la pénétra de plus belle.

— Je te sens... jusqu'au plus profond de moi, haleta-t-elle.

— Tu en veux plus, encore ?

— Oh oui, maître !

Voilà, on y était.

— Laisse-toi aller, maintenant ! Jouis !

Elle s'abandonna en criant de plaisir, et soudain plus rien n'exista que ce moment d'extase auquel il se laissa aller. Le plaisir déferlait sur lui comme une vague immense qui se répandait en Nicky, comme un flux vertigineux qui ne cessait d'aller et venir entre eux.

Quelques instants plus tard, ils s'écroulèrent sur le canapé, essayant de reprendre leur souffle.

— C'était bon, murmura-t-il.

— Oui, maître.

Il esquissa un sourire, puis déposa une myriade de petits baisers sur son dos. Il venait de vivre l'orgasme le plus intense de sa vie.

— C'était même parfait, dit-il tout en s'émerveillant de la douceur de sa peau.

— Non, maître.

Il fronça les sourcils.

— Pardon ?

Nicky redressa la tête et lui jeta un coup d'œil par-dessus l'épaule.

— Non, maître, répéta-t-elle.

— Tu ne trouves pas que c'était l'orgasme parfait ?

Cette fois, elle se retourna pour lui faire face et le regarda d'un air de défi.

— Non, maître, pas tout à fait.

Ah bon ? Mmm, elle n'avait peut-être pas tort, après tout. Il venait de la prendre par-derrière, penchée sur son canapé, mais c'était un fantasme qui le hantait depuis son adolescence, et n'avait sûrement rien à voir avec ceux de Nicky. C'était son désir qu'il venait de satisfaire, pas celui de Nicky.

— Mais cela t'a tout de même plu, n'est-ce pas ?

— Oui, maître.

— Mais ce n'était pas parfait.

— Non, maître.

— Eh bien, je crois que nous allons devoir recommencer et il va me falloir y mettre encore plus d'ardeur.

Après tout, il lui restait trois préservatifs dans sa boîte, et ils avaient toute la nuit devant eux.

— Je le crois aussi, maître.

# Chapitre 9

Nicky était assise bien droite sur le canapé. Jim n'avait pas dit grand-chose avant de quitter le salon, et elle attendait toujours, nue, qu'il revienne. Peut-être pourrait-elle jeter un coup d'œil aux informations télévisées en attendant son retour.

Non, elle n'en avait aucune envie.

C'était si curieux d'être assise là, à se laisser aller à la rêverie. En temps normal, jamais elle ne serait restée sans rien faire, sans passer un coup de fil de son portable, consulter ses mails ou mettre au point une stratégie professionnelle. Oui, cette situation était vraiment bizarre.

Comme on tourne le bouton d'une radio, elle décida de fermer cette partie de sa conscience qui continuait à réfléchir, préférant ne songer qu'aux délices à venir.

Elle ferma les yeux et, quelques instants plus tard, entendit Jim entrer dans la pièce.

— Ne bouge pas ! ordonna-t-il.

— Oui, maître.

— J'adore te voir ainsi, mais je préfère quand tu portes tes chaussures. Enfile-les !

— Oui, maître.

Décidément, ces escarpins noirs avaient l'air de le troubler. Elle se pencha en avant et les enfila, puis reprit sa position et referma les yeux.

— Juste pour que les choses soient claires, Nicky, je

tiens à être certain que tu aimes être commandée. C'est le cas, n'est-ce pas ?

— Oui, maître.

— Mais jusqu'à quel point aimes-tu que l'on te force ?

Ça, elle n'en savait rien, et, franchement, elle n'avait pas envie de se poser la question. C'était à lui de décider. Qu'il l'entraîne là où il voulait, et elle déciderait après si cela lui avait plu ou non.

— Garde les yeux clos, dit-il d'une voix rauque en s'approchant, et réponds-moi sans réfléchir. As-tu déjà joué à ce genre de jeux avec un autre homme ?

— Non, maître.

— As-tu déjà tenté de donner vie à tes fantasmes ?

— Non, maître.

— Aucun ? Pourquoi ?

Des questions, encore des questions ! Elle n'avait aucune envie de réfléchir, car cela l'entraînait loin de son île paradisiaque. Pourtant, son maître lui avait demandé de répondre spontanément, et elle devait obtempérer.

— Disons que je ne suis pas très douée dans le choix de mes partenaires.

Soudain, elle sentit sa main effleurer sa joue puis ses lèvres.

— Tu es en sécurité, avec moi, Nicky, chuchota Jim. Tu es une femme très belle et très intelligente, et tu mérites un homme qui sache ce qui te convient.

Aussitôt une vague de confiance l'envahit.

— Alors, tu tiens toujours à explorer tes fantasmes ?

— Oui, maître.

Il lui posa un bandeau de satin sur les yeux, mais le tissu s'accrocha dans l'une des épingles de son chignon. Elle sentit qu'il tentait de le défaire, et, quand il y parvint, il libéra ses cheveux et noua le bandeau. Elle devait avoir l'air complètement échevelée, mais peu importait. C'était lui le maître, et elle devait obéir.

— Ne dis plus un mot, ordonna-t-il alors, et l'obscurité dans laquelle le bandeau l'avait plongée ajouta encore un peu à l'excitation qu'elle ressentit en recevant ce nouvel ordre. Ne dis plus un mot, et ne bouge pas. Sous aucun prétexte.

Qu'allait-il lui faire ?

Le temps sembla s'étirer interminablement, et elle commençait à se demander pourquoi il ne bougeait pas, mais, soudain, une sensation intense la foudroya. Jim venait d'effleurer son téton droit. Elle laissa échapper un petit halètement, mais ne bougea pas, car elle n'en avait pas le droit.

— Tes seins sont tout durs. Tu as froid, on dirait, murmura Jim.

Il lui écarta les cuisses et la repoussa contre les coussins.

— Il fait pourtant chaud ici, fit-il remarquer avant de glisser un doigt en elle. Ici aussi, d'ailleurs.

Excitée par ses caresses, elle se cambra, le suppliant par ce geste de lui donner plus encore. Hélas, il se retira, mais elle ne protesta pas. Il lui avait ordonné de rester silencieuse, et cela aussi faisait partie du fantasme.

— Lève-toi.

Elle obtempéra. Il lui prit alors la main et elle le suivit. Sous les semelles de ses escarpins, la moquette fit place au carrelage, mais pas celui de l'entrée. Non, elle devait se trouver… dans la cuisine. De toute façon, elle ne pouvait se fier qu'à ses sensations, et devait faire entièrement confiance à Jim.

Il ouvrit une autre porte, plus lourde, lui sembla-t-il, et l'avertit qu'une marche se trouvait devant elle. Elle la descendit avec précaution et s'avança, l'esprit en ébullition. Puisque cette pièce était adjacente à la cuisine, ce devait être le garage. Pourquoi Jim l'amenait-il ici ?

— A présent, tu vas grimper sur cette table, ordonna-t-il.

Ah ! une table ! Elle commençait à avoir une petite idée du scénario à venir, mais pourquoi ne pas être restés dans la cuisine ?

Du bout des doigts, il lui effleura le dos, juste pour lui indiquer la direction. Elle s'avança, et posa la main sur une table en Formica.

— A genoux.

— Oui, maître.

A quatre pattes, elle grimpa sur la table, s'avançant avec prudence. Elle s'était à peine installée, fesses en l'air, que Jim insinua un doigt en elle. Elle poussa un petit cri de surprise alors qu'il faisait aller et venir son doigt en elle, encore et encore, puis en introduisait un second.

— Mmm, tu es déjà toute mouillée, Nicky. Je pourrais te prendre sur-le-champ.

— Oui, maître.

Elle ne demandait que ça !

— Oui, je pourrais, mais je ne crois pas que cela te procurerait l'orgasme parfait, n'est-ce pas ?

— Non, maître.

— Dans ce cas, nous allons continuer à jouer. Tourne-toi face à moi. Je veux que tu te mettes sur le dos.

— Oui, maître.

Ce n'était pas facile de changer ainsi de position sans rien voir, mais elle y parvint sans son aide.

— Redresse la tête, dit-il lorsqu'elle se fut allongée comme il le lui demandait.

Il plaça ensuite une serviette de toilette roulée sous son cou. Ce n'était pas aussi moelleux qu'un coussin, mais cela rendait néanmoins la position moins inconfortable.

Alors qu'elle se laissait aller, Nicky sentit quelque chose de froid se refermer autour de son poignet gauche, puis la même chose se répéta à son poignet droit.

Jim venait de la menotter à la table !

— Ecarte les jambes !

Elle obtempéra.

— Plus grand ! exigea-t-il. Ecarte-les autant que tu peux.

— Oui, maître, murmura-t-elle.

Elle entendit un bruit curieux. Jim était en train de s'activer, mais que faisait-il ? Elle se mit à frémir, puis sentit sa paume, large et chaude, se poser sur sa cuisse droite. Ensuite, quelque chose qui semblait être en cuir fut noué sur sa jambe, juste au-dessus de son genou.

Jim répéta l'opération de l'autre côté, et au bout de quelques instants elle se retrouva complètement attachée, le sexe largement offert à sa vue… et à toutes ses caresses.

— Essaye de bouger, demanda-t-il.

— Oui, maître.

Elle essaya, mais c'était impossible. Ses mains étaient attachées, tout comme ses jambes, grandes ouvertes.

— Tu as peut-être envie de tout arrêter, Nicky. Tu te rends compte que tu es désormais ma prisonnière ? Je peux te faire tout ce que je veux et tu ne peux pas m'en empêcher.

Quoi qu'il dise, elle savait que, si elle utilisait son mot magique, il arrêterait tout. Mais ça, elle ne voulait même pas y penser.

— Tu es complètement à ma merci, insista Jim. C'est bien ce que tu voulais ?

— Oui, maître.

— Parfait.

Elle entendit un bruissement de tissu, puis un grincement. Jim était-il en train de grimper sur la table ? Oui, apparemment.

Elle le sentit placer un bras de chaque côté de sa tête, lui tirant même un peu sur les cheveux, puis son sexe dur vint se nicher au creux de ses cuisses. Jim était allongé sur elle, et la chaleur de sa peau nue contre la sienne était la plus douce des caresses.

— Enroule tes jambes autour des miennes, demanda Jim.

— Oui, maître, haleta-t-elle.

Elle tendit les jambes, mais comment aurait-elle pu bouger avec ces liens aux genoux ?

— Je ne peux pas, maître.

— Je sais, dit-il en s'allongeant sur elle.

Où il resta sans bouger. Totalement immobile.

— Nicky, chuchota-t-il à son oreille, est-ce que tu me fais confiance ?

— Absolument.

— Tu vois, cette fois, tu as choisi le bon partenaire.

Elle esquissa un sourire. Oui, elle avait une totale confiance en lui.

Elle le sentit bouger et, soudain, il la pénétra. Elle voulut se cambrer pour mieux l'accueillir, mais, attachée comme elle l'était, c'était quasiment impossible. Elle était déjà si moite de désir qu'il n'eut aucun mal à entrer en elle. Jim la possédait entièrement, et c'était merveilleux. Puis il se retira avec une lenteur extrême, avant de la pénétrer, puis de se retirer de nouveau, la faisant languir chaque fois. Il allait la rendre folle ! Enfin il revint en elle, encore et encore. Son sexe semblait durcir à chaque poussée. Ses assauts devenaient frénétiques, son souffle rauque. C'était un véritable délice que de le rendre fou ainsi, et c'était si bon, oh ! si bon ! de l'avoir en elle, de le sentir aller et venir, de plus en plus loin, de plus en plus fort. Elle allait jouir. Oui, elle allait…

Son ventre se crispa, mais il était trop tard.

Jim venait de laisser échapper un long cri, et, avec des soubresauts, il s'abandonna en elle.

Elle aurait voulu le suivre dans son plaisir, jouir avec lui, mais c'était trop tard.

Jim se laissa tomber sur elle, l'écrasant de tout son poids. Elle avait du mal à respirer et les liens commençaient à la gêner. Pourvu que Jim ne s'endorme pas ainsi, mais en même temps, quel plaisir ce serait de savoir qu'elle l'avait épuisé à ce point.

Devait-elle lui désobéir et dire quelque chose ? le réveiller ?

— Tu vas me tuer, mais c'était si bon ! chuchota Jim à son oreille, mettant ainsi un terme à ses hésitations.

Puis, d'un geste souple, il s'écarta et se retira d'elle.

— Je n'avais pas l'intention de me laisser aller ainsi, dit-il d'un ton plein de regrets, mais tu es si belle, Nicky, que je me suis laissé emporter.

Elle ne répondit rien. Malgré la déception de n'avoir pas pu jouir avec lui, elle était ravie de savoir qu'elle pouvait l'entraîner dans un monde aussi fantastique que celui qu'il avait créé pour elle.

— Etait-ce l'orgasme parfait ? demanda-t-il.

— Non, maître.

— Ça ne risque pas, puisque, de toute façon, tu n'as pas joui, n'est-ce pas ?

— Non, maître.

— Ne t'inquiète pas, nous allons arranger ça. Mais avant, il va nous falloir faire un brin de toilette.

Elle laissa échapper un petit soupir. Le bandeau recouvrait toujours ses yeux, et elle avait encore les cuisses grandes ouvertes. Qu'est-ce que Jim avait exactement l'intention de faire ?

Allait-il la laisser attachée ?

Un jet d'eau froide coula tout à coup sur son aine, et elle poussa un petit cri de surprise, puis se cambra pour échapper au filet d'eau qui coulait le long de sa cuisse.

— Cesse de t'agiter, Nicky, ordonna Jim en lui posant une main sur le ventre.

— Oui, maître.

Elle obtempéra, et entendit soudain des bruits qu'elle ne reconnut pas. Jim était tout près, mais ne la touchait pas.

Le filet d'eau froide se déplaça, remontant sur le haut de sa cuisse, puis sur son mont de Vénus et, au cas où elle aurait encore des doutes sur ses intentions, les doigts de Jimmy écartèrent ses plis intimes, et l'eau froide coula directement sur son clitoris.

C'était une sensation incroyable, et elle se mit à haleter de plus belle. Les pointes de ses seins étaient toutes dures, et son corps entier frémissait sous les sensations déclenchées par ce petit jet d'eau froide.

Soudain, le chaud succéda au froid.

La langue de Jim.

Oui, la langue de Jim entre ses cuisses, chaude et langoureuse sur son sexe, puis mutine et taquine sur son clitoris.

Le contraste était si saisissant qu'elle crut qu'elle allait jouir sur-le-champ. Oui, elle était juste sur le point…

Tout à coup, la chaleur laissa de nouveau place au froid. Ce n'était plus de l'eau, mais un glaçon que Jim était en train de poser doucement sur son sexe. De nouveau, elle poussa un petit cri, mais Jim laissa le glaçon en place. Elle avait l'impression qu'un feu interne la dévorait, et nul doute que le glaçon n'allait pas tarder à fondre…

Alors qu'elle était tout entière concentrée sur les sensations inédites qui la parcouraient, elle sentit soudain les lèvres de Jim sur sa poitrine, et elle frissonna. Il prit l'un de ses tétons dans sa bouche et commença à le sucer, réchauffant le haut de son corps tandis que le bas restait froid sous l'effet de la glace. C'était si excitant ! Froid et chaud à la fois. Prisonnière, mais libre. Et vivante. Enfin si vivante ! Comme si, soudain, chaque cellule de son corps était prête à se laisser aller à toutes les divines jouissances que Jim voulait lui offrir.

Jim redressa la tête, abandonnant son sein trempé de ses baisers. Le froid sur sa poitrine faisait écho à celui entre ses cuisses. Le cube de glace avait dû tomber, ou fondre complètement, elle n'en savait rien, mais peu importait. Jim venait de lui offrir un maelström de sensations incroyables.

Et elle savait que d'autres délices l'attendaient.

# Chapitre 10

— Nicky, chuchota Jim à son oreille.

— Oui, maître.

— Nicky, je vais te poser quelques questions, et si tu me réponds honnêtement tu auras une récompense. Tu comprends ?

— Oui, maître.

— Et, plus important que tout, je veux que tu te souviennes de ces questions, d'accord ? J'aimerais que nous en discutions plus tard. Après… Après cette nuit, si tu es d'accord.

— Oui, maître.

Jim déposa un léger baiser sur ses lèvres.

— Allons-y. Première question. Est-ce que le fait d'être attachée t'excite sexuellement ?

— Oui, maître.

La main chaude de Jim lui frôla la joue.

— Décris-moi les sensations que tu éprouves. Qu'est-ce que cela te fait d'être ainsi excitée ?

Elle fronça les sourcils, mais s'efforça de répondre. Elle se sentait si bien avec Jim qu'elle n'avait aucune honte à lui parler de son plaisir.

— Eh bien… je me sens comme libérée de tout. Je peux respirer profondément, sans aucune contrainte, sans aucun stress, et j'ai l'impression que chaque fois que je prends mon souffle mes seins deviennent de plus en plus gros et que… je ne sais pas… C'est comme s'ils réclamaient des caresses et encore des caresses.

Elle sentit la main de Jim effleurer son sein gauche et elle eut soudain la curieuse sensation que, tout au fond d'elle, la porte d'une prison s'ouvrait. Etait-ce la cage où elle avait été retenue si longtemps ? Elle inspira un grand coup et se cambra autant qu'elle le put. Comme il était bon de se laisser aller avec Jim !

— Continue, Nicky, insista-t-il. Que ressens-tu encore ?

— Je me sens comme entourée de douceur et de chaleur. Mon ventre est tout souple, mais j'ai l'impression qu'il risque de durcir de nouveau.

— Tu n'aimes pas cette sensation ?

— Non, on dirait que tout mon corps va redevenir rigide.

Il abandonna son sein et elle poussa un petit soupir de déception, mais tout de suite après elle sentit sa langue chaude et ferme se poser sur son mont de Vénus. Il lécha son sexe, longuement, et elle écarta encore un peu plus les cuisses, se cambrant autant qu'elle le pouvait pour s'offrir à sa bouche. Jim prenait tout son temps, faisant aller et venir sa langue le long de sa fente. Une vague de plaisir monta en elle, petite, mais annonciatrice de délices bien plus fortes.

— Plus, murmura-t-elle, je veux plus.

Il s'interrompit.

— Dans ce cas, tu vas devoir continuer à répondre à mes questions, Nicky. Est-ce que tu as besoin d'être attachée à cette table pour apprécier ce que je te fais ?

— Oui.

— Ne pourrais-je pas te prodiguer toutes ces caresses dans un lit ?

— Non.

— Pourquoi ?

— Je ne sais pas.

— Nicky, tu as un bandeau sur les yeux et tu es ligotée à cette table. Je pourrais amener d'autres hommes ici, et tu ne pourrais pas les empêcher de te faire ce dont ils auraient envie. Est-ce que cela t'excite ?

— Oui, murmura-t-elle.

— Ainsi, tu aimerais avoir deux amants qui s'occupent de tes seins, un troisième qui te tiendrait les cuisses ouvertes pendant qu'un autre te pénétrerait ?

— Oui.

Cette vision la faisait haleter de désir.

— Et les fessées, tu aimes ça ?

Elle resta silencieuse.

— Nicky ? Est-ce que cela t'exciterait de recevoir une fessée ?

— Je ne sais pas.

Jamais elle n'avait envisagé qu'un châtiment corporel puisse déclencher un plaisir sexuel. Si elle ne s'était pas trouvée dans ce lieu magique que Jim avait créé spécialement pour elle, jamais elle ne se serait autorisée à envisager de telles pratiques. Mais là, envoûtée comme elle avait l'impression de l'être, elle était libre de tout envisager, et de se laisser aller à toutes les pratiques qui lui plairaient.

Jim déposa un baiser au creux de sa cuisse, la faisant frissonner.

— Qu'est-ce que le sexe t'évoque, en temps habituel ? demanda Jim. Quand tu n'es pas sous hypnose.

— C'est quelque chose qui n'existe pas.

— Pourtant, tu as déjà eu des amants. Tu n'étais pas vierge, n'est-ce pas ?

— Non.

— Alors, que représentait le sexe pour toi, jusqu'à présent ?

— C'était quelque chose de… dirigé.

La réponse avait fusé sans qu'elle puisse la retenir.

— Comment cela ?

— Oui, au lit, c'est toujours moi qui disais à mes amants ce que j'aimais qu'ils me fassent, même si, de temps à autre, je les laissais choisir la position.

— C'est donc toi qui décidais de tout ?

— Oui, maître.

— Mais ce n'est plus le cas, aujourd'hui.

— Non, maître.

— Et tu préfères que les choses se passent comme ça ?

— Oh ! oui, maître !

Elle tenta de se tourner vers lui. Il allait la récompenser pour tous les aveux qu'elle venait de lui faire, non ?

Oui ! Il la pénétra d'un doigt, tandis que son pouce décrivait de petits cercles sur son clitoris. Mmm, c'était si bon. Pourvu qu'il continue encore et encore !

Hélas, il se retira trop vite.

— Tu as bien répondu, Nicky, et je vais donc t'offrir un cadeau. Je vais te décrire une scène, que tu vas devoir garder à l'esprit, et que tu vas vivre comme si elle était réelle. Tu comprends ?

— Oui, maître.

— Tu vas imaginer que tu es une vierge prête à être sacrifiée dans une société des temps anciens. Oui, tu es une magnifique jeune fille avec un corps parfait et tu vas être amenée nue devant le grand prêtre, moi.

Les paroles de Jim pénétraient son esprit, créant tout un univers excitant. Soudain, elle n'était plus Nicky, mais une jeune fille innocente et vulnérable.

— Est-ce que nous sommes sur le volcan ? demanda-t-elle. Sur l'île ?

Jim resta silencieux un instant.

— Tu parles du volcan dans lequel tu as jeté ton téléphone portable ?

— Oui.

— Oui, c'est bien là que nous sommes, juste à côté du volcan, et toi, tu es nue, et mes acolytes te ligotent à cette table, cuisses grandes ouvertes pour moi. C'est bien cela que tu es en train de vivre, Nicky ?

— Oui, maître.

Comme c'était étrange ! Elle avait l'impression que même sa voix semblait plus jeune.

— Le grand prêtre vient à toi, Nicky. Il va t'embrasser sur les lèvres et, à cet instant très précis, l'esprit d'une déesse entrera en toi. Tu seras à la fois vierge et pure, tout en ayant la maturité et l'expérience d'une déesse. En tant que déesse, ta seule tâche est d'être adorée, d'être caressée et qu'on te donne du plaisir. Tu comprends ?

— Oui, maître.

Alors, il posa ses lèvres sur les siennes, les effleura du bout de la langue, l'obligeant à les entrouvrir, puis sa bouche prit possession de la sienne. La magie opéra, et soudain elle sentit qu'elle devenait une femme dans le corps d'une toute jeune fille. Ses pouvoirs la rendaient immortelle et elle régnait sur Terre pour que les humains puissent l'adorer.

Jim mit un terme à leur baiser. Voilà, la transformation était complète. Elle ploya la nuque en arrière, et ferma les yeux, entièrement relaxée.

— Je veux être adorée, ordonna-t-elle.

— Deux hommes s'appliquent à te caresser les seins.

Oui, chacun avait une main posée sur un de ses seins. L'un de ses amants était plus habile que l'autre, mais tous deux étaient attentifs à lui donner du plaisir. Puis un changement s'opéra. Des lèvres se posèrent sur l'un de ses seins, tandis que le second amant titillait la pointe de son autre sein entre son pouce et son index, déclenchant en elle mille sensations délicieuses. Chacune de ces caresses, chacun de ces baisers était un acte d'adoration qu'elle acceptait comme son dû.

Elle avait conscience d'être toujours attachée, mais peu importait, car elle n'avait aucune intention de bouger. Il appartenait à ces hommes de l'adorer, de lui donner du plaisir, et elle ne ferait aucun effort pour leur dire comment s'y prendre.

— Ces hommes continuent à cajoler tes seins, Nicky, et un autre te caresse le visage et le cou tout en te dévorant de baisers. Est-ce que tu ressens tout cela ?

— Oui, grand prêtre, répondit-elle.

Oui, ses seins avaient durci sous les caresses de ses amants inconnus, et à présent elle sentait aussi de délicieuses sensations dans son cou et sur son visage. Une étoffe de soie effleura sa poitrine, puis des doigts et des lèvres s'attardèrent sur elle.

— J'aime ce que ces hommes sont en train de me faire, chuchota-t-elle.

— C'est très bien, mais tu mérites encore mieux, Nicky.

Elle ne se donna pas la peine de répondre. Le grand prêtre ferait ce que bon lui semblerait.

— Une longue file d'hommes attend son tour pour te prouver son adoration. Chacun est impatient de te donner du plaisir. Mais il n'y a que moi, grand prêtre, qui suis autorisé à te pénétrer.

Là non plus, elle ne répondit rien.

— Tes orgasmes commenceront à l'instant même où je te pénétrerai, mais ils continueront après que je t'aurai fait l'amour. Après moi, d'autres hommes viendront t'embrasser, te caresser, t'offrir orgasme sur orgasme. C'est notre plus grande joie que de t'adorer.

Il s'interrompit un instant, et elle sentit ses mains effleurer ses cuisses.

— Ai-je la permission de commencer, chère déesse ?

— Permission accordée.

Il la pénétra, et son sexe dur et ferme l'emplit. Quelle ardeur ! Comme il l'avait prédit, elle jouit dès qu'il fut en elle. Une première vague de plaisir monta en elle, puis une autre, plus forte, et une autre encore. Chacune plus puissante, plus impérieuse que la précédente, jusqu'à ce qu'elle se retrouve complètement submergée par l'extase.

Perdue dans son plaisir, elle eut à peine conscience que le grand prêtre se retirait d'elle.

— Tous ces hommes qui attendent leur tour vont maintenant te montrer jusqu'à quel point ils peuvent t'adorer. Le premier est un jeune homme blond, aux larges épaules et aux abdominaux fermes. Il est complètement fou de toi.

Le jeune homme posa sa bouche sur son clitoris et l'entraîna dans un nouvel orgasme. Elle savait qu'il était heureux d'avoir pu lui procurer pareil plaisir.

— L'homme suivant est très grand et très musclé. Il dit que tu es la seule à donner un sens à sa vie.

Cette fois, les caresses de l'inconnu sur son sexe furent beaucoup plus fermes, mais c'était ce que l'homme voulait, et de nouveau elle prit son adoration comme un dû.

Un à un, les hommes défilèrent. Elle n'entendait que la voix du grand prêtre qui lui décrivait ce que chaque homme s'apprêtait à lui faire, comment il allait l'adorer. Les vagues de plaisir succédèrent aux vagues de plaisir et elle perdit toute conscience du temps.

De longs moments plus tard, son corps de jeune vierge fut submergé par l'épuisement.

Elle s'effondra de fatigue, et la déesse fut obligée de quitter son corps. Cependant, avant de partir, elle s'adressa au grand prêtre.

— La prochaine fois, dit-elle, la jeune fille devra avoir plus d'endurance, car je veux être adorée bien plus encore.

# Chapitre 11

Pour la énième fois, Jim eut un sursaut et bondit dans son lit. Toute la nuit il n'avait cessé de se réveiller, juste pour se rendre compte que l'aube était encore loin, que Nicky était endormie à côté de lui, et qu'il avait grand besoin de se rendormir, lui aussi. D'autant plus qu'il ignorait comment se passerait la suite des événements.

Il jeta un coup d'œil à son réveil qui indiquait 6 h 42, puis baissa les yeux vers Nicky. Ses boucles blondes s'éparpillaient sur l'oreiller et il remarqua quelque chose de brillant autour de ses yeux. Les restes de son maquillage de la veille, sans doute. Il admira son épaule nue, ses seins nus eux aussi tout comme son bras qui étreignait l'oreiller.

Elle était si belle ! Il se cala contre le chevet et se mit à réfléchir. En fait, prise individuellement, aucune des parties du visage de Nicky n'était parfaite, mais l'ensemble donnait un résultat plus que ravissant. Oui, Nicky était magnifique. Mais le plus magnifique de tout, c'était qu'elle soit là, endormie à côté de lui. A cette idée, son cœur avait envie de danser.

Il poussa un soupir. Il ferait mieux de réfléchir plutôt que de rester à la contempler d'un air ébahi. La veille, il avait eu un plus grand aperçu des désirs refoulés de Nicky, et elle lui avait donné de nombreuses clés. Et il ne pouvait s'empêcher de les tourner et les retourner dans sa tête.

Ainsi, il avait pu voir, sans l'ombre d'un doute, que la personnalité de Nicky comportait deux facettes bien distinctes.

La première était Nicky la femme d'affaires, toujours vêtue d'un tailleur strict et rivée en permanence à son PDA. Celle qui contrôlait chaque moment de sa vie, même ses moments intimes d'après ce qu'elle lui avait dit. Nicky donnait des ordres à tout le monde, y compris à elle-même. A croire qu'elle redoutait de baisser sa garde ne serait-ce qu'une seconde, de crainte que le pire n'arrive. Elle avait peur de perdre son travail, son appartement, tout…

Et, manifestement, la Nicky femme d'affaires refusait de reconnaître l'existence de l'autre Nicky, la jeune femme sexy. Plus encore, jamais la première ne pourrait imaginer le comportement torride à laquelle cette dernière était capable de s'abandonner. Oui, ces deux-là étaient deux entités complètement distinctes.

Pourquoi ? Pourquoi la femme d'affaires était-elle si forte, si puissante, au point d'avoir toujours le dessus ? Pourquoi avait-il besoin de l'hypnotiser pour faire émerger la jeune femme sexy ? L'un des indices qu'elle lui avait fournis concernait le peu de discernement qu'elle prétendait avoir pour les hommes. Certes, cela avait été vrai au lycée. Il s'était trouvé là, la nuit du bal de fin d'année, pour la consoler après l'affront que lui avait fait le capitaine de l'équipe de base-ball. Un événement minime survenu lors des années de lycée pouvait-il influencer toute une vie ? Peut-être. Nicky la femme d'affaires ne tolérait aucune erreur, et surtout pas d'en commettre elle-même. Mais était-il possible que Nicky manque de confiance en elle à cause d'un petit ami qui ne s'était pas montré à la hauteur à l'époque du lycée, ou y avait-il autre chose derrière tout cela ? Combien de mauvais choix avait-elle fait dans sa vie ?

Il avait envie de lui poser toutes ces questions, d'en explorer les réponses avec elle et d'aider Nicky la jeune femme sexy à prendre vie le plus souvent possible, et de préférence lorsqu'ils seraient ensemble. Mais comment pouvait-il empêcher Nicky la femme d'affaires de prendre le dessus pendant qu'ils chercheraient les réponses à toutes ces questions ? Bien sûr, il pouvait continuer à la mettre sous hypnose, mais cela équivalait à tricher. Nicky la jeune femme sexy était parfaite pour une nuit, et même pour mille et une nuits, mais ce qu'il voulait par-dessus tout, c'était entretenir une véritable relation avec elle.

Une demi-heure plus tard, il était toujours en train de retourner le problème dans sa tête lorsque Nicky s'éveilla.

Elle avait des yeux magnifiques, d'un brun profond et velouté, et tourna vers lui un regard encore endormi.

— Bonjour, chuchota-t-il un sourire aux lèvres. Tu veux boire quelque chose ? Du café ? Du thé ? Ou bien tu préfères rester au lit plus longtemps ?

Elle ouvrit un peu plus grand les yeux, et redressa la tête sur l'oreiller. Elle l'observa, puis jeta un coup d'œil sur la chambre, et, lorsqu'elle posa de nouveau le regard sur lui, il remarqua que quelque chose avait changé.

Il n'était pas très difficile de deviner ce qui se passait en elle. Elle faisait tout son possible pour se cramponner à la béatitude sensuelle qui l'avait envahie, mais la réalité était en train de reprendre le dessus, et il vit la panique se peindre sur son visage. Un instant elle était comme une belle princesse endormie, et celui d'après, ce n'était plus qu'une tigresse terrifiée.

Un sentiment d'abattement fondit sur lui. Elle était sur le point de se sauver, il en était sûr, tout comme il était sûr que, s'il n'agissait pas tout de suite, il ne la reverrait plus jamais. Il n'avait qu'une seconde, peut-être deux, avant qu'elle ne saute hors de son lit et ne quitte sa vie à jamais.

— Oh, non…, murmura-t-elle.

Avant même de se rendre compte de ce qu'il faisait, il bondit sur elle et la plaqua sur le lit en lui tenant les poignets.

Elle ouvrit la bouche pour crier, mais aucun son n'en sortit.

— Ne t'enfuis pas, Nicky. Tout va bien. Tu es en sécurité avec moi.

Elle déglutit, et il vit le calme revenir dans son regard.

— As-tu l'intention de m'hypnotiser de nouveau ?

Elle s'était exprimée d'une toute petite voix, mais elle semblait plaisanter. C'était déjà un progrès.

Il esquissa un sourire.

— Je ne voulais pas que tu te mettes à crier.

— Je n'en avais pas l'intention.

Peut-être, mais elle semblait bien sur le point de fuir.

— S'il te plaît, Nicky, ne t'en va pas. J'aimerais que nous discutions.

— Difficile de te faire une promesse. Je me sens plutôt bizarre…

En prononçant ces mots, elle haussa les épaules, et ce simple mouvement suffit à mettre leurs deux sexes en contact. Ils étaient tous les deux nus, et elle se figea brusquement. Mais pas lui. Au contraire, il avait le plus grand mal à se contrôler et, sans même le vouloir, il plaqua un peu plus son sexe contre le sien.

— Jim…, haleta-t-elle.

Etait-ce une supplique ou un avertissement ? Il avait tellement envie d'elle qu'il était incapable de raisonner.

— Jim ! répéta-t-elle. Tu n'as pas de préservatif et je ne prends pas la pilule. Je pourrais me retrouver enceinte.

A dire vrai, le fait d'imaginer Nicky portant son enfant, leur enfant, n'était guère dissuasif.

— Tu as dit que j'étais en sécurité avec toi, Jim. Je n'ai pas envie de me retrouver enceinte pour l'instant. Jim !

— J'ai compris ! J'ai compris !

Il vit le soulagement dans ses yeux et faillit rire malgré la situation.

— Mais ne crois pas t'en tirer à si bon compte. Je vais te lâcher, mais je ne veux pas que tu t'en ailles, d'accord ? Je sais bien que ton esprit est déjà à l'autre bout du quartier…

Il lui jeta un coup d'œil.

— Ou même à l'autre bout du monde, loin de moi, mais j'aimerais vraiment te parler. Alors, s'il te plaît, ne te précipite pas dans l'escalier.

— Je ne vais pas m'enfuir, chuchota-t-elle.

Tous deux savaient cependant que c'était un mensonge, car elle se mit à rougir.

— En tout cas, pas tout de suite, ajouta-t-elle. Mais pour te dire la vérité, je me sens plutôt bizarre.

— Je comprends.

Tout ce qu'il espérait, c'était qu'elle cesse d'avoir peur et qu'ils puissent discuter.

— Bon, je te lâche, à présent.

Il attendit encore un petit instant, principalement pour reprendre le contrôle de ses émotions… et de sa testostérone. Il avait tellement envie d'elle ! Et dire qu'elle se trouvait là, nue, juste entre ses cuisses.

Néanmoins, il réussit à dominer ses pulsions, et s'écarta, puis se laissa tomber sur le dos en poussant un soupir. Bon sang ! Ce matin, être chevaleresque ne lui convenait pas du tout. Cependant, Nicky était beaucoup trop importante à ses yeux pour qu'il se laisse aller à ses plus bas instincts.

Soudain, il la sentit quitter le lit.

— Ne t'en fais pas, dit-elle alors, je vais juste à la salle de bains. Je ne m'enfuis pas.

Elle referma doucement la porte et, quelques secondes plus tard, il entendit couler l'eau.

Elle prit tout son temps, et il en profita pour réfléchir à ce qu'il allait lui dire. Pourtant, lorsqu'elle revint enfin dans la chambre, il n'était guère plus avancé, et n'avait aucune idée de la manière dont il allait lui présenter les choses. Alors, décida-t-il, autant suivre son instinct et aller droit au but.

— Nous nous sommes bien amusés, la nuit dernière, Nicky. *Tu* t'es bien amusée ! Alors arrête de penser à la façon dont tu devrais te comporter. Oublie un peu Nicky la coincée. Essaie seulement d'être toi sans te prendre la tête avec ce que tu devrais dire ou faire. Nous sommes deux adultes consentants, et il n'y a aucune raison de fuir.

Enveloppée dans son peignoir de bain, beaucoup trop grand pour elle, Nicky se figea. Il enfila son jean, s'assit sur le lit, et la fixa.

— Pourquoi ? murmura-t-elle.

Elle avait parlé si doucement qu'il avait failli ne pas l'entendre, mais il comprenait parfaitement le sens de sa question. Pourquoi appréciait-elle à ce point des pratiques qu'elle jugeait dépravées ?

— C'est ce que je comptais te demander, Nicky. Tu aimes être attachée, n'est-ce pas ?

Elle hocha si légèrement la tête qu'il n'aurait pas remarqué son geste s'il ne l'avait pas observée avec autant d'attention.

— Tu aimes être dominée, et que je sois ton maître ?

Un nouveau hochement de tête, puis Nicky ferma brusquement les yeux.

— Mais cela me ressemble si peu, chuchota-t-elle. J'aime être forte. Je suis forte.

— Bien sûr que tu l'es, et peut-être est-ce là la réponse. Tu es si forte que, peut-être, tu as parfois besoin de ne plus l'être. Tu préfères ne plus l'être.

Elle ouvrit de nouveau les yeux et, pour la première fois depuis ce matin, il vit son regard dénué de toute peur. Puis elle dit quelque chose de totalement inattendu :

— Je ne t'appréciais pas plus que cela, au lycée, avoua-t-elle. Tu étais juste ce type fou de maths et… je savais que tu m'aimais, mais… je n'avais pas compris à quel point cela pouvait être rare.

Intrigué, il se pencha en avant.

— Rare que quelqu'un t'apprécie à ce point ?

— Rare que quelqu'un soit aussi gentil, et qu'il m'aide sans rien exiger en retour.

Il poussa un soupir. Super ! Ainsi, il était donc son gentil toutou. Bien sûr, il savait que ce n'était pas ce qu'elle voulait dire ; elle voulait juste le complimenter et lui faire comprendre à quel point elle regrettait la façon dont elle l'avait traité au lycée. Mais peu lui importait le passé. Ce qui l'intéressait, c'était de savoir ce qu'elle éprouvait pour lui aujourd'hui. Comment le voyait-elle ? Bon sang, il voulait qu'elle le considère comme un homme, pas comme un saint-bernard.

— Merci pour le compliment, mais…

Mais quoi ? Ne sachant que dire, il se contenta de se passer une main sur le visage.

— Ecoute, Nicky, je suis incapable de réfléchir pour l'instant. J'ai besoin d'un café et d'une bonne douche.

Elle acquiesça d'un signe de tête.

— Une douche, un café. Excellente idée. Je te propose un truc : tu vas prendre ta douche, et je vais chercher le petit déjeuner. Ensuite, nous pourrons discuter, d'accord ? Je t'en fais la promesse.

Il hocha la tête, se demandant s'il pouvait lui faire confiance. Et si jamais la panique la gagnait de nouveau dès qu'elle aurait quitté son domicile ?

— Tu veux que nous prenions le petit déjeuner ici, ou dehors ? demanda-t-il.

Il lui fallut un moment pour répondre.

— Tu aurais un jean à me prêter ? demanda-t-elle.

— Oui. Il sera peut-être un peu grand pour toi, mais…

— Ça va aller. Je vais chercher des beignets, et je te promets de revenir.

Il la regarda un instant et comprit qu'elle ne mentait pas. Il prit donc un jean dans son armoire, et le lui tendit sans un mot.

Elle s'habilla, l'air déterminée.

— Nicky…

— Comment est-ce que tu aimes ton café ?

— Avec du lait, s'il te plaît.

— Je serai de retour dans moins de vingt minutes, promis.

Il s'approcha d'elle et d'un geste de la main lui souleva le menton, pour qu'elle le regarde droit dans les yeux. Il avait besoin de caresser sa peau, ses joues, comme s'il voulait laisser son empreinte sur elle.

Un millier de mots affleuraient à ses lèvres, mais aucun ne semblait convenir à l'instant. Il se contenta donc de se pencher, de l'enlacer et de l'embrasser avec passion.

Elle eut tout d'abord un petit mouvement de surprise, mais se détendit et se cambra contre lui pour répondre à son baiser.

Ça, c'était le paradis !

Pourtant, il fallait bien revenir à la réalité.

— Une vingtaine de minutes, Nicky, pas plus, sinon je pars à ta recherche. J'essaie de te laisser de l'espace pour que tu t'habitues à la situation, mais une part de moi n'a qu'une seule envie : t'attacher ici et te garder avec moi pour l'éternité. Désolé de paraître aussi brutal, mais c'est la vérité.

Elle le regarda d'un air contrit.

— Je sais. Merci d'être aussi honnête.

Puis elle quitta la pièce et, quelques instants plus tard, il entendit la porte d'entrée se refermer.

# Chapitre 12

Des gouttes de café débordèrent de la tasse, éclaboussant les mains et les jambes de Nicky. Elle fit la grimace en remarquant la petite tache sur son jean, enfin, celui de Jim, et tenta de se ressaisir. Hélas, elle était si nerveuse qu'elle dut poser le mug de café sur le perron pour éviter de le renverser complètement.

La porte d'entrée s'ouvrit et Jim apparut sur le seuil, ses cheveux encore humides de la douche, torse nu, vêtu en tout et pour tout d'un jean qui moulait ses cuisses à merveille.

— Tu as besoin d'aide ? demanda-t-il.

Avant qu'elle ait pu répondre, il s'avança, pieds nus, ramassa le mug, puis lui prit le sachet de beignets des mains.

Il l'observait avec attention, et il n'était pas difficile de deviner ce qu'il pensait. Il devait se demander si elle allait encore s'enfuir, trouver une excuse, comme la tonne de travail qu'elle devait terminer, pour disparaître de nouveau. Une part d'elle en mourait d'envie, terrifiée qu'elle était d'examiner les raisons qui l'avaient poussée à se conduire si bizarrement hier soir. Mais elle se trouvait en présence de Jimmy Ray, et Jimmy ne la jugeait pas, pas plus qu'il ne la ferait souffrir. S'il existait une personne au monde avec qui elle pouvait discuter de ses désirs refoulés, c'était bien lui. Donc, elle allait s'efforcer de dominer les peurs qui la hantaient et pénétrer chez lui. Dans une minute…

— J'ai laissé mon mug dans la voiture, dit-elle en désignant le véhicule d'un geste de la main. Je vais aller le chercher.

Elle revint très vite, mais resta plantée sur le perron, car Jim lui bloquait le passage.

— Heu… Est-ce que je peux entrer ?

Jim rougit et s'écarta pour la laisser passer.

— Désolé, j'étais juste en train de me dire que tu es plutôt mignonne dans mon jean.

Elle esquissa une grimace.

— Tu parles ! Je ne suis même pas coiffée, et ton jean est deux fois trop grand pour moi, et…

— Et tu es adorable, comme cela, insista-t-il.

Elle se sentit rougir.

— Heu… Merci.

Il lui fit signe d'entrer, et elle passa devant lui, s'assurant de ne pas le toucher. Pourtant, elle avait toute conscience de son corps et de son souffle. A dire vrai, sa chaleur semblait même l'envelopper, et elle était à la fois ravie et horrifiée de sentir à quel point elle avait envie qu'il la touche.

Jim la suivit, et referma la porte derrière lui.

— La cuisine est par là.

— Oui, je m'en souviens.

Elle se rappelait très bien avoir quitté son salon les yeux bandés d'un ruban de satin noir, pour se diriger vers la pièce dont elle avait deviné qu'il s'agissait de la cuisine. En revanche, elle n'avait jamais vu le décor de la pièce. Les murs étaient peints d'un jaune clair très lumineux et les meubles, comme l'électroménager, étaient blancs. Ce matin, le tout était joliment éclairé par la douce lueur du soleil qui provenait du jardin situé à l'arrière de la maison. C'était ravissant.

— C'est très joli, dit-elle.

— Oui, c'est pour cette raison que j'ai acheté cette maison.

Elle se tourna vers lui.

— Je n'aurais jamais imaginé cela.

— Quoi ? Tu crois que les hommes sont incapables d'apprécier la lumière du soleil ?

— Bien sûr que non. Ce que je voulais dire, c'est que… je pensais que tu aurais avant tout prêté attention au voisinage, évalué la structure de la maison et estimé son potentiel, puis mis tout cela en balance avec le prix demandé, et que…

— Que mon choix aurait été déterminé en fonction de l'investissement ?

Elle acquiesça d'un hochement de tête.

— Oui, mais ça, c'est plutôt une réaction typique de ma part, ajouta-t-elle.

Jim haussa les épaules et but une longue gorgée de café.

— Tu as raison, peut-être que je ne m'étais pas rendu compte à quel point j'appréciais le soleil le matin, jusqu'à ce qu'un jour je me lève à 7 heures, par une matinée ensoleillée… et voilà. De plus, cette maison a un très grand garage et j'adore le salon. Et, pour couronner le tout, le voisinage est parfait. Alors…

— Alors tu l'as achetée. Tu as fait un très bon choix, meilleur que moi avec mon appartement dans le centre-ville.

— Pourtant, il est super bien situé.

— Oui, c'est sûr…, dit-elle en s'asseyant à table.

— Mais il ne ressemble en rien à un pavillon avec un grand jardin et une cuisine illuminée de soleil, n'est-ce pas ?

Elle le regarda d'un air étonné. Jim avait tout compris. En tant que femme célibataire, elle avait songé qu'il était plus judicieux pour elle d'investir dans un appartement bien placé, mais, au bout du compte, elle ne s'était jamais sentie chez elle dans cet immeuble.

Elle détourna le regard et contempla le jardin.

— J'avais oublié que tu étais plus intelligent que la moyenne de nous tous.

Jim prit une chaise et s'installa en face d'elle.

— Tu veux me flatter ?

— Non, murmura-t-elle. Tu es la personne la plus intelligente que j'ai jamais connue, et… tu m'as toujours intimidée.

Jim ne put s'empêcher de rire, d'un rire sarcastique, mais il se reprit en voyant qu'elle le fusillait du regard.

— Désolé, mais je trouve cela si comique. Moi, je t'intimide ? Au lycée, j'étais effrayé chaque fois que je devais t'adresser la parole. Tu étais quand même la star de l'équipe de volley-ball, présidente de classe, et la fille la plus populaire de l'école, capable de…

— … « d'obtenir ce qu'elle voulait, quand elle le voulait et comme elle le voulait ». Oui, je m'en souviens, répliqua-t-elle d'un ton amer.

Ces qualificatifs n'avaient cessé de la hanter.

— Il n'y a rien de mal à savoir ce que l'on veut, répondit Jim

— Ce que je veux, comme je le veux…, répéta-t-elle. Tu ne crois pas que cela ressemble aux désirs d'une garce nombriliste ?

Il l'observa avec attention.

— Tu as des problèmes avec tes souvenirs de lycée ?

— C'est toi qui dis ça ? C'est le monde à l'envers, non ?

— Peut-être, mais c'est quand même vrai, non ? Tu ne viens pas de m'avouer que je t'intimidais, adolescent ?

Hum. Maintenant qu'elle avait dit ça, elle ne pouvait plus se défiler. Elle se cala dans son siège et le regarda droit dans les yeux, avec l'impression de se retrouver dans une salle de classe.

— Pour résumer, je vais te confier ce qui me fait peur, dit-elle d'un ton qu'elle essayait de garder ferme. Tu es un ancien gamin que tout le monde au lycée trouvait attardé parce qu'il ne s'intéressait qu'aux maths et qui avait envie de sortir avec la chef de classe. Tu me voyais comme la reine des abeilles qui avait besoin qu'on lui rabatte un tant soit peu le caquet. Mission accomplie. Tu as réussi, c'est le moins qu'on puisse dire… et je ne sais plus vraiment où me mettre.

Elle se mit à rougir, mais continua néanmoins :

— Voilà, tu peux faire une jolie croix sur ton tableau, tu as atteint ton but. Tu es content ?

A son tour, il se cala dans son siège, et croisa les bras sur son torse, mimant sa position. Pourtant, il ne prononça pas un seul mot. Il ne semblait pas du tout intimidé.

Elle s'empourpra encore plus et détourna le regard.

— Je vais te dire ce qui me fait peur, à moi, dit-il enfin. Quelque chose t'a effrayée, Nicky. Peut-être un homme, je n'en sais rien. Mais cette peur a été suffisamment forte pour que tu décides, consciemment ou non, d'enfouir au fond de toi ton côté passionné. Depuis, tu as consacré ta vie à gravir les échelons professionnels, mais cela te rend dingue.

Elle frissonna. Tout ce que Jim venait de dire était vrai, même s'il ne connaissait pas le fin mot de l'histoire.

— Pourquoi est-ce que cela t'effraie ? bredouilla-t-elle.

— Parce que j'ignore à quel moment tes angoisses reprendront le dessus, mais je sais qu'alors tu t'en iras.

Il se pencha par-dessus la table et posa sa main sur la sienne.

— Et je ne veux pas que tu t'enfuies, Nicky. J'ai passé une merveilleuse nuit, et je crois que toi aussi.

C'était le cas. Et pire que tout, elle ne pouvait s'empêcher d'avoir envie de recommencer. Pourtant, au petit matin, le souvenir de leur nuit torride l'avait mortifiée. C'était si embarrassant… Et cela n'en valait pas la peine.

Enfin, c'était ce dont elle essayait de se convaincre.

— Que s'est-il passé, Nicky ? Qu'est-ce qui est arrivé à la fille que tu étais ?

— La fille dont tout le monde croyait qu'elle dirigerait le pays dans vingt ans ?

Il hocha la tête.

— Oui, cette fille-là.

Elle haussa les épaules. Comment lui expliquer ?

— C'est la vie qui est arrivée, Jim. La vie n'a rien à voir avec ce que nous avons connu durant nos études. Je croyais que tout serait facile, mais, après la fac, je n'ai pas réussi à trouver un bon job. Alors, j'ai fait un emprunt à ma banque, et j'ai entamé un troisième cycle universitaire, ce qui était bien plus difficile que je ne le croyais. Ensuite, il a fallu que je travaille pour rembourser mes crédits. Je travaille comme une acharnée, mais mon but semble toujours s'éloigner davantage.

— Et quel est ce but ?

Elle ne répondit pas tout de suite, se contentant de jouer nerveusement avec sa tasse.

— Je ne sais pas, dit-elle enfin. Le succès, le bonheur, comme tout le monde.

Jim resta silencieux à son tour, puis but une longue gorgée de café. Elle l'imita.

— Je vais te proposer quelque chose, Nicky, dit-il enfin. Sortons ensemble. Accordons-nous un rendez-vous galant. Un simple rendez-vous juste pour apprendre à nous connaître un peu.

Elle le regarda, incrédule.

— Tu es sûr que tu ne cherches pas plutôt à donner une suite à cette nuit ?

C'était une question stupide. Evidemment qu'il avait *aussi* envie de donner une suite à la nuit qu'il avait passée – après tout, Jim était un homme, et les hommes... — mais pour autant, il ne désirait pas que ça. Sinon, il ne lui aurait pas proposé un simple rendez-vous, comme il venait de le faire, et autant elle doutait d'elle-même, autant la sincérité de Jim ne faisait aucun doute à ses yeux.

Curieusement, Jim ne fit aucune réponse acerbe à sa question. Cependant, son regard se troubla.

— J'ai encore du mal à croire à... tout ce que nous avons fait cette nuit et... euh... je me demande si je pourrais t'offrir mieux.

Elle cilla.

— On a peur de ne plus être à la hauteur de ses performances, mister Ray ?

Il rougit, puis baissa la tête dans sa tasse de café. Comme s'il était redevenu l'adolescent intimidé qu'elle avait connu. Soudain, sans savoir pourquoi, elle se mit à rire, et plus elle essayait de parler, plus le rire la prenait. Oh ! mon Dieu, c'était si bon de rire !

Il lui fallut un moment pour se calmer. Jim l'observait, les joues toujours un peu roses, mais une lueur d'amusement dans les yeux.

— On dirait que je ne suis pas la seule à être écrasée par les souvenirs de lycée, hein ? dit-elle enfin. Tu es assis là, torse nu, à exhiber tes abdominaux parfaits ; tu vis dans une maison qui fait quatre fois la taille de mon appartement, ton compte en banque contient bien plus d'argent que j'en gagnerai en une dizaine d'années, et tu viens de m'offrir la nuit la plus merveilleuse de ma vie. Je crois que ce n'est plus la peine de jouer ton rôle d'ado attardé. Personne n'y croit, et surtout pas moi.

Il se pencha en avant et la regarda droit dans les yeux.

— On dirait que je ne suis pas la seule personne à réfléchir dans cette pièce. Tu es très perspicace, Nicky.

Elle esquissa un sourire, mais la peur ne la quittait pas. Jim voulait percer sa carapace, voir au-delà de la surface, et cela l'effrayait.

— Il y a bien longtemps que j'ai renoncé aux hommes, Jim. J'ai… J'ai fait de mauvais choix quand j'étais encore à l'université.

Il la regarda d'un air sombre.

— Tu as été blessée ?

Elle secoua la tête.

— Non, pas physiquement, en tout cas, mais émotionnellement cela a été un désastre.

Et financièrement aussi, mais cela elle n'était pas prête à le lui avouer. Il était hors de question qu'elle confesse que son ex-petit ami, l'homme avec lequel elle avait envisagé de se marier, lui avait pris jusqu'à son dernier centime.

— C'est juste que… j'ai peur de me lancer dans une nouvelle relation.

— Je comprends, moi aussi j'ai fait de mauvais choix. Par chance, rien de très grave, parce que j'ai passé ma vie d'adulte à travailler sans cesse, ou à me cacher dans mon garage pour bricoler mes ordinateurs.

Il haussa les épaules.

— Quand j'étais au lycée, les filles m'effrayaient, et quand je suis devenu adulte… j'ai pensé que sortir avec une femme empiéterait trop sur mon temps libre, et sur mes recherches.

Il plongea son regard dans le sien

— Mais, toi, tu en vaux la peine, Nicky.

Elle déglutit. Ses paroles la pénétraient jusqu'au fond de son âme. Avec lui, elle se sentait valorisée ; hélas, elle était toujours effrayée… et elle avait toujours tant de travail à accomplir.

— Je ne suis pas sûre que ce soit le bon moment, chuchota-t-elle.

Il lui effleura la main. Ce n'était qu'une légère caresse, mais si troublante.

— J'adore faire l'amour avec toi, Nicky, mais je veux plus que cela. Es-tu prête à aller plus loin avec moi ?

— Tu me mets au défi ?

— Est-ce que cela t'inciterait à dire oui ? répliqua-t-il.

Elle se mordit la lèvre. Serait-elle capable de répondre à sa demande ? Qu'adviendrait-il s'il apprenait à la connaître et se rendait compte qu'en fait elle n'avait rien de particulier ?

— Nicky, insista-t-il, il ne s'agit pas de fusions et d'acquisitions. Rien que d'un rendez-vous.

Elle secoua la tête, et les mots sortirent de sa bouche sans qu'elle puisse les retenir.

— J'aimais beaucoup Jimmy. Avec lui, je me sentais en sécurité. Il était amusant, plein d'humour et toujours très attentionné. Je ne veux pas le perdre.

— Nicky, Jimmy est toujours là, mais il a grandi. Ne crois-tu pas que toi aussi tu mérites de grandir ?

Et si la femme qu'elle était devenue lui déplaisait ?

La question tournait et retournait dans son esprit, et la peur s'incrustait en elle.

— La dernière fois que je me suis sentie sûre de moi, c'était au lycée. Après cela…

Elle esquissa une grimace.

— Après cela, j'ai découvert que le monde réel est bien plus dur que je ne l'imaginais.

— Mais tu es capable d'y faire face, Nicky.

C'était peut-être ridicule, mais elle en doutait. Elle avait beau connaître la réussite sur le plan professionnel et avoir l'estime de ses collègues, elle se sentait si peu sûre d'elle !

Jim lui effleura la joue puis, du bout des doigts, lui saisit le menton, l'attirant à lui. Ensuite, il se pencha et effleura ses lèvres des siennes.

Peu à peu, elle sentit la peur la quitter. Les caresses sensuelles de sa langue effaçaient tout tracas. Jim était son dieu et elle s'abandonnait à lui. Quelques secondes plus tard, elle se cambra vers lui et lui posa une main sur la nuque. S'il le lui demandait, elle était prête à s'allonger ici et à s'offrir à lui.

— Nicky, chuchota-t-il en interrompant leur baiser, dis-moi oui.

— Oui.

— Oui à quoi ? insista-t-il. Oui au sexe ? Ou à un rendez-vous ?

— Juste oui, répondit-elle.

Il lui prit le visage entre les mains, et plongea son regard dans le sien.

— Nicky…

— Aurais-tu par hasard un préservatif dans ta poche ?

Il acquiesça d'un hochement de tête.

— Alors, offrons-nous encore un moment de passion, ici, tout de suite, et, demain, nous nous accorderons un rendez-vous galant. Nous jouerons à ce stupide jeu qui consiste à faire connaissance, à évoquer ses souvenirs et tout le tralala, mais pour l'instant…

Et sans attendre sa réponse elle tendit la main pour lui dégrafer son jean.

Elle vit passer une étrange lueur au fond de ses beaux yeux. Comme s'il était pris dans un terrible dilemme, comme s'il mourait d'envie de la suivre tout en sachant que cela ne les ferait pas avancer. Reculer pour mieux sauter, voilà ce qu'ils étaient sur le point de faire. Voilà ce qu'elle lui avait proposé, et qu'il hésitait à accepter.

Et puis, enfin, elle vit un éclat familier prendre le pas sur tout le reste dans ses yeux, et elle sut que, pour cette fois, elle avait gagné.

Ils se déshabillèrent en toute hâte, et moins d'une minute plus tard elle se retrouva assise sur la table de la cuisine, tandis que Jim se calait entre ses cuisses et enfilait le préservatif. Et là, sans la quitter des yeux, il la pénétra brusquement.

Aussi impatiente que lui, elle noua ses jambes autour de lui et se cambra, prenant appui sur ses mains derrière elle, lui offrant ses seins à caresser et à embrasser. Exactement comme elle aimait qu'il le fasse… et exactement comme il le fit. Sans interrompre son délicieux va-et-vient. Elle le sentait en elle, puissant, imposant, comme s'il l'emplissait tout entière. C'était si bon !

En revanche, elle appréciait moins qu'il la regarde comme il le faisait. Son regard soutenait le sien pendant que son sexe allait et venait en elle, et ça la gênait. Ses assauts se firent de plus en plus frénétiques, mais jamais il ne détourna les yeux, et elle crut même l'entendre chuchoter son prénom.

Le plaisir les entraîna de plus en plus loin, dans un univers de sensations fulgurantes auxquelles ce regard qui ne la lâchait pas ajoutait une nouvelle dimension, à la fois terrifiante et excitante. L'orgasme déferla sur elle, répondant à celui de Jim, mais le plaisir était si fort, si intense, qu'elle ne put s'empêcher de détourner les yeux.

C'était trop puissant, et trop intime, aussi.

Le souffle court, Jim posa son front sur le sien quelques instants, le temps qu'ils retrouvent leurs esprits.

— Je passerai te prendre à 19 heures, déclara-t-il en déposant un léger baiser sur ses lèvres.

De nouveau, l'angoisse familière s'abattit sur elle. Ainsi,

il voulait donc *vraiment* la retrouver pour un rendez-vous ? Du sexe ne lui suffisait *vraiment* pas ?

— Tu en veux plus ? demanda-t-elle.

N'avait-il pas compris qu'elle avait déjà atteint ses limites ?

— Nicky, je veux tout savoir, tout connaître de toi.

Sa réponse aurait dû l'effrayer, mais, d'une certaine manière, elle l'excitait.

— Tu es toujours d'accord, n'est-ce pas ? insista-t-il.

Oui. Non.

Elle hésita un instant.

— Oui, chuchota-t-elle.

Avec lui, elle se sentait si forte !

— Alors, contente-toi d'enfiler une jolie tenue, et je m'occupe du reste, déclara-t-il tout en déposant des baisers sur ses joues, le bout de son nez, puis ses lèvres.

Elle répondit à ses baisers et sentit son sexe durcir de nouveau en elle.

— Mmm, je crois que je vais avoir du mal à te laisser partir, murmura-t-il.

La sonnette d'alarme se mit de nouveau à résonner dans son esprit. Et ce fut plus fort qu'elle. Effleurant sa joue pour attirer son attention, elle lâcha :

— Tu sais que, dès que tu me lâcheras, je partirai.

Elle vit une ombre passer dans ses beaux yeux, et elle le sentit se figer.

— Pourquoi ?

— C'est comme ça. Quand nous aurons fini de faire l'amour, je vais me remettre à penser… Et je m'en irai.

Elle poussa un soupir.

— J'ai une tonne de travail à finir.

Cette fois, ce fut lui qui poussa un soupir, puis il l'enlaça aussi fort qu'il le put. Il la serrait tant que c'en était presque douloureux, mais elle ne le repoussa pas. C'était si bon d'être entre ses bras.

— Tu n'iras nulle part, Nicky.

— Comme tu voudras.

Lorsqu'il s'exprimait ainsi, elle acquiesçait sans réfléchir.

Hélas, sa montre se mit soudain à sonner. Elle avait du travail à terminer, un rapport à rédiger et des postes à préserver. Jim grimaça, mais au même moment la mélodie de son téléphone portable retentit, et, après avoir déposé un dernier baiser sur les lèvres de Nicky, il se retira d'elle.

Elle le laissa partir. Après tout, son propre travail venait de faire intrusion dans leur intimité, alors comment protester ?

Dix minutes plus tard, elle était de nouveau habillée, et Jim était toujours au téléphone. Elle se dirigea vers la porte, mais lorsqu'il la vit, il raccrocha et la retint d'un geste.

— A 19 heures, lui rappela-t-il.

Elle hocha la tête pour acquiescer, mais se reprit.

— Non, pas ce soir, je ne peux pas. Plutôt demain.

Il fit la grimace.

— D'accord, demain soir.

Elle lui sourit, puis ouvrit la porte d'entrée.

— Je suis sérieux, Nicky. Je ne te laisserai pas changer d'avis.

— Je sais, répondit-elle d'un ton allègre.

Même si, au fond d'elle, elle ne savait pas du tout si elle tiendrait sa promesse. Pour l'instant, tout ce qui comptait, c'était de partir d'ici. Loin de lui. Il attendait tant d'elle. Elle ne pouvait pas…

Il l'attrapa par le bras.

— Nicky, tu sais quelle est la différence entre Jimmy et Jim ?

Elle secoua la tête, le cœur battant.

— Jimmy avait envie de toi dès le premier jour où il t'a vue, mais il n'a jamais eu le courage de… quoi que ce soit.

Elle l'observa. Comment avait-elle pu ne jamais remarquer la force qui émanait de lui ? Même plus jeune, il devait la posséder, ce n'était pas quelque chose qui lui était venu avec la maturité. Cette force faisait partie de lui.

— Et Jim ? demanda-t-elle.

— Jim passera te chercher chez toi demain soir, à 19 heures, et il n'est pas du tout le genre d'homme à renoncer à toi.

Sa résolution, cette façon qu'il avait de lui promettre des choses sans les dire la fit frissonner. C'était un homme de parole et il allait lui faire vivre l'aventure la plus palpitante de toute sa vie.

Mon Dieu ! comme elle en avait envie ! Jim était un homme à qui elle pouvait faire confiance. S'il disait quelque chose, on pouvait le croire. Peut-être était-ce grâce à cette qualité qu'il était doué pour l'hypnose. Sa voix semblait dotée de pouvoirs magiques, comme si, quoi qu'il demande, l'univers entier s'activait à le lui donner.

— Jim a intérêt à être sûr de ce qu'il veut, répliqua-t-elle.

S'il l'amenait à s'ouvrir à lui, puis changeait d'avis, elle ne s'en remettrait pas. Non, si elle lui offrait son temps, son corps et son cœur et qu'au bout du compte il décidait qu'elle n'en valait pas la peine, elle en souffrirait toute sa vie.

— Tu es en sécurité avec moi, lui rappela-t-il avec douceur.

L'était-elle ? Quand il l'affirmait, elle parvenait presque à le croire.

— J'imagine que nous découvrirons cela demain, répliqua-t-elle.

— Oui, je le crois aussi.

Il s'avança sur le seuil, et elle sentit son regard sur elle tandis qu'elle descendait l'allée.

# Chapitre 13

Debout devant la porte de l'appartement de Nicky, Jim tendait l'oreille.

Dieu merci, elle était chez elle. On était samedi soir, et l'heure était venue de leur rendez-vous. Il avait tout d'abord redouté qu'elle ne soit pas là, mais, apparemment, elle avait tenu parole. D'ailleurs, elle lui ouvrit la porte juste après qu'il eut frappé. Dieu ! qu'elle était belle ! Un véritable fantasme. Ce soir, elle portait une adorable robe noire, très courte, dont le décolleté sexy laissait deviner la naissance de ses seins. Ses jambes étaient magnifiquement mises en valeur par une paire d'escarpins aux talons vertigineux, et, s'il ne se méprenait pas, elle portait des bas noirs également, mais, surtout, un porte-jarretelles qu'il brûlait déjà de lui retirer.

Avec les dents, s'il le fallait !

Mmm, il ferait mieux de chasser tout de suite cette idée de son esprit. Ce soir, ils étaient supposés passer une soirée tranquille, et non s'abandonner à des moments torrides.

Ses bracelets en or cliquetèrent l'un contre l'autre lorsqu'elle lui fit signe d'entrer, mais Nicky ne prononça pas une seule parole de bienvenue.

— Je sais qu'on est dimanche soir ! cria-t-elle dans le petit micro relié à ses écouteurs tout en plantant une épingle à cheveux dans son chignon avec suffisamment de force pour se percer le crâne. Mais si tu avais fait ton travail correctement vendredi, tu ne serais pas en train de rater le match du dimanche soir.

Elle fronça les sourcils.

— Pardon ? Peu m'importe de quel match il s'agit ! Termine ce rapport ce soir, sinon tu es renvoyé !

Cela dit, elle retira son oreillette Bluetooth et la jeta avec fureur à l'autre bout de la pièce. Jim observa le petit gadget technologique qui rebondit deux fois sur les coussins du canapé avant de tomber par terre.

— C'est du basket, dit-il, alors qu'elle lui tournait encore le dos. La demi-finale a lieu ce soir.

— Oui, c'est ce qu'il a dit !

Puis elle prit une profonde inspiration, essayant de se calmer.

— Tout cela, c'est ta faute, tu sais, dit-elle avec une pointe d'humour.

— Pardon ? Comment cela ?

— Ce n'est que cet après-midi que je me suis rendu compte que cet idiot s'était trompé dans ses chiffres. Si j'avais eu l'esprit plus clair, vendredi, je l'aurais vu plus tôt, je lui aurais demandé de tout recommencer avant le week-end, et, ce soir, il pourrait rester avachi sur son canapé devant son écran de télé, avec un gros bol de chips.

Jim se cala dans l'embrasure de la porte et posa le petit paquet qu'il avait à la main sur la table de l'entrée. Il n'avait pas encore complètement pénétré dans l'appartement, mais, vu l'humeur de Nicky, il n'était pas sûr d'en avoir encore envie. Il resta donc planté là et attendit qu'elle lui prête un peu plus attention.

Elle se tourna enfin vers lui.

— Tu n'as pas envie de savoir pourquoi j'ai commis une erreur par ta faute ?

— Je croyais que l'erreur était imputable à… cet idiot, comme tu dis, mais je t'en prie, explique-moi. Pourquoi tout ceci est-il de ma faute ?

— Parce que j'ai dû mettre les bouchées doubles ces derniers jours, pour rattraper le temps que j'ai passé avec toi.

— Et je dois m'en sentir coupable ?

— Absolument. Il va falloir que tu trouves un moyen de te faire pardonner, déclara-t-elle en lui faisant un clin d'œil.

Il ne put s'empêcher de sourire. Elle le taquinait ? C'était plutôt bon signe.

— Au fait, et toi ? Tu as réussi à résoudre ton problème technique ?

— Mon dépannage a l'air efficace, répondit-il.

Ils ne s'étaient pas vus depuis le samedi matin, mais ils avaient échangé des mails durant tout le week-end, se racontant l'un à l'autre leurs déboires professionnels.

— Néanmoins, précisa-t-il, le problème est un peu compliqué, et il va falloir pas mal de temps pour le résoudre. Ils veulent m'employer à plein temps jusqu'à ce que tout soit rétabli.

— Et tu vas accepter ?

Il secoua la tête.

— Ça, j'en doute. Je leur ai déjà envoyé par mail la solution au plus gros problème. Le reste n'est que détails.

— Mais c'est dans les détails que se cache le diable, répliqua-t-elle.

— Oui, c'est ce qu'on dit.

— Tu n'as pas l'air d'avoir envie d'accepter leur offre. Ils ne paient pas assez ?

— Si, ils me proposent même un très bon contrat.

Il haussa les épaules.

— Mais aller au bureau tous les jours… ça ne me dit rien. J'ai déjà vécu cela, et ce n'est vraiment pas mon truc. Moi, je suis…

— … content de jouer les magiciens amateurs dans le club de ton frère ?

De nouveau, il haussa les épaules.

— Pas vraiment. Mais pour l'instant, sur le plan professionnel, je cherche l'inspiration.

Il s'interrompit et la détailla du regard, prenant tout son temps pour l'examiner de haut en bas. Elle était superbe !

— Je ne crois pas que ce soit le genre d'inspiration dont tu as besoin pour ton travail, dit-elle alors d'une voix sensuelle.

Comme il aurait voulu lui arracher son adorable petite robe noire et lui faire l'amour là, tout de suite… Sauf qu'ils avaient passé un pacte. Et le pire, c'était que c'était lui qui avait insisté pour qu'elle accepte. A cet instant précis, il aurait tout donné pour suivre l'appel de désir vibrant contenu dans son regard, et tout oublier de sa satanée proposition de rendez-vous !

Au bout de quelques instants, Nicky détourna les yeux et demanda :

— Tu veux boire quelque chose ? J'ai du vin, et quelques alcools. Fais ton choix, et, pendant que tu te serviras un verre, tu pourras me dire si j'ai besoin de me changer pour être assortie à ton magnifique smoking.

— C'est inutile, tu es parfaite.

Il s'empara de la petite boîte qu'il avait posée sur la table dans l'entrée, et la lui tendit.

— Tiens, c'est pour toi.

Pourquoi son cœur battait-il la chamade en lui offrant ce présent ? Ce n'étaient que quelques fleurs, après tout, et pourtant…

Nicky écarquilla les yeux de surprise. Le coffret contenait deux petites roses d'un coloris délicat, mêlées d'une feuille de fougère et nouées par un ruban doré.

— Elles sont magnifiques ! Merci !

Elle ouvrit la boîte avec précaution, et effleura les pétales tout en plantant son regard dans celui de Jim.

— Personne ne m'avait offert de petit bouquet à porter ainsi, depuis le lycée.

— Il était donc grand temps !

Il saisit le délicat bouquet et le glissa à son poignet. C'était presque comme passer une alliance à son doigt, et cela semblait si évident, si juste.

Pourquoi avait-il soudain de telles pensées ?

Nicky leva le bras pour humer les fleurs, puis lui jeta un coup d'œil.

— Tu fais ça à tous les rendez-vous ? Tu avais parlé d'un « simple » rendez-vous, ça ne me paraît pas du tout simple, à moi…

— Tu as dit que je devais me faire pardonner, non ?

— C'est vrai, mais je plaisantais.

Son téléphone sonna, l'interrompant, et elle retint un juron. Aussitôt, ses yeux balayèrent la pièce à la recherche de son oreillette Bluetooth.

Jim était en train de se demander s'il devait lui indiquer l'endroit où elle était tombée, juste sous la table basse, lorsque Nicky se précipita soudain dans sa chambre. A l'évidence, elle y trouva son téléphone portable, et il entendit de nouvelles invectives.

La discussion se prolongea, lui laissant le temps d'observer son intérieur. Comme lui, Nicky avait un écran plat de télévision, une chaîne stéréo dernier cri et un lecteur Blu-ray. Pourtant, sa télécommande universelle était posée sur une étagère, loin de la télévision et du canapé. Elle possédait peut-être tout l'équipement, mais elle ne s'en servait pas. Tout comme les liqueurs qui trônaient dans son bar, l'équipement hi-fi et télé semblait surtout destiné à ses invités.

Il fit quelques pas dans le couloir, et jeta un coup d'œil aux autres pièces.

La porte de la chambre était fermée, et la salle de bains était aussi bien rangée que la cuisine. En revanche, le bureau était tout à fait comme il s'y attendait.

A l'évidence, Nicky passait la plupart de son temps dans cette pièce. Le bureau débordait de dossiers, d'équipements informatiques et d'une tonne de documents. Il remarqua même une tasse de café vide, une bouteille d'eau à moitié remplie, et un beignet qu'elle semblait ne même pas avoir pris le temps de grignoter.

— Tu as donc découvert ma zone de guerre

Il se retourna, un petit sourire coupable aux lèvres.

— Désolé, je suis un peu indiscret.

Elle haussa les épaules.

— Ça non plus, ça ne fait pas partie du premier rendez-vous.

Cela dit, elle posa un châle de dentelle de velours noir sur ses épaules qui mettait parfaitement en valeur la délicate ligne de sa robe.

— Je suis prête.

— Je crois que ton oreillette a atterri sous la table basse, dit-il en pointant l'objet du doigt.

— Qu'elle y reste.

— Tu veux que je la ramasse ?

Nicky esquissa un sourire.

— Non. Je déclare que nous avons ce soir notre premier rendez-vous officiel. Pas de téléphone ni d'oreillette. Aucun appel professionnel. D'ailleurs, je viens même de changer mon répondeur pour prévenir mes interlocuteurs que je serai absente jusqu'à lundi matin.

Il se mit à sourire, ravi de cette nouvelle.

— Tu es donc toute à moi pour les douze prochaines heures ? Je me demande ce que nous allons bien pouvoir faire jusque-là… Les possibilités sont infinies.

— Tu as raison, répondit-elle en lui décochant un clin d'œil, elles le sont.

# Chapitre 14

— C'est ici que tu nous emmènes dîner ? demanda Nicky d'un ton incrédule. Dans une gargote ?

Jim secoua la tête.

— Regarde bien, il ne s'agit pas de n'importe quelle gargote. C'est *notre* gargote. Tu t'en souviens ?

Nicky jeta un coup d'œil à travers le pare-brise de la Corvette et se mit à réfléchir. Une à une, toutes les pièces se mettaient en place. D'abord, le smoking, puis le petit bouquet de roses. Ensuite, cette voiture que Jim avait entièrement rénovée et sur laquelle il avait installé un moteur neuf. Certes, à l'époque il possédait une Chevrolet, mais l'idée était plus ou moins la même. Et, à présent, ils allaient dans la même gargote que la nuit du bal de fin d'année.

— Tu veux nous faire revivre la même soirée ?

Elle se sentait à la fois charmée et effrayée.

— En quelque sorte, répondit-il en se tournant pour la regarder droit dans les yeux. Ecoute, je serais ravi de t'emmener dans le restaurant le plus chic de la ville. Je peux tout à fait me le permettre, et tu le mérites largement.

— Mais ? poursuivit-elle alors qu'il s'interrompait.

— Mais c'est ici que notre histoire aurait dû commencer. J'aurais dû t'inviter au bal, louer un smoking et t'inviter… dans un meilleur restaurant.

— Mais nous sommes venus dans cette gargote, et toi,

tu es en train de recréer cette nuit, avec juste quelques changements mineurs. Pourquoi ?

— Parce qu'il y a des choses que j'aurais dû te demander ce soir-là. Des choses que j'aurais dû faire. Ecoute, je ne suis pas en train d'essayer de revenir en arrière, j'essaie juste de… donner un nouveau départ à notre histoire.

Il rougit légèrement et se tourna vers la façade de l'établissement éclairé par un néon.

— Finalement, je crois que c'était une mauvaise idée, dit-il.

— Non, pas du tout ! C'est plutôt inhabituel, mais ça me plaît bien. Mais je te préviens : pas question de danser sur un air des Backstreet Boys !

— D'accord, c'est promis. Pas de Backstreet Boys, répondit-il avant d'ouvrir sa portière et de contourner le véhicule.

Avec une élégance presque désuète, il lui tendit la main pour l'aider à descendre du véhicule. Il était adorable !

— Vous êtes très élégant dans ce smoking, monsieur Ray.

— Je l'ai emprunté au magicien.

Elle lui jeta un coup d'œil timide.

— Ingénieur de génie, magicien et hypnotiseur de talent, et restaurateur de vieilles automobiles. Y a-t-il autre chose à ton sujet que je dois savoir ?

Il fit mine de réfléchir.

— Doué au lit ?

— Ça, je ne peux pas le dire. Je crois que nous n'avons encore jamais rien fait dans un lit.

Elle se mit à rire en le voyant froncer les sourcils, mais ils étaient sur le point de pénétrer dans le restaurant, et il s'abstint de répondre.

L'hôtesse les accueillit et les entraîna vers un box où ils s'installèrent. Oui, Jim avait eu une bonne idée de venir ici. Lorsqu'elle le regarda, elle vit dans ses yeux qu'il était aussi ravi qu'elle.

La serveuse leur tendit les menus, mais, d'un geste de la

main, Nicky refusa le sien. A coup sûr, Jim savait exactement ce qu'elle voulait.

Oui, c'était bien le cas.

— Nous prendrons deux doubles cheeseburgers et des sundaes en dessert. A la pistache.

Nicky esquissa un sourire.

— Décidément, tu te souviens de tout !

Elle déploya sa serviette en papier et la posa avec précaution sur ses genoux, puis attendit. Le silence s'éternisa. Un premier rendez-vous était toujours jalonné de questions et de réponses.

Qui allait se lancer le premier ?

Elle leva les yeux. Jim l'observait avec attention, et elle rougit, embarrassée par l'intensité de son regard.

— Cela fait des années que tu me connais, dit-elle enfin. Que peux-tu encore trouver de fascinant en moi ?

— Tu veux dire en dehors de ta beauté, de ton sens de la discipline et de tes talents… en dehors du lit ?

Elle se raidit légèrement sur son siège. Si leur conversation se limitait à des sous-entendus sexuels, elle allait vite se lasser. Il y avait une incroyable alchimie physique entre eux, ils le savaient, et ce n'était pas pour ça qu'elle était ici. Ce rendez-vous n'avait-il pas pour but de découvrir s'ils avaient d'autres points en commun ?

Jim lui sourit.

— Alors, parle-moi un peu de toi. Où as-tu fait tes études ? Quels sont tes…

— Tu veux que je te récite mon CV, c'est ça ? Tu veux la version longue, celle qui inclut mes ex-petits amis ?

Jim haussa les épaules.

— Surtout pas ! Je suis déjà jaloux de tous les hommes qui ont caressé la déesse vierge, alors que c'est moi qui les ai créés. Dis-moi juste ce que tu as fait entre tes études et ton poste actuel.

Elle prit un moment pour répondre. Ce n'était pas sa question qui la déstabilisait, mais le fait que Jim lui ait avoué sa jalousie. Bon sang ! Il était séduisant *et* multimillionnaire ! Comment pouvait-il être jaloux ?

Un frisson de plaisir la parcourut. Après tout, ce sentiment de possessivité lui plaisait bien. Elle lui décocha un large sourire et lui toucha « accidentellement » la cheville du bout du pied. Jim écarquilla les yeux de surprise, mais elle avait déjà changé de position.

Qu'il se demande si elle avait fait cela à dessein ou non !

— Il n'y a rien de bien excitant à raconter, tu sais.

Elle lui relata néanmoins toute l'histoire, avec plus de détails qu'elle ne lui en avait donné jusqu'à présent. Oui, elle avait obtenu son diplôme, mais l'université était tout de même plus difficile que le lycée. Trouver un travail après l'université était encore plus problématique, et elle avait dû travailler dur, non seulement pour son troisième cycle universitaire et l'obtention de son diplôme, mais pour arriver là où elle en était aujourd'hui. Elle n'était pas un petit génie comme lui, néanmoins, elle était fière de son parcours.

— Cependant, ajouta-t-elle après avoir mordu dans le cheeseburger que la serveuse venait d'apporter, je ne peux pas m'enlever de la tête l'idée qu'un jour ou l'autre je serai démasquée.

— Démasquée ? Comment cela ?

— A n'importe quel moment, quelqu'un de plus jeune et de plus intelligent que moi pourrait faire remarquer à mes supérieurs les diverses erreurs que j'ai commises. Je ne suis qu'une personne, pas un ordinateur, et j'ai raté certaines choses. Il suffirait qu'un jeune je-sais-tout le découvre, et tout s'écroulerait pour moi.

Jim fronça les sourcils.

— Un je-sais-tout ?

— Oui, tu sais bien. Quelqu'un qui comprend les maths et la physique sans avoir besoin d'ouvrir un livre. Quelqu'un qui aime réparer de vieux appareils durant son temps libre et trouve soudain une idée brillante qui lui rapporte des millions avant d'avoir vingt-sept ans.

— On dirait que tu parles de moi.

— Oui, dit-elle en lui dérobant une frite. Enfin, pas de toi spécifiquement, je ne crois pas que tu prévoies de me piquer mon poste.

— Ça, rassure-toi, il n'y a pas de risque !

— Mais je veux dire : quelqu'un comme toi. Quelqu'un qui aurait des idées géniales, un niveau universitaire supérieur au mien et surtout… quelqu'un de vraiment intelligent. Avec un vrai cerveau.

Elle saisit une autre frite. Jamais elle n'aurait pensé lui faire de tels aveux. Décidément, cette soirée ne ressemblait en rien à un premier rendez-vous, mais elle se sentait très bien avec lui. Malgré l'interruption des dix années durant lesquelles ils s'étaient perdus de vue, ils avaient déjà un passé commun. Elle avait confiance en lui, et, de fait, se confiait bien plus à lui qu'elle ne l'avait prévu.

Elle préféra continuer à manger ses frites plutôt que d'en dire plus. De l'autre côté de la table, Jim sirotait son soda en silence. Il avait l'air de réfléchir. Mais à quoi ? A ce qu'il allait dire ? Elle n'osait pas lui poser la question. Sans doute parce qu'elle avait trop peur qu'il lui réponde qu'elle avait raison. A savoir, qu'elle n'était qu'une idiote et qu'il ne voulait plus rien avoir à faire avec elle.

La serveuse leur apporta leurs sundaes, et Jim garda le silence. Puis, alors qu'elle était sur le point de lancer la conversation sur un sujet bien moins intime, bien moins gênant, il prit une profonde inspiration et déclara :

— Je crois que je commence à comprendre.

Elle le dévisagea, partagée entre la panique et la surprise.

— Je ne pense pas que…

— Ecoute-moi ! Tu dis que tu as peur que quelqu'un qui aurait de meilleures références que toi te pique ton poste. Tu redoutes que ton patron te licencie à l'instant où surgira un candidat avec un CV plus fourni que le tien. C'est bien ça ?

En l'entendant énumérer ses plus grandes peurs, elle se

crispa, mais, plutôt que lui répondre, elle se contenta de remuer sa crème glacée.

— Nicky, reprit-il alors, si j'avais eu le courage de te demander de m'accompagner au bal de fin d'année aurais-tu accepté ?

Désarçonnée, elle leva les yeux vers lui.

— C'est plutôt brutal comme changement de sujet.

— Oui, mais réponds à ma question. Aurais-tu accepté, Nicky ?

Elle détourna le regard.

— Non, je ne crois pas.

— Exact. Parce qu'à tes yeux je n'étais qu'un abruti, alors que ton petit ami était capitaine de l'équipe de base-ball. Ce qui, en termes lycéens, signifie qu'il avait de meilleures références que moi.

Elle esquissa une grimace. A l'écouter, elle n'avait été qu'une jeune fille futile !

— Je ne pense plus rien de tout cela, Jim. Je te trouve très bien.

— Seulement parce que, aujourd'hui, j'ai d'autres références. J'ai fait des études supérieures de technologie et mis au point une invention qui m'a rendu millionnaire. C'est plutôt pas mal comme CV !

Elle poussa un soupir et posa sa cuiller.

— Ce n'est pas ainsi que je te vois. Tu as toujours été super, je me sens en sécurité avec toi, et…

Et faire l'amour avec lui était génial.

Il sourit, semblant deviner ses pensées.

— D'accord, tu as grandi, et moi aussi. Au lycée, tu étais juste la star de l'équipe de volley, que j'adorais de loin. Je ne m'étais jamais rendu compte à quel point tu étais déterminée, combien tu pouvais être forte, et que…

— Que, malgré tout cela, j'avais un côté femme soumise au lit. Oui, je sais.

Elle rougit en prononçant ces paroles. Elle ne savait toujours pas quoi penser de ses fantasmes, mais c'était bien là le propre des fantasmes. Ils ne reflétaient pas complètement votre personnalité.

— Je crois que tu es beaucoup plus que ce qu'indique ton CV, Nicky. Tu es très intelligente, et ton patron le sait certainement. Tu n'as rien à craindre.

— Ça, je n'en jurerais pas.

— Bien au contraire ! Toi, tu ne vois qu'une petite part de toi-même, mais fais-moi confiance, les autres voient beaucoup plus en toi que ton CV et tes erreurs.

Elle détourna les yeux vers son sundae. Comme elle aurait aimé croire ce que Jim affirmait. Hélas, la vérité était si différente !

— En fait, dit-elle avec lenteur, tu es le seul qui me voit ainsi. Le seul qui me voit véritablement.

— Crois-moi, Nicky, tout le monde sait que tu ne lâches jamais ton PDA, et que tu travailles les week-ends et les nuits.

— Mais tu es le seul à avoir mis des mots sur mes fantasmes. Le seul à connaître mes peurs, à savoir que je redoute d'être remplacée parce que je ne suis pas à la hauteur.

Il se pencha en avant.

— Mais tu es largement à la hauteur, Nicky ! Malheureusement, tu es la seule à ne pas t'en rendre compte.

A la manière dont il la regardait, elle savait qu'il était sincère. Il voyait au-delà de ses diplômes. Il savait quelle était son implication, et, de plus, il connaissait aussi sa face cachée.

Et, soudain, elle se vit à travers ses yeux. Alors, ses peurs s'évanouirent et sa confiance grandit.

— Tu es un homme vraiment spécial.

— J'essaie d'être à la hauteur de vos désirs, chère demoiselle.

Elle sourit. Oui, décidément, Jim était adorable. Comme elle avait envie de passer plus de temps avec lui, d'apprendre à le connaître davantage, et même…

Bon, mieux valait freiner sa libido pour l'instant. Elle plongea sa cuiller dans sa coupe et prit tout son temps pour déguster quelques bouchées de crème glacée afin de se ressaisir, puis reporta le regard sur Jim.

— A ton tour, maintenant, dit-elle. Je veux savoir tout ce que tu as fait depuis le lycée.

— Eh bien, il y a eu l'université, puis ma carrière, bla-bla-bla. Ensuite, il y a quelques jours, j'ai retrouvé la femme la plus sexy que j'aie jamais connue. Et devine un peu…

Il se pencha en avant.

— … Elle m'a permis de partager ses fantasmes avec elle.

— Ah oui ? Cela me semble plutôt farfelu.

— Mais c'est drôlement libérateur.

Elle sourit.

— Libérateur ?

Il la regardait d'un air fasciné, et elle en sourit de plus belle. A cet instant, elle en aurait mis sa main au feu, il pensait exactement comme elle. A quel point ce serait bon de se retrouver dans les bras l'un de l'autre et d'approfondir leurs fantasmes…

— On pourrait aller tout de suite chez moi, non ? proposa-t-il alors.

Bingo ! Elle ne s'était pas trompée. Mais elle avait une petite revanche à prendre. Et puis elle était curieuse.

— N'oublie pas qu'il s'agit d'un premier rendez-vous. Je ne suis pas une Marie-couche-toi-là, alors il est hors de question que nous allions chez toi. Continue à me raconter ta vie, et pas de bla-bla, cette fois.

Jim fit la moue.

— L'une des règles des premiers rendez-vous ne consiste-t-elle pas à ne pas parler de soi ?

— Pas ce soir, en tout cas. J'ai vraiment envie d'en apprendre plus sur toi, Jim. Où as-tu vécu ? Quels sont tes loisirs préférés ? Je veux tout savoir.

— Tu es sérieuse ?

— Absolument. Ensuite, nous pourrons parler de ces fantasmes. Alors, dis-moi, pourquoi t'es-tu intéressé à l'hypnose ?

Il haussa les épaules.

— Oh, c'est très simple. J'étais un gamin timide, qui lisait beaucoup trop de B.D. Un jour, je me suis dit que si j'étais capable d'hypnotiser les gens, je pourrais obtenir tout ce que je voudrais, y compris des petites amies très sexy. Crois-moi, je ne suis pas le seul garçon à avoir eu ce fantasme.

— Mais, à ma connaissance, tu es le seul à avoir aussi bien réussi. Qu'il s'agisse des filles ou du reste.

Posant le coude sur la table et le menton dans la main, elle continua :

— C'est drôle. Je ne t'aurais jamais imaginé monter sur scène, tu sais.

— Puisque tu veux tout savoir, j'étais plutôt doué en tours de magie lorsque j'avais huit ans. Je passais des heures à m'entraîner dans ma chambre, mais je n'ai jamais fait de numéro à quiconque, sauf à mon frère, Rick. Avec mes parents, je n'ai jamais osé.

Elle fronça les sourcils.

— Pourquoi pas ? Ne me dis pas que tu étais timide à ce point.

— Oh ! que si ! De toute façon, mon père ne cessait de me répéter que je perdais mon temps à m'entraîner à jouer les magiciens. Quant à ma mère, elle était toujours d'accord avec lui.

— Ça ne devait pas être évident pour toi.

Comme pour se donner une contenance, il plongea sa cuiller dans sa crème glacée déjà bien ramollie.

— Ce n'était pas si mal. J'avais… tout le nécessaire. Je vivais dans une maison agréable, j'avais de quoi manger tous les jours ; tu sais, à cet âge-là, on ne demande rien de plus. C'est mon père qui m'a appris tout ce que je sais sur l'électricité, et c'est ce qui m'a conduit à la robotique et à l'ingénierie. C'est comme ça que je me suis retrouvé à étudier au Massachusetts Institute of Technology.

— Ce qui t'a conduit à trouver une idée qui t'a rapporté

des millions. Tout cela, je le comprends, mais qu'en est-il de l'hypnose ? Et la scène ? Ça, ça ne te ressemble pas du tout.

Il posa sa cuiller. Sa crème glacée était devenue complètement liquide.

— C'est parce que tu ne te rends pas compte à quel point un P.-D.G. a besoin de parler en public, pour vendre ses idées aux investisseurs, par exemple. Pense un peu à ton travail. Je suis sûr qu'il y a plein d'occasions où tu dois t'exprimer en public.

C'était vrai. Chaque semaine, elle devait prendre la parole en public. Pas devant des centaines de personnes, certes, mais elle avait toujours des rapports à faire à ses supérieurs, des encouragements à prodiguer à ses subordonnés, et de multiples réunions à diriger.

— Mais cela n'a rien à voir avec le fait de monter sur scène, dit-elle.

— Je sais, mais n'oublie pas que j'étais vraiment timide. Dès que je devais m'exprimer en public, je bredouillais, je renversais ma tasse de café, et crois-moi, si j'avais pu courir m'enfermer dans les toilettes, je l'aurais fait.

Elle éclata de rire, mais elle avait bien conscience que Jim était sérieux.

— Je ne me souvenais pas que tu étais aussi timide au lycée.

— Parce que, à cette époque, je prenais garde à ne jamais dire quoi que ce soit d'important à quiconque. En fait, je passais surtout mon temps à poser des questions. Beaucoup de questions.

Elle acquiesça d'un hochement de tête. Elle se souvenait très bien de cela.

— Oui, tu posais de bonnes questions, et surtout, tu prêtais attention aux réponses.

Jim avait toujours été attentif aux autres.

— Quand j'ai créé ma société, j'ai bien été obligé de m'exprimer en public.

— Tu aurais pu engager un professionnel, un directeur de la communication, par exemple.

— Pas au début, je n'avais pas assez d'argent. C'est ma mère qui m'a suggéré l'hypnose.

— Tu es allé voir un hypnotiseur ?

Cette fois, ce fut lui qui se mit à rire.

— Non, je n'avais pas assez d'argent.

Oh, mon Dieu, elle comprenait tout. Elle savait exactement ce qu'il avait fait.

— Donc, tu as acheté un ouvrage sur l'hypnose et tu as essayé de t'hypnotiser.

Jim hocha la tête.

— Gagné !

— Et alors, ça a fonctionné ?

— Pas du tout. En fait, c'est Rick qui m'a aidé à trouver la solution.

— Comment cela ?

— A l'époque, Rick avait déjà acheté son club, mais il tirait le diable par la queue. Ses soirées consacrées aux artistes amateurs attiraient du monde, mais il n'avait pas assez de numéros à présenter. Il m'a demandé d'en faire un en prétendant que si j'arrivais à captiver le public en montant sur scène, je pourrais affronter des hommes d'affaires sans problème.

— Et cela t'a convaincu ?

— Bien sûr que non, mais Rick est mon frère et il avait vraiment besoin d'aide. En plus, il m'a proposé de partager les bénéfices de la soirée.

— Vous avez gagné beaucoup d'argent ?

— Non, mais cela n'avait pas d'importance. De toute façon, j'aurais difficilement pu être pire que les autres artistes. A l'époque, aucun ne présentait véritablement de bon numéro.

— Donc, tu es monté sur scène et tu as présenté ton spectacle.

— A dire vrai, le premier soir, il m'a fallu quelques verres de vodka pour me décider, mais oui, je l'ai fait. Et ça a marché.

J'ai survécu et, au fil du temps, je me suis amélioré. Je ne sais pas si tu l'as remarqué, mais je ne suis pas si brillant que cela sur scène. Je n'ai pas le charisme nécessaire pour faire un grand numéro.

Elle fronça les sourcils. Ce dont elle se souvenait, c'était qu'elle l'avait trouvé mignon dans son smoking, mais pas particulièrement drôle ni divertissant. Jusqu'au moment où il s'était exprimé de cette voix rauque et sexy, et où elle avait été complètement… hypnotisée.

— Je trouve que tu t'en es très bien tiré.

— Oui, pour un spectacle dans un bar. Mais je ne fais cela que quand un artiste se décommande au dernier moment et que Rick n'a personne sous la main.

— Mais…

Il l'empêcha de continuer.

— Ça a fonctionné, Nicky. J'ai réussi à dépasser la peur, et le plus beau de tout, c'est que j'étais sur scène lorsque la fille qui me faisait fantasmer au lycée est entrée dans le bar de Rick.

Elle secoua la tête, ne sachant plus que penser. Admirait-elle sa détermination à affronter ses peurs ou bien était-elle jalouse que sa volonté lui ait permis de faire disparaître sa timidité ? Les deux, à dire vrai. Jim était très intelligent et déterminé. Quand vous possédiez ces deux qualités, seul le meilleur pouvait vous arriver.

— Donc, reprit-elle, tu as dépassé tes peurs.

Il hocha la tête.

— Ce qui m'a bien aidé lorsque j'ai voulu vendre ma boîte. Par contre, aujourd'hui…

Il haussa les épaules.

— Aujourd'hui, je bricole quelques trucs dans mon garage en espérant trouver une nouvelle idée géniale. Et puisqu'on en est au stade des confidences, je dois t'avouer que je suis terrifié d'avoir déjà grillé tous mes neurones.

Elle fronça les sourcils.

— Je ne comprends pas ce que tu veux dire.

— J'ai eu une idée géniale, et j'ai gagné des millions. Mais peut-être que je n'aurai plus jamais de bonnes idées.

— Tu n'es tout de même pas sérieux ? Pense un peu à ce que nous avons fait il y a quelques soirs, et comment tu m'as aidée…

Jim se mit à rougir.

— Ça, ce n'était pas très difficile. Mais trouver de brillants concepts en matière d'ingénierie ? Je ne sais pas si cela m'arrivera de nouveau, un jour.

— Peut-être as-tu besoin d'un peu plus de temps. De toute façon, pourquoi t'évertuer à chercher un nouveau concept ? Tu possèdes déjà tout ce dont tu as besoin.

— Il ne s'agit pas de besoin. C'est une question de… je ne sais pas… D'inspiration ? De chance ? Peut-être que j'ai déjà utilisé tout mon stock.

— Bien sûr que non, je suis certaine que tu trouveras d'autres idées.

Il la regarda longuement, puis baissa les yeux.

— De toute façon, répliqua-t-il d'une voix rauque, je ne risque pas de mettre une nouvelle invention au point quand tu es en face de moi. Je suis beaucoup trop distrait par tes jambes et tes magnifiques bas de soie.

Nicky éclata de rire. C'était si bon de se sentir d'humeur aussi légère. Ce soir, elle n'était pas sous hypnose, et pourtant elle se sentait si bien.

— Peut-être qu'il te faut une autre source d'inspiration ?

— Dans combien de temps pouvons-nous aller chez moi ? demanda-t-il.

C'était si bon, aussi, de se comprendre si bien, et, malgré sa question, elle savait que Jim la laisserait aller à son rythme.

— Bientôt, répondit-elle enfin, mais pas trop tôt.

— Ah ! Rien que des mots imprécis. Tout ce que nous, les ingénieurs, nous détestons, répondit-il avec un clin d'œil.

Il fit signe à la serveuse, et commanda deux cafés et un autre dessert à partager. Une crème glacée au chocolat et noix de pécan, cette fois.

# Chapitre 15

— Tu m'emmènes dans ton garage ? demanda Nicky.

Jim sentit une pointe de désir l'envahir, mais s'efforça de garder une expression neutre et de paraître concentré sur la route. Il était minuit et ils se rendaient chez lui après avoir discuté pendant des heures dans cette gargote qui avait marqué le point de départ de leur histoire. Il faisait doux ce soir, et, avant de repartir en voiture, ils avaient marché un peu main dans la main.

Curieusement, cela avait été le moment le plus intrigant de la soirée. Nicky et lui étaient tellement à l'aise ensemble que se tenir par la main leur avait semblé tout à fait naturel. A quand remontait la dernière fois où cela lui était arrivé ? La plupart de ses petites amies s'étaient vite révélées ennuyeuses ou manipulatrices. Ou, pire, elles ne s'intéressaient à rien. Ce n'était pas du tout le cas avec Nicky. Elle avait toujours envie d'en apprendre plus. Un véritable petit Einstein en jupons.

— Allô la Terre ! Jimmy, tu m'entends ?

— Jim ! corrigea-t-il. Je crois que ta question à propos de mon garage m'a fait perdre l'esprit.

— J'ai juste envie de voir à quoi ressemble cette pièce. Pas de bandeau, ce soir.

— Oh.

Il tenta de cacher sa déception, mais Nicky éclata de rire.

— Jim ! On est dimanche soir. Je dois aller travailler

demain matin. Tu pensais vraiment que j'avais envie de m'abandonner à une séance de bondage, ce soir ?

Il lui jeta un coup d'œil.

— Non, je ne m'y attendais pas, mais que veux-tu… l'homme vit d'espoir

— Je ne fais pas ce genre de choses lors d'un premier rendez-vous, répondit Nicky d'un ton guindé.

Elle avait déclamé cela avec tant de force qu'il la crut, mais soudain il vit la petite lueur malicieuse dans ses yeux et remarqua que les pointes de ses seins s'étaient dressées sous sa robe. Aussitôt, son sexe durcit. Les circonstances empêchaient peut-être Nicky de passer un moment intime avec lui, ce soir, mais, à l'évidence, elle y songeait.

— Comme tu voudras, je suis à tes ordres.

— Menteur ! Enfin, merci quand même.

— Non, je suis sérieux.

Comme ils s'arrêtaient à un feu rouge, il lui effleura la main.

— Cette soirée a été fabuleuse, dit-il. Je n'avais jamais autant discuté avec une femme. Je suis plutôt…

Elle lui coupa la parole et l'embrassa avec une telle fougue qu'il dut se retenir de se jeter sur elle et de lui faire l'amour avec passion, là, dans la voiture. Il ne s'écarta d'elle que lorsque quelqu'un klaxonna derrière eux.

Et il ne savait plus du tout ce qu'il était en train de faire, juste avant. Comme si son cerveau refusait de lui obéir. Elle dut s'en rendre compte, car elle lui dit avec un sourire :

— On était en train d'aller chez toi, Jim. Dans ton garage, tu te souviens ?

— Oui… Tu dois travailler demain… et… heu… il est déjà tard.

Bon sang, elle l'excitait tant qu'il n'arrivait plus à réfléchir !

Il parvint à redémarrer, mais il ne put s'empêcher de lui jeter aussitôt un regard de côté. Mmm, mauvaise idée. Très mauvaise idée. Les pointes de ses seins étaient toutes dures, et une bretelle de sa robe avait glissé sur son épaule, révélant la naissance de sa poitrine. Il aurait suffi de glisser un doigt sous le tissu pour effleurer ses petits tétons.

*Je vais te faire l'amour toute la nuit.*

— Vraiment ? demanda Nicky d'un ton amusé.

Oh, mon Dieu ! Avait-il parlé à voix haute ?

— Et si je n'en ai pas envie ? reprit-elle d'une voix mutine.

*Garde les yeux sur la route, Jim !*

— Dans ce cas, dis-le-moi tout de suite, parce que je n'ai qu'une chose en tête : te ligoter à ma table et te prendre très fort par-derrière.

— Charmant programme. J'adore… A dire vrai, c'est si excitant que je vais avoir du mal à attendre. Je crois que je vais retirer ma robe et m'offrir une petite gâterie pendant que tu conduis.

— Pardon ?

Heureusement, lorsqu'il s'arrêta à un nouveau feu rouge, il la regarda et constata qu'elle était toujours aussi sage qu'une image.

— Tu ne devrais pas me faire des coups au cœur pareils, Nicky, surtout quand je conduis !

Elle se contenta de rire. Puis elle demanda d'une voix encore plus enjôleuse :

— Dis-moi, Jim, tu es vraiment doué pour l'hypnose, n'est-ce pas ?

Il secoua la tête.

— Pas tant que cela, en vérité. Tu es le meilleur sujet que j'aie jamais eu.

— Et moi je pense que tu es très doué. Alors, que dirais-tu de… m'hypnotiser maintenant ?

— Nicky, nous sommes à un feu rouge !

Elle se pencha, lui prit le visage entre les mains et l'attira à elle.

— Essaie, au moins. Parle-moi avec ta voix si sensuelle et demande-moi de te faire confiance. Dis-moi que je suis en sécurité.

— Nicky, tu es en sécurité avec moi, et tu le sais.

Il ne prit aucun ton spécial ou sensuel, comme elle disait, mais tenta de lui faire comprendre qu'il était sincère. Elle était en sécurité avec lui. Pourtant, au moment où il prononça ces paroles, il remarqua un changement en elle. Son regard s'adoucit, son expression devint plus charmeuse et elle se passa la langue sur les lèvres.

— Nicky ?

— Clic ! murmura-t-elle.

Elle prit une profonde inspiration et s'étira, mettant en valeur la courbe de ses seins.

— Tu es très doué, continua-t-elle. J'ai l'impression d'être déjà sur mon île paradisiaque.

Pourtant, il n'avait rien fait. Si elle avait l'impression d'être hypnotisée c'était… qu'elle s'était hypnotisée toute seule.

Le feu passa au vert et il démarra.

— Détends-toi, Nicky, nous serons chez moi dans peu de temps.

— Je suis détendue, murmura-t-elle, et si je me souviens bien, tu parlais de me faire l'amour dans ton garage, néanmoins, je ne peux pas attendre.

— Nous serons arrivés dans quelques minutes…

— Mmm… C'est si bon…

Il lui jeta un coup d'œil. Bon sang ! Elle venait de faire glisser sa robe sur ses épaules pour se caresser les seins.

— Garde les yeux sur la route, Jimmy ! N'oublie pas que tu as promis qu'avec toi je serais toujours en sécurité.

Cela dit, elle leva les jambes et planta ses escarpins devant elle. Il allait protester, mais quand il vit que, dans cette position, sa jupe s'était retroussée haut sur ses cuisses, ses paroles s'étranglèrent dans sa gorge.

Oh, mon Dieu ! elle ne portait pas de petite culotte ! Terriblement excité, il tenta néanmoins de la ramener à la raison. Ce n'était vraiment pas le genre d'endroit où il s'attendait à la voir se caresser… et c'était le plus dangereux.

— Nicky, je t'en prie. N'oublie pas que je ne suis qu'un

homme en train de conduire une voiture. J'ai besoin de pouvoir me concentrer.

— Mmm, j'adore qu'on me caresse le clitoris comme ça…

Elle allait le rendre dingue ! Alors qu'elle continuait à se caresser les seins, son autre main s'était insinuée entre ses cuisses, et à l'évidence…

L'odeur musquée de son sexe se répandit dans l'habitacle.

— Nicky… Jamais je n'aurais cru que tu puisses être aussi sadique.

— Tu m'as ligotée… Moi, je te tiens à ma merci d'une façon différente, c'est tout.

— Qu'est-ce que… Merde !

Un petit animal venait de traverser la chaussée, et il freina si brusquement qu'ils furent tous deux projetés en avant. Par chance, il n'y avait personne derrière eux, mais cela ne durerait pas bien longtemps. Et pourtant, malgré le danger, elle reprit ses caresses. Lui-même se sentait électrisé, incapable de calmer le désir qui le tiraillait.

Et quand elle prononça son nom avec un accent d'une sensualité inouïe, il ne put plus résister. Se penchant vers elle, il passa la main sur son sexe offert. Elle était toute mouillée, prête à l'accueillir ! Il fit aller et venir son doigt en elle, puis caressa son clitoris, et la sentit frissonner. Ce n'était pas un orgasme, mais elle n'en était pas loin. Lui aussi, d'ailleurs !

— Nous n'arriverons jamais à la maison, Nicky ! Dès que…

— Accélère ! l'exhorta-t-elle en le repoussant vers le volant. Moi, par contre, je n'attends pas.

Et ainsi elle recommença à se caresser.

Il n'aurait jamais dû la toucher. Le simple fait de l'entendre gémir de plaisir suffisait à l'exciter, et il avait bien du mal à garder les yeux rivés sur la route. Et les paroles qu'elle prononçait ne firent qu'augmenter la délicieuse torture à laquelle elle le soumettait.

— Jim… je suis sûre que tu aimerais être en moi, là, maintenant… n'est-ce pas ? Tu aimerais crier mon nom au moment de ton orgasme, non ?

— Oui ! Nicky, tu me rends fou !

— Ah… ah… oh, Jimmy !

Elle avait crié son nom en s'abandonnant à l'orgasme, et il bénit le ciel en apercevant l'allée de son jardin : jamais il n'aurait pu attendre plus longtemps.

Jamais il n'avait vécu quelque chose d'aussi sexy de toute sa vie.

Arrivé devant la porte de son garage, il en déclencha l'ouverture, et contempla Nicky. Les spasmes de son orgasme s'atténuaient peu à peu. Le haut de sa robe avait glissé et il voyait ses seins pointer dans le noir. Tête renversée en arrière, lèvres entrouvertes, une main posée sur son ventre, l'autre sur sa cuisse, elle avait tout l'air d'une femme qui venait d'avoir un plaisir fou, et cette vision était incroyablement érotique. Pas simplement parce que Nicky était belle, mais parce qu'elle avait crié son nom.

— Tu peux m'appeler Jimmy tant que tu voudras, dit-il.

Elle esquissa un sourire, mais garda les yeux clos.

— D'accord. Jimmy, combien de temps te faut-il pour enfiler un préservatif ?

Il pénétra dans le garage, commanda la fermeture de la porte et bondit hors de la Corvette. Fou d'impatience, il saisit un préservatif dans son portefeuille et se précipita vers la portière de Nicky, puis lui tendit la main pour l'aider à descendre. Dieu merci, elle avait détaché sa ceinture de sécurité. Il avait déjà assez à faire avec les nombreux boutons de son smoking.

Elle rit en remarquant son impatience, mais ne lui proposa pas son aide. Au lieu de cela, elle s'écarta de la voiture, lui tourna le dos, puis fit lentement descendre la fermeture Eclair de sa robe, avant de se débarrasser de sa tenue, et d'effleurer le capot du véhicule d'un geste lascif.

— J'ai toujours rêvé d'être comme la pin-up sur le capot d'une Corvette, dit-elle. Tu sais, celle des calendriers, seins bombés et fesses offertes aux regards.

Jim avait réussi à se débarrasser de son pantalon. S'il

n'avait tenu qu'à lui, il aurait pris Nicky ici et tout de suite, mais il lui fallait d'abord enfiler un préservatif. Bon sang ! Quelle idée de fabriquer des emballages aussi difficiles ouvrir !

Quand il releva les yeux, il crut frôler l'arrêt cardiaque. Nicky le dévisageait d'un air mutin, allongée sur le capot de sa Corvette, ne portant en tout et pour tout qu'une paire d'escarpins aux talons vertigineux.

Ça, c'était le fantasme ultime.

— J'ai l'air d'une pin-up ?

Il avait enfin réussi à enfiler son préservatif, et se débarrassa du reste de ses vêtements, tout en acquiesçant d'un hochement de tête.

— Oui, et je vais te faire jouir sur le capot de la voiture, encore et encore, jusqu'à ce que tu cries mon nom.

— Les pin-up ne crient pas, monsieur le magicien. Elles restent silencieuses.

Il secoua la tête.

— Mais pas toi. Je t'ai hypnotisée, tu te rappelles ? Et crois-moi, je vais te faire crier de plaisir.

Il s'approcha d'elle, posa les mains sur ses cuisses, et la pénétra aussitôt. Nicky se mit à pousser de petits gémissements et il crut qu'il allait perdre tout contrôle de lui-même.

Il l'avait pénétrée vite et fort, sans même la regarder, et quand elle noua ses jambes autour de lui, le tenant serré contre elle, il sentit les premiers spasmes de l'orgasme déferler sur lui. C'était rapide, trop rapide, mais il en avait tellement envie… et elle l'avait tant excité dans la voiture…

Il parvint à venir encore en elle une fois, deux fois, mais à la troisième, il ne put plus se retenir, et, avec un long râle, il jouit avec force, semblant ne jamais pouvoir s'arrêter.

Vibrant, il se poussa encore en elle, et Nicky se mit à haleter de plaisir. Pourtant, elle ne criait pas son nom.

— Mon nom, ordonna-t-il, dis mon nom !

Le souffle court, elle gémissait, mais elle ne disait pas son nom.

— Mon nom ! Je t'ordonne de le dire !

Il venait d'user du même ton de commandement qu'il avait utilisé deux jours plus tôt, et ses paroles semblèrent trouver leur écho en Nicky, qui répondit à sa demande comme si elle était toujours sous hypnose.

— Jimmy ! cria-t-elle alors que les spasmes de l'orgasme se répandaient en elle. Jimmy !

En l'entendant jouir ainsi, Jim perdit toute trace de raison et se laissa entraîner avec elle dans un univers de sensations inouïes.

Combien de temps restèrent-ils là, à reprendre leur souffle ?

Des minutes ?

Des heures ?

Il n'en savait rien et peu importait. Au bout d'un moment, il sentit Nicky bouger et ouvrit les yeux. Allongée en travers du capot, le regard lourd de plaisir… Il n'avait jamais vu spectacle aussi ravissant.

— C'est un sacré boulot que d'essayer de t'offrir l'orgasme parfait, déclara-t-il. Je suis épuisé.

Elle le dévisagea d'un air étrange, mais ne dit rien. Aussitôt, une petite sonnette d'alarme retentit en lui.

— Ce n'était pas l'orgasme parfait ?

Nicky haussa les épaules.

— C'était plutôt agréable.

Il l'observa. Elle avait cet air calme et détendu qui était toujours le sien lorsqu'elle était sous hypnose.

— Mais ce n'était pas l'orgasme parfait pour toi, n'est-ce pas ?

— Non.

— Et l'autre nuit ? Sur la…

Comment avait-elle appelé cela ?

— Sur ton île paradisiaque ? Avec tous ces hommes qui t'adoraient comme une déesse ?

Elle esquissa un sourire.

— Ça, c'était très, très, très agréable.

— Mais toujours pas parfait ? insista-t-il.

Son silence fut éloquent.

— Qu'est-ce qui aurait rendu les choses parfaites, pour toi, Nicky ?

Elle réfléchit un moment, semblant ignorer que répondre.

— Je ne sais pas, dit-elle enfin.

Apparemment, c'était à lui de trouver des réponses.

— On dirait qu'il faut que j'y travaille un peu plus, c'est ça ?

Elle ne répondit rien, mais il vit une lueur d'excitation dans ses yeux. Etait-elle toujours sous hypnose ?

— Peut-être pourrais-je t'aider, dit-elle en désignant son atelier d'un geste de la main. On dirait que nous avons tout le nécessaire, ici.

Il tressaillit. Etait-elle vraiment en train de suggérer ce qu'il pensait ?

— Heu… oui. Le bricolage nécessite beaucoup de matériel.

Incapable de s'en empêcher, il tendit la main et lui effleura la joue. Nicky ferma les yeux, ce qui lui laissa le temps d'apprécier la douceur de sa peau, la chaleur de son corps, et le fait qu'elle venait de s'offrir à lui.

Que n'aurait-il donné pour que les choses soient toujours ainsi, pour la retrouver chaque soir, chez lui, dans son lit ou… dans tout endroit où elle aurait aimé qu'ils fassent l'amour ?

Rien n'avait plus d'importance à ses yeux.

# Chapitre 16

Infiniment relaxée, Nicky regarda autour d'elle, intriguée par tous les accessoires de Jim. Il avait raison. Le bricolage nécessitait un équipement important. Il y avait de tout, partout. Des composants électroniques, des pièces d'ordinateurs, des mécanismes de toutes sortes, des outils, et même des câbles métalliques. Elle avait cru qu'après avoir eu sa brillante idée qui lui avait rapporté des millions il avait occupé son temps libre comme consultant pour de grandes entreprises. C'était bien le cas, mais, en même temps, Jim continuait ses expériences pour trouver une idée géniale et mettait au point des numéros d'illusions pour ce qu'il appelait *les vrais magiciens*. Ce qui signifiait que son garage abritait sa Corvette d'un côté, et, de l'autre, un atelier consacré au bricolage et à la magie.

L'autre soir, vendredi, c'était donc sur sa table à eau qu'elle s'était retrouvée allongée. En général, Jim l'utilisait pour créer des illusions aquatiques, mais il avait aussi un revêtement différent pour créer des effets pyrotechniques. Elle remarqua des tuyaux, des robinets, d'eau chaude et d'eau froide, ceux qui lui avaient prodigué les sensations dont elle s'était délectée. Elle remarqua aussi un cercueil magique, de ceux dans lesquels les magiciens font disparaître leurs assistantes, un chapeau haut de forme noir, une cape de satin noire également, des tentures, des chaînes, et tout un éventail de faux revolvers.

— C'est incroyable ! s'exclama-t-elle.

Jim hocha la tête tout en l'observant. Durant la visite de l'atelier, elle avait remarqué qu'il n'avait cessé de l'observer à la dérobée. A coup sûr, il devait se demander si elle était toujours sous hypnose ou pas. Ça, c'était une bonne question, dont elle ignorait la réponse. Elle se sentait plus détendue et plus heureuse qu'elle ne l'avait été depuis bien longtemps. Comme si, ce soir, une part d'elle, disparue depuis tant d'années, s'était enfin réveillée.

Bien sûr, le sexe faisait partie de cette renaissance, il avait même toute son importance étant donné qu'elle n'avait pas eu d'orgasmes depuis une éternité, mais ce n'était pas ce qu'elle avait découvert de plus important ce soir. Grâce à Jim, elle s'était souvenue de la jeune fille qu'elle avait été. Il avait réveillé en elle la confiance qu'elle avait possédée à une époque, sa confiance en l'avenir.

Quand l'avait-elle perdue ? Certes, la vie n'était pas qu'une belle allée pavée de roses, mais elle ne devait pas pour autant être consacrée à des heures et des heures de travail. Etre avec Jim lui avait clairement fait prendre conscience de tout ce qu'elle avait perdu en ne se consacrant qu'à sa carrière.

Elle s'était aussi rendu compte qu'elle devenait complètement obsédée par le sexe. En chaque objet sur lequel elle posait les yeux, elle voyait aussitôt un accessoire érotique.

Et elle aurait voulu tout essayer !

— On dirait que je ne pense plus qu'au sexe, murmura-t-elle.

Elle avait dû parler trop fort. Hissant une hanche sur le coin de l'une des tables de travail, il croisa les bras et demanda :

— Ça te surprend ?

— Oui, totalement. Cela faisait si longtemps que je n'avais pas eu de relations sexuelles que… j'avais presque l'impression d'avoir retrouvé ma virginité.

— Et tu ne fais jamais les choses à moitié, n'est-ce pas ?

— Apparemment, non.

Imitant sa pose, elle s'installa sur la table en face de lui. Il avait enfilé son pantalon, mais était toujours torse nu. Il était si séduisant ainsi ! Elle-même avait remis sa robe, mais n'en avait remonté la fermeture Eclair qu'à moitié. Il ne leur faudrait qu'un instant pour se retrouver nus de nouveau. Elle lui jeta un coup d'œil. Vu son regard coquin, Jim avait les mêmes idées qu'elle en tête… Hélas, il était déjà plus de minuit, et elle devait se lever de bonne heure, le lendemain matin. Jim aussi, sans doute.

— Il faut que je rentre chez moi, dit-elle à regret.

— Je vais te raccompagner, proposa-t-il en se retournant pour récupérer sa chemise, mais j'aimerais qu'on se revoie très vite. Tu es d'accord pour un autre rendez-vous ?

Il avait parlé d'un ton détaché, et elle répondit de même.

— Oui, je crois.

Un deuxième, un troisième, et même une bonne centaine d'autres, vu les possibilités offertes par son atelier. Et tout cela sans compter les jeux coquins auxquels ils pourraient s'adonner à l'intérieur de la maison.

— Tu sais, dit-elle en le regardant enfiler sa chemise, moi aussi j'aimerais bien être millionnaire pour pouvoir m'amuser tous les jours.

— Qu'est-ce que tu ferais ?

— Tu veux dire à part faire l'amour avec toi sans fin ? Je ne sais pas. J'irais me balader, je prendrais des bains de soleil… Ce genre de choses.

Il hocha la tête d'un air absent en boutonnant sa chemise. Il n'avait pas besoin de parler pour qu'elle devine ses pensées.

— Tu crois que j'en aurai vite assez ? demanda-t-elle. Que je suis incapable de m'accorder des vacances sans devenir folle ?

Il soutint son regard.

— En es-tu capable ?

— Bien sûr !

Elle songea à ses dernières vacances. Tout avait débuté à merveille, mais il fallait bien reconnaître qu'au bout de deux jours… elle avait commencé à s'ennuyer.

— O.K., j'avoue, j'adore travailler. Mais toi aussi, apparemment. Tu pourrais profiter de tous tes millions, mais tu t'occupes encore de la sous-traitance pour la société qui a acheté ton invention, tu travailles à ta prochaine découverte, et durant ton temps libre, tu essaies de mettre au point des numéros d'illusionniste.

Il s'approcha d'elle.

— Tu as l'air de croire que je tiens à ce que tu changes. C'est notre premier rendez-vous, et tu penses déjà que je voudrais te voir différente.

Il l'enlaça tendrement.

— Tu sais, Nicky, je t'apprécie telle que tu es.

Elle rougit, et fut incapable de trouver quoi lui répondre. Il lui effleura la joue, lui saisit le menton, puis plongea son regard dans le sien.

— Je ne te juge pas, Nicky. Je ne l'ai jamais fait.

— C'est moi qui pense que j'ai besoin de changer, murmura-t-elle, mais je ne sais pas comment faire.

— J'aimerais t'aider à le découvrir.

Elle sourit.

— Ma foi, on dirait que tous ces orgasmes que tu m'offres sont déjà un bon début.

Jim poussa un soupir mélodramatique.

— Si c'est tout ce dont tu as besoin, je serais ravi de continuer à t'offrir mon aide…

Elle éclata de rire, mais se reprit aussitôt. Elle voulait beaucoup plus de lui. Mais jusqu'à quel point ? Et si jamais elle était déçue ? Et si jamais…

— Voilà que tu te crispes encore.

— Tu veux m'hypnotiser de nouveau ?

Il la regarda d'un air sérieux.

— Ce que je veux, Nicky, c'est savoir ce qui t'est arrivé. Pourquoi as-tu l'air toujours aussi effrayée ?

Elle haussa les épaules.

— Tu as l'air de croire que c'est à cause d'un événement qui me serait arrivé. Ce n'est pas le cas. Je suis allée à l'université, mais j'ai dû travailler plus dur que je ne m'y attendais pour décrocher mon diplôme. Ensuite, je me suis retrouvée sur le marché du travail, et, là aussi, cela a été très difficile. J'ai eu des liaisons avec deux… non, trois hommes différents, chaque fois en croyant avoir trouvé l'homme de ma vie. Pourtant, ce n'était pas le cas.

— Pourquoi ?

— Pour les mêmes raisons qu'au lycée. J'ai fait de mauvais choix. Comme la nuit du bal de fin d'année, quand j'ai accepté l'invitation du capitaine de l'équipe de base-ball. C'était un garçon populaire, mignon comme tout et très bon élève.

— Je m'en souviens.

— En privé, ce n'était qu'un idiot. Et, la nuit du bal, c'était un idiot ivre.

— C'est donc pour cela que je t'ai trouvée rentrant seule chez toi, avec ta robe déchirée.

Elle esquissa un faible sourire à ce souvenir.

— Il ne m'a pas agressée, ni blessée, si c'est ce que tu redoutes. Aucun de mes petits amis n'a jamais levé la main sur moi, mais ce n'était pas les hommes qu'il me fallait.

Et le dernier avait été le pire.

— Mais ils t'ont fait perdre confiance en toi.

Ça, ce n'était rien de le dire !

— Ensuite… j'ai emprunté de l'argent pour entamer des études supérieures.

— Et tu as obtenu ton MBA.

Elle hocha la tête. Jim avait raison, mais il ignorait à quel point elle avait dû travailler dur pour n'obtenir que des notes médiocres. Elle ne faisait pas partie des meilleurs élèves de sa classe, et atteignait à peine la moyenne.

— Il y avait tant de choses à payer, Jimmy. J'ai emprunté à la banque, à mes parents, ainsi qu'à Susan et à son mari.

Puis son crétin de petit ami avait vidé ses comptes.

— Il fallait juste que… que je trouve un bon travail.

— Et, là aussi, tu as réussi.

De nouveau, elle hocha la tête. Oui, elle avait trouvé un bon emploi, mais jamais elle n'avait aimé ce qu'elle faisait.

Tout ce qui lui importait, c'était de ne plus avoir de dettes, et, mieux encore, d'avoir tant d'argent à la banque que plus jamais elle ne se retrouverait en position de faiblesse.

— J'ai tellement peur d'être de nouveau à la rue.

Jim se crispa.

— De nouveau ?

Elle prit une longue inspiration. C'était humiliant, mais elle lui faisait confiance. Alors elle se lança :

— A une époque de ma vie, je me suis retrouvée sans logement pendant plusieurs semaines. J'ai échoué dans une espèce de refuge pour sans-abri. J'étais la seule du lot à aller à l'université...

Elle eut un rire amer.

— Tout ça n'était que la conséquence de ce qui s'était passé avant. Avec mon dernier petit ami... Après avoir réussi à accéder à mon compte bancaire, il m'a tout pris, puis s'est évanoui dans la nature.

— Oh ! mon Dieu ! Nicky, ça, c'est vraiment moche ! s'exclama Jim en lui caressant le bras.

— J'avais déjà emprunté tant d'argent à ma famille que je ne pouvais pas leur en demander plus. Et puis j'avais trop honte de toute cette histoire. Je n'en ai jamais rien dit à qui que ce soit.

— J'espère au moins que tu as mis ce voyou à la porte.

— Oh ! que oui ! J'ai viré toutes ses affaires et fait changer mes serrures. Ensuite, j'ai vendu tout ce que je possédais pour pouvoir terminer de payer mes études, et je me suis installée chez une copine qui m'a permis de dormir sur son canapé quelques mois. Tu vois, durant un certain temps, je n'avais aucun endroit à moi.

— Donc, tu es allée dans un refuge ? Nicky...

— Je ne veux pas de ta pitié, Jim ! Je m'en suis sortie. J'ai remboursé chaque centime, et j'ai gagné...

Il la fit taire d'un baiser. Et lorsqu'il eut terminé, il s'écarta et plongea son regard dans le sien.

— Je n'ai pas pitié de toi, Nicky, bien au contraire, je suis impressionné. Je savais déjà que tu étais forte, mais, à ta place, beaucoup auraient craqué. Toi, cette horrible situation t'a rendue encore plus forte.

Elle eut un petit rire, et soudain ce fut comme si des années et des années de stress s'évanouissaient. Jim la comprenait.

— Aujourd'hui, tout va bien, dit-elle. Mon compte en banque est bien rempli, et j'ai un bon CV.

— Mais tu as toujours peur, dit Jim.

Ce n'était pas une question.

Elle redressa le menton.

— Sauf avec toi. Sauf quand…

— … Tu es sous hypnose.

Cette fois, elle rit franchement.

— J'allais dire : quand je suis entre tes bras et que nous faisons l'amour, mais tu as raison, sous hypnose, je me sens au mieux de ma forme.

Il lui effleura la joue.

— Mais tu ne peux pas passer ta vie entière sous hypnose, Nicky. Quand vas-tu enfin laisser tomber ta carapace et te mettre à vivre ?

Que répondre à cela ? Tout ce qu'elle savait, c'était qu'en sa présence elle se sentait rassurée. Quand il la regardait comme il le faisait maintenant, elle se souvenait de la jeune fille qu'elle avait été, celle qui croyait en elle et qui avait confiance en la vie. Mais comment lui avouer cela ? Elle lui avait déjà tant révélé qu'elle préféra rester silencieuse.

Ils se contemplèrent en silence, et, après une minute passée ainsi, elle ressentit l'urgent besoin de se blottir entre ses bras, et de s'y abandonner pendant qu'il la cajolerait. C'était un besoin si fort, si puissant, tellement plus intense que le désir sexuel qu'elle éprouvait d'habitude pour lui, qu'elle préféra s'éloigner.

C'était ça, ou rester dans ses bras à jamais.

— Bon, il faut vraiment que j'y aille, cette fois, dit-elle d'un ton précipité. J'ai du travail, des rapports à terminer, enfin tu sais…

— Oui, je sais, dit-il avec douceur.

Oui, Jim la comprenait. Il comprenait ses peurs et son besoin d'espace, tout comme il avait conscience qu'il lui fallait du temps pour s'habituer à leur toute nouvelle intimité, avant de s'autoriser à aller plus loin avec lui.

— Viens, je vais te raccompagner.

— D'accord.

Elle monta dans la Corvette et Jim se glissa derrière le volant. Ils roulèrent en silence, et arrivèrent chez elle en un temps record. Levant la tête, elle admira le magnifique ciel étoilé de Chicago. Avait-elle gâché une soirée parfaite à cause de ses craintes ? Ses aveux allaient-ils conduire Jim à s'éloigner d'elle ? Non, certainement pas, mais la peur ne cessait de la hanter. Si ce n'était pas la peur de se retrouver sans toit, c'était celle de faire de nouveau un choix désastreux dans sa vie sentimentale. Certes, Jim semblait être la meilleure chose qui pouvait lui arriver, mais était-ce vraiment le cas ? S'en prendrait-il à son compte bancaire lui aussi ?

Elle savait que ses craintes étaient ridicules, mais elle ne parvenait pas à les chasser, ni à retrouver cet état de béatitude qui était le sien lorsqu'elle était sous hypnose. A dire vrai, la frontière entre l'état de conscience et celui sous hypnose était de plus en plus faible à chaque nouvelle rencontre avec Jim. Etait-elle sous hypnose lorsqu'il lui souriait et l'aidait à chasser ses peurs ? Ou bien était-elle juste capable d'être enfin elle-même quand elle était en sa présence ?

Elle ferma les yeux. Toutes ces questions ne faisaient que l'amener à se sentir encore plus stupide, et c'était bien pour cette raison qu'elle avait banni tout rendez-vous galant de sa vie.

— J'ai passé une excellente soirée, Nicky, même avant… Enfin tu sais, ce que nous avons fait sur la Corvette.

— Oui, je sais. Moi aussi.

Elle esquissa un sourire en sentant sa voix grave et chaude emplir l'habitacle. C'était cette voix calme et tranquille qui l'aidait toujours à se sentir en sécurité.

Elle tourna la tête vers lui.

— Je t'aime beaucoup, Jimmy, enfin je veux dire, Jim.

A son tour, il sourit.

— Tu sais, grâce à toi, je me suis réhabitué à ce nom de Jimmy. J'aime t'entendre le prononcer, et encore plus le crier.

Oui, elle avait crié son nom durant l'amour. Elle ignorait encore si elle pourrait supporter une réelle relation avec lui, mais une aventure sexuelle ? Un partage des fantasmes ? Ça, elle en était capable. Elle le voulait, même.

— Donc, tu as envie d'un autre rendez-vous ? demanda-t-elle.

— Cette fois, je pourrais t'emmener dans un endroit à la mode. On s'est déjà occupés du côté nostalgique. Qu'est-ce que tu dirais d'aller dîner dans le centre ? Dans un restaurant élégant ?

— Et que dirais-tu d'une pizza dans ta salle de magie ?

Jim fronça les sourcils.

— Ma salle de magie ?

— Tu préfères que je l'appelle ta tanière dédiée au sexe ?

Il éclata de rire.

— Salle de magie, c'est très bien.

— Demain soir, alors. J'aurai terminé de travailler à 18 heures. Enfin, 18 h 30.

Elle poussa un soupir.

— Disons plutôt 19 heures.

— Va pour 19 heures, répondit-il en lui saisissant la main et en la portant à ses lèvres, mais pas une minute de plus.

Le moment était venu de se séparer. Jim déposa un tendre baiser sur ses lèvres, qu'il effleura du bout de la langue tout en lui caressant les cheveux. C'était si bon, si doux.

A quand remontait la dernière fois où elle avait flirté ainsi sur le siège avant d'une voiture ? Jamais ! Pourtant, c'était si agréable !

— Tout ceci est complètement fou, chuchota-t-elle alors que les vitres commençaient à s'embuer.

— Je n'ai pas envie de te quitter, murmura Jim

— Moi non plus. Je n'ai aucune envie de me retrouver à demain matin.

— Je te comprends. J'ai une vidéo-conférence à 8 heures.

— Et moi, je dois décider quels sont les quatre cents employés qui risquent d'être licenciés.

Il sursauta.

— Tu es sérieuse ? Quatre cents ?

Elle se mordit la lèvre.

— Euh… Je n'étais pas supposée en parler à quiconque. Notre compagnie n'est pas du tout en difficulté financière, mentit-elle.

— Bien sûr que non, répondit Jim, semblant comprendre son sous-entendu.

Aucune société n'aurait apprécié que de telles informations filtrent à l'extérieur.

— Néanmoins, dans l'hypothèse où nous aurions à licencier des employés, c'est à moi qu'il incombe de trouver quels postes doivent être supprimés, et comment agir le plus humainement possible. Au début, nous avions tablé sur un millier de postes et j'ai réussi à réduire le chiffre à quatre cents. C'est à cela que je consacre mes week-ends.

Jim secoua la tête.

— Pas étonnant que tu sois sous pression ! J'ignorais que la société pour laquelle tu travaillais était aussi importante. Tu disais que tu avais un poste de cadre moyen.

— C'est le cas.

— Pas si tu t'occupes de licenciement de cette importance.

Ces derniers mots lui mirent du baume au cœur. Lui, au moins, il la comprenait. Et il avait raison, l'intitulé de son poste ne reflétait en rien ce qu'elle accomplissait tous les jours.

— A vrai dire, c'est mon patron qui prend toutes les décisions, mais il le fait en fonction des rapports que je lui donne.

— Ce qui met une pression incroyable sur tes épaules.

Jim semblait réfléchir.

— Qu'est-ce qu'il y a ? demanda-t-elle.

— Rien.

Comme elle fronçait les sourcils, il expliqua :

— J'étais juste en train de me demander si toute cette frénésie sexuelle n'était pas un moyen pour toi d'évacuer cette pression. Vas-tu disparaître de ma vie quand tes soucis professionnels auront cessé ?

Elle éclata de rire.

— Tu n'as pas d'inquiétude à avoir. Je travaille en permanence sous pression.

Elle déposa un baiser sur ses lèvres et se força à s'écarter de lui avant de céder de nouveau à son désir.

— Bonne nuit, dit-elle avant de descendre du véhicule et de claquer la portière.

Mais elle avait beau quitter Jim, son esprit était toujours avec lui. A peine avait-elle regagné son appartement qu'elle avait déjà en tête trois nouveaux scénarios coquins. Et le temps qu'elle se couche, elle était déjà impatiente de les mettre en pratique avec lui.

Oui, la matinée de demain allait être pénible, mais, par contre, la prochaine nuit serait des plus excitantes.

Jim regagna son domicile, mille pensées tourbillonnant dans son esprit, et il s'agita dans son lit toute la nuit.

Sa relation avec Nicky était fondée sur l'hypnose et le sexe. C'était très bien, mais après cette soirée passée à discuter avec elle, il savait qu'il voulait plus encore.

Nicky était drôle, intelligente, et belle à en mourir. Dire qu'elle s'était retrouvée sans toit, et qu'elle avait réussi à réunir tout l'argent nécessaire pour payer ses dettes. Comment pouvait-elle douter de son intelligence, au point de travailler jour et nuit pour exister par rapport aux autres ? Pourquoi était-elle persuadée de ne jamais être à la hauteur ?

Oh, il connaissait ce sentiment ! Quand on était passionné par son travail, il vous prenait nuit et jour. Pour sa part, l'idée de génie qu'il avait eue n'avait été qu'une fraction du travail qu'il avait dû accomplir pour bâtir sa société. Le succès venait en étant attentif aux détails, ce qui nécessitait le goût de l'effort et de la discipline. Et ces qualités, à l'évidence, Nicky en possédait d'innombrables réserves.

Oui, Nicky était tout ce qu'il désirait chez une femme. Tout ce qu'il désirait chez la mère de ses futurs enfants, aussi.

Mais d'où lui venaient de telles idées ? Cela ne faisait que quelques jours qu'ils s'étaient revus. Comment pouvait-il déjà envisager de passer sa vie entière avec elle ?

Pourtant, si. Le mariage, les enfants, il voulait tout partager avec elle. Avec cette femme qui devait être hypnotisée pour coucher avec lui.

Oh ! mon Dieu, quel dépravé il faisait ! Il voulait épouser une femme qui adorait le bondage, et qui sait quelles autres pratiques encore. Il voulait avoir des enfants avec une femme qui ne le voyait que comme un joujou sexuel.

Une femme dont l'un des fantasmes consistait à faire l'amour sur le capot d'une voiture comme la pin-up d'un calendrier.

Qu'est-ce qui clochait, chez lui ? Et comment pouvait-il mettre un terme à tout cela ?

Exaspéré de ne trouver aucune réponse à ses questions, il bondit hors du lit. Il était temps d'établir une liste des pour et des contre.

Pour : Nicky représentait tout ce qu'il désirait. Contre : elle ne le voyait que comme un gadget sexuel. Pour : elle était prête à partager tous ses fantasmes, même ceux auxquels il n'avait pas encore songé. Contre : il n'était que son sex-toy. De plus, elle devait être sous hypnose pour s'abandonner à lui. Pour : ils faisaient l'amour toute la nuit, sans relâche. Contre : il redoutait que leur relation n'aille jamais au-delà du sexe.

Un moment plus tard, il se rendit compte que les deux colonnes s'équilibraient. Cependant, s'il voulait établir une véritable relation avec Nicky, et c'était bien ce qu'il souhaitait, il devrait porter leur liaison à un autre niveau. Mais comment ?

Il lui fallut une bonne dizaine de minutes, mais il eut finalement une idée. Alors, il ouvrit son ordinateur portable et envoya un court e-mail à son frère, Rick.

# Chapitre 17

— Tu as invité ta mère à dîner ? s'exclama Nicky tandis que Jim l'entraînait vers le fond du restaurant.

Ce soir, sous son pantalon de satin noir et sa grande chemise qui lui donnaient l'air d'un pirate, elle portait un bustier de cuir et un string assorti. Elle avait envisagé de s'adonner à un fantasme du genre *Pirates des Caraïbes*, même si elle avait tout d'abord pensé à un collier de chien et une cravache. Elle n'était pas certaine de vouloir aller jusque-là, mais elle avait tout de même passé le quart d'heure de sa pause déjeuner à surfer sur des sites web érotiques qui l'avaient fait rougir. Ensuite, en rentrant chez elle, elle s'était arrêtée dans une boutique de lingerie coquine pour y faire ses emplettes. Heureusement, son chemisier et sa veste cachaient son corset, mais si jamais quelqu'un se rendait compte de ce qu'elle portait ?

Jim l'avait invitée dans ce restaurant italien pour dîner avec sa mère ? Quelle poisse !

Hélas, la situation ne fit qu'empirer quand elle avança un peu plus dans la salle. De l'autre côté, assis de part et d'autre d'une grande table, il n'y avait pas que la mère de Jim. Il y avait de nombreux invités, et le pire, c'était qu'elle les reconnaissait. Retenant Jim par la manche, elle s'exclama d'un ton courroucé :

— Dis-moi que je rêve ! Tu as aussi invité ma famille ?

Elle avait espéré une soirée entièrement dédiée au sexe, et voilà qu'elle se retrouvait à un dîner familial !

— Ce n'était pas dans mes intentions, déclara Jim d'un ton d'excuses, je t'assure. J'ai eu mon frère au téléphone ce matin, et je lui ai juste suggéré de nous rejoindre ce soir pour manger une pizza. Avant que je n'aie eu le temps de comprendre quoi que ce soit, ma mère m'appelait pour me dire qu'elle se joindrait aussi à nous. J'ai essayé de t'appeler, mais tu étais toujours sur répondeur, alors…

— Je l'ai laissé branché pour pouvoir me concentrer sur mes dossiers !

Grand Dieu ! elle allait dîner avec la mère de Jim alors qu'elle portait des sous-vêtements en cuir !

— O.K., finit-elle par dire, tu n'as pas pu refuser ça à ta mère. Mais peux-tu m'expliquer ce que la mienne fait à cette table ? Ne me dis pas que tu l'as invitée, elle aussi ?

— Non, mais, que veux-tu… Rick connaît ta sœur, Tammy, et elle…

— Tammy vient aussi ? Mais c'est une vraie réunion de famille ! Tu as vu comment je suis habillée ?

Des notes d'hystérie perçaient dans sa voix.

— Je sais, je sais, mais j'ignorais que tout cela allait faire boule de neige. Rick a appelé Tammy, qui elle a appelé…

— Tout le monde ! Ça, c'est ce qu'elle fait toujours ! Tammy invite toujours *tout le monde* !

Nicky jeta un coup d'œil derrière elle. Il était encore temps de faire marche arrière et de s'enfuir. Personne n'avait encore remarqué sa présence. Elle pouvait peut-être rentrer chez elle, se changer et…

— Ah, Nicky, te voilà ! Tu ne m'avais pas dit que tu avais un petit ami.

Ça, c'était la voix de sa sœur, Susan, accompagnée de son mari, Bryan, et de la petite Emily.

— Viens donc embrasser ta nièce avant qu'elle ne se mette à hurler et nous gâche le dîner.

Nicky se tourna vers leur groupe, les joues en feu. Elle

jeta un regard furieux à Jim, puis plaqua un sourire sur son visage.

— Bonsoir, Susan, je ne savais pas que vous veniez.

— Tu l'aurais su, si tu t'étais donné la peine de lire mon e-mail…

— Je travaillais ! rétorqua-t-elle.

Comme si elle avait le temps de lire ses e-mails privés au bureau ! Elle avait passé toute la journée en réunion et à vérifier des colonnes de chiffres à n'en plus finir. Puis, en fin de journée, elle s'était précipitée à la boutique, et avait à peine eu le temps de se changer avant de bondir dans un taxi pour venir au restaurant.

Elle se pencha pour déposer un baiser sur le front d'Emily, et huma la douce senteur de bébé et de talc.

— Bonjour, ma chérie, murmura-t-elle.

— Dis donc, Nicky, quel changement de look ! dit Susan en la détaillant.

— Je croyais qu'il s'agissait d'un dîner en tête à tête.

— Nicky, l'interrompit Jim, tu te souviens de ma mère ?

Elle tendit la main à la mère de Jim.

— Bonjour, madame Ray. Ravie de vous revoir.

Si seulement elle pouvait plonger dans un trou de souris !

— J'espère que vous ne m'en voudrez pas de m'être jointe à vous, déclara Mme Ray, mais j'ai si peu l'occasion de sortir ! Et cela fait bien longtemps que je n'avais pas vu votre famille.

— Oui, bientôt dix ans, répondit Nicky en se forçant à sourire. Nous sommes presque au complet, à présent.

Elle se pencha pour embrasser sa mère.

— Bonsoir, maman, tu vas pouvoir discuter de jardinage avec Mme Ray.

Elle n'eut pas le temps d'en dire plus.

— Eh bien, quelle tenue sexy ! Ça change de tes tailleurs si austères, sœurette.

Nicky se retourna et jeta un regard courroucé à sa sœur, Tammy.

— Tu avais vraiment besoin d'inviter tout le monde ? lui demanda-t-elle tandis que Tammy déposait une bise sur sa joue.

— Pour rencontrer ton petit ami ? Oh ! que oui ! C'est l'événement du siècle !

Par chance pour Tammy, Nicky n'eut pas l'occasion de l'étrangler, car Rick arriva à son tour, puis le bébé se mit à crier. Chacun s'installa autour de la table, on passa commande, et le vin fut servi, puis les plats.

La mère de Jim aimait le jardinage, mais pas autant que celle de Nicky. Rick et Tammy semblaient très bien s'entendre, comme deux vieux amis. Quant à Susan, elle avait l'air de la jeune maman aussi heureuse qu'épuisée.

Il faisait si chaud dans le restaurant que Nicky ne put résister à l'envie de retirer sa veste. Jim se pencha pour l'aider et, lorsqu'il remarqua son bustier de cuir sous son chemisier de soie, il écarquilla les yeux et se mit à rougir. Elle aussi, par la même occasion.

— Je suis désolé, murmura-t-il en posant sa veste sur le dossier, je sais que tu pensais passer une soirée en tête à tête.

— Ne t'inquiète pas, ça va, marmonna-t-elle. D'habitude, ce genre de choses arrive plutôt à Tammy, mais on dirait que c'est à mon tour de subir un tel embarras.

— Nicky…

Elle l'interrompit d'un geste de la main. Ils auraient tout le temps nécessaire pour s'expliquer plus tard. Pour l'instant, autant faire face à ce dîner.

— Alors, maman, dit-elle en se détournant de Jim, est-ce que papa apprécie son voyage ?

— Oh, tu sais, ces conférences ont toujours lieu dans des endroits de rêve, mais, cette fois, je n'ai pas pu l'accompagner parce que…

— Je suis vraiment désolé, répéta Jim pour au moins la millième fois en ouvrant la portière de la Corvette. Je me suis dit que ce serait sympa de dîner avec Rick, mais je n'aurais jamais cru…

— Il était bien trop tôt pour dîner avec l'un ou l'autre des membres de nos familles, rétorqua-t-elle en se glissant sur le siège en cuir.

Elle avait pris un taxi pour se rendre au restaurant, préférant se faire raccompagner par Jim.

— Je sais…

— Même pour un simple dîner avec ton frère ! C'était beaucoup trop tôt !

Sa colère était peut-être exagérée, car, après tout, qu'avait fait Jim à part se retrouver entraîné dans un dîner familial qu'il n'avait pas lui-même organisé ? D'ailleurs, depuis quand n'avait-elle pas dîné avec sa famille ? Finalement, la situation n'était pas si grave.

Alors pourquoi paniquait-elle ainsi ?

Jim venait à peine de s'installer derrière le volant. Elle lui saisit aussitôt le bras.

— Hypnotise-moi. Tout de suite !

Il fronça les sourcils et l'observa.

— Nicky, il faut que nous parlions, commença-t-il avant d'être interrompu par un coup frappé par Rick à sa portière.

Il baissa sa vitre.

— Qu'est-ce qu'il y a ?

— Désolé, frérot, dit Rick, je n'avais pas l'intention de réunir autant de monde.

— Oui, je sais.

Rick posa les yeux sur Nicky.

— Ne le blâme pas, tout est ma faute.

Elle acquiesça d'un hochement de tête, remarquant au passage à quel point Jim était tendu. Puis Rick leur souhaita bonne nuit et s'éloigna.

Jim et elle restèrent sur le parking, observant les membres de leur famille respective s'en aller les uns après les autres au volant de leurs automobiles. Quelques minutes plus tard, ils se retrouvèrent seuls.

— Voilà, ils sont tous partis, dit-elle alors que Jim fixait le pare-brise. Tu peux le faire, maintenant.

— Quoi ? T'hypnotiser ? demanda-t-il sans la regarder.

Elle remarqua son ton aigu et ses mains toujours crispées sur le volant

— Ou bien tu pourrais me dire ce qui se passe, s'il te plaît.

— Ce qu'il y a, Nicky, c'est que je veux plus, déclara-t-il en se tournant enfin vers elle. Je sais que je vais peut-être un peu vite, et, d'ailleurs, cela me fait presque peur, mais je veux bien plus avec toi que des épisodes sexuels sous hypnose.

— C'est pour cela que tu as invité tout le clan à dîner ? Pourquoi ?

Elle connaissait déjà la réponse. A l'évidence, Jim avait envie de fonder une famille. Oui, il voulait la totale : une femme et des enfants… et pourquoi pas le labrador habituel pour compléter le tableau ! C'était ridicule. Elle avait déjà du mal à caser un rendez-vous dans son agenda, alors pour le reste…

Il poussa un soupir.

— Je ne m'attendais pas à ce qu'ils nous rejoignent tous pour dîner.

— Moi, j'avais déjà le programme de la soirée, murmura-t-elle.

Pour lui en fournir la preuve, elle ouvrit son sac et en tira une liste. Celle des fantasmes qu'elle avait envie d'essayer. Elle en avait prévu un pour chaque nuit, sauf pour le jeudi soir, parce qu'elle avait une réunion très importante vendredi matin, et qu'elle aurait besoin de pouvoir dormir suffisamment.

Jim saisit le document et le parcourut, écarquillant les yeux. Puis il éclata de rire.

— Tu avais vraiment envie d'essayer ça, samedi ?

— Seulement une partie du scénario. J'ai trouvé ça sur internet. J'ai pensé… enfin je me suis dit qu'on pourrait essayer pour voir si ça nous plairait.

— Donc, ce soir, le scénario *Pirates des Caraïbes* n'était qu'un échauffement pour le week-end à venir ?

Elle rougit et se pencha pour lui arracher le document, mais il écarta la main et mit la liste dans sa poche. Bah ! elle n'allait pas se battre pour la récupérer ! Pourtant, il aurait certainement aimé qu'elle glisse les mains dans son jean… Cependant, après ce dîner familial prématuré, tout devenait soudain trop compliqué, trop rapide.

Elle détourna le regard.

— Je ne suis pas prête à aller plus loin, dit-elle. Bébés et carrière ne font pas bon ménage. Je n'ai pas envie d'être réveillée toutes les nuits par des pleurs !

Malgré ses dires, son cœur se serrait. Elle aimerait bien avoir des enfants, un jour ou l'autre, et la perspective que Jim soit leur père n'était pas du tout déplaisante. D'ailleurs, c'était même un songe des plus agréables. A coup sûr, leurs enfants seraient très intelligents. Elle leur apprendrait à ne pas être trop timides, et, s'ils avaient une voix aussi chaleureuse que celle de leur père, alors ses enfants seraient les rois du monde.

— Je n'ai pas encore parlé de bébés, Nicky, dit Jim. Je voulais juste me rendre compte si nous pouvions nous entendre en dehors de nos épisodes érotiques, en dehors de moments qui n'incluraient pas…

— Un costume de pirate ? Un string en cuir ?

Jim ouvrit de grands yeux.

— Tu portes un string en cuir ?

— Oui, j'étais assise là-bas toute la soirée avec mes sous-vêtements en cuir pendant que ta mère et la mienne discutaient de la floraison des tulipes.

— Nicky ! Du cuir ! C'est hypersexy !

— Oui, mais les sous-vêtements en cuir et les réunions familiales… Tout ça ne va pas ensemble.

— Non, c'est certain.

— Tu vois bien !

Elle poussa un soupir, et tourna la tête pour observer une famille en train de quitter le restaurant. La pizzéria *Giorgio's* semblait être le lieu de réunion favori des familles.

— Ramène-moi chez moi, Jim, s'il te plaît.

— Nicky…, commença-t-il.

Il s'interrompit, se contentant de la regarder en silence.

— Je ne peux pas accorder le tout, dit-elle. Ce que nous faisons ensemble, et…

D'un geste de la main, elle désigna un couple et leurs trois jeunes enfants qui s'engouffraient dans un 4x4.

— Je n'arrive pas à faire coïncider ces deux aspects de ma vie. Il faut que tu m'hypnotises encore. C'est la seule solution.

— Pourquoi ?

Elle vit la lueur de défi dans ses yeux, et en eut presque le souffle coupé.

— Tu as peur, dit Jim, ça, je le comprends. Mais tu sais que tu es…

Ses paroles restèrent suspendues en l'air. Il était sur le point de dire qu'elle était en sécurité avec lui, mais il s'était interrompu avant de prononcer les mots habituels, ceux qui avaient toujours tout déclenché. Il suffirait qu'elle entende cette formule magique pour se retrouver sur son île paradisiaque, où tout était possible, où elle était enfin elle-même. Mais Jim n'alla pas plus loin, et, même si ce n'était pas rationnel, elle commença à douter.

Etait-elle vraiment en sécurité avec lui ?

Elle se cala dans son siège et regarda par la vitre.

— Ramène-moi, Jim, s'il te plaît. Je suis épuisée, et j'ai beaucoup…

— … de travail à finir, termina-t-il à sa place. Ça, je m'en serais douté !

# Chapitre 18

— On dirait que tu as fichu en l'air la meilleure chose qui te soit arrivée depuis longtemps, frérot.

En ce bel après-midi, Jim bricolait dans son garage, et, levant les yeux de son atelier, il vit entrer son frère Rick.

— Pardon ?

— Je dis que tu as tout fichu en l'air. Tu t'es comporté comme un…

— Ça va, j'ai compris ! rétorqua Jim en regardant son frère avancer à travers le labyrinthe de ses accessoires étalés par terre. Et tu te trompes. Ce n'était pas ma faute. Nicky et moi… nous ne sommes pas assortis, c'est tout.

C'était un mensonge, bien sûr, mais il avait tenté de s'en persuader toute la matinée.

— Raconte-m'en un peu plus, demanda Rick en se penchant par-dessus la table à eau.

Cette table sur laquelle Nicky avait…

Pendant quelques instants, Jim resta silencieux, se contentant de hausser les épaules et de détourner le regard. Puis il s'assit à son bureau, prit un crayon et un bloc-notes et commença à gribouiller, tandis que Rick, toujours silencieux, attendait qu'il se mette à parler.

— J'ai été très souvent seul ces derniers temps, dit-il enfin. Je travaille et je vis seul. D'ailleurs, même mes interventions ne se font plus par téléphone, mais par mail, aujourd'hui. Finalement, les seuls moments où je suis vraiment en contact avec des êtres humains, c'est lorsque je monte sur scène durant ces spectacles d'amateurs. Mais c'est juste un numéro devant un public, il n'y a pas de véritable échange.

— Tu sais, quand on se sent seul, il existe un très bon remède : sortir et rencontrer du monde.

Jim acquiesça d'un hochement de tête

— Je sais, et c'est ce que j'avais commencé à faire. Mais ,tout à coup, Nicky est réapparue dans ma vie. Elle était… assise sur mon perron, l'autre soir.

— Arrête-moi si je me trompe, mais si je me souviens bien, ce soir-là, tu avais commencé par t'enivrer en te plaignant que la star de l'équipe de volley du lycée ne t'avait pas reconnu, non ? Et, du jour au lendemain, elle devient ta petite amie, et on la retrouve à dîner, plus sexy que les mannequins des magazines.

— J'en ai assez d'être seul, de vivre ma vie par procuration sur le Net et d'être enfermé dans ce garage. J'ai envie d'autre chose.

Il leva les yeux vers son frère.

— J'ai envie de construire une famille, Rick.

— Et tu veux le faire avec Nicky ?

Il haussa les épaules.

— Oui, peut-être. Je veux dire : nous nous entendons à la perfection sur certains plans.

Pourvu qu'il ne se soit pas mis à rougir.

— Mais pour le reste, poursuivit-il, je n'en sais vraiment rien.

— Et elle ? Qu'est-ce qu'elle en dit ? Elle est prête à fonder une famille ? D'après Tammy, Nicky fait passer sa carrière avant tout.

Jim ne répondit rien et continua à gribouiller sur son bloc.

— Tu n'en as même pas parlé avec elle, n'est-ce pas ? insista Rick. Tu t'es contenté d'inviter toute sa famille à dîner, et maintenant tu as l'air surpris que tout t'explose au visage.

Rick éclata de rire.

— Bon sang, frérot, pour un génie, tu es parfois idiot, tu sais !

— Tout ce que je voulais savoir…

— C'est si vous pouviez aller plus loin ensemble, oui, j'ai compris, mais tu n'es vraiment pas doué pour obtenir des réponses à tes questions, on dirait.

Rick se pencha en avant et s'empara de son bloc-notes.

— Quand je pense que tu es capable de voir des schémas compliqués lorsque les autres ne voient que des gribouillis.

— En fait, *ça*, ce sont des gribouillis.

— Ecoute-moi, gros nigaud, je vais te donner un bon conseil.

— Mmm, c'est toi, le plus jeune de nous deux : il me semble que c'est à moi de t'en donner.

— Pour l'instant, et dans le domaine qui nous intéresse, c'est moi qui ai le plus d'expérience.

Jim envisagea de protester, mais Rick avait raison. En matière de femmes, son frère s'y connaissait bien mieux que lui.

— D'accord, je t'écoute.

— Contrairement à ce que tu sembles croire, frérot, la vie n'a rien d'un gigantesque puzzle dont il nous faut assembler les morceaux pour voir nos désirs se réaliser. Là, nous parlons d'amour, et si tu veux fonder une famille, tu ferais mieux d'avoir une bonne discussion avec Nicky pour découvrir ses attentes.

— Pas la peine, je sais ce que Nicky veut. Du sexe, encore du sexe et toujours du sexe.

Et, pour ça, Nicky devait être sous hypnose !

Jim mit la main dans sa poche, en sortit la liste des fantasmes de Nicky et la tendit à son frère. Aussitôt, il regretta son geste. Il ne devrait pas partager quelque chose d'aussi intime ! Hélas, il était trop tard. Rick avait déjà parcouru la liste, et il émit un long sifflement.

— Eh ben, dis donc !

— Oui, comme tu dis ! Nicky est la femme la plus sexy que j'ai jamais rencontrée.

Il reprit la liste et l'enfouit dans sa poche.

— Si jamais tu ne veux pas d'elle, frérot, fais-le-moi savoir, je serais ravi de devenir son petit ami, plaisanta Rick.

— Touche à elle, et tu auras de mes nouvelles !

Il lui fallut un moment pour se rendre compte de ce qu'il venait de dire. Non, il ne voulait qu'aucun autre homme au monde ne touche Nicky, et encore moins ne mette sa liste de fantasmes en pratique avec elle.

Il poussa un profond soupir.

— Bon, demanda-t-il à Rick, tu avais quelque chose à me dire, ou tu es juste venu ici pour me torturer ?

— Je suis passé voir à quel point tu étais tombé amoureux.

— Pardon ?

— Oui, amoureux de Nicky. Laisse-moi te donner un dernier conseil : tu ferais mieux de la voir comme un être humain avec son propre mode de fonctionnement, et non comme une… énigme informatique à résoudre. Envoie-lui des fleurs, puis passe-lui un coup de fil. Dis-lui que tu t'es comporté comme un idiot, et que tu veux tout recommencer à zéro. Supplie-la, s'il le faut.

— Je t'ai déjà dit qu'elle ne voulait rien d'autre qu'une aventure. Je suis comme tous les hommes, j'aime le sexe, mais…

Il secoua la tête.

— Qu'est-ce que je ferai si elle ne veut jamais rien de plus ?

Rick se mit à rire.

— Ne t'inquiète pas, toutes les femmes veulent aller plus loin, un jour ou l'autre. Il te suffit de lui montrer que tu es l'homme prêt à lui offrir ce qu'elle attend de la vie.

— Mais comment ? J'y ai réfléchi toute la nuit. Comment pourrais-je la convaincre ?

Rick haussa les épaules.

— Supplie-la, frérot, c'est le meilleur conseil que je puisse te donner. Pour le reste, c'est à toi de voir.

Nicky contempla le magnifique bouquet sur son bureau. Deux douzaines de roses rouges. Cela ne faisait que deux jours qu'elle les avait reçues, mais les fleurs commençaient déjà à faner. Elle tendit la main et effleura l'un des pétales couleur de rubis. Pourquoi les jolies choses ne duraient-elles qu'un temps ?

Elle s'empara du message de Jim et le relut :

*« Notre troisième rendez-vous sera meilleur. S'il te plaît, laisse-moi une autre chance et téléphone-moi. »*

Dès qu'elle avait reçu ces somptueuses roses, elle lui avait envoyé un mail, lui disant qu'elle n'était pas du tout fâchée, mais qu'elle avait une tonne de travail à terminer et qu'elle l'appellerait durant le week-end. Quelques jours sans se voir et se parler était une bonne chose étant donné que tout s'était un petit peu trop vite accéléré entre eux. Pour l'instant, elle avait besoin de se concentrer sur sa carrière, et Jim passait au second plan.

En tout cas, elle s'efforçait de se convaincre de l'utilité de cette pause dans leur relation. Elle était parvenue à réduire encore le nombre des licenciements éventuels, le faisant baisser jusqu'à une centaine seulement, mais la pression était toujours là, et elle ne pouvait s'autoriser aucune distraction.

Elle poussa un profond soupir. Tout ceci n'était qu'un énorme mensonge, et elle le savait. Le stress professionnel était permanent. Des entreprises de la taille de la sienne subissaient sans cesse des crises qui pouvaient affecter des milliers d'employés. Aujourd'hui n'était pas différent des autres jours de la semaine.

Alors, pourquoi était-elle aussi effrayée ? Pourquoi s'en était-elle prise à Jim après un simple dîner au restaurant en présence de leurs familles ?

A l'époque du lycée, Jim savait déjà ce qu'il voulait, et avait tout fait pour l'obtenir. La nuit du bal de fin d'année, il lui avait confié qu'il était certain de créer une invention géniale avant ses vingt ans, puis qu'il construirait sa compagnie et deviendrait multimillionnaire avant d'avoir trente ans.

Et il l'avait fait ! Tout ce que Jim avait voulu était arrivé. Elle, pour sa part, n'avait atteint aucun de ses objectifs. Elle avait prévu de travailler dans le domaine de l'environnement et de rencontrer son futur époux avant l'âge de vingt-cinq ans. Pas de se faire plumer par un petit ami, de se retrouver à vivre dans un refuge ou de travailler comme une dingue dans une société qui fabriquait du plastique.

Qu'est-ce que tout cela avait à voir avec Jimmy ? Mis à part le fait qu'il était évident qu'il voulait plus qu'une liaison purement sexuelle avec elle. Bien sûr, elle l'aimait beaucoup, et, elle aussi, un jour ou l'autre, elle voudrait fonder une famille. Mais ce n'était pas le moment, et elle n'avait pas de temps à s'accorder pour se lancer dans une relation amoureuse.

Déterminée à se concentrer, elle prit son stylo et écrivit en grand sur une feuille de papier ce qui était le plus important.

*« Ta carrière passe en premier. Remets-toi au travail! »*

Et c'est ce qu'elle fit, jusqu'à ce que sa sœur, Susan, surgisse dans son bureau, l'air furieux, et se plante devant elle sans dire un mot.

— Heu… Salut, Susan. Qu'est-ce que tu fais ici, si tard, un jeudi soir ?

— A ton avis, Nicky, qu'est-ce qui m'amène ici ?

Nicky resta sans rien dire.

— Tu ne sais pas ? Alors écoute-moi bien : dans ce cas, je vais choisir une autre marraine pour Emily.

Nicky écarquilla les yeux.

— Mais… pourquoi ?

— Le rendez-vous avec le prêtre, cet après-midi, à 5 heures et demie, ça te dit quelque chose ?

Nicky fronça les sourcils et se mit à farfouiller dans ses piles de dossiers pour en extraire son téléphone portable.

— Non, c'était un peu plus tard dans la semaine, affirma-t-elle.

— Aujourd'hui ! déclara Susan avec force. Nous sommes jeudi !

Nicky saisit son téléphone et consulta la page électronique de son emploi du temps.

— Susan, j'ai mis trois alarmes pour ne pas oublier. Je m'en souviens très bien. J'étais en train d'aller au bar, et je parlais avec toi au téléphone. Tu m'as dit…

— … de ne pas oublier, Nicky, et que c'était ta dernière chance.

— Je sais ! C'est bien pour ça que j'ai programmé trois alarmes !

Elle appuya sur divers boutons, fouilla dans son calendrier et dans son bloc-notes électronique, mais ne vit aucun rendez-vous noté avec le prêtre.

— Attends…

Soudain, elle se souvint. Elle était en train de conduire, et s'était dit qu'elle mettrait ces alarmes en route lorsqu'elle arriverait au bar. Une fois sur place, étant donné que le Pr Thomson avait déjà quitté les lieux, elle lui avait envoyé un mail pour organiser une nouvelle rencontre. Puis Jim, jouant son rôle de magicien, s'était emparé de son téléphone et l'avait entraînée sur scène. Ensuite, elle avait été hypnotisée, et… et… elle n'avait jamais programmé ces alarmes.

— Oh ! mon Dieu ! s'exclama-t-elle. J'ai tout fichu en l'air ! Une fois de plus.

— Oui ! tu peux le dire !

Levant les yeux, elle vit la colère luire dans les yeux de sa sœur. La dernière fois que Susan l'avait regardée ainsi, c'était quand… quand…

Quand elle avait oublié la soirée organisée pour l'anniversaire de leur père. Et, avant cela, elle avait omis de se rendre au rendez-vous pour l'essayage des robes des demoiselles d'honneur, avant le mariage de Susan et Bryan.

— Susan, je suis tellement désolée !

Sa sœur ne répondit rien, mais se pencha en travers de son bureau, attrapa le message qu'elle venait de rédiger, et ricana en le lisant.

*« Ta carrière passe en premier. Remets-toi au travail! »*

— Et à quoi accordes-tu la deuxième place, Nicky ? A ta famille ? Tes amis ? Ta vie ? Est-ce qu'il y a assez de place sur ta liste pour un truc de ce genre ?

— Evidemment ! Mais… pour le moment…

Elle se crispa et sentit son souffle devenir plus court. Allait-elle avoir une crise de panique ? Non, pas maintenant ! Pas en présence de sa sœur ! A coup sûr, Susan se ferait un plaisir de lui faire remarquer qu'elle travaillait beaucoup trop.

— Mais… pour le moment…, répéta Susan en levant les yeux au ciel.

Susan la dévisagea un long moment, comme si elle hésitait entre partir et rester, comme si elle hésitait entre continuer à jouer la colère ou reprendre son rôle de sœur et de confidente. Finalement, elle tira une chaise sur laquelle elle se laissa tomber.

— Et dans tout ça, où en es-tu avec Jim ? Je vois qu'il t'a envoyé des roses. Vous êtes ensemble, c'est ça ? Ça se passe bien, rien de spécial ?

Nicky se raidit involontairement sur son siège.

— On se voit de temps en temps. Et ça va, mentit-elle. Rien de spécial.

Hélas, Susan n'avait pas l'air dupe.

— Que tu sortes avec un homme, ça, c'est déjà spécial. Et que tu sois attifée comme une escort-girl, ça, c'était le bouquet.

— Susan ! Ne me dis pas que j'avais l'air d'une de ces filles !

— Non, tu étais très bien, c'est juste que ton bustier en cuir ne ressemblait pas vraiment à ton uniforme habituel, dit Susan en désignant d'un geste de la main le tailleur bleu nuit de Nicky.

Elle se pencha de nouveau en avant et saisit le message de Jim.

— Donc, ton prétendant te supplie de lui accorder un troisième rendez-vous, et toi, tu es subitement submergée de travail. Comme c'est étonnant !

Nicky sentit l'impatience la gagner. Certes, c'était elle qui avait tout fichu en l'air, mais de quel droit Susan se mêlait-elle de sa vie privée ? Il était hors de question d'envisager une relation à long terme avec Jim.

— Ecoute, dit-elle, je suis submergée de travail en ce moment. Je n'ai pas vraiment le temps…

Elle s'interrompit en voyant Susan lever une main devant elle.

— Tu n'étais pas comme ça, quand tu étais petite, Nicky.

— Bien sûr que si !

Mais de quoi Susan parlait-elle ?

— Tu étais drôle, tu riais tout le temps, et tu semblais tellement aimer la vie. Mais à un moment donné, entre le lycée et le début de ta vie d'adulte, on dirait qu'une chape de plomb s'est abattue sur tes épaules.

— Tu sais, il m'arrive encore de m'amuser.

— Non, Nicky, c'est faux. Tu as des objectifs et tu t'efforces de les atteindre. Ton diplôme, ton salaire, ton travail, le montant de ton compte en banque… Depuis quand ta vie n'est-elle devenue qu'une longue liste d'obligations à remplir ?

Nicky fixa sa sœur.

— Tout cela est important pour moi, dit-elle.

— Plus important que ta nièce ? que ton petit ami ? Nicky, mais enfin, qu'est-ce qui t'est arrivé ?

Nicky se figea.

— Tu sais ce que c'est que de se retrouver sans toit sur la tête, Susan ?

— Oh, je t'en prie, c'est loin d'être ton cas. Ça ne risque pas de t'arriver un jour, petite sœur !

— Oui, c'est ce que l'on croit tous. Et le jour où cela vous arrive quand même, on est mort de peur.

Susan écarquilla les yeux, et ne prononça qu'un seul mot.

— Quand ?

— A la fin de mes études, et seulement durant une courte période.

— Que s'est-il passé ?

— J'ai choisi le mauvais petit ami.

Elle refusait de prononcer le nom de ce salaud.

— Durant des mois, il a siphonné mon compte d'épargne, celui pour mes loyers, puis, un jour, il a complètement vidé mes comptes et a disparu. Je n'avais plus un sou, et mon propriétaire m'a mise à la porte.

— Mais pourquoi ne m'as-tu pas téléphoné ? Nous avions assez d'argent pour t'aider. Papa et maman l'auraient fait, eux aussi.

Nicky secoua la tête.

— Tout s'est passé si vite, Susan. Bien sûr, il y avait des signes avant-coureurs, mais je ne les ai pas remarqués. Bon sang, j'ai été si stupide !

— Nicky, tu t'es fait escroquer ! Ce n'est pas un crime, et ce n'était pas ta faute. Néanmoins, tu aurais dû nous appeler. Nous t'aurions aidée.

Nicky plongea ses yeux dans ceux de sa sœur, et cette fois y lut tant d'amour que cela lui serra le cœur.

— A l'époque, j'étais sur la côte Est, dit-elle, et tu m'avais déjà prêté tellement d'argent pour que je puisse continuer mes études, que je refusais de t'en emprunter davantage. Je savais que je pouvais dormir sur le canapé d'une amie, mais quand c'est arrivé, elle n'était pas en ville, et je devais donc attendre son retour. De plus, j'avais un travail à mi-temps, et je savais que j'aurais bientôt mon chèque de salaire. Au pire, je serais allée dormir à l'hôtel.

Elle esquissa un faible sourire, commençant à retrouver son souffle. Finalement, elle n'aurait pas de crise de panique.

— Mais tu avais vraiment tout perdu ? demanda Susan

d'une voix lourde de chagrin. C'est pour cela que tu as accepté ce poste ? Pour revenir à Chicago ?

— Je l'ai choisi, parce que c'était celui qui m'offrait le meilleur salaire, mais tu as raison, je n'ai pas cessé de penser que si le pire m'arrivait de nouveau, je pourrais au moins venir dormir sur ton canapé, plutôt que d'aller sur celui d'une amie.

— Oh ! mon Dieu, Nicky, j'ignorais tout cela !

Nicky poussa un profond soupir.

— Mais tout cela, comme tu dis, c'est le passé. J'ai remboursé tous mes crédits, et j'ai un compte bancaire bien garni. D'ailleurs, la police a arrêté celui qui m'a escroquée, mais ça ne m'a pas rendu mon argent.

Elle écarta les deux mains devant elle.

— Tu vois, c'est le passé, répéta-t-elle.

Susan secoua la tête.

— Je n'en suis pas si sûre, dit-elle en replaçant le message face à Nicky.

*« Ta carrière passe en premier. Remets-toi au travail! »*

— Tu parlais des signes avant-coureurs, poursuivit Susan, eh bien, en voici un autre ! Ça, c'est le signe d'une vie déséquilibrée. Tu disais que le pire était derrière toi, et que tu avais une bonne épargne.

— C'est le cas.

— Mais tu vis dans la peur, Nicky. Ce grand bureau, cette carrière, tout cela… ce n'est qu'un rempart à ta peur.

— C'est faux ! cria Nicky.

Et pourtant, au fond d'elle, une voix résonnait.

Et si sa sœur disait vrai ?

— Réfléchis, Nicky, dit Susan en se levant. Songe à tout ce que je viens de te dire… A ta vie. Pour ma part, je dois aller m'occuper de cette petite puce dont tu as failli devenir la marraine.

Aussitôt, Nicky bondit de son siège.

— Tu m'en veux toujours ! Mais…

— Cesse de t'agiter, et réfléchis, Nicky !

Nicky se mordit la lèvre, mais remarqua que l'expression de Susan venait de s'adoucir. Pas à cent pour cent, mais au moins pouvait-elle lire l'affection dans le regard de sa sœur.

— Je comprends que tu aies été traumatisée par ce qui t'est arrivé, mais, dorénavant, tu vas devoir réfléchir un peu plus sérieusement à tes choix, Nicky. Tu as besoin qu'on t'ouvre les yeux une bonne fois pour toutes ! Ne gâche pas tes meilleures années à te consacrer à quelque chose qui ne t'apportera aucun amour.

— Mon travail n'a rien à voir avec l'amour ! s'exclama Nicky.

Susan s'approcha et l'embrassa sur les deux joues.

— Là, au moins, tu vois juste, petite sœur, répondit-elle avant de quitter la pièce.

# Chapitre 19

Le jeudi soir, lorsque le spectacle d'amateurs du bar de Rick fut terminé, Jim se fit de nouveau raccompagner par son frère, non pas parce qu'il avait trop bu, cette fois, mais parce que la compagnie de Rick l'aidait à se détendre. Après la semaine qu'il venait de passer, le calme olympien de son frère était tout ce dont il avait besoin.

Hélas, Rick semblait déterminé à bavarder.

— Alors, comme ça, elle t'a laissé tomber ?

Jim ne se donna pas la peine de répondre. Il avait déjà expliqué à son frère les ambitions professionnelles de Nicky ainsi que le mail qu'elle lui avait envoyé pour lui expliquer qu'elle préférait le voir un peu moins souvent, en ce moment.

Mais tous deux savaient que ce break était un premier pas vers la rupture.

— Ne t'inquiète pas, frérot, insista Rick, je crois que tu vas revoir cette charmante demoiselle plus tôt que tu ne t'y attends.

Jim fronça les sourcils.

— Vas-y, éclaire-moi de tes lumières.

Tandis qu'ils approchaient du domicile de Jim, Rick pointa le doigt vers la maison. La Pontiac grise de Nicky était garée dans l'allée. Aussitôt, Jim se redressa. L'attendait-elle sur son perron comme l'autre jour ?

Il poussa un soupir.

— Tu sais que tu as une sacrée chance, frérot.

— Mmm. Merci de m'avoir ramené, dit Jim en sautant hors de la voiture, avant de remonter l'allée au pas de course.

Oui, Nicky était bien assise sur son perron, mais, ce soir, elle ne semblait pas prête à lui faire un strip-tease.

Elle redressa à peine la tête lorsqu'il approcha, et ses yeux ne croisèrent pas les siens. Elle restait là, recroquevillée sans rien dire, et soudain il eut très peur.

Quelque chose de grave avait dû arriver.

— Nicky ? Que se passe-t-il ?

Elle ne le regardait toujours pas.

— J'ai été virée.

— Tu plaisantes ! Après le travail que tu abats ? Je n'arrive pas à y croire ! Quelle injustice !

Il s'assit à côté d'elle et la prit dans ses bras. Elle s'y abandonna et il déposa un léger baiser sur ses cheveux, cherchant quoi dire. Certes, il n'y avait pas mort d'homme, mais Nicky tenait tant à son travail ! Nul doute que le perdre était une véritable tragédie pour elle.

— Tout est ma faute, murmura-t-elle. Je ne peux pas la blâmer.

— Ne sois pas ridicule. S'ils t'ont renvoyée, c'est que ce sont vraiment des crétins. Tu travailles plus dur que n'importe qui.

— Oui, répondit-elle en se blottissant un peu plus contre lui, c'est bien là le problème.

— Comment cela ? Tu as été renvoyée parce que tu travailles trop ?

Elle hocha la tête.

— Nicky…

Du bout du doigt, il lui souleva le menton.

— Nicky, ce n'est qu'un travail, après tout. Je sais que tu es très choquée pour l'instant, mais tu trouveras bientôt un autre poste.

Elle le regarda d'un air étonné.

— Qu'est-ce que tu racontes ? Pourquoi aurais-je besoin d'un nouvel emploi ?

Soudain, elle sembla comprendre la méprise de Jim.

— Tu te trompes ! Je n'ai pas perdu mon emploi.

— Mais alors…

— Je te parle de ma famille, dit-elle d'un ton chagriné. J'ai été virée de ma famille.

— Nicky, je ne comprends rien à ce que tu racontes. On ne peut pas être viré de sa famille !

— Eh bien, moi, je l'ai été… en tant que marraine. J'ai oublié le rendez-vous avec le prêtre pour le baptême d'Emily. Susan a raison de m'en vouloir.

Enfin, Jim commença à comprendre. Son emploi du temps surchargé avait eu raison d'elle. Il l'embrassa sur le front et la prit par la main.

— Viens, allons discuter à l'intérieur.

— Peut-être que tu pourrais m'hypnotiser afin que je devienne une meilleure sœur, suggéra Nicky une fois qu'ils furent rentrés.

— Je ne suis pas aussi doué.

— Oh ! que si, tu es doué, susurra-t-elle en commençant à lui déboutonner sa chemise.

Il l'attrapa par le poignet, la forçant à s'arrêter.

— Je ne peux pas faire cela, Nicky.

— Quoi ?

— Tu ne comprends pas ce que tu me demandes ? L'hypnose, nos moments érotiques, tout cela ne sert qu'à t'aider à tout oublier lorsque la pression sur tes épaules devient trop forte.

Elle se figea, puis ses yeux se remplirent de larmes et elle couvrit son visage de ses mains.

— Oh ! mon Dieu ! Je suis vraiment horrible !

Jim se mit à rire, puis l'entraîna vers le salon. Une heure plus tôt, il avait abandonné tout espoir de relation avec elle, mais, à présent, son cœur se gonflait d'espoir. Un espoir ténu, mais un espoir.

— Je ne me plains pas, tu sais, Nicky… pour le sexe. Je suis comme tous les hommes, et serai toujours ravi de te satisfaire sur ce plan-là.

Elle secoua la tête.

— Mais c'est bien là le nœud du problème, n'est-ce pas ? C'est pour cela que tu as réuni nos deux familles pour dîner à la pizzéria. Tu veux plus. Ma sœur aussi, veut plus. Et vous méritez tous *plus*. Et moi…

Sa voix se brisa et elle détourna le regard.

— Ne t'arrête pas maintenant, Nicky. Continue ! Toi…

— Je n'ai rien à offrir de plus ! s'écria-t-elle en se laissant tomber sur son canapé. Je ne veux pas me réveiller à soixante ans et me rendre compte que je n'ai fait que travailler, mais…

Elle fixa ses mains posées sur ses genoux. Jim vint s'asseoir à côté d'elle, et posa sa main sur la sienne.

— Mais ? insista-t-il.

— Mais je ne parviens pas à trouver de la place dans ma vie pour quoi que ce soit d'autre. Mis à part le travail, je veux dire. Je crois que les gens autour de moi vont commencer à me laisser tomber. Susan l'a déjà fait.

Elle poussa un soupir et lui effleura les doigts.

— Quant à ceux qui sont toujours là… je les repousse.

Il resta silencieux un moment. Certes, Nicky était venue le trouver, mais seulement parce qu'elle traversait une crise. Que faire pour qu'elle reste avec lui à jamais ?

— Pour ma part, dit-il, je n'ai pas l'intention de te laisser tomber. Je m'y suis mal pris avec cette histoire de pizzéria. Je ne t'ai rien demandé, je t'ai juste mise devant le fait accompli.

— Oui, mais moi j'en ai fait toute une histoire pour rien. J'ai bêtement paniqué.

— Est-ce que tu as eu d'autres crises de panique ?

Elle hocha la tête.

— Une seule, quand j'ai décidé de ne pas te téléphoner.

— N'était-ce pas le signe que tu devais absolument m'appeler ?

Elle haussa les épaules.

— Peut-être, mais mon patron m'a demandé de venir le rejoindre dans son bureau pendant que j'étais en train de me reprendre, et…

Elle se laissa aller contre les coussins.

— … et Susan pense que tous mes choix sont dictés par la peur, poursuivit-elle.

— Nicky, tu connais les paroles qui déclenchent en toi l'état d'hypnose, n'est-ce pas ?

Elle fronça les sourcils durant un moment, puis ferma les yeux et récita d'une voix très basse :

— « Tu es en sécurité avec moi. Tu peux me faire confiance. » Ah ! tu n'aurais pas pu trouver mieux.

Incapable de s'empêcher de la toucher, il lui effleura la joue.

— Tu sais, il n'y a aucune honte à être effrayée. Et je suis content de savoir qu'avec moi tu te sens en sécurité.

— Oui, je sais que je peux te faire confiance.

— Tu le sais, mais ce n'est pas quelque chose que tu ressens, n'est-ce pas ? Pas tant que tu n'es pas sous hypnose.

Elle secoua la tête.

— Ce n'est pas aussi simple, Jim ! Je me sens en sécurité avec toi. Ça a toujours été le cas, même lors du bal de fin d'année. Et une fois que je me sens en sécurité, plus rien ne me retient sur le plan…

— Sexuel, termina-t-il pour elle, le cœur battant.

Voilà, on y était. Comme c'était triste ! Tout ce qu'ils partageaient était basé sur la sécurité qu'il lui procurait. Mais il était hors de question d'être juste un jouet pour elle, un toutou rassurant. Il voulait beaucoup plus. Et tandis qu'il réfléchissait, Nicky se remit à parler.

— Tu savais que je courais des marathons ?

Pourquoi changeait-elle ainsi de sujet ?

— Quand cela ? Au lycée ?

— Non, à l'université, en première année. Je me trouvais trop grosse, et j'ai commencé à faire du jogging. Ça me plaisait beaucoup, alors je suis passée à la course de fond, puis au marathon. J'avais un copain avec lequel je courais durant des heures.

A la seule évocation de cet ami, Jim sentit une pointe de jalousie le titiller.

— Qu'est-ce que tu essaies de me dire, Nicky ? Que tu veux te remettre à courir ?

— Impossible, je me suis fait une mauvaise entorse au genou durant mon premier marathon officiel, et depuis…

Elle se leva soudain du canapé et commença à arpenter la pièce.

— Tu ne comprends pas où je veux en venir ? Je suis passée d'un état quasi végétatif au marathon en quelques mois seulement. Puis, clac, un accident, et mon obsession a pris fin.

Obsession. C'était peut-être la clé de tout.

— Ensuite, poursuivit-elle, j'ai entamé une glorieuse carrière d'antiquaire sur eBay. Tu savais que certaines poupées anciennes valent une fortune ?

Il secoua la tête. Non, il ne savait pas.

— Ma tante m'en avait offert une durant ma convalescence, après mon opération du genou. Mais cette poupée avait une sœur, et j'ai décidé de l'acheter sur eBay. C'est là que j'ai découvert qu'il existait une collection complète et que j'ai appris sa valeur. Alors, j'ai commencé à essayer d'acheter toutes les poupées, les unes après les autres. Je n'avais qu'un budget limité, ce qui a rendu les choses plus drôles. Je passais mon temps à vérifier les prix de ces poupées, à négocier mes achats et à calculer la valeur de ma collection.

Jim la regarda sans rien dire.

— Vas-y, demande-moi où se trouve ma collection, aujourd'hui ?

— Heu, où est ta collection ?

— Je l'ai complètement vendue, et à très bon prix. C'est l'une des rares choses que le salaud qui m'a escroquée m'a laissées, mais, de toute façon, je ne l'exposais pas, elle était rangée dans des cartons. Ce n'étaient pas les poupées qui me plaisaient, mais la compétition. L'objectif ! Le fait de gagner. Tu connais la suite. J'ai eu mon MBA, j'ai trouvé un boulot, et…

— Et aujourd'hui ton obsession, c'est ton travail, ta carrière. Tu ne penses qu'à cela.

Elle hocha la tête, puis se détourna.

— Oui, je ne fais jamais les choses à moitié. Même mes peurs sont… démesurées. Tout cela me consume, Jim. Il n'y a que lorsque je suis avec toi que je me sens bien.

Elle s'agenouilla devant lui et leva les yeux vers lui. Il y vit la peur qu'elle décrivait, mais aussi une force dont elle ne semblait pas avoir conscience. Il brûlait de l'embrasser, mais parvint à se retenir, et se contenta de lui effleurer le visage.

— Nicky, tu es plus forte que tu le crois.

Elle secoua la tête.

— Pas sans…

— Il est hors de question que je t'hypnotise de nouveau ! Ce n'est pas cela qui va t'aider. Je veux…

Il poussa un soupir, sachant exactement ce qu'il attendait d'elle. Une relation à long terme, une vie partagée. Pas d'être son toy-boy.

Elle lui sourit.

— J'allais dire : *pas sans toi*. Cela n'a rien à voir avec l'hypnose, Jimmy. Je me sens en sécurité avec toi, je n'ai plus peur de rien.

Il resta silencieux un long moment, l'étudiant avec attention. Nicky se sentait bien avec lui, mais elle avait l'air perdue. Soudain, toutes les pièces du puzzle se mirent en place dans son esprit.

— Donc, avec moi, tu n'as plus peur de rien, mais il y a autre chose, n'est-ce pas ? Tu as besoin de limites pour t'empêcher d'avoir des besoins obsessionnels.

Elle acquiesça d'un hochement de tête.

— Et c'est ce que j'ai avec toi, dit-elle. Enfin, tant que je ne me laisse pas submerger par la peur et que je ne te chasse pas de ma vie.

— C'est pour cela que tu aimes le bondage. Parce que tu es obligée de rester avec moi. Tu ne peux pas t'enfuir.

Elle eut une grimace, mais ne répondit rien.

Voilà, il avait tout compris. Il savait ce qu'il devait faire, mais en aurait-il le courage ?

— Ce que j'aimerais savoir, dit-il en se levant, c'est si tu es capable de rester avec moi sans que nous soyons obligés d'en passer par l'hypnose.

Il se dirigea vers une petite table, en ouvrit le tiroir et en retira une paire de menottes qu'il fit danser devant ses yeux.

— En seras-tu capable, Nicky ? Pourras-tu t'adonner au bondage et l'apprécier sans l'excuse de l'hypnose ?

Déjà les pointes de ses seins devenaient toutes dures.

— Bien sûr ! s'exclama-t-elle.

— Il y a autre chose, Nicky. Ecoute-moi sérieusement. Tu as besoin d'aide pour mettre tes limites en place. Les menottes ne sont qu'une façon de manifester tes besoins. Je crois que je peux être l'homme qui t'aidera à retrouver un sens à ta vie, mais seulement si tu me le permets.

Il ouvrit les menottes.

— Elles ne sont qu'une métaphore de ce que tu recherches, Nicky. Seras-tu capable de t'abandonner sans l'hypnose ? de ton plein gré ?

Elle le regardait, le souffle court, mais qu'éprouvait-elle en fait ? De la colère ou de l'excitation ? Ou bien tout autre sentiment ?

— Une dernière chose, insista-t-il. Je crois que je suis en train de tomber amoureux de toi, Nicky, ce qui signifie que je veux tout partager avec toi. Pas tout de suite, évidemment, mais je tiens à fonder une famille. Si ce n'est pas ce que tu veux, toi aussi, dis-le-moi, que je n'aie pas de faux espoirs.

Elle l'observait sans rien dire, ses yeux rivés aux siens. C'était presque comme si elle était de nouveau sous hypnose, pourtant, elle était parfaitement consciente. Mais comment allait-elle réagir ?

Elle s'approcha avec lenteur et lui prit les menottes des mains. Il retint son souffle. Qu'allait-il se passer ?

— Tu crois vraiment que tu peux m'aider à mettre des

limites en place ? demanda-t-elle. Tu penses que tu peux m'aider à retrouver un sens à ma vie ?

— Si tu me le permets, oui.

— Et tu seras patient avec moi ? Tu m'empêcheras de t'écarter de nouveau ? Parce que tu es amoureux de moi ?

Sa voix s'était brisée sur ces derniers mots.

— Tu seras toujours en sécurité avec moi, Nicky. Je ne te ferai jamais de mal, et je jure devant Dieu que je ferai tout mon possible pour t'offrir une vie riche et merveilleuse.

Clic.

Il baissa les yeux. Nicky venait de refermer les menottes sur ses poignets et le regardait d'un air mutin.

— Très bien, monsieur le magicien, voyons un peu comment vous allez pouvoir m'aider.

# Chapitre 20

Nicky baissa les yeux sur ses poignets menottés et vit ses mains trembler. Ainsi, Jim était amoureux d'elle.

Peut-être était-il l'homme qui l'aiderait à tout changer dans sa vie, l'homme dont elle avait besoin. Oui, elle pouvait lui faire confiance pour remettre sa vie sur pied et voir les choses avec plus d'objectivité.

— Nicky, que se passe-t-il ? Tu as l'air de nouveau terrifiée.

— Peut-être… Peut-être que moi aussi je suis en train de tomber amoureuse de toi, chuchota-t-elle.

Il s'approcha et lui effleura la joue, puis les lèvres, avec une telle tendresse qu'elle en eut les larmes aux yeux.

— Nicky, murmura-t-il encore.

Puis, avant qu'elle ne comprenne ce qui lui arrivait, il se pencha, l'attrapa et la fit passer par-dessus ses épaules.

— Jimmy !

Que faisait-il ? A un moment, elle se tenait devant lui et l'instant d'après elle se retrouvait embarquée sur son épaule.

— Il y a quelque chose qui continue à me perturber, dit-il en grimpant l'escalier.

— Quoi ?

— Notre premier soir… quand je t'ai trouvée sur mon perron et que tu m'as avoué l'un de tes fantasmes. Tu sais, celui où tu ne voulais jouir que par des caresses sur tes seins.

— Ah… oui…

— Je n'ai pas su te satisfaire, ce soir-là, continua-t-il en arrivant sur le palier.

— Ça n'a pas d'importance.

— Oh ! que si ! De plus, nous n'avons jamais fait l'amour dans un lit.

Jim la laissa tomber sur son lit, et, alors qu'elle écartait une mèche de cheveux de son visage, il fit descendre ses mains de ses cuisses jusqu'à ses chevilles.

Que diable faisait-il ?

Clic.

— Qu'est-ce que… ?

Elle se redressa, et, baissant les yeux sur ses jambes, vit que Jim lui avait passé une paire de menottes aux chevilles. Elle tenta d'écarter les jambes, mais sans y parvenir.

— Je sais que c'est un peu serré, dit Jim, mais c'est la seule façon pour que je ne m'occupe que de tes seins.

Elle écarquilla les yeux. Ça, c'était trop fort !

— Tu m'as attaché les jambes ?

Jim esquissa un sourire.

— Oui, et maintenant ma langue va s'occuper de tes adorables petits tétons jusqu'à ce que tu jouisses.

— Mais…

Non que le programme lui déplaise, mais elle avait envie de sentir Jim en elle, que son sexe dur et ferme l'emplisse tout entière.

Il s'approcha et déposa un léger baiser sur ses lèvres.

— Tu as promis de me faire confiance, tu t'en souviens ? argua-t-il en la repoussant gentiment sur le dos.

Elle se laissa faire sans rien dire, et il déboutonna son chemisier, puis lui retira son soutien-gorge, qui, par chance, s'attachait sur le devant. Enfin, elle sentit ses mains sur ses seins. Comme c'était bon ! La douce caresse de ses paumes chaudes, puis ses doigts qui titillaient ses tétons durcis. Oui ! Oui !

— Jimmy, s'il te plaît, détache-moi. Je veux te sentir en moi.

— Non, c'est hors de question.

Alors, il se mit à lécher ses tétons, les agaçant, les mordillant, les aspirant l'un après l'autre entre ses lèvres. Elle haleta de plus belle. Elle sentit une vague de plaisir naître au creux de son ventre, mais ce n'était pas encore assez. Sa langue avait beau lui faire subir mille et un délices, elle voulait plus, encore plus.

— Pistache ! s'exclama-t-elle. Détache-moi et prends-moi.

— Tu es certaine de vouloir arrêter ?

— Certaine, Jimmy ! Pistache !

— Fais-moi confiance, ma chérie, comme tu l'as promis.

Une main posée sur son sein gauche, et ses lèvres sur le droit, il continua à la torturer. Certes, c'était délicieux, fabuleux, mais ce n'était pas ce qu'elle désirait. Cela n'avait rien à voir avec le fait de le sentir en elle. Cela n'avait rien…

Il redressa la tête et captura son regard.

— Tu sais, Nicky, je ne suis pas en train de tomber amoureux de toi. Je le suis déjà, et depuis longtemps, avoua-t-il.

Elle fronça les sourcils, incapable de se concentrer.

— Que dis-tu ?

— Je t'aime, Nicky, depuis toujours.

Il continuait à effleurer ses seins, et ses yeux révélaient tout son amour. Il l'aimait, c'était aussi simple que ça. Et elle comprit soudain ce qu'elle se refusait à voir depuis le début.

— Moi aussi, je t'aime, Jimmy, chuchota-t-elle.

A cet instant précis, la vague déferla sur elle. Une longue et puissante vague d'extase. Elle se cambra, poussa de petits cris de plaisir, mais garda ses yeux rivés aux siens.

Ils s'aimaient. Le reste n'avait plus aucune importance.

Quelques instants plus tard, ou peut-être fut-ce une éternité, ses spasmes de plaisir s'atténuèrent. Mais l'amour, lui, était bien présent !

— Jimmy…

— Oui ?

— Ça, c'était l'orgasme parfait.

# Epilogue

Les mains dans le dos, Nicky remonta la fermeture Eclair de son costume de pom-pom girl.

Ce soir, en l'honneur du premier anniversaire de leurs retrouvailles, elle allait offrir à Jim son fantasme préféré. Elle n'avait jamais été pom-pom girl, mais peu importait. Si Jimmy avait un tel fantasme, elle allait mettre toute son ardeur à le satisfaire. De plus, elle avait de grandes nouvelles à lui apprendre. Elle avait décidé de donner un tournant à sa vie. Certes, elle avait eu une belle promotion, mais elle travaillait toujours dans une société qui fabriquait des plastiques, or, elle voulait quelque chose de différent. Un nouveau défi, mais dans un domaine qui lui plairait. Grâce à Jim, elle avait eu assez confiance en elle pour envoyer son CV à diverses entreprises.

Vingt minutes plus tard, elle pénétrait dans l'allée de la maison de Jim. De l'autre côté des fenêtres, les lumières étaient allumées. Jim rentrait juste d'un voyage d'affaires à New York, où il était allé vendre le brevet d'une nouvelle et brillante invention.

Elle se dirigea vers la porte et sonna, le cœur battant. En fait, elle possédait une clé, mais mieux valait se plonger dans son rôle dès les premiers instants.

A peine la porte se fut-elle ouverte qu'elle lança sa première réplique.

— Bonsoir, est-ce qu'il y a un certain Jimmy, ici ? J'ai un problème de maths à résoudre et…

Ses paroles s'évanouirent quand elle vit l'air qu'il avait. Les cheveux en bataille et les yeux cernés.

— Eh bien ! Tu as eu des soucis à New York ?

— Pardon ?

Jim se passa la main sur le visage.

— Des soucis, moi ? Tu veux rire ! Tu es la pom-pom girl la plus sexy que j'aie jamais vue.

Il s'approcha, la saisit doucement par le bout de sa queue-de-cheval et l'attira à l'intérieur, puis la plaqua contre le mur. Aussitôt, leur baiser se fit brûlant, et elle se cambra contre lui.

Une demi-heure plus tard, elle était nue, allongée au milieu de l'escalier. Jim était affaissé à côté d'elle, une main jouant toujours avec sa queue-de-cheval.

— Je te promets que la prochaine fois nous arriverons jusqu'à la chambre, chuchota-t-il.

— Je ne me plains pas, tu sais, dit-elle en posant un baiser sur son torse.

Elle aurait bien aimé continuer leur petit jeu érotique, mais Jim avait l'air épuisé.

— Alors, dis-moi, que s'est-il passé à New York ?

— Mmm ?

— Bon, si tu n'as pas envie d'en parler, ce n'est pas grave. Ce soir, je suis là pour satisfaire tous tes désirs, quels qu'ils soient.

Il esquissa un sourire, et l'attira à lui pour lui donner un baiser furtif.

— J'ai tellement de chance que tu fasses partie de ma vie, Nicky. Merci d'être là.

Elle se redressa sur un coude.

— Je crois que tu n'es pas le seul à devoir présenter des remerciements. Tu veux que je te rappelle tous les changements qui ont eu lieu depuis l'année dernière ? Quand nous nous sommes… retrouvés, l'an passé, j'étais une simple cadre, au bord de la dépression nerveuse. Je travaillais sans relâche, j'avais tous mes amis à dos, même ma famille, et soudain, pouf ! un magicien est entré dans ma vie. Un magicien qui m'a ouvert les yeux et m'a obligée à vivre dans la réalité. Toi.

Jim secoua la tête.

— C'est toi la seule responsable de tous ces changements, Nicky. Tu les aurais mis en place, un jour ou l'autre, même sans moi.

— Ou bien j'aurais eu un accident de voiture parce que j'envoyais mes mails en conduisant, et je serais morte au volant. Or me voilà, un an plus tard, cadre supérieure avec un salaire bien plus important alors que je travaille moins. Certes, j'ai obtenu cette promotion grâce à l'efficace réorganisation que j'ai mise en place, et qui a permis de sauver plusieurs centaines d'emplois, mais, sans toi, j'aurais continué à travailler comme une dingue. Aujourd'hui, je vais au cinéma, je profite de toutes mes nuits pour faire l'amour au lieu d'être rivée à mon ordinateur, et je me suis remise au sport. Je suis même devenue la marraine d'une adorable filleule, grâce à toi qui as su arrondir les angles avec Susan.

Elle lui effleura le visage, essayant par ce geste de lui faire comprendre l'importance qu'il avait prise dans sa vie.

— Je n'aurais jamais pu accomplir tout cela sans toi, Jimmy. Si je me sens si bien, aujourd'hui, c'est grâce à toi. Je t'aime.

— N'oublions pas qui j'étais, moi aussi, avant de te retrouver, ajouta-t-il d'un ton grave. Tout comme toi j'étais un véritable bourreau de travail, mais je n'avais plus aucun objectif. Je passais mon temps enfermé dans mon garage à bricoler, et je jouais les magiciens sur scène quand mon frère avait besoin de moi.

— J'adore le magicien.

— Mais c'est l'ingénierie qui me fait vivre. C'est ça, ma passion ! Et toi, tu es ma divine muse. C'est grâce à toi que j'ai eu l'idée de ma dernière invention.

— Ravie de t'avoir inspiré. Alors, que s'est-il passé à New York ?

— Eh bien, ils ont aimé mon projet, et l'ont acheté. Très, très cher.

— Mais c'est sensationnel !

— Sauf qu'il y a un problème. J'ai passé mon temps à régler une foule de détails. C'est pour ça que je n'étais pas prêt quand tu es arrivée.

— Un gros problème ?

Il hocha la tête.

— Oui, les actionnaires veulent que je dirige leur département de recherche et de développement. A New York.

Aussitôt, son cœur se serra.

— New York ? répéta-t-elle.

— Oui, c'est une opportunité formidable ! Cette société travaille sur des projets qui…

Il continua sa diatribe, lui expliquant quelles seraient ses tâches et avec quelles personnes il travaillerait. Et lorsqu'il s'arrêta enfin pour reprendre son souffle, elle déposa un léger baiser sur ses lèvres, même si son cœur battait la chamade.

— Il est temps pour moi de me remettre à travailler en équipe, dit-il. On a beaucoup plus d'inspiration quand on n'est pas seul.

— Donc, tu pars travailler à New York.

— Pas pour le moment. Je leur ai dit que j'avais besoin d'y réfléchir.

— Mais tu veux ce poste ? demanda-t-elle, même si elle connaissait déjà la réponse.

Il semblait aussi excité qu'un gamin à la veille de Noël. Elle ne pouvait pas l'empêcher de s'investir dans sa carrière, mais pour cela, il allait partir s'installer à New York et l'abandonner.

Elle allait de nouveau se retrouver seule.

— Oui, je veux ce poste, dit-il en lui levant le menton du bout du doigt, mais je leur ai précisé que je devais d'abord en parler à ma femme.

Sa femme ?

Il tendit le bras pour attraper son jean, puis, plongeant

la main dans sa poche, en sortit un petit écrin. Alors, il se mit à genoux devant elle. Etant donné qu'ils étaient toujours au beau milieu de l'escalier, et nus, la situation était un peu curieuse, mais peu importait.

— Nicky Taylor, veux-tu m'épouser ?

Elle inspira avec difficulté.

— Est-ce que tu me fais ta demande parce que tu veux que j'aille vivre à New York avec toi ?

— Je te demande de m'épouser parce que je t'aime, Nicky, je t'ai toujours aimée. L'année qui vient de s'écouler a été incroyable, sur tous les plans. Cependant, si tu veux rester ici à Chicago, je resterai avec toi. Si tu veux partir travailler au Paraguay, je te suivrai là-bas. Mais j'espère que tu viendras à New York avec moi. Il y a plein de grandes entreprises, là-bas, et je suis sûr que tu trouveras très vite…

— Oui ! Oui, oui, oui, oui !

Elle jeta ses bras autour de son cou, manquant de les faire glisser tous les deux dans l'escalier. Il la retint en se rattrapant à la rampe, et elle en profita pour l'embrasser avec passion.

Après un moment, il interrompit leur baiser afin de pouvoir glisser sa bague de fiançailles à l'annulaire. Les larmes aux yeux, elle la contempla, puis leva le regard vers lui.

— Je veux partir à New York avec toi, Jim. De toute façon, j'allais te dire que j'avais décidé de quitter mon poste. Je dois maintenant passer à autre chose.

— Prends tout le temps qu'il te faudra, ma chérie, mon salaire couvrira largement ce dont nous avons besoin.

— Je t'aime, Jimmy.

— Moi aussi, je t'aime, Nicky.

Il se leva et lui tendit la main. Cette fois, ils réussirent à atteindre leur chambre, sachant que, désormais, leur chemin serait pavé de mille et un plaisirs.

DONNA KAUFFMAN

# Nuits troublantes

*Traduction française de*
DIANE HAMILTON

*Sexy*

HARLEQUIN

*Titre original :*
SIMON SAYS…

*Ce roman a déjà été publié en 2011*

# Chapitre 1

Sophie Maplethorpe s'arrêta un instant pour observer l'homme étendu nu en travers du lit king-size de la chambre d'hôtel. Malgré la pénombre matinale, elle comprit sur-le-champ comment sa meilleure amie, Delia, avait pu se laisser entraîner dans une aventure avec cet inconnu. Certes, finir sa soirée d'enterrement de vie de jeune fille par une nuit de folie n'était peut-être pas une très bonne idée. Mais si le reste du corps de l'inconnu était aussi appétissant que les larges épaules et les bras musclés qui s'étalaient sur les draps de lin blanc, elle-même n'aurait peut-être pas hésité longtemps avant de s'accorder un moment torride en sa compagnie.

Et que dire des boucles sombres qui jouaient sur sa nuque et qu'elle brûlait d'envie d'ébouriffer ?

« Hé là, tu risques de faire une grosse bêtise ! », lui souffla sa petite voix intérieure.

Et elle, elle n'aurait même pas le souvenir d'une nuit passionnée pour se consoler.

Détournant le regard du lit, Sophie attendit un bref instant que ses yeux s'habituent à la pénombre de la suite 706. Delia lui avait dit que son téléphone portable avait dû tomber du fauteuil lorsqu'elle était assise à califourchon sur…

Oh mon Dieu ! Mieux valait chasser cette image de son esprit immédiatement.

De nouveau, son regard fut attiré vers le lit et l'homme qui y dormait. Daniel Templeton, banquier d'affaires, venu à Chicago pour des rendez-vous professionnels, semblait de ne pas détester allier travail et plaisir.

Elle poussa un petit soupir de regret.

Sa carrière passait avant tout, mais, en contemplant le sublime corps d'éphèbe souligné par la blancheur des draps, n'importe quelle femme normalement constituée aurait eu envie de partager le lit de l'inconnu. D'autant que d'après Delia, ce type avait une endurance incroyable…

Détournant le regard de l'apollon, elle reporta son attention sur les fauteuils installés devant la baie vitrée, pour l'instant voilée par de lourdes tentures. Elle disposait d'environ un quart d'heure pour trouver ce maudit téléphone, sortir de la suite sans réveiller son occupant, et rendre son portable à sa meilleure amie, avant que le fiancé de Delia ne l'appelle, comme tous les matins, à 7 heures précises. Ceci, sachant que le fiancé de Delia était Adam Wingate, héritier de l'empire hôtelier du même nom implanté à Chicago. La famille Wingate était propriétaire de la chaîne d'hôtels et l'avait elle-même fraîchement promue directrice adjointe, en charge des nuits.

Elle venait d'ailleurs de finir sa nuit de travail et, le pantalon qu'elle avait enfilé en quittant son service n'ayant pas de poche, elle passa la lanière de son badge magnétique autour de son cou pour se libérer les mains. Puis elle se dirigea sur la pointe des pieds en direction des fauteuils, essayant de ne pas penser au fait qu'elle était en train de risquer sa promotion, voire de se faire arrêter, tout ça pour un simple téléphone portable.

Dès que Delia aurait terminé sa conversation téléphonique avec son fiancé, elle lui passerait un bon savon. Certes, elle comprenait tout à fait son envie de s'offrir une dernière aventure. D'ailleurs, depuis le premier jour où ces deux-là avaient commencé à se fréquenter, elle n'avait eu de cesse de répéter à Delia qu'Adam était beaucoup trop possessif. De fait, Delia avait perdu beaucoup de sa spontanéité depuis qu'elle était en couple avec lui.

Delia prétendait qu'Adam l'adorait, qu'il la plaçait même sur un piédestal, mais qu'il voulait l'aider à faire des progrès, pour qu'elle se sente à l'aise dans son milieu à lui, tellement plus raffiné.

Delia n'en revenait pas qu'un homme aussi puissant et séduisant qu'Adam Wingate ait remarqué une jeune femme aussi insignifiante qu'elle, qui avait commencé sa carrière comme hôtesse d'accueil dans un restaurant. Pourtant, c'était à force de travail qu'elle était devenue directrice du restaurant-club De Trop, l'un des plus en vogue de Chicago, lequel appartenait aussi à l'empire hôtelier des Wingate. Les qualités de Delia étaient évidentes, elle avait mérité son poste, mais Sophie ne pouvait s'empêcher de se demander pourquoi Adam avait jeté son dévolu sur elle.

Pas seulement à cause de leur différence de compte en banque, et Dieu savait qu'elle était gigantesque, mais aussi sur le plan humain.

Evidemment, tout le monde croyait au conte de fées, se réjouissant qu'Adam soit tombé amoureux du ravissant minois de Delia, et de sa personnalité vive et enthousiaste.

Hélas, si Sophie était certaine qu'Adam admirait la beauté de son amie, elle était également persuadée qu'il désirait une femme qu'il pourrait contrôler grâce à son pouvoir, à son prestige, et à son allure distinguée. Quelqu'un qui ne serait jamais tout à fait sur un pied d'égalité avec lui. Une épouse à qui il pourrait sans cesse rappeler que ce n'était que grâce à son amour et à sa générosité qu'elle avait accès à une existence aussi merveilleuse.

Delia n'aurait pas aimé entendre cela.

Qui l'aurait aimé, d'ailleurs ?

Mais à quoi bon être les meilleures amies du monde si l'on ne pouvait se dire la vérité ?

Sophie se pencha en avant et glissa une main sous les coussins du fauteuil.

Rien !

Elle fit de même de l'autre côté. Quand elle aurait retrouvé ce satané téléphone, Delia devrait écouter ce qu'elle avait à lui dire ! Le mariage de Delia et Adam devait avoir lieu dans une semaine, et à l'évidence son amie ne semblait pas prête à prononcer ses vœux.

Bingo !

Ses doigts venaient de toucher un bloc de plastique. Hélas, ce n'était que la télécommande de la télévision. Ecœurée, elle la jeta sur les coussins et se dirigea vers l'autre fauteuil qu'elle fouilla à son tour, tout en lançant un coup d'œil aux gros chiffres rouges du radio réveil.

Il était précisément 6 h 48.

Super !

Elle redoubla d'efforts. Il fallait absolument mettre la main sur ce portable ! Fourrageant de plus belle sous les coussins, elle en sortit tout à coup… un string de dentelle noire.

— Pouah ! s'écria-t-elle avant de le jeter au loin.

— Qu'est-ce qu'il y a ? Vous n'aimez pas la dentelle noire ?

Sophie fronça les sourcils.

Oh nonnnn !

Que diable allait-elle pouvoir répondre à cet homme si sexy, à l'accent irrésistible, accent que Delia n'avait d'ailleurs pas mentionné ?

« Concentre-toi ! »

Prise la main dans le sac, elle se força à esquisser un sourire, et se retourna lentement.

— Je peux tout à fait vous expliquer…, commença-t-elle, sans même savoir comment elle allait poursuivre.

De toute façon, elle resta bouche bée lorsqu'elle se retrouva face à l'inconnu.

De grands yeux aussi sombres que la nuit, d'épais cheveux bruns qui bouclaient dans son cou, une ombre de barbe sur les joues et… était-ce bien une petite cicatrice qu'elle devinait sur son menton ?

Mon Dieu ! Cet homme était aussi sexy qu'une star de cinéma !

Redressé sur un coude, les draps recouvrant son torse,

il tenait à la main le fameux string en dentelle. Elle se sentit déglutir. Dire qu'elle n'avait pas fait l'amour depuis quasiment un an ! Oui, depuis douze longs mois, elle avait systématiquement dormi seule, avec pour seuls compagnons ses fantasmes et son sex-toy.

L'inconnu balançait le string au bout de son doigt.

— Vu votre réaction, j'en conclus que ce n'est pas le vôtre, dit-il d'une voix rauque.

Etait-il fou ? Ou bien possédait-il un harem ? Peut-être avait-il tellement bu la veille qu'il ne se souvenait même plus de la femme avec laquelle il avait passé la nuit.

— En fait, répondit-elle, j'ai perdu mon téléphone portable. Je crois qu'il se trouve sous les coussins et j'essayais de le récupérer sans vous déranger.

— Très intéressant.

D'où lui venait son accent ? Etait-il Anglais ?

Sans y penser, elle saisit la carte magnétique accrochée autour de son cou, puis se sentit pâlir. Pourvu qu'il n'ait pas remarqué son badge. Ses heures de travail étant terminées, elle ne portait heureusement plus son uniforme, ni le badge qui précisait son identité, mais celle-ci était inscrite sur la carte magnétique. Le nom de l'hôtel y figurait aussi, indiquant par là qu'elle y travaillait. S'efforçant de cacher son passe, elle tenta de garder un air détaché.

— Je suis sûre qu'il est juste là. Laissez-moi quelques instants pour le récupérer et vous pourrez vous rendormir.

Pourvu qu'il la croie et la laisse terminer d'inspecter les fauteuils. Qui sait, peut-être croirait-il avoir rêvé quand il se réveillerait tout à fait ?

Avec un peu de chance, il aurait même tout oublié.

Hélas, l'inconnu ne semblait pas avoir la gueule de bois, ni aucune envie de se rendormir. D'ailleurs, mis à part ses cheveux hirsutes et sa barbe naissante, il avait l'air plutôt en forme pour un homme qui n'avait dormi que quelques heures après une nuit des plus torrides, enfin, si Delia avait dit vrai.

Elle glissa sa main un peu plus loin sous les coussins. Quoi qu'elle puisse inventer pour sortir de la chambre de Daniel Templeton sans problème, rien de ce qu'elle pourrait dire ou faire ne servirait à rien tant qu'elle n'aurait pas retrouvé ce fichu portable et ne l'aurait pas rapporté à Delia avant…

Elle jeta un coup d'œil au réveil.

Plus que neuf minutes !

Soudain, l'homme s'assit dans le lit et les draps tombèrent sur ses hanches. Il jeta le string de dentelle noire au loin.

— Peut-être puis-je vous aider ?

Sophie sentit sa gorge se serrer. Oh oui, il aurait certainement pu l'aider, mais pas comme il l'imaginait !

— Merci, mais… inutile de vous déranger. Après tout, vous avez déjà… heu… fait assez.

Elle continuait avec frénésie à chercher sous les coussins, et poursuivit son monologue.

— Ne vous inquiétez pas. Je n'en ai que pour quelques instants. Je n'ai pas l'intention de vous déranger très longtemps.

De toute façon, si elle ne trouvait pas le téléphone dans les cinq prochaines minutes, l'appel d'Adam lui indiquerait exactement où se trouvait l'appareil.

Au moins, ce serait elle qui répondrait au téléphone, et pas un inconnu, comme le redoutait Delia. Elle dirait à Adam que Delia avait oublié son téléphone dans son bureau la veille au soir, quand elle était passée la voir, et qu'elle le lui rapporterait ce matin en rentrant chez elle. Après tout, c'était une explication tout à fait plausible. Certes, Adam serait agacé, car il détestait tout ce qui bousculait son emploi du temps si bien ordonné, mais il n'annulerait tout de même pas le mariage pour cela ! Ce qui, au contraire, aurait fort bien pu arriver si ça avait été cet inconnu sexy qui avait pris l'appel.

Tout à coup, elle se sentit envahie par le doute. Et si Delia s'était trompée ? Et si le téléphone n'était pas tombé sur l'un des fauteuils ?

Delia lui avait raconté que l'inconnu et elle étaient entrés dans la chambre en s'arrachant mutuellement les vêtements. En toute logique, le téléphone avait donc pu tomber n'importe où.

Elle parcourut la chambre du regard. Si seulement elle avait pu ouvrir les doubles rideaux ! Hélas, c'était trop risqué. Le bel inconnu découvrirait son visage et comprendrait aussitôt qu'elle n'était pas la femme qu'il avait ramenée du bar, la veille au soir.

— Je n'ai rien contre le fait d'être réveillé par une femme séduisante, dit soudain l'inconnu, mais puis-je vous demander comment vous êtes entrée ici ?

Que répondre de plausible à une telle question ? Mais… au fait… Avait-elle bien entendu ? Il venait de dire qu'il la trouvait séduisante ? Bah ! Quel dragueur ! Les doubles rideaux étaient fermés, il pouvait à peine la voir.

— Eh bien… Je…

Elle hésita un instant, essayant de lui faire du charme.

— Vous ne vous souvenez de rien ? C'est plutôt offensant !

Pourvu qu'il morde à l'hameçon ! Elle jeta un coup d'œil au réveil. Il ne restait plus que trois minutes ! Dans trois minutes, le conte de fées de sa meilleure amie, sur le point d'épouser le célibataire le plus fortuné de Chicago, allait s'évanouir en fumée, tandis que sa propre carrière allait connaître la pire des débâcles.

Et elle n'aurait personne d'autre à blâmer qu'elle-même.

— Je vous demande pardon, dit l'inconnu qui s'était assis au bord du lit, le bas de son corps dissimulé par les draps, je n'avais pas l'intention de vous offenser. Etes-vous en train de dire que… nous nous connaissons ?

Elle lui lança un regard qu'elle espéra furieux.

— Je suis déçue que vous m'ayez si vite oubliée. Ce doit être à cause de la tequila.

— La tequila ? Je ne bois jamais.

Posant un coude sur son genou, le menton dans la main, il se pencha en avant pour mieux l'observer.

Sophie esquissa un pas en arrière, mais le fauteuil l'empêchait d'aller plus loin.

— Tequila ou pas, poursuivit l'inconnu, si nous nous étions déjà rencontrés, je me souviendrais de vous.

Un rayon de lumière perça à travers la fente des doubles rideaux, illuminant un instant le visage de l'homme. En fait, il avait les yeux verts, d'un vert profond, aussi sombre qu'une forêt de pins, et de grands cils noirs.

Elle se sentit vaciller.

Et à en croire Delia, le reste de sa personne n'était pas mal non plus !

Pourquoi Delia lui avait-elle raconté tout cela ? Comme elle aurait aimé être celle qui avait fini la nuit avec cet inconnu si sexy !

— La tequila peut faire faire de curieuses choses, dit-elle.

— Je vais finir par le croire, oui.

Soudain, on frappa à la porte et Sophie sursauta. Mon Dieu ! Ce devait être le room service. Quel que soit l'employé qui apportait le petit déjeuner à l'occupant de cette chambre, il ne manquerait pas de la reconnaître et tout serait fichu…

De toute façon, tout était déjà fichu !

Soudain, elle remarqua que le comportement de l'inconnu venait de changer. Il ne souriait plus du tout. Il était même crispé, et se leva en retenant les draps autour de ses hanches.

— Ne bougez pas ! ordonna-t-il en chuchotant.

On frappa de nouveau et Sophie songea qu'elle devrait suggérer au directeur du personnel de demander à ses employés de frapper un peu moins énergiquement aux portes des clients. Et si… Et si le séduisant occupant de la suite redoutait que son visiteur ne le découvre en compagnie féminine. C'était peut-être un collègue, ou pire, une petite amie, ou même son épouse !

Elle le regarda se diriger vers la porte, puis examina la chambre. Son regard s'attarda sur la porte qui menait à la chambre voisine. Voilà ! Il lui suffisait d'utiliser sa carte magnétique pour sortir à la vitesse de l'éclair. Bien sûr, elle risquait de réveiller l'occupant de la chambre adjacente, mais quelques excuses et un sprint jusqu'au couloir valaient peut-être mieux que de rester dans cette pièce et de se retrouver…

Face au visiteur… Ou à la visiteuse.

De toute façon, l'occupant des lieux n'allait pas lui courir après, vêtu en tout et pour tout, comme il l'était actuellement, d'un drap.

Hélas, elle n'avait pas encore retrouvé le téléphone portable de Delia. Peut-être était-ce aussi bien, après tout. Ainsi, Delia serait contrainte de faire face aux conséquences de ses actes. Cependant, cela provoquerait un véritable cataclysme, car la ville tout entière se passionnait pour ce qui était présenté comme l'événement romantique de l'année, le mariage du brillant homme d'affaires et de la serveuse. Que Delia n'ait plus rien d'une simple serveuse et qu'elle ait gagné ses galons de directrice depuis longtemps n'y changeait rien.

De nouveau, Sophie glissa une main sous les coussins du fauteuil. Peut-être était-ce leur jour de chance, à Delia et à elle, peut-être que la batterie était morte et que le téléphone ne sonnerait pas ? Elle pourrait revenir lorsque l'occupant aurait rendu sa chambre, avant que la femme de ménage ne vienne tout ranger. Bon, mais pour l'heure, sa priorité était de sortir de la pièce. Et le plus vite possible ! Et aussi prier pour que le client ne se plaigne pas à la sécurité de l'hôtel…

Et qu'il rende sa chambre très vite.

Elle commençait tout juste à faire demi-tour, lorsqu'il s'approcha d'elle.

— Où croyez-vous aller comme cela ?

— Ecoutez, je vais vous laisser tranquille. Je n'ai pas à ce point besoin de mon téléphone. Si vous le trouvez, pouvez-vous le laisser à la réception, je verrais…

Il se planta soudain face à elle. Il avait noué le drap autour de ses hanches, et tenait une grande enveloppe blanche à en-tête de l'hôtel dans sa main gauche.

Et dans l'autre… un pistolet.

# Chapitre 2

Simon Lassiter avait plusieurs données à prendre en compte, chacune faisant partie d'un plan plus vaste. Le moindre de ses actes, le moindre de ses déplacements durant son séjour à Chicago, devaient s'agencer avec la perfection d'une horloge suisse. Il ne pouvait laisser aucune place à l'erreur. Un seul faux pas et tout tomberait à l'eau.

Il observa la jeune femme qui venait de se jucher sur le bras du fauteuil. Qu'allait-il faire d'elle, à présent ? Pourvu qu'elle ne soit pas le grain de sable qui allait tout enrayer !

Bon, inutile d'être pessimiste. De toute façon, ce n'était pas dans ses habitudes. S'il en croyait le message qu'il venait tout juste de recevoir, et il avait payé très cher pour être prévenu à n'importe quelle heure du jour ou de la nuit, Tolliver avait pris une chambre à l'hôtel. Sa proie était désormais dans les lieux. Finalement, tout se mettait en place. Certes, il ne lui suffirait pas de claquer des doigts pour retrouver la fabuleuse émeraude qui portait le nom de *Shay*, mais il en était plus proche que jamais.

Et il savait aussi qu'il n'aurait plus jamais une telle chance.

D'ailleurs, en y songeant, la carte magnétique qui pendait au cou de son invitée-surprise pourrait bien lui être utile !

— Monsieur Templeton, bredouilla la jeune femme les yeux rivés sur son arme, je ne crois pas que tout cela soit nécessaire.

— Ceci ? répondit-il en agitant le pistolet, ce qui eut pour effet de la rendre encore un peu plus nerveuse. Voyons, vous avez pénétré dans ma chambre par effraction, je ne fais que me protéger… Mais dites-moi : qui est ce monsieur Templeton ?

— Daniel Templeton ? Mais c'est vous, monsieur.

Il secoua la tête de gauche à droite.

— Vous êtes sérieux ?

— Je crois que je sais encore comment je m'appelle.

La séduisante inconnue eut soudain l'air défaite. Elle ferma les yeux et poussa un juron.

— Tous ces efforts… et je me suis trompée de chambre. C'est pourtant bien la 706, n'est-ce pas ?

Il acquiesça d'un hochement de tête.

— Eh bien, si les Wingate ne la tuent pas, c'est moi qui m'en chargerai, dit-elle.

Que racontait-elle ? A quoi pouvait-elle faire allusion ? Bah ! Peu lui importait, de toute façon ce n'était pas son problème. Réussir à pénétrer dans la chambre de Tolliver et voler, ou plus exactement récupérer l'émeraude avant qu'elle ne soit exposée au musée de l'Institut d'art antique ce week-end, ça, c'était son problème.

— Asseyez-vous, lui ordonna-t-il en indiquant le fauteuil d'un geste de la main. Il faut que nous parlions.

— Avez-vous vraiment besoin de pointer votre arme sur moi ? A vrai dire, je ne suis pas dangereuse. Laissez-moi partir, et nous pourrons faire comme si nous ne nous étions jamais rencontrés.

— Pourtant, il n'y a pas si longtemps vous prétendiez le contraire. D'ailleurs, si je me souviens bien, vous vouliez même me persuader que nous avions eu une petite aventure ensemble. Sous l'influence de la tequila, selon vos dires.

Elle ne répondit rien, se contentant de se contorsionner sur son siège. Ainsi, elle était assez audacieuse pour pénétrer par effraction dans une chambre, mais une fois mise sur la sellette elle était incapable de mentir.

Intéressant.

— Donc, vous pensiez que j'étais un certain Templeton.

Dans combien de chambres occupées par des représentants de la gent masculine vous êtes-vous introduite cette nuit ? demanda-t-il en indiquant son badge d'un geste du doigt. Peut-être les hôtels cinq étoiles des Etats-Unis fournissent-ils un genre de prestations auxquelles nous ne sommes pas habitués dans nos hôtels londoniens.

— Ainsi, vous êtes anglais ?

— Je vis en Angleterre, mais je suis né en Nouvelle-Zélande.

Pourquoi diable lui faisait-il de telles confidences ? Etait-ce à cause de ses grands yeux gris clair ? Ou bien de ses boucles d'un délicat blond vénitien et de sa peau à la blancheur de l'ivoire ? Une peau qui semblait ne jamais avoir été camouflée par une once de maquillage, contrairement aux habitudes en vigueur chez la plupart des Américaines. L'innocence. Oui, cette jeune femme était une véritable image de l'innocence incarnée.

Mais mieux valait se méfier malgré tout ! Qui savait ce qu'elle était venue faire dans sa chambre ?

— Vous savez, mademoiselle, vous feriez mieux de ne pas mentionner vos autres… clients. Les hommes aiment à croire qu'il n'y a qu'eux dans la vie d'une femme, même si ce n'est qu'une illusion.

Elle écarquilla ses grands yeux gris.

— Vous me prenez pour une prostituée ?

— Eh bien… Vous pénétrez dans la chambre d'un homme seul et vous commencez à fouiller, non pas sur la table de nuit ou sur la commode, mais sous les coussins des fauteuils, sous prétexte de retrouver un téléphone égaré. Ensuite, vous prétendez que nous avons couché ensemble après une soirée passée à boire pas mal d'alcool, et pour finir vous m'appelez par un nom qui n'est pas le mien. A mon avis, cela ne peut signifier que deux choses.

Elle croisa les bras d'un air de défi. Cependant, une petite lueur de crainte se lisait toujours dans ses yeux. Après tout, il tenait toujours son arme pointée vers elle.

— Et quelles sont donc ces deux choses ? demanda-t-elle.

— Soit vous avez eu une aventure avec un homme qui logeait dans cette chambre avant moi, et vous fouinez dans tous les endroits où vous pensez avoir pu perdre votre téléphone…

Il s'adossa au mur, tout en la tenant toujours en joue.

— … soit, continua-t-il, vous avez pénétré dans ma chambre pour me voler quelque chose, et tout ce que vous m'avez raconté n'était qu'une ruse pour me persuader du contraire.

— Pourquoi voudrais-je vous voler quelque chose ? Je ne vous connais même pas.

— Apparemment, vous ne connaissez guère ce Templeton non plus, sinon vous auriez remarqué que je n'étais pas lui.

Il tira sur le drap noué autour de sa taille.

— A moins que vous ne connaissiez qu'une certaine partie de l'anatomie de ce Templeton.

Offensée, elle resta bouche bée un instant, et il ne put s'empêcher d'esquisser un sourire. Cette femme l'intriguait. Qu'était-elle venue faire dans sa chambre ? A coup sûr elle y avait pénétré grâce à la carte magnétique qui pendait à son cou. Ce qui signifiait qu'elle était certainement une employée de l'hôtel. Or, même si les dépliants publicitaires prétendaient que la chaîne hôtelière Wingate faisait tout pour satisfaire ses clients, il était peu probable que cette séduisante inconnue fasse partie des services offerts par la maison.

A l'évidence, la jeune femme avait dépassé les bornes de la légalité, il avait donc l'avantage sur elle. S'il pouvait obtenir d'elle un passe pour pénétrer dans chaque chambre de l'hôtel, dont une en particulier, il était certain de pouvoir très vite mener sa mission à son terme.

— Dans ce cas, si vous n'êtes ni une voleuse ni… supposée tenir compagnie aux clients, expliquez-moi un peu ce que vous faites dans ma chambre.

— Je vous l'ai déjà dit ! J'essaie de retrouver un téléphone. Et si je ne vous ai pas reconnu, ou si je me suis trompée de suite, c'est parce que je ne cherchais pas mon téléphone, mais celui de mon amie.

— Ah ! Maintenant c'est celui de votre amie !

Elle poussa un soupir.

— Je sais que tout ceci a l'air tiré par les cheveux, mais c'est la vérité.

Elle le détailla un moment, semblant l'évaluer.

— Je veux bien vous raconter toute l'histoire, mais pourriez-vous baisser votre arme, s'il vous plaît ? De toute façon, je ne risque pas de m'échapper.

Il haussa les épaules.

— J'ignore de quoi vous êtes capable, mademoiselle. La seule chose que je sais de vous, c'est que vous êtes assez téméraire pour entrer dans une chambre par effraction. Ce qui ne joue pas en votre faveur. Comment pourrais-je savoir jusqu'où vous êtes prête à aller ? Ou quelles armes secrètes vous possédez ?

— Je vous en prie ! J'essaye juste d'aider mon amie et de lui éviter une dispute avec son fiancé. Dispute qui, à mon avis, n'est pas loin de lui exploser au visage étant donné que je n'ai pas retrouvé son téléphone à temps. Croyez-moi, je n'ai pas l'habitude de pénétrer subrepticement dans des chambres où dorment des inconnus. Je ne faisais qu'essayer de réparer… une énorme bêtise dont je me sens en partie responsable.

Simon l'écoutait, amusé par son discours. Comment pourrait-il faire en sorte que ces informations lui soient utiles ?

— Vous savez, tout cela semble si dingue que j'ai presque envie de vous croire, dit-il.

La jeune femme poussa un soupir de soulagement et commença à se lever.

— Merci ! Je vous promets que je ne mentionnerai à personne le fait que vous ayez une arme, ce que je comprends tout à fait. On n'est jamais trop prudent, surtout en déplacement. De toute façon, je suis sûre qu'elle est légalement enregistrée et, même s'il serait plus judicieux de la déposer dans notre coffre, je suis certaine que vous préférez la garder avec vous au cas où…

— … au cas où quelqu'un pénétrerait par effraction dans ma chambre ? suggéra-t-il, amusé par sa diatribe.

— C'est cela, répondit-elle en rougissant. Je vous en prie, veuillez accepter toutes mes excuses pour vous avoir réveillé ainsi. Si je peux faire quoi que ce soit pour rendre votre séjour plus agréable…

Elle écarquilla les yeux d'épouvante en le voyant sourire.

— Enfin, je veux dire… Si vous avez besoin de quoi que ce soit.

Elle poussa un soupir et s'avança vers lui.

— Peut-être pourriez-vous tout simplement me laisser partir, et nous ferons tous les deux comme si nous ne nous étions jamais rencontrés. Moi, ça me va très bien. Enfin, nous ferons comme vous voudrez. Laissez-moi m'en aller et…

D'un geste lent, il lui fit signe de retourner s'asseoir.

— Ce que je veux, c'est que vous restiez tranquille et que nous discutions de la façon dont vous allez pouvoir m'aider, dit-il.

Nerveuse, elle se passa la langue sur les lèvres, et il ne put s'empêcher de remarquer à quel point sa bouche était sensuelle.

— Est-ce que tout ceci est bien nécessaire ? demanda-t-elle. Je suis certaine que vous avez des choses importantes à faire. Je vous assure que si vous me laissez partir, vous n'entendrez plus jamais parler de moi.

Il se força à détourner son regard de ses lèvres si tentatrices.

— Vous avez raison, j'ai des choses importantes à faire, et je crois que vous allez pouvoir m'aider.

Elle baissa les yeux sur le drap noué à sa taille et il sentit aussitôt son corps répondre. Autant en terminer tout de suite. C'était bien là la dernière distraction dont il avait besoin en ce moment.

— Rassurez-vous, ce n'est pas à ce genre… d'aide que je pensais, précisa-t-il.

Il attendit qu'elle relève les yeux.

— Ce qui me rendrait service, et m'aiderait à oublier que vous êtes entrée sans mon autorisation dans ma chambre, ce serait que vous commettiez une nouvelle infraction.

Elle fronça les sourcils, l'air choquée.

— Que voulez-vous dire ?

D'un geste, il désigna sa carte magnétique.

— Pourriez-vous cesser d'agiter votre arme ainsi ? demanda-t-elle. D'ailleurs, j'aimerais autant que vous évitiez de la tenir braquée sur moi.

— On verra cela plus tard… quand je serai sûr que vous êtes prête à me rendre service.

— Mais que voulez-vous dire ? Je ne peux pas vous donner ce badge.

Il s'adossa au mur et passa un bras autour de sa taille, soutenant son autre coude pour garder l'arme bien en équilibre.

— Vous en êtes certaine ?

Et s'il réussissait à l'en persuader ? Quand elle passait sa langue sur ses lèvres comme elle venait de le faire, tous ses sens s'embrasaient. Hélas, ce n'était pas le moment de se laisser distraire par une femme… qui n'était d'ailleurs pas du tout son genre. Pour l'instant, elle n'était qu'un grain de sable dans un plan parfaitement huilé.

— C'est impossible, j'en suis absolument certaine, dit-elle d'une voix un peu tremblante.

— J'ignore qui vous êtes et ce que vous veniez vraiment faire dans ma chambre, mais j'imagine que la sécurité de l'hôtel serait très intéressée de savoir que vous vous êtes servie de votre passe pour pénétrer dans la suite d'un client sans son autorisation.

Elle se crispa sur son siège, mais ne répondit rien.

— Je prends cela pour un oui.

— Ecoutez, je sais que je n'aurais pas dû pénétrer dans votre chambre ainsi, mais c'était pour une bonne raison, et je n'ai fait de mal à personne. Evidemment, j'aurais pu frapper à votre porte et vous réveiller malgré l'heure matinale, mais je ne vais pas aggraver mon cas en commettant un acte encore plus indélicat.

— Malheureusement pour vous, c'est la seule façon que vous ayez de vous rattraper. Et après tout, qui sait, j'ai peut-être une raison aussi noble que la vôtre de vouloir pénétrer dans une certaine chambre.

— Ça, ça m'étonnerait ! Vous tenez un revolver à la main. Moi, j'ai juste un badge magnétique.

— Mais tous deux peuvent être des armes redoutables, fit-il remarquer en baissant son revolver. Dans mon cas, j'ai un cran de sûreté pour éviter tout accident.

Il glissa l'enveloppe de l'hôtel sous son bras et tendit sa main libre vers elle.

— Je promets de vous le rendre. A moins que vous ne teniez pas vos engagements, et que vous disiez à tout le monde que j'ai une arme et un passe.

— N'est-ce pas le moment où vous devriez me confier que vous travaillez pour Interpol, ou une quelconque agence fédérale, et qu'en vous prêtant mon badge j'aide à préserver la sécurité sur le territoire.

— Désolé, je n'ai rien d'aussi excitant à vous avouer.

— Mais qui êtes-vous ? Et pourquoi avez-vous besoin d'un badge qui ouvre tous les accès ?

— Mieux vaut que vous ne connaissiez pas la réponse. Vous allez devoir me faire confiance.

— Pourquoi ?

— Parce que si nous parlons, nous risquons tous les deux des ennuis.

— Ça, c'est du chantage, pas de la confiance !

Il haussa les épaules.

— Dans quelle chambre voulez-vous pénétrer ? demanda-t-elle.

— Ça non plus, vous n'avez pas besoin de le savoir.

— Ça serait tout de même mieux, si je dois vous aider.

Il arqua un sourcil.

— Tiens, vous avez décidé de m'aider ?

Elle hocha la tête en direction de son arme.

— Je ne crois pas avoir vraiment le choix.

Il refusait de se laisser prendre à son expression d'innocence. A coup sûr, elle espérait en apprendre autant que possible sur lui, puis lui fausser compagnie et le dénoncer. Agitant les doigts, il lui fit signe de lui donner son badge.

— Je vous le rendrai quand je n'en aurai plus besoin.

— Je ne peux pas vous faire confiance ainsi. J'ai besoin de savoir où ce passe sera utilisé. Si vous voulez vous servir de mon badge, il faudra m'emmener avec vous.

— C'est beaucoup trop dangereux. Mieux vaut que vous me le prêtiez. Si quelque chose tournait mal dans ma… mission, vous pourriez tout à fait prétendre ne pas savoir pourquoi je vous l'avais emprunté. Et, juste au cas où ce passe ne vous appartiendrait pas, ne vous inquiétez pas, je ne dirai rien, et je le laisserai où vous me le demanderez, pour que son véritable propriétaire le retrouve. Vous voyez, c'est une proposition équitable.

— Je préfère que vous m'indiquiez la suite où vous voulez vous rendre. Je vous ouvrirai, et le badge restera en ma possession. Nous n'aurons plus qu'à nous séparer bons amis.

— Mais dans ce cas, vous pourriez être accusée de complicité.

— De toute façon, si quelque chose tourne mal, comme vous dites, et que je me retrouve impliquée, je dirai à la police que vous m'avez forcée et même maltraitée. Etant donné que vous êtes en train de me menacer d'une arme, je crois que ce n'est pas exagéré. A présent, dites-moi le numéro de la chambre dans laquelle vous voulez entrer, et allons-y !

Dans d'autres circonstances, il aurait trouvé son entêtement amusant, mais là, c'était loin d'être le cas.

— Je ne vais pas utiliser ce passe tout de suite. Donc, soit vous me le donnez maintenant… soit vous allez être obligée de rester avec moi pendant un long moment.

— Combien de temps ?

Il haussa les épaules.

— Un jour ou deux, je pense.

— Mais vous ne pouvez pas me retenir aussi longtemps !

— Pourquoi pas ? L'hôtel a un très bon service d'étage. Vous serez bien installée, vous me prêterez votre badge quand j'en aurai besoin, et ensuite nous nous séparerons.

— Mais on va me chercher ! J'ai un travail, des amis, et plein de choses à préparer pour un mariage.

— Vous allez vous marier ?

— Non, mais ma meilleure amie se marie ce week-end. Ici, dans cet hôtel. Et c'était son téléphone que j'essayais de retrouver.

— Ah !

Il sourit. Les pièces du puzzle commençaient à se mettre en place.

— Qui sait, vous n'aurez peut-être plus à vous occuper de ce mariage, si le coup de téléphone que votre amie attendait était aussi important que vous le dites.

— Son fiancé est Adam Wingate.

Bon sang !

Simon s'efforça de cacher sa réaction.

— L'héritier des hôtels Wingate, je présume.

Elle acquiesça d'un hochement de tête.

— Vous savez, je suis toujours d'accord pour partir d'ici et faire comme si nous ne nous étions jamais rencontrés, dit-elle.

— Bien essayé ! Vous êtes donc une proche de la famille Wingate, d'après ce que je comprends.

— Pas moi, mais mon amie, oui. Enfin, sa future belle-famille n'est pas particulièrement fan d'elle, alors ne vous faites pas trop d'illusions.

Elle jeta un coup d'œil à son revolver, puis releva les yeux.

— D'ailleurs, quand ils découvriront que je lui ai organisé une soirée d'enterrement de vie de jeune fille à laquelle ses futures belles-sœurs n'étaient même pas invitées…

A sa grande surprise, il la vit sourire.

— A dire vrai, je ferais peut-être mieux de rester cachée ici, avec vous.

A son tour, il esquissa un sourire. Cette femme était incroyable, il fallait bien le reconnaître ! Elle avait du cran, et du cœur. Elle s'était introduite dans la chambre d'un inconnu pour rendre service à une amie. Après tout, son altruisme pourrait peut-être lui être utile.

Quoi qu'il en soit, aussi audacieuse qu'elle soit, il avait tout de même remarqué le tremblement de ses mains. Elle n'était pas aussi courageuse qu'elle aurait voulu le faire croire.

— Vous disiez que nous étions tous deux à égalité dans cette histoire, mais je ne connais rien de vos plans, fit-elle remarquer.

— Moi, j'ai l'arme, et vous le passe.

— Eh bien, si vous voulez tirer, allez-y !

— Vous ignorez de quoi je suis capable.

Elle frissonna, et, l'air préoccupée, contempla le lit. Il suivit son regard, intrigué qu'elle porte soudain de l'intérêt à cette partie de la pièce.

Quelle surprenante apparition, tout de même ! Jusqu'à présent, le fait de travailler et de vivre seul ne l'avait jamais dérangé. De toute façon, c'était même une obligation pour son travail. Il n'était pas pour rien l'un des meilleurs dans son domaine. Que ce soit sur le plan professionnel ou personnel, une partenaire ne serait donc qu'une source de problèmes.

Tout ce qu'il avait appris dans la vie le confortait dans cette idée, et ce n'était pas aujourd'hui qu'il allait changer de ligne de conduite. Pour la première fois, il travaillait pour son propre compte et il avait enfin la chance de réparer une injustice.

— Quelqu'un d'autre le sait peut-être, dit-elle, le tirant de ses pensées.

— Pardon ?

— Quelqu'un sait sûrement de quoi vous êtes capable. La propriétaire de ce string, par exemple.

Il sourit.

— Les femmes de ménage devraient peut-être apprendre à faire leur travail de façon un peu plus approfondie.

— Même Indiana Jones n'aurait pas pu trouver ce string ! D'ailleurs, je me demande pourquoi vous l'aviez si bien caché !

Elle se sentit rougir, mais se reprit aussitôt et haussa les épaules.

— Si j'ai bien compris, vous voulez pénétrer dans une chambre qui n'est pas la vôtre. C'est à cause d'une femme ? Une histoire d'adultère ?

— Pas précisément.

— Dans ce cas, de qui s'agit-il ?

— Qui a dit qu'il s'agissait d'une personne ?

Aussitôt, il se maudit ! Cette ravissante inconnue était douée pour lui soutirer des informations dès qu'il baissait sa garde. Ses boucles blondes, ses grands yeux et ses adorables lèvres étaient en train de lui faire oublier qu'elle pouvait tout faire tomber à l'eau. Or, sa priorité était de retrouver la fameuse émeraude *Shay* pour la rendre à Guinn.

— Donc, ce n'est pas quelqu'un mais quelque chose que vous voulez retrouver, dit-elle. Je dois vous informer qu'en général nos clients ne gardent aucun objet de valeur dans leur chambre, ils les déposent plutôt dans le coffre de l'hôtel. Un coffre très bien gardé, d'ailleurs, s'empressa-t-elle d'ajouter. Les gens sont si inquiets de nos jours concernant leur sécurité que tout notre système a été récemment rénové et bénéficie des dernières avancées technologiques.

— Oui, je crois me souvenir que vous m'avez suggéré d'y déposer mon arme. Eh bien… Etant donné votre connaissance des procédures en vigueur dans l'hôtel, sécurité comprise, je présume que ce badge magnétique est bien le vôtre, n'est-ce pas ?

A la manière dont elle se crispa, il comprit qu'il avait vu juste, mais attendit néanmoins sa réponse. Apparemment, il n'était pas le seul à avoir du mal à garder certaines informations pour lui. Quoi qu'il en soit, il fut surpris de constater qu'elle choisissait de ne pas en révéler davantage sur elle, et restait muette. C'était un trait de caractère qu'il n'avait que rarement observé chez la gent féminine.

— Le fait que vous ayez accès à la salle des coffres est un bonus !

Elle détourna le regard et il comprit qu'elle s'en voulait d'avoir trop parlé. Décidément, ce n'était pas son jour, la pauvre !

En d'autres circonstances, il aurait éprouvé de la sympathie pour elle. D'ordinaire, il se fiait à son instinct. D'ailleurs, s'il l'avait écouté, et refusé d'aider Tolliver à récupérer l'émeraude malgré tous les documents apparemment authentiques dont ce dernier disposait, il ne se trouverait pas dans une telle panade !

Mais c'était précisément à cause de cette situation qu'il ne pouvait ni se fier à cette séduisante inconnue, ni même l'aider. Après tout, elle s'était mise toute seule dans cette fâcheuse situation. Malheureusement pour elle, elle allait devoir faire face aux conséquences de ses actes. Elle lui offrait une opportunité qu'il ne pouvait négliger. Il l'avait surprise en pleine faute professionnelle, ce qui lui donnait de l'ascendant sur elle.

Il aurait été idiot de ne pas en profiter.

— Comment puis-je savoir que vous ne me livrerez pas à la police une fois que vous aurez obtenu ce que vous voulez ? demanda-t-elle.

— Effectivement, vous ne pouvez pas en être assurée.

— Vous voyez ! Rien de ce que vous me demandez n'est équitable. Je ne sais rien de vous ! Qui êtes-vous ? Vous travaillez pour le gouvernement ? Britannique ou américain, ou un autre ?

— Rien qui ne soit aussi prestigieux, j'en ai bien peur. Qu'est-ce qui vous fait penser que je ne suis pas juste un voleur de bas étage ?

— Ça, ça m'étonnerait ! Vous avez un accent beaucoup trop distingué, et vous êtes plutôt…

Elle rougit et détourna le regard de ses hanches toujours dissimulées par le drap.

— Peu importe ! dit-elle en se raidissant sur son siège.

Donc, vous êtes un cambrioleur. Vous exercez souvent vos activités dans les hôtels ?

— Je suis spécialiste en recherche d'objets, précisa-t-il.

C'était la vérité. Ses missions consistaient à retrouver des objets que leurs propriétaires avaient perdus, ou dont ils avaient été lésés. Il ne travaillait que pour des clients qui pouvaient lui prouver que leurs demandes étaient fondées. Bien sûr, il essayait toujours de rester dans la légalité, même s'il avait dû en franchir les limites en de rares occasions.

Hélas, aujourd'hui, la jeune femme qu'il avait devant lui représentait une menace, et il devait se montrer d'une extrême prudence.

— Pour qui travaillez-vous ? demanda-t-elle.

— Une personne qui a des intérêts privés.

Très privés, même.

— Vous n'avez rien d'un voleur de bas étage, ne serait-ce que parce que vous comptez commettre votre méfait dans un hôtel cinq étoiles.

— Et vous, vous posez beaucoup de questions pour une personne qui ne tient pas à être impliquée.

— L'information, c'est le pouvoir.

— C'est vrai. Comment vous appelez-vous ?

Il sourit en voyant son air effaré.

— Je dois connaître le nom de ma partenaire.

Elle tremblait, mais soutint son regard d'un air de défi.

— A vous l'honneur ! dit-elle.

— Comment pourrez-vous savoir que je ne mens pas ?

— Et vous ?

— Je pourrai le découvrir très facilement en questionnant les employés.

— C'est un très grand hôtel avec de très nombreux employés. De toute façon, de mon côté, je pourrai consulter le registre d'accueil pour vérifier votre nom.

Il hocha la tête, ne prenant pas la peine de lui faire remarquer qu'il aurait pu donner un faux nom à la réception.

— Appelez-moi Silas.

Personne ne l'avait appelé ainsi depuis son enfance, mais il avait envie qu'elle connaisse une part de la vérité sur lui. Après tout, il allait abuser de sa bonne volonté, et c'était tout ce qu'il avait à lui offrir.

— Sophie, dit-elle.

Comme il lui fit comprendre qu'il attendait la suite, elle poussa un soupir.

— Maplethorpe, précisa-t-elle.

Son estomac choisit ce moment précis pour émettre un bruit disgracieux, et il se frotta le ventre d'un air absent. Soudain, il se remémora le message qui lui avait été remis. Tolliver avait pris une chambre dans l'hôtel, mais il n'était pas seul. Sa visiteuse l'avait distrait alors qu'il n'avait pas une minute à perdre !

— J'ai des choses à faire, dit-il en se dirigeant vers le téléphone sur la table de nuit. Je vais vous commander de quoi vous restaurer. Je ne devrais pas être parti bien longtemps. Faites comme chez vous.

— Vous ne croyez tout de même pas que je vais vous attendre ici ?

— Vous avez le choix. Soit je m'arrête au bureau des vigiles pour leur expliquer qu'une employée de l'hôtel est entrée par effraction dans ma chambre ce matin, soit vous passez la journée ici, à mes frais.

— D'ici peu, mes collègues remarqueront que je ne suis pas à mon poste.

Elle avait détourné le regard en disant cela. Décidément, elle ne savait pas mentir !

— A quelle heure devez-vous retourner au travail ?

Elle ne répondit pas, comme si elle s'était rendu compte qu'il perçait chacun de ses mensonges à jour. Cette jeune femme était décidément bien courageuse. Il espérait que son amie appréciait à sa juste valeur le service qu'elle avait essayé de lui rendre, mais il en doutait. Les gens qui faisaient ce genre de requêtes ne se rendaient que rarement compte de la portée de leurs exigences. Il était bien placé pour le savoir ! C'était d'ailleurs à cause d'une situation similaire qu'il se trouvait là, pour réparer d'anciennes erreurs. Il aurait dû se méfier de la prétendue philanthropie de Tolliver, et comprendre que ce dernier n'était guidé que par sa cupidité. Hélas, à cause de son manque de jugement, il avait récupéré, ou plutôt volé, pour Tolliver, un joyau sans prix à un vieillard respectable qui aurait légitimement dû en rester propriétaire.

Guinn MacRanald, le vieil homme en question, ignorait qu'il se trouvait à Chicago pour essayer de réparer son erreur, aussi bien pour lui que pour soulager sa propre conscience.

Sophie ne répondait toujours rien.

— Lorsque le moment sera venu pour vous de reprendre votre poste, passez un coup de fil pour prévenir que vous êtes tombée malade et que vous devez rester au lit pour quelques jours, dit-il.

Ses yeux se posèrent alors sur le lit, et il eut une vision très précise d'elle allongée entre les draps. Une telle excitation s'empara de lui qu'il dut reculer dans la pénombre. Certes, il n'avait rien contre le fait de l'effrayer un peu, mais il était inutile de lui laisser penser qu'il voulait s'en prendre physiquement à elle. Mieux valait qu'elle croie qu'il ne s'intéressait qu'à son badge, et non à sa petite personne.

Soudain, il vit qu'elle aussi contemplait le lit… et qu'elle rougissait. Depuis le début de leur rencontre, elle n'avait cessé de le détailler des pieds à la tête, et, à en croire sa façon de le regarder, il ne lui était pas indifférent non plus. Quoi qu'il en fût, mieux valait se concentrer sur sa mission. Il n'avait pas l'habitude de se laisser distraire, et c'était pour cela qu'il était aussi doué dans son travail. Hélas, la délicieuse Sophie Maplethorpe représentait une tentation des plus irrésistibles.

— Alors, dit-il en décrochant le téléphone intérieur, qu'est-ce que je vous commande à manger ?

— Vous n'avez tout de même pas l'intention de me garder prisonnière ici !

Il poussa un soupir en observant son visage angélique et ses mains qui tremblaient. La délicieuse Sophie et son badge magnétique allaient-ils contribuer au succès de sa mission, ou au contraire causer sa chute ?

Comment le savoir ?

Il posa son arme sur la table de nuit puis, d'un geste détaché, débrancha le radio-réveil et en arracha le cordon électrique. Ensuite, il fit de même avec le fil du téléphone qui trônait sur le petit bureau. Il était hors de question que Sophie appelle la réception pour qu'un employé vienne la délivrer.

Il enroula les deux cordons autour de sa main, et se tourna vers elle en souriant.

— J'ai bien peur que vous ne deviez attendre votre petit déjeuner. Dites-moi : où préférez-vous que je vous ligote ? Sur le fauteuil, ou sur le lit ?

# Chapitre 3

Sophie sentit sa gorge se serrer. Silas avait arraché les fils électriques avec une telle violence ! Pour la première fois, malgré l'arme qu'il avait précédemment pointée sur elle, elle comprit dans quelle situation délicate elle se trouvait. Jusqu'à présent, il avait semblé si… civilisé.

Cet homme était tellement sexy et son accent était si sophistiqué que, jusqu'à cet instant, elle avait eu l'impression de se trouver dans un épisode de James Bond. Or la violence dont il venait de faire preuve lui faisait plutôt penser à un film d'horreur.

Elle fixait les cordons enroulés autour de sa paume. Combien de femmes avait-il déjà ligotées dans sa vie ?

— Je… Je ne crois pas que cela sera nécessaire, dit-elle en se forçant à ne pas s'enfuir alors qu'il s'approchait. Je vais rester ici.

Il tendit la main vers elle.

— Donnez-moi votre badge.

D'instinct, elle plaqua une main sur son passe.

— Vous allez vous en servir maintenant ? Pourtant, vous disiez…

— Disons que je le prends en otage. Si je ne vous retrouve pas ici à mon retour, j'irai immédiatement voir le responsable de la sécurité de cet hôtel.

— Je prétendrai que c'est vous qui me l'avez volé !

— Vous avez peut-être oublié qu'il y a des caméras dans

les couloirs. Grâce à cela, il nous sera très facile de prouver que vous êtes entrée dans ma chambre en utilisant votre carte magnétique.

— Je pourrais trouver une explication tout à fait plausible à cela.

— Une qui inclut que vous ne portiez pas votre uniforme, et que personne ne vous a vue ressortir de ma chambre ? J'ai bien peur que ce genre d'explication ne joue pas en votre faveur. Imaginez un peu ce que l'on pourrait penser.

Oh ! Elle avait envie de le gifler pour la faire rougir ainsi.

— Allez faire vos affaires, et ne vous inquiétez pas, je serai là quand vous reviendrez, dit-elle. A ce moment-là, nous pourrons discuter des raisons qui vous poussent à utiliser mon badge.

Elle avait parlé d'un ton ferme, comme s'il s'agissait d'une réunion de travail. Comme si elle était habituée à frayer avec des cambrioleurs à longueur de temps. Tout ce qu'elle voulait, c'était qu'il quitte la pièce afin de pouvoir réfléchir aux options qui s'offraient à elle.

— Donnez-moi votre passe, sinon je vais être obligé de m'assurer autrement que vous ne puissiez sortir d'ici.

Il tira sur les cordons électriques.

— C'est un peu primitif, comme méthode, je sais, et je vous présente par avance toutes mes excuses, mais votre irruption dans mon programme m'y oblige, et je n'ai pas d'autre solution sous la main pour l'instant.

Sa voix, son sourire, tout était si séduisant. Et ses yeux ! Est-ce qu'un vulgaire cambrioleur était censé avoir de si beaux yeux ? Et un corps qui incitait au péché ?

Cesse de te laisser charmer ! Cet homme veut voler quelque chose dans ton hôtel ! Réfléchis !

Voyons… pour contrer ces accusations d'effraction dans sa chambre, accusations hélas parfaitement fondées, la seule solution serait que quelqu'un réussisse à faire échouer sa mission, et épargne à l'hôtel les désagréments d'un cambriolage, puis du procès dans lequel le client dévalisé ne manquerait pas de les entraîner. Sans parler du scandale dans les médias que ce fait divers déclencherait.

Dire qu'elle avait commencé la matinée avec un mal de tête causé par ses longues heures de travail nocturne, le manque de sommeil et l'abus d'alcool, ainsi que les soucis qu'elle se faisait à propos de l'avenir de Delia. Maintenant, c'était pire. Elle venait d'être entraînée dans le pire des scénarios par le plus séduisant des hommes. Il était hors de question qu'elle le laisse s'emparer de son badge.

— Vous disiez que nous serions à égalité, dit-elle.

— J'ai dit cela ?

Il esquissa un petit sourire amusé, une lueur taquine brillant dans ses yeux. Bon sang ! Pourquoi était-il aussi sexy ?

— Plus ou moins, répondit-elle. Or, vu la façon dont les choses se déroulent, je pense que ma carrière est en danger.

Elle leva les mains devant elle pour l'empêcher de protester.

— Je sais, c'est ma faute, mais mis à part le fait d'avoir envahi votre espace personnel sans y avoir été invitée, je n'ai commis aucun crime, ni blessé personne. Cependant, il est clair que si vous prévenez mes supérieurs, je serai fichue. C'est seulement pour cette raison que j'accepte de vous aider. D'ailleurs, je le ferais même si vous n'aviez pas braqué un pistolet sur moi, bien que ce soit impressionnant, je l'avoue. Je tiens à préserver mon travail, ma réputation, et de plus, même si je cherchais à m'enfuir, vous savez où je travaille, et vous pourriez me retrouver très facilement. Or, nous savons tous deux que vous êtes armé et dangereux.

Elle baissa les yeux sur les cordons et frémit malgré elle. Qu'éprouverait-elle en sentant ses mains sur elle ? Mon Dieu, elle était pathétique ! Si elle sortait d'ici vivante, elle s'offrirait illico une aventure avec le premier homme venu. Parce qu'à l'évidence, fantasmer sur un inconnu qui l'avait menacée d'une arme et s'apprêtait maintenant à la ligoter ne pouvait signifier qu'une chose.

Le manque de sexe l'avait rendue complètement folle.

— Inutile de commander un petit déjeuner pour moi, dit-elle.

De toute façon, elle aurait été incapable d'avaler quoi que ce soit.

— Mieux vaut qu'aucun employé ne remarque ma présence ici.

— Un bon point pour vous. Vous êtes vraiment stupéfiante, Sophie.

— Pourquoi ?

— Parce que vous ressemblez à un ange, et pourtant, vous n'hésitez pas à négocier avec un voleur présumé.

— J'essaie juste de protéger mon travail, et mon avenir.

Ainsi, il trouvait qu'elle ressemblait à un ange ? Décidément, elle était encore plus pitoyable qu'elle ne le croyait. Elle essayait de se comporter en femme fatale, comme les héroïnes de James Bond, et il ne voyait en elle qu'un… ange ?

— Peut-être auriez-vous dû réfléchir un peu plus à votre avenir avant d'entrer dans une chambre sans y être invitée. Désolé, mais vous représentez un risque que je ne peux pas prendre.

— Mais…

— Pour l'instant vous gardez votre badge, et moi, je vous garde ici. Serrez les mains !

— Qu'est-ce qui vous empêchera de me voler mon badge une fois que vous m'aurez ligotée ? protesta-t-elle. Je croyais que nous devions nous faire confiance ?

— Mais c'est vous qui avez raison.

— Pas de confiance entre voleurs, c'est cela ?

— Ce serait plutôt imprudent, à mon avis, mais à dire vrai, je n'en sais rien. J'opère seul.

— Donc, vous reconnaissez être un voleur.

— Je suis un spécialiste de la récupération d'objets perdus.

— Très malin, mais cela revient au même, non ?

— En tout cas, c'est la vérité.

Il s'agenouilla si vite devant elle qu'elle n'eut pas le temps de réagir avant qu'il ne soit trop tard. Il se plaqua contre ses genoux, l'empêchant de bouger, et lui saisit les mains, puis il noua les cordons autour de ses poignets, les serrant juste assez pour qu'elle ne puisse se libérer. Une fois cela fait, il lui ligota les chevilles, puis attacha le reste de la corde aux pieds de la chaise.

Elle tenta de se débattre, mais ses pieds étaient fixés à la chaise. Elle voulut le frapper avec ses deux mains liées, mais il lui saisit le poignet, interrompant son geste.

— Calmez-vous ! dit-il en attrapant la corde qui liait ses poignets, puis en plaçant ses mains liées entre ses genoux avant d'attacher le reste de la corde à ses chevilles.

Puis il se releva, et disparut dans la salle de bains d'où il sortit quelques instants plus tard avec ce qui semblait être la ceinture du peignoir de l'hôtel.

Elle le regarda d'un air inquiet.

— Qu'allez-vous faire de plus ? Je suis ligotée de toute part, je ne vois vraiment pas comment je pourrais m'enfuir.

— Il vous reste une arme à disposition, dit-il en passant derrière elle.

Elle tourna la tête. Qu'allait-il lui faire subir, à présent ?

— Je suis désolé, mais je ne peux pas me permettre le risque que vous vous mettiez à crier pour appeler à l'aide.

Par chance, il opéra avec douceur et ne serra pas le bandeau trop fort, juste assez pour s'assurer qu'elle ne puisse crier.

Il repassa devant elle et elle lui lança un regard furieux.

— Je suis désolé pour tout cela, répéta-t-il. Néanmoins, je vous laisse votre badge. De toute façon, je ne vous abandonne pas très longtemps.

Il disparut de nouveau dans la salle de bains, et quelques instants plus tard elle entendit couler l'eau de la douche.

Ce type était dingue, ou quoi ? Il venait de la ligoter comme une dinde de Noël et à présent il prenait tranquillement une douche ? Bon sang ! Pourquoi avait-elle écouté Delia ? A sa décharge, il fallait reconnaître que Delia était à moitié hystérique lorsqu'elle avait fait sa requête, et après tout, à quoi servent les amies ?

Hélas, en voulant aider Delia, elle avait mis sa carrière en danger, dans l'unique but de récupérer ce maudit téléphone portable et de permettre à ce crétin d'Adam d'appeler Delia à l'aube.

D'ailleurs, sans doute avait-il déjà téléphoné, comme chaque matin ! Pourquoi aurait-il modifié ses habitudes ? Le fameux Daniel Templeton, où qu'il se trouvât, avait-il répondu au téléphone ? Dire qu'à ce moment même, tout était peut-être déjà en train d'aller à vau-l'eau. Le mariage du siècle était peut-être déjà annulé, le traiteur et le fleuriste en train de se lamenter sur les commandes résiliées, et la presse s'apprêtant à ébruiter le scandale. Et où se trouvait-elle alors que sa meilleure amie avait besoin d'elle ? Ligotée à une chaise dans une chambre d'hôtel, un cambrioleur des plus sexy en train de prendre sa douche dans la pièce juste à côté.

D'ailleurs, à quoi pouvait ressembler ce séduisant cambrioleur nu et couvert de savon ?

Elle poussa un soupir. Décidément, elle était de plus en plus pathétique. Au diable cet homme !

Elle eut un sursaut de surprise lorsqu'il ouvrit la porte de la salle de bains et en émergea dans un nuage de buée, une simple serviette nouée autour des hanches, ses mèches brunes bouclant dans son cou.

— Désolé pour tout cela, dit-il en se dirigeant vers le placard d'où il sortit des vêtements avant de retourner dans la salle de bains.

— Ne vous dérangez pas pour moi, marmonna-t-elle à travers son bâillon.

Pourquoi avait-elle remarqué qu'il s'était rasé ? Elle avait trouvé son ombre de barbe sexy, mais à présent il était à tomber.

Elle ferma les yeux, se contraignant à respirer calmement. Sérieusement, dès qu'elle sortirait d'ici, elle s'offrirait une aventure torride. Enfin, ce serait sa seconde préoccupation, la première serait de trouver un nouveau poste. Parce qu'avec tout ce qui était en train de se passer, plus aucun hôtel au monde ne voudrait l'engager. Nul doute que la famille Wingate y veillerait.

Dire qu'elle avait toujours rêvé de diriger un hôtel ! Elle avait fait les études adéquates, bûché comme une folle, obtenu ses diplômes ; elle avait travaillé dur et mis de l'argent de côté pour être capable un jour d'ouvrir son propre hôtel. Cela faisait sept mois qu'elle était directrice de nuit pour l'hôtel Wingate de Chicago. Oui, sa carrière était sur la bonne voie et elle n'avait plus qu'à grimper les échelons pour arriver là où elle désirait.

Jusqu'à ce matin, en tout cas.

Il fallait qu'elle sorte de cette pièce ! Sa vie était en danger et son plan de carrière ne valait pas mieux. Si elle parvenait à quitter cette chambre, peut-être pourrait-elle sauver son emploi. Ou au moins prendre un nouveau départ. Devait-elle accéder aux demandes de cet homme ? La laisserait-il partir, ensuite ? Il n'allait tout de même pas ajouter un crime à ses forfaits ? Pourtant, il n'avait eu aucun scrupule à la ligoter. Et puis, il y avait ce revolver…

Il sortit de nouveau de la salle de bains. Mon Dieu ! Il était encore plus beau habillé ! Il portait un pantalon noir, des souliers en cuir, une chemise blanche qui semblait avoir été coupée sur mesure pour ses larges épaules, et une cravate dans des tons chamarrés de vert sombre, vieil or et noir. Ses cheveux, coiffés en arrière, bouclaient par-dessus le col de sa chemise.

Semblant lire dans ses pensées, il lui décocha un large sourire.

— Je serai bientôt de retour, dit-il avant de se diriger vers l'armoire où il prit une veste.

Elle n'avait pas remarqué son arme. Où l'avait-il cachée ? Dans sa chaussette ? Oh, mon Dieu ! Elle devait absolument cesser de regarder les rediffusions de vieilles séries policières à la télévision !

Il enfila sa veste, puis s'empara d'une petite boîte noire dans le tiroir de la table de nuit et la glissa dans sa poche.

— Soyez sage, dit-il, poussant la délicatesse jusqu'à avoir l'air un peu embarrassé.

Elle lui jeta un nouveau regard furieux et le maudit à travers son bâillon, mais il demeura imperturbable. Allait-il s'approcher d'elle pour s'emparer de son badge ?

A sa grande surprise, il quitta la pièce, et quelques instants plus tard elle entendit la porte d'entrée se refermer d'un clic. Nul doute qu'il avait accroché la pancarte « Ne pas déranger » à la poignée. Inutile d'attendre que la femme de ménage vienne la délivrer !

Ce ne fut que lorsqu'elle se retrouva complètement seule qu'elle commença à paniquer. Pourtant, ce n'était pas le moment. Son ravisseur était parti, il était désormais temps de se concentrer. Qu'aurait fait Mac Giver à sa place ?

Elle regarda autour d'elle, essayant de découvrir un objet, n'importe lequel, qui serait suffisamment aiguisé pour couper ses liens. Mais comment se déplacer en étant ligotée ainsi ? Parviendrait-elle à déplacer la chaise dans la chambre ?

Et si elle se penchait pour essayer de défaire ses liens ? Hélas, à peine eut-elle commencé à bouger que la chaise faillit basculer en avant. Si elle continuait, elle allait se retrouver par terre ! Mieux valait chercher une autre solution.

Bingo ! Son ravisseur s'était rasé ! Ce qui signifiait qu'il devait avoir un rasoir dans la salle de bains. Peut-être pourrait-elle parvenir jusque-là ? Il y avait une table basse sur le chemin, et elle devrait manœuvrer autour du pied du lit, mais ça en valait la peine.

Elle tenta de déplacer la chaise avec précaution, centimètre par centimètre. Etant donné la façon dont il lui avait ligoté les pieds, seuls ses orteils touchaient le sol. Ce n'était pas fabuleux en termes d'équilibre, mais si elle poussait sur ses pieds tout en soulevant ses fesses du siège, elle parvenait à bouger un peu la chaise. Le seul problème était qu'elle n'avait aucun contrôle sur la direction. Décidément, c'était beaucoup plus facile dans les films !

Elle ne devait pourtant pas se décourager. Son ravisseur

l'avait prévenue qu'il reviendrait bientôt, mais elle n'avait aucune idée du laps de temps que cela impliquait.

Elle se tortilla comme elle put et parvint à faire avancer la chaise de quelques centimètres en direction du pied du lit. Magnifique ! A ce rythme-là, elle y serait encore le lendemain.

Elle commençait à transpirer, à la fois à cause des efforts et de la peur qui s'emparait d'elle. Soudain, elle eut une idée. Il lui fallait quelque chose de glissant pour l'aider à se libérer de ses liens. Son ravisseur avait pris une douche. Qui sait, peut-être utilisait-il du savon liquide ? De toute façon, elle trouverait le nécessaire dans la salle de bains. Du savon ou du shampooing, l'un ou l'autre ferait l'affaire.

Mais comment aller jusque-là en étant ligotée de la sorte ?

Quoi qu'il en fût, elle n'allait pas rester assise là à attendre.

Redoublant d'efforts, elle parvint à avancer encore un peu, jusqu'au moment où la chaise se prit dans les pieds du lit et commença à pencher dangereusement en avant. Par chance, elle réussit à la redresser en se penchant en arrière, mais hélas, la chaise partit dans l'autre sens, et cette fois, elle ne put la retenir. Heureusement, le lit interrompit sa chute, l'empêchant de se blesser.

A présent, elle se trouvait donc complètement penchée en arrière, comme dans un fauteuil à bascule, ses pieds ne touchant plus le sol.

Quelle idiote ! Ce n'était pas la peine d'avoir regardé autant d'épisodes de Mac Giver pour finir ainsi !

Elle tenta de basculer avec précaution sur les deux pieds arrière de la chaise, les deux seuls qui touchaient le sol, mais ne parvint qu'à les faire glisser un peu plus. Si elle continuait ainsi, elle risquait une bonne chute !

Que faire à présent ?

Ce fut dans cette position que Silas la trouva lorsqu'il revint dans la chambre. Il s'approcha d'elle, et la contempla.

— Comment êtes-vous parvenue à vous mettre dans cette position ? demanda-t-il d'un ton amusé.

Elle le fusilla du regard. Comme elle aurait aimé lui faire ravaler son sourire !

Il se pencha et redressa la chaise. Son corps était si près du sien qu'elle ne put s'empêcher de respirer le parfum viril qui émanait de lui.

— Vous êtes plutôt tenace, dit-il. Dommage que nous ne soyons pas dans le même camp. Bon, je vais vous retirer votre bâillon, mais je vous demande de ne pas crier. Sinon, je vous le remets tout de suite.

Elle était si contente de ne plus avoir cette ceinture sur la bouche qu'elle obéit, se contentant de remuer la mâchoire pour la décontracter.

— Merci, dit-elle, alors qu'il se tenait devant elle, au pied du lit.

Au moins avait-il la décence de paraître légèrement coupable. Enfin, aussi coupable qu'un cambrioleur pouvait l'être.

— Pourriez-vous me détacher, à présent ?

— Désolé, mais les enjeux sont trop importants pour que je prenne un tel risque. D'ailleurs, il faut que nous parlions.

Elle se figea. Il avait l'air sombre tout à coup. Avait-il finalement décidé qu'elle était trop encombrante ? Qu'allait-il faire d'elle ?

Il n'avait pas ressorti son arme, ce qui était plutôt bon signe. Mais qui sait, peut-être s'était-il plaint au service de sécurité qu'elle était entrée chez lui par effraction ? Peut-être les vigiles étaient-ils déjà en route pour la mettre à la porte de l'hôtel ?

— Je suis certaine que nous allons pouvoir trouver un arrangement, dit-elle d'une voix tremblante.

— Oh, oui, je crois avoir trouvé une solution à mon problème. Et peut-être même au vôtre, finalement. En fait, je vais avoir besoin d'une partenaire pour mener ma mission à bien. Si tout se passe comme je l'espère, nous finirons peut-être tous les deux par être ravis de nous être rencontrés.

# Chapitre 4

Sophie n'eut pas l'air particulièrement stupéfaite. Elle se contenta d'agiter les doigts.

— Je serais une partenaire bien plus efficace si j'avais les mains libres.

— Nous nous occuperons de cela plus tard.

Elle était adorable, mais il refusait de sentir coupable. Après tout, c'était elle qui s'était jetée dans la gueule du loup.

— Allez-vous enfin me dire ce que vous attendez de moi ? demanda-t-elle. J'ai déjà fichu ma carrière en l'air, vous voudriez maintenant que je risque la prison ?

— Vous n'avez rien fait fichu en l'air. En tout cas, pas encore. Aidez-moi à obtenir ce que je cherche, je partirai d'ici, et vous, vous pourrez retourner à votre travail. Vous aurez accompli une bonne action, et vous n'aurez plus à vous reprocher d'avoir forcé ma porte.

— Je n'ai rien forcé du tout, je suis entrée avec mon badge, et ce, justement dans l'intention de commettre une bonne action. Et regardez où cela m'a menée !

Sa tirade bravache s'arrêta aussitôt, et elle baissa les yeux sur ses mains ligotées. De la part d'une autre personne, il aurait pensé que c'était une tentative pour le déstabiliser, mais, même s'il la connaissait peu, il savait que ce n'était pas son style.

— Qu'est-ce qu'il y a ? demanda-t-il.

Elle ne répondit rien.

— Sophie ? insista-t-il.

Elle prit un long moment avant de lui répondre, poussa un soupir puis releva les yeux vers lui.

— Je sais que tout cela n'a aucune importance pour vous, mais je me fais du souci pour Delia. C'est l'amie dont je suis censée retrouver le téléphone, et à l'heure actuelle, le ciel a dû lui tomber sur la tête.

Il était incapable de détourner le regard.

Déjà, il l'avait trouvée adorable, mais quand elle s'inquiétait pour un proche, elle était tout simplement irrésistible. Pourtant, elle avait raison, il ne pouvait se permettre de se faire du souci pour elle.

— D'après ce que vous m'avez raconté, c'est sans doute aussi bien que vous n'ayez encore rien pu faire pour votre amie.

— Qu'est-ce que vous voulez dire ?

— Que votre amie va être forcée de faire face à ses problèmes, ce qui ne sera peut-être pas une mauvaise chose pour elle.

— Mais vous ne prenez pas toutes les données du problème en compte. Comme je vous l'ai dit, son fiancé est Adam Wingate. La réception aura lieu à la fin de la semaine, ce qui signifie que l'hôtel va grouiller de gens de tous horizons, des vigiles, des employés du traiteur ou du fleuriste, enfin tous ceux chargés d'organiser ce qui est considéré comme l'événement de l'année.

Il fronça les sourcils. Tout ça allait compliquer son plan.

— Ce n'est peut-être pas une si mauvaise chose que cela, après tout. Nous pourrons peut-être profiter de cette frénésie.

Elle fronça les sourcils à son tour.

— Comment cela ? Vous m'avez déjà fait remarquer que j'étais une piètre menteuse, alors, si vous continuez à me retenir ici, je ne vois pas comment je pourrais faire croire à mes collègues, et encore moins à ma meilleure amie, qu'il ne m'est rien arrivé de spécial. Et je ne peux pas me mettre à fouiller dans tout l'hôtel sans que l'on me remarque.

— Ça n'a aucune importance.

— Mais vous disiez que vous aviez besoin d'une complice.

— J'ai parlé d'une partenaire. Une partenaire… très efficace.

— Ce n'est pas parce que vous m'avez surprise à retourner les coussins de votre chambre que je vais me rendre dans la chambre d'un autre client et…

Elle s'empourpra.

— Je croyais vous avoir fait clairement comprendre que je n'étais pas une…

— Croyez-moi, c'est bien la dernière chose que je vous demanderais.

Elle eut l'air offensée.

— J'espère bien ! Je suis loin d'être spécialiste en la matière. J'aurais du mal à séduire un inconnu !

Pardon ? Décidément, elle n'avait aucune idée de son pouvoir de séduction. Ses grands yeux innocents et ses lèvres sensuelles lui donnaient pourtant un air si sexy !

— Faites-moi confiance, vous avez à votre disposition des armes dont vous n'avez même pas conscience !

Elle le fixa, bouche bée, et ils restèrent un moment à se dévisager ainsi en silence.

Pourquoi avait-elle un tel effet sur lui ? Il fallait qu'il se ressaisisse, et qu'il se concentre sur son but.

La *Shay*, et non Sophie Maplethorpe.

Même si, à sa façon, Sophie semblait beaucoup plus précieuse que le joyau sans prix qu'il devait retrouver.

— Je suis censée vous remercier, j'imagine ? dit-elle.

— Oui, c'était un compliment, mais j'aurais peut-être mieux fait de le garder pour moi.

— Vous êtes peut-être un malfaiteur de haut vol, mais je suis certaine que vous n'avez rien d'impitoyable.

— Je ne sais pas ce qu'il vous faut ! Je vous ai menacée d'une arme, ligotée et bâillonnée.

— Mais on lit de la bonté dans vos yeux.

Sa remarque aurait dû le faire rire, mais il se contenta de la contempler, interdit. Sophie Maplethorpe. Si innocente, et pourtant capable de voir au-delà des apparences. Innocente, peut-être, mais dangereuse aussi.

Il se passa une main dans les cheveux et se força à s'asseoir au bord du lit, ses genoux effleurant les siens. Pourquoi lui faisait-elle autant d'effet ? Pendant un moment, il ne put s'empêcher de l'imaginer ligotée sur le lit plutôt que sur une chaise.

Il ferait mieux de revenir à la réalité !

— Il faut que nous discutions de notre plan, dit-il d'une voix rauque. Parlez-moi de votre badge. Quelles en sont les limites ? Le chef de la sécurité peut-il savoir où il a été utilisé ?

— Non, le passe ne le permet pas. Où voulez-vous que je m'en serve ?

— Ce n'est pas vous qui vous en servirez, mais moi. J'ai d'autres projets pour vous.

— Lesquels ?

— J'ai besoin que vous m'expliquiez comment fonctionne le système de sécurité de l'hôtel. Ensuite, je vous emprunterai votre badge, et…

— Mais je croyais que vous attendiez autre chose de moi que des informations !

Simon ferma les yeux un bref instant. Pourquoi se sentait-il en permanence mis à nu en sa présence ?

— Effectivement, à un moment j'ai pensé que je mènerai ma mission plus vite à son terme si vous m'accompagniez, mais vous avez fini par me convaincre du contraire.

— Pourquoi ? Parce que je suis contrariante et peu douée pour mentir ?

— En partie, oui.

Elle se renfrogna et il retint un sourire. Pourtant tous deux savaient qu'il avait raison.

— Et aussi, poursuivit-il, parce que, comme vous me l'avez spécifié, vous devez vous occuper d'un événement d'importance qui aura lieu ici. Je préfère ne prendre aucun risque.

— Eh bien, avec mon badge, vous ne craignez pas grand-chose, mis à part de vous faire prendre.

— Ce qui est une bonne raison pour vous garder ligotée ici. Si jamais je me fais attraper, on finira par vous trouver ici, et il sera évident pour tout le monde que vous étiez ma victime.

— Si vous vous faites prendre, je suis absolument certaine que vous ne direz à la police que ce qui pourra vous aider à sauver votre peau. Pourquoi devrais-je vous faire confiance une seule seconde ?

Il lui sourit.

— Peut-être parce qu'on lit de la bonté dans mes yeux ?

Avant de comprendre ce qui lui arrivait, elle éclata d'un rire sonore, totalement spontané, l'entraînant dans son hilarité. Puis ils restèrent tous deux à se contempler en souriant, encore et encore.

Lequel se pencha en premier vers l'autre ?

Ils étaient attirés, comme deux aimants, par une force qui les dépassait et contre laquelle ils ne pouvaient rien. Le temps sembla s'arrêter.

Il avait volé la *Shay* à Guinn MacRanald pour la remettre à Langston Tolliver, pensant que ce dernier en était le propriétaire légitime, comme tous les documents qu'il lui avait montrés semblaient le prouver.

Aujourd'hui il savait, conformément à ce que son instinct lui avait indiqué il y avait déjà bien longtemps, qu'il avait volé le joyau à son véritable propriétaire, privant Guinn d'un héritage qui lui venait de ses lointains ancêtres, un héritage que Tolliver désirait anéantir.

Il aurait dû faire des recherches, ou au moins suivre sa première intuition, mais à l'époque il avait pensé que tout cela n'était pas nécessaire, vu les documents apparemment authentiques que Tolliver avait produits.

Hélas, ses soupçons s'étaient révélés fondés, et il s'était rendu compte qu'il avait été victime d'un escroc.

Il avait fait le voyage pour réparer son erreur, pas pour

tomber amoureux d'une ravissante Américaine qui ne ferait que le distraire et saboter son plan. Tolliver était venu à Chicago pour exhiber son joyau à la face du monde, et à celle de Guinn, mais d'ici peu, l'émeraude serait placée en un lieu secret, et ne serait plus jamais exposée en public.

Le temps pressait.

Récupérer ce joyau était sa priorité absolue, la moindre aventure avec Sophie était exclue, il devait en bannir totalement l'idée.

A la dernière seconde, alors qu'il sentait déjà son souffle sur ses lèvres, il poussa un soupir, se leva et, pour s'éloigner du lit, se dirigea vers la fenêtre. A cette distance, au moins, Sophie ne pourrait pas remarquer à quel point il était excité. Il regarda un instant au-dehors, se demandant s'il devait lui avouer la vérité complète sur sa présence à l'hôtel.

Il fit quelques pas dans la pièce tandis qu'elle restait silencieuse. Elle était vraiment stupéfiante. Parfois, elle était si nerveuse qu'elle ne pouvait s'empêcher de babiller, alors qu'à d'autres moments elle était capable de rester tout à fait calme.

Comme si elle le connaissait.

Comme si elle comprenait qu'il avait besoin de silence pour réfléchir, et ainsi obtenir ce qu'elle voulait de lui.

Il finit par retourner s'asseoir au bord du dit.

— D'accord, je vais tout vous expliquer.

Elle écarquilla ses grands yeux de biche, et esquissa une légère moue.

Pourquoi ne pouvait-il s'empêcher de contempler ses lèvres sensuelles ?

— Il y a quelque chose, ici, dans cet hôtel, qui appartient à une autre personne que celle qui l'a en sa possession.

— Quel genre de chose ?

— Ce n'est pas important.

— Ça l'est, si je dois vous aider à la récupérer.

— Sophie…

— D'accord, d'accord. Pourquoi ne pas me détacher ?

Je vous promets de ne pas crier et de ne rien tenter d'inconsidéré pendant que vous m'expliquerez votre histoire. Et si je me souviens bien, vous aviez proposé de me commander à manger…

— Très bien, je vais vous détacher, mais juste le temps que nous prenions le petit déjeuner.

— Vous ne me faites pas confiance ?

— Pas plus que vous n'auriez confiance en moi si la situation était inversée, répondit-il en se levant et en se dirigeant vers le téléphone intérieur.

# Chapitre 5

Quelques instants plus tard, Sophie eut la joie de voir Silas revenir dans la chambre avec un plateau comportant des œufs brouillés, des croissants et du jus d'orange. Il lui avait détaché les mains, et elle allait pouvoir se régaler. Cependant, elle avait beau être affamée à présent, elle avait du mal à ignorer l'homme à côté d'elle.

Apparemment, il la désirait autant qu'elle le désirait. Durant un bref moment, elle avait même cru qu'il allait l'embrasser. Oh ! Comme elle aurait voulu ce baiser !

Et comme elle le souhaitait encore !

Bon, mieux valait se concentrer sur le présent que de se laisser envahir par les fantasmes.

Elle piqua sa fourchette dans ses œufs.

— Alors, dit-elle en gardant l'air détaché, vous alliez me parler de votre mission.

— Vraiment ?

— Oui. Racontez-moi, comment en êtes-vous venu à… retrouver des objets ?

— Vous voulez savoir si j'ai commencé comme Oliver Twist, en jouant les pickpockets, et si j'ai réussi à transformer mes mauvais penchants en une profession légale en me faisant recruter par une vénérable institution dont je serais devenu l'un des plus brillants éléments, et si c'est pour cette raison que je me retrouve, aujourd'hui, assis en face de vous dans cette chambre d'hôtel, tel un noble héros prêt à sauver les opprimés ?

— Eh bien ! s'exclama-t-elle après l'avoir fixé un moment, le temps d'avaler une bouchée.

— C'est exactement comme cela que j'ai commencé.

Ne sachant si elle devait le croire, elle saisit le pot de confiture de fraises, et se bagarra un instant avec le couvercle.

Il tendit la main, et s'empara du pot, effleurant ses doigts au passage et provoquant une sensation d'une douceur inouïe !

Il ouvrit le bocal, et le lui tendit, puis reporta son attention sur ses œufs, qu'il savoura à petites bouchées, tout en buvant des gorgées de thé et en lisant le journal.

N'importe quel spectateur aurait pu les prendre pour un couple officiel dégustant le petit déjeuner. Evidemment, le spectateur en question aurait pu se demander pourquoi la femme avait les chevilles ligotées à la chaise.

— Avez-vous déjà été arrêté ? demanda-t-elle en se régalant de son dernier morceau de croissant.

Il posa le journal à côté de son assiette.

— Vous voulez dire durant ma longue carrière de criminel ? Non, j'ai toujours réussi à éviter la prison.

— C'est bon à savoir, dit-elle en posant à regret ses couverts.

Pourquoi était-elle aussi affamée, ce matin ?

Elle avait entendu dire que, placés en situation extrême, la plupart des gens étaient confrontés à toutes sortes d'émotions inhabituelles, comme l'envie de faire l'amour avec un partenaire qu'ils n'auraient même pas regardé en temps ordinaire. Peut-être que chez elle la peur s'exprimait par un appétit accru.

Elle jeta un coup d'œil à Silas.

Non, davantage que son appétit, c'était bien l'envie de coucher avec lui qui la taraudait. Quoique, à dire vrai, elle n'aurait probablement pas eu besoin de se trouver dans une situation aussi délicate pour avoir envie de lui.

Il leva les yeux et remarqua qu'elle le fixait, mais ne

détourna pas le regard. Il resta sans mot dire, retenant son souffle, et elle fit de même. Au bout de quelques instants, elle frémit. Que ressentirait-elle si, au lieu de simplement l'effleurer comme tout à l'heure, il la caressait ?

Elle détourna aussitôt les yeux. Comme elle aurait aimé pouvoir mettre un peu de distance entre eux. Hélas, ligotée comme elle l'était, c'était plutôt difficile.

Elle vit son expression s'adoucir, et durant quelques secondes, ils partagèrent un instant d'intimité.

A la façon dont il la regardait, on aurait cru qu'il était sur le point de la dévorer. Elle en était ravie, alors qu'elle aurait dû en être terrifiée. Bon sang, elle était tout de même ligotée sur une chaise ! Silas était le dernier homme sur lequel elle aurait dû fantasmer !

Soudain, le portable de Silas sonna, la faisant sursauter.

L'instant magique se brisa, et Silas se leva pour répondre. Qui pouvait l'appeler ?

Il prononça à peine quelques mots. Tout à coup, elle songea au monde extérieur. Que faisait Delia en ce moment ? Adam était-il parvenu à la joindre ? Ses collègues avaient-ils remarqué son absence ? Bien sûr que non. A cette heure-ci, tout le monde devait penser qu'elle était chez elle en train de dormir tranquillement.

Oh, si seulement ce pouvait être le cas !

Elle posa sa serviette et poussa un soupir. Il fallait qu'elle cesse de penser au désir qu'elle éprouvait pour Silas. Elle devait mettre un plan au point pour sortir de la pièce.

Elle jeta un coup d'œil au lit.

Non, ça, c'était une très mauvaise idée ! Inutile de chercher à le séduire. De toute façon, sexy comme il était, il devait avoir l'habitude d'entretenir des liaisons avec des femmes beaucoup plus sophistiquées qu'elle.

Il raccrocha, et elle se maudit. Quelle idiote ! Durant tout le temps qu'avait duré sa conversation, il s'était tenu loin de la porte, lui tournant le dos, alors qu'elle avait les mains libres !

Dire qu'elle aurait pu détacher les liens qui lui entravaient les chevilles ! Certes, il avait attaché les cordons derrière elle, au barreau de la chaise, mais elle aurait certainement pu se libérer avec son couteau, voire même sa fourchette.

Au lieu de cela, elle était restée là comme une andouille à fantasmer sur lui !

Lorsqu'il se rassit en face d'elle, elle remarqua aussitôt son air sombre. Maintenant que le petit déjeuner était terminé, allait-il de nouveau la ligoter ? Cela réduirait de beaucoup ses perspectives d'évasion.

— La bonne nouvelle, dit Silas, c'est que je n'aurai pas besoin de votre aide pour ouvrir le coffre.

Elle blêmit. Jusqu'à présent, toute cette situation avait semblé irréelle. A présent qu'il évoquait l'ouverture du coffre de l'hôtel, le danger se faisait beaucoup plus concret.

— C'est bon à savoir, bredouilla-t-elle. De toute façon, je croyais que vous vouliez pénétrer dans une chambre ?

— Quand je vous ai dit cela, je n'étais pas sûr à cent pour cent de l'endroit où se trouvait l'objet que je veux récupérer.

— Maintenant, vous le savez.

— Oui, pratiquement. Je vais avoir besoin de votre badge.

— D'accord.

— D'accord ?

— Oui, finalement, je ne veux rien savoir de vos… affaires. Tout ce qui m'importe, c'est de rentrer chez moi, de pouvoir dormir, de savoir si le mariage de Delia a toujours lieu, puis de retourner à mon travail.

Il la regarda avec une intensité telle qu'elle frémit de nouveau.

— J'aimerais que tout soit aussi simple, Sophie.

— Mais tout est très simple ! J'aurais un blâme pour avoir perdu ma carte magnétique, et je perdrai peut-être même mon emploi, surtout si mon badge est utilisé pour un cambriolage. Mais moins j'en saurais, mieux ce sera. Qui sait, je pourrais peut-être éviter la prison !

Il lui sourit.

— Ne vous inquiétez pas, si tout se déroule comme prévu, aucun de nous deux ne finira en prison.

— Eh bien, vous m'en voyez soulagée !

— En tout cas, je vais avoir besoin de votre aide.

— Prenez mon badge, et terminons-en !

— Sophie…

Il avait parlé d'une voix très douce, et elle releva les yeux vers lui.

— Qu'est-ce qu'il y a ?

— J'ai besoin que ce soit vous qui pénétriez dans la chambre. Je ne peux pas y aller.

— Pourquoi ?

— Je ne peux pas être vu entrant ou sortant de cette chambre. Il faudra que vous agissiez dans le plus grand silence, déclara-t-il, comme si tout était déjà décidé.

— Qui se soucie que je sois silencieuse ? Ce n'est pas comme s'il y avait quelqu'un…

Elle s'interrompit, et resta un instant bouche bée.

— Non, c'est hors de question ! reprit-elle. Vous savez pertinemment que je ne suis pas douée pour fouiller les chambres occupées.

— Vous n'aurez qu'à vous faire passer pour la femme de chambre. Je suis sûr que nous pouvons vous trouver un uniforme.

Elle faillit répliquer qu'elle refusait, quand soudain elle se rendit compte que, pour récupérer un uniforme de femme de chambre elle devrait sortir d'ici et se rendre à la lingerie. Là elle trouverait de l'aide.

Même s'il l'accompagnait, il y aurait bien un moment ou un autre où elle pourrait s'enfuir. C'était risqué, certes, mais rester attachée dans cette chambre ne ferait que la conduire en prison.

Voire pire.

— Ça semble une bonne idée, dit-elle, mais pourquoi ne pas attendre que l'occupant de la chambre s'absente, puis y pénétrer vous-même ?

— Parce que ce que je cherche ne se trouvera pas dans la chambre s'il n'y a personne dedans.

— Oh !

Elle fronça les sourcils.

— Qu'avez-vous exactement l'intention de voler ?

Elle leva une main devant elle avant qu'il ne réplique.

— Je suis désolée, je voulais dire « retrouver ».

— Je n'aurais pas besoin de votre aide avant ce soir, dit-il, ignorant sa question, et je sais que vous avez travaillé toute la nuit dernière. Vous devez être épuisée. Je vous en prie, n'hésitez pas à vous allonger sur le lit.

Visiblement, le fait qu'elle s'allonge sur le lit où il venait de dormir n'avait pas l'air de l'émoustiller plus que cela.

— Je dois aussi travailler ce soir, répondit-elle.

— Vous allez devoir prévenir que vous serez absente. Croyez-moi, si je pouvais résoudre mon problème plus tôt et nous libérer tous les deux, je le ferais.

Ainsi, il aurait aimé se débarrasser d'elle au plus vite. A l'évidence, elle s'était méprise sur ce qu'elle avait cru lire dans ses yeux, un peu plus tôt. Ce n'était peut-être pas plus mal, après tout, mais enfin, c'était tout de même légèrement offensant.

— Tout sera terminé ce soir, poursuivit-il. Nous aurons tous les deux obtenu ce que nous désirons, et nous n'aurons plus jamais à nous revoir.

De mieux en mieux !

— Qu'attendez-vous exactement de moi ? Je croyais que vous vouliez seulement que je vous aide à entrer, or à présent j'ai l'impression que vous voudriez que ce soit moi qui vole cet objet.

— Qui le récupère.

— Je suis sûre que les policiers seront sensibles à cette nuance lorsqu'ils m'arrêteront. Quoi qu'il en soit, si je retrouve votre objet, je serai la seule et unique coupable du vol, alors que vous, vous n'aurez rien fait.

Il esquissa un sourire.

— Présenté comme cela, c'est plutôt amusant.

— Moi, ça ne m'amuse pas du tout !

— Désolé, mais je n'ai pas d'autres choix. Si cela peut vous rassurer, sachez que vous aurez accompli une bonne action, envers une personne qui la mérite, et là, je ne parle pas de moi.

— Dans ce cas, pourquoi refusez-vous de tout m'expliquer ? Si c'est une bonne action…

— Je croyais que vous ne vouliez rien savoir.

— Ça, c'était avant de comprendre que c'était moi qui allais tenir le premier rôle dans votre scénario. De toute façon, si vous ne m'expliquez rien, comment pourrais-je savoir ce que je dois récupérer ?

— C'est un vieil, très vieil étui en velours. Vous n'avez pas besoin d'en savoir plus. Je fais tout ce qui est en mon pouvoir pour que vous ne soyez pas plus impliquée que nécessaire.

— Ah ! Vous me pardonnerez, mais je ne m'étais pas rendu compte que vous cherchiez à me protéger ! rétorqua-t-elle d'un ton amer.

— Sophie…

Il fallait à tout prix qu'il cesse de prononcer son prénom. Cela créait une curieuse intimité entre eux.

— Qu'est-ce qui m'empêcherait de garder ce fameux objet ? Ou de prévenir l'occupant de la chambre que vous me forcez à agir contre ma volonté ?

Tout sourire disparut soudain de son visage.

— Vous ne feriez pas cela !

— Peut-être pas, si vous m'expliquez toute la situation.

— Cela ne ferait que vous mettre en danger.

— Ça ne peut pas être pire qu'en ce moment !

Il se pencha par-dessus la table, et approcha son visage du sien. Mais cette fois, elle en fut effrayée.

— Mon but est de récupérer l'objet que je suis venu chercher, de vous libérer, et de vous permettre de retrouver votre vie quotidienne, saine et sauve. Croyez-moi, la personne qui occupe la chambre en question n'a pas d'intentions aussi nobles que les miennes, et elle est beaucoup mieux équipée que moi pour vous faire du mal. Cet homme n'hésitera pas à s'en prendre à vous en cas de besoin. Ça, je peux vous l'assurer.

Cette fois, elle eut vraiment peur.

# Chapitre 6

Simon sentait son cœur tambouriner dans sa poitrine. Imaginer Sophie en présence de Tolliver ne lui disait rien de bon. Il n'avait aucune envie que quiconque soit blessé, mais ce n'était pas la seule raison. Sophie faisait naître en lui de curieux sentiments. Il avait envie de la protéger… et il la désirait.

D'ailleurs, si elle continuait à le regarder ainsi, puis à jeter de furtifs coups d'œil vers le lit, il ne répondait plus de lui.

Bon sang ! Il devait rester concentré sur ses objectifs ! Lorsqu'il s'était rendu dans le hall, un peu plus tôt, il avait réussi à garder la tête froide. Il avait joué de son charme et obtenu que la jeune employée de la réception lui révèle, sans même s'en apercevoir, si Tolliver avait déposé quelque chose dans le coffre de l'hôtel.

Il s'était fait passer pour une connaissance du vieil Anglais, ce qui n'était pas complètement faux, et avait plaisanté avec la jeune employée. L'air de rien, il lui avait demandé s'il restait de la place dans le coffre pour y loger les objets d'art qu'il prévoyait d'acheter durant son séjour, ou si les caisses contenant la collection de Tolliver, qui allait être exposée au musée durant le gala du week-end, avaient pris toute la place. Elle lui avait assuré qu'il pourrait loger tous les achats qu'il voudrait, et avait précisé que les caisses de Tolliver n'avaient pas dû arriver puisqu'il n'avait pour l'instant rien déposé dans le coffre.

Bien sûr, la cargaison de Tolliver était censée être livrée directement au musée, mais la jeune employée ne pouvait pas le savoir.

Mission accomplie.

Cela signifiait que le joyau était toujours en possession de Tolliver, ce qui n'avait rien de surprenant.

Cet homme ne faisait confiance à personne.

Pour l'instant, son informateur lui avait appris que Tolliver ne se trouvait pas dans sa chambre. Ce qui réduisait d'autant ses chances de retrouver l'émeraude. S'ils se croisaient et que Tolliver le remarquait, il comprendrait aussitôt pourquoi il se trouvait en ces lieux.

Par chance, il disposait d'un joker : Sophie. Il était impossible de la relier à lui, et Tolliver ne pourrait jamais la soupçonner de quoi que ce soit.

— Si j'ai bien compris, vous cherchez à récupérer ce vieil étui en velours pour rendre service à un ami ? demanda Sophie. Et la personne à laquelle vous comptez le subtiliser est… un traître, en quelque sorte. Est-ce que votre ami se rend compte jusqu'où tout cela peut vous mener ?

— A mon avis, pas plus que votre amie, lorsqu'elle vous a demandé de l'aider.

Elle lui jeta un regard acéré.

— Eh bien, étant donné mon succès dans cette première affaire, je suis étonnée que vous me fassiez confiance.

— Je n'ai guère le choix !

C'était vrai. Comme il ignorait ce que Tolliver avait exactement en tête en venant aux Etats-Unis et en étant le bienfaiteur principal du gala, il n'était pas parvenu à mettre de véritable plan en place.

Tout ce qu'il savait, c'était que Tolliver n'entreprenait jamais rien sans avoir de bonnes raisons.

Lorsqu'il avait retrouvé sa trace à Heathrow, il avait compris que son séjour à Chicago faisait partie de sa vengeance contre Guinn MacRanald. Tolliver avait gagné une première manche, mais ce qu'il voulait vraiment c'était détruire complètement Guinn.

Avoir l'émeraude en sa possession n'était pas suffisant. Non, Tolliver voulait que Guinn sache exactement ce qu'il avait fait, et que le monde entier soit au courant que l'émeraude était sienne.

La soirée de gala aurait lieu le vendredi, et ce serait le seul moment où l'émeraude serait exposée. Comme Tolliver n'était pas venu seul à Chicago, le collier ne serait certainement pas présenté dans une vitrine, mais au cou de sa compagne.

S'il ne parvenait pas à subtiliser l'émeraude dans la chambre de Tolliver, sa seule autre option serait donc de l'arracher du cou de cette femme. Il connaissait son nom, mais, à cause de la visite surprise de Sophie, il n'avait pas eu le temps de faire de recherches sur elle. Etant donné les goûts de Tolliver, la jeune femme devait être une mannequin ou une starlette. Elle porterait l'émeraude à son cou, et passerait la soirée entière à poser et à sourire pour les photographes.

A coup sûr, Tolliver devait penser qu'il n'y avait pas meilleur moyen de montrer qu'il était le propriétaire de l'émeraude que de l'exhiber ainsi à la face du monde. Cependant, dès qu'il serait de retour à Londres, nul doute qu'il l'enfermerait dans un coffre et que plus personne ne pourrait jamais la contempler.

Or, s'il savait comment obtenir le badge magnétique pour entrer dans la chambre d'hôtel de Tolliver, accéder à son coffre-fort une fois qu'il serait rentré chez lui serait beaucoup plus compliqué.

— Je suis en quelque sorte votre dernière solution, dit Sophie. Vous m'en voyez ravie !

Il poussa un soupir.

— Ecoutez, la situation ne me plaît pas plus qu'à vous. Le problème, c'est que je dois retrouver un objet pour le rendre à son véritable propriétaire. Ma seule chance de le faire est ici et maintenant. Malheureusement, l'homme à qui je dois reprendre… l'objet… me connaît, et, disons que…

— Il ne serait pas vraiment ravi de vous voir ?

— Ce n'est rien de le dire.

— Dans ce cas, pourquoi ne pas attendre qu'il ait quitté sa chambre pour récupérer… votre objet.

— Parce que l'objet est toujours avec lui.

— Oh ! Vous voulez dire qu'il le garde toujours sur lui ?

— Oui. Et si ce n'est lui, c'est sa partenaire.

— Il y a donc deux personnes dans la suite en question ? Silas…

— Simon.

Elle écarquilla les yeux.

— Pardon ?

Il poussa un profond soupir. Ah ! Vraiment, il était doué !

— Je m'appelle Simon. Lassiter. Voilà, nous sommes à égalité. Désormais, vous en savez plus que je n'aurais dû vous en dire si j'étais malin, mais, si c'était le cas, je ne serais pas là, n'est-ce pas ? Non, je serais à Londres, pas à des milliers de kilomètres de chez moi, en train d'essayer de réparer mes bêtises, plongé jusqu'au cou dans une situation ridicule.

Il termina sa tirade en se maudissant.

Elle attendit pour être sûre qu'il n'avait plus rien à ajouter, puis lui sourit.

— Eh bien ! Vous êtes toujours comme ça quand vous êtes stressé, ou c'est moi qui vous fais cet effet ?

— Je préfère ne pas répondre !

— Vous savez, Simon, c'est un prénom qui vous va très bien.

— Merci. Ma mère, que Dieu ait son âme, aurait été ravie de vous entendre.

— Je suis désolée. Je suis sûre que vous l'aimiez beaucoup. Moi aussi j'ai perdu ma mère, quand j'avais neuf ans. Mon père aussi. Ils ont eu un accident de voiture sur une route verglacée. C'est ma grand-mère qui m'a élevée, mais elle est décédée, elle aussi, il y a cinq ans.

Il baissa la tête, rompant le contact visuel. Moins ils en sauraient l'un sur l'autre, mieux ce serait. C'était déjà assez pénible de l'avoir entraînée dans cette histoire… et très délicat de se rendre compte à quel point il était attiré par elle.

Et son attirance ne faisait que croître au fil du temps qu'ils passaient ensemble.

— Je suis désolé pour vous, dit-il.

Elle ne répondit rien, et il comprit qu'elle attendait qu'il évoque lui aussi sa famille.

— Nous devons discuter de notre plan. Je ne veux pas vous compromettre plus que nécessaire, mais…

— Simon !

Jamais il n'aurait dû lui dire son prénom ! Comme il aurait aimé l'entendre le lui susurrer dans de tout autres conditions !

— Sophie ! Le plan.

Elle leva les deux mains devant elle en un geste de reddition.

— Très bien. Quand dois-je commencer ma nouvelle carrière de monte-en-l'air ?

— Pardon ?

— Je trouve ce terme plus excitant que voleuse. A moins qu'il ne s'agisse de subtiliser des bijoux. Il y a toujours…

Elle s'interrompit, comme si elle avait remarqué un changement dans son expression.

Pourtant, il s'était efforcé de garder un air neutre. Hélas…

— Ce sont des bijoux que je dois dérober ? demanda-t-elle. C'est bien cela ? Des bijoux de grande valeur ? Evidemment, sinon ça ne vaudrait pas le coup, n'est-ce pas ? Et s'ils se trouvent dans un vieil écrin en velours, j'imagine que ce sont des bijoux de très, très grand prix.

— Ça n'a aucune importance.

— Bien au contraire ! Voler les joyaux d'un héritage, ce n'est pas comme tricher aux billes.

— Certaines peuvent avoir une grande valeur.

— Comment savez-vous cela ?

— Parce que j'ai eu à traiter une affaire qui impliquait de retrouver des billes très anciennes, et pour laquelle, par chance, j'ai pu trouver une solution équitable pour les deux parties.

— Qu'en est-il de votre affaire actuelle ?

— Oh, là, il n'y a aucun arrangement possible ! Leurs familles respectives se font la guerre depuis plusieurs générations, avec une cruauté dont vous n'avez pas idée ! Au lieu de suivre mon instinct, j'ai fait confiance à la mauvaise personne... L'homme qui prétendait être le propriétaire légitime de ce bijou.

— Or vous auriez dû suivre votre instinct.

Il hocha la tête.

Elle resta silencieuse quelques instants.

— Et que vous dit votre instinct à propos de moi ?

— Etant donné les circonstances, je ne peux pas m'offrir le luxe de me fier à mon instinct.

Elle se cala dans son siège et l'observa durant un moment plus long que le précédent.

— Je suis sûre que vous avez confiance en moi. Vous savez, cette fois, vous pouvez suivre votre instinct.

— Sophie...

Elle l'interrompit.

— Allez ! Dites-moi tout, cher associé. Quand dois-je commettre mon forfait ?

# Chapitre 7

— J'ai du mal à croire ce que je suis en train de faire !

Enfermée dans la salle de bains de Simon, Sophie se contorsionnait pour enfiler un uniforme de femme de chambre, évitant de s'interroger sur la manière dont il se l'était procuré.

— Si je parviens à récupérer l'écrin, demanda-t-elle en haussant la voix, est-ce que cela signifie que je pourrai aller travailler ce soir ?

— A mon avis, il est préférable de vous faire porter pâle jusqu'à demain. Cela vous laissera le temps d'appeler votre amie et de découvrir ce qui s'est passé.

— Vous voulez que je téléphone à Delia ?

— Il faudra bien que vous lui parliez tôt ou tard !

— Oui, mais…

— C'est la première personne qui s'inquiétera si elle n'a pas de vos nouvelles. Vous devez l'appeler pour la rassurer.

— Et que suis-je censée lui dire ?

— Que vous avez dû manger quelque chose qui ne vous convenait pas, lors de la soirée au bar ? Je ne sais pas.

— Nous n'avons fait que boire ! répondit-elle en tentant de faire glisser la robe sur ses hanches. C'est d'ailleurs à cause de cela que je me retrouve dans cette situation, marmonna-t-elle.

La famille Wingate s'enorgueillissait du style glamour de ses hôtels, glamour qui excluait que les femmes de chambre portent de banals uniformes de taille standard. Chacune des employées avait droit à son uniforme fait sur mesure, parfaitement ajusté, comprenant une robe noire et un tablier blanc, dans le plus pur style européen.

Tout ce que les membres de la famille Wingate concédaient à leurs employées, en ce qui concernait leur confort, c'était de porter des chaussures plates plutôt que des talons hauts.

— Je suis sûre que vous trouverez quoi dire à Delia, reprit Simon dans la pièce adjacente.

— Je ne suis même pas certaine de pouvoir sortir de cette salle de bains, alors de toute façon, c'est secondaire.

— Vous avez la frousse ?

— Non, j'attends juste de voir si, par miracle, je vais perdre quelques kilos pendant que nous discutons afin de pouvoir entrer dans cette robe !

— Je croyais qu'elle était en stretch. Elle en avait l'air, en tout cas.

— Elle l'est ! dit-elle entre ses dents, avant de tirer un bon coup sur la robe qui descendit enfin assez bas pour cacher au moins le haut de ses cuisses.

— Vous avez besoin d'aide ?

Mieux valait ne pas se regarder dans le miroir. Elle ouvrit la porte en grand.

— Une robe en Lycra noire dix fois trop serrée, voilà de quoi doivent se contenter les rats d'hôtel, de nos jours.

Elle ignorait comment il allait réagir, mais quand elle vit la façon dont il la contemplait, elle se sentit complètement… nue.

— Qu'est-ce qu'il y a ? demanda-t-elle comme il gardait les yeux rivés sur elle.

— Il est hors de question que vous portiez cela ! répondit-il d'un air sombre.

Elle baissa les yeux et s'observa. On avait l'impression que ses formes allaient faire exploser la robe. D'ailleurs, elle pouvait à peine respirer.

— Si vous voulez bien m'aider avec la fermeture Eclair, demanda-t-elle en se retournant, et en écartant ses cheveux sur le côté.

— Pardon ?

— La fermeture Eclair, s'il vous plaît !

Un instant plus tard, elle sentit ses doigts effleurer sa nuque.

— Si vous ne l'ouvrez pas un peu, je ne vais plus pouvoir respirer !

— Je croyais que les uniformes étaient tous de la même taille, dit Simon en faisant descendre la fermeture avec précaution. Je me suis contenté d'attraper le premier qui m'est tombé sous la main. Pourquoi ne m'avez-vous pas dit qu'il était trop petit ?

Elle ne répondit rien. Simon était si près qu'elle sentait son souffle sur sa nuque, et des pensées sulfureuses envahissaient déjà son esprit.

Et s'il se penchait doucement et déposait un baiser sur sa nuque ?

Cette simple idée suffit à la faire frémir.

— Qu'est-ce qu'il y a ? demanda Simon.

— Rien, dit-elle, la voix coupée.

— C'est si serré que ça ?

— S'il vous plaît… Baissez encore un peu le Zip.

Il obtempéra, mais elle était toujours aussi nerveuse.

Ses doigts ne s'attardaient-ils pas un peu trop longtemps dans son dos ?

N'était-il pas trop près d'elle ?

Il lâcha enfin le Zip, et elle poussa un petit soupir, contente que ce moment d'intimité ait pris fin.

Cependant, presque aussitôt, elle sentit ses mains se poser sur sa taille.

— Sophie.

L'entendre prononcer son prénom d'une voix si rauque déclencha une onde de plaisir en elle. Elle aurait dû s'écarter de lui, mais elle n'en fit rien.

— Je sais que je ne devrais pas vous entraîner dans tout cela, poursuivit Simon. Même dans une situation aussi désespérée, je n'aurais jamais dû…

— La situation est donc désespérée à ce point ? demanda-t-elle dans un murmure.

Il avait toujours les mains posées sur elle, et elle s'étonnait de pouvoir prononcer la moindre parole.

— Si je suis là, c'est parce que j'ai trouvé un moyen de parvenir à mon but.

— Mais… ?

Il resta silencieux un instant.

— Mais rien n'excuse que je vous entraîne avec moi. Je suis…

Il s'interrompit de nouveau, et elle le sentit poser son front sur le haut de sa tête. Comme elle aurait voulu s'abandonner contre lui !

— Je vais vous laisser partir, dit-il enfin.

Ce n'était pas exactement ce qu'elle avait envie d'entendre.

— Tout ce que je vous demande, poursuivit Simon, c'est de ne parler à personne de notre rencontre. En échange, je ne dirai rien de votre intrusion dans ma chambre.

— Simon…

— Ecoutez, je suis ici pour réparer une erreur, mais je ne veux pas le faire en en commettant une autre. Jamais je n'aurais dû laisser les choses aller si loin. Vous avez raison, ce n'est pas juste. Rien ne justifie que je mette la vie d'autrui en danger, et surtout pas la vôtre. J'ai tellement peu de temps devant moi que je me suis laissé emporter, car je sais que je n'aurais plus jamais de chances aussi grandes de parvenir à mon but.

Quand elle se retourna, il garda ses mains posées sur sa taille, et elle se retrouva donc entre ses bras. Lorsqu'elle leva les yeux vers lui, leurs lèvres se trouvèrent dangereusement proches.

— Et si je tiens à vous aider ?

Ses yeux cherchèrent les siens.

— C'est très généreux de votre part, Sophie, mais j'ai déjà trop abusé.

— Vous savez, ce matin, moi aussi j'essayais de réparer

une erreur, et dans l'urgence, j'ai aussi pris des décisions qui ne me seraient même pas venues à l'esprit dans d'autres circonstances. Alors je suis bien placée pour vous comprendre. Au début, tout ce qui m'importait, c'était de ressortir de cette chambre aussi vite que possible, mais à présent…

— Rien n'a changé.

— Si ! J'en sais beaucoup plus sur vous, et sur les raisons de votre présence ici. J'ignore ce qui se cache derrière l'histoire entre ses deux familles, mais…

— … vous n'avez pas besoin d'en savoir plus, car cela ne ferait que vous placer dans une situation potentiellement plus dangereuse.

— Potentiellement ? répéta-t-elle. Donc, vous n'en êtes pas certain. Que fera cet homme lorsque vous lui aurez repris l'écrin de velours ? Il tentera de le récupérer ? Il s'en prendra à vous ?

— C'est possible.

— Mais s'il ignore que c'est vous qui l'avez récupéré ?

— Cela ne peut être que moi. Je suis le seul à connaître la vérité à propos de ce bijou, en dehors de son propriétaire légitime, celui à qui je l'ai subtilisé en premier.

— Il pourrait croire que c'est cette personne qui le lui a repris.

— Ça, j'en doute ! Le propriétaire légitime est un vieux monsieur de quatre-vingt-trois ans, qui n'est pas au mieux de sa forme. De plus, l'homme à qui je veux le reprendre sait que j'ai compris qu'il m'avait dupé. Si le bijou disparaît, ses soupçons se porteront aussitôt sur moi.

— Est-ce que cela signifie que vous devrez sans cesse être sur vos gardes ? Jusqu'à la fin de votre vie ?

— Cela signifie surtout que je dois ramener ce bijou à Londres, où il sera en sécurité. Même s'il s'en prend à moi, histoire de me faire la leçon, cet homme sait qu'une fois entre mes mains, il ne pourra plus jamais récupérer la pierre. Ce sont les générations suivantes de ces deux familles qui devront de nouveau se battre si l'une veut reprendre le joyau à l'autre.

— Pourquoi cet homme a-t-il apporté la pierre ici ?

— Pour montrer, de façon très vulgaire, à la face du monde qu'il en est le propriétaire.

— Mais pourquoi pas en Angleterre ?

— Il a dû se douter que je le percerai à jour, et que son triomphe en serait diminué. Cependant, il ne peut s'empêcher de vouloir faire la nique à Guinn MacRanald. A mon avis, il avait déjà prévu d'assister au gala, et il a décidé de profiter de sa notoriété mondiale pour en faire la vitrine son triomphe. Il a même accepté de prêter des pièces de sa collection privée au musée pour s'assurer que tous les médias parlent de lui.

Elle poussa un soupir, essayant de réfléchir à une solution, ce qui lui était difficile dans ces bras puissants. Puis cela devint quasiment impossible, lorsque Simon lui releva le menton d'un doigt.

— Sophie, arrête.

Elle plongea ses yeux dans les siens.

— Contrairement à ce que tu as l'air de croire, je me montre rarement impulsive. En revanche, je me soucie de mes amis, et je n'aime pas l'injustice.

— Mais là, ce n'est pas à toi de réparer les torts qui ont été commis.

— Simon…

Du pouce, il lui effleura les lèvres, la réduisant momentanément au silence. Mais elle s'éclaircit la gorge et reprit.

— Pourquoi as-tu changé d'avis ? Je croyais que tu me voulais comme partenaire.

— Plus depuis que je t'ai vue dans cet uniforme.

Elle fronça les sourcils.

— Pourquoi ?

— Parce que j'ai immédiatement imaginé Tolliver te voyant ainsi. Je refuse que tu te retrouves en sa présence.

— En uniforme de femme de chambre ? Crois-moi, les clients ne font jamais attention à elles.

— Seul un homme mort pourrait ne pas te remarquer. Dans cette tenue, tout ton corps… tes courbes…

Il s'interrompit et secoua la tête.

— Non, c'est hors de question !

Sophie resta sans voix.

Elle songea au regard brûlant qu'il lui avait jeté lorsqu'elle était sortie de la salle de bains, et de nouveau un délicieux frisson la saisit. Simon était en train de lui offrir une porte de sortie, une chance de tout arrêter. Pourtant, elle était incapable de l'abandonner. C'était trop tôt. Elle comprit brusquement comment Delia avait pu prendre le risque de tout perdre.

Que Dieu lui vienne en aide !

— Qui est Tolliver ? demanda-t-elle.

Il plissa les paupières et la regarda un instant sans rien dire.

— Tu vois, c'est pour cette raison que je travaille seul. Tu ne fais que me distraire, Sophie, et je ne peux pas m'offrir le luxe d'une distraction.

— Je dirais que, pour l'instant, nous sommes tous les deux distraits, alors autant chercher une solution qui nous convienne.

— Là, je crois que nous nous aventurons en terrain dangereux.

— Je suis déjà impliquée dans cette histoire, Simon. Je sais des choses. Beaucoup trop de choses.

Il eut tout à coup l'air sombre.

— Ce qui veut dire ?

Elle haussa les épaules d'un air détaché, essayant de cacher sa nervosité.

— Nous connaissons tous les deux des secrets sur l'autre, et…

— Je refuse de mettre ton emploi en danger.

— Ça, c'est ce que tu prétends !

— Tu ne me crois pas ?

Non, elle ne pensait pas qu'il la trahirait, elle était

simplement en train de chercher un moyen pour qu'il ne se débarrasse pas d'elle.

— Tout ce que je dis, c'est que nous sommes tous les deux impliqués dans cette affaire, et qu'en ce moment, nous ne faisons que perdre du temps. Nous avons passé un accord, et je tiens à assurer ma part. Tu as tes raisons, moi, les miennes.

— Sophie…

— Simon…, répondit-elle en écho.

Elle avait parfaitement conscience d'être quasiment hypnotisée par lui, tout comme elle savait que la meilleure chose à faire aurait été de quitter cette chambre et de tout oublier.

— Eh bien, dit Simon en poussant un nouveau soupir, je suppose que, dans ce cas, je n'ai pas le choix.

Enfin ! Il capitulait ! Ils allaient mener cette mission ensemble. Elle en était à la fois excitée et terrifiée.

— Lequel ?

— Te ligoter et te retenir prisonnière ici.

— Pardon ?

— Tu m'as bien entendu. Tu représentes un risque trop important pour moi, et je ne veux pas te mettre en danger non plus. Puisque tu ne veux rien entendre, c'est à moi de te protéger.

— Je suis assez grande pour prendre soin de moi toute seule !

Il esquissa un petit sourire.

— J'ignore quelles sont tes motivations, mais je ne veux pas utiliser ton…

— … pas même mon badge ?

Il resta silencieux une seconde de trop.

— Ça t'aiderait, n'est-ce pas ?

Elle s'écarta de lui, et passa la main dans l'encolure de sa robe pour en retirer son badge, puis le lui tendit.

— Tiens ! Utilise-le, puis détruis-le. Je remplirai un formulaire en prétendant qu'il m'a été volé. Ça me protégera d'éventuels problèmes si jamais la police fait le lien entre mon badge et l'effraction que tu vas commettre. Et si le service de sécurité vérifie qui a loué la chambre, ou a des soupçons sur ta personne, cela n'aura plus d'importance parce que tu seras déjà loin d'ici. D'accord ?

Il la fixa.

— Est-ce que cela peut t'aider, ou pas ? insista-t-elle. Tu ne veux plus que je fasse le travail moi-même, O.K. Mais laisse-moi au moins t'aider à remplir ta mission.

— Pourquoi ?

Elle ne pouvait lui dire la vérité.

Comment lui avouer que, depuis qu'elle l'avait vu émerger du lit, à demi nu, elle était complètement sous son charme ? Que même si elle l'avait voulu, elle n'aurait pu l'abandonner ?

C'était peut-être idiot, stupide, et même complètement fou, mais il semblait quasiment sur le point de l'embrasser, et, mon Dieu, elle en mourait d'envie. Rien d'autre n'avait d'importance, pas même la plus précieuse des pierres.

« Faites qu'il penche la tête et qu'il m'embrasse. »

Peut-être, ensuite, retrouverait-elle ses esprits et quitterait la pièce.

Peut-être.

— Pourquoi je veux t'aider ? Je ne sais pas, répondit-elle en espérant que sa voix ne trahirait pas son mensonge.

— Et si c'était moi le méchant de l'histoire ? Si tu étais en train de faire confiance à la mauvaise personne ?

— Comme cela t'est arrivé ? Simon, tu es dans cette situation parce qu'à un certain moment tu n'as pas suivi ton instinct. Moi, je me fie au mien !

— Sophie…

Non, elle ne voulait plus rien entendre ! Elle s'approcha de lui.

— Embrasse-moi !

Il l'attira à lui, et cette fois, elle sut sans doute possible que c'était bien du désir qu'il y avait au fond de ses yeux.

— Puisque tu le demandes si gentiment…

Il lui sourit et plaqua ses lèvres contre les siennes.

# Chapitre 8

Sa bouche avait un goût plus délicieux encore qu'il ne l'avait imaginé. Il comprit alors à quel point il avait espéré ce moment. Sophie répondit à son baiser avec une ardeur telle qu'il sut aussitôt qu'il était perdu.

Elle caressait son dos et se blottissait contre lui à mesure que leur baiser se faisait plus profond.

Jamais il n'avait éprouvé un désir aussi puissant, aussi étourdissant. C'était complètement fou. De terribles enjeux l'attendaient à l'extérieur de la pièce, pourtant, en cet instant, plus rien n'avait d'importance.

Depuis qu'il avait découvert Sophie dans sa chambre, il n'avait cessé de la désirer. Elle était différente de toutes les femmes qu'il avait pu connaître. Oui, elle était unique. Il aurait dû se concentrer sur le meilleur moyen de récupérer l'émeraude, mais tout ce qui comptait était de continuer à embrasser Sophie, encore et encore. Il voulait caresser son corps, embrasser chaque centimètre de sa peau et…

Le souffle court, il interrompit leur baiser. Comme elle lui mordillait le menton tout en caressant son dos, il enfouit sa main dans ses cheveux et la tint serrée contre lui pour l'empêcher de continuer à le provoquer.

Il devait se reprendre !

— Sophie, je ne crois pas que ce soit une bonne idée. Nous ne pouvons pas… Je ne peux pas…

— Pourquoi ? demanda-t-elle d'une voix inquiète.

Oui, pourquoi ?

— Parce que cela ne servirait à rien.

Elle leva le visage vers lui.

— Est-ce que cela doit *servir* à quelque chose ?

— Non, mais je crois que c'est plutôt contre-productif.

— Tu veux dire pour ta mission ?

— Pour tout. Aussi bien en ce qui concerne ma présence ici, que pour le reste. Je ne suis à Chicago que pour un court laps de temps, alors que toi, tu vis et tu travailles ici. Rien de tout cela ne va changer, et je ne suis pas du genre à profiter d'une situation simplement parce que c'est possible.

— Moi non plus. De toute façon, depuis ce matin je ne me comporte pas normalement. Pourquoi devrais-je commencer maintenant ?

Elle lui sourit.

— A présent, je suis mal placée pour réprimander Delia sur les actes impulsifs et leurs conséquences dangereuses.

Il prit son visage entre ses mains, et joua avec une de ses mèches de cheveux. Il la désirait tant qu'une seule chose aurait pu le rassasier.

Faire l'amour avec elle.

— Est-ce que ton comportement actuel a quelque chose à voir avec cela ? demanda-t-il. Avec le fait de perdre ton amie parce qu'elle se marie ?

Continuer à discuter, se concentrer sur ses réponses, puis la laisser partir.

— Ce n'est pas parce qu'elle se marie que je vais perdre Delia, mais parce qu'elle va faire partie du clan Wingate. De toute façon, il y a déjà quelque temps que les choses ont changé entre nous. Ça ne me réjouit pas, mais ce n'est pas pour autant que je vais me comporter de façon aberrante.

Aberrante. C'était l'adjectif parfait pour résumer la matinée.

— Tu l'envies pour l'aventure qu'elle s'est accordée la nuit passée ?

— Non, bien sûr que non !

Dans ce cas, pourquoi venait-elle de détourner le regard ?

Il prit son visage entre ses mains et plongea ses yeux dans les siens.

— Ne joue jamais au poker ! lui dit-il d'un ton protecteur.

— Peut-être que je l'envie un peu, mais pas pour ce que tu crois. Juste pour avoir été capable de s'abandonner. J'aimerais pouvoir en faire autant. Sans l'aide de la tequila, bien sûr. Je n'aimerais pas avoir de regrets.

— Qu'est-ce que tu cherches exactement ? Le frisson du danger ?

Elle resta un instant bouche bée.

— Non, ce n'est pas mon genre, Simon. Moi, je suis celle que l'on qualifie de « fille bien ». Celle qui fait toujours ce qu'il faut au bon moment. Qui aide ses amis et se concentre sur sa carrière. Qui prend les bonnes décisions. Pourtant, pour une fois…

Elle s'interrompit et poussa un soupir.

— Quoi ?

— J'aimerais pouvoir m'abandonner, agir sans réfléchir, suivre mes envies sans songer aux conséquences.

Elle lui effleura la joue d'une main tremblante.

— Seras-tu capable d'en faire autant, Simon ?

Mon Dieu, elle était en train de lui faire perdre la tête !

Il se pencha vers elle, vers sa bouche. Elle répondit aussitôt à son baiser, entrouvrant les lèvres, cherchant sa langue. Elle l'enlaça plus fort encore, caressa ses cheveux, et son baiser se fit profond. Il poussa un gémissement de plaisir, et l'entraîna contre le mur de la salle de bains, où il la plaqua, ne lui laissant pas la moindre chance de se dérober. Si son uniforme n'avait pas été aussi serré il l'aurait retroussé, et l'aurait pénétrée aussitôt.

Avait-il perdu l'esprit ?

Il écarta ses lèvres des siennes, et enfouit son visage dans ses cheveux, tentant de reprendre ses esprits.

— Sophie, je n'aurais jamais dû…

— Ne t'en fais pas…, répondit-elle d'une voix rauque.

Le souffle court, il sentait leurs cœurs tambouriner.

Pourquoi les choses ne pouvaient-elles pas être simples ? Après tout, ils étaient deux adultes consentants qui brûlaient manifestement l'un comme l'autre de partager un moment d'intimité. Hélas, s'il se trouvait aux Etats-Unis, c'était parce qu'il avait déjà commis une erreur. La dernière chose dont il avait besoin était d'en commettre une deuxième. Et même si faire l'amour avec Sophie aurait été une délicieuse façon de passer l'après-midi, mieux valait qu'il reste concentré.

— J'aimerais ne pas te laisser partir, avoua-t-il, et ne pas avoir à pister Tolliver pour récupérer la pierre. Oui, je préférerais t'aider à… t'abandonner, comme tu dis.

Il lui écarta une mèche de cheveux du visage.

— Mais, quoi qu'il arrive, je serai obligé de repartir chez moi.

— Je sais.

Il lui caressa la joue.

— Et je crois que je n'aimerais pas ça du tout.

— Moi non plus, dit-elle d'une voix à peine audible.

— Tu vois, nous sommes d'accord. Donc, mieux vaut qu'il ne se passe rien entre nous.

Elle poussa un profond soupir.

— Tu as peut-être raison.

— Tu sais, ce n'est pas une décision qui me réjouit, avoua-t-il en la gardant serrée contre lui.

— Moi non plus.

Elle leva la tête vers lui, et il fut subjugué par ses grands yeux gris, dans lesquels se lisait son désir. Alors, sans même réfléchir, il posa sa bouche sur la sienne.

Aussitôt, elle s'agrippa à sa chemise tandis qu'il l'embrassait avec passion. Qui gémit le premier ? Elle ? Lui ? Il n'aurait pas pu dire. Le monde autour d'eux n'existait plus. Seule comptait cette passion irrépressible qui les entraînait toujours plus loin.

Déjà, Sophie déboutonnait sa chemise, mais ils furent ramenés à la réalité quand il voulut glisser ses mains sous sa robe, et que le satané tissu refusa de bouger d'un seul centimètre.

— Déchire-la ! lui dit-elle d'un ton suppliant tout en arrachant sa chemise de son pantalon.

Il se mit à rire.

— Si tu étais aussi serré dans un vêtement, crois-moi, ça te ferait moins rire !

— Dire que j'ai toujours rêvé d'être un chevalier ! Si j'avais une épée à la ceinture, je pourrais satisfaire tes vœux !

— Il me semble que tu as un pistolet au mollet, dit-elle, le souffle court. Tu es un chevalier des temps modernes !

— Je croyais que ce n'était pas le frisson du danger qui t'excitait ?

— Je pourrais te citer une bonne douzaine de raisons qui donneraient envie à n'importe quelle femme de te retirer tous tes vêtements, et, crois-moi, elles n'ont rien à voir avec ton travail.

Elle ouvrit un autre bouton, découvrant plus largement son torse.

— Cela dit, si ton travail est aussi excitant que… ce que nous sommes en train de faire, donne-moi un contrat d'embauche, je le signe tout de suite !

— D'habitude, ce n'est pas aussi excitant.

Il se plaqua contre elle, l'empêchant de continuer à le déshabiller, et attendit qu'elle lève les yeux vers lui.

— Je dois admettre que je n'ai jamais rien connu de tel dans aucune de mes missions.

— Oh, Simon.

— J'ai un travail à faire, Sophie, mais je ne peux penser qu'à ce que j'aimerais te faire, à toi.

— Peut-être que c'est tout ce qui importe.

— Tu ne m'aides pas vraiment à reprendre mes esprits.

— Et toi, tu ne m'aides pas à retirer ta chemise. Chacun son fardeau !

— Sophie.

— Simon.

Il secoua la tête, et, comme elle lui titillait le menton du bout du nez, il baissa de nouveau les yeux vers elle.

— Tu crois que nous allons finir par nous déshabiller, un jour ou l'autre ? le taquina-t-elle.

— Je n'en sais rien, mais…

— Et si j'allais chercher ce fameux écrin de velours, et ce qu'il contient ? Tu aurais ce que tu es venu récupérer, et à mon retour nous nous sentirions peut-être tous les deux plus libres de nous… abandonner. Qu'en dis-tu ?

Comment refuser une proposition aussi indécente ? Cependant, mieux valait ne pas songer à ce qu'il éprouverait lorsqu'il devrait abandonner sa ravissante cambrioleuse pour retourner en Angleterre. Parce que cela arriverait à un moment ou un autre. La quitter maintenant, à demi nue, était déjà assez difficile. Qu'en serait-il lorsqu'il devrait la laisser pour toujours ?

— Nous n'y gagnerions que des regrets, dit-il.

— Oui, sûrement.

— Dans ce cas, pourquoi le faire ?

— Parce que j'éprouverais encore plus de regrets de n'avoir rien fait. Notre rencontre n'est peut-être qu'un incroyable concours de circonstances, mais je n'ai jamais été aussi sûre de moi. De toute façon, quoi que nous fassions, j'aurais des regrets.

— Et si jamais tu veux plus que ce que nous pouvons partager ?

— Mais comment veux-tu que je renonce sans même savoir ?

— Rien n'est possible entre nous, Sophie. Nous ne sommes que deux étrangers pris dans une situation complètement folle, entre qui une légère alchimie semble…

— Une légère alchimie, oui, c'est cela ! dit-elle, ironique, en effleurant son menton du bout des doigts.

— Sophie.

— Simon.

Il poussa un nouveau soupir.

— Tu sais, je n'ai jamais rencontré de femme comme toi. Tu réussis à me troubler profondément, et tu ressembles à une déesse vénitienne, et…

— Continue à me dire des choses comme ça, l'interrompit-elle, et je me cacherai dans ta valise pour repartir en Angleterre avec toi.

A cet instant, il sut avec certitude combien, en si peu de temps, elle était devenue importante pour lui. Importante et dangereuse à la fois, car même si elle plaisantait, l'idée de l'emmener avec lui faisait battre son cœur beaucoup plus fort. Pourtant, ce n'était pas son genre, de s'emballer. Il était généralement calme et consciencieux, et n'agissait souvent qu'après mûre réflexion. Pourtant, au fond de lui, il avait toujours rêvé de rencontrer une femme qui bouleverserait à la fois son cœur et son esprit, et peut-être même sa vie, si casanière.

Or, ce rêve venait de devenir réalité, au moment où il s'y attendait le moins.

— Qu'est-ce que je vais faire de toi, Sophie ? dit-il en chuchotant, sans savoir si c'était à elle, ou à lui-même, qu'il posait la question.

— Tu vas me trouver un uniforme de femme de chambre à ma taille, puis nous nous occuperons de retrouver ce bijou. Ensuite, j'aurai ma récompense. Des heures à faire l'amour avec toi sans aucune retenue. Et ce, dès que je t'aurai remis la pierre.

# Chapitre 9

Poussant devant elle un chariot chargé de produits d'entretien et de serviettes de toilette, Sophie gardait la tête légèrement baissée pour éviter qu'une personne qui viendrait en face ne puisse la reconnaître. Cette fois, son uniforme avait deux tailles de trop. Ses cheveux noués en un chignon strict étaient dissimulés par une petite toque, et elle portait une paire de lunettes cerclées de noir que Simon avait achetée dans une des boutiques de l'hôtel. Certes, ce n'était pas le meilleur déguisement du monde, mais l'équipe de jour la connaissait à peine, et, grâce à l'uniforme, personne ne la remarquerait. Elle était dans le métier depuis suffisamment longtemps pour savoir que les clients ne faisaient jamais attention au personnel de ménage.

Malgré cela, elle se sentait vulnérable.

Le plus étrange était de ne plus être dans la chambre de Simon. Oui, désormais elle était libre de se sauver, de prévenir le service de sécurité des intentions de Simon, et de demeurer cachée jusqu'à ce que toute cette histoire soit terminée. Pourtant, elle était là, dans ce couloir, prête à utiliser son badge pour ouvrir la chambre de Tolliver, chambre dont elle ne cessait de se répéter le numéro.

Qu'est-ce qui la poussait à se comporter ainsi ? Etait-elle à ce point aveuglée par le désir qu'elle éprouvait pour Simon ?

Elle continua à pousser son chariot dans le couloir, se rapprochant de plus en plus de la suite 1671. Ses pensées ne cessaient de revenir à Simon, au moment où il l'avait plaquée contre le mur, et où ils s'étaient embrassés avec tant de passion. Jusqu'où seraient-ils allés si elle n'avait pas porté une robe aussi serrée ?

Lorsqu'ils eurent enfin réussi à refréner leur désir, ils purent discuter du rôle qu'elle allait jouer dans la réalisation de sa mission. A dire vrai, ils s'étaient plutôt chamaillés. Simon lui avait énuméré toutes les raisons pour lesquelles elle ne devrait pas s'impliquer dans cette affaire, et elle avait rétorqué en lui rappelant qu'il avait imaginé les avantages de sa contribution dès le début.

A présent qu'elle se trouvait dans le couloir, déguisée en femme de chambre, les arguments avancés par Simon résonnaient différemment dans son esprit. En ce moment, il devait être en train d'arpenter sa chambre comme un lion en cage. Tout ce qui importait, c'était de lui rapporter la pierre tant convoitée, et d'obtenir la récompense.

Et quelle récompense ! Des heures à faire l'amour avec lui !

Elle arrêta son chariot, songeant que plus jamais elle ne devrait laisser sa vie professionnelle interférer avec sa vie personnelle, au point de considérer qu'un vol avec effraction suivi d'une bonne partie de jambes en l'air représentait un choix avisé.

De toute façon, quand une telle combinaison surgirait-elle de nouveau dans sa vie ? Et quelles seraient ses chances de rencontrer un homme comme Simon Lassiter ?

Elle s'arrêta à quelques pas de la porte de la suite, et inspira longuement à plusieurs reprises pour se calmer. Puis, saisissant son badge, elle l'introduisit dans la serrure électronique. La petite lumière verte s'alluma et la porte s'entrouvrit. Le cœur battant, elle plaqua un sourire sur son visage et pénétra dans les lieux.

— Service de ménage ! annonça-t-elle d'une voix enjouée en espérant que les occupants de la suite n'étaient pas au lit en train de batifoler.

Pour respecter le protocole, elle aurait dû s'assurer que

la suite était inoccupée, ou obtenir l'autorisation des clients. Mais elle avait une mission à accomplir, et il était hors de question qu'elle se voie refuser l'accès à la chambre, en tout cas, pas avant d'avoir pu l'examiner. Elle pourrait toujours prétendre s'être annoncée et ne pas avoir entendu de réponse.

Simon lui avait indiqué les endroits où elle devait regarder en premier, même si elle ne pouvait pas rester longtemps. Si quelqu'un tentait de l'empêcher de pénétrer dans la suite, elle devait prétendre avoir besoin de changer les serviettes de la salle de bains afin de gagner au moins quelques instants pour examiner les lieux.

— Service de ménage ! répéta-t-elle en avançant un peu plus loin dans la pièce.

Une pile de serviettes de toilette dans les bras, elle regarda autour d'elle. Sur la table de la pièce principale traînaient les restes d'un petit déjeuner pour deux personnes, et un journal était posé sur un des fauteuils. Soudain, à travers la porte ouverte de la chambre, elle perçut le bruit d'une douche.

Bingo !

Les choses allaient être plus faciles qu'elle ne s'y était attendue. Elle continua d'avancer, et se figea en entendant la voix d'un homme et le rire d'une femme qui provenaient de la salle de bains, de l'autre côté de la chambre.

Ainsi, Tolliver et sa partenaire prenaient leur douche ensemble !

Parfait !

Mais pourquoi était-elle en train de s'imaginer sous la douche avec Simon ? Bah ! Mieux valait oublier ce scénario au plus vite. Elle ignorait combien de temps Tolliver et son amie resteraient enfermés dans la pièce envahie de vapeur, mais entre eux les choses semblaient sur le point de culminer.

Au moins, quand elle n'entendrait plus l'eau couler, saurait-elle à quoi s'en tenir. Ce serait pour elle le moment de décamper, parce que Tolliver et son amie n'apprécieraient sûrement pas de trouver une femme de ménage dans leur chambre.

Pas même si la femme de ménage en question leur offrait de moelleuses serviettes.

Oui, mieux valait se concentrer sur sa mission. Du regard, elle parcourut la penderie et les tiroirs ouverts. La petite amie de Tolliver avait un impressionnant stock de cosmétiques, mais elle ne remarqua aucun écrin de velours. En fait, malgré la commode jonchée de produits de maquillage MAC, et l'armoire garnie de plus de tenues et de chaussures qu'elle n'en posséderait jamais, quelque chose manquait dans le tableau.

Aucun bijou n'était en vue. Pas même une montre masculine sur la table de nuit ou ailleurs.

Elle se dirigea vers l'armoire où un petit coffre-fort était mis à la disposition des clients, et, ses serviettes de toilette toujours sous le bras, s'accroupit avec précaution, puis posa la main sur la poignée.

Le coffre-fort était fermé.

Zut !

Les clients programmaient leur propre combinaison de chiffres, ce qui signifiait qu'elle était dans l'impossibilité d'ouvrir le coffre. Seul le responsable de la sécurité avait un code pour les ouvrir, au cas où un client oublierait la combinaison qu'il avait choisie.

Dans la salle de bains, les cris de plaisir se rapprochaient dangereusement de leur apogée. Elle voulut se redresser, mais sa pile de serviettes lui échappa des mains, et elle perdit l'équilibre en tentant la retenir… pour tomber au milieu d'un océan d'escarpins Louboutin.

Et soudain, l'eau de la douche s'arrêta de couler.

Quelle poisse ! Ramassant ses serviettes en toute hâte, elle se mit à réfléchir. Avait-elle le temps de courir jusqu'à la porte, ou devait-elle se cacher dans le placard ? Non, ça, c'était une mauvaise idée. Comment expliquerait-elle sa présence si jamais Tolliver l'y découvrait ? Mieux valait tenter un sprint vers la sortie.

Elle était à peine parvenue dans le salon qu'une voix à l'accent britannique la figea sur place.

— Qui est là ?

Une pointe de terreur s'insinua en elle. Comment avait-elle pu penser qu'elle s'en sortirait sans dommages ?

Pourquoi n'avait-elle pas écouté Simon ?

— Service de ménage, bredouilla-t-elle en repartant vers la porte.

— Arrêtez-vous ! cria la voix derrière elle.

Celle de Tolliver.

Manifestement furieux.

Elle s'éclaircit la gorge.

— Désolée, dit-elle avec un accent russe.

D'où lui venait cette idée ? Pourquoi tentait-elle de se faire passer pour une étrangère ? Bon, à présent, il fallait continuer sur le même ton.

— J'ai apporté nouvelles serviettes. Vous vouloir moi changer draps ?

Elle lui tournait quasiment le dos, et la pile de serviettes dissimulait en partie son visage.

— J'ignorais que la direction du Wingate permettait à ses femmes de ménage de pénétrer dans les suites lorsqu'elles sont occupées, fit remarquer Tolliver d'un ton hautain.

— J'ai… annoncé moi. Personne répondu. Moi avoir entendu douche et vouloir partir vite.

— Je n'apprécie pas du tout que vous soyez entrée comme cela. Je vais appeler votre supérieur !

— Non, s'il vous plaît. Pas le prévenir. Premier jour pour moi. Désolée. Cela reproduira jamais.

— Il n'y a donc aucune formation pour le petit personnel, ici ?

Petit personnel ? Elle faillit se retourner complètement pour défendre l'honneur de son hôtel et des employés, mais par chance Tolliver continua sa diatribe, l'empêchant de commettre une erreur irréparable.

— J'attendais mieux que cela d'un hôtel cinq étoiles. Une

femme de ménage dans ma suite pendant que je me douche et ma porte grande ouverte avec ce chariot qui bloque l'entrée !

— Désolée. Vraiment.

— A l'avenir, assurez-vous que la suite est vide avant de mettre un pied ici, sinon, croyez-moi, il vous faudra chercher un autre emploi !

La peur qui l'avait envahie commençait à diminuer. Elle allait sortir d'ici et tout irait bien. Elle acquiesça d'un hochement de tête, et commença à s'éloigner.

— Laissez les serviettes sur la table !

— Oui, monsieur, répondit-elle en faisant tout son possible pour qu'il ne la voie pas de face. Désolée encore.

— Toutes aussi idiotes, ces femmes de ménage ! marmonna Tolliver.

Sophie continua à se rapprocher de la porte. Voilà, elle y était presque.

— Tolly ? appela une voix féminine depuis la salle de bains. J'ai besoin d'aide, bébé. Viens me sécher le dos.

La femme rit, et Sophie jeta un coup d'œil à Tolliver, le regardant vraiment pour la première fois. Il était plus âgé qu'elle ne l'aurait cru. Elle songea à la voix qu'elle venait d'entendre. A l'évidence, c'était celle d'une jeune femme. Comment pouvait-elle trouver du charme à un homme aussi vieux ?

D'un geste de la main, Tolliver la congédia avant de retourner dans la chambre.

Elle quitta la suite et referma la porte derrière elle, puis saisit une serviette de toilette sur son chariot pour s'éponger le front. Mieux valait ne pas traîner ici ! Elle prit l'ascenseur de service, abandonna son chariot dans un couloir, et s'engouffra dans la cage d'escalier pour regagner la chambre de Simon.

Avant qu'elle n'ait le temps de glisser son badge dans la serrure, il ouvrit la porte en grand et l'attira dans la chambre.

— Calme-toi, cow-boy ! plaisanta-t-elle en se libérant.

— Comment ça s'est passé ? Jamais je n'aurais dû te laisser aller là-bas, s'exclama-t-il.

En voyant son visage tourmenté elle sut qu'il n'avait cessé de se faire du souci pour elle.

— Sur ce point, tu as raison. Autant que tu le saches tout de suite, je n'ai rien vu dans la chambre.

— Aucun écrin ? Rien ? Mais sur quel point es-tu d'accord ?

— Pénétrer dans cette chambre était la chose la plus stupide que je n'ai jamais faite, dit-elle en s'asseyant au bord du lit.

Maintenant que l'adrénaline ne coulait plus dans ses veines, elle commençait à trembler.

— Tu avais raison, Simon, je ne suis pas du tout douée pour ce genre de choses. Tolliver a failli me surprendre à genoux dans son armoire, en train d'essayer d'ouvrir son coffre. Et pour couronner le tout, je me suis adressée à lui avec un accent russe, qui m'est venu de je ne sais où.

— Qu'est-ce que tu racontes ? Tolliver a failli te surprendre ? Dans son placard ? Explique-moi tout.

— Tu ne m'avais pas dit qu'il était si âgé, ni que sa petite amie était si jeune.

— Elles sont toujours jeunes. De toute façon, quelle différence cela fait-il ?

— Rien, mais c'était si curieux de le voir avec seulement une serviette autour des hanches et d'entendre ce rire si jeune dans la salle de bains, et…

— Quoi ? Tu étais dans la chambre de Tolliver alors qu'il était à demi nu ?

— Calme-toi !

Etait-il en train de se montrer jaloux ? Ça n'aurait pas été pour lui déplaire.

— Quand je suis entrée dans la suite, Tolliver et sa petite amie étaient en train de prendre une douche, ensemble, et, si j'en crois les gloussements que j'ai entendus, ils passaient un bon moment.

— Oh.

— Comme tu dis. J'ai pensé que c'était l'occasion idéale pour examiner la pièce sans qu'ils sachent que j'étais là. Je me suis dit que, quand je n'entendrais plus couler l'eau de la douche, ce serait le signal pour moi de quitter les lieux.

— Que s'est-il passé ?

— Je n'ai vu l'écrin nulle part, et tout à coup je me suis rendu compte qu'il n'y avait aucun bijou, aucune montre dans la pièce. J'en ai donc conclu que Tolliver se servait du coffre de la suite, qui se trouve dans l'armoire. Seulement, ce n'était pas évident de me pencher avec toutes ces serviettes dans les bras. J'ai perdu l'équilibre et je me suis retrouvée à genoux au beau milieu de la collection de chaussures de Miss Univers quand la douche s'est arrêtée.

— Qu'est-ce que tu as fait ?

— J'ai réussi à sortir de la chambre avant qu'il ne m'arrête.

— Jamais je n'aurais dû t'envoyer là-bas, marmonna de nouveau Simon en arpentant la pièce. Il a vu ton visage ?

— Non, pas vraiment. Il m'a demandé de laisser les serviettes de toilette sur la table, juste au moment où j'allais sortir, et c'est la seule fois où nous nous sommes trouvés face à face. De toute façon, vu l'estime qu'il porte au petit personnel, comme il dit, je doute qu'il ait fait attention à moi.

— C'est un rusé. Il a sûrement remarqué plus de choses que tu ne crois.

— Ne t'en fais pas. Il était sur le point de retourner frotter le dos de sa petite amie. Je suis sûre qu'il ne m'a prêté aucune attention.

Simon ne répondit rien et se remit à arpenter la pièce.

— Je suis désolée de n'avoir rien trouvé, dit-elle. A mon avis, si Tolliver était aussi énervé de découvrir quelqu'un dans sa chambre, c'est parce qu'il y cache quelque chose.

— Ça se peut. Mais de toute façon, il n'est pas du genre avenant. Tu crois que tu as regardé partout ?

— Dans tous les endroits où j'imagine qu'on puisse essayer de dissimuler un bijou de grande valeur. Comme je te l'ai dit, il y avait tous les effets habituels des clients, les vêtements, les chaussures, la trousse de maquillage… Si tu voyais tous les cosmétiques que cette femme utilise ! Mais pas un seul bijou. Pas même une montre sur la table de nuit. J'ai trouvé cela curieux.

— Tolliver a une montre-gousset.

Comment le savait-il ? Elle aurait aimé connaître tous les détails de l'histoire, mais il était tellement nerveux que mieux valait ne lui poser aucune question.

— Quoi qu'il en soit, dit-elle, vu la somptueuse garde-robe de cette jeune dame, je m'attendais à voir au moins quelques bijoux. Je suis sûre que l'émeraude se trouve dans le coffre.

— Probablement.

Simon cessa d'arpenter la pièce et vint s'asseoir à côté d'elle.

— Merci d'avoir voulu m'aider, dit-il d'une voix douce, mais je crois que cette situation te dépasse. Je sais que ce n'est pas une excuse. Je suis le seul coupable. Jamais je n'aurais dû…

Elle le fit taire d'un baiser.

— Sophie…

— Il n'y a plus rien à craindre, Simon. Tu m'as laissée aller au bout de ce que je souhaitais faire pour t'aider, et je suis revenue saine et sauve. Inutile de continuer à te tracasser.

Elle l'embrassa de nouveau, puis s'interrompit tant elle sentait qu'il se retenait.

— Simon… Laisse-toi aller.

Il obtempéra enfin, et embrassa passionnément ses lèvres, puis défit son chignon tout en couvrant sa nuque de baisers. Il l'allongea sur le lit tandis qu'elle déboutonnait sa chemise.

— Sophie…

— Si tu crois que je vais m'arrêter là, tu te trompes, chuchota-t-elle en retirant sa chemise de son pantalon.

Tout à coup, il cessa de l'embrasser, mais elle plaqua une main sur sa nuque, l'empêchant de s'écarter.

— Je t'interdis de t'arrêter pendant les trente prochaines minutes.

— Seulement trente minutes ?

— A toi de voir, répondit-elle en l'enlaçant de plus belle.

# Chapitre 10

Lorsqu'il s'agissait de Sophie, Simon perdait tout bon sens. Il était incapable de résister à l'attirance qu'il éprouvait pour elle, et il la désirait depuis qu'il avait ouvert les yeux et l'avait surprise en train de fouiller sous les coussins du fauteuil, une expression coupable sur son adorable visage.

Le peu qu'il connaissait d'elle était aussi intrigant qu'excitant. Elle avait une bouche d'une sensualité affolante et de grands yeux gris clair qui lui donnaient un air vulnérable. Elle était astucieuse, sûre d'elle, et pourtant, elle n'avait de cesse de se déprécier. Elle avait l'air de penser qu'elle était insignifiante, alors qu'elle avait le corps d'une sirène et le visage d'un ange. Elle l'excitait et le déconcertait à la fois. Pourquoi lui faisait-elle autant d'effet ?

Arpenter la chambre comme il l'avait fait durant son absence, devenir de plus en plus nerveux au fur et à mesure que les minutes passaient, avoir peur pour elle, lui qui n'avait jamais eu peur pour personne, tout cela l'avait plongé dans un tourbillon d'émotions inconnues. Et alors qu'il s'apprêtait à baisser la fermeture Eclair de sa robe, il sut qu'il ne reprendrait pas ses esprits avant longtemps. Mais peut-être qu'après avoir partagé un moment d'intimité avec elle, un seul, il pourrait se ressaisir, comme il était urgent qu'il le fasse s'il voulait semer Tolliver et rendre l'émeraude à Guinn.

Sophie l'avait débarrassé de sa chemise et s'escrimait à présent sur sa ceinture. Il la désirait si fort ! Lâchant sa fermeture Eclair, il lui attrapa les mains, et les plaqua au-dessus de sa tête. Elle avait les joues enflammées et les yeux brillants de désir et de joie, et jamais, jamais il n'avait désiré une femme à ce point.

Il poussa un profond soupir.

— Ne fais pas cela ! dit-elle.

— Ne t'inquiète pas, je n'ai pas l'intention de mettre un terme à ce que nous sommes en train de faire.

— Je préfère cela !

— Sophie…

— Simon.

Il posa son front sur le sien.

— Tu m'excites tellement !

Elle eut un petit rire cristallin, qui ne fit qu'attiser son irrésistible envie de lui faire l'amour.

— Pourquoi ? Parce que je prononce ton prénom sur un ton implorant ?

— Parce que tu as l'air d'être l'innocence personnifiée, et pourtant…

Il fit glisser sa main le long de ses courbes sensuelles.

— … tout en toi invite au péché !

— Simon, dit-elle en se cambrant contre lui, le pressant de continuer à la caresser.

— J'ai une mission à accomplir, dit-il.

— Je sais, et je tiens toujours à t'aider.

— Il ne faut pas, répondit-il en se penchant pour l'embrasser dans le cou avec tendresse.

Il ne voulait plus penser à quoi que ce soit. Son seul souhait était de se perdre en elle, de satisfaire leurs besoins les plus primaires, même si les sentiments qu'elle faisait naître en lui le troublaient au plus haut point.

Ce qu'il éprouvait pour elle allait au-delà du simple attrait physique.

Il glissa ses mains entre ses cuisses soyeuses et l'embrassa au creux du cou. Non, il ne pouvait y avoir aucune relation sérieuse entre eux. Leurs vies étaient beaucoup trop différentes. Elle avait l'air d'accord pour considérer ce qu'ils partageaient comme une simple aventure entre deux adultes consentants. Une rencontre de hasard dont ils désiraient tous les deux profiter au maximum. Pourquoi ne pouvait-il s'en satisfaire ? Pourquoi voulait-il aller au-delà d'une simple relation physique ? Pourquoi désirait-il tout connaître d'elle, ses envies, ses rêves, ses espoirs ?

Il aimait déjà tout ce qu'il connaissait d'elle, même sa façon de parler trop vite, sans savoir tenir sa langue. Quelles délicieuses caresses elle pourrait lui prodiguer, d'ailleurs, avec cette langue !

Quant au reste de son corps, il brûlait de le découvrir. Oui, déjà il avait hâte de sentir ses jambes enlacées autour de sa taille, pendant qu'il la pénétrerait, allant et venant en elle en prenant tout son temps.

Il remonta sa jupe un peu plus haut, et découvrit un ravissant string en dentelle avec un petit nœud de satin juste à l'endroit où il avait envie de déposer un baiser… avant de descendre plus bas. Il l'embrassa sous le nombril, et aussitôt elle poussa un petit gémissement et souleva les hanches. Alors il se pencha et, passant ses mains sous ses fesses, il attrapa le petit nœud entre ses dents, sans lui laisser le moindre doute sur ses intentions.

— Simon, haleta-t-elle.

— Mmm…

Il était enivré par l'odeur de son sexe qui révélait à quel point elle était prête pour lui. Prête pour toutes les caresses, tous les outrages qu'il voulait lui faire subir.

Serrant le petit nœud de satin entre ses dents, il fit glisser son string sur ses cuisses, puis déposa un baiser au point le plus sensible. Elle gémit de plus belle quand il insinua sa langue dans sa fente, et s'abandonna à ses assauts, se déhanchant contre sa bouche, plongeant ses doigts dans ses cheveux tandis que l'orgasme déferlait sur elle.

Heureux d'avoir pu lui offrir une jouissance aussi fulgurante, il déposa des baisers d'une tendresse infinie au creux de ses cuisses alors que les ondes de son plaisir se calmaient peu à peu.

Il leva la tête, s'attendant à la voir les yeux clos, mais elle le contemplait, bouche bée, l'air stupéfaite. Un indicible sentiment de joie l'envahit. Leur aventure ne serait peut-être que de courte durée, mais nul doute qu'elle leur laisserait à tous les deux des souvenirs mémorables.

Sophie lui effleura les épaules.

— Viens un peu par ici, dit-elle d'une voix rauque et sexy.

Il se débarrassa de ses vêtements et s'allongea sur elle.

— Tu étais si sexy pendant ton orgasme, chuchota-t-il, les yeux plantés dans les siens, j'ai hâte de te faire jouir de nouveau.

— Des promesses, des promesses… oh !

Ce n'était pas que des promesses. Elle renversa la tête en arrière et se cambra pour mieux l'accueillir. Il l'embrassa dans le creux de l'épaule et commença à aller et venir en elle. Comment parvenait-elle à l'exciter autant ? Mais peu importait ! Etre en elle, être au paradis, c'était la même chose.

Elle se débarrassa complètement de son uniforme et il la pénétra plus fort, plus vite, ralentissant seulement la cadence lorsqu'elle voulut retirer son soutien-gorge.

— Garde-le ! ordonna-t-il en se penchant pour prendre son téton durci entre ses lèvres.

Elle frémit de plaisir, et il crut qu'il allait jouir sur-le-champ.

— Mmm, Sophie, dit-il avant de lui ravir sa bouche en un baiser qui se prolongea encore et encore tandis que leurs corps trouvaient leur propre rythme.

De nouveau, il sentait l'orgasme monter en elle, et la jouissance le saisit à son tour.

— Simon, chuchota-t-elle en lui effleurant l'oreille du bout de la langue.

Leur passion était si forte qu'il avait l'impression d'être emporté par un ouragan. Il voulut s'écarter, lui laisser un peu d'espace, mais elle tendit la main pour l'en empêcher.

— Reste !

Elle n'eut pas besoin d'en dire plus. Il plongea encore plus profond en elle et l'orgasme les entraîna plus loin qu'il n'aurait jamais cru possible d'aller.

Longtemps après, il roula sur le dos, l'entraînant avec lui, et elle se blottit contre son torse.

Et soudain, le cœur serré, il comprit qu'il n'avait aucune envie de la voir sortir de sa vie.

Il voulait plus d'elle.

Et pas seulement du sexe.

— Simon, dit-elle d'un air pensif cette fois.

— C'était… Tu es…

Il s'interrompit, sachant qu'il allait être ridicule.

De toute façon, il refusait qu'elle puisse deviner ses sentiments.

Plus tard, lorsqu'ils ne seraient plus ainsi enlacés et qu'il aurait recouvré ses esprits, il réfléchirait à tout cela. Pour l'instant, après un épisode si torride, il n'était plus lui-même. Inutile de se laisser emporter par la passion de l'instant.

Quel crétin ! Il savait pertinemment ce qu'il éprouvait.

Et cela n'avait rien à voir avec un simple coup de cœur.

Dès leur premier baiser, il avait su qu'il ne serait jamais rassasié d'elle.

— Essaie de ne pas revenir tout de suite à la réalité, chuchota-t-elle. Pas encore.

— Pourquoi pas ?

Aussitôt il se maudit.

Sophie releva la tête.

— Ne le fais pas, c'est tout.

— Sophie…

— Contente-toi de profiter de ce moment, Simon. Nous savons tous les deux que cela ne durera pas. Nous ne sommes que des… complices.

— En parlant de cela, je ne veux plus que tu sois mêlée à ma mission. Je m'occuperai de Tolliver d'une autre façon.

Elle poussa un soupir.

— Et ensuite ?

Elle ferma subitement les yeux.

— Non ! Ne réponds pas à cette question.

Il déposa un léger baiser sur ses lèvres.

— Ensuite… nous verrons bien.

— Les meilleures choses ne durent jamais, chuchota-t-elle.

Il se redressa sur un coude et plongea son regard dans le sien.

— Sophie, je veux que tu saches…

Elle le prit par surprise en le repoussant d'un geste de la main, et s'écarta avant qu'il ne puisse l'en empêcher. Déjà, elle bondissait hors du lit, puis se précipitait dans la salle de bains dont elle claqua la porte.

Il se rallongea et poussa un profond soupir.

Oui, il était un véritable idiot.

— Sophie ! Reviens !

Elle ne répondit rien. Il entendit quelques bruits derrière la porte, et s'assit dans le lit, se demandant ce qu'il devait faire, quand la porte de la salle de bains s'ouvrit tout à coup. Sophie avait remis ses vêtements personnels. Ses cheveux étaient un peu décoiffés, et elle avait les joues rouges, mais aucun sourire n'éclairait son visage.

— Je crois que j'ai fait une erreur de jugement, dit-elle.

Pour la première fois, il ne sut que lui répondre, et son cœur se serra.

— Pas en essayant de t'aider, précisa-t-elle. J'aide toujours les personnes qui en ont besoin, si je peux. Mais, même si je m'en pensais capable, je crois que je ne suis pas faite pour avoir une simple aventure. Pourtant, crois-moi, j'aimerais qu'il en soit autrement. Oui, j'aimerais vraiment.

Elle baissa les yeux un instant, et quand elle les releva il remarqua qu'ils étaient embués.

— Quand je pense que tu…

Non, il refusait de la faire souffrir !

— Sophie, je suis désolé pour tout ce qui s'est passé entre

nous à cause de ma mission ici, mais je ne m'excuserai pas pour ce que nous avons fait dans ce lit.

— Si nous avions pu nous contenter de profiter de ce moment… Mais tu as mentionné ce qui allait arriver après, et je me suis rendu compte qu'en fait je suis incapable de me contenter d'une petite part du gâteau. Je veux plus, je veux tout. Le rêve est terminé alors que je voudrais qu'il dure encore et encore, qu'il se soit transformé en… réalité.

Elle s'interrompit brusquement et, se mordillant la lèvre inférieure, elle détourna le regard.

Et il ne put s'empêcher de remarquer qu'elle tremblait.

Il enfila ses vêtements à la hâte et vint se planter devant elle pour prendre son visage entre ses mains.

— Je vais être honnête avec toi, Sophie. Moi aussi, je veux plus. J'ignore comment faire pour que notre histoire ait une suite, mais je ne veux pas que tu croies que pour moi ce n'était qu'une aventure sans importance.

A présent, elle tremblait des pieds à la tête. Il se sentait si mal ! Que lui dire de plus ? Il refusait de lui faire des promesses qu'il ne pourrait tenir.

— Tu sais, moi aussi j'aurais aimé pouvoir profiter de ce moment puis retourner chez moi, et ne plus penser à rien.

Il la prit dans ses bras, et enfouit son visage dans sa chevelure.

— Mais moi non plus, je ne suis pas doué pour les aventures sans lendemain.

Elle se blottit contre lui, et posa sa joue contre son torse. Non, il ne voulait pas qu'elle sorte de sa vie.

Pourtant, qu'avait-il à lui offrir ? Dès qu'il aurait l'émeraude en sa possession, il retournerait chez lui, à l'autre bout du monde. Sa vie à elle était ici.

— Je suis désolée, chuchota-t-elle en s'écartant de lui, avant de se diriger vers la porte du couloir.

Il eut soudain l'impression qu'on venait de lui arracher le cœur, mais elle se retourna tout à coup et revint vers lui.

Aussitôt, une immense joie l'envahit.

Il tendit la main vers elle. Peu importait ce qu'il adviendrait par la suite, du moment qu'ils soient ensemble. Cependant, Sophie s'arrêta juste devant lui, fit passer la lanière de son badge magnétique par-dessus sa tête et le déposa dans sa main.

— Utilise-le si tu en as besoin. Bonne chance, et adieu, Simon.

Puis elle quitta la pièce.

# Chapitre 11

Pour la seconde fois de la journée, Sophie se cogna le coude contre son classeur à dossiers, et poussa un juron en contournant son bureau. Elle faisait tout son possible pour ignorer le nouveau badge magnétique accroché autour de son cou… et les souvenirs qui s'y rapportaient.

Deux jours. C'était le temps qu'elle avait décidé d'accorder à Simon. Elle avait pris deux jours de congé maladie et s'était terrée dans son appartement sans cesser de penser à lui. Elle n'avait parlé de lui à personne, pas même à Delia, ce qui, d'ailleurs, n'avait pas été très difficile. Chaque fois qu'elle l'avait eue au téléphone, Delia n'avait fait que parler de ses propres problèmes, lesquels, il fallait bien le reconnaître, prenaient de plus en plus d'ampleur. Le mariage avait lieu dans quelques jours, mais ses relations avec la famille Wingate n'étaient pas des plus sereines.

Sophie avait prétendu souffrir d'une intoxication alimentaire et être trop malade pour passer beaucoup de temps au téléphone, et encore moins recevoir des visites. Elle s'était excusée envers Delia de lui causer des soucis si peu de temps avant son mariage, et de ne pas avoir été capable de retrouver son téléphone. Elle lui avait expliqué s'être trompée de chambre, mais Delia l'avait interrompue pour recommencer à se plaindre de sa situation, l'empêchant, Dieu merci, d'en dire plus à propos de Simon.

Deux jours, et aucune nouvelle de Simon. En revanche,

Delia n'avait cessé de se plaindre. Tout semblait différent, et pourtant, en apparence, rien n'avait changé. Même les crises de nerfs de Delia n'avaient rien d'inhabituel, car ses relations avec la famille Wingate n'avaient jamais été aisées. A présent, s'ajoutaient les tensions liées à la cérémonie du mariage, et à la pression d'Adam, devenu méfiant depuis que Delia n'avait pas répondu à son appel matinal. Par chance pour elle, son téléphone s'était éteint pendant la nuit, mais Adam n'avait pas du tout apprécié de tomber sur le répondeur. Depuis, il n'avait eu de cesse de vociférer après Delia, lui reprochant de ne pas avoir rechargé la batterie de son téléphone, et de ne pas l'avoir rappelé lorsqu'elle s'était rendu compte qu'elle avait raté son appel quotidien.

Peut-être Adam se doutait-il que quelque chose clochait, ou peut-être la conscience de Delia la travaillait-elle trop, mais elle avait fini par lui avouer que Sophie avait organisé une soirée d'enterrement de vie de jeune fille en son honneur. Ce qui n'avait fait que placer son amie sur la liste noire d'Adam, ou en tout cas, en pire position qu'elle n'y figurait déjà. Du coup, Delia avait assuré à Adam qu'elle avait oublié son téléphone dans le pub. Ce qui était vrai, même s'il ne s'agissait pas du pub dans lequel elles avaient commencé la soirée. Bien sûr, Delia n'avait rien confessé de plus et le mariage était donc toujours programmé pour le dimanche.

Ce qui signifiait que tout ce qui s'était passé depuis que Delia avait exhorté Sophie à récupérer le téléphone n'avait servi à rien. Si seulement Delia s'était souvenue un peu plus tôt du lieu où elle avait oublié son portable, rien ne serait arrivé.

Et Sophie n'aurait pas passé deux jours à se torturer pour savoir si elle aurait préféré ne jamais être entrée dans la chambre de Simon Lassiter… Ou si, au contraire, elle était contente que les choses se soient passées comme ça.

En ce qui concernait Adam et Delia, elle était convaincue que, s'ils ne s'étaient pas disputés à propos de ce fichu téléphone et de la soirée d'enterrement de vie de jeune fille, cela aurait été pour d'autres raisons. Non, décidément, ces deux-là n'avaient pas grand-chose à faire ensemble, comme elle essaya gentiment, une fois de plus, de le faire remarquer à son amie, mais Delia n'était pas d'humeur à l'écouter. Après tout, Adam ne lui avait-il pas tout pardonné ? Déjà, lors d'une récente dispute, il avait menacé d'annuler le mariage si elle ne « se comportait pas plus intelligemment », comme il l'avait spécifié. C'était à elle d'être à la hauteur !

Sophie était outrée de la condescendance d'Adam, et de cette façon qu'il avait de contrôler l'emploi du temps de Delia, mais cette dernière refusait d'entendre raison.

Bien sûr, Delia avait fait pire que de prendre part à une soirée d'enterrement de vie de jeune fille où les femmes de la famille Wingate n'étaient pas invitées.

Etait-ce à cause du comportement de son amie que Sophie avait voulu, elle aussi, goûter à l'interdit ?

A présent… Elle avait repris sa vie quotidienne. Elle continuait d'écouter Delia pleurnicher et se plaindre, elle accomplissait ses gardes de nuit, et passait le reste de son temps à dormir.

Ou du moins, à essayer de dormir.

Elle avait espéré que le chaos lié aux préparatifs du mariage et au grand gala du musée l'occuperait suffisamment pour qu'elle cesse de penser à Simon à chaque instant. Hélas, malgré son immense fatigue elle avait du mal à dormir, et pensait à lui à chaque seconde.

Pour couronner le tout, la mère d'Adam ne cessait de se lamenter que la direction du musée ait refusé de changer la date de son gala annuel alors que le mariage de son fils avait été annoncé. La première fois qu'elle avait formulé sa requête, le directeur du musée l'avait informée que les expositions étaient programmées plusieurs années à l'avance, afin de pouvoir veiller à la sécurité des collections d'immense valeur prêtées par leurs collectionneurs. Hélas, cette explication rationnelle n'avait pas pour autant freiné les récriminations d'Arlene Wingate.

Ce qui impliquait une guerre quotidienne entre Arlene

et Sven, le coordinateur du gala dont de nombreux hôtes logeaient à l'hôtel Wingate. La direction de l'hôtel se retrouvait prise entre deux feux.

La pression était si forte sur tous les employés de l'hôtel que le directeur de la sécurité ne lui avait pas trop fait de reproches pour la perte de son badge. Dire qu'en se rendant dans son bureau, elle s'était presque rendue malade tant elle craignait que ses activités illicites ne soient découvertes tôt ou tard. Elle se sentait si mal qu'il n'avait pas été difficile de faire croire à une intoxication alimentaire. C'est comme cela qu'elle avait justifié la perte de son badge, prétendant l'avoir oublié au restaurant, et ne s'en être rendu compte que deux jours plus tard, en revenant travailler.

Toute cette angoisse, et elle n'avait eu droit qu'à un bref sermon sur l'importance de la sécurité dans un hôtel tel que le leur ! Pour conclure, son supérieur l'avait informée qu'étant donné son comportement professionnel impeccable, l'incident n'allait pas être mentionné dans son dossier, mais qu'une autre erreur de ce genre le serait, et risquerait d'entraîner une rétrogradation, voire un licenciement.

Cela étant dit, il lui fit remarquer que le temps était plutôt doux pour la saison, et lui souhaita une bonne journée.

Normal.

Tout était redevenu normal.

Dans ce cas, pourquoi se sentait-elle aussi bizarre ? Aussi inquiète ? Pas de l'utilisation illicite de son badge, ce qui aurait été normal, mais au sujet de Simon. Pourquoi ces deux dernières nuits avaient-elles semblé être les plus longues de toute sa vie ?

Simon avait-il eu assez de temps pour utiliser son passe, avant que ce dernier ne soit rendu inutilisable par le service de sécurité ? Avait-il retrouvé le bijou ? Etait-il déjà en route vers l'Angleterre ? Avait-il déjà quitté l'hôtel, et sa vie, pour toujours ? Tolliver était-il à ses trousses, ou bien avait-il accepté sa défaite ?

Est-ce que Simon pensait à elle ? Est-ce qu'elle lui manquait ?

Lui, il lui manquait. Il était inutile de prétendre le contraire.

Elle fit pivoter son siège, et fixa sans les voir les dossiers qui s'accumulaient sur son bureau. Elle avait une tonne de choses à traiter. Son absence avait occasionné du retard dans son travail, et elle avait une bonne douzaine de coups de fil à passer et diverses tâches à terminer. Comment les responsables de jour parvenaient-ils à tout accomplir ? Son champ de responsabilité était inférieur au leur, et pourtant, après seulement quarante-huit heures d'absence son volume de travail semblait s'être démultiplié !

Les responsables de nuit, qui officiaient de minuit à 6 heures du matin, devaient faire face à des demandes particulières, le plus souvent relatives au bruit de soirées animées qui s'éternisaient, à des arrivées nocturnes qui n'avaient pas été confirmées, à des clients en état d'ébriété, et tout ce genre de choses.

Cependant, les clients étaient encore plus exigeants durant la journée. Durant son temps de travail, la plupart d'entre eux dormaient. Seuls ceux qui étaient réveillés rendaient son travail intéressant. Son but, c'était de devenir directrice de jour.

Oui, c'était le prochain échelon qu'elle comptait gravir.

Elle cala son coude sur le bureau, posa le front au creux de sa paume, et se mit à consulter les derniers rapports qui s'étaient accumulés, les messages des interlocuteurs qu'elle devait rappeler, ainsi que ceux des cuisines, de la réception et des femmes de ménage. A ce moment, l'ambition de diriger un hôtel de la taille du Wingate lui parut une chose complètement folle.

Elle s'était interdit de vérifier si Simon occupait toujours sa chambre. Moins elle en saurait sur Simon et Tolliver, mieux ce serait. Pourtant, elle devait faire des efforts surhumains pour ne pas vérifier la liste des résidents présents.

Sa porte s'ouvrit brusquement, et Mike, le concierge, apparut soudain.

— J'ai un problème, dit-il.

Aussitôt elle se crispa. C'était ce qu'elle redoutait depuis qu'elle avait quitté la chambre de Simon. L'instant où un certain client se plaindrait d'un vol.

— C'est pour cette raison que nous vous avons engagé, Mike, répondit-elle le cœur battant, en se forçant à sourire. Résoudre les problèmes fait partie de vos attributions, et vous y excellez.

— Merci, mademoiselle, mais cette fois le client en question ne veut s'adresser qu'à vous.

Une pointe de panique s'insinua en elle. Qui était ce client ? Simon avait-il trouvé un moyen pour la contacter, afin que leur rencontre ait l'air strictement professionnelle ? De toute façon, pourquoi y attachait-elle de l'importance puisqu'elle avait déjà mis un terme à leur aventure ? Elle n'allait tout de même pas changer d'avis, et se précipiter dans ses bras juste parce qu'il claquait des doigts !

Et si c'était Tolliver qui voulait s'entretenir avec elle ? Si un objet avait disparu de sa suite et qu'il voulait s'entretenir avec la direction et le service de sécurité ? Et si jamais il se rendait compte qu'elle n'était autre que la prétendue femme de chambre qui avait pénétré dans sa suite, l'autre jour ? Simon avait dit que Tolliver était très observateur. La reconnaîtrait-il ?

Ses jambes se mirent à trembler.

— De qui s'agit-il ? demanda-t-elle d'un ton qu'elle s'efforça de garder détaché. Et pourquoi ce monsieur veut-il me parler ?

— Ce client désire mettre un objet de grande valeur dans le coffre de l'hôtel, et tient à ce que celui-ci soit gardé par deux hommes à lui. Evidemment, notre service de sécurité n'est pas du tout d'accord, et c'est pour cette raison que ce monsieur a demandé à parler à un membre de la direction.

Mike esquissa un sourire d'excuse.

— J'ai essayé de calmer les deux parties autant que je pouvais, mais c'était plutôt difficile, croyez-moi. Si vous voyiez ce que ce M. Tolliver réclame…

Sophie n'entendit pas la suite. Le fait que Tolliver veuille déposer quelque chose au coffre signifiait sans aucun doute que Simon n'avait pas encore réussi à récupérer son bijou. Il était peu probable que Tolliver ait d'autres pierres de même valeur en sa possession.

Dire qu'elle avait prié de toutes ses forces pour que, au cas ou un tel incident ait lieu, ce soit durant la journée, en dehors de ses heures de travail !

— Quel est le problème, exactement ? demanda-t-elle alors que la fatigue de ces deux derniers jours semblait s'abattre tout d'un coup sur elle.

— Comme je vous le disais, M. Tolliver tient à ce que ses propres gardes du corps puissent surveiller le coffre-fort de l'hôtel. Il veut que ces derniers surveillent qui entre et qui sort de la chambre forte, et puissent s'assurer que personne n'y entre sans avoir suivi le protocole en vigueur à la réception.

C'était donc pour cette raison que le service de sécurité de l'hôtel était mécontent. Les vigiles devaient avoir l'impression qu'on marchait sur leurs plates-bandes.

— Ses gardes du corps peuvent rester à proximité, si cela le rassure, mais il est hors de question qu'ils s'adressent à nos clients, ou qu'ils empêchent l'entrée ou la sortie de qui que ce soit dans la salle des coffres. S'il y a un problème, de n'importe quel ordre, à ce sujet, ils devront en référer à leur patron qui pourra contacter notre service de sécurité ou le directeur en poste à ce moment-là, ou en référer directement à ces deux parties.

Mike voulut l'interrompre, mais elle leva la main pour l'en empêcher.

— Si, à un moment ou un autre, ces règles ne sont pas suivies, les biens de M. Tolliver seront saisis par notre service de sécurité et remis aux autorités locales, si nous l'estimons nécessaire. Dans un tel cas, M. Tolliver pourra même être prié de quitter l'hôtel immédiatement.

— Mais…

— Merci d'en informer M. Tolliver et notre responsable

de la sécurité, qui peut venir m'en parler, s'il le désire. Je suis sûre, qu'au bout du compte, M. Tolliver appréciera ma décision, puisque finalement, il obtient plus ou moins ce qu'il demandait.

Elle reporta son attention sur ses dossiers. Heureusement, Mike ne pouvait voir à quel point ses jambes tremblaient sous son bureau.

Il resta debout dans l'embrasure de la porte, à l'observer, jusqu'à ce qu'elle relève les yeux.

— Il y a autre chose ?

Mike poussa un soupir.

— Vous savez, parfois, je déteste mon travail.

Elle lui sourit.

— Bienvenue au club, mon cher ! Je suis désolée de vous placer dans une telle situation, d'autant qu'il semblerait que ce M. Tolliver se montre plutôt tyrannique, mais j'aimerais que vous régliez tout cela sans moi. Je suis noyée sous le travail, ici, dit-elle en montrant la pile de dossiers qui l'attendait.

Mike lui retourna son sourire.

— Ne vous en faites pas, je ferai de mon mieux.

— Je le sais, et je saurai m'en souvenir.

Il lui fit un clin d'œil.

— Ça, je me chargerai de vous le rappeler.

Elle attendit qu'il referme la porte derrière lui, et poussa un profond soupir. La seule chose dont elle avait envie, c'était de revoir Simon.

Non. Non, non, non. C'était une très mauvaise idée ! Plus jamais elle ne se laisserait mener par ses impulsions. Oui, elle avait fait le bon choix en mettant un terme à cette aventure.

Elle devait se ressaisir. Mais comment se concentrer sur quoi que ce soit tant qu'elle ignorait comment s'était déroulée l'entrevue de Tolliver avec le service de sécurité.

Et si l'écrin de velours se trouvait désormais dans le coffre de l'hôtel, quel plan Simon avait-il en tête?

Pourquoi Tolliver avait-il finalement décidé d'utiliser le coffre de l'hôtel ? Simon avait précisé qu'il était paranoïaque, d'où les deux gardes du corps, mais il était curieux qu'il ait choisi de placer l'émeraude dans le coffre de l'hôtel alors que, jusqu'à présent, il la gardait dans celui de sa chambre.

Que s'était-il passé ?

Elle se crispa.

Tolliver avait-il surpris Simon en train d'essayer de le voler ? Simon avait-il des problèmes ?

Le service de sécurité n'avait pas été prévenu d'une quelconque tentative d'effraction, et la dernière fois que la police avait été appelée, c'était à cause de la soirée d'une confrérie qui avait mal tourné. Certes, elle était restée chez elle quarante-huit heures, mais, si un incident d'importance avait eu lieu, elle en aurait été prévenue dès son retour au bureau.

Autant cesser de se tourmenter. Elle n'avait plus rien à voir ni avec Simon ni avec Tolliver, sur aucun plan. Mis à part, bien sûr, ses obligations professionnelles. En tant que directrice, elle était censée être vigilante si on la prévenait d'un problème potentiel qui pouvait dégénérer entre un client et le personnel, ou entre deux clients, et prendre aussitôt les mesures nécessaires.

Durant ses cours de management hôtelier, on lui avait enseigné qu'un directeur efficace devait être capable de résoudre les problèmes en utilisant tous les moyens en sa possession pour éviter les crises, et s'épargner des retombées néfastes.

N'était-ce pas ce qu'elle avait fait en aidant Simon à retrouver un objet qui n'appartenait pas de façon légitime au client qui l'avait en sa possession ? Elle avait utilisé son badge magnétique à bon escient, et fait de son mieux pour résoudre la situation afin d'éviter de plus amples complications.

Bêtises que tout cela, mais au moins cela l'aidait à se sentir mieux pour quelques instants ! Oui, elle avait échoué, tout comme elle avait échoué à aider Delia. Pourtant, elle avait essayé. Aussi bien d'ouvrir les yeux de Delia sur son futur mariage avec Adam que d'éviter qu'une rencontre entre

Simon et Tolliver ne vire au drame. Si elle avait été plus douée, sa meilleure amie ne serait pas dans un tel état de nerfs, et Simon serait déjà dans un avion en partance pour l'Angleterre, prêt à faire la joie de Guinn en lui rapportant l'émeraude de ses ancêtres.

Au lieu de cela, Delia était complètement déprimée. Où était passée son habituelle joie de vivre ? Sophie commençait à se faire sérieusement du souci pour elle, alors qu'approchait ce qui aurait dû être le plus beau jour de sa vie. Quant à Simon, il semblait bien loin de pouvoir remettre le précieux héritage entre les mains de son propriétaire légitime. Pour couronner le tout, Tolliver semblait nerveux, ce qui signifiait qu'il risquait de poser problème.

Oui, vraiment, elle était douée pour trouver des solutions !

Elle se leva de son siège et commença à arpenter son bureau. Elle détestait être enfermée ici, sans savoir ce qui se passait, mais elle préférait ne pas sortir avant d'être certaine que Tolliver ait regagné sa suite. Devait-elle se rendre dans le bureau des vigiles, scruter les écrans de surveillance et vérifier par elle-même ce qui se passait dans la salle des coffres et en profiter pour jeter un coup d'œil dans le couloir où se trouvait la suite de Tolliver ? Elle pourrait trouver un prétexte pour pénétrer dans le sanctuaire dédié à la sécurité de l'hôtel, mais alors elle devrait affronter le mécontentement de l'équipe de sécurité. Les agents détestaient que les clients interfèrent dans le protocole habituel, et les deux gardes supplémentaires accordés à Tolliver ne manqueraient pas de les faire réagir. Qui sait ? Peut-être même attendaient-ils le relais de l'équipe de jour pour se plaindre à la directrice générale, plus âgée qu'elle, et bien plus ancienne dans la profession. Les vigiles auraient peut-être gain de cause, mais à ce moment-là elle serait chez elle, et n'aurait pas à croiser Tolliver lorsque le problème serait résolu, d'une façon ou d'une autre. Peut-être lui téléphonerait-on pour lui demander de venir plus tôt le lendemain matin, afin d'expliquer à sa supérieure pourquoi elle avait pris une telle décision, mais Tolliver n'en saurait rien.

Un autre coup fut frappé à sa porte, et elle sursauta.

— Entrez, répondit-elle après s'être passé une main dans les cheveux.

Mike passa de nouveau la tête dans l'embrasure de la porte, puis, se rendant compte qu'elle n'était pas assise à son bureau, ouvrit la porte en grand.

— Alors ?

— M. Tolliver est calmé, mais les types de la sécurité sont blêmes. Je les ai entendus dire qu'ils allaient parler de cette affaire à Gretchen, demain matin.

Gretchen, la directrice générale, connue parmi le personnel sous le surnom de « la Dame de fer ».

— Je suis désolée, ajouta Mike.

— Ne vous inquiétez pas, j'assumerai. Au moins, tout est réglé pour l'instant.

— Delia m'a demandé de vous prévenir qu'elle passerait vous voir après la fermeture du restaurant.

Il se pencha en avant.

— Notre future mariée n'a pas l'air en forme du tout ! dit-il en baissant la voix.

Oh, non ! Il ne manquait plus que cela ! Même si elle se faisait du souci pour Delia, elle n'avait aucune envie d'entendre ses derniers atermoiements. Néanmoins cela lui éviterait d'avoir affaire à Tolliver, et de penser à Simon. Que faisait-il en ce moment ?

Où était-il ?

A quoi pensait-il ?

Songeait-il à elle ?

— Vous savez, Mike, le mariage est tout proche. En général, tout le monde est hyperstressé juste avant le grand jour !

— C'est ce qu'on dit, répondit-il en jetant un coup d'œil par-dessus son épaule avant de s'avancer un peu plus dans la pièce. Mais franchement, tout ça ne m'étonne pas.

Ce n'était pas pour rien que Mike était l'un des meilleurs

concierges de Chicago. Il était discret, entièrement dévoué à son travail, et savait parfaitement quand il pouvait se mêler ou non de telle ou telle situation. Il était loyal à la famille Wingate, mais Sophie savait qu'il se faisait du souci pour Delia, et que tout ce qui se dirait dans cette pièce resterait entre eux.

— Pourquoi dites-vous cela ?

Certes, ce n'était pas un secret que les choses entre Delia et Adam était plutôt tendues, ces derniers temps, mais seuls les membres de la famille Wingate et quelques employés de l'hôtel étaient au courant. Pour le public, et plus encore pour les médias, les deux fiancés vivaient un véritable conte de fées.

Le mariage représentait un événement en or pour ces magnats de l'hôtellerie qu'étaient les Wingate. Aucun membre de la famille ne laisserait le moindre incident enrayer la vague de publicité gratuite générée par le jeune couple, et dont profiterait l'hôtel.

Cependant, elle avait envie de savoir ce que Mike avait à dire sur le sujet, étant donné que leurs pensées semblaient aller dans la même direction. De toute façon, même ceux qui étaient au courant des récents différends entre les fiancés ne pouvaient rien révéler. Chaque employé avait signé un contrat de confidentialité lorsqu'il avait été engagé. Mais ce mariage était un événement d'envergure, et les journalistes de la presse traditionnelle tout comme des tabloïds étaient à l'affût du moindre détail dont ils pourraient tirer profit pour accroître les ventes de leurs revues. Personne n'avait rien divulgué, mais c'était surtout dû au fait qu'en public Delia faisait toujours bonne figure.

Mike jeta de nouveau un coup d'œil par-dessus son épaule, puis se tourna vers elle.

— Chacun de nous connaît la propension d'Adam à vouloir tout contrôler. Ceux d'entre nous qui sont là depuis longtemps ont eu affaire à lui lorsque le vieux M. Wingate lui a confié un poste de direction pour qu'il fasse ses classes. Croyez-moi, nous n'oublierons jamais cette période. Adam peut parfois se transformer en véritable tyran. A côté de lui, Gretchen fait partie de la famille des Bisounours.

Ça, c'était plutôt dur à croire, mais elle avait entendu parler des colères fulgurantes d'Adam.

— Nous avons tous été étonnés lorsqu'il a commencé à sortir avec Delia, poursuivit Mike. Jamais il n'avait eu de relation avec une femme en dehors de son cercle, et encore moins avec une jeune femme que sa famille n'aurait pas approuvée. Nous avons tous cru que c'était justement pour se rebeller envers ses parents qu'il sortait avec Delia, mais lorsque nous nous sommes rendu compte que leur relation durait, nous avons espéré que Delia serait celle qui parviendrait à l'adoucir.

— Et quel est l'avis général, à présent ?

— Eh bien, nous pensons que, quelles que soient les raisons qui l'ont poussé vers elle, et qui sait, peut-être qu'il tient vraiment à elle, sa famille intervient tellement dans leur couple que ce doit être un enfer pour Delia. De plus, la tendance à tout contrôler d'Adam semble empirer. Que voulez-vous, c'est dans ses gènes ! De plus, s'il doit choisir entre faire plaisir à sa mère ou à sa fiancée, nous savons tous vers qui ira sa préférence. Et nous sommes tous tellement désolés pour Delia. Elle n'est plus que l'ombre de la jeune femme joyeuse que nous connaissions et appréciions. J'aimerais tellement pouvoir faire quelque chose pour elle. J'apprécie la famille Wingate, ils se sont toujours bien conduits avec moi, mais ce n'est un secret pour personne qu'ils peuvent parfois être plus cruels qu'une bande de piranhas. C'est bien comme cela qu'ils ont acquis leur position sociale, d'ailleurs. Hélas, j'ai bien peur que Delia ne soit pas assez forte pour se protéger d'eux.

Sophie acquiesça d'un hochement de tête.

— Je sais, et je me fais aussi du souci, Mike.

Ainsi, au fur et à mesure que la relation de Delia avec Adam avait progressé, tout le monde s'était inquiété pour elle, et encore plus depuis que les fiançailles avaient été annoncées. Apparemment, Dieu merci, personne ne se doutait des moments d'intimité que Delia avait partagés avec un des clients de l'hôtel. Si Mike avait été au courant, il le lui aurait fait savoir, de la façon la plus discrète, bien sûr, mais il aurait tenu à la prévenir afin qu'elle puisse protéger son amie.

— C'est très aimable à vous, Mike. Je lui dirai que vous vous souciez d'elle. Cela la réconfortera.

Il acquiesça et se dirigea vers la sortie, puis s'arrêta un instant.

— C'est tellement dommage qu'il n'y ait aucun moyen de mettre un terme à ce mariage sans que cela ruine la carrière de Delia.

Elle lui jeta un coup d'œil, se demandant s'il savait ou non quelque chose sur cette fameuse nuit, mais il n'en avait pas parlé, donc elle ne lui poserait aucune question. C'était ce qu'elle aimait chez lui, son infinie discrétion, et elle savait, sans aucun doute, qu'il l'aurait protégée de la même façon.

— Avec le mariage dans moins d'une semaine ? Vous imaginez un peu la tête des Wingate ?

Mike haussa les épaules.

— Un véritable cauchemar !

En vérité, les Wingate n'avaient aucune envie de voir Delia devenir membre de leur famille. Cependant, maintenant qu'ils avaient donné leur accord pour ce qui était considéré comme le mariage de l'année, il leur aurait été difficile de faire marche arrière sans se ridiculiser.

— Dites-lui que je serai dans mon bureau en train de rattraper mon retard. Elle pourra venir me retrouver lorsqu'elle aura fermé le club.

— Je le lui dirai, répondit Mike. Vous savez, vous devriez vraiment aller jeter un coup d'œil à ces gardes du corps. Ils sont plutôt impressionnants.

— Peut-être un peu plus tard. Retournez donc travailler, Mike, avant que l'hôtel ne s'écroule parce que vous n'êtes pas à votre poste.

— Vous avez raison, qui sait ce qui pourrait arriver si je ne veillais pas sur tout ? répondit-il en lui faisant un clin d'œil, avant de refermer la porte derrière lui

— Sans vous, cher Mike, je suis sûre que tout s'écroulerait, murmura-t-elle en se plongeant dans sa pile de messages.

Il était près de 3 heures du matin lorsqu'elle eut enfin terminé le plus important. Elle jeta un coup d'œil à la pendule. Allait-elle s'autoriser une autre tasse de café, ou pas ? Son service se terminait à 6 heures, et elle avait hâte de rentrer chez elle et de dormir de longues heures, mais Delia l'avait appelée une heure plus tôt, pour la prévenir qu'elle était retardée avec des problèmes de personnel. Elle devait absolument s'en occuper après la fermeture du club, mais elle viendrait la retrouver quand elle en aurait terminé, parce qu'elle avait vraiment besoin de parler.

Sophie poussa un soupir et se leva pour prendre une autre tasse de café. Apparemment, elle n'allait pas dormir très longtemps cette nuit non plus. Delia avait l'air… déterminée, ce qui était plutôt curieux.

Elle s'autorisa à prendre quelques chocolats dans la boîte à côté de la cafetière. Un peu de douceur ne lui ferait pas de mal.

Elle venait à peine de se rasseoir, que Delia passa la tête par sa porte.

— Je peux ?

D'un geste de la main, elle lui fit signe d'entrer.

Elles étaient si différentes ! Non seulement de par leurs personnalités, mais aussi physiquement. Delia était d'une extrême minceur, tandis qu'elle n'était que courbes. Elle était d'un blond très pâle, alors que ses cheveux à elle avaient cette nuance de blond vénitien, beaucoup plus sombre.

Et son amie avait des jambes immenses…

Question caractère, Delia était une indéniable optimiste, impulsive, toujours prête à rire, et bien plus douée pour la repartie que ne le laissait présumer son look de Barbie…, sauf en ce qui concernait Adam.

Certes, elle était optimiste, elle aussi, mais elle avait peut-être une vision plus réaliste des choses. Elle réfléchissait avant d'agir, enfin en général, alors que Delia avait plutôt tendance à suivre ses impulsions.

Qu'est-ce que Delia allait encore lui annoncer ? se demanda-t-elle en s'autorisant un autre chocolat tandis que son amie arpentait le bureau.

— Alors ? demanda-t-elle. On dirait que tu as pris certaines décisions. Tu as résolu tes problèmes de personnel ?

— Quoi ? Oh, ça ! Non, pas tout à fait, mais ça ne tardera plus. J'ai dû licencier une de mes hôtesses qui était devenue un peu trop… proche d'un client.

Vu la situation dans laquelle Delia s'était elle-même fourrée quelques jours plus tôt, Sophie haussa un sourcil, mais Delia balaya ce commentaire silencieux d'un geste de la main.

— Si elle s'était montrée discrète, je me serais contentée d'une bonne discussion avec elle, précisa-t-elle, mais elle a fait cela durant ses heures de travail. Au club ! Elle était assise sur les genoux de cet homme.

— Ah !

— Comme tu dis ! Et, pour couronner le tout, j'ai découvert que plusieurs filles menaient leurs petites affaires de leur côté, incitant nos clients à penser que le De Trop fournissait des prestations qui ne figuraient pas sur la carte.

— Eh bien !

— Je n'ai aucune preuve, sinon je les aurais toutes fait arrêter. Je ne pense pas que tout cela ait été véritablement organisé, mais j'en ai appris assez pour pouvoir les licencier sur-le-champ, et bien sûr, sans lettre de recommandation. Personne ne s'est plaint, donc je suis sûre que j'avais raison. Et si jamais l'une d'entre elles est passée à travers les mailles du filet, je pense qu'elle réfléchira à deux fois avant de recommencer.

— Quelle soirée !

Delia finit par se laisser tomber sur le siège en face d'elle.

— Au moins, ça m'a permis de me changer les idées, et de ne plus penser à la famille d'Adam.

Ça, elle pouvait le comprendre. N'avait-elle pas prévu de dormir durant tout son temps libre pour éviter de songer à Simon ?

Delia s'agitait sur son siège.

— Je ne suis pas sûre de pouvoir tenir jusqu'au week-end, Sophie.

— Pourtant, quand tu m'as appelée, tu avais l'air… Je ne sais pas… excitée, comme si tu avais pris une grande décision.

Delia poussa un soupir et lui jeta un regard d'avertissement. Mais il était déjà trop tard.

— Je sais, je sais, dit Sophie, nous en avons déjà discuté à maintes reprises, et tu connais mon opinion. Rassure-toi, je ne vais pas de nouveau t'infliger mon avis sur ton avenir avec Adam. Pas ce soir, en tout cas.

— Parfait, parce que, de toute façon, je n'ai pas l'intention d'annuler notre mariage.

— Dis-moi une chose… Vu ce qui s'est passé ces derniers jours et l'attitude d'Adam, si tu n'annules pas cette cérémonie, c'est parce que tu es toujours amoureuse d'Adam et que tu veux passer le reste de tes jours avec lui ? Ou bien est-ce que tu persistes dans ta décision de l'épouser parce que tu redoutes l'influence des Wingate, et que tu crains qu'ils ne te détruisent complètement si jamais tu mettais un terme à votre relation ?

Elle leva une main devant elle avant que Delia ne puisse l'interrompre.

— Je vais dire les choses autrement. Si ta décision n'avait aucune répercussion sur ta carrière, épouserais-tu quand même Adam ce week-end, ou voudrais-tu avoir plus de temps pour réfléchir ?

— C'est une question difficile que tu me poses là, parce que, de toute façon, il y aura des répercussions, quoi que je fasse.

— C'est pour cette raison que tu laisses les choses suivre leur cours ?

Delia baissa les yeux et se mit à jouer avec le solitaire qui brillait à son annulaire.

— Delia, est-ce que tu l'aimes ? Est-ce que tu l'aimes vraiment ? Oublie le clan Wingate et ta carrière. Je te rappelle que si tu l'épouses, c'est avec lui que tu devras passer le reste de ta vie.

Finalement, Delia releva les yeux, et elle ne put s'empêcher d'éprouver un pincement au cœur en remarquant le voile de résignation qui ombrait son regard.

— Est-ce que nous obtenons tous ce que nous désirons vraiment, Sophie ? Jamais je n'aurais imaginé pouvoir épouser un homme comme Adam !

— Si tu parles de la sécurité financière qu'il t'apporte et du fait qu'il est très bien de sa personne, tu as raison. Mais pour le reste ?

— Peut-être que le reste ne m'importe pas autant que tu as l'air de le croire.

— Tu oublies que je te connais depuis longtemps. Bien sûr que cela t'importe ! Sinon, tu n'aurais jamais rompu avec cet idiot de banquier d'affaires avec lequel tu sortais il y a deux ans, et qui te couvrait de cadeaux fabuleux, mais n'avait jamais cinq minutes pour t'écouter, vu qu'il était accro à son Black Berry. Tu es intelligente, Delia, et tu n'as besoin de personne pour t'entretenir. Tu as besoin d'un homme qui te corresponde, et pas…

— Je croyais que nous ne devions plus avoir cette discussion ! l'interrompit Delia d'un ton sec. Le mariage aura lieu dimanche, et nous sommes mercredi. Jeudi, en fait. Soyons un peu réalistes. Je ne vais rien annuler du tout !

— Dans ce cas, pourquoi avais-tu l'air aussi déterminée quand tu m'as téléphoné ?

— Peut-être parce que ce que tu m'as dit a eu plus d'impact sur moi que tu ne le pensais. Ou peut-être que cette semaine a été si difficile que j'ai commencé à voir les choses sous un angle différent…

— Delia…

— Pour commencer, j'ai envisagé le pire des scénarios.

— Vas-y, je t'écoute.

— Adam et moi, nous nous marions, et au bout de quelque temps je me rends compte que notre mariage ne fonctionne pas, et je demande le divorce. Vu que j'ai signé un accord prénuptial, personne ne pourra me reprocher de l'avoir épousé pour son argent, et bien sûr, je devrais me chercher du travail ailleurs, car je ne serais certainement pas réengagée dans l'un des fleurons de la famille et…

— Qu'est-ce que tu dis ? Tu as signé un accord prénuptial ? Quand cela ?

Delia fixa les paumes de ses mains.

— Lundi. Tu étais malade, et de toute façon je savais que tu aurais essayé de m'en dissuader, et…

— Je sais que sa famille est plus riche que Crésus, mais si Adam t'aime vraiment…

— Mais il m'aime, Sophie ! Tu lui fais beaucoup de reproches, mais tu oublies qu'il vit sous pression. Crois-moi, ce n'est pas facile pour lui d'être l'héritier de l'empire familial. Et rappelle-toi que nos propres vies, nos carrières, sont le résultat de leur ténacité en affaires, alors nous ne devrions pas être si promptes à les critiquer.

— C'est vrai, tu vas faire partie de la famille.

Delia se redressa sur son siège, l'air furieux.

— Tu sais, je crois que tu pourrais te montrer un peu plus reconnaissante ! s'exclama-t-elle.

— Moi ? Pourquoi ?

— Tu ne cesses de critiquer la famille Wingate, mais tu reçois de l'argent de leur part !

— Parce que je travaille pour eux ! Et que je fais très bien mon travail ! Je m'y implique à fond. Jamais ils ne pourront dire le contraire ! Mais ce n'est qu'un travail, Delia. Je suis une de leurs employés, pas un membre de leur famille. Et ce n'est pas avec l'hôtel Wingate que j'ai un problème. Je suis très bien traitée ici, et j'aime les défis liés à mon poste. Cependant, quand la famille propriétaire de l'hôtel qui m'emploie commence à traiter ma meilleure amie comme une moins que rien, non, je n'ai pas envie de mâcher mes mots !

— Tu ne crois pas que tu es un peu hypocrite ?

— Pardon ?

— Je veux juste dire que tu mords la main qui te nourrit.

— Si j'avais des soucis avec la façon dont ils dirigent leur hôtel, là, oui, ce ne serait pas juste de ma part de les critiquer en douce, et de ne rien faire ou dire pour améliorer la situation, tout en continuant à empocher mon chèque. Mais je n'ai pas à apprécier personnellement le directeur de la société qui m'emploie pour me sentir à l'aise dans mon poste.

Elle se cala dans son siège et poussa un soupir. Peut-être n'aurait-elle pas dû boire autant de café, finalement.

— De toute façon, pourquoi sommes-nous en train de parler de moi ?

Soudain, les paroles de Delia résonnèrent en elle.

— Attends un peu. Qu'est-ce que tu as dit, tout à l'heure ? Pourquoi craignais-tu de ne pas être engagée dans l'un ou l'autre des établissements Wingate si tu divorçais ?

Delia eut soudain l'air de nouveau fascinée par ses mains.

— Delia ?

— Quoi ? Je voulais juste dire que je ne travaillerais plus pour l'empire Wingate si je divorçais de l'un des membres de sa famille.

— Non, tu as dit « réengagée». Pas licenciée. Qu'est-ce que cela veut dire ? Que si tu divorces d'Adam tu perdras ton poste ?

Delia gardait la tête baissée.

— Explique-moi tout !

— En fait, quand Adam a eu connaissance de notre petite soirée, il m'a confié que ses sœurs faisaient pression sur lui à propos de mon travail.

— Pardon ? Il s'est confié à toi ? Ce n'est pas son genre !

Delia releva enfin la tête, et elle remarqua que ses lèvres tremblaient. Elle n'aurait peut-être pas dû insister autant, mais elle détestait la voir souffrir ainsi.

— Adam m'a simplement expliqué, une fois de plus, qu'être l'épouse d'un Wingate engendrait de nombreuses responsabilités, et il m'a avoué qu'il serait honoré, ce sont ses propres mots, Sophie, honoré, si j'acceptais de quitter mon poste pour me consacrer complètement à lui.

— Tu veux dire que tu travaillerais pour lui ?

— Pas comme collaboratrice, non. Mais en tant qu'épouse, mon rôle peut être important, et je veux être capable de…

— Vraiment ? C'est ce que tu veux ? Si c'est le cas, tant mieux, mais cela m'étonne. Tu as travaillé si dur pour arriver là où tu en es. As-tu vraiment envie d'abandonner ta carrière pour l'aider dans la sienne ?

— En tout cas, c'est la décision que j'ai prise. C'est pourquoi je voulais t'en parler. Adam et moi allons former une équipe, et c'est comme cela qu'il faut que je pense. Ce n'est pas moi contre lui, ni ma carrière contre la sienne. Nous allons former un « nous », Sophie. Et si cela peut nous aider à former un front unifié, alors, oui, je serai contente d'abandonner ma carrière. Je pourrai toujours me remettre à travailler plus tard, si je ne me sens pas complètement épanouie.

Tant qu'elle ferait de partie de la famille Wingate, il lui serait difficile de se sentir épanouie. Et même si Adam avait besoin que sa femme joue les hôtesses à plein temps, il devait y avoir autre chose derrière tout cela. Qui sait ? Peut-être que les sœurs d'Adam n'étaient pas enchantées d'avoir comme future belle-sœur la directrice d'un night-club. Même si c'était un club VIP qui appartenait à leur propre famille ! Les Wingate ne s'abaissaient pas à travailler dans ce genre d'endroit, ils employaient des gens pour cela. Donc, quand elle ferait partie de la famille, Delia devrait se plier aux règles du clan.

— Tout ce que je veux, Delia, c'est que tu sois heureuse.

Je sais qu'Adam et toi avez vécu votre liaison comme dans un tourbillon, et peut-être que c'est seulement la pression de sa famille qui le rend un peu plus… intransigeant envers toi ces derniers temps.

— Si j'ai accepté de renoncer à mon poste, ce n'est pas pour tenter d'apaiser la situation avec lui après ma soirée d'enterrement de vie de jeune fille. C'est parce que je pense qu'il va nous falloir du temps pour former un véritable couple, mais plus nous serons unis, plus la famille aura de considération pour moi.

Sophie resta silencieuse.

— Je crois sincèrement que nous pouvons être heureux, Sophie. Je ne l'épouserais pas si je n'étais pas persuadée que nous avons une chance.

Sophie acquiesça d'un hochement de tête. Elle aurait aimé ne rien ajouter, mais entre les répétitions de la cérémonie et les derniers préparatifs du mariage, c'était peut-être leur dernière chance de parler en privé.

Elle prit une profonde inspiration et décida de se lancer.

— Je sais que nous n'en avons pas parlé, mais ce qui s'est passé l'autre nuit…

— … était une complète erreur, Sophie. J'avais trop bu, et j'avoue que l'approche du mariage m'effrayait. Cela ne se reproduira jamais. Si nous ne sommes pas heureux ensemble, je divorcerai. Jamais je ne tromperai Adam.

Sophie hocha de nouveau la tête.

— Je sais, mais…

Elle jeta un regard à Delia. Oui, elle devait tout lui dire.

— Je suis désolée pour toutes ces conversations qui t'ont sans doute agacée, mais tu sais combien j'ai de l'affection pour toi, et je déteste te voir souffrir. J'ai peur que tu te sois jetée dans une histoire que tu ne maîtrises plus, et je… j'espérais te voir plus heureuse.

— Sophie, je suis heureuse maintenant que j'ai pris les décisions que je devais prendre. Le problème, c'est que cette cérémonie a pris des proportions incroyables dans les médias. Ce n'est pas comme si j'épousais un inconnu. Et Adam subit une forte pression, lui aussi.

Elle se cala dans son siège.

— Cependant, malgré la folie ambiante et la pression familiale, il veut toujours m'épouser, Sophie. Il m'aime.

Adam était-il entraîné, lui aussi, dans une situation qu'il ne contrôlait plus ? Mieux valait ne pas poser la question. Son amie avait fait son choix, et tout ce qu'il lui restait à faire était de se réjouir pour elle. De toute façon, vu son comportement des derniers jours, comment aurait-elle pu se montrer bonne conseillère en ce qui concernait la gent masculine ?

— D'accord.

— D'accord ? répéta Delia, méfiante.

Elle lui fit un large sourire et se pencha pour prendre ses mains dans les siennes.

— D'accord ! Préparons-nous au plus grand mariage de l'année !

Une immense joie envahit le visage de Delia tandis qu'elle lui serrait les mains avec effusion.

— Adam et moi, nous serons très heureux ensemble, tu verras !

Elle l'espérait. Pourquoi ses pensées dérivèrent-elles soudain vers Simon ? Avait-elle fait le bon choix en rompant avec lui ?

— J'espère bien ! répliqua-t-elle en riant.

Elles se levèrent et s'enlacèrent. Quand Delia fut partie, elle resta debout un bon moment, songeant à sa propre situation. Oui, elle souhaitait que Delia connaisse le bonheur avec Adam, mais que ne donnerait-elle pas pour vivre, elle aussi, une histoire d'amour heureuse.

# Chapitre 12

Simon faisait les cent pas dans sa chambre. Deux jours. Deux jours qui n'avaient servi à rien. Il avait passé son temps à filer Tolliver et son associée, comme il l'avait entendu présenter la ravissante brune qui s'affichait à son bras à une journaliste, durant le déjeuner, un peu plus tôt. Ou plus exactement, la veille.

Inutile de jeter un coup d'œil au radio-réveil posé sur sa table de nuit. L'aube était loin de se lever, mais, comme les deux nuits précédentes, et malgré la fatigue physique, il ne parviendrait pas à dormir. Son esprit semblait refuser de se reposer tant qu'il n'aurait pas cette satanée émeraude en main.

Ou au moins un plan solide pour la récupérer.

Or, il lui était de plus en plus difficile d'élaborer une stratégie.

— Pourquoi s'est-il décidé à utiliser le coffre-fort de l'hôtel ? dit-il pour la énième fois, la mâchoire crispée.

Et comme les fois précédentes, il n'avait pas la moindre réponse à cette question. Il était parvenu à surveiller Tolliver sans que ce dernier ne le remarque, mais qui sait, peut-être s'était-il senti observé. Tolliver était un homme paranoïaque, le changement de coffre n'était donc pas si surprenant. Peut-être Tolliver avait-il des soupçons ? Il suspectait toujours ceux qui ne travaillaient pas pour lui, et avait engagé une équipe qui surveillait pour son compte le déroulement de l'installation de sa collection au musée. Il n'aurait sûrement pas hésité à l'installer lui-même, si cela avait pu lui garantir une sécurité totale.

Quelles qu'aient pu être les raisons de Tolliver, il y avait désormais deux gardes du corps, aussi musclés que Schwarzie et Stallone réunis, postés devant la salle des coffres de l'hôtel. Ce qui signifiait que l'émeraude n'en sortirait pas avant la nuit du gala, où elle serait exhibée au cou de sa soi-disant associée. Pourquoi présentait-il la jeune femme ainsi ? Il était veuf depuis une bonne dizaine d'années, et même si sa vie privée ne s'étalait pas dans les tabloïds, ce n'était un secret pour personne qu'il se plaisait en compagnie de femmes très jeunes et très belles, qui semblaient avoir pour seule ambition de regonfler l'ego d'hommes âgés aux comptes en banque très, très bien garnis. Peut-être le prestige de l'événement l'incitait-il à vouloir passer pour un homme soucieux de lever des fonds pour une cause, plutôt que pour un vieillard tentant de séduire des femmes qui auraient pu être ses petites-filles.

Quand il s'agissait d'atteindre un but, Tolliver était doué pour déployer son charme. Il avait lui-même été victime du magnétisme de cet homme qui avait réussi à le convaincre de sa passion pour la philanthropie. A l'époque, Tolliver lui avait assuré qu'il était important pour lui de récupérer le bijou, joyau de l'héritage de sa famille, afin de mettre un terme, une bonne fois pour toutes, à une guerre des clans ancestrale, et de pouvoir se consacrer à ce qui lui tenait le plus à cœur : aider les autres. Lorsqu'il avait accompli sa mission, il était persuadé que les documents que Tolliver lui avait montrés étaient authentiques, alors que, lorsqu'il avait rencontré Guinn, qu'il appréciait et respectait, il avait su d'instinct que c'était en lui qu'il aurait dû avoir confiance.

Aujourd'hui, il en savait beaucoup sur Tolliver et connaissait si bien l'homme malveillant qui se cachait sous la façade affable qu'il était hors de question de se faire duper par lui une seconde fois.

Oui, Tolliver était doué pour obtenir ce qu'il voulait. Il

avait vu la jeune journaliste qui l'avait interviewé durant le repas quitter le restaurant un sourire radieux aux lèvres, victime elle aussi du charme de Tolliver.

Cette fois, il ne le laisserait pas s'en tirer comme ça. Non seulement par égard pour Guinn, mais parce qu'il était temps que quelqu'un remette ce traître à sa place.

Il avait besoin d'un plan.

Il avait besoin de Sophie.

Il se passa une main sur le visage. Ce n'était pas à cause de son passe qu'il avait besoin d'elle, mais parce qu'elle lui manquait. Parce qu'elle était intelligente et maligne et qu'en discutant avec elle il parviendrait peut-être à mettre une stratégie au point. Sophie respectait ce qu'il essayait de faire et elle l'aiderait sûrement à trouver une solution, même si cette solution l'impliquait directement.

Elle le comprenait comme personne ne l'avait jamais compris, et peut-être plus que lui-même. Elle abordait les choses sous un angle différent et ils se complétaient si bien ! C'était comme si elle donnait soudain un sens à sa vie.

« Cesse un peu de penser à elle, et concentre-toi plutôt sur cette satanée émeraude ! Comment vas-tu parvenir à l'arracher du cou de la petite amie de Tolliver ? »

Nul doute que Tolliver aurait des gardes du corps qui veilleraient sur eux durant le gala, et jamais il ne laisserait sa petite amie s'éloigner de lui de plus de quelques centimètres. Les seuls moments où la jeune femme se trouverait seule seraient quand elle se rendrait aux toilettes, et encore, même là, Tolliver demanderait certainement à l'un de ses hommes de la suivre. Jamais il ne la laisserait se promener toute seule avec un tel joyau autour du cou.

Il bondit du lit et se dirigea vers le miniréfrigérateur, dont il ouvrit la porte pour contempler la sélection d'alcools hors de prix qu'il contenait. Tous ces hôtels de luxe offraient les mêmes produits ! Il referma le frigo sans rien y prendre.

Il parcourut la pièce de long en large, but de grandes goulées de sa bouteille d'eau minérale, puis continua à aller et venir, cherchant une solution qu'il ne trouvait pas, avant de se laisser tomber sur le lit.

Il pensait tellement à Sophie que c'en était pathétique ! Il devait passer autant de temps à chercher un moyen de renouer avec elle qu'il en passait à essayer de mettre au point une solution pour récupérer l'émeraude.

De toute façon, inutile de se mentir. S'il avait besoin de Sophie à ses côtés, ce n'était pas pour mettre un plan au point, mais parce qu'il avait envie d'elle, tout simplement.

Elle était irremplaçable.

Jusqu'à présent, il avait toujours mis sa vie personnelle entre parenthèses. Le jour où il déciderait de lui donner la priorité, il devrait trouver une femme qui accepterait son mode de vie au jour le jour.

Et non une femme qui vivait sur un autre continent.

— Et surtout, une qui ne t'a pas déjà plaqué, marmonna-t-il.

Que faire ? Aller prendre une douche chaude en espérant que cela l'aiderait à trouver le sommeil ? Commander quelque chose à grignoter au service d'étage ? Enfouir la tête sous les oreillers en espérant s'endormir bientôt ?

Soudain, un coup léger fut frappé à sa porte.

— Service de ménage, dit une voix.

Aussitôt, son cœur se mit à tambouriner dans sa poitrine. Non, inutile de s'emballer ! Il tourna la tête, et jeta un coup d'œil au réveil. Il était déjà 6 heures du matin. Super ! Il venait de passer une nuit entière sans dormir.

Une pointe d'adrénaline courait dans ses veines, mais il se força à agir en silence. Il se leva avec précaution, et s'approcha de la porte sur la pointe des pieds. Tolliver ne semblait pas avoir remarqué qu'il l'avait suivi jusqu'à Chicago, pourtant, quelque chose l'avait décidé à utiliser le coffre-fort de l'hôtel. Et si jamais c'était l'un de ses gardes du corps qui se trouvait derrière la porte ?

Il attrapa son revolver accroché en permanence à sa cheville et s'adossa au mur, juste à côté de la porte d'entrée.

Il attendit.

Quelques secondes plus tard, un nouveau coup, très doux, fut frappé.

— Service de ménage.

Soit le garde du corps qui se trouvait derrière cette porte réussissait très bien à travestir sa voix, soit ce n'était pas un des hommes de Tolliver. Il jeta un bref coup d'œil à travers le judas. Sur son seuil se tenait une femme, tête inclinée, les cheveux serrés en un strict chignon, et vêtue d'un uniforme de femme de chambre. Son cœur battait la chamade, mais il s'efforça au calme.

Il ne pouvait y avoir qu'une seule femme de chambre sur son seuil à 6 heures du matin.

— Il est 6 heures du matin, dit-il. Pourquoi aurais-je besoin d'une femme de chambre ?

— Parce que c'est moi.

Il déverrouilla la porte, l'ouvrit en grand, attira l'employée à l'intérieur, referma derrière elle, puis plaqua la femme contre la porte.

— Qu'est-ce que tu fais là ? demanda-t-il en lui retirant le filet qui retenait ses cheveux d'or en chignon.

Sophie leva les yeux vers lui.

— Tolliver a décidé d'utiliser le coffre-fort de l'hôtel. Je ne devrais même pas m'en préoccuper, et encore moins être là pour te prévenir…

— Mais ?

— Mais j'avais besoin de savoir si tout allait bien pour toi.

— Sophie.

C'était exactement ce qu'il voulait. La revoir, la tenir dans ses bras, qu'elle soit de nouveau dans sa vie. En cet instant, rien d'autre n'avait d'importance.

— Je suis désolée, dit-elle.

— Pour quelle raison ?

— Pour t'avoir quitté… Parce que je ne sais pas ce que je veux, ce qui ne m'arrive jamais. D'ordinaire, quand je prends une décision, je m'y tiens. Je choisis une voie, je me fixe un but et je fais tout pour y parvenir.

— Peut-être que ton chemin, c'était de revenir vers moi.

— Mais tout cela semble si irréel !

— Tu as l'air tout ce qu'il y a de plus de réel pour moi.

— Simon.

— Sophie.

Il l'embrassa. Déjà, il aurait voulu plus, mais pour l'instant mieux valait ne pas trop tenter le sort. Il était déjà si heureux qu'elle soit revenue.

Elle répondit à son baiser, insinuant sa langue entre ses lèvres, jetant ses bras autour de son cou et l'enlaçant si fort qu'il eut la sensation qu'il lui avait manqué autant qu'elle lui avait manqué. Mon Dieu ! Ces deux jours lui avaient semblé durer une éternité.

D'autant plus qu'il avait cru ne jamais la revoir.

Il abandonna ses lèvres et déposa une pluie de baisers dans son cou. Elle poussa un gémissement et s'écarta de la porte, puis se cambra contre lui, s'offrant sans retenue. Toute sa fatigue s'évanouit et fut remplacée par un puissant désir.

— Tu m'as tellement manqué, Sophie.

— Toi aussi, tu m'as manqué. Je ne savais plus que penser lorsqu'on m'a appris que Tolliver désirait mettre ses biens au coffre, au beau milieu de la nuit.

Il prit son visage entre ses mains.

— Ne t'inquiète pas, tout va bien. Tolliver ignore tout de ma présence ici.

— Dans ce cas, pourquoi ce soudain changement de sa part ? J'ai pensé que tu avais tenté quelque chose, que Tolliver s'en était rendu compte, et…

— Je suis allé en reconnaissance…

Il n'en dit pas plus. C'était déjà suffisant qu'il ait utilisé son badge. Moins elle en saurait, mieux ce serait.

— J'ai pris un congé maladie de deux jours, dit-elle. Je voulais te laisser du temps. Il a fallu que je fasse remplacer mon badge quand je suis revenue au bureau.

— Cela t'a causé des problèmes ?

Elle secoua la tête.

— Non, la sécurité m'en a donné un nouveau.

— Ne te fais pas de souci, je n'en aurai pas besoin.

— De toute façon, je ne pourrai pas prendre de nouveau un tel risque. Cette fois, ma supérieure s'est contentée d'une légère réprimande, mais…

Du bout des doigts, il lui effleura les lèvres.

— Je n'ai pas l'intention de te demander de t'impliquer plus que tu ne l'as déjà fait.

— Mais si je voulais…

Il l'interrompit d'un baiser.

— Contente-toi de cela, et oublie le reste.

Il l'embrassa encore et encore jusqu'à ce qu'elle réponde à ses baisers. Cette fois, ce n'était plus l'excitation des retrouvailles qui les unissait, mais bel et bien le désir qui les avait saisis depuis le premier instant de leur rencontre. Jamais il n'aurait cru qu'une passion aussi forte puisse exister.

« Reste ! Donne-nous une chance ! »

Il la plaqua contre la porte et lui fit passer les jambes autour de sa taille.

— Accroche-toi !

Elle se cramponna à lui, et ne cessa de l'embrasser dans le cou tandis qu'il la portait vers le lit. Une fois là, il reprit possession de ses lèvres, puis se laissa tomber sur le lit avec elle, et roula sur le côté, leurs lèvres toujours scellées. A présent, elle le déshabillait et il tentait de lui retirer son uniforme de femme de chambre.

— Tu devrais vraiment arrêter de porter ce genre de truc, murmura-t-il d'un ton amusé tout en baissant la fermeture Eclair de sa robe.

— Je sais, répondit-elle en terminant de déboutonner sa chemise.

Elle finit de retirer sa robe pendant qu'il se débarrassait de sa chemise, puis de son pantalon, qu'il lança au loin avant de se retourner vers elle. Elle était en train de dégrafer son soutien-gorge.

— Laisse-moi faire.

Elle le repoussa, puis lui sourit quand il fit mine d'être offensé.

— Non, cette fois, c'est moi qui commande !

— Je suis tout à fait d'accord, mais…

Elle retira son soutien-gorge, qui alla rejoindre chemise et pantalon. Puis, alors que Simon tendait la main vers elle, elle le plaqua sur le lit, s'appuyant sur ses épaules.

— Simon, je ne plaisante pas. J'ignore si nous aurons la chance de nous revoir, et je ne veux avoir aucun regret.

Eh bien, si elle avait quelque chose en tête, il n'allait certainement pas l'arrêter, mais il ne pouvait s'empêcher de se remémorer ce qu'elle lui avait dit, juste avant de le quitter…

Cette fois, il devait être sûr.

— L'autre jour, tu disais qu'il valait mieux que nous en restions là.

— Ça, c'était avant que je ne me languisse de toi durant deux jours. J'ignore comment je pourrais supporter ton départ, mais j'ai essayé de ne plus te revoir et cela m'a rendue folle. De toute façon, à un moment ou un autre, ça fera mal, alors autant profiter l'un de l'autre tant que nous le pouvons.

D'un geste preste il la fit basculer et plaqua ses poignets sur le lit. Cette fois, c'était lui qui était au-dessus d'elle.

— Au risque de tout fiche en l'air encore une fois, je dois te poser la question : qui dit que nous ne pourrons pas donner une suite à cette aventure ?

— Simon.

Il se pencha vers elle et écarta une mèche de son front. Pourquoi ses doigts tremblaient-ils autant ? Il avait accompli des dizaines de missions où la grande maîtrise qu'il avait de ses nerfs avait été la clé de sa réussite. Mais aujourd'hui, il ne maîtrisait plus rien. Ce qui était en jeu entre eux était vital, primordial, même, pour son avenir.

— Qu'est-ce que tu veux, dans la vie ? demanda-t-il.

— Simon.

— Je suis sérieux. S'il n'y avait aucune limite, aucun obstacle, qu'est-ce que tu voudrais ?

Elle soutint son regard pendant un long moment, et juste quand il se dit qu'elle ne répondrait pas, elle chuchota.

— Toi.

Son cœur battait si fort qu'il se sentit proche de la crise cardiaque.

— Et qu'est-ce qui te fait penser que c'est impossible ?

— Les limites et les obstacles dont tu parlais, justement.

— Les obstacles sont faits pour être franchis.

— Ah ! Avec toi tout paraît si simple ! J'aimerais que ce soit le cas, mais… Simon, je…

Elle ferma les yeux un moment et, quand elle les ouvrit de nouveau, elle prit une profonde inspiration avant de parler.

— Es-tu en train de dire que tu veux la même chose que moi ? Même si c'est compliqué ? Vraiment très compliqué ?

— Je n'ai jamais autant désiré qui que ce soit. C'est ce que j'essayais de te dire, l'autre jour. Je ne voulais pas que tu croies qu'il s'agissait juste d'une aventure pour moi. C'était déjà beaucoup plus.

— Mais nous nous connaissons à peine !

— Nous nous connaissons, cela suffit.

Il déposa un léger baiser sur ses lèvres.

— Je n'ai jamais eu de relation à long terme avec une femme, et j'ignore combien de temps les couples mettent, en général, avant de s'engager sérieusement, mais avec toi, tout a été instantané. Et cette force qui m'attire vers toi ne fait que croître. Plus je passe de temps avec toi, plus j'ai envie d'en passer. J'aime te regarder, t'écouter, apprendre à te connaître.

Il l'embrassa de nouveau.

— Et j'aime te goûter, et découvrir chaque centimètre de ta peau.

Elle poussa un petit gémissement et se cambra contre lui lorsqu'il approfondit leur baiser, lui révélant toute sa passion.

— Je ne me lasserai jamais de toi, Sophie. Tu as peut-être raison quand tu dis que je ne connais pas grand-chose de ta vie, et j'ignore ce que sera notre avenir, mais tout ce qui m'importe, c'est que nous restions ensemble. Lorsque tu m'as quitté, j'ai eu l'impression qu'on m'arrachait le cœur. Durant ces deux jours, je n'ai pas cessé de penser à toi. Alors peu importe que tout cela ait l'air complètement fou, je ne veux plus que nous soyons séparés. Jamais.

Quand elle lui effleura la joue, il sentit que ses doigts tremblaient.

— Tout cela t'effraie ?

Elle hocha la tête, mais continua à caresser ses joues, puis ses lèvres. Ses doigts tremblaient, mais son regard ne quittait jamais le sien.

— Moi aussi cela m'effraie, avoua-t-il, mais il est hors de question que je renonce à toi. Je crois que j'en mourrais.

Elle se mit à trembler des pieds à la tête et ses yeux s'embuèrent.

— Qu'est-ce que j'ai dit ? demanda-t-il d'un air perplexe. Je t'en prie, ne pleure pas.

— Tu es incroyable, Simon Lassiter. Tu es encore plus optimiste que moi. Je crois que tes parents seraient fiers de toi.

— C'est toi que je veux rendre fière, Sophie, ma petite sorcière à l'esprit vif.

Il l'embrassa sur le front, puis sur le bout du nez et au coin des lèvres.

— Sorcière ? s'amusa-t-elle.

— Mmm. Mais si nous arrêtions de parler ? suggéra-t-il en se calant entre ses cuisses.

Et d'une seule poussée, il la pénétra.

— Oooh…, gémit-elle en écartant les jambes pour mieux l'accueillir en elle. Tu m'as tellement manqué, Simon.

Elle aussi, elle lui avait manqué. Il retint un gémissement, luttant contre la frénésie qui l'avait saisi. Il voulait la prendre vite et fort, plonger en elle et se perdre.

— Laisse-toi aller, chuchota-t-elle en l'embrassant.

Il ne se fit pas prier, et se laissa entraîner dans les profondeurs de son corps. Plus rien n'avait d'importance que se fondre en elle, encore et encore.

Il lui appartenait. Tout ce qui comptait, désormais, c'était de trouver une solution pour que leur amour puisse croître, et que jamais, jamais ils ne soient séparés.

Mais pour l'instant, rien d'autre ne comptait que l'orgasme qu'il était sur le point de lui procurer.

# Chapitre 13

Une foule de pensées traversa l'esprit de Sophie, mais c'était si bon de sentir Simon en elle que le plaisir la submergea. Toute anxiété s'évanouit et elle s'abandonna aux délices de ce moment. Un moment magique, merveilleux, comme elle n'en avait jamais connu.

Allongé sur elle, Simon lui faisait l'amour avec passion, comme si elle était l'unique femme au monde, lui procurant un sentiment de puissance inconnu jusqu'alors.

Elle se cambra pour mieux le prendre en elle. Elle le voulait encore plus fort, encore plus profond. C'était comme si elle ne pouvait se lasser de lui, et elle savait déjà que lorsque ce serait terminé, elle n'aurait qu'une hâte : recommencer.

Ce qu'elle éprouvait pour lui n'était pas uniquement sexuel. Non, elle le voulait dans sa vie, dans son lit et dans son cœur.

Leurs corps s'accordèrent en un rythme frénétique qui lui fit pousser des cris de plaisir. Quel bonheur d'entendre les gémissements de Simon dont les assauts se faisaient de plus en plus étourdissants. Il semblait tout proche de l'orgasme. Oh oui ! Elle voulait le voir jouir entre ses bras, savoir qu'elle lui procurait un plaisir aussi intense que le sien. Du bout des doigts, il effleura son visage. Elle garda les yeux clos, s'apprêtant à sentir ses lèvres sur les siennes, mais il attendit qu'elle ouvre les yeux et le regarde alors qu'il était toujours en elle, son sexe de plus en plus dur.

— Sophie, dit-il d'une voix rauque.

— Oui…

Qu'allait-il lui demander ? De toute façon, elle acquiescerait à tous ses désirs.

— Ne t'enfuis plus.

C'était bien la dernière requête à laquelle elle s'attendait. Il n'était pas en train de la supplier, mais lui demandait, de la façon la plus simple qui soit, de rester avec lui.

De leur donner une chance.

— Je ne le ferai plus, chuchota-t-elle. Je te le promets.

Un merveilleux sourire se dessina sur ses lèvres et leurs corps reprirent leur danse sensuelle, s'accordant mieux que jamais. Lorsqu'il ravit sa bouche et s'abandonna au plaisir, elle jouit au même instant. L'orgasme se répandit en elle comme une myriade d'étincelles, la laissant pantelante.

Mais ce furent les moments qui suivirent, lorsque leur ballet ralentit et que leurs souffles se furent calmés, qui prirent soudain une intensité… effrayante.

Elle avait promis de ne pas s'enfuir, et de ne pas se laisser décourager par les obstacles. Pourtant, le monde n'allait pas s'arrêter de tourner pour lui faciliter la tâche, et elle allait devoir prendre maintes choses en considération si elle voulait tenir sa promesse.

— Simon…

Il roula sur le côté et l'enlaça.

— Plus tard…

Elle se blottit contre lui, et ferma les yeux.

Il avait raison.

Autant s'abandonner à la plénitude du moment.

Ils avaient tout le temps de réfléchir à leur avenir.

Les baisers de Simon sur ses tempes, puis le bout de son nez, la réveillèrent. Sophie s'étira comme un chat qui aurait fait une délicieuse sieste au soleil. C'était si bon de se réveiller entre les bras de Simon. Jamais elle n'avait été aussi heureuse. Quant au reste… le retour à la réalité et tous ses problèmes, mieux valait ne pas y penser. Pour l'instant, elle n'avait aucune envie que ce moment de béatitude se termine. Elle roula sur le dos, puis ouvrit lentement les yeux. Simon la dévisageait, déjà prêt à lui faire de nouveau l'amour.

— Eh bien ! le taquina-t-elle.

Il la pénétra sans dire un mot, le regard rivé au sien. Cette fois, il n'était plus question de frénésie. Il lui fit l'amour avec une lenteur infinie, et lui procura un orgasme d'une sensualité absolue avant de s'abandonner à son tour au plaisir.

Ce ne fut qu'ensuite, lorsqu'elle se retrouva lovée contre lui, le dos blotti contre son torse, et que Simon se fut assoupi, qu'elle songea que plus jamais sa vie ne serait la même, maintenant que Simon Lassiter avait ravi son cœur.

Seule une idiote laisserait s'enfuir un homme comme lui. Elle avait peut-être fait des choses curieuses depuis qu'elle l'avait rencontré, mais peu importait. Elle allait trouver une solution pour que leur aventure ait une suite.

Elle saisit son bras et le serra un peu plus autour de sa taille.

Non, elle ne s'enfuirait pas.

Cette fois ce fut elle qui s'éveilla la première. Les doubles rideaux étaient toujours tirés, et la chambre plongée dans la pénombre. Quelle heure pouvait-il être ? Aucune importance ! Elle se retourna avec précaution et fit face à Simon. Même endormi, il était plus séduisant que n'importe quel homme. Quelle chance elle avait !

Hélas, la réalité reprit soudain ses droits. Dans quelques heures, elle retournerait travailler. A coup sûr, sa direction lui ferait des reproches pour avoir autorisé les gardes du corps de Tolliver à rester en faction à l'entrée de la salle des coffres. Quant à Delia, elle serait toujours persuadée qu'abandonner sa carrière pour devenir une épouse Wingate à plein temps était une merveilleuse idée, et que son futur époux allait enfin la traiter d'égale à égal.

Le gala du musée aurait lieu ce week-end, et Simon devrait

trouver un moyen pour récupérer ce qu'il était venu chercher. Ensuite, il serait temps pour lui de repartir en Angleterre. Si loin d'elle ! Elle l'observa. Comment pourraient-ils entretenir une relation à si longue distance ? Venait-il souvent aux Etats-Unis ? Elle pourrait peut-être le rejoindre chez lui, quand son emploi du temps et ses finances le lui permettraient. Ce qui, a priori, n'arriverait jamais, vu qu'elle épargnait chaque dollar gagné pour ouvrir un jour son propre hôtel. Quelles missions effectuait Simon ? En quoi consistait exactement son travail ? Voyageait-il souvent ? Avait-il un bureau ? Et d'ailleurs, où vivait-il précisément ?

Dans quoi s'était-elle embarquée ? Il était facile de dire que l'on vaincrait les obstacles, que l'on trouverait une solution si on le voulait vraiment, mais cela ne résolvait pas pour autant le problème.

Oui, tout cela était bien beau, mais quelle voie était envisageable ? Elle n'en voyait aucune.

— Tu me rends dingue, tu sais, murmura Simon, les yeux encore clos.

Depuis combien de temps était-il réveillé ?

— Comment ça, je te rends dingue ? Je suis juste allongée à côté de toi.

— Tu réfléchis beaucoup trop ! Je peux presque entendre tes pensées tourner dans ton cerveau. Je crois que je vais devoir te faire penser à autre chose…

Il tendit la main vers elle, et elle se retrouva entre ses bras. Il posa sa joue sur le haut de sa tête et la serra un peu plus fort.

— Voilà, c'est bien mieux. A présent, détends-toi.

Oh oui, c'était bien mieux ainsi. Entre ses bras, elle se sentait confiante. Oui, il devait bien exister une solution. Peut-être devait-elle le laisser se soucier de tout, et ne plus s'inquiéter autant, mais elle ne pouvait s'empêcher de cogiter.

— Tu continues ! murmura-t-il en déposant un baiser sur sa tempe.

Il finit par ouvrir les yeux, et la fixa.

— J'étais juste en train de me demander quelle solution je pourrais trouver pour que notre histoire fonctionne. Je veux dire, une fois que tu seras parti… Tu voyages souvent, n'est-ce pas ?

— Sophie, je ne veux pas entretenir de relation à distance avec toi.

— Oh !

— Non, insista-t-il.

— Alors… Qu'est-ce que nous allons faire ? Tu veux rester ici ? Pour moi ?

Elle aurait dû être paniquée par cette idée. Un homme qu'elle venait à peine de rencontrer, mais avec lequel elle avait envie de vivre une véritable histoire d'amour, allait bousculer sa vie pour elle ? Oui, elle aurait dû en être effrayée. Mais c'était loin d'être le cas.

— Je suis un grand garçon, tu sais, dit-il en jouant avec une de ses mèches de cheveux. Je peux m'établir là où j'en ai envie. Et si les choses ne tournent pas comme nous l'espérons, si tu ne veux plus de moi, je repartirai.

— Alors, c'est aussi simple que cela ? Tu changes juste de continent ?

— En quelque sorte, oui.

Elle resta silencieuse durant quelques instants.

— Tu ferais cela pour moi ? dit-elle enfin. Vraiment ?

— Vraiment.

— Est-ce que tu as l'habitude de faire de si grands changements dans ta vie chaque fois que tu rencontres une femme ?

— Je n'ai jamais rencontré de femme comme toi, Sophie.

— Tu es dingue !

— Et toi ? Tu serais prête à changer de vie pour un homme que tu viens tout juste de rencontrer. Moi, en l'occurrence.

Il avait l'air si vulnérable qu'elle en fut troublée.

— Si quelqu'un m'avait posé cette question il y a trois jours, je crois que j'aurais éclaté de rire, répondit-elle en effleurant sa joue. Aujourd'hui, j'avoue que c'est une option tout en fait envisageable.

— Je suppose que c'est un bon départ.

— C'est bien de cela qu'il est question, non ? D'un nouveau départ. Qu'est-ce que tu en penses ?

— Il me semble que je viens de laisser entendre que je pourrais m'établir ici, aux Etats-Unis.

— C'est vrai, mais j'ai encore du mal à croire que tu puisses décider de venir vivre à Chicago, comme ça, d'un claquement de doigts.

— Personne n'est obligé de passer sa vie au même endroit. D'ailleurs, je possède du terrain en Nouvelle-Zélande. Le vignoble de mon père, pour être exact.

Elle écarquilla les yeux.

— Il est en exploitation ?

— Oui. Lorsque mon père a compris que je ne suivrais pas ses traces, il a mis une équipe en place.

— Est-ce que ton père est toujours… ?

— … en vie ?

Il secoua la tête.

— Il s'est jeté dans le travail après le décès de ma mère, mais il n'a plus jamais été le même. A son tour, il a eu de graves problèmes de santé, et comme ma mère n'était plus là, il ne s'est pas soigné aussi bien qu'il l'aurait dû. Je lui ai proposé de rentrer en Nouvelle-Zélande pour l'aider, mais il savait que je cherchais encore ma voie, et a refusé mon offre. Je suis retourné le voir plusieurs fois après sa première crise cardiaque, et plus tard, lorsque son directeur d'exploitation m'a contacté pour m'informer qu'il déclinait.

— Que s'est-il passé ?

— Mon père était un homme très avisé, tout du moins en ce qui concernait les affaires. Il voulait préserver la société qu'il avait passé sa vie à construire. Il a placé les employés qu'il fallait aux postes adéquats, et il s'est occupé de tout faire, sur le plan légal, pour que l'affaire reste dans la famille. C'est le cadeau qu'il m'a légué en partant, pour moi et ma future progéniture, car il voulait s'assurer que l'exploitation soit toujours bien gérée, même s'il n'était plus là, et que je n'en prenais pas les rênes. Je crois…

Il s'interrompit, jusqu'à ce qu'elle lui caresse le front pour écarter une mèche.

— Qu'est-ce que tu penses ? Qu'il n'avait plus envie de vivre sans ta mère ?

Il acquiesça d'un hochement de tête.

— J'étais là quand il est mort. Il était presque soulagé de partir, et persuadé que ma mère et lui seraient enfin réunis.

— Ils le sont sûrement.

Il lui sourit et déposa un baiser sur le bout de son nez.

— Pendant longtemps, je lui en ai voulu de ne pas avoir mieux pris soin de lui. Mais au bout du compte, j'ai accepté, comme il me l'avait si longtemps fait remarquer, qu'il était le seul capitaine de son destin. Tout comme je le suis du mien. Il voulait me laisser ce qu'il avait construit parce que c'était une chose importante pour lui. Cependant, il m'a dit, à la fois de son vivant, mais aussi dans son testament, que ce qui adviendrait du vignoble après son départ ne dépendait que de moi, et que, d'où il serait, il serait d'accord avec moi quels que soient mes choix.

— Et alors ? Tu as déjà réfléchi à ce que tu veux faire de cette exploitation ?

— Jusqu'à présent, je n'ai guère eu le temps d'y réfléchir. Cela ne fait que quelques années que mon père est décédé, et le vignoble est entre de très bonnes mains. Lorsque Mac, le directeur mis en place par mon père, décidera de prendre sa retraite, alors là, oui, j'aurai d'importants choix à faire. Mais par chance, j'ai encore du temps devant moi.

— En tout cas, ta vie n'a rien de routinier. Comment as-tu commencé dans ton métier ? Est-ce que tu es une sorte de détective privé ?

— En fait, je suis diplômé en archéologie.

— Vraiment ?

— Oui.

— Explique-moi un peu comment tu es passé du rôle d'Indiana Jones à celui de spécialiste en… recherche d'objets.

— Tu sais, chercher et retrouver des objets, c'est aussi le travail des archéologues. Après mon diplôme, j'ai commencé à travailler pour une université, à Birmingham. J'espérais faire partie de leur équipe de fouilles, voire aider à lever des fonds. J'aurais fait n'importe quoi pour intégrer cette équipe, quand un professeur a évoqué les difficultés qu'il avait à retrouver un objet perdu sur un site de fouilles. En Egypte.

— Et… tu l'as trouvé ?

Simon haussa les épaules.

— Je dois avouer que je voulais vraiment impressionner cet homme, et faire partie de l'équipe.

— Il t'a engagé ?

— En fait, il m'a proposé une mission délicate concernant l'héritage d'une famille qui avait été mis en vente aux enchères. En acceptant sa proposition, j'ai tout de suite compris que j'allais adorer ce travail d'enquêteur lié aux trésors du passé.

— Et tu as réussi ta mission ?

— Oui. Dans cette histoire, l'objet avait été acheté en toute légalité, et revendu à plusieurs reprises, donc…

— Tu as réuni les deux parties, et elles ont établi un arrangement.

— Oui. Et comme on dit, le reste n'est qu'histoire.

— Mais, et ta passion pour l'archéologie ?

— Parfois je me demande où elle m'aurait conduite, si je n'avais pas choisi cette voie si spéciale. Certes, je ne mets au jour aucune trouvaille de grande importance qui permettrait de compléter un pan ou un autre de l'histoire de l'humanité, mais je plonge dans un univers plus intime, plus personnel, au gré de mes clients. Il s'agit toujours de recherche et de découverte, mais d'une autre nature.

Il l'embrassa.

— Je sais que cela n'a pas l'air d'être le moyen le plus stable pour gagner sa vie, mais cela fait déjà quelques années que j'exerce et j'ai de plus en plus de clients.

— De toute façon, je crois que le plus important, c'est que tu exerces un métier qui te plaît.

— C'est le cas. Et toi ? Pourquoi le management hôtelier ?

— Disons que j'ai quasiment grandi dans la cuisine du restaurant de ma grand-mère. J'y faisais mes devoirs après l'école, et plus tard, quand j'ai été assez âgée, j'y ai travaillé. Ma grand-mère était une excellente cuisinière, et elle adorait être très entourée. Elle travaillait énormément, mais elle était si heureuse que je me suis dit que j'adorerais suivre ses traces.

— Mais ?

Elle fit la grimace.

— Autant que tu le saches, je suis à peine capable de faire cuire des pâtes.

— C'est pour ça que tu travailles dans un hôtel où l'on peut commander de quoi se restaurer vingt-quatre heures sur vingt-quatre ?

Elle se mit à rire.

— Oui, c'est pratique, n'est-ce pas ? J'avais envie de travailler dans le milieu hôtelier, mais j'ai vite compris que je ne pourrai pas prendre la succession de ma grand-mère. C'est ma tante qui s'est chargée de lui prêter main-forte quand sa santé a commencé à décliner. Ensuite, elle a repris le restaurant avec son mari.

— Ils sont ici, à Chicago ?

Elle secoua la tête.

— Non, mon oncle était de Philadelphie, où mon cousin a ouvert un restaurant, lui aussi, et, quand ma tante est décédée, il est allé rejoindre son fils. Nous nous parlons régulièrement au téléphone, mais je ne les vois pas très souvent.

— Tu as de la famille, ici ?

Elle secoua la tête.

— Non, je suis seule.

— Mais qu'est-ce qui t'a décidé à faire carrière dans un hôtel ?

— A dire vrai, je n'ai pas pour ambition de diriger un très

grand hôtel, mais si je veux, un jour ou l'autre, ouvrir le mien, mieux valait que je fasse mes classes dans un cinq-étoiles. J'ai un bon salaire, et tout ce que j'apprends ici me servira, même si mon futur établissement sera bien plus modeste.

— Tu as l'intention d'ouvrir ton propre hôtel ?

— Oui, à long terme, c'est ce que je veux. J'ignore encore où, peut-être plutôt à la campagne, mais qui sait ? Je suis comme toi, je n'ai pas à m'en soucier tout de suite. D'abord, il me faut gravir les échelons.

— Pour ça, je te fais confiance.

— Tu sais, c'est très important pour moi, ce projet. Et j'ai la chance que mes amis, ceux que je me suis faits ici, à l'hôtel, et qui connaissent mon rêve, soient comme une seconde famille pour moi. Mais j'avoue que le fait de ne plus avoir de racines familiales est parfois un peu pesant.

— Je comprends ce que tu veux dire.

— Tu passes beaucoup de temps, là-bas, en Nouvelle-Zélande ?

— Pas autant que je le souhaiterais. Mon travail me retient de plus en plus à Londres. Mais puisqu'on en parle... J'imagine que je pourrais trouver des clients ici, aux Etats-Unis, et comme Chicago est une ville plutôt centrale, je pourrais voyager facilement.

— Tu ferais ça ?

— Pourquoi pas ? Je peux au moins essayer.

— J'ai bien peur que tu ne doives passer ton temps dans les avions, d'un continent à l'autre, si tu veux garder tes clients européens.

— Sophie, je t'ai déjà dit que je n'avais pas envie de me lancer dans une relation à longue distance avec toi, mais si jamais un de mes clients actuels a besoin de mes services, j'étudierais au moins son dossier. Et qui sait, tu pourras peut-être m'accompagner en Europe, de temps en temps.

— Ça dépendra de mon travail. Dès que j'aurais obtenu un poste de directrice de jour, je vivrai quasiment ici.

Il lui sourit.

— J'ai un appartement à Londres, et un autre à Sydney, mais je passe la plupart de mon temps dans les hôtels, alors, ça ne me changera pas beaucoup.

— Bien… tant que tu ne recrutes pas de nouvelle femme de chambre, plaisanta-t-elle.

Il l'embrassa de nouveau.

— Tu es la seule que je veuille.

Elle prit soudain un air grave.

— Tu te souviens, tout à l'heure, quand je t'ai dit que lorsque j'avais un but en tête je faisais tout mon possible pour y parvenir ? C'est ma façon d'être.

Elle se redressa pour l'embrasser.

— Que dirais-tu d'être mon nouveau but ?

— Je dirais que c'est une excellente idée.

— C'est tout ? Pas une idée extraordinaire, par exemple ?

Elle le fit rouler sur le dos et s'assit à califourchon sur lui, puis lui plaqua les mains au-dessus de la tête.

— Je crois que je ne me suis pas très bien fait comprendre, le taquina-t-elle.

Il renversa la tête en arrière et ferma les yeux.

— Mmm… T'ai-je déjà dit à quel point je respecte ta façon de t'impliquer dans tout ce que tu fais ?

Puis il poussa un long soupir de plaisir tandis qu'elle lui prouvait combien elle s'investissait dans tout ce qu'elle entreprenait.

# Chapitre 14

— Ça ne me va pas du tout, dit Sophie à travers la porte de la salle de bains.

— Tu plaisantes ? Tu es faite pour porter ce genre de robes. Les hommes vont s'extasier et les femmes t'envier. Allez, viens ! Montre-toi !

— Je suis beaucoup trop serrée, là-dedans !

— Sors de là !

La porte s'ouvrit et Simon crut que son cœur allait s'arrêter de battre.

— Waouw !

— Tu vois, tu en fais une tête ! Ça ne me va pas, n'est-ce pas ?

— Peut-être que te faire jouer la femme fatale n'était pas une si bonne stratégie, après tout.

Plutôt que d'avoir l'air blessée ou insultée, Sophie eut l'air triomphante, et plutôt soulagée. C'était ce qu'il aimait en elle. Elle allait toujours droit au but, et ne laissait que peu de place à la vanité ou à l'ego.

— Je te l'avais bien dit, dit-elle en pivotant sur ses talons. Allez, aide-moi à me débarrasser de ça ! La fermeture Eclair est bloquée à mi-chemin.

Peu importait la fermeture Eclair. Sophie était tout simplement sublime dans cette robe. Sublime et si sexy !

En fait, s'il ne lui plaisait guère de la voir vêtue ainsi,

c'était qu'il imaginait déjà quelles pensées sulfureuses auraient les invités masculins du gala en la déshabillant du regard.

Comme il n'esquissait pas un seul geste pour l'aider, elle lui jeta un coup d'œil par-dessus son épaule, et, stupéfaite, se retourna pour lui faire face.

— Hé ! On dirait que tu vas m'attraper par les cheveux pour me traîner dans la caverne la plus proche.

— C'est une description tout à fait appropriée, mademoiselle Maplethorpe !

— Simon, c'est toi qui as choisi cette robe, alors…

— Si je l'ai choisie, c'était parce que je voulais que tu attires l'attention et que tu puisses approcher Tolliver au gala. Il ne résiste jamais à une jolie femme.

— Et maintenant ?

— Eh bien…

Il l'observa, admirant de nouveau comment la robe de soie vert émeraude, au décolleté plongeant aussi bien devant que dans le dos, moulait ses formes sensuelles. Même Marilyn Monroe aurait été jalouse d'elle.

— Bon ! Vas-tu au moins m'aider à la retirer ?

Il s'approcha d'un pas.

— Oh, je crois que je vais plutôt te l'arracher avec les dents.

Il approcha encore.

— Ensuite, je te plaquerai contre le mur et je te prendrai là. Et quand nous aurons terminé, ce sera dans le fauteuil à côté de la baie vitrée, puis sur le lit.

Il vint un peu plus près.

— Et dans tous les endroits qui me viendront à l'esprit.

— Eh bien ! J'ignore si je dois me sentir flattée de t'inspirer autant, ou si je dois redouter que tu ne m'entraînes effectivement où bon te semble, en me tirant par les cheveux.

Elle esquissa un petit sourire mutin.

— Qui sait ? Peut-être que j'apprécierais que tu joues les hommes des cavernes ?

Il prit son visage entre ses mains.

— Comment se fait-il qu'aucun homme n'ait encore mis le grappin sur toi ?

— Sans doute ne suis-je pas une fille facile !

Il l'attira à lui et l'embrassa avec passion. Elle le rendait fou !

— Ce désir que j'éprouve pour toi, dit-il, je n'en reviens toujours pas. Parfois, j'ai l'impression que tout ceci est un rêve qui ne va pas tarder à s'évanouir. Que tu es Cendrillon allant au bal, et moi le pauvre type qui ne va pas tarder à rester seul avec la pantoufle de vair en main.

— Simon…

— Sophie. Je sais que je suis ridicule, mais…

— Fais-moi confiance, l'interrompit-elle en lui caressant la joue. Aie confiance en nous. Nous allons faire de notre mieux… Et nous verrons bien ce qui se passera. D'accord ?

Il lui sourit.

— Je vois que tu as toute confiance en toi.

— C'est toi qui me donnes confiance. Vu la façon dont tu me regardes quand je porte cette robe, j'ai l'impression que je pourrai conquérir le monde. Et c'est bien ce qui compte, n'est-ce pas ? Que j'aie confiance en moi pour cette mission.

— Tu es incroyable.

— Non, je suis terrifiée, mais je crois en nous. Ma seule chance de réussir, ce soir, c'est en t'ayant à mes côtés.

— Idem, mademoiselle Maplethorpe.

— Pourtant, tu as déjà pu remarquer que je n'étais pas douée en matière d'espionnage. Si tu y allais seul ?

— Je croyais que tu étais prête à conquérir le monde ?

— Ce serait plus facile sans ces talons vertigineux, plaisanta-t-elle.

Il sourit.

— Tu seras parfaite. Je risque fort d'avoir une crise cardiaque chaque fois que je te verrai dans cette robe, et il y aura peut-être des étincelles dans la pièce si Tolliver jette un œil sur toi, mais…

— Ne suis-je pas supposée attirer son attention ?

— Pas ce genre d'attention. Tu es censée te rapprocher de lui, et rester dans ses parages jusqu'à ce que sa…

— … son associée ? dit-elle, ironique.

— Qui que soit cette jeune femme… Lorsqu'elle s'éloignera pour aller aux toilettes, tu devras la suivre. C'est notre seule chance.

— Mais où seras-tu, à ce moment-là ? Si tu ne veux pas que Tolliver te remarque, comment…

— Ne t'inquiète pas, je serai là, comme je te l'ai dit. La salle de réception sera bondée, et je n'aurai aucun mal à me fondre dans le décor sans qu'il me remarque.

— Tu vas porter ça, n'est-ce pas ? dit-elle en désignant d'un geste du doigt le smoking accroché à la porte.

Il acquiesça d'un hochement de tête.

— Dans ce cas, crois-moi, on te remarquera. Tu vas attirer l'attention. Les femmes se débrouilleront pour se retrouver tout près de toi !

— Le salon sera bondé d'hommes en smoking.

— Crois-moi, on te remarquera, répéta-t-elle.

Il prit ses mains dans les siennes.

— Sophie, il faut que tu me fasses confiance. Je sais ce que je fais.

— Je sais. Et quand la soirée sera terminée, j'espère bien que tu me retireras enfin cette robe.

— Toi, au moins, tu sais motiver un homme !

— Bon, pour revenir à la soirée, je suis la petite amie de Tolliver jusqu'aux toilettes, mais ensuite ? Je sais que tu as dit que tu ne serais pas très loin, mais…

— Nous ne devons pas être vus ensemble. Tiens-toi à distance assez longtemps jusqu'à ce que tu sois sûre que j'ai eu le temps de m'échapper. Je m'occupe de tout.

Elle fronça les sourcils.

— Et comment cela ?

Il lui fit un grand sourire pour la rassurer.

— De la façon qu'a un professionnel de s'occuper de tout.

— Simon…

— Sophie ! Nous en avons déjà discuté ! Je te serai éternellement reconnaissant d'être à mes côtés, mais je ne veux pas t'impliquer plus que nécessaire.

Elle n'essaya pas d'argumenter. Ils avaient déjà eu cette discussion à plusieurs reprises, et si elle avait marqué un point en réussissant à lui faire accepter son aide, il était parvenu à égalité en insistant sur le fait qu'il ne l'impliquerait pas plus que nécessaire.

— Et ensuite ? demanda-t-elle.

— Je devrai quitter le pays.

Comme elle s'inquiétait déjà, il déposa un léger baiser sur ses lèvres.

— Juste le temps de rendre l'émeraude à Guinn. Ensuite, je profiterai de mon passage à Londres pour régler certaines choses, et… m'assurer que Tolliver n'est pas à ma poursuite.

— Tu crois qu'il va se lancer sur tes traces ?

— Je suis sûr qu'il cherchera à entrer en contact avec moi.

— Entrer en contact ?

— Fais-moi confiance, d'accord ?

— Je sais, mais tu dois me rassurer. Ce n'est pas ton départ qui me préoccupe, je le comprends, et j'irais avec toi si je pouvais, mais Tolliver et ta sécurité m'inquiètent. Je veux être certaine que tu ne crains rien.

— N'aie pas peur, tout ira bien.

Il passa derrière elle et remonta sa fermeture Eclair.

— Voilà. A présent, allons nous mettre en quête de l'héritage de Guinn.

— A propos… je ne t'ai jamais posé la question. Comment as-tu découvert que Guinn était le propriétaire légitime ? Tu as trouvé une preuve ?

— Non, aucune, pas plus que je ne peux prouver que Tolliver a falsifié des documents. Pas sans les avoir en main, ce qui, évidemment, n'arrivera plus jamais. A l'époque, j'aurais dû faire plus de vérifications. J'avoue qu'il m'a bel et bien mené en bateau !

— Qu'est-ce qui a changé ?

— J'ai appris à connaître Guinn et à écouter mon instinct. Quand je l'ai rencontré pour la première fois, je sentais au fond de moi qu'il me disait la vérité, mais j'avais en main ce que je croyais être des preuves irréfutables. Je croyais aussi que Tolliver était un homme honnête doté de bonnes intentions. Hélas, j'ai découvert le contraire.

— Et il était trop tard ?

— Beaucoup trop tard. J'ai voulu mettre Tolliver face à ses responsabilités, et l'obliger à remettre l'émeraude à la famille de Guinn, mais il m'a fichu à la porte en me menaçant de ruiner ma carrière si je le poursuivais.

— Pourtant, tu l'as fait.

— Oui, et ma réputation n'a pas diminué dans les cercles que je fréquente, parce que j'ai aussitôt essayé de réparer cette injustice.

— Et si nous ne récupérons pas l'émeraude ?

Il secoua la tête, comme si c'était une possibilité absolument inenvisageable.

— J'ai spolié un vieil homme qui ne le mérite pas, récupérer cette précieuse émeraude est pour lui la dernière chance de sa vie de réparer une injustice faite à ses ancêtres par ceux de Tolliver. Il faut que je lui rapporte cette pierre !

Elle lui sourit, et décrocha la housse qui contenait son smoking.

— Dans ce cas, tu ferais mieux d'enfiler cela, dit-elle. Le spectacle ne va pas tarder à commencer.

— Comment pourrais-je te remercier de ce que tu vas faire pour moi à ce gala ?

Elle effleura ses lèvres d'un baiser.

— Mmm, peut-être en me ligotant à un de ces fauteuils pour me prouver à quel point j'ai raison de t'aider à voler des bijoux hors de prix.

— Ça, c'est une bonne idée !

— Mais pour l'instant, dépêche-toi ! J'ai déjà du mal à respirer dans cette robe !

# Chapitre 15

En entrant dans la salle de réception bondée, Sophie eut l'impression d'être Julia Roberts dans une scène de *Pretty Woman*. Des regards admiratifs se posaient sur elle, et plusieurs conversations s'interrompirent sur son passage. Si elle parvenait à approcher Tolliver avant de faire un faux pas et de trébucher sur ses talons aiguilles, sa mission serait accomplie.

Elle le remarqua enfin, près des vitrines qui présentaient une bonne partie de sa collection. Il ne ressemblait que de loin à l'homme qu'elle avait vu dans sa suite, seulement vêtu d'une serviette et les cheveux mouillés après la douche. Son smoking sur mesure lui allait à la perfection. Malgré les hommes tout aussi élégants qui l'entouraient, on ne remarquait que lui. Sa chevelure, d'une magnifique teinte gris argenté, lui donnait un air léonin. Il avait un rire convivial et profond qui se répandait naturellement parmi les conversations, donnant aux autres convives envie de se joindre au cercle qui l'entourait déjà.

Tandis qu'elle s'approchait, elle entendit des bribes de sa conversation. Oui, décidément, Tolliver était bien différent de l'homme au ton cinglant qu'elle avait rencontré dans sa suite. Jamais elle n'aurait cru qu'il puisse se transformer en un personnage aussi élégant, aussi charmeur. Il aurait pu donner des leçons à Sean Connery.

Pourvu que son propre changement d'apparence soit aussi

réussi, et que Tolliver ne reconnaisse pas en elle la femme de chambre qui avait pénétré dans sa suite.

Elle n'eut pas le temps de s'inquiéter davantage, car quelqu'un la bouscula et elle fut soudain projetée tout près de Tolliver et des parasites qui l'entouraient.

Les conversations s'arrêtèrent un instant tandis qu'elle tentait de retrouver son équilibre. Quelqu'un avait posé sa main sur son coude et elle se retourna pour remercier son sauveur.

— Veuillez m'excuser, dit-elle avec un sourire qu'elle espérait gracieux.

Mon Dieu ! C'était Tolliver qui venait de la secourir. Sa main était encore posée sur son bras. Pourvu qu'elle ne soit pas devenue blême.

— Eh bien ! murmura-t-il. Moi, je ne suis pas désolé du tout. Ravi de vous rencontrer, mademoiselle… ?

Comment était-il possible que sa voix, sèche et disgracieuse l'autre jour, soit devenue aussi profonde et agréable ?

Avec précaution, elle retira son bras et présenta ses excuses à l'homme dont elle avait failli piétiner le pied, puis se retourna vers Tolliver.

— Maplethorpe. Sophie Maplethorpe.

Elle lui tendit la main, qu'il saisit galamment avant de s'incliner pour un baisemain.

— C'est un plaisir de vous rencontrer, monsieur Tolliver. Votre collection est exceptionnelle ! Nous avons vraiment de la chance que vous ayez accepté de la confier à notre musée.

Eh bien ! Eh bien ! Eh bien ! D'où lui venait ce talent ? Julia Roberts n'avait qu'à bien se tenir !

— Merci beaucoup, mais je vous en prie, appelez-moi Langston.

Il se tourna ensuite vers l'époustouflante jeune femme brune qui se tenait à côté de lui, et qui semblait avoir envie de poignarder Sophie, mais parvenait à garder un sourire plaqué sur son visage.

— Permettez-moi de vous présenter mon invitée, dit Tolliver, Marcelina Brand.

« Regarde son visage, regarde son visage ! », se répétait Sophie.

Ce qui n'aurait pas dû être très difficile. Des millions de personnes l'avaient fait avant elle, puisque le ravissant visage de Marcelina avait figuré en couverture de très nombreux magazines. Mais comment se concentrer sur sa beauté alors qu'elle portait une sublime émeraude en collier ? Marcelina avait un regard si froid qu'il était difficile de l'assimiler à la jeune femme qu'elle avait entendue rire dans la salle de bains.

Se rendant compte qu'elle la fixait sans un mot, ce dont Marcelina devait avoir l'habitude, elle lui tendit la main, que Marcelina serra du bout des doigts.

— C'est un collier incroyable que vous portez là. A-t-il été créé spécialement pour vous ?

— Merci, dit Marcelina en esquissant un sourire alors que son regard semblait toujours vouloir la trucider. Langston pense que seule ma beauté peut mettre cette pierre en valeur.

Eh bien ! Elle n'était pas étouffée par la prétention.

Marcelina glissa un bras possessif sous celui de Tolliver, tout en continuant à la fixer d'un air peu amène.

— Il n'aurait pu choisir plus bel écrin, dit Sophie.

Décidément, ce soir, elle aussi se surpassait.

— On doit éprouver une sensation extraordinaire en portant un tel bijou, poursuivit-elle.

— C'est une sensation unique, intervint Tolliver. Le plaisir de porter cette émeraude fabuleuse qu'est la *Shay* est sans prix. Je crois que ce joyau transformerait n'importe quelle femme en une véritable œuvre d'art.

Marcelina fronça un instant les sourcils, mais se reprit bien vite. A coup sûr, elle n'avait pas envie d'abîmer son magnifique visage.

— J'ai l'impression de vous avoir déjà rencontrée, dit Tolliver.

Sophie eut l'impression que son cœur allait s'arrêter de battre.

— Je vous demande pardon ? bredouilla-t-elle comme si elle n'avait pas bien entendu sa remarque.

— Je ne me rappelle pas avoir rencontré mademoiselle, dit Marcelina.

— Chérie, je rencontre quantité de gens tous les jours, dit-il d'un ton dédaigneux tout en continuant à fixer Sophie.

— Non, nous n'avons pas encore eu le plaisir de nous rencontrer, dit Sophie alors que Marcelina semblait prête à la transpercer avec une des épingles de son chignon. Je travaille pour l'hôtel Wingate. En fait, c'est moi qui ai mis en place les consignes de sécurité que vous demandiez. Mais nous ne nous sommes jamais vus.

— Vous devez avoir raison, répondit Tolliver d'un ton mielleux. Jamais je n'aurais pu oublier un tel visage. Votre beauté est à elle seule une véritable œuvre d'art.

Tolliver était vraiment doué pour la galanterie !

— Vous êtes donc ici ce soir pour raisons professionnelles ? demanda Marcelina d'un air narquois.

— En fait, mademoiselle est notre invitée, dit une voix féminine derrière Sophie.

Delia, au bras d'Adam.

Arlene Wingate n'avait pu obliger la direction du musée à changer la date du gala, mais tenait visiblement à ce que la famille soit représentée et bénéficie de la couverture médiatique de l'événement.

— Quel plaisir de rencontrer l'heureux couple de l'année, dit Tolliver en continuant à déployer son charme. J'ai tellement entendu parler de vous, mes amis !

Delia prit la main que lui tendait Tolliver pour la saluer, lui décochant un superbe sourire tout en snobant délibérément Marcelina au passage. Sophie se retint d'applaudir sa prestation. Marcelina venait bel et bien d'être remise en place.

— Merci, monsieur Tolliver, dit Delia. Vous avez raison, nous vivons un véritable conte de fées.

— Un conte de fées sans fin, précisa Adam en s'avançant pour serrer à son tour la main de Tolliver.

— Qui voudrait mettre un terme à une si romantique histoire avec une femme aussi belle à son bras ?, répondit Tolliver. Mes meilleurs vœux de bonheur à vous deux.

— Merci, dit Delia. Parlez-nous un peu de votre collection, monsieur Tolliver. Elle est très impressionnante. Toutes ces merveilles proviennent de vos ancêtres ?

— Je vous en prie, appelez-moi Langston, dit-il avant de se lancer dans une description détaillée de diverses pièces.

Sophie s'écarta d'un pas, écoutant la conversation d'une oreille tout en examinant la foule à la dérobée. Où était Simon ?

Après quelques minutes, Marcelina, qui devait se lasser de ne pas être le centre d'attention durant plus de trente secondes, se tourna vers Tolliver.

— Au fait, mon chéri, j'attends toujours ma coupe.

— Venez avec moi, dit Adam, avant de faire un clin d'œil à Tolliver. Je suis sûr que vous ne m'en voudrez pas de vous ravir votre compagne quelques instants.

Il rit et ajouta.

— C'est mon avant-dernière soirée de célibataire, et ce sera donc la dernière fois où je pourrai apparaître avec à mon bras une jolie femme qui n'est pas mon épouse sans déclencher un scandale dans les tabloïds.

Le petit cercle autour d'eux se mit à rire, mais Delia semblait faire un véritable effort pour masquer sa déception d'être une nouvelle fois ignorée par son fiancé, qui s'éloigna avec Marcelina à son bras sans même lui jeter un coup d'œil.

Malheureusement, Sophie était si occupée à observer son amie masquer sa déception qu'elle oublia de vérifier si Tolliver avait envoyé un signal à un de ses hommes pour lui demander de suivre ou non Marcelina. Peut-être pensait-il qu'elle était en sécurité, vu la célébrité d'Adam. D'ailleurs, toute la soirée était placée sous haute protection. Comment Simon allait-il s'emparer de l'émeraude et s'enfuir ?

Delia s'adressait à Tolliver.

— Oui, la presse a écrit beaucoup d'articles sur Adam et moi. *People Magazine* nous a demandé une interview en exclusivité,

Sophie reporta son attention sur la conversation. Si seulement elle avait pu suivre Marcelina et Adam ! Hélas, comme ces deux derniers les avaient abandonnés, elle n'avait pas d'autre choix que de rester avec Delia et Tolliver et de continuer à bavarder avec eux. Certes, elle aurait pu trouver une excuse pour les quitter avant de perdre de vue l'autre couple qui se dirigeait vers le bar, mais Delia lui avait pris le bras, semblant s'accrocher à elle comme à une bouée de sauvetage.

— Vous devez être si impatiente ! s'exclama une femme du petit groupe qui les entourait.

— Oui, tout cela est très excitant, répondit Delia qui semblait pourtant beaucoup moins heureuse qu'elle ne l'était quelques instants plus tôt.

— En fait, dit Sophie, à cause du tourbillon des préparatifs, nous avons à peine eu le temps de discuter toutes les deux.

Elle s'adressa au petit groupe, puis à Tolliver plus précisément.

— Est-ce que vous m'en voudriez si je vous l'empruntais un moment ?

— Bien sûr que non, ma chère, répondit Tolliver qui venait de porter son attention sur la jeune beauté d'une vingtaine d'années qui avait rejoint leur petit groupe. C'était un plaisir de faire votre connaissance.

Elles s'éloignèrent. Sophie fouilla la salle du regard, mais toute trace de Marcelina et d'Adam avait disparu. Elle se retourna vers Tolliver, mais ne vit aucun garde du corps dans son entourage immédiat. D'ailleurs, elle avait été tellement étonnée en le découvrant si différent de l'homme revêche qu'elle avait rencontré dans sa suite qu'elle avait oublié de vérifier s'il était entouré de gardes du corps, ou non.

Quelle idiote !

Heureusement, Simon devait avoir tout vu.

Delia l'entraîna vers l'une des vitrines.

— Je suis tellement surprise de te voir ici ! Pourquoi ne m'as-tu pas dit que tu venais ? Et où as-tu trouvé cette robe ? Tu es fabuleuse, là-dedans. On ne dirait pas que c'est toi !

— Merci beaucoup !

— Ce n'est pas ce que je voulais dire. Mais que fais-tu ici ? Et qui t'accompagne ?

— Toi non plus, tu ne m'avais pas dit que tu venais, même si ta présence est moins surprenante que la mienne. Quoi qu'il en soit, je suis étonnée qu'Arlene vous ait laissés sortir sans elle !

— En fait, nous ne devions pas venir, mais quand elle a appris que des journalistes de *People Magazine* se trouveraient ici…

— … elle a décidé de profiter de l'opportunité pour braquer une nouvelle fois les projecteurs sur sa famille, termina Sophie. Bon, de toute façon, Adam et toi, vous vous mariez dans deux jours. Après la cérémonie Arlene vous laissera peut-être enfin tranquilles.

— Peut-être, répondit Delia d'un air absent.

— Que se passe-t-il, Delia ? Tu as l'air inquiète.

Delia ne répondit rien, mais l'entraîna un peu plus à l'écart.

— Mais enfin, Delia, que t'arrive-t-il ?

— Tu te souviens quand je t'ai dit que je voulais abandonner mon poste pour être l'épouse d'Adam à temps plein, comme il le désirait ?

— Bien sûr ! Est-ce qu'Arlene te cherche des noises ? Ses sœurs t'ont fait des reproches ? Tu sais, je crois qu'il est grand temps que tu montres à cette famille que tu n'as pas l'intention de te laisser marcher sur les pieds. Sinon, j'ai bien peur que ces harpies ne transforment ta vie en enfer !

Cette fois, des larmes brillèrent aux paupières de Delia, qui s'empressa de les tapoter avec un mouchoir.

— Oh, mon Dieu, je ne peux pas pleurer ! Pas ici ! Si quelqu'un me voit, cela va causer un véritable scandale !

— Viens, allons aux toilettes. Tu pourras te remettre un peu de poudre pour réparer les dégâts.

— J'ai bien peur qu'il n'y ait plus rien à réparer, dit Delia en reniflant.

Elle semblait sur le point de s'effondrer en pleurs.

— Sortons d'ici ! suggéra Sophie. Allons prendre un peu l'air.

Elle lui saisit la main.

— Allez viens ! Tu me raconteras tout.

Elle l'entraîna à sa suite, envoyant des excuses silencieuses à Simon pour être en train de mettre son plan à mal une fois de plus. A l'évidence, elle n'était pas faite pour ce job !

— Allons par là, dit-elle en indiquant une sortie de secours à l'arrière.

Pourvu qu'elles ne déclenchent pas une alarme ! Elles débouchèrent sur un petit couloir qui menait à une autre porte, gardée celle-ci. Le vigile remarqua l'extrême pâleur de Delia et leur ouvrit obligeamment la porte.

— Mesdames, il vous faudra rentrer par l'entrée principale.

— Pas de problème, merci, répondit Sophie en entraînant Delia à sa suite.

Elle vit le garde s'emparer de son talkie-walkie, et présuma qu'il devait alerter ses collègues de la sécurité qu'il avait laissé sortir deux invitées par la porte arrière, mais Delia venait de craquer et commençait à pleurer. Elle fut donc incapable d'entendre le message du vigile.

La porte se referma derrière elles.

— Allons nous asseoir sur ce banc, et tu me raconteras tout.

— Je les ai… entendus… parler de moi, bredouilla Delia entre deux sanglots.

— Qui ? Ses sœurs ? Sa mère ? Tu sais qu'elles n'ont pas encore accepté son mariage, mais cela ira mieux dans quelque temps. D'ici là, il te faut être forte.

Delia leva vers elle son visage baigné de larmes et de mascara.

— Non, pas elles. Je sais qu'elles me détestent, de toute façon. Je te parle d'Adam. C'est lui que j'ai entendu.

— A qui parlait-il ? A des amis ? A sa mère ?

— Je crois qu'il ne m'a jamais aimée, Sophie, dit-elle en se remettant à pleurer. Adam… Il était en train de parler avec son meilleur ami, Trevor, son garçon d'honneur. Trevor et sa femme sont arrivés à Chicago hier, et je ne savais même pas qu'il était passé voir Adam… qui, lui, ne m'attendait pas si tôt. Ils discutaient sur son balcon, et ils ne m'ont pas entendue arriver. Mais… moi, j'ai tout entendu.

— Que disaient-ils ? Tu ne devrais peut-être pas t'inquiéter autant. Adam a pu avoir un moment de panique avant le mariage. Ça arrive souvent.

Dire qu'elle était en train de défendre Adam ! De toute façon, ce n'était pas le moment de faire remarquer à Delia qu'elle l'avait prévenue à maintes reprises. Non, il fallait juste qu'elle la soutienne dans sa décision d'aller jusqu'au bout.

— Oh, je ne me fais pas de souci, Adam veut toujours m'épouser.

— Tu vois ! Inutile de paniquer ! Qu'a-t-il dit d'autre ?

— En fait, Trevor lui disait qu'il était étonné qu'il m'ait choisie, étant donné mon absence de… pedigree. Il avait du mal à croire qu'Arlene laisse son fils m'épouser. Et là, Adam a dit…

Elle renifla de nouveau et prit une profonde inspiration.

— Adam s'est mis à rire ! bredouilla-t-elle, il lui a avoué que s'il m'épousait c'était justement pour se venger de sa mère. Pour qu'elle le laisse enfin tranquille et cesse de vouloir gouverner sa vie à chaque instant. Il m'utilise, Sophie ! Je ne suis qu'un instrument pour lui. Il a dit à Trevor qu'il allait me fourrer dans les pattes de sa mère, ce sont ses mots, pour qu'elle ait un nouveau joujou et lui fiche la paix. Il a même prétendu qu'il m'engrosserait, toujours selon ses termes, s'il le fallait, pour avoir la paix !

Après cette longue tirade, Delia s'écroula en larmes.

Sophie ignorait quoi dire. Le pire, c'était que rien dans ces révélations ne la surprenait.

— Au moins tu as tout découvert avant d'être passée devant le prêtre, dit-elle en lui caressant le dos.

— Il a même dit à Trevor qu'il n'avait aucune intention de me rester fidèle ! D'ailleurs, j'ai appris qu'il me trompait déjà. Et tu sais quoi ? Trevor s'est mis à rire et s'est contenté de lui répondre : « Bienvenu au club, mec ! »

Delia se redressa.

— Mais pour qui se prennent-ils, Sophie ? De quel droit se servent-ils des autres comme cela ? Je sais que tu m'avais mise en garde, mais Adam semblait si sincère, si amoureux, alors qu'il se fichait complètement de moi ! Jamais, jamais…

Elle éclata de nouveau en larmes.

— Je crois qu'il a quand même tenu à toi à un moment ou un autre, Delia. Je ne sais pas quand il a imaginé ce plan contre sa mère, mais je ne pense pas qu'il t'ait choisie de manière calculatrice.

En fait, elle n'aurait pas été surprise qu'Adam ait tout prévu depuis le début, mais il était hors de question qu'elle fasse part de ses pensées à Delia.

— Maintenant que tu sais ce qu'il en est, qu'est-ce que tu vas faire ? demanda-t-elle.

— C'est bien le problème ! s'exclama Delia entre deux hoquets. Qu'est-ce que je peux faire ?

— Annuler le mariage, par exemple, suggéra Sophie. Voyons, Delia, tu ne peux plus l'épouser, désormais ! Et tu le sais !

— Tout ce que je sais, c'est que sa famille a dépensé une véritable fortune pour organiser ce mariage, Sophie. Une fortune ! Et il n'y a pas que l'argent… Tu imagines un peu l'épreuve pour Arlene ? La petite serveuse qui répudie son fils ? Quelle humiliation pour elle !

Sophie serra les lèvres, esquissa un sourire, puis rit franchement.

— Désolée, Delia, mais c'est plus fort que moi. Oui, je

peux très bien imaginer tout cela ! D'ailleurs, ce serait la meilleure fin à cette histoire ! Toi, dans la limousine, attirant tous les regards en arrivant à l'église. Si je le pouvais, je te conduirais moi-même à l'autel. Adam mérite d'être humilié en public pour tout ce qu'il t'a fait subir ! Oh oui, j'imagine très bien la scène !

Après un temps, elle ouvrit la bouche pour s'excuser, mais elle aperçut du coin de l'œil Delia qui commençait à sourire, puis soudain se mettait à rire. Moins d'une minute plus tard, elles étaient toutes deux en plein fou rire.

— Quelle idiote je suis de ne pas t'avoir écoutée ! dit Delia quand elles eurent repris leur souffle. J'ai l'impression d'avoir été une autre personne durant tout le temps qu'ont duré ces fiançailles. Comme si je n'étais que spectatrice de ma propre vie. Je ne peux pas l'épouser, Sophie, et j'ai même du mal à croire que j'en ai eu un jour envie.

— Je sais, Delia, dit Sophie en l'embrassant. Je ferai tout ce que je pourrai pour t'aider. Ne crains rien.

— Mon Dieu ! Vous avez tous dû penser que j'étais complètement stupide !

— Non, nous savions que tu voulais vivre un conte de fées, tout comme nous le désirions pour toi. Et nous ne voulions pas te faire souffrir. Il est toujours plus facile de voir les erreurs que commettent les autres que les siennes. On se faisait tous du souci pour toi. Nous t'aimons tous très fort, tu le sais.

Delia acquiesça d'un hochement de tête et renifla de nouveau.

— Qu'est-ce que je vais faire maintenant, Sophie ? Comment est-ce que je vais lui annoncer ? J'aimerais bien le faire à l'autel, comme tu le disais tout à l'heure, il le mérite, mais je ne crois pas que j'en aurai le courage.

— Je sais. A mon avis, la meilleure chose, c'est d'avoir une conversation avec lui et de lui dire que tu ne veux plus l'épouser.

Elle songea soudain à la manie qu'avait Adam de vouloir

en permanence tout contrôler. Lorsqu'il se rendrait compte que son magnifique plan était à l'eau, il risquait de piquer une colère terrible.

— Peut-être faudrait-il mieux que tu ne sois pas seule avec lui, mais que tu annonces ta décision en même temps à toute la famille.

L'horreur qui s'installa aussitôt dans le regard de Delia l'incita à revoir sa position.

— Pardon, ce n'était pas une bonne idée.

— Ils me feraient vivre un enfer, Sophie ! Peut-être que je ferais mieux d'aller jusqu'au bout et de demander le divorce dans quelque temps.

— Tu n'es tout de même pas sérieuse ?

— Je ne sais plus ce que je suis… à part épuisée.

— Ce qu'il te faut, c'est une bonne nuit de sommeil et un peu de temps loin de la famille Wingate. Pourquoi ne passerais-tu pas la nuit chez moi ? dit Sophie en ouvrant son sac et en lui tendant la clé de son appartement.

— Pourquoi me donnes-tu ta clé ? Tu ne seras pas là ?

Elle songea à Simon. En choisissant d'aider Delia plutôt que de lui prêter main-forte pour récupérer la fameuse émeraude, elle avait peut-être gâché leur future vie de couple.

— Je… Je ne sais pas.

Delia plissa les yeux.

— Qu'est-ce que tu me caches ?

— Crois-moi, tu as assez à faire avec tes problèmes.

— Sophie !

Soudain, elle eut l'impression d'avoir retrouvé l'amie qu'elle avait perdue. Oui, être libérée de la famille Wingate était la meilleure chose qui pouvait arriver à Delia.

— Je te raconterai tout plus tard, promis. Laisse-moi juste te dire que je suis parfaitement consciente qu'il n'est pas toujours facile de prendre la meilleure décision. Rien n'est jamais simple.

— Non, c'est certain.

Elle glissa sa clé dans la main de Delia.

— Tu veux que je reste avec toi ? Que j'aille t'acheter une ou deux tablettes de chocolat ? Je crois que j'ai de la glace à la vanille dans le congélateur.

Delia esquissa un sourire.

— Non, tu as raison, je crois que j'ai besoin d'être un peu seule. Je sais que je dois mettre un terme à cette histoire. Je dois simplement réfléchir à la façon de m'y prendre.

— Si jamais tu changes d'avis, appelle-moi sur mon portable, je viendrai tout de suite.

— Merci, Sophie.

Sophie se leva et lui tendit la main.

— Viens, nous allons te commander un taxi.

— Et Adam ?

Elle eut envie de lui dire qu'il n'avait peut-être même pas remarqué son absence, vu que Marcelina était pendue à son bras, mais elle s'en abstint.

— Je lui dirai que tu ne te sentais pas bien.

— Il va te demander où je suis allée.

— Peut-être est-il temps pour lui de ne pas savoir où tu te trouves à chaque seconde.

— Il va devenir fou à essayer de me retrouver.

— Tant pis pour lui !

Delia lui fit un large sourire, et redressa le menton.

— Tu as raison. Et surtout, dis-lui que tu ignores où je suis partie. Que monsieur Adam Wingate se demande un peu où je suis.

Sophie sourit à son tour. La Delia qu'elle connaissait était de retour.

# Chapitre 16

Simon observait Adam et Marcelina, qui se dirigeaient vers le bar. Jetant un coup d'œil derrière lui, il remarqua que Delia et Sophie s'étaient éloignées du cercle de Tolliver et avaient disparu. A son tour, il prit la direction du bar, en espérant que Sophie le suivait du regard, mais resterait loin de lui. Pour sa sécurité, mieux valait que personne ne les voie ensemble. Même s'il avait envie de faire la connaissance de Delia, l'heure n'était pas aux présentations.

Sophie s'était bien débrouillée. Elle était parvenue très facilement à entrer dans le cercle de Tolliver. En voyant son amie Delia et Adam Wingate les rejoindre, Simon avait tout d'abord redouté que leur arrivée ne pose un problème, mais Tolliver avait tout de suite reconnu le couple, ce qui n'était pas difficile vu les photos qui s'étalaient quotidiennement dans tous les magazines et les journaux locaux. Cependant, quelques moments plus tard, Marcelina s'était éloignée de Tolliver au bras d'Adam, lui offrant une opportunité à laquelle il ne s'attendait pas. Tout en se rapprochant d'eux, il examinait la foule, cherchant à identifier le ou les gardes du corps, mais il n'en vit aucun. Tant mieux ! De toute façon, le service de sécurité du musée avait déjà été renforcé, ce qui était la coutume lors d'événements de cette importance. Peut-être était-ce Tolliver qui préférait ne pas avoir de gardes du corps sur les talons toute la soirée.

Simon continua à se rapprocher du couple, gardant un œil

sur Tolliver qui ne semblait pas se donner la peine de surveiller Marcelina, même de loin. Certes, Tolliver était paranoïaque en matière de sécurité, mais c'était aussi un homme très sûr de lui. Une fois en sécurité à l'intérieur du musée, entouré de tous ses gardes, il devait être fier de jouer les stars de la soirée. Nul doute qu'il était ravi de prendre un bain de foule au milieu des invités qui admiraient sa collection. Plus la couverture médiatique de l'événement serait importante, plus il serait satisfait. Le fait que Marcelina se pavanait avec l'émeraude autour du cou au bras d'Adam Wingate, l'autre star de la soirée, ne pouvait que lui offrir plus de publicité.

— Profites-en bien, espèce de pauvre type, dit-il entre ses dents, parce que, d'ici peu, la *Shay* sera de retour à Londres, entre les mains de Guinn.

Il observa de nouveau la pièce, mais Delia et Sophie demeuraient invisibles. Pourvu que Sophie ne se montre pas soudain à ses côtés. Si seulement ils avaient eu un moyen de rester en communication. Hélas, les téléphones, tout comme les appareils photo, avaient été interdits.

Adam venait de tendre une coupe de champagne à Marcelina lorsqu'il se retrouva au coude à coude avec eux. Marcelina ne l'avait jamais vu, et ne pouvait donc le reconnaître. Pourvu qu'il puisse entamer la conversation avec elle et l'entraîner dans un endroit un peu plus calme avant qu'elle ne retourne auprès de Tolliver. Quant à Adam, il lui suggérerait de rejoindre sa fiancée et de le laisser prendre soin de Marcelina.

C'était son plan.

Un plan qui reçut l'aide involontaire d'Adam car, au lieu de raccompagner tout de suite Marcelina auprès de Tolliver, il l'entraîna à l'opposé du grand salon. Il les vit admirer une vitrine, et se faufila habilement pour les rejoindre. La plupart des invités se trouvaient dans le salon de réception principal, mais dans les pièces adjacentes étaient exposés d'autres objets d'art. Plusieurs couples s'y trouvaient, la plupart semblant plutôt chercher un coin à l'écart pour flirter. Tant mieux ! Moins on ferait attention à lui, mieux ce serait.

Il tourna dans le dernier couloir... mais ne vit plus personne. Il n'y avait aucune autre sortie dans cette salle, Marcelina et Adam s'y trouvaient donc forcément.

Soudain, il entendit un gloussement, qui ressemblait à ce que Sophie lui avait décrit après sa visite dans la suite de Tolliver.

D'un air détaché, il se planta à l'entrée de la pièce, en bloquant ainsi l'accès aux autres visiteurs. Marcelina et Adam se trouvaient en fait derrière l'une des vitrines de présentation, cachés par le panneau arrière. Autant leur laisser le temps de faire plus ample connaissance.

Le rire de Marcelina fit place à plusieurs longs soupirs. Il attendit un moment, puis entendit des gémissements. Un paravent oscilla, et les gémissements se firent de plus en plus rauques.

D'un coup d'œil, il s'assura que personne ne rôdait dans les environs, puis s'approcha du paravent. Les cris de jouissance du couple, manifestement proche de l'orgasme, s'en échappaient.

C'était le moment de signaler sa présence.

— Tiens, bonsoir !

Adam avait le pantalon baissé jusqu'aux chevilles et Marcelina avait passé ses jambes autour de sa taille. Elle poussa un petit cri de frayeur.

— Fichez le camp d'ici ! s'écria Adam.

— Tout de suite... Enfin, dès que j'aurai soulagé votre compagne de quelque chose qui ne lui appartient pas.

Marcelina gigota comme elle pouvait pour s'écarter de lui, mais, comme elle lui tournait le dos, il lui était difficile de faire quoi que ce soit sans risquer de faire tomber le paravent ou de se retrouver par terre.

Son chignon haut lui facilita la tâche pour dégrafer le collier et le lui retirer avant qu'elle n'ait le temps d'esquisser un geste.

— Voleur ! Rendez-moi ça ! Tolly va me tuer !

— Pour votre gouverne, ce collier n'appartient pas à Tolliver. Posez-lui la question, et dites-lui que Guinn lui envoie ses meilleures salutations. Je ne crois pas que vous ayez envie de prévenir les vigiles. En tout cas, pas avant que votre petit copain n'ait renfilé son pantalon.

— Je vous le ferai payer ! cria Adam, essayant de se libérer de Marcelina, dont la robe retroussée était coincée dans la veste de son smoking.

Simon glissa le collier dans la poche intérieure de sa veste.

— J'imagine que votre fiancée n'appréciera guère d'apprendre ce que vous avez fait ici. Et encore moins votre mère !

Adam blêmit, mais se reprit aussitôt.

— Dites un seul mot de ce que vous avez vu ici, et je vous ferai chasser de la ville !

— Faites cela, nous verrons bien qui de nous deux a le plus à perdre.

Sur ce, il quitta la pièce. Il sentait le poids de l'émeraude dans la poche intérieure de sa veste, contre son torse, et s'efforçait de calmer les battements de son cœur. Il se mêla à la foule, tout en réfléchissant au meilleur moyen de quitter le musée au plus vite. Il devait avoir à peine cinq minutes devant lui.

D'ici peu, dès que Marcelina rapporterait le vol du collier, l'immeuble serait bouclé et plus personne ne pourrait en sortir. Il était hors de question que cela arrive tant qu'il était encore à l'intérieur. Sinon Guinn ne reverrait jamais le collier de ses ancêtres, et lui risquerait fort de passer quelque temps en prison.

Et si jamais on découvrait que Sophie avait un lien avec lui…

Non, il ne devait pas la mettre en danger. D'ailleurs, jamais il n'aurait dû l'impliquer dans cette affaire. Il aurait mieux fait de…

— Ouuups !

Alors qu'il tournait au coin de couloir, il la heurta de plein fouet.

— Non ! s'écria-t-il. Tu ne devrais pas être là !

— Simon… Comment…, dit-elle en tentant de se remettre de leur collision. Où est-ce que… ? Adam et…

— Derrière moi.

Soudain, elle remarqua qu'il avait la main plaquée sur le cœur, comme pour serrer sa veste contre lui.

— Tu as réussi !

— Il faut que je sorte d'ici !

— Qu'est-ce que je peux faire pour t'aider ?

— D'abord, ne pas être vue avec moi. Sophie, je n'aurais jamais dû…

— Chuuuuuut ! Je t'aime, Simon. Comment est-ce que je peux t'aider à gagner du temps ?

Il plongea son regard dans le sien.

— Qu'est-ce que tu as dit ?

— Pars ! s'exclama-t-elle en lui faisant signe de se sauver d'un geste de la main. Je vais faire ce qu'il faut.

— Sophie, non… Ne retourne pas…

Mais déjà elle se dirigeait vers les salles d'exposition et il était trop tard pour lui courir après. La seule chose qui lui restait à faire, c'était de lui obéir.

S'enfuir.

Et prier pour qu'elle sache ce qu'elle était en train de faire.

— Moi aussi, je t'aime, Sophie Maplethorpe, dit-il pour lui-même en se fondant dans la foule, essayant de garder un air détaché. Et Dieu m'est témoin que si nous nous sortons de toute cette histoire, je t'épouserai, et plus jamais nous ne nous mettrons hors la loi.

Quand il entra dans le grand salon, il prit une profonde inspiration et se força à progresser avec lenteur au milieu des visiteurs. Il saisit une coupe de champagne sur un plateau, l'avala d'un trait, et la déposa sur un autre plateau un peu plus loin, s'efforçant tout ce temps de garder l'air d'un homme qui passait une excellente soirée, souriant aux invités qu'il croisait… tout en continuant à se rapprocher de la sortie.

Il en était tout près, lorsqu'il entendit une voix féminine s'élever au-dessus du brouhaha des conversations.

— Adam ! Comment as-tu pu ! Et avec Marcelina !

Il esquissa un sourire alors que les conversations s'arrêtaient, et que la majeure partie des invités se dirigeait vers un salon adjacent où un drame semblait se dérouler. Alors qu'il avançait dans la direction opposée, il entendit plusieurs personnes murmurer leurs commentaires : « Vous croyez que c'est Adam Wingate ? » et « Je l'ai vu avec cette mannequin tout à l'heure. » « Les hommes sont tous les mêmes ! » marmonnait une autre invitée. « Pense un peu à sa pauvre fiancée ! Quel goujat ! »

Simon ignorait combien de temps il lui restait avant que le vol de la précieuse émeraude ne soit révélé, mais il comptait bien être loin quand ce serait le cas. Alors qu'il atteignait la porte de sortie, il vit le vigile qui la gardait répondre à un message radio.

Son cœur tambourinait tellement fort qu'il crut qu'il allait avoir un malaise, mais il réussit à soutenir le regard du garde.

— Vous vous rendez compte ? lui dit-il. Ce type est riche comme Crésus, et fiancé à une superbe blonde, mais il vient de se faire surprendre le pantalon sur les chevilles en compagnie d'une autre femme. Je crois qu'il s'agit d'une mannequin, en plus. Certains ont vraiment trop de chance.

Le vigile se mit à rire.

— Hé ! Toutes les occasions sont bonnes à saisir, non ?

— Je ne vous le fais pas dire, répondit Simon alors que le vigile ouvrait la porte pour le laisser sortir.

# Chapitre 17

— Comment ça, tu as démissionné ?

— J'ai préféré prendre les devants, car je suis sûre que, lorsque les Wingate apprendront que j'ai parlé à la presse pour Delia, je serais virée !

— Sophie…

— Simon, où es-tu ? Pouvons-nous parler ? Tu ne crains rien ? Je me suis fait tellement de souci pour toi !

Il y eut un silence à l'autre bout de la ligne, durant lequel sa nervosité ne fit que croître.

— Tu n'es pas en prison, n'est-ce pas ? Où es-tu ? De combien est la caution ?

— Arrête de te faire du souci comme ça ! Je ne suis pas en prison.

Elle se laissa tomber sur son lit, où elle avait passé la plus grande partie des dernières quarante-huit heures.

— Oh, merci, mon Dieu ! Tu as vu Guinn ? Est-ce que…

— Sophie, nous parlerons de tout cela plus tard. Où es-tu ?

— Chez moi, pourquoi ?

— Dans ce cas, pourquoi n'as-tu pas répondu à la porte ?

— Pardon ?

Elle se redressa dans son lit.

— Je n'ai cessé d'être harcelée par les journalistes depuis la soirée de gala. Mais comment sais-tu que je n'ouvre pas ma porte ?

Déjà, elle quittait son lit et se précipitait vers sa porte

d'entrée, sans se préoccuper de ce à quoi elle ressemblait, ni de l'état de son appartement. Delia et elle y avaient passé les dernières heures, recluses, à se cacher et à renouer les liens de leur amitié.

Elles avaient également consommé beaucoup d'alcool et de sucreries.

Un coup fut frappé à sa porte.

— Qui est là ? demanda-t-elle le cœur serré.

— L'homme de ménage.

— Tu ne sais pas ce qui t'attend ! Mon appartement est sens dessus dessous.

— Je sais me servir d'un plumeau, et je ne cuisine pas trop mal.

— Dans ce cas, tu es engagé !

Elle se précipita pour déverrouiller la serrure, ouvrit la porte en grand et se jeta dans les bras de Simon.

Il claqua la porte du pied, et posa un baiser sur ses lèvres.

— Où est ton lit ? dit-il dans un murmure.

— Par là, dit-elle avec un geste de la main. Désolée, mais c'est plutôt en désordre.

— Peu importe, je ne vois que toi.

Il la prit dans ses bras et l'entraîna sur le lit.

— J'ai eu tellement peur, Simon.

— De quoi ?

— De ne jamais te revoir. J'étais terrée ici, avec Delia, harcelée par les journalistes et par les Wingate à propos de ce qui s'était passé avec Adam et Marcelina, mais personne n'a dit un seul mot sur l'émeraude. J'en étais à me demander si je n'avais pas rêvé.

— Tu as parlé de nous à Delia ?

Elle acquiesça d'un hochement de tête.

— J'en avais besoin, Simon. J'avais l'impression de devenir folle.

— Qu'est-ce qu'elle a dit ?

— Que je suis effectivement folle. En tout cas, je suis

heureuse de l'avoir retrouvée. Ça nous a fait du bien à toutes les deux.

— Quand tu dis que tu es folle… Tu es folle de moi, c'est ça ?

— Absolument.

Oui, elle l'était, et pouvait enfin le lui dire, le lui montrer. Son cœur débordait d'amour pour lui.

— Et toi ? Tu es fou de moi ? demanda-t-elle, soudain timide.

— Complètement.

Elle eut un large sourire.

— Alors, un partout ! Nous sommes à égalité.

Il prit son visage entre ses mains, et son expression se fit plus sérieuse.

— Sophie, je suis désolé pour… tout. Je me doutais que tu t'inquiétais, mais avant de te contacter je devais m'assurer que nous ne risquions rien.

Elle hocha la tête, mais des larmes brillaient à ses paupières.

— Je sais, mais je n'ai cessé d'espérer un appel de toi. Tout cela est complètement fou, Simon. Tu m'as tellement manqué !

— Toi aussi ! Je suis habitué à vivre seul, mais sans toi c'est comme s'il me manquait une partie de moi-même. Pourtant, tu sais, tu n'aurais pas dû démissionner. Les Wingate ne peuvent rien contre toi.

— De toute façon, je ne voulais plus travailler pour eux. J'aime cet hôtel, et toute l'équipe, mais Delia avait raison. Si je ne supporte pas cette famille, comment pourrais-je travailler pour elle ? Quoi qu'il en soit, je ne compte plus travailler pour un si grand hôtel. C'était juste un moyen pour moi d'acquérir une très bonne expérience professionnelle.

— Dans ce cas, tu as bien fait de démissionner.

Elle esquissa un sourire, et du bout des doigts il effaça toute trace de larmes au coin de ses yeux.

— La bonne nouvelle, c'est que je n'ai plus besoin de

rester à Chicago, dit-elle. En fait, Delia et moi envisageons de déménager, aussi loin que possible d'ici, d'ailleurs.

— C'est vrai ?

— Lorsque les médias ont annoncé que le mariage était annulé, Delia est passée par des moments difficiles, même si c'est elle qui a pris la décision. Tout cela est très pénible pour elle.

— Oui, j'imagine.

— Nous nous sommes terrées toutes les deux ici durant vingt-quatre heures, puis elle est rentrée chez elle, où elle reste aussi enfermée. Nous ignorons encore ce que nous allons faire exactement, mais ce ne sera pas ici. Je sais que tu disais que Chicago serait une ville pratique pour toi, mais j'aimerais m'installer dans une ville beaucoup plus petite, ou même à la campagne.

— J'ai peut-être une idée à te proposer.

— C'est vrai ?

Elle poussa un soupir de soulagement.

— Je pensais que tu serais fâché.

— Pourquoi ? Je ne veux pas que tu vives dans un lieu qui ne te plaît pas.

Elle se blottit contre lui.

— Le seul endroit où j'ai envie d'être, c'est dans tes bras.

Il se pencha et l'embrassa longuement, passionnément, jusqu'à être allongé sur elle.

— Tu m'as manqué Sophie, répéta-t-il pour la énième fois.

— Que s'est-il passé ? Personne dans les médias n'a évoqué le vol de l'émeraude. Même Tolliver n'a pas prononcé un mot là-dessus. Il a juste annoncé qu'en accord avec la direction du musée la collection d'objets d'art qu'il avait offerte à l'institut quitterait finalement les lieux. Il annule sa donation. Tout le monde a pensé que c'était à cause du scandale qui a éclaté durant le gala. Je ne savais plus que croire.

— Tolliver est un homme qui aime se montrer généreux, mais uniquement lorsque cela peut lui être utile. Lorsque Marcelina lui a dit que c'était un homme du nom de Guinn qui avait volé l'émeraude — en fait, je lui avais juste dit que Guinn envoyait ses meilleures salutations à Tolliver, et elle s'est méprise, mais c'était aussi bien comme cela — il a pris le premier vol pour Londres.

— Mais… toi, où étais-tu ?

— Je n'ai jamais quitté Chicago.

— Pardon ?

Elle le repoussa et se redressa.

— Mais pourquoi ne m'as-tu rien dit ? Où est l'émeraude ? Oh, mon Dieu, ne me dis pas que…

Il la couvrit de baisers pour l'obliger à se taire.

— Comme j'ignorais ce qui s'était passé exactement au gala, dit-il après avoir repris son souffle, je ne voulais pas prendre le risque de quitter le pays. J'ai envisagé de me rendre au Canada, mais finalement j'ai décidé de téléphoner à Guinn et de lui révéler que l'émeraude était en ma possession.

— Mais tu m'as dit que c'était un homme très âgé, à la santé précaire. Comment…

— Il a envoyé une personne de confiance pour récupérer l'émeraude. Et il s'est montré très, très généreux.

— Donc il l'a enfin récupérée. A présent, elle est en sécurité.

Simon hocha la tête.

— Et tu as enfin fait la paix, avec lui, mais surtout avec toi-même.

Il acquiesça d'un nouveau hochement de tête, et sourit.

— Et Tolliver ? demanda-t-elle.

— S'il veut continuer la bataille, il devra aller voir Guinn directement. Moi, je ne joue plus les intermédiaires. Il n'a rien révélé à la presse, ce qui ne fait que confirmer mes soupçons que ses prétendus titres de propriété sont faux, et qu'un expert pourrait facilement le prouver. Par chance, si je peux dire, le petit écart de Marcelina lui a offert la possibilité de se retirer discrètement de la scène. De plus, maintenant qu'il est rentré en Angleterre, les journaux d'ici vont cesser de parler de lui.

— Donc, tout est terminé.

— Pour l'instant, oui. Mais si jamais Tolliver décide de récupérer le collier, et je pense qu'un jour ou l'autre il le fera, je ne serai plus impliqué dans l'histoire. En ce qui me concerne, la *Shay* est désormais entre les mains de son propriétaire légitime et mon rôle s'arrête là.

— C'est bien vrai ?

— Oui, ma mission est terminée. Bravo pour ta diversion, au fait.

Elle lui sourit.

— Merci. Mais je t'en prie, dis-moi que ton travail n'est pas toujours aussi… stressant. Parce que tu me connais, je voudrais t'aider dans tes missions, mais je ne crois pas que je sois un atout pour toi dans ce genre d'opérations.

— Ne t'inquiète pas, mes futures missions seront beaucoup moins périlleuses.

Elle poussa un soupir de soulagement.

— Tant mieux !

— De toute façon, je n'ai pas l'intention d'en accepter d'autres, pour l'instant.

— Pourquoi ? Parce que tu rentres à Londres ?

— Non, pas question que je m'éloigne de toi.

— Je pourrais aller avec toi. Tu n'as pas besoin d'une assistante pour tes recherches, par hasard ?

— Je ne crois pas que ce travail te plairait. Ça n'a rien à voir avec ta passion.

Elle lui caressa la joue.

— Mais c'est la tienne, Simon.

— En fait, j'ai réfléchi à quelque chose.

— Quoi ?

— Cela fait longtemps que je ne suis pas retourné en Nouvelle-Zélande. Tu as un passeport en cours de validité ?

Elle hocha la tête.

— Est-ce que tu aimerais venir avec moi, Sophie ? Voir le vignoble de mon père et découvrir Hawke's Bay ? C'est un coin charmant, idéal pour ouvrir un petit hôtel, en fait. Je pourrais ouvrir un bureau là-bas, et peut-être…

— Mais tu disais que tu ne voulais pas…

— Non, je ne veux pas gérer le vignoble, mais je pourrais établir des contacts là-bas pour continuer à exercer la profession que j'aime. Et qui sait, je pourrais aussi prendre contact avec l'université d'Auckland, et retourner à mes premières amours, l'archéologie.

— Est-ce que cela n'impliquerait pas de nombreux voyages ?

— Je pensais que je pourrais enseigner, en fait.

Elle sourit, mais fut prise de tremblements, incapable de croire à tout ce qu'il était en train de lui dire.

— Est-ce que ça pourrait être aussi simple que ça ? demanda-t-elle.

Simon éclata de rire.

— Rien n'a été simple entre nous depuis le début, sauf notre coup de foudre.

Il la fit rouler sur le dos et s'allongea sur elle, puis prit son visage entre ses mains et plongea son regard dans le sien.

— Je t'aime, Sophie Maplethorpe. Acceptes-tu de m'accompagner et de découvrir mon pays ? Et si la région te plaît, voudras-tu t'y établir avec moi ? Si jamais la Nouvelle-Zélande ne te convient pas, nous nous mettrons en quête d'un autre endroit.

— Emmène-moi chez toi, Simon. Ma vie n'est qu'une suite d'aventures depuis notre rencontre, et j'ai hâte de voir ce que l'avenir nous réserve.

# Epilogue

*Deux ans plus tard*

— Les deux suites et l'appartement sont réservés pour tout l'été, mais j'ai un petit problème.

Sophie leva les yeux du livre de comptes qu'elle était en train de consulter pour décider si elle pouvait se permettre de faire des aménagements dans le petit salon et la bibliothèque. L'hôtel Lassiter venait de fêter le second anniversaire de son ouverture, et les affaires n'avaient jamais été aussi florissantes.

— Je croyais que c'était pour cela que je vous avais engagé, Mike, s'amusa-t-elle. Pour résoudre les problèmes. Que se passe-t-il, cette fois ? Une oie s'est perdue dans le verger ? Des clients veulent fouler eux-mêmes les grappes de raisin pour faire leur propre vin ? Nous sommes en Nouvelle-Zélande, pas en Italie, et nos vignes…

— Non, non, rien de tout cela, mais j'ai un monsieur à la réception qui demande à voir la propriétaire de l'hôtel. Il ne veut pas avoir affaire à moi, et Delia est occupée en cuisine à préparer le dîner. Elle compte servir du canard rôti, ce soir. Je crois que nos clients vont se régaler, enfin, comme d'habitude.

Sophie referma son livre de comptes.

— Comment se fait-il que vous ne puissiez pas renseigner ce monsieur ? D'ailleurs, qui est-ce ?

Mike s'effaça, et Simon apparut.

— C'est un majordome très qualifié que Mike aimerait engager, mais je crois qu'il redoute de te poser la question directement.

— Te voilà donc à sa place, prêt à déranger une directrice très, très occupée, le taquina-t-elle.

Simon pénétra dans son bureau, et elle remarqua le panier de pique-nique qu'il tenait à la main. Mike en profita pour s'éclipser.

— J'ai aussi une raison beaucoup plus… personnelle de t'interrompre, dit-il en lui faisant un clin d'œil.

Elle se leva, contourna son bureau, et posa une fesse sur le coin du meuble.

— Laquelle ?

Simon glissa une main dans le panier et en sortit deux billets d'avion.

— Etant donné que Mike est tout à fait capable de diriger l'hôtel seul durant quelque temps, et que Delia se débrouille comme un chef en cuisine, j'espérais que la directrice de cet établissement pourrait m'accompagner à une conférence universitaire.

— Où ça ?

— A Londres.

Un grand sourire éclaira aussitôt son visage.

— Cela fait si longtemps que nous n'y sommes pas allés !

— Pas depuis notre lune de miel.

— C'est vrai.

Simon agita les billets devant elle.

— Il y aura une escale à ce voyage.

— Où ?

— A Philadelphie. Cela fait longtemps que tu n'as pas vu ta famille, et je me suis dit…

Elle se jeta aussitôt dans ses bras.

— Tu t'es dit que tu aimerais te régaler du fameux cheesecake de mon cousin Philippe, et qu'il te confie sa recette pour que Delia puisse t'en préparer.

— Oui, ça fait aussi partie de mon plan.

— Quand partons-nous ?

— Tu es impatiente à ce point ? Laisse-nous quand même le temps de savourer le pique-nique ! dit-il en lui passant un bras autour de la taille. J'ai prévu une couverture.

— J'imagine que tu as aussi pensé à prendre une de nos bonnes bouteilles.

— Ça se peut.

— Alors, qu'attendez-vous, monsieur Lassiter ?

— Vous, madame Lassiter. En fait, je vous ai attendue toute ma vie.

Il posa le panier sur une chaise, puis ferma la porte à clé.

— Après tout, le pique-nique, lui, peut bien attendre.